Von der gleichen Autorin erschienen außerdem
als Heyne-Taschenbücher

Xavieras Reisen in die Sinnlichkeit · Band 01/5892
The Happy Hooker · Band 01/5906
Der beste Teil vom Mann · Band 01/5968
Im Zeichen der Venus · Band 01/6469

Die besten EROTISCHEN ERZÄHLUNGEN der Welt

Herausgegeben von

XAVIERA HOLLANDER

Illustriert von
WILHELM M. BUSCH

WILHELM HEYNE VERLAG
MÜNCHEN

HEYNE ALLGEMEINE REIHE
Nr. 01/6077

*Die Herausgeberin dankt nachfolgenden Personen und Verlagen
für die freundliche Abdruckgenehmigung*

Bompiani, Gruppo Editoriale Fabbri S.p.A.
Goldmann Verlag, München
Verlagsgruppe Langen-Müller/Herbig GmbH, München
Droemersche Verlagsanstalt Th. Knaur Nachf. GmbH & Co., München
Nymphenburger Verlagshandlung, München
Gala Verlag GmbH, Hamburg
Verlags AG Die Arche, Zürich
Rowohlt Verlag GmbH, Hamburg
S. Fischer Verlag GmbH, Frankfurt
Diogenes Verlag AG, Zürich
Carl Hanser Verlag, München

3. Auflage

(Quellenangaben siehe Anhang)
Redaktion: Werner Heilmann
Printed in Germany 1986
Umschlagzeichnung: Wilhelm M. Busch, Hamburg
Innenillustration: Wilhelm M. Busch, Hamburg
Umschlaggestaltung: Atelier Heinrichs & Schütz, München
Gesamtherstellung: Presse-Druck Augsburg

ISBN 3-453-01580-0

Inhaltsverzeichnis

Geleitwort 7
Roald Dahl · *Wildwechsel* 9
Gerhard Zwerenz · *Nachwirkungen* 37
Margarete von Navarra · *Die Prüfung des Geliebten* 48
Marquis de Sade · *Justines erstes Abenteuer* 53
Restif de la Bretonne · *Das Modell* 75
Alfred de Musset · *Alcides Erzählung* 97
Andréa de Nerciat · *Liebesfrühling* 103
Gustave Flaubert · *Madame Bovarys Verführung* 114
Honoré de Balzac · *Die Geliebte des Königs* 128
Emile Zola · *Nana* 143
Guy de Maupassant · *Die Schwestern Rondoli* 164
D. H. Lawrence · *Lady Chatterleys Geliebter* 196
Henry Miller · *Die Nutte* 212
Erica Jong · *Adrian* 222
Grace Metalious · *Doris* 246
Mary McCarthy · *Dottie* 255
Norman Mailer · *In einem geparkten Wagen* 268
Charles Bukowski · *Die Fickmaschine* 284
Vladimir Nabokov · *Lolita* 298
Xaviera Hollander · *Tango* 327
Alberto Moravia · *Die Orgie* 341
Curzio Malaparte · *Die Jungfrau von Neapel* 347
Willi Heinrich · *Der Chauffeur* 357
Christopher Barr · *Fata Morgana* 374
Giovanni Boccaccio · *Das hitzige Mädchen* 389
Pietro Fortini · *Der eifersüchtige Maler* 394
Domenico Batacchi · *Der falsche Seraphim* 408
Giacomo Casanova · *Die schöne C. C.* 419
Lukian · *Peinliche Verwechslung* 436
(Aus den »Hetärengesprächen«)
Die starke Prinzessin 441
(Persische Erzählung)
Indra und Ahalyâ 446
(Indische Sage)
Goldlotos 450
(Aus dem »Djin Ping Meh«)

Die seltsame Kurtisane 478
(Aus dem »Chinesischen Dekameron«)
E. T. A. Hoffmann · *Louise und der Oberst* 488
John Cleland · *Fanny Hills erste Liebe* 499
Leopold von Sacher-Masoch · *Eine grausame Probe* 530
Quellenverzeichnis 540

Geleitwort

Haben Sie meine Bücher gelesen?

Haben Sie wenigstens von mir gehört?

In den USA nennt man mich »Happy Hooker – fröhliche Nutte«, in Europa sehr würdevoll eine »Hohepriesterin der Liebe«. (Ich höre beides gerne!) Man sagt mir nach, daß ich herrlich unanständig sei und Tabus und Konventionen über den Haufen werfe, um unbekümmert den verschlungenen Pfaden der Lust folgen zu können. Das stimmt – und noch vieles andere mehr.

Ich finde, *Sex ist wirklich fantastisch*. Und alles, was damit zusammenhängt, was das Spiel körperlicher Liebe vorbereitet und begleitet, interessierte mich von Kindesbeinen (lange, vielversprechende Jungmädchenbeine) an brennend.

Natürlich gehört dazu, daß ich mich gern von erotischer Literatur stimulieren lasse. Meine Freunde wissen das und schenken mir entsprechende Bücher – um schließlich selbst davon zu profitieren, wenn sie eine angeregte Xaviera vorfinden. Tatsächlich bringen mich erotische Texte schneller auf Touren als entsprechende Sex-Fotos. Vielen meiner Freundinnen geht das genauso. Vielleicht kommt das daher, daß weibliche Fantasie meist keiner groben Reize bedarf (manchmal schon), um sich zu entzünden. Die Beschreibung einer erotischen Situation, die Anregungen für die eigene ungehemmte Vorstellungskraft liefert, kann da viel wirkungsvoller sein.

Wenn ich an die Folgen denke, als ich zum erstenmal die entsprechenden Stellen in »Lady Chatterley's Lover« heimlich unter der Bettdecke las ...

Nun ja, dieser ersten Lektüre folgten noch viele Romane und Erzählungen, es fiel mir also gar nicht schwer, den Anregungen meines deutschen Verlegers zu folgen und diese Anthologie herauszugeben. Wo meine Sprachkenntnisse nicht ausreichten, haben mir in Sachen Sex vertrauenswürdige Freunde geholfen.

Viel Spaß beim Lesen und beim Betrachten der schönen Illustrationen! Falls Ihre Erregung zu stark wird, denken Sie daran, was dagegen tun würde

Ihre Xaviera Hollander

ROALD DAHL

Wildwechsel

An jenem Nachmittag waren etwa vierzig Leute auf der Cocktailparty von Jerry und Samantha. Es war die übliche Clique, die übliche Unbequemlichkeit, das übliche schreckliche Gelärm. Die Leute standen dicht beieinander, und man mußte schreien, um sich verständlich zu machen. Viele lächelten breit und zeigten ihre weißen Jacketkronen. Die meisten hielten in der linken Hand eine Zigarette, in der rechten einen Drink.

Ich entfernte mich von Mary, meiner Frau, und der Gruppe, bei der sie stand. Ich steuerte auf die kleine Bar in der entfernten Ecke zu und setzte mich dort auf einen Barhocker und sah mich in dem Raum um. Ich tat dies, um mir all die Frauen zu betrachten. Ich lehnte mich mit den Schultern an das Bargeländer, nippte an meinem Scotch und begutachtete über den Rand meines Glases hinweg eine Frau nach der anderen.

Ich studierte nicht ihre Figuren, sondern ihre Gesichter, und was mich daran interessierte, war nicht so sehr das Gesicht selbst, sondern der große rote, bewegliche Fleck in der Mitte der Gesichter, der Mund. Genaugenommen war es nicht einmal der ganze Mund, sondern nur die Unterlippe. Die Unterlippe, so hatte ich kürzlich entschieden, war der große Verräter. Sie offenbarte mehr als die Augen. Die Augen verbargen ihre Geheimnisse. Die Unterlippe verbarg kaum etwas. Nehmen wir zum Beispiel die Unterlippe von Jacinth Winkleman, die mir gerade am nächsten stand. Man beachte die Linien auf dieser Lippe, von denen einige parallel und andere strahlenförmig nach außen liefen. Es gibt keine zwei Menschen mit dem gleichen Lippenlinienmuster. Und wenn man es recht bedenkt, könnte man sogar einen Verbrecher erwischen, wenn sein Lippenabdruck in den Akten wäre und wenn er am Schauplatz des Verbrechens noch einen Drink genommen hätte. An der Unterlippe saugt und nagt man, wenn man die Fassung verliert, und genau das tat Martha Sullivan in eben diesem Augenblick, während sie aus einer gewissen Entfernung ihren Schwachkopf von Mann beobachtete, wie er Judy Martinson besabberte. Man leckt sich die Lippen, wenn man scharf ist. Das sah ich bei Ginny Lomax, die ihre Lippen mit der

Zungenspitze benetzte, während sie neben Ted Dorling stand und in sein Gesicht hochäugte. Es war ein bedächtiges, wollüstiges Lecken, bei dem die Zunge langsam herauskam und langsam und feucht die ganze Unterlippe entlangstrich. Ich sah Ted Dorling auf Ginnys Zunge blicken, und genau das war es, was sie von ihm wollte.

Es scheint tatsächlich so zu sein, sagte ich mir, während meine Augen im Zimmer von Unterlippe zu Unterlippe wanderten, daß sich all die weniger attraktiven Züge des menschlichen Wesens, Arroganz, Habgier, Gefräßigkeit, Lüsternheit und all das andere – deutlich auf dem kleinen scharlachroten Hautpanzer abzeichnen. Man muß nur den Code kennen. Die vorstehende oder stark gewölbte Unterlippe weist angeblich auf große Sinnlichkeit hin. Aber das stimmt bei Männern nur halb und bei Frauen überhaupt nicht. Bei Frauen sollte man auf die dünne Linie achten, die schmale Klinge mit dem scharf gezeichneten unteren Rand. Und bei der Nymphomanin wird die Unterlippe genau in der Mitte von einem winzigen, eben noch sichtbaren Hautkamm gekrönt. Bei Samantha, der Gastgeberin, war das der Fall.

Wo war sie eigentlich, Samantha?

Ah, da drüben stand sie ja. Sie nahm einem Gast gerade ein leeres Glas aus der Hand. Jetzt kam sie zu mir herüber, um es wieder zu füllen.

»Hallo, Vic«, sagte sie. »Ganz allein?«

Sie ist doch eine Nymphomanin, dieses Vögelchen, sagte ich mir. Aber sie ist ein sehr seltenes Exemplar dieser Gattung, weil sie absolut monogam ist. Sie ist eine verheiratete monogame Nymphomanin, ein Vögelchen, das niemals das eigene Nest verläßt.

Sie ist auch die leckerste Frau, auf die ich je in meinem Leben ein Auge geworfen habe.

»Kann ich dir helfen?« fragte ich, während ich dastand und ihr das Glas aus der Hand nahm. »Was wird verlangt?«

»Wodka on the Rocks«, sagte sie. »Danke, Vic.« Sie legte ihren lieblichen langen weißen Arm auf die Bartheke und beugte sich vor, so daß ihr Busen auf dem Bargeländer ruhte und dabei nach oben gedrückt wurde. »Hoppla«, sagte ich, weil ich den Wodka neben das Glas gegossen hatte.

Samantha sah mich mit riesigen braunen Augen an, sagte aber nichts.

»Ich werde es wegwischen«, sagte ich.

Sie nahm mir das wieder gefüllte Glas ab und ging fort. Ich beobachtete, wie sie ging. Sie trug eine schwarze Hose, die am Po so eng saß, daß sich der kleinste Leberfleck oder Pickel durch den Stoff abgezeichnet hätte. Aber Samantha Rainbows Hinterteil war makellos. Ich ertappte mich dabei, wie ich mir die Unterlippe leckte. Stimmt, dachte ich. Die will ich. Meine Güte, wie scharf ich auf diese Frau bin! Aber ein Versuch wäre zu riskant. Es wäre Selbstmord, sich an ein solches Mädchen heranzumachen. Erstens wohnt sie schon mal nebenan, was zu nahe ist. Zweitens ist sie, wie ich schon sagte, monogam. Drittens sind sie und Mary, meine Frau, die dicksten Freundinnen. Sie tauschen dunkle Frauengeheimnisse aus. Viertens ist ihr Mann Jerry ein sehr alter und guter Freund von mir, und nicht einmal mir, Victor Hammond, würde es im Traum einfallen, die Frau eines Mannes zu verführen, der ein sehr alter und treuer Freund von mir ist. Und wenn ich auch vor Lust verbrannte.

Es sei denn . . .

In diesem Augenblick, als ich auf dem Barhocker saß und mir die Lippen leckte nach Samantha Rainbow, begann ganz langsam eine interessante Idee in das Zentrum meines Gehirns zu sickern. Ich verhielt mich ruhig und erlaubte der Idee, sich dort auszubreiten. Ich verfolgte Samantha mit den Augen quer durch das Zimmer und begann, sie in das Rahmenwerk meiner Idee einzufügen. Oh, Samantha, mein prächtiges, saftiges, kleines Juwel, dich kriege ich noch.

Aber konnte man ernstlich hoffen, daß ein so irrer Coup gelang?

Nein, nicht in einer Million Nächten.

Man konnte es nicht einmal *versuchen*, wenn Jerry nicht einverstanden war. Warum also darüber nachdenken?

Samantha stand ungefähr sechs Meter von mir entfernt und sprach mit Gilbert Mackesy. Die Finger ihrer rechten Hand umschlossen ein hohes Glas. Ihre Finger waren lang und mit ziemlicher Sicherheit äußerst geschickt.

Angenommen, nur zum Spaß, Jerry war doch einverstanden – dann mußte man immer noch riesige Hindernisse überwinden. Da war zum Beispiel die Kleinigkeit mit den körperlichen Merkmalen. Ich hatte Jerry oft im Klub nach dem Tennis unter der Dusche gesehen, aber im Moment konnte ich mich beim besten Willen nicht an die notwendigen Einzelheiten erinnern. Es war nichts, auf das man sehr achtete. Meist schaute man nicht einmal hin.

Auf jeden Fall war es Wahnsinn, Jerry geradeheraus den Vorschlag zu machen. *So* gut kannte ich ihn auch wieder nicht. Unter Umständen war er entsetzt. Er konnte sogar gemein werden. Es konnte eine häßliche Szene geben. Ich mußte ihn deshalb auf irgendeine subtile Art testen.

»Weiß du was«, sagte ich ungefähr eine Stunde später zu Jerry, als wir zusammen auf dem Sofa saßen und noch ein letztes Glas tranken. Die Gäste verzogen sich langsam, und Samantha stand an der Tür und sagte jedem, der ging, auf Wiedersehen. Mary stand auf der Terrasse und unterhielt sich mit Bob Swain. Ich konnte sie durch die geöffneten Flügeltüren sehen. »Soll ich dir was Komisches erzählten?« sagte ich zu Jerry, während wir zusammen auf dem Sofa saßen.

»Schieß los«, sagte Jerry.

»Jemand, mit dem ich heute zu Mittag gegessen habe, hat mir eine phantastische Geschichte erzählt. Ganz unglaublich.«

»Ja?« sagte Jerry. Der Whisky hatte ihn müde werden lassen.

»Dieser Mann, der, mit dem ich gegessen habe, war ganz verrückt nach der Frau eines Freundes, der bei ihm in der Nähe wohnte. Und sein Freund war genauso scharf auf die Frau des Mannes, mit dem ich gegessen habe. Verstehst du, was ich meine?«

»Du meinst, zwei Kerle, die nahe zusammen wohnten, hatten beide ein Auge auf die Frau des anderen geworfen.«

»Genau«, sagte ich.

»Dann gab es doch kein Problem«, sagte Jerry.

»Es gab ein sehr großes Problem«, sagte ich. »Die Ehefrauen waren beide sehr treu und anständig.«

»Wie Samantha«, sagte Jerry. »Sie würde nie einen anderen Mann ansehen.«

»Mary auch nicht«, sagte ich. »Sie ist ein gutes Mädchen.«

Jerry leerte sein Glas und stellte es vorsichtig auf den Couchtisch. »Wie geht deine Geschichte aus?« fragte er. »Klingt nach einer Schweinerei.«

»Was passierte«, sagte ich, »war folgendes. Die geilen Böcke heckten einen Plan aus, der es ihnen möglich machte, mit der Frau des anderen zu bumsen, ohne daß die Frauen es je mitkriegten. Wenn man so etwas glauben soll.«

»Wie haben sie's gemacht?« fragte Jerry. »Mit Chloroform?«

»Keineswegs. Die beiden Frauen waren bei vollem Bewußtsein.«

»Ausgeschlossen«, sagte Jerry. »Man hat dir einen Bären aufgebunden.«

»Ich glaube nicht«, sagte ich. »So, wie dieser Mann es mir erzählt hat, mit allen Einzelheiten und so, glaube ich nicht, daß er sich das aus den Fingern gesogen hat. Im Gegenteil, ich bin sicher, das war nicht der Fall. Und hör zu, sie haben es nicht nur einmal gemacht. Sie treiben dieses Spielchen nun schon seit Monaten alle zwei oder drei Wochen.«

»Und die Frauen wissen es nicht?«

»Sie haben keine Ahnung.«

»Das mußt du mir genau erzählen«, sagte Jerry. »Aber zuerst wollen wir uns noch einen Drink holen.«

Wir gingen zur Bar, füllten unsere Gläser und kehrten zum Sofa zurück.

»Du mußt bedenken«, sagte ich, »daß sie vorher eine Menge vorbereiten und proben mußten. Und sie mußten einander viele intime Informationen geben, damit der Plan eine Chance hatte.

Aber im wesentlichen sah das Projekt so aus: Sie bestimmten eine Nacht, sagen wir mal Samstag. In dieser Nacht mußten die Männer und Frauen wie üblich zu Bett gehen, sagen wir mal, um elf oder halb zwölf. Von da an mußten sie alles genauso machen wie sonst. Vielleicht ein bißchen lesen, ein bißchen reden, und dann das Licht aus. Wenn das Licht aus war, sollten sich die Männer sofort auf die andere Seite drehen und so tun, als ob sie einschliefen. Das sollte die Frauen davon abhalten, scharf zu werden, was in diesem Stadium auf keinen Fall willkommen war. Die Frauen schliefen also ein. Aber die Männer blieben wach. So weit, so gut.

Dann, genau um ein Uhr, als die Frauen fest und tief schliefen, mußte jeder Mann leise aus dem Bett kriechen, seine Hausschuhe anziehen und im Pyjama die Treppe hinunterschleichen. Er mußte die Haustür öffnen und in die Dunkelheit hinausgehen, wobei er darauf zu achten hatte, daß er die Tür nicht hinter sich schloß. Sie wohnten sich fast gegenüber«, fuhr ich fort. »Es war ein ruhiger Vorort, und um jene Zeit war selten jemand auf der Straße. So gingen diese beiden Pyjamagestalten verstohlen aneinander vorbei, als sie die Straße überquerten, jeder auf dem Weg zum Haus, zum Bett und zur Frau des anderen.«

Jerry hörte mir aufmerksam zu. Seine Augen waren vom Trinken ein bißchen verschleiert, aber er achtete auf jedes Wort.

»Die nächsten Schritte«, sagte ich, »waren von beiden Männern sehr sorgfältig vorbereitet. Jeder kannte sich im Haus des anderen fast so gut aus wie im eigenen. Er wußte im Dunkeln den Weg nach oben wie nach unten zu finden, ohne ein Möbelstück umzuwerfen. Er wußte, wo die Treppe lag und wie viele Stufen es nach oben waren, er wußte, welche knarrten und welche nicht. Er wußte sogar, auf welcher Seite des Bettes die Frau oben schlief.

Sie zogen beide die Hausschuhe aus und ließen sie in der Diele stehen, dann schlichen sie barfuß im Pyjama die Treppe hinauf. Dieser Teil, sagt mein Bekannter, war ziemlich aufregend. Schließlich befand er sich in einem dunklen, stillen Haus, das nicht sein eigenes war, und auf dem Weg zum Elternschlafzimmer mußte er an nicht weniger als drei Kinderzimmern vorbeigehen, deren Türen nur angelehnt waren.«

»Kinder!« rief Jerry. »Mein Gott, und wenn eines von ihnen nun aufgewacht wäre und gerufen hätte: ›Bist du es, Daddy?‹«

»Das war alles eingeplant«, sagte ich. »Dann wäre sofort der Plan für den Notfall in Kraft getreten. Auch wenn der Mann gerade ins Zimmer geschlichen und die Frau aufgewacht wäre und gesagt hätte: ›Liebling, was ist los? Warum läufst du noch herum?‹ Auch dann – der Plan für den Notfall . . .«

»Was war das für ein Plan?« sagte Jerry.

»Ganz einfach«, antwortete ich. »Der Mann wäre sofort nach unten gesaust, zur Haustür hinaus, rüber zum Haus und hätte dort auf die Klingel gedrückt. Das war für den anderen Typ, einerlei was er gerade machte, das Signal, ebenfalls mit Höchstgeschwindigkeit nach unten zu sausen, die Tür zu öffnen und den anderen hereinzulassen, während er hinauseilte. So wäre jeder schnell in sein eigenes Haus zurückgekommen.«

»Schamrot im Gesicht«, sagte Jerry.

»Keineswegs«, sagte ich.

»Die Klingelei hätte doch das ganze Haus geweckt«, sagte Jerry.

»Natürlich«, sagte ich. »Und wenn der Mann wieder im Pyjama nach oben gekommen wäre, hätte er einfach gesagt: ›Ich wollte nachsehen, wer um diese gottverdammte Zeit noch klingelt. Es war aber niemand da. Muß wohl ein Betrunkener gewesen sein.‹«

»Und der andere Bursche?« fragte Jerry. »Wie hätte er erklären sollen, daß er gerade in dem Augenblick nach unten sauste, in dem seine Frau oder sein Kind mit ihm redeten?«

»Er hätte gesagt: ›Ich hörte, wie draußen jemand herumschlich, also sauste ich runter, um ihn zu erwischen, aber er ist geflüchtet.‹ – ›Hast du ihn wirklich gesehen?‹ hätte seine Frau ängstlich gefragt. ›Natürlich hab ich ihn gesehen‹, hätte der Mann geantwortet. ›Er rannte wie verrückt die Straße runter. Ich hätte ihn nicht mehr eingeholt.‹ Worauf sie den Mann zu seiner Tapferkeit heiß beglückwünscht hätte.«

»Okay«, sagte Jerry. »Das ist der leichte Teil. Bisher war es nur eine Sache des exakten Planens und der Zeiteinteilung. Aber was passiert, wenn diese geilen Typen tatsächlich zur Frau des anderen ins Bett kriechen?«

»Sie legen sofort los«, sagte ich.

»Die Fauen schlafen«, sagte Jerry.

»Ich weiß«, sagte ich. »Also fangen sie sofort mit irgendeinem sanften, aber sehr geschickten Liebesspiel an, und wenn die Damen erst mal richtig wach geworden sind, sind sie auch im Handumdrehen so scharf wie Klapperschlangen.«

»Geredet wird nicht, nehme ich an«, sagte Jerry.

»Kein Wort.«

»Okay, die Frauen sind also wach«, sagte Jerry. »Die Männer

fangen an zu fummeln. Da ist zunächst mal die simple Frage nach ihrer Größe zu stellen. Wenn der andere nun nicht genauso groß ist wie der Ehemann? Wenn er größer oder kleiner oder dicker oder dünner ist? Du willst mir doch nicht einreden, daß diese beiden Männer von Statur völlig gleich waren?«

»Nicht gleich, natürlich nicht«, sagte ich. »Aber sie ähnelten sich mehr oder weniger in Größe und Körperbau. Das war wesentlich. Sie waren beide glattrasiert und hatten ungefähr gleich viel Haare auf dem Kopf. Diese Ähnlichkeit ist nicht selten. Sieh zum Beispiel mal dich und mich an. Wir sind doch ungefähr gleich groß und gleich gebaut, oder?«

»Sind wir?« fragte Jerry.

»Wie groß bist du?« fragte ich.

»Genau einsachtzig.«

»Ich bin einsachtundsiebzig«, sagte ich. »Zwei Zentimeter Unterschied. Wieviel wiegst du?«

»Achtzig Kilo.«

»Und ich achtundsiebzigeinhalb«, sagte ich. »Was sind schon drei Pfund unter Freunden?«

Es entstand eine Pause. Jerry blickte durch die Flügeltüren auf die Terrasse hinaus, wo meine Frau Mary stand. Mary sprach immer noch mit Bob Swain, und die Abendsonne glänzte in ihren Haaren. Sie war ein hübsches, brünettes Mädchen und hatte einen schönen Busen. Ich beobachtete Jerry. Ich sah, wie seine Zunge hervorkam und auf seiner Unterlippe entlangglitt.

»Ich nehme an, du hast recht«, sagte Jerry. »Vermutlich sind wir ungefähr gleich groß, du und ich.« Als er sich wieder umdrehte und mich ansah, war oben auf jeder Wange ein kleiner roter Fleck zu bemerken.

»Erzähl weiter von diesen beiden Männern«, sagte er. »Was war mit den anderen Unterschieden?«

»Du meinst die Gesichter?« fragte ich. »Gesichter erkennt man im Dunkeln nicht.«

»Ich rede nicht von den Gesichtern«, sagte Jerry.

»Wovon redest du dann?«

»Ich rede von ihren Schwänzen«, sagte Jerry. »Das ist doch wohl das Wichtigste, oder? Und du willst mir doch nicht erzählen . . .«

»Doch, das will ich«, sagte ich. »Beide Männer waren eben beschnitten oder nicht beschnitten, und so gab es wirklich kein Problem.«

»Willst du damit im Ernst sagen, daß alle Männer die gleiche Schwanzgröße haben?« meinte Jerry. »Das haben sie nämlich nicht.«

»Ich weiß, daß sie es nicht haben«, sagte ich.

»Manche sind riesig«, sagte Jerry. »Und manche sind winzig.«

»Natürlich gibt es immer Ausnahmen«, sagte ich. »Aber du würdest dich wundern, wie viele Männer da praktisch die gleichen Maße haben – oder sich da nur unwesentlich unterscheiden. Mein Freund sagt, das trifft für neunzig Prozent aller Männer zu. Nur zehn Prozent hätten entweder größere oder kleinere.«

»Das kann ich nicht glauben«, sagte Jerry.

»Prüf's gelegentlich nach«, sagte ich. »Frag ein Mädchen, das etwas von der Welt gesehen hat.«

Jerry trank einen kräftigen Schluck Whisky, und dann starrte er über den Rand seines Glases hinweg wieder zur Terrasse hinaus, wo noch immer Mary stand. »Und alles andere?« fragte er.

»Kein Problem«, sagte ich.

»Kein Problem? Von wegen!« sagte er. »Soll ich dir einmal sagen, warum diese Geschichte erstunken und erlogen ist?«

»Na los.«

»Jedermann weiß, daß ein Mann und eine Frau, die ein paar Jahre verheiratet sind, eine Art Routine entwickeln. Das ist ganz unvermeidlich. Mein Gott, ein neuer Partner würde sofort erkannt. Das weißt du selbst ganz genau. Man kann nicht plötzlich mit einem völlig neuen Stil loslegen und erwarten, daß die

Frau es nicht merkt, und dabei ist es ganz egal, wie scharf sie ist. Sie würde den Braten schon in der ersten Minute riechen!«

»So eine Routine läßt sich doch nachvollziehen«, sagte ich, »sofern einen der andere zuvor unterrichtet hat.«

»Ein bißchen reichlich persönlich«, sagte Jerry.

»Das Ganze ist sehr persönlich«, sagte ich. »Jeder erzählt dem anderen seine privaten Dinge, erzählt ihm genau, was er macht, erzählt ihm alles. Mit allem Drum und Dran. Die ganze Routine von Anfang bis Ende.«

»Heiland!« sagte Jerry.

»Jeder der Männer«, sagte ich, »muß eine neue Rolle lernen. Er muß ein wirklicher Schauspieler werden. Er muß den anderen verkörpern.«

»Nicht so einfach«, sagte Jerry.

»Kein Problem, wenn ich meinem Freund glauben soll. Das einzige, worauf man achten muß, ist, daß man sich nicht fortreißen läßt und zu improvisieren beginnt. Man muß den Regieanweisungen ganz genau folgen und sich streng an sie halten.«

Jerry trank wieder einen Schluck aus seinem Glas. Und er warf auch wieder einen Blick auf die Terrasse, auf Mary. Dann lehnte er sich, das Glas in der Hand, im Sofa zurück.

»Man braucht schon Mumm dazu«, sagte ich.

»Die Party ist zu Ende«, sagte Jerry. »Sie gehen mit ihren gottverdammten Weibern endlich nach Hause.«

Ich sagte danach nichts mehr. Wir saßen noch ein paar Minuten da und nippten an unseren Drinks, während die Gäste zu der Tür hindrängten, die zur Diele hinausführte. Jerry runzelte die Stirn und starrte in sein Glas.

»Hat er gesagt, daß es Spaß gemacht hat, dieser Freund da von dir?« fragte er plötzlich.

»Er sagte, es war Spitze«, antwortete ich. »Er sagte, das normale Vergnügen wird um hundert Prozent gesteigert wegen der Gefahr. Er schwor, es sei die aufregendste Art der Welt zu bumsen, wenn man den Ehemann spielt, und die Frau weiß es nicht.«

In diesem Augenblick kam Mary mit Bob Swain durch die Flügeltür herein. Sie hatte in der einen Hand ein leeres Glas und in der anderen eine feuerrote Azaleenblüte, die sie auf der Terrasse gefunden hatte.

»Ich habe dich beobachtet«, sagte sie und richtete die Azalee wie eine Pistole auf mich. »Du hast die letzten Minuten fast ununterbrochen geredet. Was hat er dir denn da bloß erzählt, Jerry?«

»Eine unanständige Geschichte«, sagte Jerry grinsend.

»Das tut er, wenn er trinkt«, sagte Mary.

»Eine gute Geschichte«, sagte Jerry. »Aber völlig unmöglich. Bring ihn dazu, daß er sie dir auch mal erzählt.«

»Ich mag keine unanständigen Geschichten«, sagte Mary. »Komm, Vic. Es ist Zeit, daß wir gehen.«

»Geht noch nicht«, sagte Jerry, die Augen auf ihren großartigen Busen gerichtet. »Trinken wir doch noch ein Glas.«

»Nein, danke«, sagte Mary. »Die Kinder müssen noch ihr Abendessen bekommen. Ich habe mich glänzend amüsiert.«

»Kriege ich denn keinen Gutenachtkuß von dir?« fragte Jerry und stand vom Sofa auf. Er suchte ihren Mund, aber sie drehte schnell den Kopf zur Seite, so daß er nur den Rand ihrer Wange erwischte. »Geh, Jerry«, sagte sie. »Du bist betrunken.«

»Nicht betrunken«, sagte Jerry. »Nur geil.«

»Untersteh dich, bei mir geil zu sein, mein Junge«, sagte Mary scharf. »Ich hasse solche Reden.« Sie marschierte quer durchs Zimmer fort, ihren Busen wie einen Rammbock vor sich her tragend.

»Auf Wiedersehen, Jerry«, sagte ich. »War nett, die Party.«

Mary wartete mit finsterer Miene in der Diele auf mich. Auch Samantha stand dort, um sich von den letzten Gästen zu verabschieden. Samantha mit ihren geschickten Fingern und ihrer glatten Haut und ihren glatten, gefährlichen Schenkeln. »Na, Vic, warum so ernst?« sagte sie lächelnd zu mir, und ihre Zähne blitzten. Sie sah aus wie die Schöpfung selbst, der Beginn der Welt, wie der erste Morgen. »Gute Nacht, mein Lieber«, sagte sie und bohrte mir ihre Finger in den Bauch. Ich verließ mit Mary das Haus.

»Ist was mit dir?« fragte Mary.

»Nein«, sagte ich. »Warum?«

»Wenn man sieht, wieviel du trinkst, kann einem ganz schlecht werden«, sagte sie.

Zwischen unserem und Jerrys Grundstück gab es eine struppige alte Hecke mit einer Lücke darin, die wir immer als Durchlaß benutzten. Mary und ich durchschritten sie schweigend. Wir betraten das Haus, sie machte einen Berg Rührei mit Schinkenspeck, und wir aßen mit den Kinder zu Abend.

Nach dem Essen schlenderte ich nach draußen. Es war ein klarer, kühler Sommerabend, und da ich nichts anderes zu tun hatte, beschloß ich, den Rasen vor dem Haus zu mähen. Ich holte

den Rasenmäher aus dem Schuppen und brachte ihn in Gang. Dann begann ich, wie gewohnt hinter ihm vor und zurück zu marschieren. Ich mähe gern Gras. Es ist eine beruhigende Tätigkeit, und von unserem vorderen Rasen aus konnte ich immer Samanthas Haus sehen, wenn ich in die eine Richtung ging, und wenn ich in die andere ging, konnte ich über sie nachdenken.

Ich war ungefähr seit zehn Minuten beim Mähen, als Jerry durch die Lücke in der Hecke spaziert kam. Er rauchte Pfeife und hatte die Hände in den Taschen. Am Rand des Rasens blieb er stehen und sah mir zu. Ich hielt mit dem Mäher bei ihm an, ließ den Motor aber weitertuckern.

»Hallo, Kumpel«, sagte er. »Wie steht's denn so?«

»Ich bin in Ungnade gefallen«, sagte ich. »Und du auch.«

»Deine kleine Frau«, sagte er, »ist eben verdammt zimperlich und spröde, um ehrlich zu sein.«

»Da erzählst du mir nichts Neues.«

»Sie hat mich in meinem eigenen Haus runtergeputzt«, sagte Jerry.

»Das war doch nicht so schlimm«, sagte ich.

»Schlimm genug«, sagte er lächelnd.

»Wirklich?«

»Na, jedenfalls genug, daß ich es ihr heimzahlen möchte. Was würdest du davon halten«, sagte er, »wenn ich vorschlüge, daß wir auch mal ausprobieren, was dir dein Freund da beim Mittagessen erzählt hat?«

Als er das sagte, fühlte ich eine solche Welle der Erregung, daß mir ganz anders im Magen wurde. Ich packte die Griffe des Rasenmähers und brachte den Motor wieder auf Touren.

»Habe ich etwa was Falsches gesagt?« fragte Jerry.

Ich antwortete nicht.

»Hör zu«, sagte er. »Wenn du findest, daß es eine miese Idee ist, will ich nichts gesagt haben. Du bist doch nicht etwa wütend auf mich, oder?«

»Ich bin nicht wütend auf dich, Jerry«, sagte ich. »Nur ist mir nie der Gedanke in den Kopf gekommen, daß *wir* es machen sollten.«

»Aber in meinen«, sagte er. »Der Schauplatz hier ist wie geschaffen dazu. Wir brauchen nicht einmal die Straße zu überqueren.« Sein Gesicht leuchtete plötzlich, und seine Augen glänzten wie zwei Sterne. »Also, was sagst du dazu, Vic?«

»Ich denke nach«, sagte ich.

»Vielleicht liegt dir Samantha nicht.«

»Ich habe darüber nie nachgedacht.«

»Es macht Spaß mit ihr«, sagte Jerry. »Das garantiere ich dir.«

In diesem Moment kam Mary auf die Veranda vor unserem Haus. »Da kommt Mary«, sagte ich. »Sie sucht die Kinder. Laß uns morgen darüber sprechen.«

»Es ist also abgemacht?«

»Schon möglich, Jerry. Aber nur unter der Bedingung, daß wir nichts übereilen. Bevor wir anfangen, möchte ich absolut sicher sein, daß alles stimmt. Immerhin wäre es, verdammt noch mal, eine ganz neue Masche.«

»Das stimmt nicht«, widersprach er. »Dein Freund hielt es für einen tollen Spaß. Er hat doch gesagt, es sei einfach, denke ich.«

»Na ja«, sagte ich. »Mein Freund. Natürlich. Aber schließlich liegt jeder Fall anders.« Ich gab dem Rasenmäher Vollgas und ließ ihn über das Gras dahinrattern. Als ich zum anderen Ende kam und wendete, war Jerry bereits durch die Lücke in der Hecke geschlüpft und ging auf sein Haus zu.

Die nächsten zwei Wochen waren für Jerry und mich eine Zeit der geheimen Verschwörung. Wir trafen uns unauffällig in Bars und Restaurants, um über unsere Strategie zu beraten, und manchmal kam er nach Feierabend in mein Büro, und wir hielten Kriegsrat hinter verschlossenen Türen. Immer, wenn wir an einen kritischen Punkt kamen, pflegte Jerry zu sagen: »Wie hat's denn dein Freund gemacht?« Und ich stellte mich dumm und sagte: »Ich werde ihn anrufen und ihn danach fragen.«

Nach vielen Beratungen und viel Gerede einigten wir uns auf folgende Hauptpunkte:

1. Der Tag X sollte ein Samstag sein.

2. Am Abend dieses Tages wollten wir unsere Frauen zu einem gemeinsamen Essen ausführen.

3. Jerry und ich wollten in der Nacht zum Sonntag Punkt ein Uhr unsere Häuser verlassen und durch die Lücke in der Hecke schlüpfen.

4. Statt bis ein Uhr im Dunkeln im Bett zu liegen, sollten wir beide – sobald unsere Frauen eingeschlafen waren – leise in die Küche hinuntergehen und Kaffee trinken.

5. Im Notfall wollten wir zu dem Trick mit der Türklingel greifen.

6. Der Wildwechsel durch die Hecke war genau auf zwei Uhr morgens festgelegt.

7. Während des Aufenthalts im fremden Bett sollten Fragen der Frauen (falls welche gestellt wurden) durch ein mit fest geschlossenen Lippen gebrummtes ›Hm-hm‹ beantwortet werden.

8. Ich selbst mußte sofort vom Zigarettenrauchen zur Pfeife überwechseln, um ebenso wie Jerry zu ›riechen‹.

9. Wir wollten ab sofort das gleiche Haaröl und Rasierwasser benutzen.

10. Da wir beide normalerweise unsere Armbanduhren im Bett anbehielten und sie fast die gleiche Form hatten, beschlossen wir, sie nicht auszuwechseln. Keiner von uns trug Ringe.

11. Jeder von uns mußte etwas Ungewöhnlichs an sich haben, das die Frau als zweifelsfrei zu ihrem Mann gehörig erkennen würde. Wir erfanden dafür den sogenannten Heftpflaster-Trick. Das funktionierte so: Wenn am Abend des Tages X die beiden Paare nach dem gemeinsamen Abendessen wieder in ihre Häuser zurückgekehrt waren, mußten wir Ehemänner um jeden Preis in die Küche gehen und uns ein Stück Käse abschneiden. Bei dieser Gelegenheit würde jeder von uns beiden sich sorgfältig ein Stück Heftpflaster über die Kuppe des rechten Zeigefingers kleben. Danach sollte jeder den Finger hochhalten und zu seiner Frau sagen: »Ich habe mich in den Finger geschnitten. Nicht schlimm,

aber es blutet ein bißchen.« Wenn wir Männer dann später die Betten getausch hatten, würde jede Frau sehr deutlich die mit Heftpflaster beklebte Fingerkuppe spüren (der Mann würde dafür sorgen) und diese unwillkürlich mit ihrem Ehemann assoziieren. Dieser wichtige psychologische Trick sollte auch den winzigsten Verdacht ersticken, der bei einer der beiden Frauen aufkeimen konnte.

Das war also der Grundplan. Als nächstes kam das, was wir in unseren Notizen als ›Sich-mit-der-Umgebung-vertraut-Machen‹ bezeichneten. Jerry unterrichtete mich zuerst. Als an einem Sonntagnachmittag seine Frau und seine Kinder weg waren, gab er mir in seinem Haus drei Stunden Intensivtraining. Ich war noch nie zuvor in ihrem Schlafzimmr gewesen. Auf Samanthas Frisiertisch waren ihre Parfums, ihre Haarbürsten und all ihre anderen Kleinigkeiten. Ein Paar Strümpfe von ihr hing über eine Stuhllehne. Ihr weiß-blaues Nachthemd hing hinter der ins Badezimmer führenden Tür.

»Also gut«, sagte Jerry. »Wenn du hereinkommst, wird es stockfinster sein. Samantha schläft auf dieser Seite. Du mußt also auf Zehenspitzen um das Fußende des Bettes herumschleichen und hier drüben an der anderen Seite hineinschlüpfen. Ich binde dir eben mal die Augen zu, und dann versuchst du's mal.« Bei diesem Blindekuhspiel torkelte ich zuerst wie ein Betrunkener durch das Zimmer. Aber nach ungefähr einer Stunde konnte ich ziemlich genau meinen Kurs halten. Bevor Jerry sich jedoch zufriedengab, mußte ich mit verbundenen Augen den ganzen Weg von der Haustür durch die Diele, die Treppe hinauf, am Kinderzimmer vorbei ins Schlafzimmer gehen und schließlich an der richtigen Stelle ankommen. Und das mußte ich geräuschlos tun, wie ein Dieb in der Nacht. All das erforderte drei Stunden harte Arbeit, aber schließlich war ich perfekt.

Am nächsten Sonntagmorgen, als Mary mit unseren Kindern zur Kirche gegangen war, erhielt Jerry die gleiche Art Training in unserem Haus. Er war gelehriger als ich und bestand den Blindentest binnen einer Stunde ohne den geringsten Fehltritt.

Bei diesem Treffen beschlossen wir auch, als erstes die Stecker der Nachttischlampen der Frauen herauszuziehen, sobald wir im Schlafzimmer waren. Jerry übte mit verbundenen Augen das Suchen und Herausziehen des Steckers, und am nächsten Wochenende konnte ich die gleiche Übung in Jerrys Haus hinter mich bringen.

Jetzt kam der bei weitem wichtigste Teil unseres Trainings. Wir nannten es die ›Stunde der Wahrheit‹, weil wir jetzt beide in allen Einzelheiten unser Verhalten beim Liebesakt mit unseren Frauen beschreiben mußten. Wir beschlossen, etwaige exotische Varianten, die wir möglicherweise gelegentlich praktizierten, zu übergehen. Wir unterrichteten uns nur gegenseitig über die gemeinhin geübte Routine, die am wenigsten Mißtrauen erwecken konnte.

Diese Besprechung fand am Mittwochabend um sechs in meinem Büro statt, nachdem alle anderen nach Hause gegangen waren. Anfangs waren wir beide ein wenig verlegen, und keiner wollte damit anfangen. Deshalb holte ich die Whiskyflasche hervor, und nach zwei kräftigen Drinks waren wir enthemmt, und das Teach-in begann. Während Jerry sprach, machte ich mir Notizen, und dann umgekehrt. Am Ende stellte sich heraus, daß der einzige größere Unterschied zwischen Jerrys Praktiken und meinen im Tempo bestand. Aber was für ein Unterschied das war! Er ging in allem (falls seine Erklärungen stimmten) auf so lässige Art vor und verlängerte die Phasen in so ungewöhnlichem Ausmaß, daß ich mich insgeheim fragte, ob nicht seine Partnerin manchmal mittendrin einschlief. Es war jedoch nicht meine Aufgabe zu kritisieren, sondern zu imitieren, also sagte ich nichts.

Jerry war nicht so diskret. Nach meinem intimen Bericht hatte er die Frechheit zu fragen: »Machst du es wirklich so?«

»Was meinst du damit?« fragte ich zurück.

»Ich meine, ist das wirklich alles so schnell vorbei und erledigt?«

»Hör zu«, sagte ich leicht gereizt. »Wir sitzen hier nicht zusammen, um einander Unterricht zu erteilen. Wir sind hier, um die Fakten zu erfahren.«

»Ich weiß schon«, sagte er. »Aber ich komme mir ein bißchen blöd vor, wenn ich deinen Stil genau kopieren soll. Mein Gott, bei dir geht das ja wie bei einem Schnellzug, der durch einen Kleinstadtbahnhof saust!«

Ich starrte ihn mit offenem Munde an.

»Mach nicht ein so überraschtes Gesicht«, sagte er. »So wie du es mir erklärt hast, würde jeder denken . . .«

»Was denken?« fragte ich.

»Ach, lassen wir das«, sagte er.

»Sehr rücksichtsvoll!« sagte ich.

Ich war wütend. Denn es gibt zwei Dinge auf dieser Welt, von denen ich zufällig weiß, daß ich mich ausgezeichnet darauf verstehe. Das eine ist Autofahren, und das andere ist . . . na, Sie wissen schon, was. Also ansehen zu müssen, wie er da saß und mir erklärte, ich hätte meiner eigenen Frau gegenüber nicht die richtige Verhaltensweise, das war schon eine ungeheuerliche Beleidigung. Er war es, der nicht Bescheid wußte, nicht ich. Arme Samantha. Was hatte sie all die Jahre hindurch über sich ergehen lassen müssen.

»Es tut mir leid, daß ich das überhaupt angeschnitten habe«, sagte Jerry. Er füllte unsere Whiskygläser auf.

»Prost auf den großen Weibertausch«, sagte er und hob sein Glas. »Wann soll's denn nun sein?«

»Heute ist Mittwoch«, sagte ich. »Wie wäre es am kommenden Samstag?«

»Jesus«, sagte Jerry nur.

»Wir sollten es tun, solange wir alles noch frisch im Gedächtnis haben«, sagte ich. »Es sind so schrecklich viele Kleinigkeiten zu bedenken!«

Jerry trat ans Fenster und schaute auf den Straßenverkehr hinab. »Okay«, sagte er und drehte sich um. »Samstag ist der Tag des Herrn!«

Dann fuhren wir jeder in seinem Wagen nach Hause.

»Jerry und ich wollen dich und Samantha am Samstagabend zum Essen ausführen«, sagte ich zu Mary. Wir waren in der Küche, und sie briet Hacksteaks für die Kinder.

Mit der Bratpfanne in der einen und dem Löffel in der anderen Hand drehte sie sich zu mir um. Ihre Augen blickten fest in die meinen. »Mein Gott, Vic«, sagte sie. »Wie nett. Aber was feiern wir eigentlich?«

Ich erwiderte ihren festen Blick und sagte beiläufig: »Ich dachte, wir sollten zur Abwechslung wieder einmal ein paar neue Gesichter sehen. Immer sind wir mit der gleichen Clique von Leuten in den gleichen Häusern beisammen.«

Sie kam zu mir und küßte mich auf die Wange. »Was für ein guter Mann du bist«, sagte sie. »Ich liebe dich.«

»Vergiß aber nicht, den Babysitter anzurufen.«

»Nein, ich mache es noch heute abend«, sagte sie.

Donnerstag und Freitag vergingen sehr schnell, und plötzlich war es Samstag. Der Tag X war da! Schon beim Aufwachen war ich furchtbar aufgeregt. Nach dem Frühstück konnte ich nicht stillsitzen und beschloß daher, hinauszugehen und den Wagen zu waschen. Ich war mitten bei der Arbeit, als Jerry mit der Pfeife im Mundwinkel durch die Lücke in der Hecke herbeischlenderte.

»Hallo, Sportsfreund«, sagte er, »heute ist der große Tag.«
»Ich weiß«, sagte ich.
Ich hatte auch eine Pfeife im Mund und zwang mich, sie zu rauchen, aber ich hatte Mühe damit, sie in Brand zu halten, und der Rauch beizte mir die Zunge.
»Wie fühlst du dich?« fragte Jerry.
»Prächtig«, sagte ich. »Und wie ist es mit dir?«
»Ich bin nervös«, sagte er.
»Sei nicht nervös, Jerry.«
»Wir haben da ein ganz schönes Akrobatenstück vor«, sagte er. »Ich hoffe, es gelingt uns.«
Ich polierte meine Windschutzscheibe. Noch nie hatte ich Jerry nervös erlebt. Sein Zustand beunruhigte mich etwas.
»Ich bin nur heilfroh, daß wir nicht die ersten sind, die diese Tour probieren«, sagte er. »Wenn ich nicht wüßte, daß es andere schon zustande gebracht haben, würde ich es, glaube ich, lieber nicht riskieren.«
»Da stimme ich dir zu«, sagte ich.
»Das einzige, was mich beruhigt«, sagte er, »ist, daß dein Freund es so phantastisch einfach fand.«
»Mein Freund erklärte mir, es sei Klasse gewesen«, sagte ich. »Aber um Himmels willen, Jerry, sei bloß nicht nervös, wenn es soweit ist. Das wäre eine Katastrophe.«
»Nur keine Angst«, sagte er. »Aber verflucht noch mal, es ist schon einigermaßen aufregend.«
»Natürlich. Aufregend ist es schon«, sagte ich.
»Hör zu«, sagte er. »Wir sollten heute abend lieber nicht zu viel trinken.«
»Eine gute Idee«, sagte ich. »Also bis halb neun.«
Um halb neun fuhren Samantha, Jerry, Mary und ich in Jerrys Wagen zu *Billy's Steak House.* Trotz seines Namens war das Restaurant erstklassig und teuer, und unsere Frauen hatten aus diesem Anlaß lange Kleider angezogen. Samantha trug etwas Grünes mit einem gewagt tiefen Ausschnitt, und ich fand ihr Aussehen verführerischer als je zuvor.
Kerzen standen auf den Tischen. Samantha saß mir gegenüber, und immer, wenn sie sich vorneigte und das Gesicht der Flamme näherte, bemerkte ich den winzigen Hautkamm, der ihre Unterlippe krönte. »Also«, sagte sie, als der Kellner ihr die Karte reichte, »was soll ich heute abend genießen?«
Hohoho, dachte ich, was für eine überaus passende Frage.

Alles verlief harmonisch, und unseren Frauen machte es offenbar viel Spaß. Es war Viertel vor zwölf, als wir vor Jerrys Haus vorfuhren und Samantha sagte: »Kommt doch noch herein auf einen Schlaftrunk.«

»Vielen Dank«, sagte ich, »aber es ist ein bißchen spät. Und der Babysitter muß noch heimgefahren werden.«

Mary und ich gingen also zu unserem Haus hinüber, und während ich hineinging, sagte ich mir: *Von jetzt an beginnt der Countdown. Ich muß einen klaren Kopf behalten und darf nichts vergessen.*

Während Mary den Babysitter bezahlte, ging ich zum Kühlschrank und fand ein Stück kanadischen Cheddarkäse. Ich nahm ein Messer aus dem Schubfach und einen Streifen Heftpflaster aus dem Schrank. Nachdem ich das Heftpflaster um die Kuppe meines rechten Zeigefingers geklebt hatte, wartete ich, bis Mary sich umdrehte.

»Ich habe mich geschnitten«, sagte ich und hielt den Finger hoch. »Nicht schlimm, aber es hat ein wenig geblutet.«

»Ich würde meinen, du hättest für heute abend genug gegessen«, war alles, was sie sagte. Aber das Heftpflaster hatte sich ihr eingeprägt, und meine erste kleine Aufgabe war gelungen.

Ich fuhr den Babysitter heim, und als ich wieder oben im Schlafzimmer war, ging es auf Mitternacht zu. Mary hatte das Licht ausgemacht und war gerade am Einschlafen.

Ich knipste die Lampe auf meinem Nachttisch aus und ging ins Bad, um mich auszuziehen. Ich machte mir dort etwa zehn Minuten zu schaffen, und als ich wieder ins Schlafzimmer kam, schlief Mary, wie ich gehofft hatte, tief und fest. Es schien mir überflüssig, noch zu ihr ins Bett zu steigen. So schlug ich nur auf meiner Seite die Bettdecke zurück, um es Jerry zu erleichtern, und ging dann in meinen Hausschuhen nach unten in die Küche und stellte den Schnellkocher an. Es war jetzt null Uhr siebzehn. Ich hatte also noch dreiundvierzig Minuten vor mir.

Um null Uhr fünfunddreißig ging ich hinauf, um noch einmal bei Mary und den Kindern hineinzuschauen. Alles befand sich in tiefem Schlaf.

Um null Uhr fünfundfünfzig, also fünf Minuten vor Nullzeit, ging ich noch einmal zu einer letzten Prüfung hinauf. Ich trat ganz nahe an Marys Bett und flüsterte ihren Namen. Sie antwortete nicht. Gut. *Es ist soweit! Auf geht's!*

Ich zog einen braunen Regenmantel über meinen Schlafanzug.

Dann schalte ich in der Küche das Licht aus, so daß es überall im Haus dunkel war. Ich entriegelte das Schnappschloß der Eingangstür. Und dann trat ich mit einem Gefühl äußerster Hochstimmung leise in die Nach hinaus.

In unserer Straße gab es keine Laternen. Kein Mond und kein Stern leuchtete am Himmel. Es war tiefschwarze Nacht, aber die Luft war warm, und von irgendwoher wehte eine leichte Brise.

Ich ging auf die Lücke in der Hecke zu. Erst aus nächster Nähe konnte ich die Hecke erkennen und die Lücke finden. Wartend blieb ich dort stehen. Dann hörte ich Jerrys Schritte auf mich zukommen.

»Hallo, Sportsfreund«, flüsterte er. »Alles in Ordnung.«

»Alles für dich bereit«, flüsterte ich zurück.

Er ging weiter. Ich hörte ihn in seinen Hausschuhen leise über den Rasen tappen, als er auf mein Haus zuging. Ich ging auf sein Haus zu.

Behutsam öffnete ich Jerrys Haustür. Drinnen war es noch dunkler als draußen. Vorsichtig schloß ich die Tür. Dann schlüpfte ich aus meinem Regenmantel und hängte ihn an den Türknauf. Ich zog meine Hausschuhe aus und stellte sie neben der Tür an die Wand. Dabei konnte ich im wahrsten Sinne des Wortes die Hand nicht vor den Augen sehen. Alles mußte tastend gemacht werden.

Du meine Güte, war ich froh, daß mich Jerry so lange mit verbundenen Augen hatte üben lassen. Ich tastete mich nicht mit dem Fuß vorwärts, sondern mit den Händen. Die Finger der einen oder der anderen Hand waren nicht einen Augenblick ohne Kontakt mit einer Wand etwa, dem Treppengeländer, einem Möbelstück oder einem Fenstervorhang. Und ich wußte oder dachte doch, ich wüßte genau, wo ich mich jeweils befand. Aber es war ein schrecklich unheimliches Gefühl, mitten in der Nacht als Eindringling auf Zehenspitzen durch das Haus eines anderen zu schleichen. Während ich mich die Treppe emportastete, mußte ich an die Einbrecher denken, die im vergangenen Winter in unser Vorderzimmer eingedrungen waren und den Fernsehapparat gestohlen hatten. Als die Polizisten am nächsten Morgen kamen, zeigte ich ihnen einen großen Kothaufen im Schnee vor der Garage. »Das tun sie fast immer«, erklärte mir einer der Polizisten. »Sie können nicht anders. Es ist die Angst.«

Ich erreichte die oberste Treppenstufe. Die Fingerspitzen an der Wand, überquerte ich den Treppenabsatz. Dann ging ich den Gang entlang. Aber als meine Hand die Tür des ersten Kinderzimmers fand, hielt ich inne. Die Tür war angelehnt. Ich lauschte. Drinnen konnte ich den achtjährigen Robert Rainbow gleichmäßig atmen hören. Ich schlicht weiter und fand die Tür des zweiten Kinderzimmers. Es gehörte dem sechsjährigen Billy und der dreijährigen Amanda. Ich blieb stehen und lauschte. Alles war in bester Ordnung.

Das Elternschlafzimmer lag zwei Meter weiter am Ende des Korridors. Ich erreichte die Tür. Wie verabredet, hatte Jerry sie angelehnt. Ich ging hinein. Dicht bei der Tür blieb ich regungslos stehen und horchte, ob irgend etwas darauf hindeutete, daß Samanatha vielleicht wach war. Alles war still. Ich tastete mich an der Wand entlang, bis ich Samanthas Bettseite erreicht hatte. Ich kniete mich sofort auf den Boden und fand den Stecker ihrer Nachttischlampe. Ich zog ihn aus der Buchse und legte ihn auf den Teppich. Gut. Jetzt war es viel sicherer. Ich richtete mich auf. Sehen konnte ich Samantha nicht, und zuerst konnte ich auch nichts hören. Ich beugte mich tief über das Bett. Ah, ja, ich hörte sie atmen. Plötzlich drang mir ein Hauch des betörend schweren Parfums in die Nase, das sie an diesem Abend benutzt hatte, und ich fühlte, wie mir das Blut zwischen die Schenkel schoß. Auf Zehenspitzen schlich ich schnell um das große Bett, zwei Finger ständig vorsichtig am Bettrand.

Jetzt brauchte ich nur noch hineinzuschlüpfen. Das tat ich, aber als ich mich auf die Matratze legte, klang das Knarren der Sprungfeder unter mir so, als feuerte jemand ein Gewehr im Zimmer ab. Regungslos und mit angehaltenem Atem blieb ich liegen. Dabei hörte ich mein Herz wie eine Dampfmaschine in der Kehle stampfen. Samantha lag von mir abgewandt. Sie bewegte sich nicht. Ich zog die Bettdecke über meine Brust hoch und wandte mich Samantha zu. Eine erregende weibliche Wärme strömte mir von ihr entgegen. Also, es geht los. *Jetzt!*

Ich ließ meine Hand hinübergleiten und berührte ihren Körper. Ihr Nachthemd war warm und seidig. Ich ließ die Hand sanft auf ihrer Hüfte ruhen. Noch immer regte sie sich nicht. Ich wartete ungefähr eine Minute und erlaubte dann meiner auf der Hüfte liegenden Hand, sich weiterzustehlen und auf Entdeckungsreise zu gehen. Langsam, vorsichtig und sehr zielbewußt machten meine Finger sich an die Arbeit, Samantha zu entflammen.

Endlich rührte sie sich. Sie drehte sich auf den Rücken. Dann murmelte sie schläfrig: »Oh, Liebling . . . Oh, meine Güte, ich . . . Ach Gott, Liebling!«

Ich sagte natürlich nichts, sondern verrichtete nur weiter meine Arbeit.

Einige Minuten vergingen.

Sie lag ganz still.

Eine weitere Minute verstrich. Dann noch eine. Sie rührte sich nicht.

Ich begann mich zu fragen, wie lange es noch dauern mochte, bis bei ihr der Funke zündete.

Ich gab nicht auf.

Aber warum dieses Schweigen? Warum diese völlige und absolute Reglosigkeit, warum diese erstarrte Haltung?

Plötzlich fiel es mir ein. Ich hatte Jerry völlig vergessen! Da ich selbst so aufgeregt war, hatte ich seine persönliche Taktik ganz und gar vergessen! Ich tat es auf meine Art, nicht auf seine! Seine Methode war viel komplizierter als meine. Sie war lächerlich

umständlich. Das war ganz unnötig. Aber so war sie es nun einmal gewohnt. Und jetzt bemerkte sie den Unterschied und versuchte festzustellen, was denn um Himmels willen eigentlich los sei.

Aber es war zu spät, jetzt noch die Technik zu ändern. Ich mußte so weitermachen.

Und ich machte weiter. Die Frau neben mir lag wie eine gespannte Sprungfeder da. Ich konnte die Spannung unter ihrer Haut förmlich spüren. Allmählich geriet ich ins Schwitzen.

Plötzlich gab sie ein seltsames, leises Stöhnen von sich.

Weitere gräßliche Gedanken zuckten mir plötzlich durch den Sinn. War sie etwa krank? Hatte sie einen Herzanfall? Sollte ich hier vielleicht lieber ganz schnell verschwinden?

Sie stöhnte wieder – diesmal lauter. Dann rief sie ganz plötzlich laut: »Ja-ja-ja-ja-ja!«, und wie eine Bombe, deren träger Zünder endlich das Dynamit erreicht hat, wurde sie explosionsartig lebendig. Sie riß mich in ihre Arme und machte sich mit solch unglaublicher Wildheit über mich her, daß ich mich wie von einem Tiger angefallen fühlte.

Oder sollte ich lieber Tigerin sagen?

Ich hätte mir nie träumen lassen, daß eine Frau solche Dinge tun könnte, wie Samantha sie mit mir tat. Sie war wie ein Hurrikan, ein betäubend wilder Wirbelsturm, der mich entwurzelte, umherschleuderte und in Himmelshöhen emporriß, von deren Existenz ich nie etwas geahnt hatte.

Ich selbst trug nichts dazu bei. Wie konnte ich auch? Ich war hilflos. Ich war der Palmbaum, der durch die Luft wirbelte – das Lamm in den Klauen des Tigers. Mit Mühe und Not konnte ich gerade noch weiteratmen.

Trotzdem war es ungeheuer erregend, sich einer so explosiv ungestümen Frau widerstandslos in die Hände zu geben, und in den nächsten zehn, zwanzig oder dreißig Minuten – wie sollte ich das genau wissen? – tobte der Sturm mit unverminderter Heftigkeit weiter. Aber ich habe nicht die Absicht, den Leser hier mit bizarren Details zu ergötzen. Ich halte nichts davon, in der Öffentlichkeit schmutzige Wäsche zu waschen. Es tut mir leid, aber so bin ich nun einmal. Ich hoffe, daß meine Zurückhaltung bei meinen Lesern keine zu starken Frustrationen hervorruft. Jedenfalls konnte von Frustration in meinem Fall nicht die Rede sein, und in einem letzten, rauschenden Paroxysmus schrie ich auf, daß die gesamte Nachbarschaft hätte wach werden müssen.

Dann brach ich zusammen, fiel in mich zusammen wie ein leerer Weinschlauch.

Samantha hingegen wandte sich – als hätte sie lediglich ein Glas Wasser getrunken – einfach von mir ab und schlief sofort wieder ein.

Huiii!

Ich lag still da und erholte mich langsam wieder.

Sehen Sie, ich hatte wirklich recht gehabt mit jenem winzigen Krönchen auf der Unterlippe, nicht wahr? Wenn ich darüber nachdachte, hatte ich mehr oder minder in allem recht gehabt, was mit dieser unglaublichen Eskapade zusammenhing. Was für ein Triumph! Ich fühlte mich wunderbar gelöst und wohlig erschöpft.

Wie spät mochte es wohl sein? Meine Uhr hatte kein Leuchtzifferblatt. Ich sollte lieber gehen, dachte ich. Also kroch ich aus dem Bett und tastete mich, diesmal etwas weniger vorsichtig, außen daran herum – aus dem Schlafzimmer – den Gang entlang – die Treppe hinunter und in die Diele des Hauses. Ich fand meinen Regenmantel und meine Hausschuhe und zog beides an. In der Tasche meines Regenmantels hatte ich ein Feuerzeug. Ich machte es an und sah auf die Uhr. Es war acht Minuten vor zwei. Später als ich gedacht hatte. Ich öffnete die Haustür und trat in die schwarze Nacht hinaus.

Meine Gedanken begannen sich jetzt auf Jerry zu konzentrieren. War mit ihm alles in Ordnung? Hatte er es geschafft? Ich ging durch die Dunkelheit auf die Lücke in der Hecke zu.

»Hallo, Sportsfreund«, flüsterte eine Stimme neben mir.

»Jerry!«

»Alles in Ordnung?« fragte Jerry.

»Phantastisch«, sagte ich. »Umwerfend. Was ist mit dir?«

»Bei mir ist es ebenso«, sagte er. Ich sah das weiße Aufblinken seiner Zähne, als er mir durch die Dunkelheit zugrinste. »Wir haben es geschafft, Vic!« flüsterte er und berührte meinen Arm. »Du hattest recht! Es hat geklappt! Es war sensationell!«

»Bis morgen«, flüsterte ich.

Wir trennten uns. Ich schlüpfte durch die Hecke und ging in mein Haus. Drei Minuten später lag ich wohlbehalten wieder in meinem eigenen Bett, und meine Frau schlief tief und fest neben mir.

Am nächsten Morgen – es war Sonntag – stand ich um acht Uhr dreißig auf und ging in Schlafanzug und Morgenrock hinunter, um Frühstück für die Familie zu machen, wie ich es sonntags immer tue. Die beiden Jungen – der neunjährige Victor und der siebenjährige Wally – waren schon unten.

»Hallo, Daddy«, sagte Wally.

»Ich habe ein neues Frühstücksrezept«, verkündete ich.

»Was?« fragten die beiden wie aus einem Munde. Sie waren schon in der Stadt gewesen, hatten die Sonntagszeitung mitgebracht und waren jetzt in die Comics vertieft.

»Wir machen gebutterten Toast und streichen Orangenmarmelade drauf«, erklärte ich. »Und dann legen wir knusprige Speckstreifen auf die Marmelade.«

»Speck?« rief Victor. »Mit *Orangenmarmelade*?«

»Ich weiß. Aber warte, bis du es gekostet hast. Es schmeckt wunderbar.«

Ich schenkte den Grapefruit-Saft ein und trank selbst zwei Glas. Ein weiteres Glas stellte ich für Mary auf den Tisch. Dann schaltete ich den Schnellkocher ein, schob Brot in den Toaster und begann den Speck zu braten. In diesem Moment kam Mary in die Küche. Sie trug ein hauchdünnes, pfirsichfarbenes Chiffonding über ihrem Nachthemd.

»Guten Morgen«, sagte ich und sah sie über die Schulter hinweg an, während ich mit der Bratpfanne hantierte.

Schweigend ging sie zu ihem Stuhl am Küchentisch und setzte sich. Sie trank ihren Saft und sah dabei weder mich noch die Jungen an. Ich briet den Speck weiter.

»Hallo, Mami«, sagte Wally.

Sie antwortete auch darauf nicht.

Beim Geruch des Speckfetts begann sich mir der Magen umzudrehen.

»Ich möchte gern Kaffee«, sagte Mary, ohne sich umzuschauen. Ihre Stimme klang sehr merkwürdig.

»Kommt sofort«, sagte ich und schob die Bratpfanne von der Heizplatte weg. Dann machte ich schnell eine Tasse schwarzen Pulverkaffee und servierte ihn ihr.

»Jungs«, sagte sie zu den Kindern, »würdet ihr bitte im anderen Zimmer lesen, bis das Frühstück fertig ist?«

»Wir?« fragte Victor. »Warum?«

»Weil ich es sage.«

»Wir haben doch nichts Schlimmes gemacht!« sagte Wally.

»Nein, Liebling, das nicht. Ich möchte nur einen Moment lang mit Daddy allein sein.«

Ich hatte das Gefühl, kleiner und kleiner zu werden. Am liebsten wäre ich davongelaufen. Ich wollte durch die Haustür hinausstürzen, die Straßen entlangrennen und mich irgendwo verstecken.

»Mach dir auch einen Kaffee, Vic«, sagte sie, »und setz dich.« Ihre Stimme klang ausdruckslos. Es schwang kein Zorn darin mit – einfach nichts. Und sie sah mich immer noch nicht an.

Die Kinder gingen hinaus und nahmen die Comics mit.

»Macht die Tür zu«, sagte Mary zu ihnen.

Ich schüttete einen Teelöffel Pulverkaffee in meine Tasse, goß kochendes Wasser darüber und tat Milch und Zucker hinein. Das Schweigen war entnervend. Ich trat an den Tisch und setzte mich auf meinen Stuhl ihr gegenüber. Was meine Gefühle betraf, so hätte es ebensogut ein elektrischer Stuhl sein können.

»Hör zu, Vic«, sagte sie und schaute in ihre Kaffeetasse. »Ich will mir das von der Seele reden, bevor ich den Mut verliere und dann nicht mehr darüber sprechen kann.«

»Um Himmels willen, was hat dieser dramatische Auftritt zu bedeuten?« fragte ich. »Ist irgend etwas passiert?«

»Ja, Vic, allerdings.«

»Was denn?«

Ihr Gesicht war bleich und starr und so entrückt, als wäre sie sich ihrer Umgebung nicht bewußt.

»Also, komm, heraus damit«, sagte ich tapfer.

»Es wird dir nicht sehr angenehm sein«, sagte sie. Der Blick ihrer großen blauen, verstört wirkenden Augen ruhte einen Moment auf mir und glitt dann weiter.

»Was wird mir nicht sehr angenehm sein?« fragte ich. Das schiere Entsetzen, das dies alles in mir auslöste, begann in meinen Eingeweiden zu wühlen. Ich fühlte das gleiche wie jene Einbrecher, von denen der Polizist mir damals erzählt hatte.

»Du weißt, wie ich es hasse, über Sex und all solche Dinge zu reden«, sagte sie. »Solange wir verheiratet sind, habe ich kein einziges Mal mit dir darüber gesprochen.«

»Das stimmt«, sagte ich.

Sie trank einen Schluck Kaffee, aber sie war in Gedanken offensichtlich weit weg. »Der Grund dafür ist«, sagte sie, »daß ich es nie gemocht habe. Falls du es genau wissen willst: Ich habe es sogar gehaßt.«

»Was gehaßt«, fragte ich.

»Sex«, sagte sie. »Was man da macht.«

»Allmächtiger Gott!« sagte ich.

»Es hat mir nie das geringste Vergnügen bereitet.«

Das allein war niederschmetternd genug, aber der wirklich zermalmende Schlag würde noch kommen – dessen war ich mir sicher.

»Es tut mir leid, wenn dich das überrascht«, fügte sie hinzu.

Ich wußte nicht, was ich sagen sollte, deshalb blieb ich still.

Ihr Blick hob sich wieder von der Kaffeetasse und musterte mich mit so lauernder Aufmerksamkeit, als hegte sie eine bestimmte Vermutung. Dann senkte sie die Augen wieder.

»Ich wollte es dir nie erzählen«, sagte sie. »Und ich hätte es auch nie getan, wenn nicht das in der vergangenen Nacht gewesen wäre.«

Ich sagte sehr langsam: »Was war in der vergangenen Nacht?«

»In der vergangenen Nacht«, sagte sie, »da habe ich plötzlich erkannt, was an dieser ganzen verrückten Sache eigentlich dran ist.«

»Wirklich?«

Sie sah mir jetzt tief in die Augen, und ihr Gesicht war so offen wie eine der Sonne zugewandte Blume. »Ja«, sagte sie. »Ganz gewiß.«

Ich rührte mich nicht.

»Oh, Liebling!« rief sie und sprang auf, stürzte zu mir herüber und gab mir einen glühenden Kuß. »Ich danke dir so sehr für die vergangene Nacht! Du warst wunderbar! Und ich war wunderbar! Wir waren beide wunderbar! Mach doch kein so verlegenes Gesicht, mein Liebster! Du solltest stolz auf dich sein! Du warst phantastisch! Ich liebe dich! Wirklich! Ganz toll!«

Ich saß einfach nur da.

Sie lehnte sich dicht an mich und legte den Arm um meine Schultern. »Und jetzt«, sagte sie sanft, »nachdem du . . . ich weiß nicht recht, wie ich es ausdrücken soll . . . nachdem du irgendwie entdeckt hast, was ich *brauche,* von jetzt an wird alles so wunderbar sein!«

Ich saß immer noch stumm da. Sie ging langsam zu ihrem Stuhl zurück. Eine große Träne rann ihr über die Wange. Ich konnte mir nicht erklären, warum.

»Es war doch richtig von mir, daß ich es dir gesagt habe, nicht wahr?« sagte sie und lächelte unter Tränen.

»Ja«, sagte ich. »O ja.« Ich stand auf und trat an den Herd, um ihr nicht ins Gesicht blicken zu müssen. Durchs Küchenfenster sah ich Jerry mit der Sonntagszeitung unterm Arm seinen Garten durchqueren. Es war etwas Federndes in seinem Gang, ein tänzelnder Schwung des Triumphes in jedem seiner Schritte, und als er an die Treppe zur Veranda seines Hauses kam, stürmte er sie, zwei Stufen auf einmal nehmend, hinauf.

Gerhard Zwerenz

Nachwirkungen (I)

Nein, das kannst du mir ruhig glauben, ich hatte gar nicht die Absicht. Ursprünglich wollte ich auf euch warten, ist aber immer später geworden, ihr kamt nicht, der Tisch war gedeckt, dreimal war das Essen schon warm und wieder kalt geworden, gegen sechs wolltet ihr daheim sein, zwanzig nach acht hatte ich es satt, so rumzusitzen, da fuhr ich mit der Straßenbahn rein und ging in die Kneipe.

Es war kurz vor neun. Ich saß vorn an der Theke und dachte, ihr würdet irgendwann schließlich hier auftauchen. Es war wie immer am Freitag, gegen elf alles proppevoll, Gedränge und Geschiebe, ich hatte einen Hocker, und da ließ sich's aushalten.

Ist doch Quatsch, was ihr da redet, ich hätte den angemacht. Es war einfach so, daß ich mit jemandem reden mußte. Wenn ich wirklich einen anmachen will, dann mache ich ihn an, von euch

lass' ich mir das nicht verbieten, ich hatte aber keine Absicht, war nur so Thekengekäse, dann nach der Polizeistunde wollte kein Mensch heim, hingen alle rum, dreimal machte Bovi das Licht aus, die Typen blieben einfach kleben an ihren Stühlen. Das kennt ihr doch. Dachte immer noch, ihr kreuzt dort auf, wenigstens hättet ihr mich zu Hause anrufen können und mir Bescheid geben, daß ihr nicht kommt, wißt ihr doch, daß ich mit jemandem reden muß an so 'nem Abend.

Also, wir sind durchaus nicht mit der Absicht losgefahren, es war so, daß er sich anbot, mich im Wagen heimzubringen, ich nahm es an, die letzte Straßenbahn war weg, dann unterwegs fragte er, ob ich mitkommen würde zu ihm. Ich konterte gleich: »Mit Schlafen und so is' nix, und wenn du dir das vorstellst, is' es 'ne falsche Vorstellung.«

Mensch, nu red bloß nicht so 'n Blech. Will doch nicht jeder gleich darauf hinaus, das war 'n andrer Typ – ja, das kommt auf dasselbe raus, aber es hätte nicht auf dasselbe rauskommen müssen.

Ah, ihr beide, hab' ich euch auch nur einmal vorgeworfen, daß ihr's miteinander treibt und ich als Dritte hier in der Wohnung ganz schön dumm dastehe?

Na gut, ich hatte 'ne richt'ge Zweierbeziehung, die is' kaputt, ich hab' ein paarmal mit euch geschlafen, o. k., is' aber auf die Dauer nicht meine Art.

Ich frag' ja nur, wieso ihr so bescheuert guckt.

Das frag' ich mich wirklich.

Ist doch gar nicht wahr. Wie könnt ihr einfach was behaupten, wenn ihr nichts wißt. Nein, nichts wißt ihr.

Na klar, da war ein Bett, und, na klar, sind wir rein. Seit wann steigt man angezogen ins Bett, Mensch, Lisa, ich hab' gedacht, der Typ ist alt oder halb schwul oder kaputt oder was sonst, wir haben leise gequatscht und Platten gehört und Wein getrunken, das war wie hier bei uns, bloß der Wein war besser.

Nu seid doch nicht schon wieder sauer!

Ja, gestreichelt. Er hat mich gestreichelt und geküßt, und ich hab' ihm nicht die Eier gequetscht. Schön, war nicht richtig von mir. Er hat meine Finger an seinen Sack gelegt, und ich hab' nicht zugedrückt.

Gar nicht hab' ich's gemacht mit ihm.

Also gut, ich hab' ihm nicht weh getan, das nehm' ich auf mich.

Mensch, ihr kennt doch seit Jahren keine Männer mehr. Das jedenfalls war ein Typ, zu dem konnte man nicht gemein sein.

Ihr mit euren Floskeln, Männlichkeitswahn und so, daß ich nicht lache!

Er hat gesagt: »Wenn du nicht willst, dann läuft eben nix.« Er hat mich gestreichelt und das gesagt. Er hat gewollt. Na und? Ich hab' auch gewollt und trotzdem da gelegen wie 'n Brett. Gut, geb' ich zu, ich hab ungern da gelegen wie 'n Brett, ich hätt' gern richtig mitgemacht, wird mir schwer hochzukommen, ihr kennt mich doch.

Ach, die Gelegenheit ausgenutzt. Habt ihr doch auch, anfangs, als wir noch zu dritt – nein, ich war – also gut, es stimmt ja auch, ich hab' ihn drübergelassen. Nicht, daß mir's was gebracht hätte, ich war neugierig, was kichert ihr so blöde, ich war tatsächlich neugierig. Wie auch immer, ich hab' ihn gelassen und dabei beobachtet, er hat sich ungeheuer abgestrampelt und gewundert, wie wenig begeistert ich da lag . . . War wirklich nicht begeistert, ich war ohne jede Aktivität . . . o. k., o. k. – es hat mir gefallen, und wieso paßt euch das nicht? Und was habt ihr euch überhaupt reinzumischen, ob mir so was gefällt oder nicht?

In seinem Phalluswahn bestärkt?

Eben nicht.

Nein, sag' ich.

Hab' ich doch schon ganz klargestellt.

Er war verunsichert, da gibt's gar keinen Zweifel. Geb' ich ja zu, ich bedauerte ihn beinahe. Na, schmusen ließ sich's gut mit dem Typ. Ihr seid ja nicht heimgekommen an dem Abend, und angerufen habt ihr auch nicht.

Mensch, das wißt ihr doch, wie es mich beschäftigt, daß ich arbeitslos bin und keine Aussicht auf 'ne Stelle hab'. Examinierte Psychologin und ohne Job, und ihr laßt mich einsam da sitzen mit meinem dreimal gewärmten Essen.

He, nu macht euch mal nicht in die Hosen!

Also, er hat einen abgeschossen, und ich war naß. Ihr erinnert euch wohl dran, wie leicht ich naß werde. Ich bin immer naß. Was das heißt? Das heißt, Menschenskinder, ich bin immer naß, aber ich brauch' keinen Mann dazu.

Hat er ja auch. Am Morgen war ich so sauer auf mich, das Brett hab' ich nich noch mal spielen wollen, bin liegengeblieben wie die Eiserne Jungfrau.

Ja, hat er sich selber befriedigt. Ach, was geht's euch an, ob in meinem Bauch oder auf meinem Bauch. Frag' ich euch denn, wie ihr's macht? Ich soll fragen, meinetwegen, aber ich will's gar nicht wissen. Ich kenn' mich doch aus mit euren Freuden. Nein, ihr verheimlicht mir nichts, ich will nur nicht mehr, ich zieh' hier aus, habt ihr verstanden?

Nein, nicht sofort, also gut, ich verberg' nichts, er hat sich erkundigt, ich lüg' da nicht, warum soll ich abstreiten, wie gern ich's mir selber mache. Wie oft? Manchmal zwei Wochen lang gar nicht und dann fünfmal an einem Tag. Soll ich mich tarnen und zieren, nur weil ein Mann danach fragt? Entweder wir bleiben

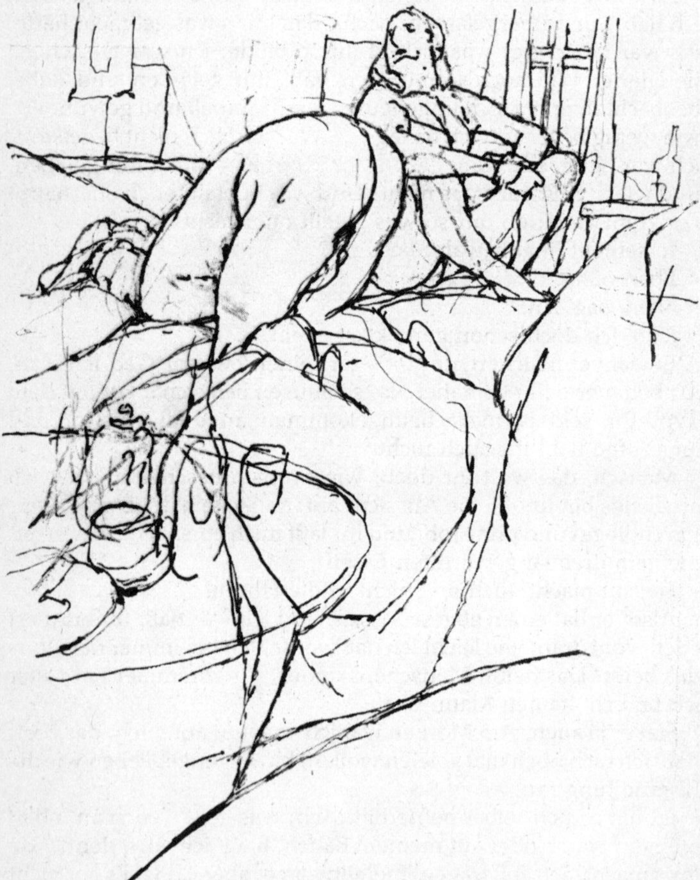

dabei, daß wir nicht drumherum reden, oder wir sind nicht besser als die andern. Klar, ich hab's gern getrieben mit euch, aber ihr habt mich immer die Dritte sein lassen. Da bin ich lieber einzeln. Bei ihm im Bett war ich nicht einzeln? Richtig, er lag daneben und hat zugeschaut, gern und gierig. Wie ihr. Begreif' ich nicht, warum soll der Typ keinen Spaß haben beim Zuschauen, ihr habt doch auch mit Vergnügen hingesehen.

Bloß, weil er 'n Mann ist?

Und nur, weil ihr keine Männer seid, habt ihr ein Recht drauf, euch aufzugeilen beim Zugucken und er nicht?

Ich hab' mich auf den Bauch gedreht, und ja, mit beiden Händen. Ihr kennt mich doch. Dauert lange bei mir. Bringt aber was. Ob einen Finger oder zehn? Wollt ihr nachrechnen? Ich nahm mir Zeit. Sollte ich vielleicht zaubern? Natürlich, gegen Ende knie ich und reck' den Hintern in die Luft. Und wenn er sich vor Geilheit nicht mehr einkriegte, weil er meinen Arsch sah und ich stark zuckte, was geht euch das an?

Freundinnen?

Ihr beide seid Freundinnen, mich habt ihr nur manchmal dazugenommen. Und überhaupt, du erinnerst dich, Isi, am Anfang hast du mir zugestimmt, es ist immer noch besser, mit so einem Typ zusammen zu onanieren, als – als –

Wenn ein Mann sich aufführt wie der Kaiser von Amerika, also da schnall' ich ab, und das hab' ich euch immer erzählt. Aber es gibt auch bessere Jungs, und wenn die Lage klar ist, dann ist eben keine Unterdrückung dabei. Ja, er hat auf mir gelegen, aber so glaubt mir doch, wenn ich unten lieg', kann ich so passiv sein, wie ich's eben nicht sein kann, wenn ich auf ihm liege oder sitze, ach, ihr habt keine Ahnung mehr, wie das ist mit einem Mann. Ich werf' euch das nicht vor, ich sag' nur, was ich sagen darf, schließlich muß ich mich gegen euch verteidigen, wenn ihr mich angreift, meinetwegen bin ich eine kleine geile Suse gewesen an dem Abend, und warum nicht?

Meine Zweierbeziehung hat euch nicht gepaßt, wenn ich mir mal 'nen Typ mitgebracht hab' aufs Zimmer, wart ihr beleidigt, euch gefällt nichts von dem, was ich tu', und wenn ich jetzt sag' »ich zieh' aus«, dann hat das auch damit zu tun, daß ihr ständig versucht, mit zu schurigeln.

Der sexistische Mann als Hauptfeind, das stimmt schon, nur könnt ihr mir nicht prinzipiell verbieten, mit einem zu schlafen, und von wegen, ein Verhältnis anfangen mit dem, das will ich doch gar nicht, und wenn ich's wollte, wär's auch ganz allein meine Sache und nicht eure.

Solidarität ist ohne freiwillige Basis nicht möglich. Ich kann auf die Dauer nicht lesbisch leben, das habt ihr doch gemerkt in der Zeit. Nein, ich komme ziemlich lange ohne Mann aus, das wißt ihr auch, wo wir zusammen wohnen, ich hab' gestern abend nicht daran gedacht, mit dem von der Theke zu vögeln, er hat mit mir, nicht ich mit ihm, es war nicht berauschend, obgleich ich jetzt langsam find', es ist immer noch berauschender als dieser Streit hier mit euch – ach Scheiße –

Was? Ich bin gar nicht den ganzen Tag über bei ihm gewesen. Er hat mich heute morgen mitgenommen im Wagen, und ich bin auf die Demo, da seid ihr nicht gewesen, die habt ihr geschwänzt, na? Also gut, nicht am Morgen, es war Mittag, was, aha? Wir haben lange geschlafen, ist das vielleicht verboten?

Fängst du noch mal damit an? O. k., ich hab' ihn gestreichelt und nicht zugedrückt, als er meine Hand nahm und sich anlegte. Ich hab' ihm nicht weh getan, aber ich hab' ihn durchaus nicht angemacht.

Komm doch nicht mit so blöden Scherzen, Händchenhalten, da bleibt einem ja die Spucke weg.

Gar kein Verrat ist das . . . Wenn wir schon anfangen zu ideologisieren, dann könnt' ich auch so formulieren: Der Typ kaut jetzt an einem neuen Erlebnis. 'ne Frau, die nicht kuscht vor ihm, die nicht schnurrt wie 'ne liebestolle Katze. Er hat auf mir einen abgeschossen, was weiter? Mußte er doch mitkriegen, daß mich das nicht die Bohne erschüttert hat. Also wenn er auch nur ein bißchen ein Pascha war, dann hat er einen schönen Knacks weg nach der Nacht.

Beine breit und rein – kommt doch noch immer drauf an, was folgt. Oder? Die Emanzipationsbewegung der Frauen verraten? Ihr spinnt doch, ihr spinnt ehrlich!

Geb' ich zu, hab' mich nicht gestritten mit dem Mann – ich mochte ihn leiden. Ihr an meiner Stelle hättet ihm den Schwanz abgebissen. Ich hab' ihn nicht in den Mund genommen.

Was ist ehrlicher?

Jedenfalls fühl' ich mich heute wohl, und das darf ich laut heraussagen, oder habt ihr da auch was dagegen – wie?

Nachwirkungen (II)

Hatte nicht im geringsten die Absicht. War alles passiert, wie wenn einer Regie geführt hätte. Wollte bloß auf einen Sprung in die Pinte. Saß einer an der Theke, aus Nürnberg, junger Akademiker, zweiter Bildungsweg, in der SPD und sauer auf die Partei, ergaben sich die üblichen Gespräche.

Dann die Kleine links neben mir. Wirklich, sie war klein. Langes blondes Haar, das Gesicht hinter der riesigen runden Sonnenbrille getarnt. War gar keine Sonnenbrille. War 'ne Extraanfertigung mit getönten Gläsern. Hielt sich sehr still, das Mädchen, hätte sie auf siebzehn geschätzt; staunte nicht schlecht, Diplompsychologin, arbeitslos, hatte Haare auf den Zähnen. Keine Erotik. Kein Sex. Viel Politik. Na, wie diese linken Weiber so sind.

Muß mich korrigieren. Vor ein paar Jahren waren sie links und geil. Jetzt sind sie links und schrill. Jedenfalls hatte ich keinen Bock drauf, bloß, daß es sich Stunden hinzog, das Gequatsche, kamen auch immer welche dazwischen an der Theke, ich bot der Kleinen an, sie heimzufahren, »ja, danke«, sagte sie, »meine letzte Straßenbahn ist auch schon weg«. Unterwegs war sie erst unsicher und dann einverstanden, ich wendete, und wir landeten in meinem Bett. Ich sagte vorher: »Man muß ja nicht unbedingt miteinander schlafen.«

»Ich glaub', ich bin ziemlich naiv gewesen, daß ich dir das abgenommen hab'«, sagte sie, als ich sie streichelte. Sie war vollkommen naß. Blieb aber kalt. Benahm sich, als wäre sie trocken. Keine zärtliche Geste. Kein Entgegenkommen. Ich lag drauf und dachte, jetzt wird sie sich wohl endlich entschließen mitzugehen auf die Reise, aber das war nicht drin.

Vielleicht bin ich zu alt für so Sachen. Obwohl vor wenigen Jahren war ich noch nicht zu alt. So ein Verhalten wie bei der blonden Kleinen rührt wohl von der Schwarzer her, sexuelle Obstruktion, ist bald so schlimm, wie wenn sich die Gänschen früher ewig zierten.

Die zieren sich jetzt nicht. Sehen das Bett. Ziehen sich aus. Liegen da. Geben keinen Mucks von sich, wenn du drauf bist.

Das ist ehrlich elend, weil du nicht weißt, wie drauf reagieren. Man kommt sich angeschmiert vor. Verhöhnt. Immerhin kann ich mich drauf einstellen.

Haben wir Wein getrunken, Platten gehört, leise geredet. Sind dann eingeschlafen. Am Morgen ein sanftes Frühstück. Hab' ich gemacht. Ob Frühstück für mich allein oder für die Kleine mit, was soll's. Besser, als wenn ich so 'n Mädchen in meiner Küche rumfuhrwerken lasse.

Wenn sie sich da so anstellt wie im Bett, also da kann nicht mal der Kaffee Kaffee werden.

Sind wir noch mal auf die Matratze. War wie verhext. Als gäb's auf der Welt keine Bewegung mehr. Ich hatte 'ne leblose Puppe im Bett. Ich konnte sie streicheln, küssen, in sie eindringen, sie antwortete nicht.

Mit keiner Regung. Nicht der kleinsten.

Ich nahm ihre Hand und legte ihr was rein. Die Hand blieb so, wie ich sie hingeführt hatte. Da steckte System dahinter. Wurde mir klar, ich sollte eine Lektion kriegen.

Mensch, dachte ich, die nimmt dich für 'nen Pascha, ein typisches Produkt der Männergesellschaft, und sie will dir beweisen, Frauen machen nicht mehr mit.

Sie erzählte von sich. Sprach ganz lieb und vertraulich. Lebt mit zwei Lesben zusammen. Hat eine lange Zweierbeziehung hinter sich. »Der arme Mann«, sagte ich. »Wieso?« fragte sie. – »Der hat dich doch nie auf Touren gebracht.« – »Das denkst du«, sagte sie. – »Geht's überhaupt bei dir?« – »Natürlich!« – »Aber?« — »Ich brauch' 'ne tiefe und echte Beziehung zu einem Mann, sonst bring' ich's nicht.«

Da war ich aufgeschmissen. Eine wirkliche Emanze hätte mich anders hergenommen. Die Inkonsequenzen der Kleinen verunsicherten mich erst richtig. Wenn du auf eine entschiedene Männerfresserin stößt, dann ist schnell alles klar. Ein Schützengrabensystem zwischen denen und uns. Nützt gar nichts, wenn du aus der Stellung steigst und rübergehst und dich ergibst. Wirkliche Feindschaft endet auch mit dem Sieg der einen und der bewußten Niederlage der anderen Seite nicht.

Wirkliche Gegnerschaft ist in der Psyche verankert.

Was mich am meisten störte, war die Gleichgültigkeit, mit der ich behandelt wurde. Also, ich gehör' noch der alten Schule an. Die Frau soll auch was haben, wenn ich was habe. Wenn die Frau dich aber schuften läßt und sich demonstrativ faul verhält, dann hast du am Ende dein Ziel erreicht, sie aber ist auf halbem Wege weggeblieben.

Die kleine Blonde stand noch ganz am Anfang des Weges. Wenn so eine von vornherein nicht mitmacht, dann weißt du, woran du bist, aber wenn sie mitmacht, ohne mitzumachen, dann kriegst du bald das große Flimmern.

Ihre Hände hatten keine Kraft, sich zu bewegen. Ihren Mund hielt sie festverschlossen, egal, womit ich mich ihr näherte. Die Beine bekam sie auseinander, wenn ich nachhalf, schön, 'ne Frau mit geöffneten Schenkeln ist angenehm. Schien sogar, sie ließ mich ganz gern einfahren, aber das war auch schon alles. Sonst streikte sie.

Es ist gespenstisch, eine Frau zu lieben, die zugleich vorhanden ist und nicht vorhanden.

Ich weiß wenig von dem Mädchen. Nur daß sie mit den zwei

Lesben zusammenwohnt und ihre große Zweierbeziehung abgebrochen hat un früher mal was mit 'ner Frau hatte und zwischen den beiden Mitbewohnerinnen und der kleinen Blonden jetzt nichts mehr los ist im Bett. Ja, und ihren Beruf kenn' ich und weiß, daß sie arbeitslos ist und unglücklich deswegen.

Am Mittag drauf ließ sie sich in die Stadt fahren zu einer Demonstration. Die Telefonnummer und ihren Vornamen hat sie mir gesagt.

Ich werde nicht anrufen. Dabei denk' ich oft an sie. Weil alles so unklar blieb. Kein System drin, obwohl hinter diesen Verhaltensweisen eins verborgen sein muß. Die Schwarzer und andere haben da was angefangen. Bloß, wohin es führt, weiß kein Aas. Die Frauenbewegung ist in Bewegung geraten. Was die einzelnen Mädchen draus machen? Jedenfalls sind die Frauen jetzt viel komplizierter als die Männer, bei denen es weniger Psychologie gibt.

Wenn auch nicht weniger Psychopathologie.

Also einen Riß in der Psyche haben wir alle.

Das liegt an der anwachsenden Feindschaft.

Allerdings, feindselig ist es nicht gewesen in der Nacht. Wir waren freundlich miteinander. Nur daß meine Sympathie stärker anwuchs und ihre sich selbst gleich blieb. Ich konnte das Mädchen nicht hochbringen. Nein, stimmt nicht, als sie sich selbst befriedigte, war sie erregt. Vielleicht muß ich es so sehen: Ich habe sie erregen, aber nicht befriedigen können. Nicht mal soweit, daß sie erste Zeichen von Spaß oder Genuß gab. Oder sie unterdrückte das bewußt, um mir eins auszuwischen. Aber warum zeigte sie ihre Feindschaft dann nicht offen? Sie ließ gar keine Feindschaft spüren, nur Geduld. Oder soll ich sagen. Resignation?

Ich zählte zu den Restbeständen einer alten vergehenden Generation. Wir konnten die Welt ebenso vernichten wie umarmen. Nach uns kommen vielleicht welche, die vernichten nicht mehr und umarmen nicht mehr.

Das Umarmen finde ich schön. Ich rutsche beim Überlegen aus in viel zu gewichtige Worte. Und alles wegen einer kleinen nassen Möse, die sich weigerte, aber nicht verweigerte.

Seit zwei Tagen krieg' ich den Ärger nicht vom Hals. Der Zettel mit Vornamen und Nummer liegt neben dem Telefon. Vielleicht sollte ich anrufen. Aber ich hab' Angst, mich lächerlich zu machen. Was will ich mit einer Frau, die nicht zeigt, was sie will? »Es geht schon«, sagte sie auf meine Frage. Ich meinte, sie käme nicht übern Berg. Als sie es sich selber besorgte, brauchte sie lange dazu. Sie lag auf dem Bauch und bearbeitete sich mit beiden Händen. Mann, dachte ich, wenn du das fertigbringen willst, mußt du zu einem langen, gewaltigen Ritt aufbrechen. Ich hatte Angst. Dieses Mädchen zu schaffen, das ist ja wie die Eiger-Nordwand. Bin ich vielleicht nicht mehr jung genug dazu. Und auch was sie sonst von mir forderte – eine tiefe und echte Beziehung –, da schnall' ich ab, das ist mir zu kompliziert, diese Bindungen und Verstrickungen.

Ich werde den Zettel wegwerfen und dann Laura anrufen. Ihr Mann ist froh, wird er ein wenig entlastet. Und bei Laura kann ich sicher sein, daß sie zeigt, was sie freut. Unsere Wünsche und Bedürfnisse laufen parallel, auch die Befriedigung. Keine Probleme. Die kann ich mir auch nicht leisten, bei dem täglichen beruflichen Streß.

Margarete von Navarra

Die Prüfung des Geliebten

Ein Edelmann aus gutem Hause, der sich großes Wissen erwerben wollte, um Ruhm und Ansehen zu erreichen, besuchte in Frankreich die Hochschule und brachte es dort zu großem Erfolg. Mit seinen siebzehn bis achtzehn Jahren erschien er bereits wie ein leibhaftiges Buch, war vielen ein Vorbild, und fand doch genug Zeit, auch den Lehren des Gottes Amor zu horchen; dieser verbarg sich hinter dem Gesicht und den Augen der schönsten Dame des ganzen Landes, die sich damals gerade wegen eines Prozesses in der Stadt aufhielt. Bevor aber noch Gott Amor es unternahm, den Edelmann durch die Schönheit dieser Dame sich zu unterwerfen, hatte er schon der Dame Herz getroffen, als sie die Vollkommenheiten sah, die in diesem Ritter vereinigt waren; denn es gab keinen, der ihm an Schönheit, Anmut, Klugheit und Geist gleichkam, welchen Standes er auch sein mochte. Ihr wißt, wie schnell dies Feuer um sich greift, wenn es erst einmal das Herz und die Sinne an einer Ecke ergriffen hat. Ihr könnt Euch also auch vorstellen, daß Amor nicht an zwei mit solchen Vorzügen ausgestattete Personen herantrat, ohne daß sie bald nur auf seine Stimme hörten, alles Licht ihres Lebens nur von ihm erhielten und ihr Denken, Fühlen und Wollen nur von seiner Glut erfüllt war. Da der Ritter aber sehr jung und deshalb noch schüchtern war, betrieb er seine Angelegenheit nur langsam und sehr zartfühlend. Nun wäre bei ihr, die die Liebeskunst schon vollkommen beherrschte, ein besonderes Werben gar nicht vonnöten gewesen, sie hütete sich aber aus weiblicher Scham, ihm ihre Gedanken zu offenbaren. Schließlich aber war ihr Herz, diese Festung der weiblichen Ehrbarkeit, von der langen Belagerung so mürbe geworden, daß die Arme sich auch äußerlich mit dem aussöhnte, was in ihrem Innern schon längst kein Widerspruch mehr für sie war. Sie wollte aber seine Charakterfestigkeit und Beherrschung erproben, versprach ihm Erhörung seiner Bitten, aber unter einer schweren Bedingung, indem sie ihm versicherte, daß, wenn er dieselbe einhielte, sie ihm ganz gehören werde, andernfalls er aber nicht das Geringste von ihr zu erhoffen habe. Sie wolle, daß sie einmal zusammen im Bett lägen, jedes im Hemde, und nur miteinander sprächen, ohne daß er etwas Weiteres von ihr verlangte, als höchstens noch einen Kuß. Er versuchte sich kein größeres Glück vorzustellen, als das, was sie ihm für die Zukunft versprach, und ging auf ihre Bedingung ein. Als der Abend gekommen war, wurde die Bedingung erfüllt; so entgegenkommend sie sich auch bewies und wie sehr es ihn auch drängte, so wollte er seinen Schwur doch nicht brechen. Und obwohl die ihm auferlegte Qual ihm nicht geringer schien als das Fegfeuer, so war seine Liebe doch so stark und seine Hoffnung so groß, um so mehr als er sicher sein konnte, sein Verzicht werde ihm in diesem Falle ein dauerndes Glück als Lohn eintragen, daß er sich in Geduld faßte und aus ihrer geliebten Nähe schied, ohne irgendeinen weiteren Versuch gemacht zu haben.

Die Dame aber schien von diesem Ausgang weit mehr erstaunt, als befriedigt zu sein. Es kam ihr der Verdacht, daß seine Liebe doch vielleicht nicht so groß sei, als sie geglaubt, oder daß er nicht so viel Schönes an ihr gefunden habe, als er erwartete. An seine ritterliche Geduld und Treue im Einhalten seines Schwures dachte sie gar nicht mehr. Sie entschloß sich deshalb, bevor sie ihr Versprechen einlöste, seine Liebe noch eine andere Probe bestehen zu lassen. Zu diesem Zwecke bat sie ihn, einem ihrer Fräulein, das jünger als sie selbst war und auch ganz schön, den Hof zu machen, damit die Leute, die ihn sooft in ihr Haus kommen sahen, glauben möchten, es geschehe um dieser, nicht um ihretwillen. Der junge Ritter, immer in der Voraussetzung, von ihr ebenso geliebt zu werden, als er sie liebte, gehorchte ihrem Befehl in allen Teilen und überwand sich ihr zu Liebe, jenem Fräulein den Hof zu machen, auf das wiederum seine Schönheit und sein Geist einen so tiefen Eindruck machten, daß es seine Lügen gern für Wahrheit nahm und ihn bald so liebte, als würde es ernstlich von ihm geliebt. Als nun die Herrin sah, daß diese Sache ziemlich weit gegangen war, trotzdem aber der junge Mann nicht aufhörte, sie wegen der Erfüllung ihres Versprechens zu drängen, gewährte sie ihm eine Zusammenkunft gegen Mitternacht, indem sie ihm sagte, sie habe seine Liebe und seinen Gehorsam nun genugsam erprobt, um ihn endlich auch des Lohnes seiner Ausdauer teilhaftig werden zu lassen. Das Glück des treuen Liebenden könnt ihr euch denken; und er verfehlte selbstverständlich nicht, zu bestimmter Stunde an Ort und Stelle zu sein. Die Dame aber wollte noch einen letzten Versuch machen und sagte deshalb zu dem jungen Mächen: »Ich kenne die Liebe eines jungen Edelman-

nes zu Euch und ich weiß auch, daß Ihr ihn nicht minder leidenschaftlich liebt. Ich habe solches Mitleid mit Euch, daß ich Euch Gelegenheit geben will, einmal ganz nach Eurem Wunsche und ungestört mit ihm zusammenzusein.« Das junge Mädchen war so erfreut, daß sie ihre Neigung nicht länger verbarg. Sie sagte, sie werde gern kommen und dem Rat und den Anordnungen ihrer Herrin folgend, entkleidete sie sich und legte sich zu Bett, ganz allein in einem Zimmer, dessen Tür die Dame offen ließ, nachdem sie drinnen noch eine Kerze angezündet hatte, damit die verführerischen Reize des jungen Mädchens auch recht vorteilhaft sichbar werden sollten. Dann tat sie, als ginge sie fort, versteckte sich aber so gut in der Nähe des Bettes, daß niemand sie sehen konnte.

Der arme Ritter, der sich fest auf ihr Versprechen verlassen hatte, kam zur verabredeten Stunde und trat ganz behutsam in das Zimmer. Dann, nachdem er die Tür verschlossen, seine Kleider und seine Stiefel abgelegt hatte, stieg er ins Bett, wo er die Heißersehnte zu finden gedachte. Kaum aber hatte er die Arme ausgestreckt, um die Geliebte zu umarmen, als auch schon das junge Mädchen, die ihn in sich verliebt glaubte, die ihren um seinen Hals geschlungen hatte und ihm mit so freudestrahlendem Gesicht glühende Liebesworte ins Ohr flüsterte, daß selbst ein Einsiedler sein Paternoster darob vergessen hätte. Als er aber ihr Gesicht sah und ihre Stimme hörte, und erkannte, daß es nicht jene war, für die er schon so viel geduldet hatte, war er wie mit kaltem Wasser begossen und erhob sich ebenso schnell wieder, als er vorher ungeduldig gewesen war, sich zu ihr zu legen. Dann trat er zu ihr heran und auf Herrin und Dienerin gleicherweise erzürnt, sagte er zu ihr: »Eure Torheit und die Eurer Herrin, die Euch aus Hinterlist hierher gelockt hat, können meinen Sinn nicht ändern! Ihr aber, seid bemüht, eine anständige Frau zu bleiben; jedenfalls werdet Ihr durch mich diesen Ehrentitel nicht verlieren.« Dann verließ er in großer Erregung das Zimmer und blieb auf lange Zeit dem Hause seiner Angebeteten fern.

Die Liebe aber gibt niemals alle Hoffnung preis, und er fand sich mit dem Gedanken ab, daß ihn, je mehr sich in all diesen Prüfungen seine Liebe groß und beständig erwiesen habe, am Ende ein nur um so längerer und glückbringender Genuß erwarte. Auch die Dame, die Zeuge jener Unterhaltung gewesen war, wunderte sich über seine Ausdauer, und war von seiner Beständigkeit so gerührt, daß sie sehr danach verlangte, ihn wiederzusehen und ihn für alle ihm bereiteten bösen Stunden um Verzeihung zu bitten.

Als sie ihn wiedersah, war sie so voller Hingabe, daß er nicht nur all seine Mühen vergaß, die er für sie auf sich genommen hatte, sondern war er ihr von Herzen dankbar für die Gunst, die sie ihm nunmehr schenkte. Es entstand eine leidenschaftliche und innige Freundschaft über lange Jahre hinweg.

MARQUIS DE SADE

Justines erstes Abenteuer

Es wäre die Hauptaufgabe der Philosophie, die Mittel aufzudekken, deren sich das Schicksal zur Erreichung seiner Zwecke bedient. Dann müßte sie diesem unglückseligen zweifüßigen Wesen Verhaltungsmaßregeln für seinen dornenvollen Lebensweg aufzeichnen, damit es nicht von den bizarren Launen dieses Schicksals – das man bald Bestimmung, bald Gott oder Vorsehung, dann wieder Zufall oder Vorausbestimmung genannt hat – abhängig sei.

So sehr wir auch durchtränkt sind von einer unnützen, lächerlichen und abergläubischen Ehrfurcht für unsere unsinnigen gesellschaftlichen Gebräuche, wird es doch vorkommen, daß Leute, die entweder grundsätzlich oder aus Neigung oder aus Temperament lasterhaft sind, glauben, daß es besser ist, sich dem Laster hinzugeben, als sich ihm zu widersetzten: Denn wie oft sehen sie nicht, daß Bösewichte für ihre Missetaten nur süßen Lohn ernten?

Werden sie nicht mit einiger Berechtigung sagen, daß die Tugend, so schön sie sein mag, der schlechteste Teil ist, den man ergreifen kann, wenn sie zu schwach ist, um gegen das Laster anzukämpfen und daß in einem so verderbten Zeitalter, wie das unsere ist, das Beste darin besteht, so wie die anderen zu handeln? Bei mehr philosophischer Betrachtung könnten sie auch mit dem Engel Zesrad de Zadig sagen, daß es nichts Böses gibt, aus dem nicht Gutes entstünde und daß sie sich demnach dem Bösen so viel hingeben könnten, wie sie wollten, da das in Wirklichkeit nur eine Form ist, Gutes zu tun? Werden sie nicht hinzufügen, daß, wenn die Tugend vom Unglück verfolgt wird, das Laster gedeiht und beides in den Absichten der Natur liegt, es unendlich besser ist, mit den Bösewichtern zu gehen, die begünstigt sind, als mit den Tugendhaften, die zugrunde gehen.

Um diese Anschauung zu unterstützen – ein längeres Verschleiern ist unnütz – wollen wir der Öffentlichkeit die Geschichte der tugendhaften Justine berichten. Es handelt sich darum, daß die Dummköpfe endlich aufhören, jenes lächerliche Götzenbild der Tugend anzubeten, das sie nur mit Undankbarkeit belohnt und daß Leute mit Verstand sich um so sicherer fühlen, wenn sie die verblüffenden Beispiele von Glück und Wohlfahrt sehen, die das Laster und die Ausschweifung fast mit unumstößlicher Gewißheit begleiten. Es ist zweifellos peinlich, einerseits die schrecklichen Unglücksfälle schildern zu müssen, von denen die sanfte und empfindsame Frau überhäuft wird, die aufs beste der Tugend gehorcht und andererseits zeigen zu müssen, wie die Leute glücklich sind, die diese selbe Frau quälen und zu Tode hetzen. Aber der Schriftsteller, der genug Philosoph ist, um die Wahrheit sagen zu können, steht über diesen Unannehmlichkeiten und durch die Notwendigkeit zur Grausamkeit gezwungen, reißt er mit unbarmherziger Hand die abergläubischen Hüllen herab, mit denen die Dummheit die Tugend verschönern will, und zeigt dem unwissenden Mann, den man betrog, das Laster inmitten der Reize und Genüsse, die ihm ununterbrochen folgen.

Solche Empfindungen werden diese Schrift leiten. Und aus diesen Gründen werden wir mit der zynischsten Sprache, den unsittlichsten und gottlosesten Ideen das Verbrechen beschreiben, wie es ist, das heißt, stets triumphierend, immer zufrieden und beglückt und die Tugend wird man gleicherweise immer unglücklich, bekümmert und gepeinigt sehen.

Juliette und Justine, beide Töchter eines sehr reichen Pariser Bankiers, wurden bis zu ihrem vierzehnten, beziehungsweise fünfzehnten Lebensjahr in einem der berühmtesten Stifte von Paris erzogen. Dort wurde ihnen kein Ratschlag, kein Buch, keine Unterweisung vorbehalten, und sowohl die Sittlichkeit, wie die Religion und die freien Begabungen schienen jedes der jungen Mädchen für sich ausgebildet zu haben.

Zu dieser für die Tugend der beiden jungen Mädchen sehr bedrohlichen Zeit kam es, daß ihnen eines Tages plötzlich alles fehlte. Ein vollständiger Bankrott brachte ihren Vater in eine so peinvolle Lage, daß er an dem Kummer starb. Seine Frau folgte ihm einige Monate nachher nach.

Zwei gleichgültige entfernte Verwandte berieten, was mit den jungen Waisen geschehen sollte. Ihre Erbschaft betrug, da alles von den Gläubigern verschlungen worden war, 100 Taler für jede. Da sich niemand um sie weiter kümmern wollte, öffnete man ihnen die Pforte des Klosters und ließ ihnen die Wahl, zu werden, was sie wollten.

Die lebhafte, sehr hübsche, eitle und verdorbene ältere Juliette schien nur erfreut zu sein, nicht mehr in einem Kloster vegetieren zu müssen, ohne an die Ursachen zu denken, während die harmlosere, interessantere, vierzehnjährige Justine, die von der Natur einen düsteren und romantischen Charakter erhalten hatte, mehr das Furchtbare ihres Geschickes empfand.

Dieses junge, so vielseitig begabte Mädchen besaß die Schönheit jener wundervollen Jungfrauen Raphaels. Große, braune, seelenvolle Augen, eine weiche, schmelzartige Hand, eine zarte und biegsame Taille, runde und von der Liebesgöttin selbst gezeichnete Formen, eine bezaubernde Stimme und neben einem entzückenden Munde waren die schönsten Haare der Welt ihr eigen, deren Reize weit über dem standen, was die Feder leblos beschreiben kann.

Der Leser möge sich alles vorstellen, was seine Phantasie an Verführerischem sich andeuten kann, und es wird hinter der Wirklichkeit zurückbleiben.

Man hatte beiden vierundzwanzig Stunden Frist zum Verlassen des Stiftes gegeben. Juliette war bemüht, die Tränen Justinens zu stillen. Als sie sah, daß ihr das nicht gelang, begann sie, sie auszuzanken, statt sie zu trösten. Sie warf ihr ihre Empfindlichkeit vor. Sie sagte mit weit über ihren Jahren stehenden Gedanken, daß man über nichts in dieser Welt bestürzt sein solle und daß man in sich genug starke physische Erregungen finden könnte, um solche Angriffe abzuschlagen. Daß die wahre Klugheit darin bestände, die Zahl seiner Freuden und nicht die seiner Leiden zu vermehren. Mit einem Wort, daß man nichts unterlassen dürfe, um in sich jene niederträchtige Empfindsamkeit zu ertöten, aus der bloß die anderen Nutzen zögen, während sie uns nur Sorgen eintrüge.

»Ich«, sagte sie, indem sie sich vor den Augen ihrer Schwester auf ein Bett warf und die Röcke bis über den Nabel emporhob, »so mache ich es, wenn ich Kummer habe. Ich kitzle mich . . . ich entlade und das tröstet mich.«

Der anständigen und tugendhaften Justine war diese Handlung ein Greuel. Sie wandte die Augen ab, und Juliette fuhr fort, indem sie ihr hübsches, kleines Löchelchen weiter rieb:

»Justine, du bist dumm. Du bist schöner als ich, trotzdem werde ich immer die glücklichere sein.« Nun fing die Hure an zu stöhnen, und ihre junge Samenflüssigkeit, die vor den gesenkten Augen der Tugend ausgespritzt wurde, ließ die Tränen versiegen, die sie anders vielleicht ebenso wie ihre Schwester vergossen hätte.

»Du bist toll, daß du dir Sorgen machst«, fuhr dieses wollüstige Mädchen fort, indem sie sich neben Justine setzte. »Bei der Gestalt und dem Alter, das wir beide haben, ist es unmöglich, daß wir vor Hunger umkommen.« Bei dieser Gelegenheit machte sie sie auf die Tochter einer ihrer Nachbarinnen aufmerksam, die, nachdem sie aus dem Elternhaus entwichen war, heute mit glänzenden Mitteln ausgehalten wurde und zweifellos viel glücklicher war, wie wenn sie in dem Schoß der Familie geblieben wäre. »Man muß sich wohl hüten, zu glauben«, fügte sie hinzu, »daß die Heirat ein Mädchen glücklich macht. Wenn sie einmal am Altar Hymens gefesselt wurde, hat sie neben vielen Unannehmlichkeiten bloß eine sehr kleine Menge Vergnügen zu erwarten; während sie, wenn sie sich dem freien Leben hingibt, sich immer vor den Gewalttätigkeiten ihres Liebhabers beschützen oder sich durch die große Zahl trösten kann.« Bei dieser Rede schauderte Justine. »Eher würde ich den Tod vorziehen«, sagte sie und soviel ihr auch ihre Schwester vorhalten mochte, sie weigerte sich hartnäckig, mit ihr zusammen zu wohnen, wenn sie sich einer Lebensführung zuwenden würde, die ihr ein Greuel war.

So trennten sich also die beiden jungen Mädchen, ohne ein Wiedersehen zu besprechen. Hätte Juliette, die eine große Dame werden sollte, ein kleines Mädchen empfangen sollen, deren tugendhafte Neigungen ihr Schanden gemacht hätten; und andererseits hätte Justine sich in die Gefahr begeben sollen, ihre Sitten durch die Gesellschaft eines perversen Geschöpfes verderben zu lassen, das sich der öffentlichen Lust in die Arme warf?

Wenn der Leser gestattet, verlassen wir jetzt auf einige Zeit dieses kleine wollüstige Mädchen, damit wir ausführlich die Lebensgeschichte unserer keuschen Heroine erzählen können.

Man kann leicht sagen: es muß ein wenig Tugend in der Welt geben; und es ist für einen Biographen viel angenehmer, an dem Helden, den er beschreibt, Züge von Reinheit und Wohltätigkeit zu zeigen, als den Geist ununterbrochen auf Ausschweifungen und Grausamkeiten richten zu müssen, wie der es tun muß, der in der Folge dieses Werkes die sehr skandalöse und ausschweifende Geschichte der schamlosen Juliette ausbreitet.

Justine hatte seit ihrer Kindheit eine mütterliche Freundin an der Schneiderin ihrer Mutter und so glaubte sie, daß sie auch jetzt für ihr Mißgeschick empfänglich sein würde. Sie suchte sie auf, teilte ihr ihr Unglück mit und verlangte von ihr Arbeit. Aber man wollte sie kaum erkennen und schickte sie mit rauhen Worten fort.

»Himmel«, sagte dieses arme Geschöpf, »müssen schon die ersten Schritte, die ich in der Welt mache, von Kummer begleitet sein! Diese Frau liebte mich früher, warum stößt sie mich heute zurück? Ach! Ich bin ja jetzt eine Waise und arm, ich habe keine Unterstützung mehr auf Erden und man liebt nur Leute, von denen man hofft, Annehmlichkeiten zu empfangen.«

In Tränen gebadet, wendet sich Justine an ihren Beichtvater und schildert ihm ihre Lage mit der Leidenschaft ihres Alters. Sie war weiß gekleidet, ihre Haare waren nachlässig in ein großes Tuch eingeschlagen. Ihre zart entwickelte Brust blieb dem Auge des Lüstlings durch einen doppelten Gazeschleier verborgen. Ihr hübsches Gesicht war bleich durch die Aufregung und Tränen standen ihr in den Augen, was ihr Gesicht noch interessanter machte. Man konnte unmöglich schöner sein.

»Sie sehen mich, mein Herr«, sagte sie zu dem heiligen Kirchenmann, »in einer Lage, die für ein junges Mädchen fürchterlich ist. Ich habe Vater und Mutter verloren. Der Himmel hat sie mir in einem Alter entführt, indem ich ihre Hilfe am meisten benötigt hätte. Sie sind als zugrunde gegangene Leute gestorben. Ich besitze nichts mehr. Das ist alles, was sie mir hinterlassen haben«, fuhr sie fort, indem sie ihm 12 Louis zeigte, »ich besitze kein Plätzchen, auf dem ich mein armes Haupt ausruhen könnte. Sie werden mit mir Mitleid haben, nicht wahr? Sie sind ein Diener der Religion und die Religion ist der Schoß aller Tugenden. Im Namen Gottes, den ich mit allen Kräften meiner Seele liebe, im Namen des höchsten Wesens, dessen Werkzeug Sie sind, sagen Sie mir als mein zweiter Vater, was ich tun soll, was ich werden soll?« Der barmherzige Priester erwiderte darauf, indem er Justine durch sein Glas betrachtete, daß die Pfarre sehr überlastet wäre, so daß es schwierig sei, neue Almosen von ihr zu erhalten; aber wenn Justine ihn bedienen wolle, wenn sie die grobe Arbeit verrichten wolle, gäbe es immer ein Stück Brot für sie in seiner Küche. Und da der Gottesmann bei diesen Worten ihr sachte die Röcke über ihren Popo zusammengezogen hatte, um sie besser betrachten zu können, stieß ihn Justine, die seine Absichten erriet, zurück, indem sie sagte:

»Mein Herr, ich verlange weder ein Almosen noch eine Stelle als Dienerin. Ich wünschte Ratschläge, weil ich ihrer bei meiner Jugend und meinem Unglücke bedarf, aber Sie wollen sie mir zu teuer erkaufen lassen.« Der Diener Christi, der sich schämte, durchschaut zu sein, erhob sich wütend. Er rief seine Nichte und seine Magd: »Jagen Sie mir diese kleine Schurkin hinaus«, rief er ihnen zu, »Sie werden nicht erraten, was sie mir soeben vorschlug. So verdorben schon und noch so jung! Und das einem Manne, wie ich es bin! . . . Hinaus mit ihr, hinaus oder ich lasse sie verhaften!« Und die Unglückliche, Verstoßene und Beschimpfte sah sich gezwungen, ein kleines möbliertes Zimmer im fünften Stock zu mieten, um ihren Tränen freien Lauf lassen zu können. Sie bezahlte es im voraus und gab sich nun ganz ihrem Kummer hin, der um so bitterer war, als sie von Natur aus sehr empfindlich und ihr Stolz grausam beleidigt worden war.

Aber damit waren für sie die Schicksalsschläge noch nicht zu Ende. Es gibt eine Unmenge von Verbrechern in der Welt, die, statt über das Unglück eines anständigen Mädchens weich zu werden, nur danach trachten, sie weiter zu peinigen, um sie so

besser in der Gewalt zu haben. Aber von allen Unglücksfällen, die ihr am Anfang ihrer Laufbahn zustießen, wollen wir nur den mit Dubourg berichten, einem der herzlosesten und reichsten Leute der Hauptstadt.

Die Frau, bei der Justine wohnte, hatte sie zu ihm geschickt, als zu jemandem, dessen Einfluß und dessen Reichtum am ehesten die Grausamkeit ihres Geschickes mildern könnten. Nachdem sie lange im Vorzimmer gewartet hatte, führte man sie endlich hinein. Herr Dubourg, ein dicker, untersetzter und gleich allen Geldleuten unverschämter Mann, stieg eben, mit einem Morgenrocke dürftig bekleidet, aus dem Bett. Man wollte ihn gerade frisieren. Er schickte seine Umgebung hinaus und wandte sich zu dem jungen Mädchen: »Womit kann ich Ihnen dienen, mein Kind?« fragte er sie. »Mein Herr«, erwiderte ihm unsere Kleine, ganz verwirrt, »ich bin eine arme Waise, kaum vierzehn Jahre alt und kenne schon alle Abarten des Mißgeschickes. Ich flehe Ihr Mitleid an. Helfen Sie mir, ich beschwöre Sie.« Und sie zählte mit Tränen in den Augen dem alten Verbrecher alle Leiden auf, von denen sie heimgesucht war, welche Schwierigkeiten es habe, eine Stellung zu finden und welchen Abscheu sie von diesem Stand habe, für den sie nicht geboren sei. Sie schilderte die Furcht, die sie vor der Zukunft habe und stammelte schließlich, daß sie hoffe, ein so reicher und verehrungswürdiger Mann wie Herr Dubourg werde ihr zweifellos die Existenzmittel verschaffen.

Dubourg hätte man während dieser Rede malen müssen. Da er sich für das junge Mädchen zu erhitzen begann, kitzelte er sich mit der einen Hand unter seinem Schlafrock, mit der anderen richtete er eine Lorgnette auf die sich ihm darbietenden Reize. Wenn man ihn genau beobachtete, konnte man die Grade seiner Geilheit an den Zuckungen der Gesichtsmuskeln wahrnehmen, die immer stattfanden, wenn die pathetischen Klagen Justines lauter oder schwächer wurden.

Dieser Dubourg war ein ausgemachter Lüstling, ein Liebhaber von kleinen Mädchen, und hatte in allen Himmelsrichtungen Frauen, die ihm solches Wild zuführten. Da er nicht imstande war, sich an ihnen zu befriedigen, so richtete er sein Augenmerk gewöhnlich auf eine ebenso grausame wie seltsame Liebhaberei. Seine einzige Leidenschaft bestand nämlich darin, die Kinder, die man ihm zuführte, weinen zu sehen. Und man muß sagen, niemand auf der Welt besaß ein solches Talent, sie in diesen Zustand zu bringen, wie er. Dieser unglückselige Schuft hatte so viel Bösartigkeit in sich, daß es unmöglich für ein junges Mädchen war, sich vor seinen Ausfällen zu schützen. Die Tränen flossen dann reichlich, und der überselige Dubourg fügte noch rasch einige materielle Schmerzen zu den moralischen, die er eben hervorgerufen hatte. Die Tränen rannen dann noch heftiger, wobei er entlud, indem er das Gesicht mit Küssen bedeckte, das seine Reden unter Tränen gesetzt hatte:

»Sind Sie immer anständig geblieben?« fragte Dubourg und ging damit auf sein Ziel los. – »Ach, mein Herr«, erwiderte Justine, »ich wäre nicht so arm und in so bedrängter Lage, wenn ich es nicht immer gewesen wäre.« – »Also unter welchem Vorwand verlangen Sie, daß reiche Leute Sie unterstützen, wenn Sie ihnen keinerlei Dienst erweisen?« – »Oh, mein Herr, ich verlange ja nach nichts Besserem, als ihnen alle Dienste erweisen zu können, die die Schicklichkeit und meine Jugend mir gestatten.« – »Ich spreche nicht davon, daß Sie mir dienen sollen: dazu fehlt Ihnen das Alter und die Gestalt. Ich spreche davon, daß Sie dem Vergnügen der Männer entgegenkommen sollen. Jene Tugend, von der Sie so viel Aufhebens machen, taugt in der Welt zu nichts. Man schätzt heutzutage nur das, mein Kind, was etwas einbringt oder was ergötzt. Und welchen Nutzen oder welchen Genuß kann uns die Tugend einer Frau einbringen? Ihre Geilheit gefällt und erfreut uns, aber ihre Keuschheit langweilt uns. Wenn Leute meiner Art etwas hingeben, so geschieht es nur, um wieder zu erhalten. Und wie kann ein kleines, ziemlich häßliches und auch ziemlich dummes Mädchen, wie Sie es sind, anders lohnen, als daß sie sich ganz hergibt? Also vorwärts, hinauf mit den Röcken, wenn Sie wollen, daß ich Ihnen Geld gebe.« Und Dubourg streckte seinen Arm aus, um Justine zwischen seine Beine zu ziehen. Aber sie flüchtete nach rückwärts, indem sie unter Tränen ausrief: »Oh, mein Herr, es gibt also keine Redlichkeit und keine Wohltätigkeit unter den Menschen?«

»Bei Gott, sehr wenig«, erwiderte Dubourg, dessen geile Zukkungen angesichts der Tränen zunahmen. »Man ist von diesem Wahn, sich andere ohne Gegenleistung zu verpflichten, abgekommen. Man hat erkannt, daß die Freude der Wohltätigkeit nur die Wollust des Stolzes ist und man will jetzt tatsächlichere Genüsse haben. Der Ruf eines liberalen, freigiebigen Mannes wiegt nicht, so glänzend er immer sein mag, die kleinste Sinneslust auf.« – »Ah, mein Herr, bei solchen Grundsätzen muß also der Unglückliche umkommen?« – »Was liegt daran! Es gibt mehr Wesen auf der Welt, als nötig sind.« – »So wäre es also besser, wenn man uns in der Wiege erwürgt hätte?« – »Sicherlich,das ist in vielen Ländern Brauch. Das war Sitte bei den Griechen und ist es bei den Chinesen. Dort werden die unglücklichen Kinder ausgesetzt oder getötet. Wozu Geschöpfe, wie Sie es sind, leben lassen, die, da sie nicht mehr auf Unterstützung seitens ihrer Eltern rechnen können oder weil sie keine mehr haben, bloß dem Staat zur Last fallen? Bastarde, Waisenkinder, schlecht versorgte Kinder müßten schon bei ihrer Geburt zum Tode verurteilt werden. Die ersten und zweiten, weil sie die Gesellschaft beschmutzen und ihr eines Tages sogar verhängnisvoll werden können, und die letzteren, weil sie ihr niemals nützlich werden können. Alle sind sie für die Gesellschaft Auswüchse, die sich von den gesunden Gliedern nähren, sie entkräften und erniedrigen. Sie sind wie jene Parasiten, die sich an die gesunden Pflanzen anheften und ihnen die Lebenssäfte heraussaugen. Das Almosen, das einem solchen Abschaum Nahrung zuführt, und jene reich unterstützten Häuser, die man für sie gebaut hat, sind ein schreiender Mißbrauch. Wie wenn die Menschenart so selten wäre! So wertvoll, daß man sie selbst in ihren scheußlichsten Vertretern pflegen müßte. Mit einem Wort, wie wenn es nicht mehr Menschen auf der Welt gäbe, als nötig ist und wie wenn es nicht für das Staatsleben und die Natur viel nötiger wäre, zu zerstören als zu erhalten.«

Hier zeigte ihr Dubourg, indem er den Rock, der seine Bewegungen verdeckte, auseinanderschlug, daß sich sein kleines, schwarzes, vertrocknetes Glied, das seine Hand seit langem bearbeitete, zu regen begann. »Vorwärts«, rief er jetzt in rohem Ton, »vorwärts, hören wir auf, weiter zu schwätzen und beklage dich nicht länger über dein Schicksal, wenn es in deiner Hand liegt, es zu verbessern.« – »Aber um welchen Preis, gerechter Gott!« – »Um einen äußerst mäßigen, da es sich nur darum handelt, daß du die Röcke aufhebst und mir zeigst, was unter ihnen ist. Ein zweifellos magerer Köder, den du nicht so hoch schätzen solltest. Vorwärts, entscheide dich. Mir steht er. Ich will Fleisch sehen. Man zeige mir sofort welches, oder ich werde böse.« – »Aber, mein Herr . . .« – »Dummes Geschöpf, stumpfsinnige Hure, glaubst du, daß ich mit dir mehr Umstände machen werde, wie mit den anderen!« Dabei erhob er sich wütend, verriegelte die Tür und sprang auf Justine, deren Tränen reichlich flossen. Der Lüstling küßte sie ihr weg, er verschluckte diese wertvollen Tränen. Dann schürzte er ihr selbst mit einer Hand die Röcke auf, legte sie um ihre Arme, während die andere das zum erstenmal beschmutzte, was die Natur selten noch so vollendet geschaffen hatte.

»Abscheulicher Mann!« schrie Justine, indem sie eine verzweifelte Bewegung zu entschlüpfen machte. »Grausamer Mann«, fuhr sie fort, indem sie die Tür aufriegelte und flüchtete, »möge der Himmel dich eines Tages strafen, wie du es verdienst! Du bist weder des Reichtums würdig, von dem du einen so niederträchtigen Gebrauch machst, noch der Luft, die du atmest, um sie durch deine Grausamkeit und deine Verbrechen zu verpesten.« Dann ging sie hinaus.

Sobald die Unglückliche nach Hause zurückgekehrt war, wußte sie nichts Wichtigeres zu tun, als sich bei ihrer Wirtin über die Aufnahme zu beklagen, die man ihr bei dem anempfohlenen Manne hatte zuteil werden lassen. Aber wie war sie erstaunt, als sie sich von dieser Elenden mit Vorwürfen überhäuft sah. »Armseliges dummes Ding«, sagte sie ihr zornig, »glaubst du, daß die

Männer so verrückt sind, kleinen Bettlerinnen, wie du es bist, Almosen zu geben, ohne Vorteil aus ihrem Gelde zu ziehen? Herr Dubourg hat noch zu gut an dir gehandelt. Der Teufel soll mich holen, wenn ich dich an seiner Stelle hinausgelassen hätte, ohne mich befriedigt zu haben. Aber da du von der Hilfe, die dir mein Wohltätigkeitssinn anbot, keinen Gebrauch machen willst, richte dich ein, wie es dir paßt. Du bist mir Geld schuldig: zahle sogleich oder du wanderst morgen ins Gefängis.« – »Madame, haben Sie Mitleid!« – »Ja, ja, Mitleid. Mit Mitleid kommt man vor Hunger um. Von 500 kleinen Mädchen, die ich diesem anständigen Manne verschafft habe, bist du die erste, die mir einen solchen Streich gespielt hat. Welche Schande für mich. Dieser so anständige Mann wird sagen, daß ich meinen Beruf nicht verstehe, und er hat recht. Vorwärts, mein Fräulein, Sie müssen zu Herrn Dubourg zurückgehen. Sie müssen ihn zufriedenstellen, müssen mir Geld mitbringen. Ich werde mit ihm sprechen, ihn vorbereiten und versöhnen, soviel ich kann. Ich werde ihm Ihre Entschuldigung übermitteln, aber trachten Sie danach, sich das nächste Mal besser zu betragen.«

Justine saß nun allein da und hing den traurigsten Gedanken nach. »Nein«, sagte sie zu sich, »nein, ich werde gewiß nicht zu diesem Lüstling zurückgehen. Ich bin noch nicht aller Hilfsquellen beraubt, ich besitze fast noch mein ganzes Geld, und das genügt für lange Zeit zum Leben. Ich werde vielleicht bis dahin weniger harte, mitleidigere Herzen finden.« Indem sie diese Worte vor sich hinsprach, war ihr erster Gedanke, ihren kleinen Schatz zu zählen. Sie öffnete die Schublade . . . »Oh! Himmel! Er ist gestohlen . . .« Es blieb ihr nur das, was sie in der Tasche hatte, was kaum 6 Pfund waren. »Ich bin verloren«, rief sie aus. »Ah, ich sehe nur zu gut, woher der Streich kommt. Dieses niederträchtige Geschöpf will mich dazu zwingen, mich in den Schoß des Lasters zu werfen. Aber ach«, fuhr sie unter Tränen fort, »bleibt mir noch ein anderes Mittel, damit ich mein Leben fristen kann? Und sind nicht in der peinvollen Lage, in der ich mich befinde, jener Unselige oder jemand noch Bösartigerer die einzigen Wesen, von denen ich überhaupt Hilfe erwarten kann?«

In ihrer Verzweiflung ging Justine zu ihrer Wirtin hinab. »Madame«, sagte sie, »ich bin bestohlen. Bei Ihnen ist mir dieser böse Streich geschehen, aus einem Möbelstück, das Ihnen gehört, ist dieses Geld geraubt worden. Ach! Es war alles, was ich besaß. Es war der unglückselige Rest meiner väterlichen Erbschaft. Da ich dieser schwachen Hilfe beraubt bin, bleibt mir nichts als der Tod. O Madame, töten Sie mich, ich beschwöre Sie.« – »Unverschämte Kleine!« erwiderte heftig Madame Desroches. »Ehe Sie mir solche Klagen vortragen, sollten Sie mein Haus besser kennen; Sie müssen wissen, daß es bei der Polizei in sehr gutem Ruf steht und daß ich Sie auf den bloßen Argwohn hin, den Sie geäußert haben, sogleich bestrafen lassen könnte, wenn ich wollte.« – »Argwohn, Madame? Ich habe keinen. Aus dem, was ich sage, spricht kein Verdacht, sondern Kummer. O Madame, was soll aus mir werden, nachdem ich diese einzige Hilfsquelle verloren habe?« – »Werdet, was Ihr wollt, das geht mich nichts an. Es gäbe wohl Mittel, alles wieder gutzumachen, aber Sie wollen sie ja nicht benützen.« – »Aber Madame, ich kann dienen«, erwiderte die Unglückselige mit tränenden Augen, »es ist doch nicht gesagt, daß dem Unglück nur durch das Laster aufgeholfen werden kann.« – »O ja! Das ist heutzutage das beste. Was wollen Sie im Dienst erhalten? 10 Taler im Jahr? Wollen Sie davon leben? O glauben Sie mir, meine Freundin, auch diejenigen, die dienen, sind genötigt, zur Wollust Zuflucht zu nehmen, um sich erhalten zu können. Ich liefere jeden Tag welche von der Art. Ich bin, wie ich wohl behaupten kann, eine der besten Kupplerinnen in Paris. Es gibt keinen Tag, an welchem mir nicht 25 bis 30 Mädchen durch die Hände gehen. Das bringt mir auch etwas ein. Weiß Gott! Ich bin überzeugt, daß keine Frau meines Standes so gute Geschäfte macht, wie ich. Sehen Sie«, fuhr sie fort, indem sie der Unglücklichen 500 oder 600 Louis', für ebensoviel Juwelen und den schönsten Wäsche- und Kleiderschrank zeigte, »nur der Wollust, vor der Sie so erschrecken, verdanke ich das. Teufel, es gibt heutzutage nur mehr diesen Beruf. Glauben Sie mir, schlagen Sie diesen Weg ein. Und dann ist dieser Dubourg ein braver Mann: Er wird sie wenigstens nicht entjungfern. Er bringt sein Glied nicht mehr zum Stehen, wie wollen Sie, daß er fickt? Einige schwache Schläge auf den Popo und ein paar auf die Wangen. Und wenn Sie sich gut bei ihm betragen, werde ich Sie mit anderen Männern bekannt machen, die Sie, bei Ihrem Alter und Ihrem Wuchs, in den Stand setzen werden, in Paris in der Karosse herumzufahren.« – »Ich habe keine so hohen Absichten, Madame«, erwiderte Justine, »ich will kein Vermögen besitzen, namentlich, wenn ich es um den Preis meiner Ehre erkaufen muß. Ich verlange nur leben zu können; und ich biete dem, der mir das gibt, alle Dienste an, die ich mit meinem Alter leisten kann, abgesehen davon, daß ich ihm aufrichtig dankbar sein werde. Ach, Madame, da Sie so reich sind, fühlen Sie doch Mitleid mit mir. Ich erbitte ja nicht, daß Sie mir ebensoviel leihen, wie ich bei Ihnen verloren habe. Geben Sie mir nur einen Louis, bis ich einen Platz gefunden habe. Seien Sie versichert, ich werde ihn zurückgeben, gleich von dem ersten Gelde, das ich verdienen werde.« – »Ich gebe dir keine zwei Sous«, sagte Madame Desroches, sehr erfreut, ihr Opfer da zu sehen, wohin ihre Niedertracht es bringen wollte, »nein, keine zwei Sous. Ich biete dir das Mittel an zu verdienen, benütze es oder du kommst ins Hospital. Herr Dubourg ist einer der Verwalter dieses Hauses, und es wird ihm leichtfallen, dich hineinstekken zu lassen. Guten Tag, meine Freundin«, fuhr die grausame Desroches zu einem großen und hübschen Mädchen gewandt fort, die zweifellos wegen eines Ratschlages gekommen war, »und dir, meine Tochter, auf Wiedersehen! Morgen Geld oder Gefängnis.« – »Nun, Madame«, sagte weinend Justine, »suchen Sie Herrn Dubourg auf; ich will nochmals zu ihm hingehen, ja, ich will hingehen, mein Unglück gebietet es mir. Aber indem ich mich vor dem Schicksal beuge, müssen Sie Madame, daran denken, daß mir wenigstens das Recht bleibt, Sie zu verachten.« – »Unverschämtes Geschöpf!« rief die Desroches aus, indem sie die Tür hinter ihr zuwarf, »du würdest verdienen, daß ich mich in deine Angelegenheiten nicht länger einmischte. Aber ich tue es ja nicht für dich, so sind mir auch deine Gefühle gleichgültig.«

Es wäre vergeblich, die qualvolle Nacht beschreiben zu wollen, die Justine verbrachte. Sie hatte die Grundsätze der Religion, der Scham und der Tugend sozusagen mit der Muttermilch aufgesogen und konnte sich von ihnen nicht ohne heftige Kämpfe trennen. Die traurigsten Gedanken schwirrten ihr durch den Kopf, als es heftig an der Tür klopfte.

»Komm, Justine!« sagte Madame Desroches kurz, »komm zum Frühstück und danke mir für meine Botschaft. Ich habe Erfolg gehabt. Herr Dubourg ist infolge des Versprechens, das ich ihm bezüglich deiner Unterwürfigkeit gemacht habe, bereit, dich wiederzusehen.« – »Aber, Madame« – »Vorwärts, sei nicht kindisch. Die Schokolade wartet, folge mir nach.« Justine stieg hinunter und fand beim Frühstück als dritte Person eine sehr schöne, ungefähr 28jährige Frau. Diese geistvolle, aber verderbte und ebenso reiche wie liebenswürdige Frau wird, wie wir bald sehen werden, diejenige sein, deren sich Dubourg bedienen wird, um unser liebenswürdiges Kind vollends umzustimmen. Man frühstückte. »Sie ist ein reizendes Mädchen«, sagte Madame Delmouse, »ich beglückwünsche denjenigen aufrichtig, der so glücklich sein wird, Sie zu besitzen.« – »Sie sind sehr gut, Madame«, erwiderte traurig Justine. – »Nun, nun, mein Herzchen, erröten Sie nicht so. Die Scham ist eine Kinderei, die man sorgfältig entfernen muß, sobald man das vernünftige Alter erreicht hat.« – »Oh! Ich bitte Sie, Madame«, sagte die Desroches, »bilden Sie dieses kleine Mädchen ein wenig aus. Sie glaubt sich verkauft und verraten, weil ich sie einem Manne versprochen habe.« – »Ah, guter Gott! Welche Verirrung«, fuhr Madame Delmouse fort, »statt sich gegen diesen Gang zu sträuben, müssen Sie im Gegenteil eine unendliche Dankbarkeit für die fassen, die Sie dazu einladet. Welch falscher Gedankengang, teures Mädchen. Nehmen Sie doch Vernunft an. Wie können Sie glauben, daß sich ein junges Mädchen etwas vergibt, wenn sie sich dem hingibt, der sie begehrt. Sobald sich die Leidenschaften in Ihrer Seele entzünden werden, werden Sie einsehen, daß es für uns unmöglich ist, so zu leben. Wie will man, daß eine Frau, die immer der Verführung ausgesetzt ist, dem Zauber des Genusses, der sich immer ihren Sinnen darbietet, widerstehen soll? Und wie kann man ein Verbrechen daraus machen, wenn sie unterliegt, wenn alles, was sie umgibt, Blumen über den Abgrund streut, und sie einladet, sich hineinzustürzen? Täuschen Sie sich nicht, Justine, nicht die Tugend verlangt man von uns, sondern ihre Maske, und wenn wir nur heucheln können, mehr verlangt man nicht von uns. Nicht das Opfer, das man mit seinen Sinnen der Tugend bringt, macht glücklich, was zum wahren Glück führt, ist nur der Anschein jener Tugend, zu der die lächerlichen Vorurteile des Mannes unser Geschlecht verdammt haben. Ich könnte mich dir als Beispiel vorführen. Justine. Ich bin seit 14 Jahren verheiratet. Niemals noch habe ich das Vertrauen meines Gatten verloren. Er würde meine Anständigkeit und meine Tugend bei seinem Leben beeiden. Und doch gibt es in ganz Paris keine verderbtere Frau, wie ich es bin. Es vergeht kein Tag, an dem ich mich nicht sieben bis acht Männern und gewöhnlich dreien gleichzeitig hingebe. Es gibt keine Kupplerin, die mich nicht bedienen würde, keinen hübschen Mann, der mich nicht gehabt hätte: Und mein Gatte würde dir auf Wunsch schwören, daß Vesta weniger rein war, wie ich. Die vollkommenste Geistesgegenwart, die vollendetste Heuchelei, viel Kunstfertigkeit und Falschheit, das sind die Mittel, die mir helfen, das ist die Maske, die mir die Klugheit auf die Stirne drückt. Und ich tue das jedermann gegenüber. Ich bin eine Hure wie Messalina, man glaubt mich keusch wie Lucretia; ein Freigeist wie Vanini; man hält mich für fromm wie die heilige Therese; ich bin falsch wie Tiberius; man hält mich für aufrichtig wie Sokrates; leidenschaftslos wie Diogenes: und Apicius war temperamentvoller wie ich. Ich bete mit einem Wort alle Laster an und hasse jede Tugend. Aber wenn du meinen Gatten oder meine Familie befragen würdest, würde man dir sagen: Die Delmouse ist ein Engel. Aber ich sehe, es ist die Prostitution, die dir Angst einjagt; nun, so wollen wir ihre Gefährlichkeit nach jeder Richtung hin prüfen.

Fügt sich ein junges Mädchen selbst Schaden zu, wenn sie der Wollust lebt? Zweifellos nein; denn sie folgt nur den süßesten Regungen der Natur, die nicht da sein würden, wenn sie ihr schaden könnten. Hat sie denn nicht in jede Frau den Wunsch hineingelegt, sich jedem Manne hinzugeben, und gibt es eine einzige Frau, die behaupten kann, sie habe nicht das Bedürfnis zu ficken, wie sie das Bedürfnis zu essen oder zu trinken hat? Nun so frage ich dich, Justine, wie hat die Natur ein Verbrechen daraus machen können, wenn eine Frau den Wünschen nachgibt, die den erhabensten Teil ihrer Existenz bilden. Betrachten wir aber das ausschweifende Leben eines Wesens in bezug auf die Gesellschaft, so glaube ich, daß es schwerlich für das andere Geschlecht eine Handlung gibt, die ihm angenehmer ist, als wenn eine Frau sich hingibt. Und wo käme dieses Geschlecht hin, wenn sich alle weigern würden, seinen Begierden nachzukommen. Da die Männer gezwungen wären, sich zu kitzeln oder einander von hinten zu bearbeiten, würden sie ganz auf den Verkehr mit uns verzichten. Die Ehe kann da nichts nützen; denn du wirst mir zugestehen: Es ist für einen Mann ebenso unmöglich, sich auf eine Frau zu beschränken, wie umgekehrt. Glaube mir, Justine, glaube jemandem, der Erfahrung hat und sei überzeugt, daß ein junges Mädchen nichts Besseres tun kann, als sich allen hinzugeben, die sie begehren, wobei sie aber, wie gesagt, die äußerliche Sittsamkeit bewahren muß. Du hast gestern der braven und ehrlichen Desroches gezürnt, weil sie an dir Interesse hatte. Nun, meine arme Justine, was würden wir ohne diese dienstbaren Geister tun? Müssen wir ihnen nicht zu Dank verpflichtet sein für die Mühe, die sie sich mit unserer Wohlfahrt geben? Gibt es einen Beruf, den man mehr achten muß? Ist nicht dieses Talent das kostbarste, für die Gesellschaft wertvollste? Und die barmherzigen Menschen, die diese Beschäftigung haben, müßten geehrt und belohnt werden.«

»Sie sind sehr liebenswürdig, Madame«, sagte die Desroches, die vor Freude strahlte, daß man ihre Partei ergriff.

»Nein, nein, ich spreche so, wie ich denke«, erwiderte die Delmouse, »und nachdem ich den Beruf im allgemeinen gepriesen habe, muß ich Justine im besonderen beglückwünschen, daß sie Ihnen begegnet ist. Möge sie sich blindlings Ihren Ratschlägen, Madame, anvertrauen; möge sie bloß Ihnen folgen, und ich bürge dafür, daß sie binnen kurzem die höchsten Lebensfreuden und die Vorteile eines großen Vermögens genießen wird.«

Dieses Gespräch war kaum beendet, als es an der Tür klopfte. »Ah«, sagte Madame Desroches, die öffnete, »das ist der junge Mann, den du von mir verlangt hast, Delmouse.« Und alsbald trat ein prachtvoller, fünf Fuß, zehn Zoll hoher Mann herein, der stark wie Herkules und schön wie Amor aussah. »Er ist entzückend«, sagte unsere Lebedame, indem sie ihn betrachtete, »es handelt sich jetzt bloß darum, ob er auch so viel kann, wie seine Figur verspricht. Schon seit langem habe ich nicht solche Lust zum Ficken gehabt wie heute. Sieh meine Augen an, Desroches, wie feurig sie sind. Ah, Himmel!«, fuhr die Hure fort, indem sie den jungen Mann heftig küßte, »ich kann mich nicht mehr halten.« – »Das hättest du mir früher sagen müssen«, sagte die Desroches, »dann hätte ich dir drei oder vier solche Leute verschafft.« – »Versuchen wir erst den da«, und die Schamlose legte einen Arm um den jungen Mann, den sie in ihrem Leben noch nicht gesehen hatte, mit dem andern knöpft sie ihm seine Hose auf ohne sich irgendwie zu schämen. »Madame«, sagt Justine purpurrot, »gestatten Sie, daß ich hinausgehe.« – »Nein, bei Gott, nein«, sagte die Delmouse, »nein; Desroches sagen Sie ihr, daß sie bleiben soll. Ich möchte ihr gleich praktischen Unterricht erteilen, nachdem ich ihr theoretischen schon gegeben habe. Ich möchte, daß sie Zeuge meiner Vergnügen sei, und auch du, Desroches, bist mir sogar notwendig; denn du weißt, meine Gute, daß die Einführung des männlichen Gliedes mir nur dann angenehm ist, wenn sie durch deine Hände geschieht. Du kitzelst mich außerdem so gut, wenn ich ficke, und trägst so viel Sorge für meinen Popo und meine Scheide! Vorwärts, vorwärts, du Hure, beginnen wir. Justine, setzen Sie sich hier vor mich hin und wenden Sie keinen Augenblick den Blick ab.« – »O welche Folter, Madame«, rief die Arme weinend aus, »lassen Sie mich hinausgehen, ich beschwöre Sie, und glauben Sie, daß der Anblick der Greuel, die Sie begehen werden, in mir immer nur Abscheu hervorrufen wird.« Aber die schon ganz aufgelöste Delmouse widersetzte sich heftig, daß Justine hinausgehe, und bald begann das Schauspiel.

Alle Einzelheiten der weitestgehenden Ausschweifung wurden vor den Augen unseres verschämten Kindes ausgebreitet. An Stelle der Desroches wurde es gezwungen, das ungeheure Glied des jungen Mannes zu ergreifen und es in die Scheide der Delmouse einzuführen. So bringt sie der kräftige Athlet fünfmal hintereinander zum Entladen, während die Delmouse ungeheures Vergnügen an dem Abscheu Justines findet.

»Donnerwetter«, sagte die Messalina, als sie sich wie eine Bacchantin erhob, »welch Vergnügen habe ich gehabt! Weißt du, Desroches, was ich jetzt gerne sehen würde? Ich möchte jetzt dies kleine Muschelchen von dem ungeheuren Glied, das mich bearbeitete, entjungfern lassen. Was sagst du dazu?« – »Nein, nein«, erwiderte diese, »wir würden sie töten, und ich hätte nichts an ihr verdient.« Währenddessen gewannen unsere beiden Kämpen wieder Kräfte. Die Delmouse legte sich wieder hin, und Justine wurde wieder zu ihrer Abeit beauftragt. Man mußte es sehen, mit welchem Abscheu, welcher Mühe sie ihren Auftrag vollzog. Diesmal wollte die Hure, daß sie ihr in der Scheide kitzle. Die Desroches führte ihr die Hand, aber sie erwies sich als zu linkisch für die rasende Delmouse. »Hilf mir, hilf mir, Desroches«, rief sie aus, »ich sehe, daß ein Verführen nur dem Verstande und nicht dem Körper angenehm ist. Namentlich nicht mir, die zehn Hände wie die der Sappho und zehn Glieder wie die des Herkules nicht ermüden würden!« – Auch diese zweite Sitzung schloß mit reichlichen Opfern für Venus. Delmouse richtete sich wieder auf, ihr Reiter ging hinaus, und die Desroches entschuldigte sich, indem sie ein Mäntelchen umhängte, daß eine Verabredung mit Dubourg sie länger zu bleiben hindere. »Desroches«, sagte Madame Delmouse nach einigem Nachdenken, »je mehr ich bearbeitet werde, desto wilder werde ich. Lasse mich zu Dubourg mitgehen. Ich sehne mich außerordentlich danach, zu sehen, was dieser alte Schuft erfinden wird, um sich an diesem kleinen Mädchen wieder zu beleben. Vielleicht kann ich ihm helfen. Oft ziehen ja diese alten Verbrecher mich vor, wie du weißt.« – »Was du von mir verlangst, ist ausführbar«, erwiderte die Desroches. »Ich kenne meinen Dubourg zur Genüge, um zu wissen, daß es ihm nicht unangenehm ist, wenn ich ihm ein hübsches Weib mehr mitbringe.« Ein Fiaker fuhr vor. Die immer erschrockene, bescheide Justine stieg als erste ein, und man fuhr fort.

Dubourg war allein.

Die Damen fanden ihn in noch weniger bekleidetem Zustand, als er am Tage vorher gewesen war. Geilheit und zügellose Wollust sprachen aus seinen finsteren Blicken.

»Sie rechneten wahrscheinlich bloß auf eine Frau«, sagte die Desroches beim Eintreten zu ihm, »nun, ich glaube, daß es Ihnen nicht mißfallen wird, wenn ich zwei mitbringe.« »Wer ist dieses Mädchen?« fragte Dubourg, ohne sich zu stören. »Eine hübsche Frau aus meiner Bekanntschaft«, erwiderte die Desroches, »deren

Liebenswürdigkeit auf der gleichen Höhe mit ihren Reizen steht und die uns in der Folge bei den Zusammenkünften mit der schönen Justine nützlich sein wird.« » Wie«, sagte Dubourg, »du glaubst, daß es nicht bei einem Male bleiben wird?« »Es wäre möglich«, erwiderte die Desroches. »Nun, wir wollen sehen«, sagte Dubourg, »gehen Sie hinaus, Desroches, es ist gut, setzen Sie es auf die Rechnung. Wie stehen wir denn?« »Aber, mein Herr«, sagte die Desroches, »seit drei Monaten haben wir nicht verrechnet, es macht nahezu 100 000 Franc aus.« »100 000 Franc, gerechter Gott!« »Aber der Herr möge bedenken, daß ich ihm mehr als 800 Mädchen geliefert habe; ich habe sie alle aufgeschrieben. Der Herr kennt mich wohl, er weiß wohl, daß ich ihn nicht um einen Sous betrügen könnte.« »Schön, schön, wir werden schon sehen. Aber gehen Sie jetzt, Desroches, ich fühle, daß ich mit diesen beiden Frauen allein bleiben muß. Und Sie, Justine, bedanken Sie sich bei Ihrer Beschützerin, bevor sie weggeht, denn nur ihr zu Liebe erweise ich Ihnen die Gnade, mich mit Ihnen zu beschäftigen. Sie werden einsehen, daß Sie nach Ihrem gestrigen Betragen dieses Glücks nicht würdig sind. Sollten Sie aber heute meinen Wünschen auch nur den leisesten Widerstand entgegensetzen, so erwarten Sie in meinem Vorzimmer zwei Männer, die Sie an einen Ort bringen, aus dem Sie in Ihrem Leben nie wieder wegkommen werden.« Die Desroches ging. »O mein Herr«, sagte Justine weinend und stürzte sich vor die Füße des Barbaren, »lassen Sie sich erweichen, ich beschwöre Sie. Seien Sie so barmherzig und helfen Sie mir, ohne von mir das zu verlangen, wofür ich tausendmal lieber sterben würde. Gnädiger Herr, zwingen Sie mich nicht, ich flehe Sie an. Können Sie denn bei meinen Tränen Freude gewinnen? Können Sie Vergnügen finden, wo sie Widerwillen sehen? Sie werden Ihr Verbrechen noch nicht beendigt haben, und schon werden Sie bei meinem Anblick Gewissensbisse empfinden.« Aber durch das, was jetzt geschah, wurde sie am Weitersprechen gehindert. Die Delmouse, die auf Dubourgs eiserner Stirne seine Gedanken gelesen hatte, warf sich vor ihm nieder und kitzelte ihn leidenschaftlich mit der einen Hand, während sie ihm mit der anderen sokratisierte.

»Hölle und Teufel«, rief Debourg furchtbar aufgeregt aus und erhob sich wie ein Rasender. »Ich soll dir Gnade gewähren, ich möchte dich eher erwürgen, du Hure!« Dabei zeigte er ein kleines vertrocknetes schwarzes Glied, ergriff seine Beute mit rohen Händen und riß ihr alles vom Körper ab, was seine wollüstigen

Augen störte. Bald beschimpfte, bald liebkoste, bald mißhandelte, bald streichelte er sie. Großer Gott! Welch ein Anblick. Es schien, als ob die Natur durch dieses Schauspiel in Justine gleich bei ihrem ersten Abenteuer jeden Schrecken von dieser Art Verbrechen erwecken sollte. Jetzt wurde sie nackt auf das Bett geworfen, und während die Delmouse sie hielt, entdeckte der Lüstling plötzlich einen neuen Köder. »Warten Sie«, sagte die Schurkin, »ich merke, daß meine Röcke Sie stören. Ich werde sogleich das Ding bloßlegen, das, wie es scheint, Gegenstand Ihrer Bewunderung ist. Sie wollen meinen Popo sehen. Ich begreife, ich ehre diese Neigung bei Leuten Ihres Alters.

Hier ist er, mein Freund; er ist ein wenig voller wie der dieses Kindes. Aber dieser Gegensatz wird Ihnen Vergnügen bereiten. Wollen Sie sie nebeneinander sehen?« – »Teufel, ja«, erwiderte Dubourg, »setzen Sie sich auf Ihre Schultern, damit sie ruhig liegenbleibt, und ich werde versuchen, ihr ihn von hinten hineinzustecken und Ihnen dabei die Arschbacken zu küssen. – Ja, so ist es richtig«, fuhr der Lüstling fort, indem er sowohl auf den einen wie den anderen Popo ein paar Schläge versetzte, »und nun wollen wir sehen, ob ich die Sodomie zustande bringe.« Der Schuft versucht es, aber sein heftiges Feuer erlischt bei den Schwierigkeiten des Unternehmens. Der Himmel rächt Justine für die Vergewaltigungen, die sie erleiden sollte, und der Kräfteverlust des alten Lüstlings bewahrt dieses unglückliche Kind davor, hingeopfert zu werden.

Dubourg wurde nun noch mehr ausfallender. Er gab Justine Schuld an seiner Schwäche und versuchte durch neue Beleidigungen und Schmähungen den Verlust wieder zu ersetzen. Die Ungeschicklichkeit Justines ärgerte ihn. Aber selbst der Delmouse mit all ihrer Kunst gelang es nicht, in dieses entkräftete Glied Leben hineinzujagen. Sie drückte, kitzelte, leckte, nichts half diesem schlappen Ding auf. Allen dreien gelang es nicht, diesem unglückseligen Glied das majestätische Aussehen zu geben, das zu einem neuen Angriff nötig ist. Endlich gab es Dubourg auf. Er ließ sich von Justine versprechen, am nächsten Tage wiederzukommen, und um sie besser dafür zu stimmen, wollte er ihr keinen Sou geben. Man übergab sie der Desroches, während die Delmouse bei Dubourg blieb, der sich, nachdem er gut gespeist hatte, an dieser hübschen Frau für das Vergangene rächte. Es kostete zwar von beiden Seiten viele Anstrengungen, aber schließlich ging alles vonstatten, und der wundervolle Popo der

Delmouse empfing das, was eigentlich für den jugendlicheren Justinens bestimmt war. Diese erklärte, als sie zu Hause angelangt war, ihrer Wirtin, daß, sollte sie selbst vor Not umkommen, sie sich niemals mehr solchen Szenen aussetzen wolle. Von neuem schmähte sie den Verbrecher, der mit ihrem Elend solchen Mißbrauch trieb. Aber das Verbrechen triumphiert, lacht über die Angriffe des Unglücks und zeigt dem Menschen, der zwischen Jugend und Laster wählen will, daß das letztere der einzig wahre Weg zum Glücke ist.

RESTIF DE LA BRETONNE

Das Modell

In der Rue Saint-Germain-l'Auxerrois – nahe dem Fort l'Evêque – lebte eine arme Frau mit ihrer Tochter, die schön wie eine der Grazien war. Der größte Reiz der kleinen Genoveva Bignicour bestand in ihrem unschuldigen Gesichtsausdruck, der sie so recht geeignet erscheinen ließ, als Modell für das Antlitz der Jungfrau Maria zu dienen; von einem Kopftuch umhüllt konnte sie leicht eine entzückende Nonne darstellen. Ihre Mutter, eine arme Näherin, hatte aber lange Zeit keine Ahnung von diesen Eigenschaften ihrer Tochter. Genoveva war ungefähr zwölf Jahre alt, sie machte Besorgungen, und so geschah es öfters, daß ihr hübsches Gesicht, ihr schlanker Wuchs und ihre Unschuldsmiene ihr Angriffe zuzogen. Da sie aber sehr flink war, entzog sie sich solchen stets leicht durch die Flucht.

Unweit der Wohnung Genovevas bewohnte in der Rue Béthisi ein junger Maler ein möbliertes Zimmer. Er hieß Dutertre, besaß eine große Begabung und ein sehr feuriges Temperament. Eines Tages bemerkte er die kleine Näherin, als sie auf dem Nachhauseweg war.

Er war von ihrer Anmut so betroffen, daß er wünschte, ihre Bekanntschaft zu machen, ohne dabei an Liebesgefühle zu denken. Er sollte gerade für den Herzog von X. ein galantes Bild, Corisandra, ausführen. Er folgte ihr, sah sie ins Haus treten und ging ihr nach. Sie betrat ein Zimmer im vierten Stock; er hinterdrein; er sah sogleich, daß er sich bei einer Näherin befand, und sagte zu der Mutter:

»Sie machen Kleider?«

»Ja, mein Herr.«

»Dann bin ich hier wohl richtig. Ich möchte gern für meine Schwester, die auf dem Land wohnt, eine hübsche Polonaise aus indischer Baumwolle anfertigen lassen. Meine Schwester ist dreizehn bis vierzehn Jahre alt . . . Ah! Das trifft sich aber gut: sie hat ungefähr dieselbe Figur wie das junge Mädchen da . . . Was wird der Preis sein?«

»Zehn Ellen, fünf Franken die Elle . . . Sie wollen doch etwas Feines?«

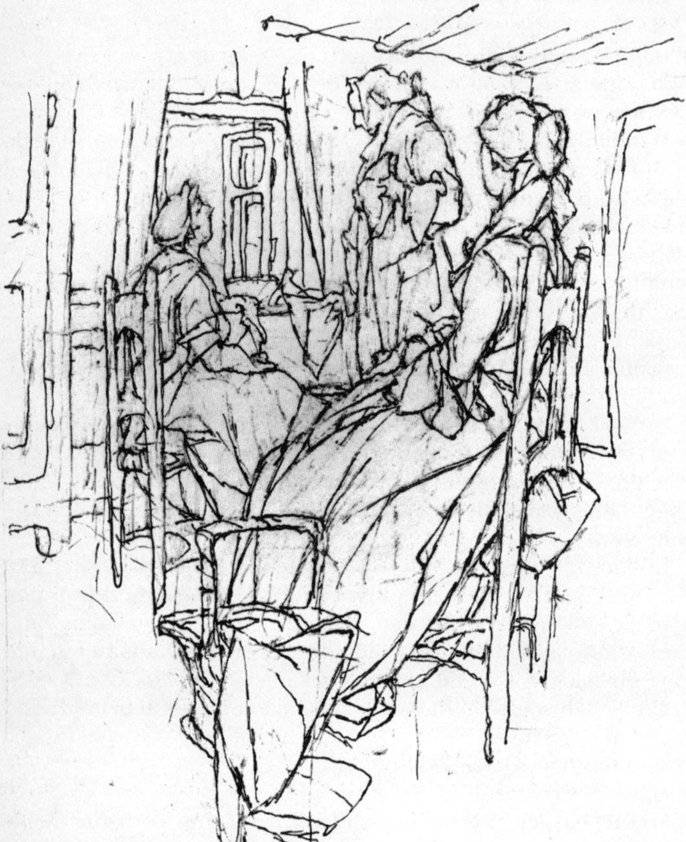

»Ja, aber nicht so teuer.«

»Macht fünfzig Franken; als Futter könnte man Saintesprit nehmen . . . Also sagen wir drei Louisdor.«

»Nicht etwas billiger?«

»Unmöglich, denn zum indischen Stoff gehört ein gutes Futter. Oder nehmen Sie südfranzösisches Linnen, das braucht nicht gefüttert zu werden.«

»Hier haben Sie einen Louis; morgen bringe ich den zweiten; den dritten werde ich Ihnen bei der Ablieferung bezahlen.«

»Besser kann ich es mir nicht wünschen. Aber wie soll ich Maß nehmen?«

»Nehmen Sie das Ihrer Tochter und tun Sie ganz, als ob das Kleid für sie wäre.«

»Gut. Junge Mädchen in dem Alter sind ziemlich so eins wie das andere.«

»Wollte Gott, es wäre so!«

»Sie sind nicht meiner Ansicht, mein Herr?«

»Nein, meine liebe Frau, denn wenn das so wäre, so säße ich augenblicklich nicht in einer großen Verlegenheit.«

»Wieso?«

»Weil ich ein Modell für ein interessantes Bild brauche und nicht finden kann. Ich bin Maler, bin nicht reich und muß daher bei der Wahl eines hübschen Modells leider an meine Börse denken.«

»Nun, ich werde arbeiten, als ob die Bestellung für meine Tochter wäre.«

»Tun Sie das. Adieu, Madame, ich werde dabeisein, wenn Sie ihr das Kleid anprobieren.«

Dutertre wollte sich bei seinem ersten Besuch nicht zu weit vorwagen; er fürchtete, abgewiesen zu werden. Als er aber draußen war, kam ihm ein glücklicher Gedanke: »Wie wär's, wenn ich anbieten würde, die hübsche Kleine zu malen? Ich würde dann ihr Bild unter dem Vorwand, es sei noch nicht fertig, bei mir behalten. Das werde ich morgen zu vereinbaren suchen. Da ich keine Schwester habe, kann sie das Kleid für ihre Mühe behalten.«

Am folgenden Tag brachte der Maler der Näherin den zweiten Louisdor. Der Stoff war bereits gekauft, und die schöne Genoveva stand im Korsett da, um sich Maß nehmen zu lassen. Ihr Wuchs war tadellos. Dutertre nahm seinen Bleistift zur Hand und begann zu zeichnen.

»Sie erlauben, liebe Frau, daß ich eine kleine Skizze mache?«

»Mit Vergnügen, mein Herr . . .«

Nach einigen Minuten zeigte er die Zeichnung: es war Genoveva, wie sie leibte und lebte.

»Das ist ja meine Tochter!«

»Ganz recht, Madame. Aber ich möchte Ihnen gern ihr Bild schenken! Wenn das Fräulein mir diese Woche einige Stunden sitzen will, dann, hoffe ich, wird ihr Porträt mir gelingen.« Und sich zur Mutter wendend, fügte er leise hinzu: »Wenn es mir nicht gelingt, so beweist das nur, daß Sie, Madame, eben geschickter waren als alle Maler, denn Sie haben die Natur übertroffen.«

Die Bignicour war sogleich damit einverstanden, daß der junge Künstler das Porträt ihrer Tochter malte; die erste Sitzung fand sofort am gleichen Tag statt, weil Dutertre schon eine Leinwand mitgebracht hatte. Er ging mit solchem Eifer an die Arbeit, daß das Bild am ersten Tag in seinen Umrissen fertig wurde und daß er es ganz beenden konnte, als auch das Kleid fertig war. Er zahlte den dritten Louisdor, nahm aber das Kleid unter dem Vorwand, er habe noch keine Gelegenheit, es zu schicken, nicht mit. Aber das Bild trug er mit nach Hause und gab seiner Corisandre den Kopf Genovevas. Er war so schön geworden, daß er damit sogleich zum Herzog eilte, nachdem er den Rest des Bildes nur skizziert hatte. Der Herzog war überrascht von soviel Schönheit und fragte den Maler:

»Wie war es möglich, daß Sie so tadellose Züge erfinden konnten?«

»Es sind die Züge eines Porträts, das man mir geliehen hat.«

Der Herzog wurde nicht müde, das Bild zu bewundern, und äußerte schließlich:

»Lieber Freund, Sie müssen das Original auffinden und auch den Körper zum Modell zu bekommen suchen, denn sonst wird es Ihnen nicht gelingen, etwas hervorzubringen, was zu diesen Reizen paßt.«

»Herr Herzog, das ist leider nicht möglich. Das Original war ein junges Mädchen, das vor sechs Monaten gestorben ist. Man hat das Bild aus der Wohnung der Eltern entfernt, bis ihr erster Schmerz sich etwas gelegt hat.«

»Nun, dann nehmen Sie eine andere Leinwand für Ihr Bild und lassen Sie mir den Kopf da. Sie können ihn ja nach Ihrer Fantasie wieder malen, wie auch den Körper dazu erdenken, so daß Ihr Werk dann ein harmonisches Ganzes darstellt.«

Dutertre ließ also dem Herzog den Kopf zurück und fing am

folgenden Tag das Bild von neuem an. Aber nach den ersten Strichen fühlte er, daß er kaum imstande sein werde, die schönen Formen Genovevas wiederzugeben. Er hörte daher auf und dachte nach.

»Wenn ich sie als Modell haben könnte! Das wird aber die Mutter nie zugeben, sie selber noch weniger . . . Doch ich will mit der Mutter sprechen. Was wage ich dabei? Abgewiesen zu werden! Wenn ich aber nicht spreche, komme ich auch nicht weiter.«

Also faßte er einen Entschluß und begab sich zur Näherin. Genoveva war gerade mit einem kleinen Lehrmädchen ausgegangen, und die Bignicour war allein zu Haus.

»Sie wissen ja, liebe Frau, daß ich Maler bin«, sprach er sie sofort an.

»Gewiß, und ein ganz ausgezeichneter!«

»Sie haben es in der Hand, es mir zu ermöglichen, ein Meisterwerk zu schaffen. Ich muß für einen Herrn bei Hof ein Bild machen, wozu ich ein junges Mädchen brauche. Sie müssen unbedingt darin einwilligen, daß Fräulein Genoveva mir als Modell dient.«

»Du lieber Gott, ich habe nichts dagegen.«

»Sie willigen ein?«

»Gern.«

»Was wird aber Ihre Tochter dazu sagen? Wird sie wollen?«

»Warum nicht? Übrigens habe ich sie zum Gehorsam gegen mich erzogen.«

»Sie erfüllen mein Herz mit Freude, Frau Bignicour! Seien Sie versichert, daß ich Ihnen, sobald ich den Preis für das Bild erhalte, meine Erkenntlichkeit bezeigen werde.«

»Ich handele nicht aus Interesse. Wenn ich reicher wäre, könnten Sie versichert sein, daß Ihnen Genoveva so viel sitzen würde, wie Sie wünschten; hier natürlich, in meinem Beisein, denn ich werde meine Tochter nicht mit einem jungen Mann allein lassen.«

»Das versteht sich. Aber kommen Sie beide lieber zu mir, wo ich alles Nötige zur Hand habe. Werden Sie mich auch darin unterstützen, das Modell Stellungen einnehmen zu lassen, die ein bescheidenes, schüchternes junges Mädchen mir vielleicht verweigern würde?«

»Gewiß. Da der Zweck ein ehrenwerter ist, bin ich zu allem bereit.«

»Sie sollen beide für Ihre Mühe reichlich entschädigt werden.

Setzen Sie Ihren Preis fest, ich werde nicht handeln. Und wenn Sie selbst den vollen Preis verlangen würden, den ich für das Bild bekomme, so würde ich dabei noch gewinnen, da das Werk mich bekannt machen wird.«

Als Genoveva zurückkam, sprach die Mutter ihr von dem Vorschlag des Malers und brachte sie dahin, daß sie ihre Einwilligung gab. Dutertre war außer sich vor Freude und sagte zu dem jungen Mädchen:

»Mein Fräulein, finden Sie das für meine Schwester bestimmte Kleid schön?«

»Es ist reizend.«

»Dann behalten Sie es, bitte! Ich habe gar keine Schwester und wollte mich durch die Bestellung nur auf eine anständige Art und Weise bei Ihnen einführen. Ich rechnete darauf, daß es schließlich doch Ihnen gehören würde, und ließ es daher nach Ihrem Maß und Geschmack anfertigen.«

Genoveva war über das Geschenk sehr erfreut, und man setzte Tag und Stunde der ersten Sitzung fest.

Am übernächsten Tag kamen Mutter und Tochter zur verabredeten Stunde ins Atelier des Malers. Genoveva hatte ihr neues Kleid angezogen und sah darin wirklich entzückend aus.

»Sehen Sie nur, wie das Kleid ihr steht«, bemerkte die Näherin. »Sie haben da vielleicht ein schöneres Modell, als Sie sich selbst vorgestellt haben.«

»Wahrhaftig, das Fräulein ist ganz reizend! Alles ist bereit. Ich will erst noch ein wenig am Kopf verbessern, der nicht so schön ist wie das Original . . .«

»Ah! Herr Dutertre, welch schönes Bild! Machen Sie nichts mehr daran! Sie würden es nur verderben!«

»Ich muß ihm noch das reizende Lächeln und die liebliche Röte der schönen Genoveva geben . . . Sehen Sie jetzt, was sagen Sie nun?«

»Sie hatten recht! Und jetzt? Was werden Sie nun vornehmen?«

»Den Körper.«

»Richtig. Nun, Kindchen, halt dich hübsch gerade. Was machen Sie da?«

»Ich warf die Umrisse der Stellung auf die Leinwand, um das Fräulein weniger lange zu belästigen . . .«

»Ich sehe nur weiße Striche.«

»Jetzt, liebe Frau, muß Ihre Tochter die Stellung einnehmen.«

»Wie soll sie sich halten?«

»Ja, beste Frau Bignicour, sie muß ihr Kleid ausziehen.«
»Ihr Kleid? Im Mieder also?«
»Ja, ziehen Sie ihr das Kleid aus . . . und nun das Mieder auch.«
»Das ist aber doch etwas stark, Herr Dutertre!«
»Meine liebe Frau Bignicour, denken Sie an das, was ich Ihnen sagte: Ich bekomme für das Bild fünfundzwanzig, vielleicht fünfzig Louisdor.«
»Für dieses Bild da?«
»Gewiß!«
»Sie haben einen schönen Beruf gewählt! Denn Sie können alle Jahre gewiß ein Dutzend davon anfertigen. So, jetzt ist das Mieder auch weg. Mein Gott, mein Püppchen, wie du zitterst! Er wird dich nicht beißen!«
»Das Häubchen und die Schuhe kann sie auch nicht anbehalten: lassen Sie mich ihre Haare arrangieren.«
»Man kann Ihnen nichts abschlagen, Herr Dutertre!«
»Nun noch eins, liebe Frau Bignicour, man müßte noch . . . eh . . . zum Teil dieses . . . eh . . . Hemd ausziehen . . .«
»Sagen Sie, Herr Maler, wofür halten Sie uns eigentlich? Zieh dich wieder an, mein Kind, und für Ihr Kleid danken wir, Herr!«
»Meine werte Frau Bignicour, ich flehe Sie kniefällig an, lassen Sie mich nicht sitzen! Bringen Sie mich nicht um mein Bild und um meine Zukunft! Reden Sie! Was verlangen Sie von mir? Ich will Ihnen jedes Opfer bringen.«
»Ich will nichts!«
»Bitte, stellen Sie Ihre Bedingungen, tun Sie es! Ich kann Karriere machen. Jeder sagt, ich habe viel Talent. Ich bin noch jung. Sprechen Sie!«
»Das ist denn doch ein starkes Stück, Herr! Sie hätten sich an unsere Nachbarin, die Rosette, wenden sollen. Das und noch Schlimmeres ist ihr Handwerk!«
»Ach, Madame, welchen Schaden würde Ihre reizende Tochter erleiden, wenn . . .«
»Welchen Schaden? Welchen Schaden? Und wenn man es erfährt, wie man alles erfährt, wer würde sie dann noch wollen?«
»Oh! Liebe Frau Bignicour, wenn es nur das ist! Ich, ich selber werde sie heiraten, aber lassen Sie mich mein Bild malen!«
»Das ist allerdings etwas anderes! Aber geben Sie mir das schriftlich . . .«
»Gern, sehr gern! Ich habe keine Feder hier, aber ein Bleistift genügt, diktieren Sie, was ich schreiben soll.«

»Ich verspreche Fräulein Genoveva Bignicour die Ehe und erkenne es als richtig an, daß ihre Mutter nur durch dieses Eheversprechen dazu bestimmt worden ist, darin einzuwilligen, daß Fräulein Genoveva mir als Modell dient. Ich verpflichte mich dazu bei meiner Ehre und gebe ihr zum Pfand mein Bild, das Fräulein Genoveva als volles Eigentum gehören würde, wenn ich mein Versprechen nicht erfüllte.

Gegeben zu Paris, in meiner Wohnung, Rue Béthisi, am 13. Juni 1774.«

Dutertre schrieb das Eheversprechen nieder und unterzeichnete es. Danach hatte er nur noch die – allerdings zahlreichen – Schwierigkeiten zu bekämpfen, die das junge Mädchen ihm lange Zeit entgegensetzte. Endlich aber ließ sie sich durch ihre Mutter überzeugen, die ihr vorstellte, daß sie sich ja doch nur ihrem zukünftigen Gatten zeige, verbarg ihr Gesicht in beiden Händen und stellte den Blicken des jungen Malers alles zur Schau, was die Natur ihr an Schätzen zugeteilt hatte. »Welch eine Vollendung!« rief er alle Augenblicke; »sie könnte den Grazien als Modell dienen!«

Genoveva suchte mit den Händen einen Teil ihrer Schönheiten zu verdecken; da ihr das aber nur halb gelang, so erhöhte sie dadurch nur den pikanten Reiz dessen, was unbedeckt blieb. Als das Modell und seine Mutter von der Sitzung ermüdet waren, wurde sie aufgehoben, und alle drei gingen zusammen speisen. Es wurde vereinbart, daß bis zur Vollendung dieses Bildes täglich eine Sitzung stattfinden und der Erlös aus demselben die Heiratskosten decken sollte.

Obgleich Genoveva in der Tat ein köstliches Geschöpf war, empfand der junge Maler keine Liebe für sie, sei es, daß er nur mit seiner Kunst und dem Fortschreiten seines Werkes beschäftigt war, oder seine Stunde noch nicht geschlagen hatte. Solange er noch an dem Bild zu arbeiten hatte, dachte er wenig an die Verpflichtung, die er gegen sein Modell eingegangen war. Aber alles nimmt einmal ein Ende, und so die Sitzungen auch. Das Bild war ein Meisterwerk geworden. Außer sich vor freudiger Erregung überbrachte der Künstler es dem Herzog.

»Wie? Fertig, ohne daß Sie mich einmal um Rat gefragt haben? Das wird etwas Schönes geworden sein! Zeigen Sie!«

Es wurde ans Licht gehalten. Kaum hatte der Herzog einen Blick darauf geworfen, als er sprachlos vor Entzücken davor stehen blieb. Schließlich konnte er dem Künstler nicht anders seine Bewunderung ausdrücken, als daß er ihn umarmte und rief:

»Ein Wunderwerk, mein Lieber, haben Sie da geschaffen!«

»Ja, aber es kommt mir teuer zu stehen! Ich habe das Modell nur mittels eines Eheversprechens bekommen können.«

»Das Urbild lebt? Da sind Sie wahrhaftig nicht zu beklagen! Wollen Sie es denn nicht heiraten?«

»Ich habe noch wenig Sinn für die Ehe. Ihre angenehmen Seiten können meiner Entwicklung nur schaden. Aber ich habe nun einmal das Versprechen gegeben.«

»Ich werde die Sache in die Hand nehmen, mein Bester; lassen Sie mich die Bekanntschaft Ihres Modells machen, und ich werde für seine Zukunft sorgen.«

»Oh! Herr Herzog, damit würden Sie mir einen unschätzbaren Dienst leisten! Sie ist die Tochter einer armen Näherin.«

»Bei Gott! Ich will sie sehen; Sie müssen mich zu ihr führen.«

»Morgen frühstücken sie bei mir. Sie kommen, um zu hören, ob mein Bild Erfolg gehabt hat.«

»Da werde ich auch mitmachen; Kunst und Schönheit ehren jeden Stand! Für das Bild zahle ich Ihnen sechstausend Livres, nicht um Sie zu begünstigen, sondern weil es so viel wert ist.«

Gegen neun Uhr am nächsten Tag erschien die Näherin pünktlich mit ihrer Tochter. Genoveva, die für die Vorzüge des Künstlers nicht unempfindlich war, hatte eine gewählte Kleidung angelegt: ihre hübsche neue Polonaise, ein dazu passendes Kleid, ein niedliches Häubchen, einen durchsichtigen Gazeschleier über ihrem knospenden Busen, elegante Schuhe und Strümpfe – kurz, sie strahlte mehr denn je im lieblichen Glanz ihrer siegreichen Anmut. Der Herzog war noch nicht da. Die Damen bereiteten das Frühstück, um zehn Uhr setzte man sich zu Tisch, und der Herzog erschien.

»Oh! Himmel! Der Herr Herzog!«

»Ich ging an Ihrem Hause vorüber, und da dachte ich, ich könnte Sie einen Augenblick besuchen. Man erweist sich selbst eine Ehre, wenn man Leute von Ihrem Verdienst aufsucht . . . Aber, meine Damen, ich bitte um Entschuldigung! Ich will nicht stören. Doch was sehe ich? Sollte ich mich täuschen?«

»Nein, Herr Herzog. Ich ahne, daß Sie . . . Ja, sie ist es.«

»Ich will an Ihrem Frühstück teilnehmen, mein Lieber, Ihre Gäste sind zu sehr nach meinem Geschmack, als daß ich mich ihrer Gesellschaft berauben möchte: ich werde mit der schönsten der Grazien und ihrer Mutter speisen.«

»Gnädiger Herr sind zu gütig«, erwiderte die Bignicour verlegen und entzückt zugleich.

Der Herzog saß bei Tisch zwischen Mutter und Tochter, der er eifrigst den Hof machte. Die schöne Genoveva errötete über die Komplimente des Herzogs, die sich beständig auf die Reize bezogen, die er auf dem Bild gesehen hatte. Das Frühstück verlief in heiterster Stimmung. Der Herzog trug sein Bestes dazu bei, und die Näherin fühlte sich so geehrt, daß sie vor Befriedigung schier erstickte. Doch vergaß sie darüber nicht den Ehevertrag. Am Ende des Frühstücks kam die Rede darauf, und der Herzog äußerte sich mit unbefangener Miene darüber:

»Das wäre ein schöner Unsinn! Sie wollen wohl den Schwung dieses jungen Mannes lähmen, der ein großer Maler werden kann, indem Sie ihn in die Fesseln der Ehe schlagen? Seine Zukünftige ist allerdings schön genug, um seine Liebe zu besitzen; aber sie werden Kinder in die Welt setzen, die eine Last sind, und Ihre Tochter wird die Frau eines armen Malers sein! Ich nehme es auf mich, Ihre Tochter unter die Haube zu bringen, und glauben Sie mir, das Original der auf dem Bilde – meiner Meinung nach einem Meisterwerk – dargestellten Person wird mir ebenso teuer sein wie sein Konterfei.«

»Sehr gütig, Herr Herzog«, entgegnete die Mutter, »aber . . . aber meine Tochter liebt ihren Maler.«

»Ist das wahr, schöne Genoveva?«

»Ich will keinen anderen Mann als ihn«, antwortete Genoveva errötend und mit einer Träne im Auge.

»Nun gut, dann sollen Sie ihn haben, aber verderben wir ihm nicht seine Karriere. Ich will ihm den Weg öffnen und ihm, da er unbedingt in Rom gewesen sein muß, Empfehlungen an Kardinal Bernis und andere vornehme Herren mitgeben. Nach seiner Rückkehr soll die Hochzeit gefeiert werden. Er wird berühmt werden und Ihnen eine glückliche Zukunft bereiten. Ich will aber nicht, daß Sie inzwischen von Ihrer Hände Arbeit leben. Ich werde Ihnen ein Jahresgehalt von einhundert Louisdor aussetzen und Ihnen darüber eine Anweisung auf das Stadthaus übersenden, so daß Sie die Summe selber abheben können.«

»Oh! Gnädigster Herr Herzog, wie gut sind Sie!« erwiderte die Näherin gerührt auf sein Anerbieten, »meine Tochter und ich werden Ihnen für so viel Gnade ewig dankbar sein!«

»Ja, aber wird dadurch nicht die Heirat verhindert werden, Mama?« fragte das liebenswürdige Modell naiv.

»Nein, Kind, im Gegenteil. Aber du bist noch zu jung, und dein Zukünftiger muß erst noch, wie du gehört hast, nach Rom gehen.«

»Ach, so weit!«

»Ich werde Ihnen in seiner Abwesenheit den Hof machen, schöne Genoveva«, nahm der Herzog wieder das Wort, »und Ihnen so viele Zerstreuungen verschaffen, daß Sie keine Langeweile empfinden sollen.«

Die Bignicour begriff ungefähr, was der Herzog beabsichtigte, aber gegen die Zumutungen eines Mannes von diesem Rang war sie nicht genügend gefeit. Das Handwerk einer Näherin ist kümmerlich und der Verdienst so gering, daß selbst die härteste Arbeit nicht vor Not schützt. Sie beschloß daher, die Gelegenheit auszunützen.

Am nächsten Tag brachte der Herzog Mutter und Tochter in einem hübschen, elegant möblierten Häuschen unter, gab ihnen die nötigen Diener und bestimmte für Genoveva eine Zofe, auf die er sich verlassen konnte. Das unschuldige Kind sah darin nur, was man ihr zeigen wollte, und was ihre Mutter wollte, das sie sehen sollte. Sie arbeitete nicht mehr; man lehrte sie Musik und Tanz, und Dutertre gab ihr Unterricht im Zeichnen. In dieser Kunst machte sie am raschesten Fortschritte, denn Liebe machte sie ihr teuer; die Kleine betete Dutertre an, der ihr gegenüber immer noch gleichgültig war. Wie es scheint, sah in dem Kopfe des begeisterten und strebsamen Künstlers die Liebe anders aus als in den Köpfen anderer Sterblicher; er war der höchsten Vollendung aller Reize gegenüber unempfindlich geblieben; die Unschuld und rührende Naivität der Kleinen hatten keinen Eindruck auf ihn gemacht; nun aber wurde er von der Arbeitsfreudigkeit und dem Eifer seiner jungen Schülerin, von der Biegsamkeit ihrer Hand und der Reinheit ihrer Zeichnungen besiegt.

Es vergingen keine zwei Monate, da war auch er sterblich in sie verliebt. Überrascht von einem Gefühl, dessen er sich nicht für fähig gehalten hatte, eifersüchtig auf den Herzog, verzweifelt über seinen dummen Streich, das geliebte Mädchen nicht geheiratet, sondern sie dem Herzog gezeigt und beinahe ausgeliefert zu haben, erschien er jetzt in ihrer Gegenwart stets nachdenklich und träumerisch. Genoveva bemerkte es. Sie war jetzt von bezaubernder Anmut, da sie durch ihren Umgang mit dem Herzog und seinen Gästen, die er ins Haus brachte, sich zu ihrer Schönheit auch noch die Manieren der großen Dame angewöhnt hatte. Eines Tages konnte sie sich nicht enthalten, mit zärtlichstem Ausdruck Dutertre zu fragen:

»Langweilen Sie sich, wenn ich bei Ihnen bin? Sehnen Sie sich so sehr nach Rom?«

»Ich mich bei Ihnen langweilen, schöne Genoveva! Nein, wenn ich Ihnen traurig erscheine, so bin ich es darüber, daß ich Sie schon nach einer Stunde wieder verlassen muß.«

»Ah! Wie schmeichelhaft für mich!«

»Es ist die Wahrheit!«

»Sind Sie mir nicht zum Gatten bestimmt, sobald Sie's nur wollen?«

»Oh, liebes Fräulein! Ich muß Sie kniefällig für den Fehler um Verzeihung bitten, den ich begangen habe, daß ich Sie nämlich mit dem Herzog bekannt gemacht habe . . . Sie gehören jetzt ihm, und ich kann nicht mehr darauf hoffen, Sie jemals mein zu nennen, oder doch erst dann, wenn seine Schwärmerei für Sie vorüber ist!«

»Für mich? Niemals werde ich ihm gehören!«

»Das ist aber sein Ziel. Er will Sie zur Geliebten machen, wenn Sie es nicht schon sind. Ihre Mutter ist für ihn, und ich verdanke das Glück, Ihnen Zeichenunterricht geben zu dürfen, nur dem Umstand, daß man mich für kalt gegenüber Ihren Reizen hält. Ich bin mir meiner Gefühle für Sie, schöne Genoveva, zu spät bewußt geworden. Mein Herz gehört Ihnen schon immer, und ich wußte es nicht. Und ich habe Sie zu meinem Unglück dem Herzog ausgeliefert!«

»Gott im Himmel! Aber ich will nicht . . .«

»Teuere Genoveva, wir müssen weiterhin heucheln, sonst bin ich verloren! Aber wenn Sie mir versprechen, den Angriffen des Herzogs Widerstand entgegenzubringen, will ich darauf sinnen, einen Ausweg zu finden.«

»Ich liebe Sie, Sie wissen es«, erwiderte Genoveva, »und ich werde alles tun, was Sie sagen. Wenn wir fliehen müssen, so fliehe ich mit Ihnen; dann heiraten wir, um uns nie mehr zu trennen!«

»Oh! Wie segne ich Ihren Entschluß! Aber wie? Sie wollen Reichtum und Behaglichkeit, die Sie hier genießen, im Stich lassen, um mir, dem armen Künstler, zu folgen?«

»Alles, was ich hier habe, hat nur Wert für mich durch Sie. Ohne Sie, ohne die so kurzen Minuten, die wir allein sind, könnte ich dieses Leben nicht ertragen. Sie können sich auf mich verlassen, aber kann ich auch auf Sie bauen?«

»Ich schwöre Ihnen, daß ich Sie heiraten werde, sobald wir dazu die Möglichkeit haben!«

»Und ich schwöre, mit Ihnen zu fliehen! Ich liebe meine Mutter und würde sie gewiß nie verlassen. Aber, da ich jetzt weiß, daß sie mit dem Herzog einig ist und mich ihm ausliefern will, schwindet meine Liebe zu ihr . . .«

Die Tür flog auf, und Genovevas Mutter stürzte ins Zimmer.

»Ungeheuer!« schrie sie den Maler an, »das ist also der Unterricht, den du meiner Tochter erteilst! Hinaus mit dir! Soeben ist der Herzog gekommen. Wenn ich ihm alles sage, wird er dich hinauswerfen lassen!« Sie packte Dutertre bei den Schultern und schob ihn zur Tür hinaus. Genoveva stand da, mehr tot als lebendig. Nun wandte ihre Muter sich an sie, aber viel ruhiger, und sagte:

»Mein liebes Kind, du schenkst diesem Elenden Gehör? Diesem Hungerleider, der dich gegen deine Mutter aufhetzt? Komm, du hast ihn nicht nötig, dein Glück ist gemacht, der Herzog liebt dich von ganzem Herzen, das ist Tatsache. Denke an den Vorteil, liebe Tochter, den wir daraus ziehen können! Kann ein Mädchen sich ein größeres Glück wünschen? Du bist bezaubernd und wirst ihn stets fesseln. Alle Tage kannst du, wenn du willst, Feste feiern und ins Theater gehen. Du hast nun gelernt, dich in der großen Welt zu bewegen; er wird dich überall hinführen, und ich werde deine Begleiterin sein, denn bin ich nicht deine gute Mutter? Vergiß den häßlichen Menschen, der dich jetzt ins Unglück stürzen will, nachdem er beabsichtigt hatte, aus dir eine Dirne zu machen, als er dich dem Herzog auslieferte. Der Herzog hat mir alles gesagt; Dutertre hat ihn gebeten, ihn von uns loszumachen; jetzt aber, wo er sieht, daß du eine große Dame werden wirst, packt ihn die Eifersucht. Laß ihn fahren und sei nicht so dumm, ihm auch nur eine Minute lang nachzutrauern!«

Genoveva ließ ihre Mutter sagen, was sie wollte. Sie fühlte den Tod im Herzen, wenn sie daran dachte, daß sie nun ihren Geliebten nicht mehr sehen würde. Im Grund ihres Herzens war sie davon überzeugt, daß er sie liebte. Nur um eins bat sie die Mutter: ihr die Fortsetzung des Zeichenunterrichts zu erlauben, da sie diese Kunst leidenschaftlich liebe. Die Mutter schlug es ab. Genoveva machte den Vorschlag, daß die Mutter demselben beiwohnen könnte. Aus Furcht, es mit ihrer Tochter ganz zu verderben, bat sie um eine Stunde Bedenkzeit. Sie fragte den Herzog um Rat. Dem vornehmen Herrn war der Zwischenfall sehr ärgerlich. Er dachte im Grunde sehr edel und war deshalb geneigt, die beiden jungen Leute, wenn sie sich liebten, zu vereinigen. Aber Genovevas Mutter bekämpfte diese gute Absicht und suchte seine Hoffnungen wieder zu beleben.

»Es gibt ein sehr gutes Mittel für Sie, das Herz der Geliebten zu gewinnen: verheiraten Sie den Maler.«

»Von Herzen gern, wenn er einwilligt.«

»Lassen Sie mich machen, ich werde ihm schon eine Frau finden. Nur möchte ich Sie bitten, alles zu tun, was ich Ihnen sagen werde. Gehen Sie jetzt zu Genoveva und sagen Sie ihr, Sie wünschten, daß sie den Unterricht bei ihrem Zeichenlehrer fortsetzt. Ich werde es so einrichten, daß ich stets dabei bin und werde die beiden nicht aus den Augen lassen.«

Der Herzog tröstete Genoveva liebevoll und stellte sich, als ob er von nichts anderem wüßte, als nur von dem Streit zwischen ihrer Mutter und dem Maler. Er versprach ihr, daß er die beiden wieder versöhnen werde, und bat sie freundlich, sich zu beruhigen. So viel Güte rührte Genoveva, und sie hätte vielleicht dem Herzog ihr Herz ausgeschüttet, wenn in diesem Augenblick nicht ihre Mutter dazugekommen wäre.

In derselben Straße, wo der Maler das junge Mädchen getroffen hatte, lebte ein anderes Mädchen, das Modell von Beruf war. Rosette war tadellos gewachsen, hatte aber ziemlich alltägliche Gesichtszüge. Die Bignicour hatte für sie geschneidert und wußte daher, daß der Maler sie nicht kannte. Diese wollte sie zu seiner Frau machen, einmal, um ihn auf diese Weise loszuwerden, und dann, um sich an ihm zu rächen. Sie suchte Rosette auf. Sie fing damit an, ihr die glückliche Lage zu schildern, worin sie sich jetzt befände, und schlug ihr dann vor, sie wolle sie mit einem jungen, talentvollen Maler verheiraten und ihr eine schöne Mitgift verschaffen, wenn sie alles täte, was sie von ihr verlangen würde. Sie versicherte ihr, daß der Handel durchaus ehrenwert sei, und schilderte ihr besonders den Maler in vorteilhafter Weise, daß Rosette einwilligte.

Der Herzog beabsichtigte nun noch mehrere andere Bilder in derselben Art wie jenes anfertigen zu lassen, zu dem Genoveva Modell gestanden hatte. Seitdem er aber zu dem Modell in Liebe entbrannt war, wollte er sie den Blicken des Malers nicht mehr aussetzen. Das wußte die Bignicour; sie erwartete daher am Tag nach ihrem Besuch bei Rosette den Herzog mit Ungeduld. Sobald er erschien, sagte sie zu ihm:

»Ich habe gefunden, was Sie für Ihre Bilder brauchen: ein junges Mädchen mit ebenso vollkommenen Körperformen wie Genoveva, nur sind ihre Gesichtszüge nicht sehr anziehend. Sie würde gern als Modell dienen, und ich hoffe, auch noch zu anderem. Da

Ihr unverschämter Schützling in meine Tochter verliebt ist, werde ich, um seine Fantasie mehr zu entflammen, ihm weismachen, sie wolle ihm wieder sitzen, schäme sich aber so sehr, daß sie verlangt habe, es solle ihm verheimlicht werden . . . Er wird daher niemals ihr Gesicht sehen. Ich selbst werde den Kopf des Modells stets verhüllt halten, als ob ich das Schamgefühl meiner Tochter schonen wolle, und als ob ich noch ärgerlich auf ihn wäre.«

Der Herzog ging auf die Sache ein, wollte aber vorher wissen, ob Rosette sich auch als Modell eignen würde. Die Bignicour ließ sie kommen und sie das Kostüm Evas anziehen. Man mußte gestehen, daß nur eine Genoveva ihr gleichkam oder sie vielmehr übertraf, da sie viel jünger war und sich nicht wie Rosette mit gewissen Scherzen befaßt hatte. Der Herzog war zufrieden und überließ alles Weitere der Näherin.

Als der Maler sich eines Tages wieder einstellte, um seinen Unterricht zu erteilen, allerdings jetzt im Beisein der Bignicour, nahm diese ihn beiseite und sagte zu ihm:

»Der gnädige Herr Herzog wünscht, daß Genoveva Ihnen noch einmal Modell steht; er wagt aber nicht, es ihr vorzuschlagen, und ich möchte es auch nicht tun. Wäre es nicht möglich, es so einzurichten, daß sie als Modell dient, ohne es zu wissen? Es wäre aber dann erforderlich, daß Sie nicht mit ihr sprechen, während ich sie in ihrer Unschuld die geeigneten Stellungen einnehmen lassen würde.«

Der junge Maler wünschte nichts mehr, als die Reize wiederzusehen, deren Wert er jetzt anders zu schätzen wußte.

Am nächsten Tag war alles zur Sitzung bereit. Die Bignicour befand sich im Nebenraum und hatte auf ihrem Schoß ein makellos gebautes junges Mädchen im Naturzustand. Nur der Kopf der Schönen war mit einem Schleier verhüllt. Die Bignicour sagte zu ihr:

»Du darfst nichts sehen, meine Liebe; wenn man dir den Schleier abnehmen würde, könntest du aus bloßer Angst krank werden. Wenn du aber nichts siehst, wirst du auch nichts fühlen und fast gar nichts bemerken. Aber einige Zeit ist für die Operation nötig; wir werden dazu acht Tage lang wenigstens eine Stunde täglich brauchen.«

Dann sah sie den Maler fragend an, um zu wissen, welche Stellung das Modell einnehmen solle, und fuhr fort:

»Erhebe diesen Arm da; gut! Lege dich so hin . . . Sehr gut, und nun halte dich ruhig . . .«

Wieder sah sie den Maler an.

»Nun nimm ein wenig den Körper vor, damit ich es bequemer habe . . . Nicht wahr, du fühlst nichts?«

»Nein, Mama« flüsterte die Verschleierte leise.

»Und doch habe ich schon viel getan!« schloß die Bignicour.

Auf diese Weise wurde die Sitzung fortgesetzt. Als sie zu Ende war, kam Genovevas Mutter zum Maler in sein Zimmer und sagte zu ihm, wie eine Verrückte lachend:

»Ich habe meiner Tochter vorgeredet, sie habe plötzlich am ganzen Körper linsengroße, schwarze Flecken bekommen, und die werde ich ihr wieder entfernen, ohne daß sie es merke, indem ich ihr mit einem kleinen Pinsel darüberhinfahre. Sie haben gesehen, wie gut die Operation verlaufen ist! Ich habe ihr auch wirklich einige Flecken gemacht an Stellen, wo sie es sehen kann.«

»Aber sie wird den Betrug bald merken.«

»Nein, sie ist ein zu gutes Schäfchen!«

»Ein kostbarer Schatz ist sie, den ich zu spät gewürdigt habe!«

»Hören Sie, lassen Sie es sich nicht einfallen, ihr den Irrtum zu nennen! Sagen Sie ihr kein Wort davon! Besser so, als wenn sie sich schamlos mit Vergnügen als Modell hingeben würde!«

»Sie haben recht.«

Nach der vierten oder fünften Sitzung kam die Bignicour zu dem jungen Maler und sagte zu ihm:

»Herr Dutertre, heute will ich mich überzeugen, ob Sie wirklich verschwiegen sein können. Ich habe zu tun und bin gezwungen, meine Tochter mit Ihnen allein zu lassen. Da Ihr Bild ein Mädchen im Bad darstellt, so können Sie sich gleich das Bad zunutze machen, das sie nachher nehmen wird; da ich aber nicht will, daß sie Sie sieht, habe ich ihr vorgeredet, daß man mit ihr nach dem Bad eine schreckliche Operation vornehmen müsse, die die Hand eines geschickten Chirurgen erfordere, von dem sie aber später nicht wiedererkannt werden dürfe. Ich habe ihr das Gesicht wie gewöhnlich verhüllt. Sie sollen die Rolle des Chirurgen spielen, aber sprechen Sie nicht oder verstellen Sie wenigstens Ihre Stimme. Ich habe die Schleife gesiegelt; man kann also den Schleier nicht abnehmen, ohne daß ich es merke. Führen Sie sich so auf, daß ich mich mit Ihnen wieder versöhnen kann.«

Nach dieser Warnung führte sie das Modell herein und legte sich dann selbst in den Hinterhalt.

Der Künstler ging an die Arbeit. Aber diesmal war es etwas anderes; er war verliebt, und wenn er auch mit viel Feuer

arbeitete, so wurde die Arbeit doch ein wenig unkorrekt. Endlich ließ er sein Modell eine wollüstige Stellung einnehmen, wozu sich das junge Mädchen mit solcher Bereitwilligkeit hingab, daß er in Ekstase geriet.

»Schöne Genoveva«, flüsterte er ihr zu, »erkennen Sie mich nicht? Ich bin's, Ihr Geliebter, der Sie anbetet!«

»Wie? Sie sind nicht der Chirurg?« entgegnete eine gedämpfte Stimme.

»Geliebte, Sie haben keinen Chirurgen nötig. Mit der Hautkrankheit hat man Ihnen nur etwas vorgemacht, Ihre Schönheit ist unbefleckt . . . Aber stellen Sie sich weiter so, als ob Sie daran glauben; ich werde dann versuchen, unsere Sitzungen auszunutzen, um unseren Fluchtplan zur Ausführung zu bringen.«

»Ich bin mit allem einverstanden«, erwiderte das Modell.

Mit allem! Dieses Wort gab dem Künstler zu denken.

»Mit allem! Da liegt sie! Wenn ich die Situation ausnütze!« Er nutzte sie aus, und das Modell setzte keinen Widerstand entgegen. Darauf nahm er beglückt seine Arbeit wieder auf. Am Schluß der Sitzung trat die Bignicour ganz atemlos ins Zimmer und führte das Modell mit sich fort.

Am darauffolgenden Tag nahm Genoveva keinen Zeichenunterricht, aber die Sitzung fand statt. Der Maler war wieder allein mit dem Modell und widmete sich ausschließlich dem Vergnügen. Als aber seine Ekstase den Höhepunkt erreichte, stürzte die Bignicour plötzlich wie eine Furie ins Zimmer und schrie:

»Ah! Elender! Oh! Du Schamlose! Herbei, zu Hilfe!«

Der Herzog eilte herbei. Er sah alles und sagte zum Künstler:

»Herr Dutertre, Ihr Betragen ist unwürdig!«

»Herr Herzog«, erwiderte der junge Mann in höchster Verwirrung, »Sie wissen, daß . . .«

»Sie hatten sie mir abgetreten«, unterbrach er ihn, »das ist alles, was ich weiß. Aber nach dem Vorgefallenen gibt es nur eins: Sie müssen sich jetzt mit der verheiraten, die Sie überrumpelt haben; das soll Ihre Strafe und meine Rache sein!«

»Und meine Belohnung, Herr Herzog!«

»Nun, dann ist alles gut! Ich bin nicht boshaft, und wenn die Strafe Ihnen als eine Belohnung erscheint, so soll mir das recht sein. Jedenfalls entwaffnen Sie dadurch meinen Zorn, den ich natürlich über Ihre Handlungsweise empfinden muß. Während der Vorbereitungen zur Hochzeit bitte ich Sie, an meinen Bildern fortzuarbeiten, aber ich will, daß die Schöne stets verhüllt sei, denn es würde Ihnen zu viel Vergnügen bereiten, sie ganz zu sehen. Den Kopf können Sie dann später malen.«

Die Bignicour schien sehr unzufrieden mit diesem Urteil zu sein, und wollte sich an ihrer Tochter rächen, aber der Herzog hielt sie zurück und bat sie, sich zu entfernen.

Es wurden also die Vorbereitungen für die Hochzeit des Künstlers getroffen. Das Aufgebot wurde erlassen, und der Ehevertrag aufgesetzt. Der Herzog gab der Zukünftigen eine Mitgift von sechstausend Livres und bezahlte dem Maler die Bilder in freigebigster Weise.

Am Abend vor der Feierlichkeit, als der Vertrag unterzeichnet werden sollte, befahl der Herzog der Bignicour, ihre Tochter kommen zu lassen.

»Sie ist bei einer früheren Nachbarin von uns«, erwiderte diese, »welche die Nacht bei ihr bleiben soll. Darf sie diese mitbringen, Herr Herzog?«

»Nein! Aber beide mögen hier nacheinander verschleiert erscheinen. Dutertre kann sich nicht täuschen.«

Notar und Zeugen waren noch zugegen, als die erste der beiden erschien; es war Rosette, das Mädchen, das dem ersten besten Künstler Modell zu stehen gewohnt war.

»Wenn Sie wahrhaft lieben«, wandte sich der Herzog an den Maler, »so werden Sie sicher die, welche Sie lieben, erkennen. Ist es diese?« Rosette trug eines von Genovevas Kleidern mit einem Pelzmantel, der bis über die Knie ging.

»Ich weiß nicht«, erwiderte der junge Mann.

»Sie müssen sie herausfinden und werden die heiraten, die Sie als Ihre Geliebte erkennen werden, ohne ihr Gesicht zu sehen.«

»Gut«, sagte der Maler darauf, »aber dann will ich sie sehen, wie ich sie bei den Sitzungen gesehen habe.«

»Einverstanden«, entgegnete der Herzog. Rosette ging in ein Nebenzimmer und nahm eine Pose als Modell an. Als sie bereit war, wurde der Maler hineingeführt. Er betrachtete sie aufmerksam und sagte dann:

»Das ist nicht meine Geliebte!«

Nichts war begreiflicher als dieser Entscheid, denn man hatte die Zofe untergeschoben, die nicht die vollendeten Formen Rosettes und noch weniger die Genovevas besaß.

»Nun sollen Sie die andere sehen«, bemerkte der Herzog lachend. Rosette nahm dieselbe Stellung ein, und sofort rief der Maler: »Ja, die ist es!«

Bleiben Sie bei ihr«,Sagte darauf der Herzog und befahl, Notar und Zeugen eintreten zu lassen. Man kleidete die Schöne vor ihnen an, übergab sie verschleiert ihren Händen und beauftragte sie, sie am nächsten Tag um fünf Uhr morgens in die Kirche zu führen. Der Maler begleitete die Verschleierte bis an das Zimmer, indem sie die Nacht zubringen sollte, schloß die Tür dazu ab und steckte den Schlüssel ein.

Kaum graute der Tag, als man ihn holte, damit er seine Geliebte aus ihrem Gefängnis befreie. Man forderte von ihm, daß er sie, ehe sie das Zimmer verlasse, auf eine Weise anerkenne, die er für unfehlbar halte. Sodann verlangte man, daß sie zusammen im selben Wagen in die Kirche fahren sollten, was eigentlich gegen die Sitte war.

In der Kirche gab der Herzog der Braut den Arm und führte sie bis zum Fuß des Altars, ihre Schritte sorgfältig leitend, da sie des Schleiers wegen nicht sehen, aber auch nicht gesehen werden konnte.

Als nun der Geistliche im Augenblick des Ehesegens forderte, daß die Braut den Schleier abnehme, da erschien vor den Augen der Versammelten nicht Genoveva, sondern Rosette. Rosettes Name stand auch auf dem Aufgebot und im Ehevertrag; Rosette hatte den letzten Bildern als Modell gedient, und Rosette hatte die Liebesfreuden des Malers geteilt. Der Bräutigam hatte schon das »Ja« ausgesprochen, und Rosette hatte es ebenfalls getan, während sie sich entschleierte. Ihr Gatte sah sie mit solcher Überraschung an, daß sie ihn hinderte, die Zeremonie zu unterbrechen. Schließlich wollte er Protest erheben, aber der Herzog schlug einen so entschlossenen Ton an, daß er dadurch eingeschüchtert wurde. Was hätte er denn auch tun können? Er hatte ja das Urteil des Notars und der Zeugen gegen sich.

In einem Winkel der Kirche hatte die Bignicour mit ihrer Tochter der Zeremonie beigewohnt. Sie hatte Genoveva von der Untreue des Malers zu überzeugen gewußt. Genoveva hatte Rosette niemals gesehen; der Herzog hätte auch nicht geduldet, daß diese sich ihr näherte, denn dazu liebte er sie zu sehr. Er dachte zwar nicht an Ehe, aber er war entschlossen, ihr stets die zärtlichste Achtung entgegenzubringen. Genoveva ließ also alles ohne Widerspruch geschehen und hatte sich schon zurückgezogen, ehe der Herzog gezwungen war, gegen den Neuvermählten so energisch aufzutreten. Da der Maler die Gesetze nicht kannte und sich für gebunden hielt, so glaubte er, nichts Besseres tun zu können, als sich mit dem schönen Körper Rosettes zu trösten, deren Gewerbe er nicht kannte. Man hatte ihr nämlich unter den schrecklichsten Drohungen verboten, jemals davon ein Wort verlauten zu lassen, ihr aber vollen Schutz versprochen, wenn sie vernünftig wäre. Sie versuchte, das Vertrauen ihres Mannes zu gewinnen, und da sie nicht dumm war, gelang es ihr, ihm zu gefallen, ohne in ihm aber leidenschaftliche Gefühle zu erwecken. Bald wurde der Künstler wieder von Liebe zu Arbeit und Ruhm erfaßt; seine Frau diente ihm als Modell, der Herzog begönnerte ihn, und er faßte sich in Geduld.

Da Genoveva überzeugt war, daß ihr Geliebter sie verraten hatte, ließ sie sich von ihrer Mutter überreden und erhörte endlich den Herzog infolge eines kleinen Betruges; man versicherte ihr nämlich, Herzögen sei es erlaubt, eine Frau zweiter Ordnung zu nehmen. Man führte bekannte Beispiele an, die für sie greifbar waren, und der Herzog war glücklich, sie bei einem Glauben belassen zu können, der sie ihm noch teurer machte.

Der Maler wollte indessen doch an der Bignicour sein Mütchen kühlen. Er klärte ihre Tochter über das Geschehene und über ihre wahre Stellung zum Herzog auf. Genoveva geriet in Verzweiflung. Sie beklagte sich bitter beim Herzog, der ganz erstaunt war, daß sie über diese Dinge derart unterrichtet sei. Da sie im Grund ihres Herzens durchaus tugendhaft war und der Herzog von nun an ihren Widerstand nicht mehr besiegen konnte, so blieb ihm nichts anderes übrig, als sie gehen zu lassen. Er schenkte ihr das Haus, das sie bewohnte, mehrere Rentenbriefe und ein kleines Gut, das auf ihren Namen gekauft war und fünftausend Livres Rente abwarf. Ihre Tugend hatte ihn gerührt. Kurze Zeit darauf starb Rosette, die sich bis zu ihrem letzten Atemzug die Achtung ihres Mannes bewahrt hatte. Ungefähr zur selben Zeit verheiratete der Herzog sich und teilte dem Maler mit, daß Genoveva frei sei.

Nun kam endlich doch, trotz der Bignicour, die ihre Tochter am liebsten einem anderen hohen Herrn hätte ausliefern mögen, die Hochzeit der beiden Liebenden zustande. Die Bignicour bat, sich auf das Gut zurückziehen zu dürfen, wo sie von nun an für sich allein hauste, während ihre Tochter und Dutertre nur ihrem Glück lebten.

Alcides Erzählung

Ich bin von jungen und kräftigen Eltern gezeugt. Meine Kindheit war glücklich: Trübsal und Krankheiten kannte ich nicht. Und so war ich denn schon mit dreizehn Jahren zum Mann entwickelt, und die Stacheln des Fleisches machten sich lebhaft geltend.

Da ich zum geistlichen Stande bestimmt und nach den strengsten Vorschriften der Keuschheit erzogen war, so bekämpfte ich mit aller Macht die ersten Begierden meiner Sinne. Mein Fleisch lehnte gebieterisch, machtvoll sich auf, empörte sich – ich aber kasteite es unbarmherzig.

Ich verdammte mich zum schärfsten Fasten. Nachts, während ich schlief, verschaffte die Natur sich Erleichterung; ich aber erschrak darüber, als ob ich mir eine sündhafte Ausschweifung hätte zuschulden kommen lassen. Ich verdoppelte meine Enthaltsamkeit und achtete noch schärfer darauf, mich von jedem schlimmen Gedanken fernzuhalten. Dieser beständige innere Kampf machte mich schließlich stumpf und halb blödsinnig. Meine erzwungene Enthaltsamkeit versetzte allmählich meine Sinne in eine Reizbarkeit, wie ich sie früher nie gekannt hatte. Oftmals hatte ich Schwindelanfälle. Ich hatte das Gefühl, als ob alles um mich herum sich drehte, und schließlich drehte ich mich selber mit. Wenn mein Blick zufällig ein junges Weib traf, war es mir, als glühte es von innerem Feuer und sende elektrische Funken aus.

Dieser Zustand dauerte mehrere Monate, da fühlte ich plötzlich eines Morgens in allen meinen Gliedern eine Art Krampf, eine heftige Spannung; dann hatte ich ein fürchterliches, konvulsivisches Zucken wie bei einem epileptischen Anfall. Ich hatte Licht-Halluzinationen in einer Stärke, wie noch nie zuvor. Zuerst sah ich einen schwarzen Kreis sich mit ungeheurer Schnelligkeit vor mir drehen; er wurde größer und immer größer und schließlich unermeßlich groß. Plötzlich brach ein funkelndes Licht aus dem Mittelpunkt des Kreises hervor, und alles wurde blendend hell.

Ich sah einen endlosen Horizont, einen in Flammen stehenden Himmel, der von tausend Kometen durchkreuzt wurde; und alle diese Kometen fielen als ein Regen von Goldstücken, von funkelnden Saphiren, Smaragden und Rubinen herab.

Das Feuer erlosch; ein Tageshimmel, der wie bläulicher Samt aussah, breitete sich über mir aus. Es war, als schwämme ich in einem klaren weichen Licht, lieblich wie der blasse Widerschein des Mondes in einer schönen Sommernacht. Und auf einmal kamen aus der weitesten Ferne, wie ein Schwarm goldener Schmetterlinge, wie aus Luft und Dunst gewoben, unzählige Myriaden von nackten Mädchen auf mich zu – blendenden Fleisches, blaß und durchscheinend wie Bildsäulen von Alabaster.

Ich stürzte meinen Sylphiden entgegen, aber sie entschwanden mit neckischem Lachen; ihre köstlichen Gruppen lösten sich im azurblauen Äther auf, erschienen dann aber wieder – noch leuchtender, noch fröhlicher. Es waren reizende Blumensträuße aus köstlichen Gestalten gebunden, die mich mit boshaft lächelnden Blicken ansahen.

Allmählich verschwanden diese jungen Mädchen; dann aber erschienen Frauen im Alter der Liebe, der zärtlichen Leidenschaften.

Einige von ihnen waren lebhaft, munter, mit feurigen Blicken, mit wogenden Brüsten; andere waren bleich und gingen vornübergebeugt wie Ossianische Jungfrauen. Ihre schmiegsamen, liebeatmenden Leiber waren von dünner Gaze umhüllt. Sie schienen vor Sehnsucht, vor Erwartung zu sterben; sie streckten mir ihre geöffneten Arme entgegen und flohen doch immer wieder, wenn ich mich hineinstürzen wollte.

Außer mir vor Erregung, warf ich mich auf meinem Bett hin und her. Ich stützte mich auf Füße und Stirn, hob meinen Leib empor und schüttelte meinen aufgerichteten Priap. Ich sprach in den unzüchtigsten Worten von Liebe und Liebeslust. Erinnerungen an meine klassischen Studien mischten sich in meine Träume: ich sah Jupiter in Liebesglut, Juno, wie sie seinen Blitzstrahl lenkte. Ich sah den ganzen Olymp in brünstigem Taumel, in orgiastischer Verzückung. Und dann nahm ich an einer Orgie teil, an einem höllischen Bacchanal. In einer tiefen finsteren Höhle, die von mißduftenden, rotbrennenden Fackeln erleuchtet war, warfen blaue und grüne Flammen einen widerlichen häßlichen Schein auf hundert Teufel mit Bocksgesichtern und lächerlich großen Zeugungsgliedern. Sie gaben sich allen möglichen Lüsten des Fleisches hin.

Die Boshaftesten von ihnen aber hatten eine Messalina an Händen und Füßen gebunden und nahmen vor ihren Augen die lüsternsten, unzüchtigsten Stellungen ein. Rasend, schäumend

vor Gier krümmte sich das arme Weib vor Verlangen nach dem Liebesgenuß, der ihr teuflisch versagt wurde.

Weiter oben in der Höhle machten Teufel von höherer Rangordnung sich das scherzhafte Vergnügen, die Mysterien unserer heiligen Religion zu parodieren.

Ganz nackt lag eine Nonne auf dem Boden ausgestreckt, das Auge zur Wölbung der Höhle emporgewandt. Sie empfing in frommer Inbrunst die weiße Hostie, die ihr ein großer Teufel auf der Spitze seines Gliedes reichte. Eine fette Teufelin ließ sich die Stirn mit Lebenssaft taufen, während eine andere, die eine Sterbende darstellte, verschwenderische Mengen der heiligen Wegzehrung erhielt.

Ein Oberteufel mit Krummstab und umgestülpter Mitra wurde von vier gewöhnlichen Teufeln auf den Schultern getragen; er paradierte mit seiner satanischen Kraft und verspritzte alle Augenblicke Ströme heiligen Saftes. Jeder warf sich zu Boden, wenn er vorüberzog. Es war die Prozession des heiligen Sakraments.

Plötzlich aber schlug es eins; da faßten alle diese Teufel sich bei der Hand und bildeten einen riesigen Reigen. Sie drehten sich immer wilder und hemmungsloser im Kreise, schwebten nach oben und verschwanden in den Lüften.

GAMIANI

Sie verstehen Ihre Erzählung wundervoll auszuschmücken, Alcide. Ihr Traum könnte in einem Buch stehen.

ALCIDE

Oh . . . wir müssen ja doch die Nacht hinbringen. Aber hören Sie weiter: was jetzt kommt, ist reine Wirklichkeit:

Als ich mich von diesem entsetzlichen Fieberanfall wieder erholt hatte, war das Gefühl der Schwere im Kopf verschwunden, aber ich fühlte mich ermattet. An meinem Bett saßen drei Weiber; alle drei waren noch jung und trugen weiße Nachtgewänder. Ich glaubte immer noch im Fieberwahn zu liegen, aber mir wurde erzählt, mein Arzt habe die Ursache meiner Krankheit erkannt und beschlossen, mir das in diesem Falle einzig wirksame Heilmittel zu verordnen.

Ich griff nach einer weißen weichen Hand, die ich mit Küssen bedeckte. Zwei frische rote Lippen preßten sich auf meinen Mund. Diese wonnige Berührung elektrisierte mich; ich glühte vor Liebe in wahnsinniger Glut.

»Oh, schöne Freundinnen«, rief ich, »ich will glücklich sein bis zum Übermaß; ich will in euren Armen sterben. Teilt meine Entzückungen, meinen Liebestaumel!«

Ich warf die Decke ab, riß mir das Hemd vom Leibe und streckte mich auf meinem Bett aus.

Ein Kissen wurde mir unter das Gesäß geschoben; so lag ich ausgezeichnet und rief:

»Du reizende Schwarze mit den festen weißen Brüsten, setz dich unten aufs Bett, strecke deine Beine neben meinen Beinen aus. Gut so! Setze meine Fußsohlen an deinen Busen. Kitzle sie sanft mit deinen hübschen Liebesknospen. Entzückend! Ach, du bist köstlich. – Und du, meine Blonde mit den blauen Augen, komm heran! Du sollst meine Königin sein. Setze dich rittlings auf den Thron. Nimm in die Hand das glühendheiße Zepter, stoße es tief in dein wonniges Zauberreich hinein! . . . Oh! Nicht so schnell . . . warte doch! Mache es langsam, taktmäßig wie ein Reiter, der gemächlich dahintrabt. Laß die Wonne so lange dauern wie nur irgend möglich . . . Und du, meine schöne Große mit der entzükkenden Fülle der Formen, spreize die Schenkel, hier über meinem Kopf! . . . Wundervoll! Du errätst meine Absicht. Spreize die Schenkel recht weit auseinander – noch weiter! Mein Auge muß deine ganze Schönheit schauen können, mein Mund dich glühend küssen, meine Zunge dich liebkosen, in dich eindringen können . . . Aber warum sitzt du so steif aufrecht? Beuge dich doch vor, damit die andere deine Brüste küssen kann!«

»Komm! Komm!« rief die Schwarze ihr zu, indem sie ihr die bewegliche Zunge zeigte, die spitz war wie ein venezianischer Dolch. »Komm! Laß mich deine Augen, deinen Mund mit meinen Küssen verzehren. So lieb ich dich! O du Wollüstige! . . . Gib deine Hand! Da! So! Vorwärts! Aber sanft! Sachte! . . .«

Und alle drei bewegten sie sich, rutschten hin und her, reizten sich zu immer heißerer Wollust an.

Ich verschlang mit den Augen diese reizvolle Szene, diese wollüstigen Bewegungen, diese Gruppe sinnlicher Selbstvergessenheit. Schreie, Seufzer wurden laut, verschmolzen ineinander. Ein glühender Strom floß durch meine Adern. Ich zitterte am ganzen Leibe. Meine Hände griffen nach heißen Brüsten oder wühlten krampfhaft in noch geheimeren Reizen. Meine Finger wurden müde – meine Lippen lösten sie ab. Gierig saugte ich – nagte, biß! Ich hörte Schreie. Ich sollte aufhören, aber ich saugte und biß mit verdoppelter Gier. – Diese Ausschweifung gab meinen Kräften den Rest. Schwer sank mein Kopf zurück. Ich konnte nicht mehr.

»Genug! Genug!« rief ich. »O meine Füße! Welch wollüstiges Kitzeln! Aber du tust mir weh – meine Füße krampfen sich zusammen – ich – oh . . .«

Ich fühlte das Delirium der Liebeswonne zum dritten Male sich nahen. Wütend stieß ich von unten auf. Meine drei Schönen verloren gleichzeitig das Gleichgewicht – und die Besinnung. Ohnmächtig seufzend sanken sie in meine Arme und mich überströmte ihr Liebessaft.

Himmelswonnen! Oder Höllenwonnen? Es überströmte mich wie ein unendlicher Glutstrom.

Liebesfrühling

Obgleich die Mutter, der ich mein Dasein zu danken habe, eine Kostgängerin und noch dazu eine Andächtige war, als man sie in ihrem siebzehnten Jahr mit dem Baron *** verheiratete, ist es doch so ausgemacht noch nicht, daß ich, die ich acht Monate und elf Tage nach ihrer Hochzeit zum Vorschein kam, ein echter Sprößling gewesen bin.

Meine Mutter, die einzige Tochter eines reichen Privatmannes, der sich hatte adeln lassen, übrigens ein hübsches Mädchen, hatte sich, wie man sagte, nicht lange bedacht, ein kleines Opfer zu bringen, um die Ehre und das Vergnügen zu haben, den Baron von *** zu heiraten, der ein allerliebster Mann war und mit ihr im gleichen Alter stand.

Damals kam es oft vor, daß ein vornehmer Mann, der sonst nichts hatte als Schulden, irgendeinen Glückspilz mit seiner Verschwägerung beehrte, der sein Töchterchen gern mit einem Titel geschmückt oder am Hof vorgestellt sehen wollte. Man schloß einen Kontrakt; eine große Summe Geldes wurde ausgezahlt, die der gnädige Herr so geschwind wie möglich verschwendete und dabei nicht unterließ, den eitlen Verwandten der gnädigen Frau allen Kummer zu machen, währenddessen Madame ihrerseits alles tat, was sie konnte, um sich je länger desto verhaßter und unerträglicher zu machen. So hatten denn auch die lieben Urheber meines Daseins die ersten sechzehn Jahre meines Lebens hingebracht, und es erfolgte die gewöhnliche Entwicklung, nämlich ein vollständiger Bankrott, der die Ehescheidung nach sich zog.

Bei all dieser Unordnung war aber meine Erziehung nicht vernachlässigt worden. Ich tanzte, sang, spielte die Harfe, zeichnete, stickte usw. Indessen mußte ich meiner Mutter in die Provinz folgen, wo sie sich entschlossen hatte, in einem Bernhardinernonnenkloster von einem sehr mäßigen Einkommen zu leben.

Am meisten schmerzte mich dabei die Trennung von meinen lieben Lehrern. Fast alle brachten mir neben dem eigentlichen Unterricht kleine Grundsätze von Unabhängigkeit, nachsichtsvoller Moral und beinahe zur Ausschweifung führende Lehren bei. Allerdings hatte noch keiner von ihnen den Versuch gemacht, diese Lehren in die Praxis umzusetzen. Da sie aber gleichsam einmütig darauf ausgingen, mich zu einem sogenannten galanten Frauenzimmer zu machen, so müssen sie wohl ihre besonderen Absichten gehabt haben.

Einige glaubten vielleicht, mich verführen zu können, wenn ich entweder reifer oder verheiratet wäre; die anderen rechneten schon auf den Gewinn, den sie sich dadurch verschaffen wollten, wenn sie mich in Liebeshändel verwickelten.

Obgleich man ein ziemlich wachsames Auge auf den Unterricht dieser Herren hatte, so bekam ich doch aus ihren Händen eine Menge von Büchern, die man einem unterm Mantel zuträgt und die schon durch ihre verführerischen Illustrationen Unzucht predigen, als mich die schreckliche Nachricht von dem Fall unseres Hauses und von unserer auf die nächste Nacht festgesetzten Abreise wie ein Donner zu Boden schlug. Mein italienischer Sprachmeister hatte mir die gelehrten Einweihungsbücher in die Hand gegeben, und man ließ mir nicht einmal Zeit, sie ihm wieder zuzustellen.

Der gute Bandini! Lange quälte mich der Gewissensskrupel, daß ich ihm weder für diese Belehrung danken noch einen gewissen Anschlag ins Werk setzten konnte, der mir im Kopfe herumlief, nämlich ihn durch eine seltsame Gefälligkeit für den mir geleisteten wichtigen Dienst angenehm zu belohnen.

Muß ich mich deutlicher erklären? Ich brannte vor Begierde, je eher desto lieber von der Theorie zur Praxis überzugehen, und da Bandini, ein echter Italiener, unter meinen Lehrern mir am meisten schmeichelte, folglich sich meines Zutrauens am meisten bemächtigt hatte, so würde er sich, obgleich er nicht mehr jung und ziemlich häßlich war, in kurzer Zeit genötigt gesehen haben, mich in die Geheimnisse der Liebe einzuweihen. Ein Glück, das er sich gewiß nicht träumen ließ, denn sein Antrag bestand nur immer aus den Worten: »Ich hoffe, Mademoiselle, daß Sie sich dereinst erinnern werden, welch großer Gefahr Ihr Diener sich Ihretwegen ausgesetzt; ich rechne aber damit, daß Sie immer meine Gönnerin bleiben werden.«

Dies war wohl nicht die Rede eines Mannes, der etwa persönliche Absichten auf mich gehabt hätte. Aber es kam nur noch auf zwei oder drei Tage an, sonst hätte er mich gehabt. Nichts als unser plötzlicher Fall konnte mich vor der Schande retten, gegen einen Bandini die ersten Schritte zu tun und die liebenswürdigen Erstlinge meiner Gunstbezeigungen so übel anzubringen.

Nun geht die Reise fort. Bald werden wir in die Mauern der andächtigen Klause eingeschlossen sein.

Wenn ich bis jetzt das wollüstige Hilfsmittel, womit sich die philosophische Therese wie eine Närrin so lange behalf, nicht nur vernachlässigt, sondern sogar gewissenhaft gemieden hatte, so kam das daher, daß alle meine Lehrer, gleichsam wie auf Verabredung, die einsame Wollust in schwärzesten Farben geschildert hatten.

Dem Vergnügen dieser kitzelnden Handlung, das sie ihr nicht absprechen konnten, setzten sie mit dem größten Eifer die schrecklichen Gefahren entgegen, die mir bei ihrer Ausübung drohten. Magerkeit, Abzehrung und der gänzliche Verlust meiner aufkeimenden Schönheit, der Tod sogar, noch ehe ich die wahren Glückseligkeiten, wozu ich geschaffen wäre, genießen könnte, müßte ihnen zum Gegengift dienen, wodurch sie mich auch um so leichter davon abhielten, da nach ihrer Behauptung das vor allem meiner Schönheit sowohl als meinen Vergnügungen die höchste Vollkommenheit geben müßte, wovon sie mir den leeren und gefährlichen Schatten nicht gönnen wollten.

Sobald ich indessen den Fuß über die Schwelle des traurigen Klostern gesetzt hatte, sobald ich mich mit Schrecken in einer Wohnung eingesperrt sah, von der alle Männer ausgeschlossen waren, und ich diese interessanten Geschöpfe nur noch in den Kupferstichen sehen konnte, womit meine beiden Bücher geziert waren, so begriff ich wohl, daß mich die Not zwingen würde, Theresens Beispiel zu befolgen, und ich war in diesem Punkt eine Philosophin wie sie.

Ein Kammermädchen, das unsere einzige Bedienerin war, schlief mit mir in einem Bett und war fast immer meine Gesellschafterin, wenn ich nicht in dem Zimmer meiner Mutter war.

Eines Tages schickte meine Mutter diese meine Wächterin aus und ging selbst zu einer Nonne, mit der sie bekannt geworden war. Ich war also frei. Nun wußte ich, daß es keine Zeugen meiner Handlungen gab. Ich brannte von wollüstigen Begierden, meine Nerven zitterten, und ich schmeckte schon im voraus, nur durch die Stärke meiner Einbildungskraft, einen Teil des Vergnügens, das ich mir selbst verschaffen wollte. Ich lege also einen großen Toilettenspiegel auf die Erde und hebe meine Kleidung in die Höhe, lasse mit geizigem Wohlgefallen meine neugierigen Blicke eine Weile auf dem lieblichen Bild meines kleinen Venusberges ruhen, der mit seiner soeben hervorkeimenden Wolle Samt gleicht. Zappelnd vor Freude öffne ich ein wenig die rosigen Lippen meiner niedlichen Purpurschnecke, ich versuche, einen Finger hineinzubringen, aber der Schmerz hält mich zurück. Ein sanftes, regelmäßiges Kitzeln gelingt mir besser. Ein entzückendes Feuer ergreift mich, läuft mir durch alle Adern und bringt mich außer mir. Der Instinkt des Vergnügens treibt mich an, der Bewegung, die mich so glücklich macht, mehr Schnelligkeit zu geben – O Zaubermacht der Natur! Ich fühle mich elektrisiert, verzehrt, ich sterbe . . .

Ein armer Fähnrich, der von der Nachricht einer ihm zugefallenen großen Erbschaft überrascht wird, kann nicht halb soviel Freude empfinden, wie mir der gute Fortgang meiner Erfahrung verursachte.

Einige Wochen hindurch konnte ich diese süße Beschäftigung nur sehr selten wiederholen, dann aber öffnete mir ein besonders glücklicher Vorfall endlich eine Laufbahn ohne alle Schwierigkeiten.

Das Mädchen, mit dem ich in einem Bett schlief, war ein großes starkes Geschöpf von zwanzig Jahren, mit schwarzem Haar und weißer Haut, von gesunder Gesichtsfarbe, reinlich und so zierlich gekleidet, wie es ihr Stand erlaubte; dabei lebhaft bis zum Mutwillen, auch scheute es sich nicht, mich merken zu lassen, daß es das Klosterleben von ganzem Herzen langweilig fand.

Obgleich Felicia, so hieß sie, ein gutes Mädchen war und mir sehr zugetan schien, so fürchtete ich mich doch vor ihrem auffahrenden Wesen, das ihr indessen, wie ich nachher erfuhr, nicht angeboren, sondern nur eine Wirkung des Überdrusses war, den ihr ein Aufenthalt verursachte, an den sie sich gar nicht gewöhnen konnte.

Dieses feurige Geschöpf hatte einst in der Nacht einen Traum mit so heftigen Bewegungen, daß ich davon erwachte.

Sie lag auf dem Rücken mit auseinandergespreizten Lenden. Ihre Hüften hoben und senkten sich von Zeit zu Zeit, und diese Bewegungen wurden immer geschwinder, bis sie endlich in ein zappelndes Zucken verfiel und dabei im Ausdruck der heftigsten Leidenschaft die Worte ausrief: »Stoß zu! Stoß zu, mein lieber Jonas!« So hieß der Jäger meines Vaters. »Stich alles hinein! Alles! Zugleich mit mir, zugleich fertig! Halt doch! Ah! Ah!«

Auf diesen letzten Ausruf, wobei sie den Ton sinken ließ, folgte eine vollkommene Erstarrung. Bald darauf setzte sie mit fast betrübtem Ton hinzu: »Was haben wir getan? O lieber Junge, ich bin angeführt. Diesmal hast du mir gewiß ein Kind gemacht, denn ich fühle deinen Liebesbalsam im Innersten meines Herzens.«

Ein so nachdrücklicher Monolog gab mir zu viel Gewalt über Felicia, als daß ich mich nicht darüber hätte freuen sollen, ihn aufgefaßt zu haben.

Das glückliche Geschöpf hatte sich so heftig aufgeregt, daß es über und über schwitzte. Ihre Bewegungen hatten die Bettdecke so verschoben, daß sie bloß dalag. Ich erzeigte ihr dabei den Liebesdienst, sie zuzudecken, als sie erwachte.

»Felicia«, sagte ich, »widerfährt dir das oft, daß du im Schlaf so laut sprichst?«

»Wieso, Fräulein?«

»Ich sage, daß du im Traum sprichst und zappelst wie eine Besessene. Sieh nur, wie unser Bett zerstört ist.«

»Sie spaßen, lassen Sie uns lieber schlafen.«

»Warte ein wenig! Laß uns noch von Jonas reden und von dem Kind, da er dir soeben gemacht hat.«

»Wie, kleiner Gelbschnabel! Sie unterstehen sich, von dergleichen Dingen zu sprechen?«

»So, den Ton schlägst du an? Nun wohlan, so höre weiter.«

Sogleich werfe ich mich auf den Rücken, breite meine Lenden auseinander und in eben dem Ton und mit eben den hüpfenden Bewegungen wiederhole ich von Anfang bis Ende: »Stoß zu, stoß zu, mein lieber Jonas. Stich alles hinein! Alles! Zugleich mit mir, zugleich fertig!«

Hier wollte sie mir den Mund zuhalten, aber ich fuhr unter ihrer Hand fort, indem ich meinen Hintern noch feuriger bewegte: »Halt doch! Ah! Ah!« Auch hatte ich nicht einmal Großmut genug, ihr den Rest ihres Monologs zu erlassen. Denn als sie glaubte, es wäre nun vorbei, setzte ich hinzu: »Was haben wir getan? O lieber Junge, ich bin angeführt! Diesmal hast du mir gewiß ein Kind gemacht, denn ich fühle deinen . . .«

Sie mußte sich wohl aller dieser Umstände erinnern und in meiner Erzählung die genaueste Wahrheit anerkennen, denn nun hielt sie mir den Mund so fest zu, daß ich keine Silbe mehr hervorbringen konnte.

Übrigens hätte ein Donnerschlag die arme Schlafrednerin nicht ärger niederschlagen können.

»Ich Unglückliche!« rief sie aus und verbarg ihren Kopf in dem Kissen. »Habe ich denn wirklich alle diese abscheulichen Dinge gesprochen?«

»Ja, Wort für Wort.«

»Und das ganz laut?«

»O ja! So laut, daß meine Mutter dich hätte hören können.« Sie schlief im Nebenzimmer.

»Dann bin ich ein unglückliches Mädchen.«

»Nein, Felicia«, erwiderte ich mit sanftem Ton, »höre mich an, meine Freundin.«

Zugleich nahm ich sie in meine Arme und glaubte eine Statue zu umfassen, so starr war ihr Körper. Sie hörte mir stillschweigend zu.

»Glaube nur«, fuhr ich fort, »daß ich es nicht böse mit dir meine und daß ich weit entfernt bin, zu glauben . . . Was widerfährt einem nicht oft im Traum!«

Allein hier hemmte eine unaufhaltsame Begierde zu lachen meine Worte und stürzte die Träumerin von neuem in die Verlegenheit, sich überzeugt zu sehen, daß ich mich in der Veranlassung zu ihrem unreinen Traum keineswegs irrte.

»Ach«, sagte sie, »also gibt es heutzutage keine Kinder mehr!« Darauf wandte sie sich mit den Worten zu mir: »Wenn Sie ein gutes Herz haben, so werden Sie schweigen.«

»Ja, Felicia, das schwör ich dir.«

»Das sind Sie mir auch schuldig: denn ich habe es Ihrer Mutter auch nicht gesagt, daß ich in Ihrer Schublade zwei Bücher gefunden habe, wobei einem die Haare zu Berge stehen.«

Ich lächelte, denn war meine sittsame Bemerkung nicht herrlich angebracht nach dem, was soeben vorgegangen war?

»Was würde ich Sie gescholten haben, wenn ich nicht geglaubt hätte, daß Sie es selbst nicht wüßten, diese schmutzigen Schriften unter Ihren Büchern zu haben, oder wenigstens gedacht hätte, daß Sie kein Wort davon verstehen könnten.«

»Nein, so dumm bin ich nicht«, sagte ich voll Stolz, mich mit meinen Kenntnissen brüsten zu können. »Glaube nur, gutes Kind, daß ich alles weiß, was man wissen kann und daß ich nicht einmal so viel zu wissen brauchte, um überzeugt zu sein, daß du nicht einen so ausdrucksvollen Traum hättest haben können, wenn die Sache selbst dir nicht wirklich vorher, und zwar oft, widerfahren wäre. Gesteh es mir nur!«

Die Betglocke des Klosters wurde gezogen.

»Lassen Sie uns beten!« sagte sie.

»Geh zum Teufel mit deiner Betglocke! Sollte man nicht glauben, du wärst eine Heilige, laß uns lieber von Jonas reden, dessen Lebensbalsam bis ins Herz dringt.«

»Gott im Himmel, was ist das? Wie kann man mit sechzehn Jahren schon so verdorben sein? Nun erst glaube ich wirklich noch zu träumen!«

Während unseres Gesprächs hatte ich beständig den derben und feisten Körper des Mädchens betastet. Sie ließ mir meinen Willen, solange ich nur ihre Arme, ihre Lenden und selbst ihre ungemein starken und strotzenden Brüste befühlte. Als aber meine neugierige Hand endlich ihren brennenden, erhabenen und mit starken krausen Haaren reichlich besetzten Venusberg berührte, verursachte dieser rasche Angriff, daß wir beide zurückzuckten, Felicia vielleicht aus verstellter Schamhaftigkeit und ich vor Schrecken und Unerfahrenheit.

Dieser Rückzug war aber nur das Werk eines Augenblicks. Ich kam gleich wieder. Felicia sah wohl ein, daß es unnütz war, sich länger zu zieren. Sie ließ sich also ungehindert befühlen, und ich tat dies instinktiv mit einer Zärtlichkeit, die ihr wohl gefallen mußte, denn sie legte sich wieder auf den Rücken und erlaubte meinem Finger, der sich in ihre von den Wirkungen des glücklichen Traums noch schlüpfrige Liebesgrotte hineingeschlichen hatte, das schönste Spiel von der Welt. Sie klemmte ihn sogar mit Wohlgefallen darin ein, wenn ich ihn zurückziehen wollte. Und nun verließ er auch den Platz nicht eher, bis Felicia, die ihn selbst regierte und die sich nun gar keinen Zwang mehr antat, in vollen Flammen und unter zappelnden Bewegungen, aber diesmal ohne ein Wort zu sagen und mit etwas mehr Zurückhaltung als vorher im Traum, ihren lüsternen Geist den Entzückungen des höchsten Wollustgefühls ausgehaucht hatte.

Die Erkenntlichkeit ist doch eine schöne Tugend! Felicia wollte mir beweisen, daß diese Tugend ihr nicht unbekannt war.

Kaum hatte sie sich etwas erholt, als sie sich mit ihren Beinen an mich anklammerte, mich mit Küssen bedeckte und mich ihren Engel und ihren Gott nannte. Sie betastete meine jungen Reize mit soviel Hitze, wie nur immer ein feuriger Liebhaber sich erlauben kann, und rieb die schwarze Beschattung ihres Venusberges so stark auf die hervorkeimende Wolke des meinigen, daß es mich beinahe schmerzte.

Das Ende davon war, daß sie mit überraschender Schnelligkeit meine Lenden auseinanderbog und ihren Mund so meiner jungfräulichen Spalte näherte, daß beide Spalten sich kreuzten.

Ich war wohl beim Lesen hin und wieder auf Stellen gestoßen, die mir eine dunkle Vorstellung von ähnlichen Dingen beigebracht hatten, aber ich gestehe, daß das Bild davon über meine Einbildungskraft hinweggeglitten war, weil ich nichts Anziehendes daran gefunden hatte; denn die Narrheit der Menschen, die Werkzeuge des Vergnügens mit dem Namen Schamglieder zu brandmarken und die Kinder daran zu gewöhnen, sich dabei nur den unreinen Gebrauch derselben zu denken, läßt uns erst spät die wesentlichen Eigenschaften dieser edelsten und interessantesten Teile des menschlichen Körpers erkennen.

Aber wie geschwind wurde ich nicht bekehrt, als die wohlunterrichtete Zunge des Mädchens zwei- oder dreimal den oberen Winkel meines Spältchens liebkosend berührt hatte! Diese Bewegung, die ich für ein Wunderwerk hielt, machte mir zu viel Vergnügen, als daß ich mich dabei hätte aufhalten sollen, das Vergnügen zu berechnen, das sie etwa dabei haben könnte, doch fiel mir ihr leidenschaftliches Hauchen und der brennende Atem auf, den sie zuweilen mit Wohlgefallen mir in den Leib blies, um mir Empfindungen zu erregen, die ich einfach nicht beschreiben kann.

Erhabenes Spiel des weiblichen Geschlechtes, das nur Toren mit ihrem Spott verfolgen! Wie ist es möglich, daß du nicht überall auf Erden Altäre hast?

Felicia setzte dieses Spiel so lange fort, wie ich es aushalten konnte. Endlich aber stieg die übermäßige Spannung meiner Fibern und die Elektrizität meines Blutes auf einen so hohen Grad, daß ich des Todes sein oder sie bitten mußte, aufzuhören.

Glückliche, ewig unvergeßliche Nacht! Ein einziger deiner Augenblicke war mehr wert als zehn Jahre jenes philosophischen Glücks, das die Moralisten so sehr erheben und das vielleicht niemals vorhanden war. Erhabener Magnetismus der Eigenschaften des Geschlechtes, du immer gleiches, allgemeines und immer neues Wunder, das undankbare Schwätzer herabwürdigen, wenn sie dich zu den zahlreichen Unanständigkeiten zählen, welche die Natur an den Stand des Menschen knüpfte! Wie wenig stimme ich mit der Meinung derjenigen überein, die dich verachten und beschimpfen.

Doch mein Glaubensbekenntnis mag lieber aus der Geschichte

meiner Vergnügungen hervorgehen als aus müßigen Erklärungen.

Unsere Spiele endigten mit dem Schwur einer unverbrüchlichen Verschwiegenheit und einer Freundschaft, die jeder Veränderung trotzen sollte. Von dem Augenblick an war Felicia in meinen Augen kein Dienstmädchen mehr, sondern für mich, in Erwartung noch besserer Freuden, das Kostbarste, was ich haben konnte; mit einem Wort – meine Freundin.

Der Schlaf überfiel uns mit wechselseitig verschränkten Armen und Lenden. Es war neun Uhr, als meine Mutter uns weckte und zum Glück nicht neugierig genug war, unseren Bettvorhang zu öffnen: sie würde sonst an unserer unanständigen Lage leicht die Wahrheit erraten haben.

Lieber Himmel! Wie unschmackhaft und unerträglich werden nicht die kleinen Umstände und Verbindlichkeiten des Lebens, wenn man erst gewisse lebhafte Empfindungen kennengelernt hat. Die Andachtsübungen, die tägliche Messe, die Beichte alle Samstage, die Kommunion alle vierzehn Tage, das Lesen der Erbauungsbücher bei meiner Mutter – wie verhaßt wurde mir das alles!

Mir brannte die Stelle, wenn ich nicht mit meiner lieben Felicia unter vier Augen war. Aber was sage ich? Auch mit ihr war ich noch nicht glücklich genug, denn sie war mir oft in meinen unvernünftigen Begierden zuwider. Sie wollte nicht zugeben, sagte sie, daß ich durch täglich und stündlich wiederholte Venusspiele den Stachel der Wollust abstumpfte und jenen kostbaren Lebenssaft verschwendete, der zu meinem Wachstum so unentbehrlich wäre. Sie ließ mich also aus Überlegung und aus Freundschaft darben.

So vergingen zwei Monate, in denen ich die meiste Zeit die Rolle der handelnden Person übernehmen mußte. Denn Felicia, die bei völlig reifen Jahren von ungemein robuster Leibesbeschaffenheit war, glaubte von den zahlreichen Wiederholungen der Liebeskrise nichts zu befürchten zu haben. Sie also derb zu hudeln und ihr alles zu tun, was ich ihr tun konnte, war doch immer etwas für mich. Himmel, welches Entzücken, wenn sie sich einmal herabließ, mich ebenso zu behandeln!

So war sie also unaufhörlich die Spenderin des einzigen Glücks, das ich kennen wollte, oder mein verfolgender Dämon, die Feindin meiner Freuden, das Hindernis aller meiner Begierden. Bald betete ich sie an, bald schimpfte ich. Dann lachte sie, wenn ich ihr vorwarf, sie liebte mich nicht und brächte mich zur Verzweiflung. Denn ihre fatale Wachsamkeit ging so weit, daß sie mir alle Gelegenheit benahm, mich ohne Zeugen für die Enthaltsamkeit zu rächen, wozu sie mich zwang.

»Ich hatte wohl deiner sehr nötig«, sagte ich, »um mir Vergnügen zu schaffen. Ich habe wahrlich viel gewonnen, daß ich dich zur Vertrauten meiner Freudengenüsse gemacht habe! Du glaubst mir einen wichtigen Dienst zu tun, kannst aber im Gegenteil davon überzeugt sein, daß du mich umbringst und schuld daran bist, daß ich je eher je lieber einen Geniestreich machen werde, worüber du lebenslang wirst zu seufzen haben.«

Gleich darauf vergoß ich wieder Tränen, bat um Verzeihung, suchte meine ungerechten Vorwürfe wiedergutzumachen und flehte um die Erlaubnis, ihr die niedrigsten Gefälligkeiten erzeigen zu dürfen. Und so war unter zehnmal immer die Reihe an mir, die Rolle der Freudengeberin zu spielen.

Madame Bovarys Verführung

Sechs Wochen waren verstrichen. Rudolf hatte sich die ganze Zeit über nicht sehen lassen. Endlich kam er wieder zum Vorschein.

Am Tage nach dem Ackerbaufeste hatte er zu sich selbst gesagt:

»Ich darf mich nicht zu bald dort sehen lassen; es wäre dies ein gewaltiger Mißgriff.«

Am Ende jener Woche war er auf die Jagd gegangen. Nach der Jagd war es zum Besuche nicht mehr an der Zeit, und später stellte er folgendes Raisonnement an:

»Wenn sie mich vom ersten Tage an geliebt hat, so wird sie aus Sehnsucht, mich wiederzusehen, mich noch mehr lieben. Das System muß daher fortgesetzt werden.«

Als er Emma bei seinem Eintritte blaß werden sah, wußte er, daß seine Berechnung richtig gewesen war.

Sie war ganz allein. Es war bereits spät am Tage. Die kleinen Musselinvorhänge an den Fenstern machten das Dämmerlicht noch schwächer.

Rudolf blieb stehen; Emma hatte seine ersten, nur Höflichkeitsausdrücke enthaltenden Reden kaum beantwortet.

»Ich habe Geschäfte gehabt«, sagte er, »auch bin ich krank gewesen.«

»Bedeutend krank?« rief sie aus.

»Aufrichtig gestanden, nein«, versetzte Rudolf, indem er sich neben sie auf einen Schemel setzte, »ich habe eigentlich gar nicht wieder kommen wollen.«

»Warum denn nicht?«

»Sie können den Grund leicht erraten.«

Er betrachtete sie noch einmal, diesmal aber in einer Weise, die ihr das Blut in die Wange trieb und sie unwiderstehlich zwang, die Augen zu Boden zu schlagen. Er fuhr fort:

»Emma . . .!«

»Mein Herr!«

Sie hatte sich ein wenig von ihm entfernt.

»Da sehen Sie nun selbst«, ließ er sich in melancholischem Tone vernehmen, »daß ich recht hatte, als ich nicht wieder kommen wollte, da Sie mir das Aussprechen des Namens, der meine ganze

Seele erfüllt und mir unwillkürlich entschlüpft ist, so streng verbieten! Also Madame Bovary! – Ach, so werden Sie ja von aller Welt genannt! Auch ist es nicht Ihr Name, es ist der Name eines anderen!«

Er wiederholte mit ganz besonderem Nachdrucke:

»Eines anderen!«

Dann verhüllte er sein Gesicht mit beiden Händen.

Nach einer Pause fuhr er fort:

»Ja, ich denke beständig an Sie! – Die Erinnerung an Sie bringt mich zur Verzweiflung! – Ach, verzeihen Sie mir. – Ich verlasse Sie . . . Leben Sie wohl . . . ich werde weit von hier gehen . . . so weit, daß Sie nicht mehr von mir reden hören sollen. – Und doch . . . heute eine mir unbegreifliche und völlig unwiderstehliche Gewalt hat mich hierhergetrieben . . . zu Ihnen getrieben. – Man kann nicht gegen den Himmel ankämpfen, kann dem Lächeln eines Engels nicht widerstehen! Man läßt sich von allem, was schön, was reizend, was anbetungswürdig ist, widerstandslos hinreißen!«

Nie zuvor waren Emma derlei Dinge gesagt worden; gleich einem Menschen, der sich in einem warmen Bade recht behaglich fühlt und die Glieder reckt und streckt, dehnte sich auch ihr Stolz aus und blähte sich wohlgefällig aus, als diese Töne an ihr Ohr schlugen.

»Wenn ich aber nicht gekommen bin«, sprach er weiter, »wenn ich Ihren Anblick vermieden habe, so habe ich doch wenigstens alles betrachtet, was Sie umgibt. In der Nacht, in jeder Nacht, habe ich mein Lager verlassen, um hierher zu eilen; ich betrachtete Ihr Haus, das im Mondschein glänzende Dach desselben, die Bäume im Garten, deren Zweige sich vor Ihren Fenstern hin und her wiegten, und die kleine Lampe, deren Schimmer im Dunkel der Nacht durch die Scheiben erglänzte. Ach, Sie hatten keine Ahnung davon, daß so nah und doch so fern von Ihnen ein armer Elender . . .«

Sie schluchzte und wendete sich zu ihm.

»Oh, Sie sind zu gut!« sagte sie.

»Nein, ich liebe Sie bloß, und das ist alles. Sie ahnten es nicht! Gestehen Sie es nur, daß sie es nicht geahnt haben! Ein Wort, nur ein einziges Wort!«

Rudolf war bei diesen Worten unmerklich von seinem Schemel auf den Boden herabgeglitten; man hörte jedoch ein Geräusch wie von klappernden Holzschuhen aus der Küche her; die Tür des

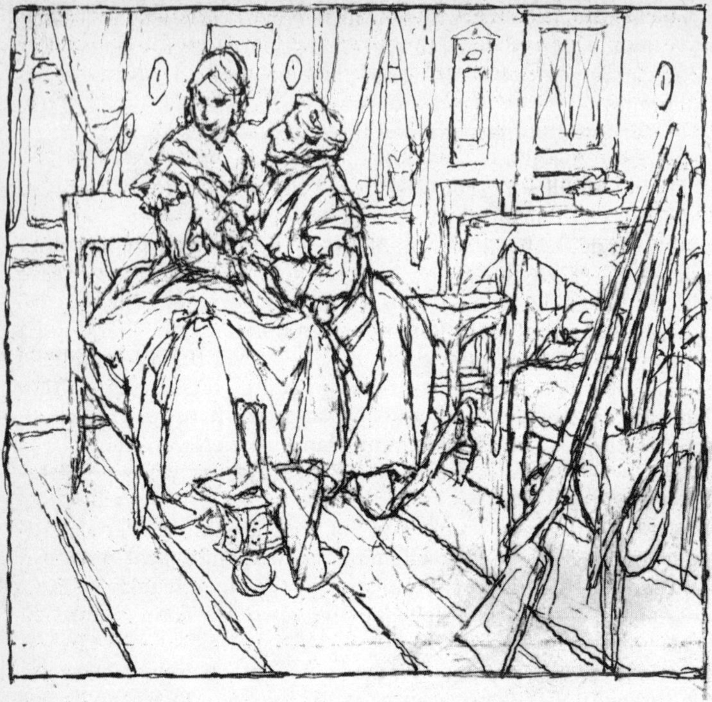

Salons, in dem sie sich befanden, war nicht geschlossen, wie er erst jetzt bemerkte.

Er erhob sich vom Boden und sagte:

»Ach, ich hätte einen Wunsch, und es wäre gar so schön von Ihnen, wenn Sie ihn erfüllen wollten!«

Er wollte ihr Haus besichtigen; er wünschte es in allen seinen Details kennenzulernen; Madame Bovary hatte nichts dagegen einzuwenden; sie standen beide von ihren Sitzen auf, als Charles ins Zimmer trat.

»Guten Tag, Doktor«, sagte Rudolf zu ihm.

Der Arzt, dem der so unerwartet beigelegte Titel schmeichelte, erging sich in Ergebenheitsversicherungen, was der andere benutzte, um sich ein wenig zu fassen.

»Madame«, sagte er, »hat mit mir von Ihrem Befinden gesprochen.«

Charles unterbrach ihn und bemerkte, daß er in tausend Besorgnissen sei; seine Frau leide immer an Kongestionen. Rudolf fragte, ob ihr vielleicht Reiten zuträglich sein würde.

»Gewiß, das wäre ganz vortrefflich und ausgezeichnet! Eine prächtige Idee! Du solltest sie befolgen, Emma.«

Als sie bemerkte, daß sie kein Pferd habe, beeilte sich Rudolf, ihr eines zur Verfügung zu stellen; sie schlug jedoch sein Anerbieten aus; er drang nicht weiter in sie; um einen Beweggrund für seinen Besuch anzugeben, erzählte er, daß sein Knecht, dem Charles vor einiger Zeit zur Ader gelassen hatte, noch immer an Schwindel leide.

»Ich werde einmal nachschauen«, sagte Bovary.

»Nein, nein, ich werde den Menschen hierherschicken; wir werden zusammen hierherkommen; das wird für Sie bequemer sein.«

»Auch gut. Ich danke Ihnen.«

Als Gatte und Gattin wieder allein waren, sagte Charles: »Warum hast du denn das Anerbieten des Herrn Boulanger ausgeschlagen? Er meint es ja recht gut.«

Sie machte ein Schmollgesichtchen, brachte eine Unzahl Ausflüchte vor und erklärte endlich, es würde seltsam aussehen.

»Ach, was kümmert mich, was die Welt sagen wird!« rief Charles, indem er sich auf einem Absatz herumdrehte. »Gesundheit geht über alles! Du hast unrecht!«

»Wie soll ich denn reiten? Du weißt ja, daß ich kein Reitkleid habe?«

»Bestell dir eines.«

Dieses Wort wirkte entscheidend auf sie.

Als der Anzug fertig war, schrieb Charles an Herrn Boulanger, daß seine Frau ihm zur Verfügung stehe und auf seine Gefälligkeit rechne. Am nächsten Tage erschien Rudolf um Mittag vor Charles' Haustür mit zwei Reitpferden; das eine, welches einen Damensattel auf dem Rücken hatte, war am Kopfzeug mit roten Bändern geschmückt.

Er hatte hohe Reitstiefel angezogen und dabei gedacht, daß Emma wohl noch nie eine solche Ausrüstung zu Gesicht gekommen sei; Emma war in der Tat ganz entzückt von seinem Aussehen, und in dem Samtrock und dem enganliegenden Beinkleid gefiel er ihr ausnehmend gut. Sie war bereit und hatte schon auf ihn gewartet.

Justin entschlüpfte aus der Apotheke, um sie zu sehen; der

Apotheker folgte dem Beispiel seines Lehrlings, konnte sich aber nicht enthalten, Herrn Boulanger Vorsichtsmaßregeln ans Herz zu legen:

»Ein Unglück ist gar schnell geschehen! Geben Sie nur recht acht! Die Pferde werden leicht scheu und könnten das Gebiß zwischen die Zähne nehmen.«

Sie hörte ein Geräusch oberhalb ihres Kopfes; es war Felicité, die an den Scheiben trommelte, um die kleine Berta zu unterhalten. Das Kind warf der Mutter einen Kuß zu; die Mutter winkte freudig mit der Reitgerte.

»Gute Unterhaltung!« rief Herr Homais. »Besonnenheit, um des Himmels willen, und vor allem nur recht viel Besonnenheit!«

Er winkte ihnen mit der Zeitung nach, die er in der Hand hielt, als sie sich entfernten.

Gleich am Beginn des Rittes fing Emmas Pferd zu galoppieren an. Rudolf galoppierte neben ihr. Von Zeit zu Zeit wechselten sie einzelne Worte. Emma hielt den Oberleib etwas vorgebeugt, ließ dem Pferd die Zügel schießen und gab sich ganz der taktmäßigen Bewegung hin, mit der das Pferd sie im Sattel schaukelte.

Nachdem sie eine Weile so fortgesprengt und auf dem Gipfel einer kleinen Anhöhe angekommen waren, hielten sie die Pferde an, um sie verschnaufen zu lassen; Emmas großer blauer Schleier war vom Wind zurückgeschlagen worden.

Man befand sich eben in den ersten Tagen des Oktobers; auf der Landschaft lag ein leichter Nebel; am Horizont und zwischen den Hügeln stiegen Dünste auf, die eine Zeitlang einen dichten Vorhang bildeten, der dann stellenweise auseinanderriß. Wenn die Sonne gerade durch die Lücken schien, konnte man in der Ferne die Dächer von Yonville, die Gärten am Flußufer, die Höfe, Mauern und den Turm der Kirche erblicken. Emma strengte sich an, um ihr Haus aus den übrigen Gebäuden herauszufinden; das Dörfchen, in dem sie lebte, war ihr zuvor nie so klein erschienen. Von der Höhe herab, auf der sie sich jetzt befanden, erschien ihnen das ganze Tal wie ein ungeheurer, in einem Verdunstungsprozesse begriffener See. Die vereinzelten Baumgruppen tauchten gleich schwarzen Felsen empor; die aus dem Nebel emporragenden Wipfel der hohen Pappeln konnten Dünen vorstellen, deren bewegliche Sandhügel dem Impulse des Windes nachgaben.

Emma und Rudolf ritten längs des Saumes einer dichten Waldung. Sie wendete sich von Zeit zu Zeit ab, um nicht immer seinem Blicke begegnen zu müssen; dann sah sie nichts als eine unabsehbare Reihe von Stämmen, deren Unzahl ihr Auge ermüdete. Die Pferde schnaubten, das Leder der Sättel knisterte und krachte.

In dem Augenblicke, in welchem sie in den Forst einritten, kam die Sonne zum Vorschein.

»Der Himmel ist uns günstig!« sagte Rudolf.

»Meinen Sie wirklich?«

»Vorwärts, vorwärts!«

Am Rande des Weges wuchs langes Riedgras, das sich in Emmas Steigbügel verfing. Rudolf bückte sich im Reiten hinab, um diese Hindernisse zu beseitigen. Ein andermal mußte er wieder überhängende Zweige zur Seite beugen; er drängte dann sein Pferd an das ihrige, sie fühlte, wie sein Knie an ihrem Bein streifte. Der Himmel war ganz blau geworden; der Wind hatte sich gelegt; es rührte sich kein Blättchen mehr. Die Farnkräuter standen auf weiten Räumen in üppiger Blüte; buntfarbige Teppiche streckten sich zwischen den Bäumen hin, deren Laubwerk grün, rot oder gelb war. Zwischen den Sträuchern hörte man bisweilen den Flügelschlag oder auch den rauhen oder heiseren Ruf der Raben, die dann aufflogen und zwischen den Eichen sichtbar wurden.

Jetzt stiegen sie von den Pferden, deren Zügel Rudolf an einen Baumast anknüpfte, während sie auf dem mit Moos bedeckten Boden voranging.

Die Schleppe des Reitkleides war ihr im Gehen hinderlich, obwohl sie sie über den Arm geschlagen hatte; Rudolf, der hinter ihr einherschritt, hatte öfter Gelegenheit, zwischen dem schwarzen Kleide und den schwarzen Stiefelchen die eleganten Formen der wohlgeformten Beine zu betrachten.

Sie blieb endlich stehen.

»Ich bin müde«, sagte sie.

»Nur noch ein Stückchen Weges!« versetzte er. »Mut, versuchen Sie es, es wird schon gehen!«

Hundert Schritte weiter blieb sie neuerdings stehen; durch den blauen, von ihrem Hute bis auf die Hüften lang und in reichen Falten herabwallenden Schleier erschien ihr Angesicht wie von blauem Ätherduft umgeben.

»Wohin gehen wir denn?« fragte sie ihn.

Er antwortete nicht. Ihr Atem war beinahe keuchend geworden. Rudolf blickte nach allen Richtungen umher und klemmte die Unterlippe zwischen die Zähne.

Sie gelangten an eine ziemlich weite Lichtung des Waldes, wo Reisig und Hölzer gefällt worden waren. Dort setzten sie sich auf den Stamm eines umgestürzten Baumes; Rudolf sprach neuerdings von seiner Liebe.

Er nahm sich in acht, sie durch allzu viele Komplimente zu erschrecken, und gab sich Mühe, ruhig, ernst, selbst melancholisch zu erscheinen.

Emma hörte ihm zu und blickte dabei auf den Boden vor sich hin, während sie mit der Fußspitze in den dort aufgehäuften Holzspänen wühlte.

Als er aber sagte: »Soll denn unser Geschick nicht fortan ein gemeinsames sein?« antwortete sie:

»Nein, o nein. Sie wissen recht gut, daß dies unmöglich ist.«

Sie stand auf, um sich zu den Pferden zurückzubegeben. Er faßte ihre Hand, und sie blieb wieder stehen. Dann betrachtete er sie einige Augenblicke mit feuchten Augen und mit dem Ausdrucke inniger Liebe, und sagte endlich mit großer Lebhaftigkeit: »Ich bitte Sie, lassen Sie uns nicht mehr davon sprechen. – Wo sind denn die Pferde? Es ist wohl schon Zeit zur Heimkehr.«

Er machte eine Gebärde des Zornes und Verdrusses; sie wiederholte:

»Die Pferde? Wo sind die Pferde?«

Mit einem seltsamen Lächeln, stierem Blicke und mit zusammengebissenen Zähnen schritt er mit offenen Armen auf sie zu. Sie trat zitternd einige Schritte zurück und stammelte:

»Ich fürchte mich vor Ihnen; Sie tun mir weh. Lassen Sie uns aufbrechen.«

»Es sei, wenn es überhaupt sein muß«, versetzte er mit ganz verändertem Tone und Ausdrucke.

Sofort wurde er auch, wie er früher gewesen, ehrerbietig, schüchtern, einschmeichelnd. Er reichte ihr seinen Arm. Sie kehrten zurück; er sagte: »Was war Ihnen denn zuvor? Ich habe Sie nicht begriffen. Sie haben sich sicherlich geirrt. Meine Seele ist ein Tempel, in welchem Sie wie eine Göttin, rein, makellos und angebetet, auf einem Piedestal thronen. Ich aber bedarf Ihrer Gegenwart, um leben zu können. Ich bedarf des Anblickes Ihrer Augen, ich muß Ihre Stimme hören und Ihre Gedanken wissen. Seien Sie mir eine Freundin, eine Schwester, ein Schutzengel!«

Er schlang seinen Arm um ihren Leib. Sie strebte sich loszumachen, setzte ihm aber keinen ernstlichen Widerstand entgegen. Er hielt sie dergestalt im Gehen an sich gedrückt.

Nun hörten sie, wie die beiden Pferde an den Blättern knusperten.

»Oh, lassen Sie uns noch nicht zurückkehren«, flehte Rudolf, »bleiben wir noch.«

Er führte sie an eine mehr verborgene Stelle, an den Rand eines kleinen Teiches, wo Wassergewächse tiefe Schatten über den Spiegel der kleinen Flut warfen. Zwischen den Binsen wuchsen Schwertlilien mit weiten Kelchen. Beim Geräusch ihrer Schritte im Grase sprangen Frösche auf und suchten Sicherheit im Teiche.

»Ich habe unrecht, ich habe unrecht«, sagte sie. »Es ist Wahnsinn, daß ich Sie noch länger anhöre.«

»Warum denn? Emma . . . süße Emma!«

»O Rudolf!« entgegnete das junge Weib und stützte ihr Haupt auf seine Schulter.

Das Tuch ihres Reitkleides blieb an dem Samt seines Jagdrockes hängen. Seufzend bog sie den weißen Hals zurück; ihrer selbst kaum mehr bewußt, an allen Gliedern bebend, das Angesicht mit beiden Händen verhüllend, vergaß sie sich und gab sich ganz hin.

Die Bäume warfen längere Schatten; die am Horizont stehende Sonne schickte ihre Strahlen durch die Bäume; sie war wie geblendet. An einzelnen Stellen ringsumher, auf den Blättern und am Boden zitterten leuchtende Flecken, als wenn Kolibris hier im Fluge ihre glänzenden Federn hätten fallen lassen. Überall herrschte tiefe Stille; Emma fühlte sich glücklich wie nie zuvor; sie glaubte mehr zu schweben als zu gehen; sanft wie Milch schien ihr Blut durch die Adern zu rinnen. Außerhalb des Waldes und von den Bergen her wurden Stimmen gehört, denen sie wie einer Musik horchte, deren Töne mit ihren Nerven vibrierten. Rudolf stand etwas seitwärts, hatte die Zigarre im Munde und besserte mit dem Federmesser etwas an einem der beiden Pferdezäume aus.

Sie kehrten nach Yonville auf demselben Wege zurück, auf dem sie gekommen waren. Sie konnten die Spuren beobachten, die von ihren Pferden in den Boden eingedrückt worden waren; sie kamen an denselben Gebüschen, an denselben Kieseln vorüber. Ringsumher hatte sich nichts geändert, und doch war in Beziehung auf sie selbst Bedeutenderes vorgegangen, als wenn Berge vom Platze gerückt worden wären. Rudolf bückte sich von Zeit zu Zeit, um ihre Hand zu fassen und an seine Lippen zu drücken.

Sie sah auch ganz allerliebst zu Pferde aus, mit der schlanken Taille, dem runden Knie, das an die Mähne des Pferdes gedrückt war, die Wangen von der frischen Luft und der Bewegung gerötet.

Als sie in Yonville einritten, ließ sie ihr Pferd auf dem Pflaster karakolieren. Aus allen Fenstern ragten Köpfe, alle Welt wollte nach ihr schauen.

Bei Tische fand ihr Mann, daß sie sehr gut aussah; sie tat jedoch, als wenn sie ihn nicht gehört hätte, als er nach den Einzelheiten ihrer Promenade fragte; sie hatte den Ellbogen auf den Tisch gestützt, den Kopf in die Hand gelegt und starrte zwischen den Lichtern vor sich hin.

»Emma«, sagte er.

»Was willst du?«

»Ich bin heute nachmittag bei dem alten Alexander gewesen; er hat eine Stute, die noch recht hübsch und nur ein bißchen dämpfig ist; ich bin überzeugt, daß er sie für ein paar hundert Franc hergeben wird . . .«

Sie schwieg; er fuhr fort:

»Ich dachte, es könnte dir angenehm sein . . . ich habe mich darum in einen Handel mit ihm eingelassen . . . und habe das Pferd gekauft. – Habe ich nicht recht gehabt? – So rede doch!«

Sie nickte zustimmend mit dem Kopfe; nach einer langen Pause fragte sie: »Gehst du heute noch aus?«

»Ja, warum fragst du?«

»Oh, bloß um etwas zu sagen, ich habe gar keinen besonderen Grund gehabt.«

Als sie seiner los war, ging sie in ihr Zimmer hinauf und sperrte sich dort ein. Zuerst wurde ihr ganz schwindelig zumute; sie glaubte jetzt noch die Bäume, Wege und Gräben und Rudolf vor sich zu sehen und meinte noch die Umschlingung seiner Arme zu fühlen, während der Wind in den Blättern rauschte und die langen Binsen niederdrückte.

Als sie sich im Spiegel erblickte, war sie über ihr Aussehen im höchsten Grade erstaunt. Nie zuvor waren ihre Augen so groß und schwarz, nie ihr Blick so tief gewesen. Sie kam sich schöner, größer, imponierender vor.

Sie wurde nicht müde, zu sich selbst zu sagen:

»Ich habe einen Geliebten! Ich habe einen Geliebten!«

Der Gedanke ergötzte sie mehr, als dies je zuvor gewesen. Sie war überzeugt, daß ihr nun alle jene Liebesfreuden, jene fieberhaften Genüsse zuteil werden würden, an denen sie bisher gezweifelt hatte. Sie vermeinte an der Schwelle einer neuen wunderbaren Existenz zu stehen, in welcher Leidenschaft, Ekstase, glühende Wonnen nie ein Ende nehmen würden; ihr geistiger Horizont erweiterte sich; sie schwebte auf schwindelnden Höhen, von denen aus ihre gewöhnliche Existenz ihr nur wie im weiten Schatten in unabsehbarer Ferne zu verschwimmen schien.

Sie rief sich die Heldinnen der Romane zurück, in denen sie die ganze Zeit über gelesen hatte; die lyrische Legion dieser ehebrecherischen Weiber erschien ihr wie im Schwesternbund. Sie kam sich selbst wie ein verkörpertes Traumgebilde vor, wie das Traumbild ihrer Jugend, wie der Typus jener Liebenden, die sie so lange vergeblich beneidet hatte. Außerdem empfand Emma auch noch das Gefühl befriedigter Rache. Hatte sie denn nicht genug gelitten? Jetzt triumphierte sie; ihre so lange im Zaume gehaltene Liebessehnsucht machte sich nun im fröhlichen Aufbrausen Luft. Sie genoß diese Befriedigung, ohne noch Gewissensbisse, ja ohne Angst und Besorgnis vor Entdeckung zu empfinden.

Der nächstfolgende Tag brachte neue Freuden. Sie schwuren einander unvergängliche Liebe zu. Sie erzählte ihm ihre frühere Trauer. Rudolf unterbrach ihre Erzählung mit seinen Küssen; mit halbgeschlossenen Augen bat sie ihn, sie wieder beim Namen zu nennen und ihr die Versicherung seiner Liebe zu wiederholen.

Wie gestern waren sie auch heute wieder im Walde zusammengekommen, in einer Hütte, die einem Holzschuharbeiter gehörte. Die Wände waren aus Flechtwerk, die Decke so niedrig, daß man nicht aufrecht stehen konnte. Sie saßen auf einem Haufen dürrer Blätter, eng aneinandergeschmiegt.

Von dieser Zeit an schrieben sie einander regelmäßig jeden Abend.

Emma trug ihren Brief bis an das Ende des Hausgartens, wo sie ihn in der Nähe des Flusses in eine Spalte der Terrassenmauer steckte. Rudolf holte ihn dort und legte einen anderen an dessen Stelle, den Emma immer zu kurz fand.

Als Charles einmal vor Tagesanbruch das Haus verlassen hatte, fühlte sie sich von einem unwiderstehlichen Verlangen erfaßt, Rudolf sogleich zu sehen. Sie konnte nach La Houchette eilen, dort eine Stunde zubringen und wieder nach Yonville zurückgekehrt sein, ehe die Leute dort aus dem Schlafe erwachten. Sie konnte dem Gelüste nicht widerstehen und war bald mitten in der Wiese, auf der sie raschen Schrittes forteilte, ohne sich auch nur ein einziges Mal umzusehen.

Der Tag begann zu grauen. Emma erkannte von weitem das Haus ihres Geliebten; die schwarzen Wetterfähnchen auf dem Dache schnitten sich scharf gegen den blauen Himmel ab.

Hinter dem Hofraume, der zu den Wirtschaftsgebäuden gehörte, war ein größerer Bau, der das Schloß sein mußte. Sie betrat es, und ihr war zumute, als wenn die Mauern bei ihrer Annäherung wie von selbst auseinandergewichen wären. Eine breite Treppe führte zu einem Korridor. Emma öffnete eine Tür und erblickte an der Rückwand des Zimmers ein Bett, in dem ein Mann schlief. Der Mann war Rudolf. Sie stieß einen Schrei aus.

»Du, du bist hier?« fragte er. »Wie bist du hierher gekommen? Dein Kleid ist durchnäßt.«

»Ich liebe dich!« antwortete sie, indem sie den Arm um seinen Hals schlang.

Nachdem ihr der verwegene Streich einmal gelungen war, versuchte sie ihn öfter. Charles ging jetzt immer am frühen Morgen aus; gleich darauf kleidete sich Emma rasch an und

huschte die Treppe hinab, die bis an den Rand des Wassers führte.

Bisweilen war aber der Steg, auf welchem man über dasselbe gelangte, beschädigt oder auch ganz weggenommen; dann mußte sie den Mauern entlanggehen, die sich längs des Flusses erhoben. Die Uferböschung war abschüssig und schlüpfrig; um nicht zu fallen, mußte sie sich mit einer Hand an überhängenden Zweigen festhalten. Dann führte sie der Weg über frisch beackerte Felder, auf denen sie mit den feinen Stiefelchen bis über die Knöchel einsank. Die Zipfel des um den Kopf gewundenen Foulards wehten im Winde; sie fürchtete sich vor den Rindern und fing zu laufen an; sie kam dann ganz außer Atem an; ihre Wangen waren wie mit Purpur übergossen; aus ihrem ganzen Körper duftete das Aroma der freien Luft, der reichen, vollsaftigen Vegetation. Rudolf pflegte um diese Stunde immer noch zu schlafen. Mit ihr schien der Frühling in sein Zimmer zu treten.

Durch die gelben, an den Fenstern herabhängenden Vorhänge drang das Licht in sanften, gemäßigten Strahlen ein. Emma suchte tastend ihren Weg, zwinkerte dabei mit den Augen, während die an den Haaren und Gesicht hängenden Tautropfen wie Edelsteine glänzten. Rudolf zog sie lachend zu sich und drückte sie an seine Brust.

Sie betrachtete dann alles, was sich im Zimmer befand, öffnete die Schubfächer aller Möbel, kämmte sich mit seinem Kamme und betrachtete sich in seinem Rasierspiegel. Bisweilen nahm sie sogar das Mundstück einer großen Pfeife zwischen ihre Zähne, die auf dem Nachtkästchen zwischen Zitronen und Zuckerstücken bei einer Wasserflasche lag.

Der Abschied dauerte immer eine gute Viertelstunde. Emma weinte immer; sie versicherte, sich von Rudolf nicht trennen zu können. Den Impuls, der sie zu ihm trieb, vermochte sie nicht zu bewältigen; als sie eines Tages wieder ganz unerwartet zu ihm kam, runzelte er die Stirn, als wenn ihn irgend etwas unangenehm berührt hätte.

»Was hast du denn?« fragte sie. »Bist du leidend? So rede doch.«

Er erklärte ihr mit sehr ernster Miene, daß diese Besuche sehr unbesonnen seien und daß sie sich kompromittiere.

HONORÉ DE BALZAC

Die Geliebte des Königs

Zu dieser Zeit wohnte in einem Gewölbe am Pont-au-Change ein Goldschmied, dessen Tochter wegen ihrer großen Schönheit und vor allem wegen ihres freundlichen Wesens in Paris viel von sich reden machte. So bewarben sich denn sehr viele auf die seit alters übliche Weise um ihre Liebe. Und manch einer hätte dem Vater gern noch viel Geld gegeben, um seine Tochter in allen Ehren als Gattin zu bekommen, worauf der Vater sich nicht wenig einbildete.

Einer seiner Nachbarn, ein Anwalt beim Gerichtshof, der durch sein Mundwerk, das er teuer verkaufte, so viele Güter erworben hatte, als ein Hund Flöhe hat, ließ es sich einfallen, dem obengenannten Vater ein großes Haus anzubieten als Entgelt für die Zustimmung zu dieser Heirat, mit der er großtun wollte. Darauf ging der Goldschmied ein. Er versprach ihm seine Tochter, ohne sich darum zu kümmern, daß dieses Pelzbarett wie ein Affe aussah, daß nur mehr wenige wacklige Zähne in seinen Hängebacken standen und daß er muffig und stinkig war wie alle Paragraphenschuster, die in den Tümpeln des Tribunals wateten und mit nichts als mit Urkunden, Protokollen und uralten Prozeßakten zu tun haben.

Als das schöne Mädchen ihn sah, sagte sie auf den ersten Blick: »Danke schön, aber den nehme ich nicht.«

»So habe ich nicht gewettet!« sagte der Vater, dem das versprochene Haus wohl gefiel. »Ich gebe ihn dir zum Mann. Wie ihr euch vertragt, ist eure Sache. An ihm liegt es jetzt, sich dir angenehm zu machen!«

»Steht es so?« sagte darauf die Tochter. »Nun gut, ehe ich Euch gehorche, werde ich ihm sagen, was ich von ihm denke.«

Und als der Verliebte am selbigen Abend nach der Mahlzeit begann, ihr seinen dringlichen Fall zu erläutern, und ihr versicherte, wie sehr er von ihr begeistert sei, und ihr für ihr ganzes Leben goldene Berge versprach, antwortete sie ihm geradeheraus:

»Mein Vater hat Euch meinen Leib verkauft. Wenn Ihr ihn aber besitzen wollt, macht Ihr aus mir eine Dirne, denn eher gebe ich mich dem ersten besten auf der Straße hin als Euch. Ich schwöre

Euch im Gegensatz zu anderen Mädchen Untreue, die erst mit dem Tod enden wird, mit Eurem oder meinem.« Dann brach sie in Tränen aus, wie alle Mädchen, solange sie noch nicht so beschlagen sind, denn später weinen sie nicht mehr mit den Augen, sondern mit dem Herzen. Der gute Anwalt hielt dieses merkwürdige Gebaren für Ziererei und Lockmittel, deren sich die Mädchen bedienen, um das Feuer noch mehr zu schüren und die Hingabe ihres Bewerbers in Witwenrenten und anderen Eherechten abzulenken. So kümmerte sich der Schlaukopf weiter nicht darum, sondern lachte nur über das krampfhafte Schluchzen des schönen Mädchens.

»Wann soll die Hochzeit sein?« fragte er.

»Meinetwegen schon morgen. Je früher das geschieht, desto eher werde ich frei sein, um mir Freunde zu halten und das fröhliche Leben derer zu führen, die nach ihrer Wahl lieben.«

Nun rannte der tolle Advokat, der vor Liebe blind war wie ein Gimpel, der einem kleinen Jungen auf die Leimrute geht, weg, traf seine Vorbereitungen, besprach sich im Gericht, ging zu den Behörden, kaufte die Dispense, betrieb alles noch eiliger als seine Prozesse und träumte nur von dem schönen Mädchen.

Unterdessen aber hatte der König, der soeben von einer Reise zurückgekehrt war, am Hof von der schönen Goldschmiedstochter gehört. So habe sie einen, der ihr tausend Taler geboten hatte, kühl ablaufen lassen, einen anderen noch kürzer abgewiesen, ja, sie wolle sich überhaupt niemandem unterwerfen, und daher habe sie auch die schönsten jungen Männer abgewiesen, die Gott und das Paradies hingegeben hätten, wenn sie dafür auch nur einen Tag sich dieses Drachens erfreuen dürften. Der gute König, der gerade auf solches Wild scharf war, ging in die Stadt, strich an den Gewölben der Brücke vorbei und betrat die Werkstatt des Goldschmieds, angeblich um einen Schmuck für seine Herzensdame zu kaufen, in der Tat aber, um das kostbarste Kleinod des Ladens zu erwerben. Der König fand nämlich keinen Geschmack an den Sachen des Goldschmieds, oder es fand sich keine Arbeit nach seinem Geschmack, so daß der gute Mann schließlich ein Geheimfach mit Edelsteinen durchwühlte, um dem König einen besonders großen Diamanten zu zeigen.

»Mein Schatz«, sagte der König zu dem schönen Mädchen, während der Vater seine Nase in die Lade steckte, »Ihr seid nicht geschaffen, um Edelsteine zu verkaufen, sondern um sie zu tragen; wenn Ihr mir unter all diesen Ringen die Wahl gestattet, so nenne ich Euch doch einen andern, nach dem mein ganzer Sinn steht, einen, der mir wohl gefällt und dessen Preis selbst die Krone Frankreichs nicht bezahlen kann.«

»Ach, Sire, morgen heirate ich«, sagte das schöne Mädchen; »aber wenn Ihr mir den Dolch schenken wollt, der an Eurem Gürtel hängt, werde ich meine Blume verteidigen und sie Euch aufbewahren, mein königlicher Herr, um dem Evangelium zu gehorchen, das befiehlt: *Gebet dem Kaiser, was des Kaisers ist.*«

Darauf schenkte ihr der König den kleinen Dolch, und die schlagfertige Antwort machte ihn bis über die Ohren verliebt in das Mädchen, so daß er darüber Speise und Trank vergaß. Er traf Vorkehrungen, um seine neue Freundin in einem ihm gehörigen

Haus in der Rue de l'Hirondelle unterzubringen. Aber unser Anwalt hatte es auch eilig, und zum großen Ärger seines Nebenbuhlers hielt er am nächsten Tag beim Geläute vieler Glocken mit Pauken- und Trompetenschall, Tanz und Festbarkeit Hochzeit. Am Abend nach dem letzten Tanz betrat er das Brautgemach, wo er das schöne Mädchen im Bett zu finden hoffte. Aber siehe da, statt eines schönen Mädchens traf er eine kampfbereite Furie, eine wütende Teufelin, die am Kamin saß und ihren Zorn und Haß wärmte, denn sie wollte sich nicht in das Bett des Anwalts legen. Der gute Ehemann, der ganz verblüfft war, als er sie so sah, trat näher und beugte galant ein Knie, um solcherart den schönen Liebesreigen zu beginnen. Aber sie blieb stumm, und als er nur ihren Rock aufzuheben versuchte, um ein wenig von dem zu sehen, was ihn soviel gekostet hatte, versetzte sie ihm einen Schlag, daß ihm alle Knochen schmerzten. Dann blieb sie wieder stumm, aber unserem Advokaten mißfiel dieses Spiel nicht, das er schließlich auf die Art zu beenden hoffte, die ihr alle kennt. So trieb er es weiter trotz der festen Stöße und Püffe des heimtückischen Weibes, die ihm diese zu seiner Überraschung anbot. Aber bei diesem Toben, bei so vielen Angriffen und hinterlistigem Drängen, wobei er einmal ihren Ärmel verschob, einmal ihren Rock zerriß und seine Hand das süße Ziel seiner Wünsche berührte, entrüstete sich das schöne Mädchen, und, den Dolch des Königs zückend, schrie sie ihn an:

»Was wollt Ihr eigentlich von mir?«

»Ich will alles«, antwortete er.

»Ha!« erwiderte sie. »Ich wäre eine große Hure, mich mit Ekel Euch hinzugeben. Wenn Ihr glaubt, meine Jungfernschaft unbeschirmt zu finden, täuscht Ihr Euch sehr. Hier seht Ihr den Dolch des Königs, mit dem ich Euch töte, sobald Ihr Miene macht, Euch mir zu nähern.«

Nach diesen Worten nahm sie aus dem Kamin ein Scheit Holz, wobei sie den Advokaten immer im Auge behielt. Damit zog sie einen Strich auf dem Fußboden und sagte ernst: »Hier ist die Grenze des königlichen Gebietes. Seht Euch vor und überschreitet sie nicht, sonst werde ich Euch nicht verfehlen.«

Der Advokat, der Besseres vorhatte, als sich mit dem Dolch zu vermählen, war eine Weile bestürzt, als er dieses grausame Urteil hörte, zumal er die Gerichtskosten vorausgezahlt hatte. Dann aber verlockten ihn die herrlichen Kurven eines weißen, frischen, schwellenden Schenkels, die prächtige Brust und noch mehr, was

er durch die Löcher des Kleides sah, so sehr, daß der Tod ihn süß dünkte, wenn er nur ein wenig von all dem vernaschen könne; und so drang er denn in das Gebiet des Königs ein und rief: »Was liegt mir daran, wenn ich auch sterbe!«

Und wirklich stürzte er sich so ungestüm auf das schöne Mädchen, daß sie hart auf das Bett fiel, aber sie verlor nicht die Besinnung, sondern verteidigte sich mit solcher Wut, daß es dem Anwalt kaum gelang, sie ein wenig am Pelz zu packen. Dabei traf ihn ein Dolchstoß, der ihm ein Stück Speck aus der Rippe schnitt, ohne ihn ernsthaft zu verwunden, so daß ihn sein Einbruch in den Besitz des Königs nicht allzu teuer zu stehen kam. Aber selbst dieser kärgliche Vorteil berauschte ihn so, daß er rief: »Ich könnte ohne diesen wunderbaren Leib und ohne diesen Liebeszauber nicht mehr leben. Tötet mich also!«

Und der Missetäter bestürmte von neuem den königlichen

Grenzwall. Aber das schöne Mädchen, dem nur sein König im Sinn lag, ließ diese große Liebe ungerührt.

»Wenn Ihr nicht aufhört, mich zu ärgern, dann werde ich nicht Euch, sondern mich selbst töten . . .«

Und der Blick, der diese Worte begleitete, war so wild, daß er den armen Ehemann zurückschreckte, der nun dasaß und unter Tränen sein Unglück verwünschte. So verbrachte er die Nacht, die für diejenigen, die einander lieben, die schönste ist, mit Wehklagen, Seufzern und Wutausbrüchen, die mit lockenden Versprechungen wechselten. Als seine Ehefrau würde sie alles haben, könnte Geld nach Belieben ausgeben, auf Gold- und Silbergeschirr speisen, er würde aus ihr eine Dame machen und ihr Schlösser und Güter kaufen. Schließlich versprach er ihr, er würde sie für immer freigeben und sein ganzes übriges Leben nach ihrer Entscheidung verbringen, wenn sie ihm nur gestatte, eine einzige Lanze zu Ehren des Liebesgottes mit ihr zu brechen.

Aber sie, die immer noch munter war, sagte ihm am Morgen geradeheraus, daß sie nichts dagegen habe, wenn er stürbe, denn es sei das einzige Glück, das er ihr geben könne.

»Ich habe Euch in keiner Weise getäuscht«, fügte sie hinzu. »Wie ich es vorausgesagt habe, verdinge ich mich dem König und erspare Euch noch die Schande, mich dem ersten besten Tölpel oder Fuhrknecht hinzugeben, der mir auf der Straße begegnet.«

Als es Tag wurde, strich sie die verschobenen Röcke glatt, zog das Hochzeitsgewand an, wartete geduldig, bis ihr Gatte, der ihr zuwider war, sich entfernte, um den Angelegenheiten seiner Klienten nachzugehen. Dann eilte sie sofort in die Stadt, um den König aufzusuchen. Aber sie war noch keinen Armbrustschuß weit gegangen, als sie einen Herrn traf, der auf Befehl des Königs ihr Haus bewachte. Der sprach die Jungvermählte, die immer noch ungefreit und jungfräulich war, sofort an.

»Sucht Ihr nicht den König?« fragte er.

»Ja«, antwortete sie.

»Nun«, begann der gewandte Höfling, »ich bin Euer bester Freund und erbitte mir Eure Hilfe und Unterstützung, wie ich Euch die meine verspreche.«

Darauf belehrte er sie, was für ein Mann der König sei und von welcher Seite man ihn nehmen müsse, daß er heute zornig, morgen stumm und versonnen sei und daß sie gut gehalten und mit allem reichlich versorgt sein würde, ja, daß der König ihr in allem gehorchen werde. Dergleichen erklärte er ihr unterwegs mit solcher Gewandtheit und rückte alles in so schönes Licht, daß er aus ihr eine vortreffliche Buhlerin gemacht hatte, als sie das Haus betrat, das früher Madame d'Estampes bewohnt hatte.

Der arme Ehemann weinte wie ein Hirsch, dem die Meute auf den Fersen ist, als er sein Weibchen daheim nicht mehr antraf, und verfiel in eine Schwermut, die ihn von nun an gefangenhielt. Seine Kollegen überhäuften ihn mit ebensoviel Spott und Hohn über dieses traurige Ereignis, als dem heiligen Jakob von Compostella Ehrungen zuteil wurden. Doch der Hahnrei grämte sich in seiner Verlassenheit und magerte so sehr ab, daß die andern sich schließlich aus Mitleid bemühten, ihn aufzuheitern. Diese steifen Perücken, die gewohnt sind, alles umzudrehen, entschieden, daß der bedauernswerte Ehemann keinesfalls Hahnrei wäre, da ja seine Frau die Verbindung mit ihm zurückgewiesen habe; und wenn ihm ein anderer als der König Hörner aufgesetzt hätte, so würden sie die Scheidung dieser Ehe erreichen. Aber der Mann war sterbenselend vor lauter Liebe. Vorläufig mußte er seine Frau zwar dem König überlassen, aber er hoffte, daß er sie eines Tages dauernd für sich gewinnen könnte, indem er dachte, daß eine einzige Nacht an ihrer Seite mit einem Leben voll Schimpf und Schande nicht zu teuer bezahlt sei. Um so zu urteilen, muß man toll vor Liebe sein, und mancher Prahlhans, der sich vor solcher Leidenschaft gefeit hält, mag ruhig lachen. Aber er dachte immer nur an diese Frau und vernachlässigte darüber sogar seine Klienten; seine Prozesse und alle Gaunereien. Er ging zerstreut zu Gericht wie ein Geizhals, der einen Groschen sucht, so daß er eines Tages den roten Talar eines Richters für die Ziegelmauer hielt, an der die Advokaten ihre Sache zu verrichten pflegten, und ihn anpißte.

Seine schöne Frau aber war früh und abends die Geliebte des Königs, der nie genug von ihr bekam, denn sie kannte sich in allen besonderen und verlockenden Arten der Liebe aus und verstand besser das Feuer zu entfachen, als es zu löschen. Indem sie heute mit dem König schmollte und morgen um so verliebter und hingebender war, wußte sie den König in steter Zerstreuung zu halten. Nie war sie die Gleiche, sondern kannte tausenderlei Abarten der Liebe. Dabei war sie ein gutes Kind, schnäbelte und küßte wie keine andere und steckte voll kleiner Scherze und Schelmereien.

Herr von Bridoé beging aus Verzweiflung Selbstmord, weil sie ihm ihre Gunst verweigerte, obwohl er ihr als Preis seine Güter in der Touraine angeboten hatte. Die wackeren alten Touraner, die für einen guten Gang im Liebesturnier ein Landgut verschenkten, sind heute leider ausgestorben. Dieser Selbstmord bekümmerte das schöne Mädchen; und da ihr Beichtvater viel Wesens aus der Sache machte, schwur sie, künftig Güter anzunehmen und heimlich Liebe zu treiben, obwohl sie die Geliebte des Königs war – nur um ihre Seele zu retten. Auf diese Weise legte sie den Grund zu dem großen Vermögen, das ihr Ansehen und Achtung in der ganzen Stadt eintrug. Sogleich rettete sie viele edle Herren vor dem Verderben, denn sie verstand es sehr wohl, so hübsche Vorwände und Auswege zu finden, daß der König nicht ahnte, wieviel er durch sie zum Glück seiner Untertanen beitrug. Denn er war so in sie vernarrt, daß er ihr auch geglaubt hätte, der Fußboden sei die Zimmerdecke und die Zimmerdecke der Fußboden, was ihr übrigens um so leichter gefallen wäre, als der König in ihrem Haus zur Schwalbe so oft schlief, daß Boden, Decke, Wände und Balken sich um ihn zu drehen schienen.

Der gute König tat, als wollte er prüfen, ob dieser wunderschöne Leib sich abnützen könne; aber er nützte nur den eigenen ab, und der gute Mann starb an den Folgen seiner Liebe. Obwohl sie es sich angelegen sein ließ, sich nur den schönsten und besten bestellten Männern am Hof hinzugeben, und ihre Gunst, die sie nur selten gewährte, einem Wunder glich, behaupteten ihre Neider und Widersacher, daß ein einfacher Edelmann für zehntausend Taler am Freudenbecher des Königs nippen könne. Aber das war grundfalsch, wie sie denn auch, als ihr der König über diese Dinge Vorwürfe machte, ihm stolz erwiderte: »Ich verachte, verabscheue und verfluche die, die Euch diese Lüge eingeflüstert haben. Noch nie hat mich einer besessen, der mir nicht mindestens dreißigtausend Taler auf den Tisch gelegt hat.«

Der König, der zuerst wütend war, konnte sich bei dieser Antwort des Lachens nicht erwehren und behielt sie noch einen Monat lang im Amt, um dem boshaften Gerede einen Riegel vorzuschieben. Denn das Fräulein Pisseleu, das ihre Nachfolgerin wurde, ruhte nicht eher, bis sie ihre Rivalin aus dem Feld geschlagen hatte. Und so viele Gestürzte sich auch am Feuer dieser Frau gewärmt hatten, war ihr dennoch Wärme genug verblieben, um einen jungen Edelmann zu heiraten, der sie glücklich machte.

Aber ich bin meiner Erzählung vorausgeeilt. Als die Geliebte des Königs sich eines Tages in ihrer Sänfte durch die Stadt tragen ließ, um Spitzen, Schnüre, Bänder und anderen Frauenputz einzukaufen, der das Arsenal der Liebe verstärkt und im Glanz ihrer Schönheit so strahlte, daß jedermann, der sie sah, den Himmel zu schauen glaubte, da begegnete ihr auf einmal in der Nähe des Kreuzes von Trahoir ihr Mann. Sie, die ihren niedlichen Fuß auf den Boden setzen wollte, zog sich rasch in die Sänfte zurück, als ob sie auf eine Viper getreten wäre. Sie war eben eine gute Frau, denn ich kenne andere, die wären stolz an ihm vorbeigeschritten, um zu zeigen, daß sie sein Gattenrecht verachteten.

»Was ist Euch?« fragte ihr Begleiter.

»Nichts«, erwiderte sie leise, »aber der Mann, der eben vorübergeht, ist mein Gatte. Der arme Mann hat sich sehr verändert! Früher glich er einem Affen, aber jetzt ist er eher das Abbild Hiobs.«

Der bedauernswerte Advokat blieb wie vom Blitz getroffen stehen und fühlte, wie sein Herz beim Anblick dieses reizenden Füßchens und der vielgeliebten Frau sich verkrampfte. Als aber Herr von Lannoy ihn so dastehen sah, sagte er als höfischer Witzbold: »Ist das etwa ein Grund, dieser Dame den Weg zu versperren, weil Ihr der Gatte seid?«

Bei diesen Worten brach die Freundin des Königs in ein helles Gelächter aus und der gute Ehemann in Schluchzen; denn das Lachen zeriß ihm Herz und Seele, so daß er beinahe über einen alten Bürger gestolpert wäre, der sein mattes Feuer am Anblick des Königsliebchens schürte. Den Advokaten aber machte der Anblick der herrlichen Blüte, die man ihm als duftige Knospe entrissen hatte, toller, als es sich beschreiben läßt. Immer hatte er diesen weißen lockenden Leib und diese göttlichen Formen vor Augen. Nur wer selbst einmal eine Frau heiß geliebt hat, die sich ihm verweigerte, kann den jammervollen Zustand des armen Mannes richtig begreifen.

Er schwor, Leben, Glück und Ehre hinzugeben, wenn er nur ein einziges Mal ihren Leib besitzen, und daß ihm nichts Lieberes geschehen könne, als in den Armen dieser Frau in Liebeswut und Liebesbrunst zu verbluten. Die ganze Nacht wälzte er sich schlaflos und fluchte und seufzte: »Oh, ich muß sie haben. Zum Teufel! Bin ich denn nicht ihr Gatte . . .!«

In dieser Welt gibt es Zufälle, die kleine Geister nicht zu fassen vermögen, da solche Geschehnisse übernatürlich scheinen. Aber Menschen mit großer Einbildungskraft halten sie für wahr und glauben daran, da man sie nicht erfinden kann. Ein solcher Zufall begegnete dem armen Advokaten am Morgen nach jener mühseligen Nacht, in der seine Leidenschaft sich zwecklos abgequält hatte. Einer seiner Klienten, ein großer Herr, der beim König ein- und ausging, kam zu dem guten Advokaten, um sich einen großen Geldbetrag, etwa zwölftausend Taler, zu verschaffen, die er sofort brauchte. Darauf antwortete ihm der schlaue Fuchs, daß man zwölftausend Taler nicht so leicht an einer Straßenecke fände als andererlei, das man dort antreffe, und daß außer der Sicherstellung und Bürgschaft vor allem ein Geldgeber nötig sei, der eine solche Summe gleich aus dem Ärmel schüttle. Solche Leute wären in Paris selten, so groß die Stadt auch sei – und noch allerlei ähnliche Ausreden, wie sie die Rechtsverdreher stets bereithaben.

»Monseigneur, Ihr habt also einen habgierigen Gläubiger, der Euch bedrängt?« fragte er schließlich, um der Sache auf den Grund zu kommen.

»Stimmt«, antwortete der andere, »denn es handelt sich um die Geliebte des Königs! Seid verschwiegen wie das Grab, so will ich Euch gestehen, daß ich ihr heute abend für zwanzigtausend Taler und meine Besitzung Maß nehmen will.«

Bei diesen Worten erbleichte der Advokat, und dem Höfling wurde klar, daß er sich verplaudert hatte; denn da er gerade aus dem Krieg heimkam, war ihm nicht bekannt, daß die schöne Geliebte des Königs einen Gatten hatte.

»Ihr werdet plötzlich blaß?« fragte er also.

»Ich habe Fieber«, antwortete der Advokat. »Ihr schenkt ihr also Euer Gut und das Geld?«

»Ja.«

»Wer schließt den Handel ab? Etwa sie selbst?«

»Nein«, sagte der Höfling. »Diese kleinen Geschäfte und schwerwiegenden Bagatellen werden von einer Zofe erledigt, die das verschlagenste Frauenzimmer ist, das es gibt. Sie ist schlau, und manches Goldstück vom Lohn jener Nächte, die unserem Herrn, dem König, entlockt werden, bleibt an ihren Fingern hängen.«

»Ich kenne einen Wucherer«, fuhr der Advokat fort. »Aber das Geschäft kann nur unter der Bedingung gemacht werden, daß die Kammerfrau, von der Ihr sprecht, selbst hingeht und das Geld einsackt. Sonst kriegt Ihr keinen roten Heller. Ich möchte bei Gott die große Alchimistin kennenlernen, die Gold in Blut verwandelt.«

»Oh«, sagte der Höfling und lachte, »das ist ein ausgezeichneter Spaß, wenn Ihr sie einen Schuldschein unterzeichnen laßt.«

Die Zofe kam pünktlich zum Stelldichein der Taler in die Wohnung des Advokaten, und da die Goldstücke auf dem Tisch schön in Rollen beisammenstanden, kitzelte sie der Anblick, und sie war wohl zufrieden. Ja, die alte Kupplerin schnalzte vor Vergnügen, selbst einen geprügelten Esel hätten die edlen Dukaten noch angelacht. Der gute Anwalt aber hatte sie keineswegs für einen Esel aufgebaut, sondern für die Kammerfrau.

Als der Advokat ihre goldgierigen Augen sah, flüsterte er ihr im rechten Augenblick ins Ohr: »Das alles gehört Euch.«

»Ah!« entfuhr es ihr, »so gut hat mich noch keiner bezahlt.«

»Das alles soll Euch gehören, ohne daß ich von Euch einen besonderen Gegendienst dafür verlange.« Er machte eine Pause und fuhr dann fort: »Hat Euer Auftraggeber nicht meinen Namen genannt? Wißt Ihr nicht, daß ich der gesetzliche Gatte der Dame bin, der Ihr jetzt dient und die unseren König vom Weg der Pflicht gelockt hat? Nehmt dieses Geld und kommt wieder her; ich werde Euch die gleiche Summe aufzählen, unter einer Bedingung, die Euch wohl behagen wird.«

Die Zofe erholte sich rasch von ihrem Erstaunen und war sehr neugierig, wofür sie die zwölftausend Taler erhalten sollte, ohne daß der Anwalt sie berührte. Also beeilte sie sich, pünktlich wieder zur Stelle zu sein.

»Gut, mein Schatz«, sagte ihr der Advokat, »hier sind zwölftausend Taler; aber für zwölftausend Taler, müßt Ihr wissen, erwirbt man ein Gut, kauft man Männer, Weiber und das Gewissen von mindestens drei Pfaffen. So glaube ich denn auch, daß Ihr für zwölftausend Taler mit Haut und Haaren, mit Seele und Gewissen zu haben seid. Und ich will Euch vertrauen, wie wir Advokaten eben vertrauen, Geld für Geld. Ich wünsche, daß Ihr unverzüglich zu dem Höfling geht, der hofft, heute nacht von meiner Frau geliebt zu werden. Ihr werdet ihm sagen, der König selbst hätte sich für heute abend angesagt, der Herr möge sich infolgedessen anderswo Abkühlung seiner Phantasie verschaffen. Dafür trete ich an die Stelle des Höflings und des Königs.«

»Und wie soll das geschehen?« fragte die Kupplerin.

»Ganz einfach!« antwortete der Advokat. »Habe ich nicht dich mit allen deinen Listen und Schlichen gekauft? Schau dir diese Taler zweimal an, und du wirst ein Mittel finden, mir meine Frau zu verschaffen. Bringst du diese Verbindung zustande, so begehst du keine Sünde. Ist es nicht ein gottgefälliges Werk, die Vereinigung zweier Gatten zu bewerkstelligen, deren Hände der Priester vor dem Altar ineinandergelegt hat?«

»Bei meiner Schnalle«, sagte sie, »kommt nur! Nach dem Abendessen werden die Lichter gelöscht, und Ihr könnt meine Dame vernaschen, vorausgesetzt, daß Ihr stumm bleibt und kein Wort sprecht. Es fügt sich gut, daß sie in solchen lustvollen Stunden mehr schreit als spricht. Denn sie ist züchtig und schamhaft und liebt es nicht, häßliche Reden zu führen wie die Damen am Hof . . .«

»Oh«, sagte der Anwalt. »Nimm, da sind die zwölftausend Taler, und ich verspreche dir zweimal soviel, wenn mir durch Betrug zuteil wird, was mir von Rechts wegen zusteht.«

Weiterhin kamen sie über die Stunde, die Einlaßpforte, das Zeichen und alles andere überein, und die Zofe ging beladen wie ein Packesel mit den Talern fort, die der Prozeßmacher einen um den anderen den Witwen, Waisen und anderen abgenommen hatte und die allesamt dorthin fließen und schmelzen sollten, von wo unser Leben kommt. Unser Advokat aber rasierte, frisierte und parfümierte sich, zog die schönste Wäsche an, aß keine Zwiebeln, um einen wohlriechenden Atem zu haben, stärkte sich für die bevorstehende Schlacht, schniegelte und bügelte sich und tat alles, was sonst noch einem vertrackten Prozeßmacher einfallen kann, um sich als galanter Höfling herauszuputzen. Er drehte und blähte sich wie ein junger Geck und machte Anstrengungen, zierlich einherzuschwänzeln und seine widerliche Fratze in angenehme Falten zu legen; aber er konnte tun, was er wollte, er blieb doch immer nur der muffige Advokat.

Er war nicht so ausgekocht wie die schöne Wäscherin von Portillon. Als diese eines Sonntags für ihren Liebhaber Staat machte und ihren Engpaß auswusch, langte sie mit ihrem Ring hinein und hielt ihn dann an die Nase:

»Ha! Mein Bürschchen, du unterstehst dich, noch zu stinken! Warte nur, ich werde dich mit Lauge ausspülen.«

Und gesagt, getan, wusch sie ihr ländliches Ding mit scharfer Seifenlauge, wofür es sich zusammenkrampfte, was verhinderte, sich auszuweiten. Aber unser Rechtsverdreher hielt sich für den schönsten Erdensohn, obgleich er von allen seinen Drogen selbst die scheußlichste war. Kurz und gut, er kleidete sich leicht an, unbekümmert um die Kälte, die die Haut wie Essig zusammenzog. Dann lief er, so schnell er konnte, zur erwähnten Rue de l'Hirondelle. Er wartete dort geduldig lange Zeit und hielt sich schon für genarrt.

Als es aber vollends dunkel geworden war, öffnete die Zofe ihm die Pforte, und der gute Ehemann drückte sich glücklich in das Haus des Königs. Das Mädchen schob ihn in eine Kammer, die neben dem Bett gelegen war, worin seine Frau schlief. Er sah sie durch ein Guckloch, denn sie stand vor dem Kamin, entkleidete sich und streifte ihr Kampfhemd über, durch das alles durchschimmerte. Dann plauderte sie, da sie sich mit ihrer Zofe allein wähnte, albernes Zeug, wie Frauen, wenn sie sich umkleiden.

»Bin ich heute nicht zwanzigtausend Taler wert? Und wäre dies hier zu teuer bezahlt mit einem Schloß in Brie?«

Dabei entblößte sie die beiden Vorposten, die hart waren wie Bastionen und manchen Sturm gut bestanden hatten, denn sie waren trotz aller heftigen Angriffe noch nicht gefallen.

»Meine Schultern allein sind ein Königreich wert!« rief sie. »Und nicht einmal ein König könnte sie mir aufwiegen. Aber ich fange an, mich bei diesem Leben zu langweilen. Es ist wahrlich kein Vergnügen, immer nur die Begierden anderer zu stillen.«

Sie lachte und sagte zur Zofe:

»Ich möchte dich einmal an meiner Stelle sehen!«

Worauf die Kammerfrau zu lachen begann und ihr Einhalt tat.

»Schweigt doch, Madame, er wartet ja schon!«

»Wer?«

»Euer Ehemann.«

»Welcher denn?«

»Euer angetrauter.«

»Pfui!« sagte die Schöne.

Und die Kammerfrau erzählte ihr das ganze Abenteuer, denn sie wollte sich die Gunst ihrer Herrin bewahren und zugleich die zwölftausend Taler behalten.

»Wahrlich, er soll für sein Geld genug bekommen!« lachte die Frau des Rechtsverdrehers, als sie alles gehört hatte. »Ich werde ihn gehörig kaltstellen. Wenn er mich nur mit einem Finger berührt, will ich alle Schönheit verlieren und häßlich werden wie eine verhutzelte Vettel. Du wirst dich an meine Stelle ins Bett legen und die zwölftausend Taler zu verdienen trachten. Sag ihm, daß er sich am frühen Morgen trollen muß. Ich werde kurz bevor es hell wird kommen und mich an seine Seite legen.«

Der arme Ehemann klapperte vor Kälte mit den Zähnen. Endlich kam die Kammerfrau unter dem Vorwand, ein Bettlaken zu suchen, und sagte zu ihm: »Ihr müßt Euch noch eine Weile an Eurer inneren Hitze wärmen. Madame trifft für heute nacht große Vorbereitungen. Ihr werdet also gut versorgt sein. Tobt Euch aus, aber redet dabei kein Wort, denn sonst wäre ich verloren.«

Als schließlich der gute Gatte dem Erfrieren nahe war, wurden die Lichter ausgelöscht, und die Kammerzofe zog die Vorhänge des Betthimmels zu und rief sachte der Geliebten des Königs zu, der Herr sei da. Dann legte sie sich selbst ins Bett, und das schöne Mädchen verließ das Zimmer, als ob sie die Kammerfrau gewesen wäre. Darauf kam der Advokat aus seinem kalten Verschlag und schlüpfte sofort ins Bett, wobei er murmelte: »Ah, das tut wohl!« In der Tat bediente ihn die Zofe, als ob er ihr hunderttausend Taler gegeben hätte, und der gute Mann lernte den Unterschied zwischen der mageren Speisekarte einer kleinen Bürgersfrau und der verschwenderischen königlichen Tafel. Die Kammerfrau, die heimlich lachte, spielte ihre Rolle wunderbar und schmeichelte dem Prozeßmacher mit allerlei verzückten Seufzern und leidenschaftlichen Windungen, kippte und wippte ihren Körper wie ein Karpfen, der aufs Trockene geraten ist, und stöhnte und ächzte so hingebend, daß es keiner anderen Aussprache bedurfte. Die einzigen Fragen, die sie an ihn richtete, wurden so pünktlich und gründlich beantwortet, daß der Advokat wie ein leerer Sack in die Kissen zurücksank.

Aber bevor er einschlief, wollte er noch ein Erinnerungszeichen an diese schöne Liebesnacht bewahren und riß der Dame im Sturm einer letzten Aufwallung ein Büschel Haare aus, von wo, das kann ich nicht sagen, da ich ja nicht dabei war. Er hielt es als kostbares Pfand ehelicher Tugend in der Hand. In der Morgendämmerung schlüpfte das schöne Mädchen neben ihren Gatten und stellte sich schlafend.

Da trat die Kammerfrau ein, zupfte den glücklichen Schläfer leicht am Arm und flüsterte ihm ins Ohr: »Es ist Zeit, nehmt Eure Sachen und geht! Es ist schon heller Tag.«

Der gute Mann, dem es schwer genug fiel, diesen Schatz wieder fahrenzulassen, wollte vorher noch die Quelle seines entschwindenden Glücks besehen.

»Was ist denn das?« entfuhr es ihm, als er die beiden Stücke verglich. »Hier habe ich blonde Haare, und die da sind schwarz.«

»Was habt Ihr angestellt!« fuhr die Kammerfrau ihn an. »Meine Frau wird merken, daß ihr welche fehlen.«

»Ja, aber seht doch nur . . .«

»Aber«, sagte die Kammerfrau, »wißt Ihr denn nicht, da Ihr sonst alles wißt, daß, was entwurzelt wird, stirbt und verbleicht?«

Mit diesen Worten schob sie ihn hinaus und brach mit ihrer Frau in ein Gelächter aus, das sie lange genug zurückgehalten hatten. Das Abenteuer wurde ruchbar. Der arme Advokat – er hieß Féron (Eisenschmied) – starb vor Scham und Verzweiflung, als er sah, daß er der einzige war, der seine Frau nicht haben sollte.

Sie aber, die seitdem die schöne Féronnière genannt wurde, heiratete, nachdem der König sie freigegeben hatte, einen jungen Edelmann, den Grafen Buzançois.

Und auf ihre alten Tage erzählte sie lächelnd diesen Schelmenstreich und lachte so recht aus Herzensgrund. Rechtsverdreher aber konnte sie ihr Lebtag nicht riechen.

Und die Moral von dieser Geschichte: Hängt euch nicht an Frauen, die euer Joch verschmähen.

Emile Zola

Nana

Es schlug zehn Uhr. Plötzlich fiel es Muffat ein, daß er sich ja mit Leichtigkeit vergewissern könnte, ob Nana in ihrer Loge sei. Er stieg die drei Stufen hinauf, ging durch das kleine gelbgetünchte Vestibül und stahl sich dann durch eine Tür, die nur mit einem Riegel verschlossen war, in den Hof. Um diese Zeit war der enge Hof, in dem es feucht war wie in einem Brunnenschacht, mit seinen übelriechenden Abtritten, seinem Brünnlein, dem Küchenherd und den Pflanzen, mit denen ihn die Portiersfrau überstellt hatte, mit einem schwarzen Dunst erfüllt. Aber die beiden Mauern, die da aufragten, hatten hell erleuchtete Fenster. Unten befanden sich die Requisitenkammer und der Aufenthaltsraum der Feuerwehrleute, zur Linken die Verwaltungskanzlei, rechter Hand und oben die Künstlergarderoben. Es sah aus, als ob ringsum in diesem Brunnenschacht lauter Ofenlöcher ihren Feuerschein in die Finsternis ausspien. Der Graf hatte sofort die erleuchteten Fenster der Garderobe im ersten Stock gesehen; erleichtert, glücklich und selbstvergessen starrte er zu dem Fenster empor und dachte überhaupt nicht mehr an den matschigen Kot und den schalen Gestank dieses typischen Hinterhofs eines alten Pariser Hauses. Große Tropfen klatschten aus einer löcherigen Dachtraufe. Ein schwacher Lichtschimmer drang aus Madame Brons Fenster und warf einen gelblichen Schein auf ein Eckchen des moosbewachsenen Pflasters, auf ein vom Spülwasser ganz zerfressenes Mauerstück, einen Kehrichthaufen, auf dem rostige Eimer und Scherben von allerhand Geschirr herumlagen. In einem Kochtopf grünte ein spärlicher Spindelbaum. Ein Fensterriegel knarrte, und der Graf floh.

Sicher mußte Nana jetzt gleich herunterkommen. Er ging wieder vor das Lesekabinett; in der nachtschlafenden Dunkelheit saß immer noch der kleine Alte beim schwachen Schein des Lämpchens; er hatte sich anscheinend nicht gerührt. Weit vornübergebeugt war er wie vorher in seine Zeitung vertieft. Muffat nahm seine Wanderung wieder auf. Jetzt dehnte er seine Rundgänge weiter aus, durchquerte die Galerie des Variétés bis zur Galerie Feydeau, die menschenleer und kalt in düsterer Finsternis dalag, ging dann wieder zurück, am Theater vorbei, bog um die Ecke der Galerie Saint-Marc und stieß sogar bis zur Galerie Montmartre vor, wo eine Zuckersäge in einem Krämerladen seine Aufmerksamkeit fesselte. Bei der dritten Runde aber bewog ihn die Befürchtung, Nana könnte hier hinter seinem Rücken entwischen, jede Rücksicht auf Menschenwürde und Haltung hintanzusetzen. Er pflanzte sich neben dem blonden Herrn gerade vor dem Theater auf, und sie tauschten miteinander einen Blick brüderlicher, gottergebener Demut und Langmut, aus dem noch ein Rest von Mißtrauen gegen eine mögliche Rivalität aufblitzte.

Ein paar Bühnenarbeiter, die im Freien eine Pfeife rauchen wollten, stießen sie herum, aber keiner von ihnen wagte sich zu beklagen. Drei erwachsene Mädchen mit unordentlich gekämmten Haaren und schmutzigen Kleidern traten unter die Tür; sie bissen jedes einen Apfel an und spuckten die Butzen auf den Boden. Und die beiden Männer duckten die Köpfe und hielten ihren dreisten Blicken stand, sie wanden sich innerlich unter den zotigen Anzüglichkeiten der Mädchen und kamen sich besudelt und beschmutzt vor, während die drei Schlampen es offensichtlich höchst komisch fanden, sich gegenseitig zu stoßen und sie dann, als wären sie gestolpert, anzurempeln.

Gerade in diesem Augenblick kam Nana die drei Stufen herunter. Als sie Muffat erblickte, wurde sie kreidebleich.

»Ah, Sie sind da!« stammelte sie.

Die Statistinnen grinsten immer noch frech, doch als sie Nana erkannten, bekamen sie es mit der Angst und blieben in einer Reihe wie angewurzelt stehen, machten verdatterte und ernste Gesichter wie Dienstmädchen, die ihre Herrschaft bei irgendeiner Untat ertappt. Der große blonde Herr war, zugleich beruhigt und traurig, beiseite getreten.

»Na schön«, sagte Nana ungeduldig, »so geben Sie mir den Arm.«

Sie gingen langsam weg. Der Graf, der sich doch eine Menge Fragen zurechtgelegt hatte, brachte kein Wort über die Lippen. Dafür erzählte Nana mundfertig und unverfroren eine frisch erfundene Geschichte: sie sei noch um acht Uhr bei ihrer Tante gewesen, doch als sie dann gesehen habe, daß es Louiset viel besser gehe, sei ihr eingefallen, sie könnte eigentlich noch auf einen Sprung ins Theater gehen.

»Etwas Wichtiges vorgefallen?« fragte Muffat.

»Ja, ein neues Stück«, gab sie nach kurzem Zögern zur Antwort. »Man wollte meine Ansicht darüber hören.«

Es war ihm klar, daß sie log. Doch das beseligende Gefühl, ihren warmen Arm zu spüren, der sich mit Nachdruck auf den seinen stützte, machte ihn schwach und hilflos. Aller Groll und Ärger über sein langes Warten war verflogen, was ihn einzig noch kümmerte, war der Wunsch, sie nun, da er sie bei sich hatte, nicht wieder zu verlieren. Morgen wollte er dann versuchen, von ihr in Erfahrung zu bringen, was sie in ihrer Garderobe zu tun hatte. Nana war noch immer unentschlossen und kämpfte sichtlich in ihrem Innern, sie schien nach Fassung zu ringen und allem

Anschein nach einen Entschluß fassen zu wollen. Nun blieb sie an der Ecke der Galerie des Variétés vor der Auslage eines Fächerfabrikanten stehen.

»Sieh nur«, sagte sie leise, »wie hübsch, diese Garnitur aus Perlmutter mit den Federn!«

Dann setzte sie so nebenbei hinzu: »Du kommst also mit mir heim?«

»Aber natürlich«, antwortete er ganz erstaunt, »wenn es doch deinem Kleinen bessergeht!«

Jetzt tat ihr die Geschichte, die sie erzählt hatte, leid. Vielleicht habe Louiset wieder einen Anfall gehabt, und sie erwog, ob sie nicht wieder nach Batignolles gehen sollte. Als er ihr aber vorschlug, mit ihr dorthin zu kommen, bestand sie nicht länger darauf. Eine Zeitlang schäumte sie innerlich in ohnmächtiger Wut, wie nur eine Frau wüten kann, die sich ertappt sieht und doch gute Miene zum bösen Spiel machen muß. Schließlich ergab sie sich ins Unvermeidliche und beschloß, Zeit zu gewinnen. Wenn sie nur den Grafen bis um Mitternacht los war, so ging alles doch noch nach Wunsch.

»Ach ja, richtig, du bist ja heute nacht Strohwitwer«, sagte sie, »deine Frau kommt erst morgen vormittag, nicht wahr?«

»Ja«, gab der Graf zur Antwort. Es war ihm ein wenig peinlich, als er sie so familiär von der Gräfin sprechen hörte.

Aber sie ließ erst recht nicht locker, fragte nach der Ankunftszeit des Zuges und wollte wissen, ob er sie am Bahnhof abhole. Sie ging nun noch langsamer und war scheinbar von den Schaufenstern aufs höchste gefesselt.

»Schau nur«, sagte sie vor einem Juwelierladen, »was für ein komisches Armband!«

Sie hatte eine alte Schwäche für die Passage des Panoramas. Es war dies eine Leidenschaft, die noch aus ihrer Jugendzeit herstammte, eine Vorliebe für allerlei Kinkerlitzchen und Pariser Ramsch, für falschen Schmuck, vergoldetes Blech und Pappdekkel, der echtes Leder vortäuschen soll. Jedesmal, wenn sie da vorbeikam, konnte sie sich kaum von den Auslagen losreißen wie dazumal, als sie noch ein dummes, kleines, bettelarmes Gör war und in ihren ausgetretenen Schuhen die Straßen unsicher machte, vor dem Schleckzeug eines Schokoladenhändlers die Welt rings um sich vergaß oder zuhörte, wenn irgendwo in der Nähe in einem Laden eine Orgel spielte. Am meisten gelüstete es sie aber nach dem billigen, kitschigen Schund, Necessaires in Nußschalen, Lumpensammlerkiepen als Zahnstocherbehälter, Vendômesäulen und Obelisken als Thermometerständer. Heute abend jedoch war sie zu aufgeregt, sie schaute darauf hin, ohne überhaupt etwas zu sehen. Es wurde ihr nun mit der Zeit lästig und widerwärtig, daß sie nicht frei war, und aus ihrer dumpfen Auflehnung gegen diesen lästigen Zwang stieg in ihr das rasende Bedürfnis auf, irgendeine Dummheit anzustellen. Was hatte sie schon davon, wenn sie jetzt mit Männern aus den besten Kreisen schlief! Sie hatte den Prinzen und Steiner mit kindischen Launen und Tücken kahlgerupft, ohne daß sie eigentlich wußte, wo das Geld hingegangen war. Ihre Wohnung am Boulevard Haussmann war noch nicht einmal vollständig möbliert. Einzig der Salon, ganz in rotem Atlas gehalten, stach mit seiner protzigen Einrichtung und den viel zu vielen Möbeln, die darin standen, knallig daraus hervor. Zur Zeit setzten ihr desungeachtet die Gläubiger mehr zu als jemals früher, wo sie gar kein Geld hatte. Das konnte und konnte sie nicht begreifen, denn sie pflegte sich als eine mustergültig sparsame Hausfrau hinzustellen. Seit einem Monat brachte Steiner, dieser Dieb, mit Müh und Not tausend Franken auf, und jedesmal erst, wenn sie ihm drohte, sie werde ihn an die Luft setzen, falls er sie nicht bringe. Muffat aber – na, der war total blödsinnig; er hatte ja keine blasse Ahnung, was man so gab, und sie konnte ihm seiner Knickerigkeit wegen nicht einmal zürnen. Ach, wie hätte sie diese ganze Bande mit Wonne zum Kuckuck gejagt, wenn sie sich nicht zwanzigmal am Tag ihre guten Vorsätze für ein tadelloses Wohlverhalten wieder vorgesagt hätte. Sie mußte jetzt vernünftig sein, das sagte ihr auch Zoé jeden Morgen, und sie selbst hatte jederzeit eine ihr heilige Erinnerung vor Augen: die königliche Vision von Chamont, die sie immer und immer wieder beschwor und jedesmal noch größer und prächtiger vor sich sah. Und darum gab sie sich trotz ihrem verhaltenen Zorn am Arm des Grafen folgsam und gefügig und ging mit ihm von einer Auslage zur andern zwischen den immer spärlicheren Passanten. Draußen im Freien wurde das Pflaster allmählich trocken, ein frischer Wind wehte durch die Galerie und fegte die warme Luft unter dem Glasdach davon, daß die bunten Laternen, die Gaslampen flackerten und der riesige Fächer wie ein Feuerwerk aufzuckte und flammte. An der Tür des Restaurants löschte ein Kellner die Lichter in den Glaskugeln. In den leeren, hell erleuchteten Läden saßen regungslos die Kassiererinnen und schienen mit offenen Augen zu schlafen.

»Oh! Wie herzig!« schwärmte Nana vor dem letzten Schaufenster. Sie ging ein paar Schritte zurück und geriet in rührselige Begeisterung über einen Porzellan-Windhund, der mit hochgehobener Pfote vor einem in Rosen versteckten Nest stand.

Endlich verließen sie die Passage, und nun wollte sie keinen Wagen nehmen. Die Witterung sei doch recht mild, meinte sie; außerdem hätten sie es nicht eilig, und es wäre ein Genuß, zu Fuß heimzugehen. Als sie beim Café Anglais vorbeikamen, hatte sie auf einmal Appetit auf Austern; sie wünschte Austern zu schlürfen und erzählte, sie habe wegen Louisets Krankheit seit dem frühen Morgen nichts mehr gegessen. Muffat wagte keine Widerrede. Er zeigte sich mit ihr noch nicht in der Öffentlichkeit; darum verlangte er ein Separatzimmer und durchmaß im Geschwindschritt die Korridore. Sie ging hinter ihm her, und man sah gleich, daß sie die Örtlichkeiten kannte, und gerade wollten sie ein Kabinett betreten, dessen Tür der Kellner vor ihnen offenhielt, da trat unerwartet aus einem Salon nebenan, aus dem ein Sturm von Gelächter und Geschrei zu hören war, ein Mann heraus. Es war Daguenet.

»Sieh mal an, Nana!« grölte er.

Blitzschnell war der Graf im Zimmer verschwunden, dessen Tür halb offenblieb. Doch als Daguenet seinen gekrümmten Rücken flüchten sah, zwinkerte er ihr zu und spottete anzüglich: »Teufel auch! Du hast es, mein ich, gut im Sinn! Jetzt gabelst du sie bereits in den Tuilerien auf!«

Nana lächelte und legte, Schweigen heischend, einen Finger auf die Lippen. Sie sah, daß er stark angeheitert war, freute sich aber dennoch, ihn hier anzutreffen, denn sie empfand immer noch ein Restchen Zärtlichkeit für ihn, trotz seinem schäbigen Benehmen damals, als er sie nicht kennen wollte, weil vornehme Damen bei ihm waren.

»Was treibst du immer?« fragte sie freundschaftlich.

»Ich werde solid. Wirklich, ich gedenke mich zu verheiraten.«

Sie zuckte nur mitleidig lächelnd die Achseln. Er aber erklärte übermütig lachend, das sei doch kein Leben, wenn man immer nur an der Börse gerade so viel verdiene, daß man den Damen ab und zu ein Blumengebinde verehren und so wenigstens ein leidlich willkommener Gesellschafter bleiben könne. Seine dreihunderttausend Franken hätten anderthalb Jahre gereicht. Jetzt wolle er sich auf den Boden der Wirklichkeit stellen und eine Mitgift erheiraten, sein Leben als Präfekt beschließen wie sein Vater.

Nana lächelte immer noch ungläubig. Sie wies mit einer Kopfbewegung auf den Salon und fragte: »Mit wem bist du denn da?«

»Oh, eine ganze Bande«, sagte er und vergaß seine Vorsätze in überwallender Trunkenheit, »stell dir vor, Léa erzählt von ihrer Reise nach Ägypten. Unerhört komisch, sage ich dir! Eine Badegeschichte hat sie uns erzählt, einfach toll . . .«

Und er gab die Geschichte zum besten. Nana trödelte immer noch herum und traf keinerlei Anstalten hineinzugehen, sie hörte ihm freundlich interessiert zu, ja, die beiden lehnten sich eines dem andern gegenüber im Gang an die Wand und plauderten angeregt weiter. Gaslichter brannten an der niedrigen Decke, ein vager Küchengeruch hing in den Falten der Wandverkleidung. Von Zeit zu Zeit, wenn der Lärm im Salon gar zu laut wurde, hielten sie die Gesichter näher zueinander. Alle zwanzig Sekunden kam ein Kellner, mit Platten beladen, vorbei und störte sie, wenn er den Weg versperrt fand. Sie aber unterbrachen ihr Gespräch deswegen nicht im geringsten, sondern traten höchstens beiseite, drückten sich an die Wand und plauderten ruhig weiter, als wären sie zu Hause und nicht mitten in dem lärmigen Betrieb der speisenden Gäste und dem Trubel und Gerempel der aufwartenden Kellner.

»Schau doch!« flüsterte der junge Mann und deutete auf die Tür des Kabinetts, in dem Muffat verschwunden war.

Beide blickten hin. Die Tür rüttelte fast unmerklich, es sah aus, als ob ein Luftzug sie leise erschüttere. Endlich ging sie ganz, ganz langsam und völlig unhörbar zu. Sie lachten einander lautlos an. Der Graf mochte wohl einen reichlich belämmerten Kopf machen, so allein dort drinnen!

»Sag übrigens einmal«, fragte sie plötzlich, »hast du Faucherys Artikel über mich gelesen?«

»Ja, ›Die Goldfliege‹«, antwortete Daguenet, »ich habe nichts davon gesagt, weil ich fürchtete, es könnte dich kränken.«

»Kränken? Wieso denn nur? Er ist sehr lang, sein Artikel.«

Sie war geschmeichelt, daß man sich im ›Figaro‹ mit ihrer Person befaßte. Hätte ihr nicht Francis, ihr Coiffeur, der ihr die Zeitung mitgebracht hatte, alles erklärt, so hätte sie überhaupt nicht begriffen, daß sie damit gemeint war. Daguenet schaute sie lauernd von unten an und grinste spöttisch. Nun denn, wenn sie zufrieden war, konnten es auch die andern sein!

»Entschuldigung!« rief ein Kellner, der mit beiden Händen eine Eisbombe trug und zwischen ihnen hindurch mußte.

Nana hatte einen Schritt auf den kleinen Salon zu getan, in dem Muffat wartete.

»Also schön, leb wohl«, sagte Daguenet. »Geh du jetzt nur zu deinem Gehörnten!«

Da blieb sie nochmals stehen.

»Zu meinem Gehörnten? Was meinst du damit?«

»Na, weil er eben gehörnt wird, zum Kuckuck noch einmal!«

Da trat Nana wieder zu ihm hin, lehnte sich an die Wand und blickte ihn aufs höchste gespannt an.

»Ah!« sagte sie nur, sonst nichts.

»Ja, hast du das denn nicht gewußt? Seine Frau schläft mit Fauchery, mein Kind! Vermutlich hat das auf dem Land angefangen . . . Vorhin, eben als ich hierherkam, ist Fauchery von mir weggegangen, und ich vermute, sie kommt heute nacht zu ihm. Sie haben, glaub ich, eine Reise oder was weiß ich vorgeschützt.«

Nana verschlug es die Sprache, so hatte sie diese Neuigkeit erregt.

»Ich ahnte es ja!« rief sie schließlich und klatschte sich auf die Schenkel. »Ich hab es mir ja gedacht, schon damals, als ich sie auf der Landstraße sah . . . Ist's die Möglichkeit! Eine anständige Frau betrügt ihren Mann, und dazu noch mit einem Saukerl, wie es dieser Fauchery ist! Der wird ihr saubere Schweinereien beibringen!«

»Oh«, knurrte Daguenet boshaft, »die macht das auch nicht zum erstenmal! Vielleicht weiß sie ebensogut Bescheid wie er.«

Da kreischte Nana empört auf: »Ich muß schon sagen, eine nette Gesellschaft ist mir das! Einfach widerlich!«

»Obacht bitte!« rief ein Kellner, der beide Arme voll Flaschen trug, im Vorbeidrängen.

Daguenet faßte sie bei der Hand und hielt sie noch ein paar Augenblicke zurück. Er hatte eine silberhelle Stimme zu Gebote, eine einschmeichelnde Stimme, die süß wie eine Harmonika klang; ihr verdankte er in der Hauptsache seine Erfolge bei den Damen der Halbwelt. Mit dieser betörenden Stimme sagte er nun: »Leb wohl, Schatz . . . Weißt du, ich habe dich immer noch lieb.«

Sie machte sich los und sagte lächelnd, während ihre Worte von donnerndem Geschrei und Bravorufen, daß die Tür des Salons zitterte, übertönt wurden: »Du dummer Bub, das ist jetzt aus und vorbei . . . Aber es macht nichts. Komm doch nächstens einmal zu mir. Wir können dann einen kleinen Schwatz halten.«

Plötzlich aber wurde sie wieder ganz ernst und sagte im Ton

einer entrüsteten Kleinbürgerin: »So, so, sie setzt ihm also Hörner auf . . . Na schön, mein Lieber, das paßt mir nicht. Mich hat so ein Hahnrei immer abgestoßen.«

Als sie endlich zu Muffat hineinging, saß er, kreideweiß im ganzen Gesicht, mit nervös zitternden Händen und auf das Schlimmste gefaßt, auf dem schmalen Diwan. Er machte ihr keinen Vorwurf. Sie war zutiefst erregt und wußte nicht, sollte sie ihn bemitleiden oder verachten. So ein armer Mann! Seine niederträchtige Frau betrog ihn aufs abscheulichste! Sie wäre ihm am liebsten um den Hals gefallen und hätte ihn getröstet. Aber trotz allem geschah es ihm doch recht! Er benahm sich auch gar zu idiotisch mit Frauen! Daraus konnte er eine Lehre ziehen. Doch dann überwog das Mitleid. Sie ließ ihn nicht einfach, wie sie sich eigentlich vorgenommen hatte, sitzen, nachdem sie ihre Austern bekommen hatte. Sie blieben knapp eine Viertelstunde im Café Anglais und gingen dann zusammen zum Boulevard Haussmann in Nanas Wohnung. Es war erst elf Uhr; noch vor Mitternacht sollte sie doch wohl eine unauffällige Möglichkeit finden, ihn fortzuschicken.

Vorsichtshalber gab sie Zoé im Vorzimmer noch Verhaltensmaßregeln. »Paß ihn ab, wenn er kommt, sag ihm, er soll keinen Lärm machen, wenn der andere noch bei mir ist.«

»Aber wohin soll ich ihn verstauen?«

»Behalt ihn in der Küche. Sicher ist sicher.«

Drinnen im Schlafzimmer zog Muffat bereits seinen Gehrock aus. Ein großes Feuer brannte. Es war immer noch das gleiche Zimmer mit seinen Palisandermöbeln, den Stofftapeten und den Sesseln mit den Überzügen aus gewirktem Damast mit großen blauen Blumen auf grauem Grund. Zweimal hatte Nana davon geträumt, sie neu überziehen zu lassen, das erstemal ganz mit schwarzem Samt, das zweitemal mit weißem Atlas und rosa Schleifchen. Jedesmal aber, wenn Steiner einverstanden war, hatte sie das Geld für die Kosten verlangt und es dann verbraucht. Nur ein Tigerfell, das ihr in die Augen gestochen hatte, erstand sie sich und legte es vor den Kamin, ferner eine Kristallampel, die von der Decke herabhing.

»Ich bin kein bißchen schläfrig«, sagte sie, als sie sich eingeschlossen hatten, »ich gehe noch nicht ins Bett.«

Der Graf gehorchte unterwürfig wie ein Mann, der längst nicht mehr fürchtet, man könne ihn durchschauen. Seine einzige Sorge war, Nana nicht zu erbosen.

»Wie du willst«, murmelte er nur.

Aber bevor er sich ans Feuer setzte, zog er doch seine Schuhe aus. Etwas, das Nana immer wieder großen Genuß bereitete, war das Vergnügen, sich vor ihrem Spiegelschrank zu entkleiden, wo sie sich von Kopf bis Fuß sehen konnte. Sie ließ jeweils ihre Hüllen und sogar das Hemd fallen, und wenn sie dann völlig nackt war, verlor sie sich in den Anblick ihres Körpers und weidete sich genießerisch an den zur Schau gestellten Reizen. Eine richtige Leidenschaft für ihren Körper war das, eine eigentliche Verliebtheit in die seidige Weichheit ihrer Haut und die geschmeidigen Linien ihrer Hüften, und wie verzückt konnte sie dann ernsthaft, aufmerksam, völlig versunken in dieses Genießen ihrer eigenen Schönheit dastehen und alles rings um sich vergessen. Oftmals traf sie der Coiffeur so an, und sie wandte nicht einmal den Kopf. Muffat wurde jedesmal ernstlich böse, und sie konnte sich nicht genug wundern. Was kam ihn nur an? Das tat sie doch nicht andern zu Gefallen, das war doch nur für sie!

An diesem Abend wollte sie sich besser sehen und zündete deshalb die sechs Kerzen auf den Wandleuchtern an. Als sie aber ihr Hemdchen herunterstreifte, hielt sie plötzlich inne. Seit einer Weile war sie nachdenklich; eine Frage lag ihr auf der Zunge.

»Du hast den Artikel im ›Figaro‹ noch nicht gelesen? Das Blatt liegt dort auf dem Tisch.«

Daguenets Lachen kam ihr immer wieder in den Sinn, und ein Zweifel plagte sie. Wenn dieser Fauchery sie heruntergemacht hatte, wollte sie sich rächen.

»Es wird behauptet, ich sei damit gemeint«, setzte sie mit gespielter Gleichgültigkeit hinzu. »Was hältst du davon, sag, Schatz?«

Und sie ließ das Hemd rutschen und wartete splitterfasernackt, bis Muffat mit dem Lesen fertig war. Der Graf las langsam. Faucherys Artikel, betitelt ›Die goldene Fliege‹, war die Geschichte einer Dirne; sie entstammte einer Familie, die seit vier oder fünf Generationen dem Trunke verfallen war; ihr Blut war verseucht durch jahrzehntelang vererbtes Elend und eingefleischte Trunksucht, die sich bei ihr in einer nervösen Störung des Geschlechtsempfindens äußerte. Sie war eine typische Vorstadtpflanze, auf dem Pariser Pflaster aufgewachsen. Und nun, da sie groß und schön geworden war und in strahlender Fleischespracht prangte, so recht wie eine Pflanze, die auf einem Mistbeet gediehen ist, nahm sie Rache für die Armen und Entrechteten, deren Nachkomme sie war. Mit ihr kam die Fäulnis, die man im Volke gären ließ, hoch und steckte die Aristokratie an. Sie wurde zu einer Naturgewalt, einem Ferment der Zersetzung, ohne es selbst zu wollen; zwischen ihren schneeweißen Schenkeln verseuchte sie Paris, zersetzte es und ließ es gewissermaßen gerinnen, wie ja allmonatlich manche Frauen die Milch zum Gerinnen bringen. Und am Schluß des Artikels fand sich dann der Vergleich mit der Schmeißfliege, einer sonnenfarbenen Fliege, die aus dem Unrat aufflog, einer Fliege, die auf den Aasen und Leichen längs der Wege den Tod auflas und summend, schwirrend und tanzend, wie edles Gestein schillernd, durch die Fenster in die Paläste flog, sich dort auf die Männer niederließ und sie durch ihre bloße Berührung vergiftete.

Muffat hob den Kopf und starrte vor sich hin ins Feuer.

»Na, und?« fragte Nana.

Doch er gab ihr keine Antwort. Er schien den Artikel noch einmal durchlesen zu wollen. Ein kalter Schauer rieselte ihm vom Schädel über die Schultern hinab. Der Artikel war liederlich hingesudelt, es wimmelte darin von flüchtig hingeschmierten Phrasen und schlampigen Stilblüten, von unerwarteten Wendungen und haarsträubenden Anzüglichkeiten. Und doch hatte ihn der Artikel tief beeindruckt, erweckte er doch schlagartig alles, was er seit Monaten nicht mehr gern aufrührte.

Nun hob er die Augen. Nana war völlig in ihre verzückte Selbstbewunderung versunken. Sie verdrehte den Hals und betrachtete im Spiegel aufmerksam ein kleines braunes Muttermal, das sie oberhalb der rechten Hüfte hatte; sie fuhr mit der Fingerspitze darüber, betastete es, bog sich dann weiter hintenüber, so daß es hervortrat, und fand es offensichtlich höchst lustig und hübsch an dieser Stelle. Hierauf unterzog sie andere Teile ihres Körpers einer eingehenden, lustvoll amüsierten Besichtigung. Schon als Kind hatte sie zuweilen dieser lasterhaften Neugier gefrönt. Es war für sie jedesmal wieder etwas Überraschendes, wenn sie sich nackt im Spiegel sah; sie hatte dann immer den erstaunten und versonnen-berückten Ausdruck eines jungen Mädchens, das entdeckt, daß es mannbar ist. Langsam öffnete sie die Arme, um ihren Rumpf, den Rumpf einer molligen Venus, zur Geltung zu bringen; sie bog sich in den Hüften, besah sich von vorn und von hinten, verweilte dann beim Anblick ihrer Brüste, bei den sich verjüngenden Rundungen ihrer Schenkel. Schließlich gefiel sie sich darin, sich mit gespreizten Knien in einem eigenartig wollüstigen Spiel bald nach links und dann wieder nach rechts zu wiegen, den Oberkörper in den Hüften zu rollen und anhaltend dabei zu schüttern wie eine orientalische Tänzerin beim Bauchtanz.

Muffat schaute ihr wie gebannt zu. Sie wurde ihm unheimlich. Die Zeitung war ihm aus den Händen gefallen. In dieser minutenlangen Klarsicht verachtete er sich. Ja, es stimmte schon: im Laufe eines Vierteljahres hatte sie sein Leben verwüstet, er spürte, wie er bereits bis ins Mark der Knochen angefault war von all dem unflätigen Schmutz, den er nicht für möglich gehalten hätte. Jetzt, in dieser Stunde, ging alles in ihm in Fäulnis über. Für einen Augenblick wurde ihm bewußt, was sein Sündenfall noch für Unglück nach sich ziehen mochte. Er sah die Zersetzung, die dieses Ferment auslöste, wie er verseucht und vergiftet, seine Familie zerstört wurde, wie ein Stück Gesellschaft rissig wurde und zusammenstürzte. Und da er seine Augen nicht von ihr abwenden konnte, starrte er sie unentwegt an und gab sich verzweifelt Mühe, sich mit Ekel vor ihrer Nacktheit zu erfüllen.

Nana rührte sich nicht. Sie hatte einen Arm hinter den Nacken gebogen, die Hände ineinandergefaltet, den Kopf hielt sie hintenübergebeugt und die Ellbogen weit auseinandergespreizt. Er sah in der Verkürzung ihre halbgeschlossenen Augen, ihren leicht geöffneten Mund, ihr Gesicht, das ein liebeslüsternes Lächeln verklärte. Und hinten fiel ihr gelöster gelbblonder Haarknoten wie eine Löwenmähne über den Rücken herab. So rückwärtsgebogen, die Hüften gespannt, zeigte sie die kraftvollen Lenden, die harten Brüste einer Kriegerin, mit starken Muskeln unter der seidigen Haut. Eine feine Linie, kaum ausgebuchtet von der Schulter und der Hüfte, verlief von einem Ellbogen bis zum Fuß. Muffats Blick folgte diesen zarten Umrißlinien, diesem schwellenden hellblonden Fleisch, das in goldigem Schimmer gebadet prangte, diesen üppigen Rundungen, auf denen das Licht der Kerzen in seidigmattem Glanze spiegelte. Er dachte an sein früheres Grauen vor dem Weibe, an das Untier der Heiligen Schrift, das unzüchtige, geile Tier mit dem Wildtiergeruch. Nana war ganz mit feinen Härchen bedeckt; ein rötlichblonder Flaum überzog ihren Körper wie Samt. Aber Gesäß und Schenkel, straff und ausladend wie bei einer Stute, die fleischigen Auswülstungen, von tief eingeschnittenen Grübchen durchzogen, die in einem sinnbetörenden Schleier das Geschlecht verschatteten, hatten etwas Tierisches.

Da war es, das goldene Tier, das unverantwortlich unbewußte, gleich einer Urkraft. Sein bloßer Geruch steckte die Welt mit Fäulnis an. Muffat starrte gebannt, besessen darauf hin, so fasziniert, daß einmal, als er die Lider schloß, um nichts mehr sehen zu müssen, das Tier in der Finsternis wiederum vor ihm aufstand, noch größer, noch fürchterlicher, und seinen Leib noch geiler und lasterhafter bog und verwarf. Von jetzt an würde es ihn für immer martern, immer würde er es vor seinen Augen sehen, in seinem Fleisch spüren.

Aber Nana kuschelte sich ganz in sich selber zusammen. Es war, als sei ein Wonneschauer zärtlicher Verliebtheit durch alle ihre Glieder geströmt. Mit feucht glänzenden Augen machte sie sich ganz klein, wie wenn sie sich besser hätte spüren wollen. Dann löste sie die verschränkten Hände und fuhr damit streichelnd über ihren Hals bis hinab zu den Brüsten, die sie mit einem nervösen Zugriff umspannte und zusammendrückte. Dann bäumte sie den Oberleib vor, zerschmolz in einer lüstern-zärtlichen Liebkosung ihres ganzen Körpers, rieb mit sinnlichem Behagen beide Wangen links und rechts an ihren Schultern. Ihr gieriger Mund hauchte glutendes Verlangen über ihren ganzen Leib. Sie spitzte die Lippen und küßte sich lange und inbrünstig auf die Schulter neben der Achselhöhle, während sie gleichzeitig der andern Nana zulächelte, die sich im Spiegel ebenfalls küßte.

Da brach ein leiser, schwerer Seufzer aus Muffats Brust. Diese schamlose Selbstbefriedigung trieb ihm die Schamröte ins Gesicht und machte ihn rasend. Plötzlich ging sein ganzes Fühlen und Denken mit ihm durch, als hätte ihn ein heftiger Sturmwind mitgerissen. Er packte Nana in einem Anfall roher Gewalttätigkeit mit beiden Armen um den Leib und warf sie rücklings auf den Teppich.

»Laß mich sein!« kreischte sie, »du tust mir weh!«

Er war sich durchaus bewußt, daß er der Unterlegene war; es war ihm klar, daß sie strohdumm, zutiefst schmutzig und verlogen war, und doch begehrte er sie, sogar mit all ihrer inneren Fäulnis.

»Oh, dumm ist das!« sagte sie wütend, als er sie wieder aufstehen ließ.

Aber zuletzt beruhigte sie sich doch. Jetzt ging er wenigstens bald fort. Sie streifte ein spitzenbesetzes Nachthemd über und setzte sich vor dem Feuer auf den Boden. Das war ihr Lieblingsplätzchen. Als sie ihn wiederum über Faucherys Artikel ausholte, gab er ausweichend Antwort; es lag ihm daran, einen neuen

Auftritt zu vermeiden. Übrigens, erklärte sie, pfeife sie auf Fauchery! Dann fiel sie in tiefes Schweigen und überlegte lange, unter welchem Vorwand sie den Grafen fortschicken konnte. Sie wäre ihn gern auf freundschaftliche Art losgeworden, denn sie war ein gutmütiges Geschöpf und bereitete nur ungern den Leuten Verdruß und Kummer; und hier tat es ihr um so mehr leid, als der Ärmste da sowieso ein Hahnrei war, und diese Vorstellung hatte sie mit der Zeit regelrecht in Rührung versetzt.

»Also morgen vormittag erwartest du deine Frau?« fragte sie schließlich.

Muffat hatte sich in den Lehnstuhl ausgestreckt; er sah erschöpft und ermattet aus. Nun nickte er bejahend. Nana sah ihn ernst und prüfend an, allerlei Gedanken gingen ihr dabei heimlich im Kopf herum. Sie saß auf einem Schenkel im leichten Gewalle ihrer Spitzen, hielt mit beiden Händen einen ihrer Füße und drehte ihn, während sie ihren Gedanken nachhing, hin und her.

»Bist du eigentlich schon lange verheiratet?« fragte sie auf einmal.

»Seit neunzehn Jahren«, antwortete der Graf.

»Ah! Und . . . ist deine Frau lieb mit dir? Kommt ihr gut miteinander aus?«

Er gab ihr zuerst keine Antwort; dann sagte er gequält: »Du weißt doch, ich habe dich gebeten, diese Dinge nie zu erwähnen!«

»Was du nicht sagst! Und warum eigentlich nicht?« fuhr sie auf und war bereits wieder verärgert. »Ich werde sie bestimmt nicht fressen, deine Frau, weil ich von ihr spreche . . . Mein Lieber, die Weiber sind alle gleich viel wert . . .«

Doch sie hielt inne aus Angst, sie könnte sich sonst verplappern. Sie setzte bloß eine überlegene Miene auf in der ehrlichen Überzeugung, sie benehme sich fabelhaft anständig. Der arme Mann! Man müßte schonend mit ihm umgehen. Doch nun war ihr ein lustiger Gedanke eingefallen, und sie lächelte, während sie ihn forschend betrachtete. Dann sagte sie: »Sag einmal, hab ich dir die Geschichte nicht erzählt, die Fauchery über dich herumbietet? Der ist mir doch eine Viper! Ich habe gar nichts gegen ihn, denn sein Artikel ist nicht übel. Aber eine richtige Giftviper ist er doch!«

Und nun lachte sie schallend los, ließ ihren Fuß fahren, rutschte näher zum Grafen heran und lehnte ihre Brust an seine Knie.

»Stell dir nun vor, er schwört, du habest bis zu deiner Heirat noch nie . . . Sag, hattest du tatsächlich noch nie? – Na, hör mal, ist das wirklich wahr?«

Sie schaute ihm antwortheischend in die Augen, ihre Hände hielten jetzt seine Schultern umfaßt, sie schüttelte ihn, um ihm dieses Geständnis zu entreißen.

»Natürlich!« antwortete er endlich ernst und mühsam.

Da warf sie sich von einem wilden, hemmungslosen Lachkrampf geschüttelt zu seinen Füßen auf den Boden, sie ächzte, würgte Worte hervor, gab ihm Klapse auf Schenkel und Waden.

»Nein, das ist unbezahlbar! Du bist einzig! Ein rechtes Naturwunder! Aber sag, mein armer Schatz, du hast dich bestimmt schrecklich dumm angestellt! Wenn ein Mann nicht weiß, wie man's machen muß, ist das jedesmal so komisch! Ich muß schon sagen: euch beiden hätte ich gerne zugeschaut! Und wie war's denn? Hat alles gut geklappt? Erzähl doch einmal, bitte, bitte, erzähl's mir doch!«

Sie setzte ihm mit drängenden Fragen zu, fragte nach allem und jedem, wollte alles bis in die geringsten Einzelheiten wissen. Und sie lachte so herzlich, so unmäßig, sie prustete und platzte immer wieder los, bog und wand sich, das Hemd rutschte ihr über die Schultern herab und schob sich unten hoch, ihre Haut schimmerte so golden im Schein des lodernden Kaminfeuers, daß ihr der Graf nach und nach haarklein die Geschichte seiner Hochzeitsnacht erzählte. Er spürte keinerlei Unbehagen mehr dabei. Zuletzt machte es ihm sogar selber Spaß, ihr zu erklären, wie er – nach der üblichen Redensart – ›seine Unschuld verloren hatte‹. Nur wählte er seine Worte mit Bedacht, aus einem letzten Rest von Scham. Die junge Frau hatte nun Feuer gefangen und fragte ihn neugierig-lüstern über die Gräfin aus. Sie sei wundervoll gebaut, aber – so behauptete der Graf – ein wahrer Eiszapfen.

»Oh, weißt du«, murmelte er kleinmütig, »du brauchst nicht eifersüchtig zu sein.«

Nana war das Lachen vergangen. Sie hockte sich, mit dem Rücken zum Feuer, wieder an ihr Plätzchen, umfaßte die Knie mit den verschränkten Händen und stützte das Kinn darauf. Dann erklärte sie ernsthaft: »Mein Lieber, es ist nicht gut, wenn sich einer in der ersten Nacht seiner Frau gegenüber wie ein Tolpatsch benimmt.«

»Warum?« fragte der Graf überrascht.

»Darum«, gab sie ihm bedächtig in schulmeisterlichem Ton zur Antwort.

Sie hielt ihm eine richtige Predigt und nickte dazu mit dem Kopf. Aber sie ließ sich doch herbei, sich deutlicher zu erklären.

»Siehst du, ich weiß, wie das zugeht . . . Na, und da kann ich dir bloß sagen, mein Bubi, wir Frauen haben es gar nicht gern, wenn ihr euch dabei blöd und täppisch anstellt. Frauen sagen ja nichts, unsereins hat doch so sein Schamgefühl, verstehst du . . . Du kannst aber Gift drauf nehmen, daß sie sich ihr Teil dabei denken. Und früher oder später, wenn man's nicht richtig angefangen hat, werden sie sich eben anderweitig schadlos halten . . . So ist das, mein Lieber.«

Er schien nicht zu begreifen. Da wurde sie deutlicher, ging auf Einzelheiten ein. Sie gab sich mütterlich, erteilte ihm diese Lektion wie ein guter Freund, aus purer Herzensgüte. Seitdem sie wußte, daß ihm seine Frau Hörner aufsetzte, plagte sie dieses Geheimnis und war ihr lästig; sie spürte eine irrsinnige Lust, mit ihm darüber zu reden.

»Du lieber Gott! Ich rede da von Dingen, die mich nichts angehen . . . Aber ich tu's ja bloß, weil ich finde, alle Menschen müßten glücklich sein . . . Wir plaudern gerade so gemütlich zusammen, nicht? Komm, gib mir jetzt offen und ehrlich Antwort, ja?«

Doch hier unterbrach sie sich, um sich anders hinzusetzen; sie sengte allmählich an.

»Herr des Himmels, da wird's einem aber ordentlich heiß! Mein Rücken ist ganz durchgebraten. Wart einmal, ich will mir ein bißchen den Bauch rösten . . . Das Beste gegen Gliederreißen, sag ich dir!«

Und als sie sich umgedreht, die Brust ans Feuer gestreckt und die Füße unter den Schenkeln gekreuzt hatte, fragte sie: »Hör mal, du schläfst nicht mehr mit deiner Frau?«

»Nein, ich schwör dir's!« erwiderte Muffat, der Angst hatte, es könnte eine Szene geben.

»Und du glaubst also, sie sei ein Holzklotz?«

Er nickte bejahend.

»Und deswegen also liebst du mich? Gib doch Antwort. Ich werde bestimmt nicht böse.«

Er nickte abermals.

»Eben. Sehr gut!« folgerte sie. »Dacht ich mir's doch! Ah, der arme Schatz! Du kennst doch meine Tante Lerat? Wenn sie kommt, laß dir doch einmal die Geschichte vom Obsthöker gegenüber erzählen . . . Stelle dir vor, dieser Obsthändler . . . Herrgott, ist das Feuer heiß! Ich muß mich umdrehen. Jetzt wird die linke Seite angeröstet.«

Während sie nun die Hüfte ans Feuer hielt, schoß ihr ein lustiger Gedanke durch den Kopf: sie spottete gutmütig und heiter gelaunt über sich selber, voll Befriedigung darüber, daß sie sich so fett und rosig vom Schein des Feuers beleuchtet sah.

»Seh' ich nicht aus wie eine Mastgans? O ja, genau wie eine Gans am Spieß . . . Ich dreh mich und dreh mich. Wahrhaftig, ich schmore in meinem eigenen Fett.«

Aufs neue brach sie in ihr helles Lachen aus. Doch da hörte man draußen plötzlich Stimmen und Türenschlagen. Muffat schaute sie erstaunt mit einem fragenden Blick an. Da wurde sie wieder ernst, ihr Gesicht zeigte ängstliche Unruhe. Das war bestimmt wieder Zoés Katze, ein gottverdammtes Vieh, das alles zerschlug! Schon halb eins. Wie kam sie nur dazu, auf das Glück dieses Hahnreis hinzuarbeiten? Jetzt war der andere da, und nun hieß es, ihn so rasch wie möglich an die Luft zu setzen.

»Was wolltest du eben sagen?« fragte der Graf zuvorkommend, voll Freude, weil er sie so gutgelaunt sah.

Aber jetzt hatte sie nur noch den Wunsch, ihn fortzuschicken, und so wurde sie sprunghaft anderer Laune, sie schlug einen brutalen Ton an und legte ihre Worte nicht mehr auf die Goldwaage.

»Ja, richtig, der Obsthändler und seine Frau . . . Denk dir nur, sie haben einander überhaupt nie angerührt, auch nicht die Spur! Sie war mächtig danach lüstern, weißt du. Er hingegen war ein tolpatschiger Schlappschwanz und wußte nicht, wo Barthel den Most holt . . . So kam's denn, daß er glaubte, sie sei aus Holz, und da ist er anderswo auf sein Vergnügen ausgegangen und hat sich mit Gassenhuren herumgetrieben, mit denen hat er geschweinigelt und die tollsten Unflätereien angestellt, während sie es ihrerseits mindestens ebenso dick getrieben und sich mit ungezählten Mannsbildern schadlos gehalten hat, die gewitzter waren als ihr Mann, der blöde Trottel . . . Und so kommt's immer schief heraus, wenn man aneinander vorbeilebt. Ich weiß, was ich weiß!«

Muffat wurde totenbleich. Er verstand endlich, worauf sie anspielte, und wollte sie zum Schweigen bringen. Aber Nana war jetzt im besten Zug und nicht mehr aufzuhalten.

»Nein, laß mich ausreden! Wenn ihr nicht lauter flegelhafte Schwachköpfe wärt, so benähmt ihr euch bei euren Frauen ebenso nett wie bei uns, und wären eure Frauen nicht so dumme Puten, so gäben sie sich genausoviel Mühe, euch zu fesseln und zu behalten, wie wir sie uns geben, um euch zu kapern . . . Das ist ja alles nichts als bare Großtuerei . . . So, mein Schatz, steck das ein und schreib dir's hinter die Ohren!«

»Laß deine Finger von den anständigen Frauen«, sagte er schroff, »du kennst sie ja gar nicht!«

Da aber fuhr Nana auf und kniete sich hin.

»Ich kenne sie nicht! Aber sie sind ja nicht einmal sauber gewaschen, deine anständigen Frauen! Nein, sie sind nicht sauber! Finde mir doch nur einmal eine, die es wagt, sich so sehen zu lassen, wie ich jetzt hier bin . . . Wahrhaftig, du lächerst mich mit deinen anständen Frauen! Treibe mich nicht zum Äußersten, ich warne dich! Zwing mich nicht, Dinge zu sagen, die mich nachher reuen könnten!«

Statt jeder Antwort knurrte der Graf mit zusammengebissenen Zähnen ein Schimpfwort. Nun wurde Nana aber aschfahl im Gesicht. Ein paar Sekunden lang starrte sie ihn wortlos an. Dann sagte sie mit ihrer schneidend hellen Stimme: »Was würdest du tun, wenn dich deine Frau betrügen sollte?«

Muffat ballte drohend die Fäuste.

»Na schön. Und wenn ich dich betröge?«

»Oh, bei dir . . .«, murmelte er und zuckte die Achseln.

Bösartig war Nana sicher nicht. Schon von allem Anfang an, seit den ersten Worten kämpfte sie gegen das Verlangen an, ihm seine Schande, den Ehebruch seiner Frau, ins Gesicht zu schreien. Sie hätte das eigentlich lieber ganz ruhig abgetan, hätte es ihm nach und nach beigebracht, sozusagen aus ihm herausgelockt. Aber allmählich reizte er sie bis aufs Blut. Jetzt mußte endlich Schluß gemacht werden.

»Dann, mein Süßer«, versetzte sie nun, »dann weiß ich wirklich nicht, was du eigentlich bei mir suchst . . . Seit zwei Stunden ödest du mich an . . . Geh doch, geh zu deiner Frau! Sie hurt mit Fauchery. Jawohl, ganz richtig, sie hurt! Rue Taitbout, Ecke Rue de Provence . . . Du siehst, ich gebe dir sogar die Adresse.«

Und als sie dann sah, wie Muffat sich aufrappelte und hin und her schwankte wie ein Ochse, den man vor den Kopf geschlagen und halbwegs betäubt hat, höhnte sie triumphierend: »Wenn die ehrbaren Frauen uns ins Handwerk pfuschen und uns unsere Liebhaber wegschnappen! Weiß der Himmel, die gehen scharf ins Zeug, die anständigen Frauen!«

Aber weiter kam sie nicht. Mit einer furchtbaren Wucht hatte er sie längelang zu Boden geworfen; und nun hob er den Fuß und

wollte ihr mit dem Absatz den Kopf zertreten und sie so endlich zum Schweigen bringen. Einen Augenblick lang hatte sie gräßliche Angst. Blind vor Wut und halb wahnsinnig rannte er im Zimmer auf und ab. Und jetzt rührten sie sein gequältes, gepreßtes Schweigen, der Kampf, der in seinem Innern tobte, bis zu Tränen. Er tat ihr im tiefsten Herzen leid, und sie kuschelte sich vor dem Feuer zusammen, bot ihre rechte Seite der röstenden Hitze dar und unternahm es, ihn zu trösten.

»Ich schwöre dir, Liebster, ich habe geglaubt, du wissest es schon. Sonst hätte ich nichts gesagt, natürlich nicht . . . Und zudem ist es womöglich gar nicht wahr. Ich kann für nichts bürgen. Man hat mir das so erzählt, die Leute reden darüber; aber was beweist das schon . . . Laß dir darüber keine grauen Haare wachsen, komm, nimm's nicht so schwer! Wirklich, das ist ganz falsch! Wär ich ein Mann, mir könnten die Weiber gestohlen werden! Siehst du, die Weiber taugen alle gleich wenig, ob hoch, ob niedrig, vornehm oder gemein. Samt und sonders, eine wie die andere lauter läufige Biester und genußsüchtige, nichtsnutzige Luder!«

So ließ sie kein gutes Haar an den Weibern, aus purer erbarmungsloser Selbstverleugnung, um ihn den Schlag weniger hart spüren zu lassen. Aber er hörte ihr gar nicht zu, verstand nicht, was sie zu ihm sagte. Unter andauerndem tobsüchtigen Aufstampfen hatte er seine Stiefel und den Gehrock angezogen. Eine Zeitlang stapfte er noch blindwütend im Zimmer hin und her; dann aber, als finde er endlich die Tür, lief er in einem letzten Anlauf hinaus. Nana war ehrlich und maßlos entrüstet.

»Na, meinetwegen denn! Glückliche Reise!« schnaubte sie laut, obschon sie allein war. »Höflich ist ja der Herr, wenn man sich mit ihm unterhält! Und ich habe mir doch redlich Mühe mit ihm gegeben! Ich habe zuerst eingelenkt, habe nachgegeben, habe mich, mein ich, genug entschuldigt! Er hat mich auch lange genug gereizt, bis ich platzte!«

Aber wohl war ihr bei der ganzen Sache doch nicht. Sie kratzte sich mit beiden Händen an den Beinen, schob dann die Verantwortung von sich weg. »Ach, Quatsch! Meine Schuld ist es nicht, wenn sie ihm Hörner pflanzt!«

Und rundum geröstet, heiß und geil wie eine Wachtel kroch sie ins Bett und klingelte Zoé, damit sie den andern, der draußen in der Küche wartete, einließ.

Die Schwestern Rondoli

I

Nein, sagte Pierre Jouvenet, Italien kenne ich nicht, und dabei habe ich zweimal versucht, hineinzukommen; aber jedesmal hat es an der Grenze einen Aufenthalt gegeben, der es mir unmöglich gemacht hat, weiter vorzudringen. Und dabei haben diese beiden Versuche mir einen bezaubernden Eindruck von den Sitten dieses schönen Landes gegeben. Die Bekanntschaft mit den Städten, den Museen, den großen Kunstwerken, an denen Italien so reich ist, steht mir noch bevor. Bei der ersten besten Gelegenheit werde ich einen neuen Versuch unternehmen, die abenteuerliche Entdekkungsfahrt in dieses Gebiet, das sich mir zu verschließen scheint, durchzuführen.

Sie verstehen mich nicht? Dann will ich es Ihnen erklären.

Im Jahre 1874 überkam mich der Wunsch, Venedig, Florenz, Rom und Neapel zu sehen. Das Verlangen danach packte mich um den 15. Juni herum, wenn das mächtige Drängen des Frühlings einem Reiselust und Liebesbegehren im Herzen erweckt. Dabei mache ich mir wenig aus Reisen. Jeden Ortswechsel halte ich für eine unnütze und ermüdende Tätigkeit. Die Nächte in der Eisenbahn, der Schlaf im Gerüttel des Waggons mit Kopfschmerzen und zerschlagenen Gliedern, das Erwachen mit schmerzendem Kreuz in solch einem rollenden Kasten, die peinliche Schmutzempfindung auf der Haut, die umherfliegenden Staubpartikelchen, die einem Augen und Haar pudern, der Kohlengeruch, von dem man sich sozusagen nährt, die abscheulichen Mahlzeiten an zugigen Büfetts sind, meiner Meinung nach, ein gar zu übler Anfang für etwas, das einem Freude machen soll.

Seit es Schnellzüge gibt, gibt es auch den Hotel-Trübsinn, den Trübsinn der großen Hotels, die voller Menschen und zugleich leer sind, die unbekannten Zimmer, die einen schwermütig machen, die zweifelhaften Betten! – Ich halte außerordentlich viel von meinem Bett. Es ist das Sanktuarium des Lebens. Man gibt ihm sein ermüdetes Fleisch nackt preis, damit es neue Kraft gewinnt und sich in den weißen Laken und warmen Daunen ausruht.

In ihm werden uns die köstlichsten Stunden des Daseins zuteil, die Stunden der Liebe und des Schlafes. Das Bett ist heilig. Wir sollten ihm Achtung und verehrende Anbetung zollen; wir sollten es lieben wie das Beste und Kostbarste, was wir auf dieser Erde besitzen.

Ich vermag kein Hotelbett aufzuschlagen, ohne daß mich ein Ekelgefühl überrieselt. Was ist in der vergangenen Nacht darin geschehen? Welche unsauberen, widrigen Menschen haben darin geschlafen? Und ich denke an all die schauderhaften Wesen, mit denen man Tag für Tag in nahe Berührung gerät, an garstige Bucklige, an Menschen mit Pusteln, an Leute mit schwarzen Nägeln, bei deren Anblick man an die Füße und an alles übrige denken muß. Ich denke an Leute, die, wenn man sie trifft, einem einen widerwärtigen Duft von Knoblauch oder Menschlichkeit in die Nase steigen lassen. Ich denke an Krüppel, an Leute mit Eiterbeulen, an schwitzende Kranke, an alles, was den Menschen an Häßlichem und Dreckigem anhaftet.

All das ist durch das Bett hindurchgegangen, in dem ich schlafen soll. Mir wird speiübel und mein Herz krampft sich zusammen, wenn ich den Fuß hineinstecke.

Und die Hotelmahlzeiten, die endlosen Essereien inmitten all dieser lästigen oder grotesken Leute an der Table d'hôte; und die schauerlichen einsamen Mahlzeiten an kleinen Restaurationstischen angesichts eines ärmlichen Lämpchens mit Schirm! Und die schwermütig-öden Abende in einer unbekannten Stadt? Kennen Sie etwas Kläglicheres, etwas Trübseligeres als einen Abend, der über eine Stadt niedersinkt, die einem fremd ist? Man schreitet dahin, inmitten eines Gewoges, das einem seltsam vorkommt, wie wenn es sich im Traum vollzöge. Man schaut in Gesichter, die man nie zuvor gesehen hat und niemals wiedersehen wird; man hört Stimmen von Dingen reden, die einem völlig gleichgültig sind, in einer Sprache, die man womöglich nicht versteht. Man kostet die abscheuliche Empfindung des Verlorenseins aus. Das Herz ist einem schwer; die Beine versagen; auf der Seele lastet ein Druck. Man geht, als sei man auf der Flucht; man geht, nur um nicht ins Hotel zurückzumüssen, wo man sich noch verlorener fühlen würde, weil man dort eine Art Heimstatt hat, eine bezahlte Allerweltsheimstatt, und schließlich läßt man sich auf den Stuhl eines erleuchteten Cafés fallen, dessen Vergoldungen und Lichter einem noch tausendmal unangenehmer sind als die Dunkelheiten der Straße. Dann sitzt man vor seinem Glase Bier mit dem schmutzigen Schaumrand, das einem ein Kellner mit unausgeglichen-hastigen Bewegungen hingesetzt hat, und fühlt sich so gottsjämmerlich einsam, daß einen eine Art Irrsinn überkommt, ein Verlangen, aufzubrechen, woanders hinzugehen, gleichgültig, wohin, nur um nicht dableiben zu müssen, an diesem Marmortische, unter dieser funkelnden Deckenbeleuchtung. Und plötzlich wird man sich bewußt, daß man im Grunde stets und überall allein auf der Welt ist, daß einem indessen an Stätten, die man kennt, die Rippenstöße der einem Nahestehenden wenigstens die Illusion der menschlichen Brüderlichkeit geben. In solcherlei Stunden der Einsamkeit, der schwarzen Vereinzelung in fremden, fernen Städten vermag man breit, klar und tief zu denken. Gerade dann vermag man das Ganze des Lebens mit einem einzigen Blicke zu überschauen, über den Blickwinkel der ewigen Hoffnung hinaus, und hinaus über das Täuschende der Gewohnheiten, die man angenommen hat, hinaus auch über das Warten auf Glück, das immer nur ein Traum bleibt.

Erst wenn man in die Ferne schweift, versteht man so recht, wie nah alles ist, und wie kurz und wie leer; erst wenn man das Unbekannte sucht, wird einem so recht deutlich, wie mittelmäßig alles ist, und wie schnell es endet; erst wenn man die Erde durchwandert, sieht man so recht, wie klein sie ist und wie sie ohne Unterlaß überall die gleiche bleibt.

Ach, die überschatteten Abende des Gehens von ungefähr durch unbekannte Straßen – ich kenne sie. Davor habe ich größere Angst als vor allem andern.

Da ich somit um keinen Preis der Welt allein nach Italien reisen wollte, faßte ich den Entschluß, mich von meinem Freunde Paul Pavilly begleiten zu lassen.

Sie kennen Paul. Für ihn verkörpern sich Welt und Leben in der Frau. Es gibt viele Männer, die diese Einstellung teilen. Das Dasein erscheint ihnen als dichterisch verklärt, als erleuchtet und erhellt, wenn eine Frau im Spiele ist. Nur weil es Frauen gibt, dünkt die Erde sie bewohnbar; die Sonne leuchtet und spendet Wärme, nur weil sie Frauen bescheint. Die Luft geht einem leicht und lieblich ein, weil sie über Frauenhaut gleitet und das kurze Haargekräusel über ihren Schläfen aufflattern läßt. Der Mond bezaubert, weil er sie träumen läßt und weil er der Liebe einen gewissen schmachtenden Reiz leiht. Alles, was Paul tut, wird zweifellos durch Frauen angeregt; alle seine Gedanken kreisen um Frauen, und ebenso alle seine Bemühungen und Hoffnungen.

Als ich zu Paul von Italien sprach, weigerte er sich zunächst rundheraus, Paris zu verlassen; doch ich fing an, ihm Reiseabenteuer auszumalen; ich sagte ihm, die Italienerinnen stünden in dem Rufe, ganz besonders reizvoll zu sein; ich machte ihm Hoffnung auf gepfefferte Abenteuer in Neapel, dank einer Empfehlung, die ich an einen gewissen Signore Michele Amoroso hatte, dessen Beziehungen den Reisenden sehr nützlich seien; und so ließ er sich in Versuchung führen.

II

Eines Donnerstagabends, und zwar am 26. Juni, bestiegen wir den Schnellzug. Um diese Jahreszeit reist man eigentlich nicht in den Süden; wir waren allein im Abteil und hatten alle beide schlechte Laune; wir ärgerten uns, daß wir von Paris wegfuhren; wir stöhnten, daß wir dem Einfall zu dieser Reise nachgegeben hatten; wir hatten Sehnsucht nach der Kühle von Marly, der Schönheit der Seine, der Lieblichkeit der Uferböschungen, schönen müßiggängerischen Tagen im Boot, wohltuend schläfrigen Abenden auf dem Wasser, während die Nacht niedersinkt.

Paul lehnte sich auf das Armpolster in seiner Ecke und erklärte, als der Zug angefahren war: »Zu blöd, daß wir da unten hinfahren.«

Da es zu spät war, als daß er sich hätte anders entschließen können, erwiderte ich: »Du hättest ja nicht mitzukommen brauchen.«

Er gab keine Antwot. Doch mich überkam die Lust, laut aufzulachen – ein so wütendes Gesicht machte er. Er sieht dann genauso aus wie ein Eichhörnchen. Wir alle bewahren übrigens unterhalb der menschlichen Züge in unsern Gesichtern einen Tiertyp, als sei er das Kennzeichen unseres ursprünglichen Seins. Wie viele Menschen haben Bulldoggschnauzen, Bocksköpfe, Kaninchenköpfe, Fuchsgesichter, Pferde- oder Ochsenschädel! Paul ist ein Mensch gewordenes Eichhörnchen. Er hat die lebendigen Äuglein dieses Tieres, sein rotes Haar, seine spitzige Nase, seinen kleinen, feinen, geschmeidigen und beweglichen Körper, und überdies noch eine geheimnisvolle Ähnlichkeit in seiner Gesamthaltung. Wie soll ich das ausdrücken? Eine Übereinstimmung der Gesten, des Gehabens, von der man meinen könnte, sie entstamme der Erinnerung.

Schließlich nickten wir beide ein und schliefen durchbraust und durchschüttert den Schlaf der Eisenbahn, den schreckliche

Krampfverrenkungen in Armen und Hals sowie das jähe Anhalten des Zuges zu unterbrechen pflegen.

Wir erwachten, als wir an der Rhône entlang fuhren. Und bald warf das unablässige Feilen der Grillen, das durch die Vorhänge drang, dieses sirrende Zirpen, das wie die Stimme der warmen Erde anmutet, wie der Gesang der Provence, uns die heitere Empfindung, im Süden zu sein, ins Gesicht, in die Brust, in die Seele – den Ruch des sonnengedörrten Bodens, des steinigfelsigen und lichten Landes der untersetzten Olivenbäume mit dem graugrünen Blätterwerk. Als der Zug wieder einmal anhielt, ging ein Beamter den Seitengang entlang und rief ein volltönendes »Valence«, ein unverfälschtes »Valence« mit Betonung, der echten, unverkennbaren Betonung, kurz und gut: ein »Valence«, das uns abermals die wohlige Empfindung, in der Provence zu

sein, die uns das zirpende Getön der Grillen bereits mitgeteilt hatte, schier körperlich bewußt machte.

Bis Marseille geschah nichts weiter.

Wir stiegen aus und gingen ans Bahnhofsbüfett, um zu frühstücken.

Als wir wieder in unser Abteil kamen, hatte sich eine Frau darin häuslich niedergelassen.

Paul warf mir einen entzückten Blick zu; und mit einer halb unbewußten Geste strich er sich den kurzen Schnurrbart glatt; dann hob er die Reisemütze ein wenig und fuhr, in der Art eines Kammes, mit den fünf gespreizten Fingern durch sein infolge der durchreisten Nacht arg in Unordnung geratenes Haar. Darauf setzte er sich der Unbekannten gegenüber.

Jedesmal, wenn ich, sei es auf Reisen, sei es in der Gesellschaft, ein neues Gesicht vor mir sehe, empfinde ich den an Besessenheit grenzenden Zwang, herauszubekommen, welche Seele, welcher Geist, welcher Charakter sich hinter diesen Zügen verbergen.

Es war eine junge Frau, eine sehr junge, hübsche Frau, und ganz sicher stammte sie aus dem Süden. Sie hatte wunderschöne Augen, herrliches schwarzes Haar, das sich wellte, selbst ein wenig kräuselte und dermaßen voll, üppig und lang war, daß es schwer wirkte; und allein schon sein bloßer Anblick reichte aus, um einem die Empfindung zu geben, es müsse auf ihrem Kopf lasten. Sie war sozusagen elegant gekleidet, und zwar mit einem gewissen schlechten südlichen Geschmack, und so wirkte sie ein wenig vulgär. Ihre regelmäßigen Gesichtszüge zeigten nicht die Anmut, das Vollendete eleganter Rassen, die unbeschwerte Zartheit, die den Abkömmlingen aristokratischer Familien schon bei der Geburt zuteil werden und die das erbliche Kennzeichen eines dünneren Blutes sind.

Die Armbänder, die sie trug, waren zu ungefüge, um aus Gold zu sein, und ihre Ohrringe waren mit durchsichtigen Steinen geschmückt, die zu dick waren, um Diamanten zu sein; ihrer ganzen Erscheinung haftete ein unbestimmtes Etwas an, das auf eine Abkunft aus dem Volke schließen ließ. Man wußte von vornherein, daß sie zu laut sprechen, bei jeder Gelegenheit aufkreischen und übertriebene Bewegung machen würde.

Der Zug fuhr ab.

Sie blieb reglos auf ihrem Platz sitzen und starrte vor sich hin, in der verdrossenen Haltung einer Frau, die innerlich kocht. Uns hatte sie keines Blickes gewürdigt.

Paul fing an, sich mit mir zu unterhalten; er sagte einigermaßen gekünstelte Dinge, um damit zu wirken; er breitete ein wahres Schaufenster an Unterhaltungskünsten aus, um Interesse zu erwecken, so wie Händler ihre Waren zur Schau stellen, um die Kauflust zu reizen. Aber sie schien kein Wort zu verstehen.

»Toulon! Zehn Minuten Aufenthalt! Bahnhofsrestaurant!« rief der Bahnbedienstete.

Paul gab mir einen Wink, ich möge aussteigen, und sobald wir auf dem Bahnsteig standen, fragte er: »Sag mal, wer und was mag das wohl sein?«

Ich fing an zu lachen: »Keine Ahnung! Außerdem ist es mir völlig gleichgültig.«

Er war mächtig aufgekratzt: »Sie ist verteufelt hübsch und knusprig, die Kleine. Was für Augen sie hat! Aber sie sieht mißgelaunt aus. Wahrscheinlich bedrückt sie irgend etwas; sie gibt auf nichts acht.«

Ich brummte vor mich hin: »Bei der kommst du nicht auf deine Kosten.«

Aber er wurde wütend: »Hier handelt es sich nicht um Kosten, mein Lieber; ich finde das Mädchen sehr hübsch, und weiter gar nichts. Ob man sie nicht ansprechen kann? Aber was könnte man ihr sagen? Sag doch, fällt dir nichts ein? Ahnst du wirklich nicht, wer und was sie sein könnte?«

»Wahrhaftig nicht! Aber ich neige zu der Ansicht, daß sie eine Schmierenkomödiantin ist, die ihrer Truppe nachreist, nachdem sie um eines Liebesabenteuers willen durchgebrannt ist.«

Er verzog gekränkt das Gesicht, als habe ich ihm etwas Beleidigendes gesagt, und fuhr fort: »Woraus willst du das schließen? Mir kommt sie, ganz im Gegenteil, tadellos und schick vor.«

Ich antwortete: »Sieh dir bloß mal ihre Armbänder an, mein Junge, und ihre Ohrringe, und ihr Kleid. Ich würde mich weiter nicht wundern, wenn sie sich als Tänzerin entpuppte, oder vielleicht gar als eine Kunstreiterin; aber ich tippe mehr auf Tänzerin. Sie hat etwas an sich, das nach Theater riecht.«

Dieser Gedanke schuf ihm augenscheinlich Unbehagen: »Dazu ist sie zu jung, mein Lieber; sie ist höchstens zwanzig.«

»Aber lieber Junge, es gibt eine ganze Menge Dinge, die man tun kann, auch wenn man noch nicht zwanzig ist, und dazu gehören der Tanz und das Deklamieren, ganz abgesehen von mancherlei anderem, auf das sie sich vielleicht auf eine einzigartige Weise versteht.«

»Die Reisenden in Richtung Nizza–Ventimiglia, einsteigen!« rief der Bahnbedienstete.

Wir mußten wieder ins Abteil. Unsere Nachbarin aß eine Apfelsine. Wirklich, sie benahm sich dabei nicht gerade vornehm. Sie hatte ihr entfaltetes Taschentuch über die Knie gebreitet; und die Art und Weise, wie sie die goldene Schale abriß und den Mund aufsperrte, um die Spelten mit den Lippen zu fassen und die Kerne zwischen den Vorhängen hindurch zum Fenster hinauszuspucken, ließ auf eine recht mangelhafte Erziehung schließen, und zwar in bezug auf ihre Gewohnheiten und ihr Gehaben.

Übrigens schien sie noch mißgelaunter denn zuvor zu sein, und sie aß ihre Apfelsine rasch und so voller Wut, daß es in hohem Maße komisch wirkte.

Paul verschlang sie mit den Blicken und überlegte, was er anstellen könne, um ihre Aufmerksamkeit zu erregen, um ihre Neugierde zu erwecken. Und er begann wiederum, sich mit mir zu unterhalten, wobei er eine wahre Prozession erlesener Gedanken zutage brachte und eine Fülle berühmter Namen zitierte, als handele es sich um gute Bekannte. Sie schenkte seinen Bemühungen nicht die mindeste Beachtung. Wir durchfuhren Fréjus, St. Raphaël. Der Zug eilte durch diesen Rosengarten, dieses Rosenparadies, diesen üppigen Orangen- und Zitronenhain, der zu gleicher Zeit weiße Blütenzweige und goldene Früchte trägt, durch dies Königreich der Düfte, diese Heimstatt der Blumen, längs der wundervollen Küste, die sich von Marseille bis Genua hinzieht.

Man muß im Juni an dieser Küste entlangfahren, wo frei und wild in den engen Tälern, auf den Hügelhängen die schönsten Blumen blühen. Und überall sieht man Rosen, ganze Felder, Pflanzungen, Hecken, Gebüsche von Rosen. Sie ranken sich an Mauern empor, sie entfalten sich auf Dächern, sie klimmen in Bäume, sie erschließen sich im Laubwerk, weiß, rot, gelb, klein oder riesengroß, schlicht, im einfarbigen, unauffälligen Kleide, oder üppig, in schwerer, glänzender Toilette.

Und ihr machtvoller Duft, ihr unablässiger Duft schwängert die Luft, macht sie würzig und zugleich erschlaffend. Und der noch durchdringendere Ruch der offenen Orangenblüten scheint das, was man atmet, mit Süßigkeit zu erfüllen und daraus eine Kostbarkeit für den Geruchssinn zu machen.

Die hohe braune Felsküste, die das reglose Mittelmeer bespült, erstreckt sich starr. Die schwere Sommersonne fällt wie ein

Feuertuch auf die Berge, auf den langen Sandstrand, auf das hartblaue und wie geronnene Meer. Der Zug ist in unaufhörlicher Fahrt begriffen; er fährt durch Tunnels, die Vorgebirge durchschneiden, er gleitet über Hügelwellen, über das Wasser hin, auf Uferbauten, die steil wie Mauern sind; und ein milder, kaum wahrnehmbarer Salzhauch, ein Geruch dörrender Algen gesellt sich bisweilen dem machtvollen, verwirrenden Duft der Blumen.

Aber Paul sah nichts, hörte nichts, roch nichts. Die Mitreisende hielt all seine Aufmerksamkeit im Banne.

In Cannes hatte er mir, wie es schien, abermals etwas zu agen; jedenfalls bedeutete er mir, ich möge mit ihm aussteigen. Kaum waren wir draußen, als er auch schon meinen Arm ergriff.

»Weißt du, sie ist schlechthin entzückend. Sieh dir doch nur ihre Augen an. Und ihr Haar, mein Lieber – so etwas habe ich überhaupt noch nicht gesehen!«

Ich sagte: »Nun, beruhige dich nur; oder, wenn du irgend welche Absichten hast, geh zum Angriff über. Sie sieht mir nicht uneinnehmbar aus, obwohl sie den Eindruck macht, als sei sie ein bißchen brummig.«

Er fuhr fort: »Könntest du sie nicht vielleicht anreden? Mir fällt nichts ein. Anfangs bin ich immer von einer Schüchternheit, die an Stumpfsinn grenzt. Ich habe es nie fertiggebracht, eine Frau auf der Straße anzusprechen. Ich gehe hinter ihr her, ich laufe um sie herum, ich gehe auf sie zu – und niemals fällt mir die erforderliche Redewendung ein. Ein einziges Mal habe ich versucht, eine Unterhaltung einzufädeln. Ich sah auf die unverkennbarste Weise von der Welt, daß mein Eröffnungszug erwartet werde, und da unter allen Umständen etwas gesagt werden mußte, stotterte ich: ›Befinden Sie sich wohl, gnädige Frau?‹ Sie hat laut aufgelacht, und ich habe gemacht, daß ich wegkam.«

Ich versprach Paul, mich all meiner Geschicklichkeit zu bedienen, um eine Unterhaltung anzubahnen, und als wir die Plätze wieder eingenommen hatten, fragte ich unsere Nachbarin auf höchst liebenswürdige Weise: »Stört der Tabakrauch Sie, Gnädigste?«

Sie antwortete: »Non capisco.«

Es war eine Italienerin! Mich überkam eine tolle Lust zu lachen. Paul verstand kein Wort dieser Sprache; ich mußte ihm als Dolmetscher dienen. Und so trat ich denn in meine Rolle ein. Ich sagte, nun in wohllautendem Italienisch:

»Ich hatte Sie gefragt, gnädige Frau, ob der Tabakrauch Ihnen auch nur im mindesten unangnehm sei?«

Wütend schleuderte sie mir entgegen: »Che mi fa!«

Sie hatte weder den Kopf erhoben noch mich angesehen, und ich saß einigermaßen betroffen da, da ich keine Ahnung hatte, ob ich dieses ›Was geht mich das an?‹ für eine Ermächtigung, für eine Ablehnung, für ein Zeichen der Gleichgültigkeit oder für ein schlichtes: ›Lassen Sie mich gefälligst in Ruhe!‹ nehmen sollte.

Ich fuhr fort: »Wenn der Rauch Sie im mindesten stört . . .?« Da antwortete sie: »Mica«, und zwar mit einem Ausdruck, der gleichbedeutend war mit: ›Lassen Sie mich zufrieden!‹ Indessen war es eine Erlaubnis, und ich sagte zu Paul: »Du darfst rauchen.« Er sah mich mit erstaunten Augen an, wie man sie immer macht, wenn man Leute zu verstehen sucht, die eine fremde Sprache sprechen. Und er fragte mich mit einem schlechthin komischen Gesichtsausdruck:

»Was hast du ihr denn gesagt?«

»Ich habe sie gefragt, ob wir rauchen könnten.«

»Also kann sie kein Französisch?«

»Keine Silbe.«

»Und was hat sie geantwortet?«

»Daß wir tun könnten, was uns beliebe.«

Damit steckte ich mir meine Zigarre an.

Paul fuhr fort: »Ist da alles, was sie gesagt hat?«

»Mein Lieber, wenn du ihre Worte gezählt hättest, so würdest du gemerkt haben, daß sie sage und schreibe sechs gesprochen hat, und davon haben zwei den Zweck gehabt, mir mitzuteilen, daß sie kein Französisch verstehe. Es bleiben also noch vier. Nun, mit vier Worten kann man wirklich nicht allzuviel sagen!«

Paul schaute recht unglücklich drein, enttäuscht und aus der Fassung gebracht.

Aber plötzlich fragte mich die Italienerin in dem mißgelaunten Tone, der ihrem Wesen zu entsprechen schien: »Wissen Sie, wann wir in Genua ankommen?«

Ich antwortete: »Um elf Uhr abends, gnädige Frau.« Dann, nach einer Minute des Schweigens, fuhr ich fort: »Auch wir fahren nach Genua, mein Freund und ich, und wenn wir Ihnen während der Fahrt auf irgendeine Weise nützlich sein könnten, so glauben Sie bitte, daß Sie uns damit sehr glücklich machen würden.«

Da sie keine Antwort gab, sagte ich beharrlich: »Sie sind allein, und wenn Sie unserer Dienste bedürften . . .« Sie stieß abermals ein »Mica« hervor, das dermaßen hart klang, daß ich auf der Stelle verstummte.

Paul fragte:
»Was hat sie gesagt?«
»Sie hat gesagt, sie fände dich ganz reizend.«
Aber er war nicht zu Scherzen aufgelegt; und so bat er mich trocken, ich solle mich nicht über ihn lustig machen. Also übersetzte ich ihm die Frage der jungen Frau und mein geplantes Anerbieten, das sie so rundheraus zurückgewiesen hatte.
Er war tatsächlich aufgeregt wie ein Eichhörnchen im Käfig. Er sagte: »Wenn wir herausbekämen, in welchem Hotel sie absteigt, dann kehrten wir dort ebenfalls ein. Versuch es doch mit einer geschickten Frage; mach eine neue Gelegenheit ausfindig, mit ihr zu sprechen.«
Das war wahrhaftig nicht so leicht, und mir fiel nichts ein, obwohl ich jetzt selbst begierig war, die Bekanntschaft dieses schwierigen Mädchens zu machen.
Wir durchfuhren Nizza, Monaco, Mentone, und dann stoppte der Zug an der Grenze, der Zollrevision wegen.
Obwohl ich die schlecht erzogenen Leute verabscheue, die im Abteil zu Mittag oder zu Abend essen, ging ich und kaufte eine ganze Wagenladung von Mundvorrat, um durch einen letzten und äußersten Versuch den Gaumen unserer Reisegefährtin zu reizen. Ich fühlte nur zu gut, daß unter normalen Umständen mit diesem Mädchen leicht umzugehen war. Irgendeine Widerwärtigkeit machte sie gereizt; aber vielleicht bedurfte es eines Nichts, eines geweckten Verlangens, eines Wortes, eines auf die rechte Weise dargebrachten Anerbietens, um sie wieder guter Laune zu machen, sie umzustimmen und zu erobern.
Der Zug fuhr ab. Noch immer waren wir zu dritt allein. Ich breitete meinen Mundvorrat auf der Bank aus; ich zerlegte das Hühnchen, ich legte die Schinkenscheiben elegant auf Papier; dann schob ich sorglich unsern Nachtisch ganz nahe an die junge Frau heran: Erdbeeren, Pflaumen, Kirschen, Kuchen und Naschwerk.
Als sie sah, daß wir zu essen anfingen, zog sie ihrerseits aus einer Handtasche ein Stück Schokolade und zwei Hörnchen und begann mit ihren schönen, scharfen Zähnen das knusprige Gebäck und die Tafel zu zerbeißen.
Paul sagte halblaut zu mir:
»Willst du sie nicht einladen?«
»Gerade das ist meine Absicht, mein Lieber; aber die Einleitung ist gar nicht so leicht.«

Indessen warf sie dann und wann einen Seitenblick auf unsere Vorräte, und ich merkte nur zu gut, daß sie noch Hunger haben würde, wenn sie mit ihren beiden Hörnchen fertig war. Ich ließ sie also ihr frugales Mahl beenden. Dann sagte ich ihr:

»Es wäre reizend, Gnädigste, wenn ich Ihnen von diesen Früchten anbieten dürfte.«

Abermals antwortete sie »Mica«, aber mit weniger gehässiger Stimme als zuvor, und ich redete beharrlich weiter: »Dann erlauben Sie mir bitte, Ihnen ein Schlückchen Wein anzubieten. Wie ich sehe, haben Sie nichts getrunken. Es ist Wein Ihres Landes, italienischer Wein, und da wir jetzt in Ihrer Heimat sind, wäre es eine Freude für uns, zu sehen, wie ein hübscher italienischer Mund ein von Franzosen, also Nachbarn, dargebrachtes Anerbieten entgegennimmt.«

Sie schüttelte den Kopf, ganz leicht und langsam, mit dem Willen, abzulehnen, und dem Wunsche, anzunehmen, und sagte noch einmal »Mica«, diesmal jedoch ein beinahe höfliches »Mica«. Ich nahm die kleine, nach itaienischem Brauch in Stroh gehüllte Flasche; ich füllte ein Glas und reichte es ihr. »Trinken Sie«, sagte ich; »das soll unser Willkommensgruß an Ihr Vaterland sein.«

Sie nahm das Glas mit mürrischer Miene und leerte es in einem einzigen Zuge, eine vom Durst Gepeinigte; dann gab sie es mir, ohne zu danken, zurück.

Darauf reichte ich ihr die Kirschen hin. »Bitte nehmen Sie doch. Sie sehen doch, daß Sie uns damit eine Freude machen.«

Von ihrer Ecke aus musterte sie sämtliche Früchte, die neben ihr ausgebreitet lagen, und dann sagte sie so schnell, daß ich nicht geringe Mühe hatte, sie zu verstehen: »A me non piacciono ne le ciliegie ne le susine; amo soltanto le fragole.«

»Was hat sie gesagt?« fragte Paul sogleich.

»Sie hat gesagt, sie möge weder Kirschen noch Pflaumen, sondern lediglich Erdbeeren.«

Und ich legte ihr die Zeitung mit den Walderdbeeren auf die Knie. Auf der Stelle fing sie an, sie sehr schnell zu essen; sie faßte sie mit den Fingerspitzen und warf sie sich aus geringer Entfernung in den Mund, der sich zu ihrem Empfange auf eine kokette und reizende Weise auftat.

Als sie das rote Häuflein aufgegessen hatte, das wir unter den behenden Bewegungen ihrer Finger innerhalb einiger Minuten hatten abnehmen, schmelzen und verschwinden sehen, fragte ich sie: »Und was darf ich Ihnen jetzt anbieten?«

Sie antwortete: »Ich hätte gern ein bißchen Huhn.«

Sicherlich die Hälfte des Flügeltiers verschlang sie; sie zerstückelte es mit mächtigem Zuschnappen ihrer Kiefer und dem Gehaben eines Raubtieres. Danach entschloß sie sich, auch von den Kirschen zu nehmen, die sie nicht mochte, dann von den Pflaumen, dann von den Kuchen, bis sie sagte: »Jetzt habe ich genug«, und sich wieder in ihre Ecke verschanzte.

Mir begann die Sache einen Heidenspaß zu machen; ich wollte, daß sie noch mehr aß, und um sie dazu zu bringen, verdoppelte ich meine Komplimente und Anerbieten. Aber sie wurde plötzlich wütend und schleuderte mir ein dermaßen schreckliches, oft wiederholtes »Mica« entgegen, daß ich es nicht wagte, ihre Verdauung weiterhin zu stören.

Ich wandte mich meinem Freund zu: »Mein armer Junge, ich glaube, wir kommen doch nicht auf unsere Kosten.«

Die Nacht kam, eine warme Sommernacht, die langsam niedersank und ihre feuchten Schatten über die brennende, müde Erde breitete. In der Ferne, Ort für Ort, längs des Meeres, schimmerten auf den Kaps, auf den Gipfeln der Vorgebirge Feuer auf, und am dunkelnden Horizont begannen die Sterne sich zu zeigen; manchmal verwechselte ich sie mit den Leuchtfeuern.

Der Duft der Orangenblüten wurde immer durchdringender; man sog ihn trunken ein; man weitete die Lungen, um ihn tief in sich zu trinken. Etwas Süßes, Köstliches, Göttliches schien die balsamischen Lüfte zu durchwehen.

Und plötzlich gewahrte ich unter den Bäumen längs des Schienenstranges, in der jetzt ganz schwarzen Dunkelheit, etwas wie einen Sternenregen. Es war wie ein tänzelnder, fliegender, spielender, durch das Blattwerk rieselnder Lichtregen, als sei eine Schar kleiner Sterne vom Himmel gefallen, um einen Ausflug auf die Erde zu unternehmen. Es waren Glühwürmchen, fliegende, hitzige Käfer, die ein seltsames Feuerballett tanzten.

Zufällig flog ein solches Glühwürmchen in unser Abteil und strahlte sein schwankendes, bald erlöschendes, bald aufglimmendes Licht aus. Ich zog den blauen Schleier über das Deckenlicht und sah dem phantastischen Tierlein zu, wie es in launischem Funkenflug kam und entschwand. Plötzlich ließ es sich in dem schwarzen Haar unserer vom Essen müden Nachbarin nieder. Und Paul geriet in Ekstase; er schaute starr auf den schimmernden Punkt, der wie ein lebendiges Kleinod über der Stirn der schlafenden Frau funkelte.

Die Italienerin erwachte gegen ein Viertel vor elf und trug noch immer das leuchtende Tierlein im Haar. Als sie sich bewegte, sagte ich: »Gleich kommen wir nach Genua.« Ohne mir zu antworten, wie besessen von einer ihr peinlichen fixen Idee, flüsterte sie vor sich hin: »Was soll ich jetzt bloß anfangen?« Dann fragte sie mich unvermittelt:

»Wollen Sie, daß ich mit Ihnen komme?«

Ich war dermaßen verdutzt, daß ich nicht recht gehört zu haben meinte.

»Wie? Mit uns? Was wollen Sie damit sagen?«

Sie wiederholte mit einer Miene, die von Wort zu Wort wütender wurde:

»Wollen Sie, daß ich gleich mit Ihnen komme?«

»Nur zu gern! Aber wohin möchten Sie? Wohin darf ich Sie führen?«

Mit souveräner Mißachtung zuckte sie die Achseln.

»Wohin Sie wollen! Mir ist es schnuppe.«

Sie wiederholte zweimal: »Che mi fa?«

»Wir gehen nämlich ins Hotel.«

Sie sagte im Tone höchster Verachtung: »Gut! Dann gehen wir also ins Hotel.«

Ich drehte mich nach Paul um und sagte:

»Sie fragt, ob wir einverstanden sind, daß sie mit uns kommt.«

Die närrische Überraschung meines Freundes gab mir meine Kaltblütigkeit wieder. Er stotterte:

»Mit uns? Wohin denn? Warum? Wieso?«

»Wie soll ich denn das wissen? Sie hat mir diesen sonderbaren Vorschlag in einem höchst greizten Tone gemacht. Ich habe ihr geantwortet, wir gingen ins Hotel, und sie hat erwidert: ›Gut, dann gehen wir eben ins Hotel!‹ Wahrscheinlich hat sie keinen Heller. Aber wie dem auch sei: das ist denn doch eine recht sonderbare Art, Bekanntschaften zu machen.«

Zitternd vor Aufregung rief Paul: »Aber natürlich! Ich bin nur zu einverstanden! Sag ihr, daß wir sie bringen wollen, wohin sie will.« Dann zögerte er eine Sekunde und fuhr mit beunruhigter Stimme fort: »Wir müssen nur wissen, mit wem sie gehen will? Ob mit dir oder mit mir?«

Ich wandte mich der Italienerin zu, die uns nicht einmal zugehört zu haben schien und in völlige Unbekümmertheit zurückgesunken war, und sagte ihr: »Wir sind sehr glücklich, daß Sie mit uns kommen wollen. Nur möchte mein Freund gern wissen, ob Sie meinen Arm oder den seinigen als Stütze zu wählen gedenken?«

Sie sah mich aus ihren großen schwarzen Augen an und antwortete, unbestimmt überrascht: »Che mi fa?«

Ich wurde deutlicher: »Wie ich glaube, nennt man in Italien den Freund, der die Sorge für alle Wünsche einer Frau auf sich nimmt, der sich mit allem befaßt, was sie will, der allen ihren Launen entgegenkommt, einen ›patito‹. Wen von uns beiden wünschen Sie sich als Patito?« Ohne Zaudern antwortete sie: »Sie!« Ich wandte mich Paul zu: »Sie hat mich ausersehen, mein Lieber; du hast Pech.«

Mit wütender Miene erklärte er: »Na, dann nur zu.«

Nachdem er ein paar Minuten nachgedacht hatte, sagte er: »Nimmst du es wirklich auf dich, dich mit diesem Flittchen zu belasten? Paß auf, die verdirbt uns unsere ganze Reise. Was sollen wir bloß mit diesem Frauenzimmer anfangen, das keinen gerade günstigen Eindruck macht? In ein besseres Hotel können wir doch mit der auf keinen Fall gehen?«

Aber ich fing gerade an, die Italienerin sehr viel netter als zu Anfang zu finden, und ich legte Wert darauf, ja, ich legte jetzt tatsächlich Wert darauf, sie mitzunehmen. Ich war förmlich begeistert bei diesem Gedanken, und ich spürte bereits den Erwartungsschauer auf der Haut, mit dem die Aussicht auf eine Liebesnacht einen überrieselt. Ich antwortete: »Mein Lieber, wir haben zugestimmt. Jetzt ist es zu spät zum Rückzuge. Und du hast mir als erster geraten, ja zu sagen.« Er brummte: »Solch eine Dummheit! Nun, mach was du willst.«

Der Zug pfiff, fuhr langsamer; wir kamen an.

Ich verließ das Abteil; dann bot ich meiner neuen Gefährtin die Hand. Sie sprang leichtfüßig zur Erde, und ich reichte ihr den Arm, den sie, wie es schien, widerstrebend nahm. Nachdem wir unser Gepäck herausgefunden und ausgehändigt erhalten hatten, gingen wir in die Stadt. Paul ging schweigend, mit nervösen Schritten.

Ich fragte ihn: »In welches Hotel wollen wir eigentlich gehen? Es ist vielleicht etwas schwierig, mit einer Frau in die ›Cité de Paris‹ zu gehen, zumal mit dieser Italienerin.«

Paul unterbrach mich: »Freilich, mit einer Italienerin, die weit eher nach einem Straßenmädchen als nach einer Herzogin aussieht. Aber mich geht das nichts an. Tu was du willst!« Ich war einigermaßen betroffen. Ich hatte an die ›Cité de Paris‹ geschrieben und unsere Zimmer vorbestellt, und jetzt . . . jetzt wußte ich nicht, wie ich mich entscheiden sollte.

Zwei Gepäckträger folgten uns mit den Koffern. Ich fuhr fort: »Du solltest vorausgehen. Dann sagst du, wir kämen nach. Du kannst ganz beiläufig den Geschäftsführer wissen lassen, ich hätte eine . . . Freundin bei mir, und wir wünschten ein ganz ruhiges und abgetrenntes Appartement für uns drei, damit wir die übrigen Gäste nicht störten. Das wird er verstehen, und alles weitere machen wir dann von seiner Antwort abhängig.«

Paul grollte: »Danke bestens; dergleichen Aufträge und diese Rolle behagen mir wenig. Ich bin nicht hierher gekommen, um deine Lustgemächer vorzubereiten.«

Aber ich ließ nicht locker: »Ach, mein Lieber, reg dich nicht auf. Es ist natürlich besser, wenn man in einem guten Hotel unterkommt als in einem schlechten, und es ist doch weiter nichts dabei, bei dem Geschäftsführer nachzufragen, ob wir drei getrennte Schlafzimmer und ein gemeinsames Eßzimmer bekommen könnten.«

Ich betonte das Wort ›drei‹, und das bestimmte ihn.

Er bildete also die Vorhut, und ich sah ihn das Portal eines schönen Hotels durchschreiten, während ich, meine stumme Italienerin am Arm, auf der andern Straßenseite auf und ab ging, wobei die Gepäckträger mir Schritt für Schritt folgten.

Schließlich kam Paul wieder, und zwar mit einem ebenso verdrossenen Gesicht wie meine Gefährtin: »Erledigt«, sagte er, »wir können unterkommen; aber es sind nur zwei Schlafzimmer frei. Bring die Sache bitte nach deinem Belieben ins reine.«

Und ich ging hinter ihm her, voller Scham, in dieser verdächtigen Gesellschaft meinen Einzug in das Hotel zu halten.

Wir hatten tatsächlich zwei Zimmer, die durch einen kleinen Salon getrennt waren. Ich bestellte uns ein kaltes Abendessen; dann wandte ich mich, einigermaßen verwirrt, der Italienerin zu.

»Wir haben leider nur zwei Schlafzimmer bekommen können. Bitte wählen Sie, welches Sie wollen.«

Sie antwortete mit ihrem ewigen: »Che mi fa?« Da hob ich ihren kleinen schwarzen Holzkoffer, einen richtigen Dienstmädchenkoffer, auf und trug ihn in das zur Rechten gelegene Zimmer, das ich für sie . . . für uns ausgesucht hatte. Eine französische Hand hatte auf ein viereckiges Papierstück am Koffer geschrieben: ›Mademoiselle Francesca Rondoli, Genua.‹

Ich fragte: »Sie heißen Francesca?«

Sie nickte bejahend, gab aber keine Antwort.

Ich fuhr fort: »Wir essen jetzt gleich zu Abend. Vielleicht möchten Sie sich inzwischen erfrischen?«

Sie antwortete mit einem »Mica« – dieses Wort verließ ihren Mund ebenso häufig wie »che mi fa?« Ich beharrte: »Nach einer Eisenbahnfahrt ist es stets sehr angenehm, wenn man sich reinigen kann.«

Dann fiel mir ein, daß sie vielleicht nicht die Dinge bei sich hätte, die einer Frau unentbehrlich sind; denn sie schien mir tatsächlich in einer recht sonderbaren Lage zu sein; es war, als habe sie ein unangenehmes Abenteuer hinter sich; und so gab ich ihr mein Reisenecessaire.

Ich händigte ihr all die kleinen Reinigungsinstrumente aus, die es enthielt: eine Nagelbürste, eine neue Zahnbürste – denn davon führe ich stets eine Auswahl mit mir –, meine Scherchen, meine Nagelfeilen, Kämme. Ich öffnete eine Flasche Eau de Cologne, eine Flasche Lavendelwasser, ein Fläschchen New Mown Hay und ließ ihr die Auswahl. Ich öffnete meine Puderdose, in der die Schwanendaunenquaste schwamm. Ich breitete eins meiner feinen Handtücher über den Wasserkrug und legte ihr ein neues Stück Seife hin.

Sie folgte allen meinen Bewegungen mit großen, zornweiten Augen, ohne über meine Mühewaltung erstaunt oder froh zu sein.

Ich sagte ihr: »Nun haben Sie alles, was sie brauchen; ich sage Ihnen Bescheid, wenn das Essen da ist.«

Damit ging ich in den Salon. Paul hatte das andere Schlafzimmer mit Beschlag belegt und sich darin eingeschlossen; und so blieb ich wartend allein.

Ein Kellner kam und ging und brachte die Teller, die Gläser. Er deckte langsam; dann stellte er ein kaltes Huhn auf den Tisch und sagte, es sei angerichtet.

Ich klopfte leise an Fräulein Rondolis Tür. Sie rief: »Herein!« Ich ging hinein. Ein erstickender Parfümduft schlug mir entgegen, der heftige, dichte Geruch, der in Friseurläden herrscht. Die Italienerin saß auf ihrem Koffer in der Haltung einer nachdenklichen Mißgelaunten oder eines fristlos entlassenen Dienstmädchens. Mir war auf den rsten Blick deutlich geworden, was sie darunter verstand, ihre Toilette zu machen. Das Handtuch lag nach wie vor zusammengefaltet auf dem gefüllen Wasserkrug; die Seife unangetastet neben der leeren Waschschüssel; doch es machte den Eindruck, als habe die junge Frau die Flaschen mit wohlriechenden Essenzen halb leer getrunken. Mit dem Eau de Cologne freilich war sie sparsam umgegangen; es fehlte nur ungefähr ein Drittel der Flasche; zum Ausgleich indessen hatte sie überraschend reichlichen Gebrauch von Lavendelwasser und New Mown Hay gemacht. Eine Puderwolke, ein leichter weißer Nebel, schien noch in der Luft zu wogen, in solchem Maße hatte sie Gesicht und Hals damit bestäubt. Er lag ihr auf den Wimpern, den Augenbrauen und den Schläfen wie eine Art Schnee, während er auf ihren Backen eine dicke Schicht bildete und sich in den Vertiefungen des Gesichts angehäuft hatte, an den Nasenflügeln, im Kinngrübchen, an den Augenwinkeln.

Als sie aufstand, verbreitete sie einen dermaßen durchdringenden Geruch, daß ich meinte, ich bekäme Kopfschmerzen.

So gingen wir denn zu Tisch. Paul war geradezu widerwärtiger Laune. Ich vermochte ihm lediglich Worte des Tadels, der unwirschen Billigung oder ironisch gemeinte Komplimente zu entlocken.

Signorina Francesca schluckte wie ein Abgrund. Sobald sie mit dem Essen fertig war, machte sie sich's auf dem Sofa bequem. Ich indessen sah voller Unruhe der entscheidenden Stunde entgegen, da wir uns in unsere Gemächer zurückziehen mußten. Ich entschloß mich, dem Lauf der Dinge um jeden Preis die gewünschte Richtung zu geben, setzte mich neben die Italienerin und küßte ihr hingebungsvoll die Hand.

Sie schlug die ermüdeten Augen auf und warf mir zwischen den spaltweit geöffneten Lidern hindurch einen schläfrigen und noch immer mißgelaunten Blick zu.

Ich fragte: »Da wir nur zwei Zimmer haben: erlauben Sie mir wohl, mit in das Ihrige zu kommen?«

Sie antwortete: »Machen Sie, was Sie wollen. Mir ist es gleich. Che mi fa?«

Diese Gleichgültigkeit verletzte mich: »Es ist Ihnen also nicht unangenehm, wenn ich mit Ihnen komme?«

»Mir ist das völlig schnuppe. Machen Sie, was Sie wollen.«

»Wollen Sie jetzt gleich zu Bett gehen?«

»Ja, gern; ich bin müde.«

Sie stand auf, gähnte, bot Paul die Hand, die er mit wütender Miene nahm, und ich leuchtete ihr in unser Zimmer hinein.

Aber es durchschwoll mich eine Unruhe: »Hier«, sagte ich noch einmal, »finden Sie alles, was Sie brauchen.«

Und ich trug Sorge, eigenhändig die Hälfte des Kruges in die Waschschüssel zu gießen und das Handtuch neben die Seife zu legen.

Dann ging ich wieder zu Paul. Als ich bei ihm war, erklärte er: »Na, da hast du dir ein schönes Dromedar aufgehalst!« Ich antwortete lachend: »Mein Lieber, du solltest nicht allzu schlecht von den sauren Trauben sprechen.«

Er fuhr fort, boshaft und tückisch: »Schau dich nur beizeiten nach einem guten Arzt um, mein Lieber.«

Ich zitterte, und die quälende Furcht, die uns nach verdächtigen Liebesabenteuern heimsucht, die Furcht, die uns die reizenden Begegnungen, die unvermuteten Liebesbezeigungen, die von ungefähr gepflückten Küsse verdirbt, überkam mich. Indessen heuchelte ich Mut: »Ach, Unsinn; das Mädchen ist keine Herumtreiberin.«

Aber er ließ nicht locker, der Schuft! Er hatte gesehen, wie der Schatten der Besorgnis über mein Gesicht geglitten war.

»Deine Menschenkenntnis in Ehren! Was für ein komischer Kerl du doch bist! Du liest dir im Eisenbahnabteil eine allein reisende Italienerin auf; sie bietet dir mit einem wirklich eigenartigen Zynismus an, im ersten besten Hotel mit dir zu schlafen. Du nimmst sie mit. Und dann behauptest du, sie sei keine Nutte! Und dann überredest du dich, du liefest heute abend nicht mehr Gefahr, als wenn du in das Bett einer Frau kröchest, die . . . die die Blattern hat.«

Und er lachte sein übles, mich drangsalierendes Lachen. Ich setzte mich angstgepeinigt. Was sollte ich tun? Denn natürlich hatte er recht. Und in mir hub ein schrecklicher Kampf zwischen Furcht und Begehren an.

Er fuhr fort: »Mach, was du willst; ich habe dich gewarnt; über die Folgen mußt du dir klar sein.«

Aber ich sah in seinen Augen eine dermaßen ironische Heiterkeit, eine solche Lust an der Rache; er machte sich dermaßen über mich lustig, daß ich nicht länger zögerte. Ich bot ihm die Hand. »Gute Nacht«, sagte ich. »Sieg ohne Gefahr ist Triumph ohne Ruhm. Und wahrhaftig, mein Lieber: der Sieg wiegt die Gefahr auf.«

Damit ging ich festen Schrittes in Francescas Zimmer.

Auf der Schwelle blieb ich verdutzt und aufs höchste verwundert stehen. Sie lag schon schlafend auf dem Bette, ganz nackt. Der Schlummer hatte sie überrascht, als sie gerade mit Auskleiden

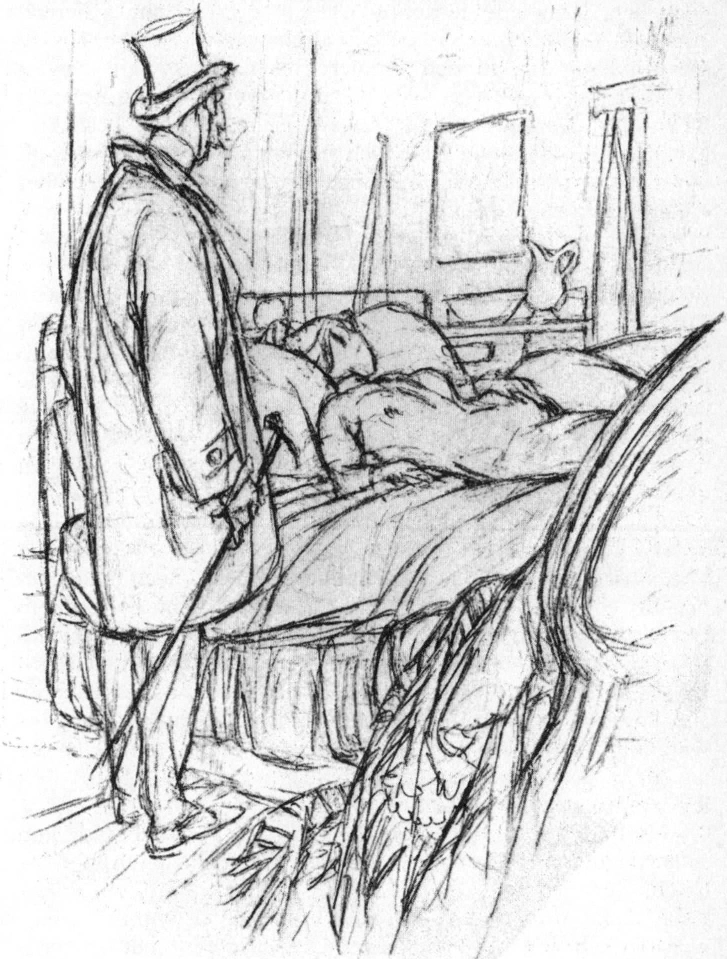

fertig gewesen war; sie lag in der bezaubernden Pose von Tizians ›Ruhender Venus‹ da.

Sie schien sich in ihrer Müdigkeit hingelegt zu haben, um die Strümpfe auszuziehen; denn sie waren auf der Bettdecke liegengeblieben; dann hatte sie wohl an irgend etwas gedacht, sicherlich an etwas Angenehmes, denn sie hatte ein wenig gewartet, ehe sie sich wieder erhob, um den träumerischen Gedanken ausschwingen zu lassen, wobei sie leise die Augen geschlossen und das Bewußtsein verloren hatte. Ein am Halsausschnitt besticktes Nachthemd, das augenscheinlich in einem Warenhaus gekauft worden war, das Prunkstück einer Anfängerin, lag locker über einen Stuhl gebreitet.

Sie war reizend, jung, fest und frisch.

Gibt es etwas Hübscheres als eine schlafende Frau? Solch ein Körper, dessen sämtliche Linien süß sind, dessen sämtliche Rundungen verführen, dessen weiche Erhebungen sämtlich das Herz in Verwirrung bringen, scheint wie geschaffen dazu, reglos im Bett zu liegen. Die gekurvte Linie, die sich in der Taille niedersenkt, an der Hüfte ansteigt und dann leicht und anmutig abfällt zum Bein, um auf eine so kokette Weise an der Fußspitze zu enden, hebt sich mit all ihren erlesenen Reizen erst von den Laken eines Lagers ab.

Ich war im Begriff, für eine Sekunde, die klugen Ratschläge meines Reisegenossen zu vergessen; aber als ich mich dann dem Waschtisch zuwandte, sah ich dort alles in dem Zustande liegen, wie ich es zurückgelassen hatte. Da setzte ich mich in einem plötzlichen Angstgefühl, und Unentschlossenheit quälte mich.

Wahrscheinlich bin ich lange, sehr lange so sitzen geblieben, eine Stunde vielleicht, ohne daß ich mich zu etwas hätte entschließen können, weder zum Vorgehen, noch zur Flucht. Übrigens war mir der Rückzug abgeschnitten; ich mußte entweder die Nacht im Sessel verbringen oder aber mich ebenfalls ins Bett legen, und zwar auf jede Gefahr hin.

Allerdings überlegte ich mir nicht, ob ich hier oder dort schlafen solle; dazu war mein Geist zu erregt, waren meine Augen zu beschäftigt.

Ich rückte unaufhörlich hin und her, bebend, wie im Fieber, voller Unbehagen, nervös bis zum Übermaß. Dann stellte ich feige Überlegungen an: ›Schließlich verpflichtet es mich zu nichts, wenn ich mich hinlege. Wenn man sich ausruhen will, ist man auf einer Matratze besser untergebracht als in einem Sessel.‹

So zog ich mich denn langsam aus; dann kletterte ich über die Schläferin hinweg und drückte mich gegen die Wand, der Versuchung den Rücken kehrend.

Und so habe ich lange, sehr lange schlaflos gelegen.

Plötzlich jedoch wurde meine Nachbarin wach. Erstaunt öffnete sie die Augen, die noch immer mißgelaunt waren; als sie dann merkte, daß sie nackt war, stand sie auf und zog sich ruhig ihr Nachthemd an, mit einer Unbekümmertheit, als sei ich gar nicht vorhanden.

Dann aber . . . nun ja . . . nahm ich die Gelegenheit wahr, ohne daß es ihr übrigens das mindeste auszumachen schien. Und dann schlief sie sanft wieder ein, den Kopf auf ihren rechten Arm geschmiegt.

Und ich fing an, über die menschliche Unvorsicht und Schwäche nachzudenken. Schließlich schlief auch ich ein.

Sie zog sich beizeiten an, als Frau, die an Morgenarbeit gewöhnt ist. Die Bewegung, die sie beim Aufstehen machte, weckte mich, und ich sah aus halbgeschlossenen Lidern zu ihr hin.

Sie ging hin und her, ohne Hast, gleichsam als wundere sie sich, daß sie nichts zu tun habe. Dann entschloß sie sich, an den Waschtisch zu gehen, und innerhalb einer Minute leerte sie, was noch an Parfümen in meinen Flaschen verblieben war. Sie benutzte, der Wahrheit die Ehre! auch das Waschwasser, aber nur wenig.

Als sie sich fix und fertig angezogen hatte, setzte sie sich wieder auf ihren Koffer, umschlang ihr eines Knie mit den Händen und verharrte in Nachdenken.

Da tat ich, als bemerkte ich sie erst jetzt, und sagte: »Guten Morgen, Francesca.«

Sie brummte, genauso unliebenswürdig wie am Vortage: »Morgen.«

Ich fragte: »Haben Sie gut geschlafen?«

Sie nickte stumm; ich sprang aus dem Bette und ging zu ihr hin, um sie zu küssen.

Sie hielt mir das Gesicht mit der verdrossenen Miene eines Kindes hin, das man wider seinen Willen liebkost. Da schloß ich sie zärtlich in die Arme (nun der Wein einmal entkorkt war, wäre ich recht dumm gewesen, ihn nicht auszutrinken) und drückte langsam meine Lippen auf ihre großen, ärgerlichen Augen, die sie unter meinen Küssen auf ihre Wangen, ihre fleischigen Lippen, die sie mir zu entziehen versuchte, belästigt schloß.

Ich fragte: »Sie mögen es also nicht, wenn Sie geküßt werden?«

Sie antwortete: »Mica.«

Ich setzte mich neben sie auf den Koffer, schob meinen Arm in den ihrigen und sagte: »Mica! Mica! Mica! Immer nur Mica! Ich nenne Sie jetzt nur noch Signorina Mica!«

Zum ersten Male glaubte ich auf ihren Lippen den Anflug eines Lächelns zu sehen; aber es flog so schnell vorüber, daß ich mich ebensogut getäuscht haben konnte.

»Wenn Sie immer nur ›Mica‹ antworten, weiß ich gar nicht mehr, was ich anstellen muß, um Ihnen zu gefallen. Wir wollen mal überlegen, was wir heute anfangen können.«

Sie zögerte, als habe der Abglanz eines Wunsches ihr Gehirn durchzuckt; dann sagte sie lässig: »Mir ist alles schnuppe; ganz wie Sie wollen.«

»Gut, Signorina Mica, dann nehmen wir einen Wagen und fahren spazieren.«

Sie brummte: »Ganz wie Sie wollen.«

Paul erwartete uns im Eßzimmer mit der gelangweilten Miene des Dritten in einem Liebeshandel. Ich setzte ein entzücktes Gesicht auf und schüttelte ihm die Hand mit einer Kraft, die ein Triumphgeständnis andeutete.

Er fragte: »Was willst du jetzt anfangen?«

Ich antwortete: »Zunächst wollen wir ein bißchen in der Stadt umherbummeln; dann können wir einen Wagen nehmen und ein Stück der Umgebung kennenlernen.«

Das Frühstück verlief schweigend; dann gingen wir durch die Straßen, in die Museen. Ich schleppte Francesca an meinem Arme von einem Palazzo in den andern. Wir trotteten durch den Palazzo Spinola, den Palazzo Doria, den Palazzo Marcello Durazzo, den Palazzo Rosso und den Palazzo Biancho. Sie sah sich nichts an oder erhob bestenfalls vor sehr berühmten Werken müde und lässig den Blick. Paul war außer sich, ging hinter uns her und brummte unangenehme Dinge vor sich hin. Dann fuhren wir in einem Wagen ins Freie, alle drei stumm.

Zum Abendessen kehrten wir heim. Und am folgenden Tage war es das gleiche, und am nächstfolgenden ebenfalls.

Am dritten Tag sagte Paul: »Weißt du, ich will lieber abreisen; schließlich habe ich keine Lust, drei Wochen lang zuzusehen, wie du ein Verhältnis mit dieser Nutte hast.«

Ich war höchst betroffen und geniert, denn zu meiner größten Überraschung fühlte ich mich auf eine sonderbare Weise zu

Francesca hingezogen. Der Mann ist schwach und dumm; ein Nichts reißt ihn hin, und jedesmal, wenn seine Sinne erregt oder gefesselt sind, gibt er nach. Ich hing an diesem Mädchen, das ich kaum kannte, diesem wortkargen und stets mißgelaunten Mädchen. Ich liebte ihr wütendes Gesicht, ihren unwillig verzogenen Mund, ihren verärgerten und gelangweilten Blick; ich liebte ihre lässigen Gesten, ihre verächtlichen Zustimmungen, und selbst die Gleichgültigkeit, die sie in der Liebe bekundete. Ein geheimes Band, das mysteriöse Band der animalischen Liebe, die Bindung des unersättlichen Besitzes, fesselte mich an sie. Ich sagte Paul das alles ganz offen. Wahrscheinlich hielt er mich für einen Narren; er sagte: »Gut, dann nimm sie mit.«

Sie jedoch weigerte sich entschieden, Genua zu verlassen, ohne daß sie den Grund dafür angeben wollte. Ich versuchte es mit Bitten, Vernunftgründen, Versprechungen; aber nichts half.

So blieb ich denn.

Paul erklärte, er wolle allein weiterreisen. Er packte sogar seinen Koffer; doch dann blieb er gleichfalls.

Und so gingen weitere vierzehn Tage hin.

Francesca, die immer schweigsam und schlechter Laune war, lebte mehr neben als mit mir; auf alle meine Wünsche, Bitten, Vorschläge antwortete sie mit ihrem ewigen ›Che mi fa?‹ oder ihrem nicht minder ewigen ›Mica!‹

Mein Freund kam aus der Wut gar nicht mehr heraus. Auf alle seine Zornesausbrüche antwortete ich: »Du kannst ja abreisen, wenn du dich langweilst. Ich halte dich nicht.«

Da überhäufte er mich mit Beleidigungen und Vorwürfen; er schrie mich an: »Aber wohin soll ich deiner Meinung nach denn jetzt noch fahren? Wir haben drei Wochen zur Verfügung gehabt, und nun sind schon vierzehn Tage hin! Ich kann doch nicht gut jetzt noch die Reise antreten? Und überdies: was soll ich schließlich ganz allein in Venedig, Florenz und Rom anfangen? Aber ich werde es dir heimzahlen, und zwar teurer als du denkst. Man nimmt niemand von Paris nach Genua mit und sperrt ihn dann mit einer italienischen Nutte in ein Hotel ein!«

Ich sagte ihm in aller Ruhe: »Schön, dann fahr doch zurück nach Paris.« Er tobte los: »Das tue ich auch, und zwar morgen!« Doch am nächsten Tag blieb er wie am vorhergegangenen, immer wütend und fluchend.

Man kannte uns jetzt bereits in den Straßen, in denen wir von morgens früh bis abends spät umherliefen, in den engen, bürgersteiglosen Straßen dieser Stadt, die einem ungeheuren Steinlabyrinth ähnlich sieht, das Korridore durchqueren, die an unterirdische Gänge erinnern. Wir gingen durch Passagen, in denen eine schreckliche Zugluft herrschte, durch zwischen Mauern eingezwängte Gänge – die Mauern waren so hoch, daß man kaum den Himmel sah. Bisweilen drehten sich Franzosen nach uns um, verwundert, daß sie Landsleute in der Gesellschaft dieses Mädchens mit dem verdrossenen Gesicht und der auffälligen Kleidung sahen, dessen Gehaben augenscheinlich recht sonderbar anmutete, und das neben uns einigermaßen fehl am Platze und kompromittierend wirkte.

Beim Gehen stützte sie sich auf meinen Arm und hatte für nichts ein Auge. Warum blieb sie bei mir, bei uns, die wir ihr, wie es schien, so wenig Annehmliches zu bieten vermochten? Wer war sie? Woher kam sie? Was trieb sie? Verfolgte sie einen Plan, eine Absicht? Oder lebte sie als Abenteurerin und von Zufallsbekanntschaften? Vergeblich versuchte ich, mich in sie hineinzuversetzen, aus ihr klug zu werden, eine Erklärung für ihr Verhalten zu finden. Je länger ich mit ihr umging, desto mehr setzte sie mich in Erstaunen; sie kam mir geradezu rätselhaft vor. Auf keinen Fall war sie ein liederliches Frauenzimmer und betrieb die Liebe beruflich. Ich hielt sie vielmehr für das Kind armer Leute, das verführt, entführt, im Stiche gelassen worden war und jetzt Gefahr lief, sich gänzlich zu verlieren. Was sollte ihrer Meinung nach aus ihr werden? Was erwartete sie? Denn sie schien sich nicht die mindeste Mühe zu geben, mich zu erobern oder irgendwelchen handgreiflichen Nutzen aus mir zu ziehen. Ich versuchte, sie auszufragen, sie zu veranlassen, daß sie von ihrer Kindheit, ihrer Familie erzähle. Sie gab keine Antwort. Und so lebte ich denn mit ihr zusammen, mit unbelastetem Herzen und von glühenden Zangen gezwicktem Fleisch, nie überdrüssig, es in meine Arme zu schließen, dieses mürrische und köstliche Weibwesen, mit dem ich auf eine animalische Weise zusammengekuppelt war, im Bann des Fleisches oder vielmehr durch das Fleisch verführt, besiegt durch eine Art sinnlichen Zaubers, eines jungen, gesunden, machtvollen Zaubers, der von ihr ausging, von ihrer angenehmen Haut, den kräftigen Linien ihres Körpers.

So gingen weitere acht Tage hin. Das Ende meiner Reise rückte näher; denn bis zum 17. Juli mußte ich wieder in Paris sein. Paul hatte sich inzwischen mit dem Abenteuer abgefunden, indem er mich unausgesetzt aufzog und kränkte. Ich indessen erfand

Vergnügungen, Zerstreuungen, Spazierfahrten, um meine Geliebte und meinen Freund aufzuheitern; ich gab mir unendliche Mühe.

Eines Tages schlug ich den beiden vor, einen Ausflug nach Santa Margarita zu machen. Die reizende kleine Stadt schmiegt sich gartenumgeben an den Fuß einer Küste, die sich weit ins Meer hinaus erstreckt, bis nach dem Dorfe Portofino. Wir gingen alle drei den schönen Weg entlang, der sich längs der Berge hinzieht. Plötzlich sagte Francesca zu mir: »Morgen kann ich nicht mit Ihnen ausgehen. Ich muß einen Besuch bei Verwandten machen.«

Dann verstummte sie. Ich drang nicht mit Fragen in sie, da ich sicher war, daß sie mir nicht antworten würde.

Tatsächlich stand sie am nächsten Morgen sehr früh auf. Da ich liegenblieb, setzte sie sich auf das Fußende meines Bettes und sagte mir verlegener Miene, verdrießlich, zögernd: »Wenn ich bis heute abend nicht wiedergekommen bin – suchen Sie dann nach mir?«

Ich antwortete: »Freilich, gewiß! Wo muß ich denn hingehen?«

Sie erklärte mir: »Sie gehen in die Via Vittorio-Emanuele; dann durch den Passaggio Falcone und den Transito San Raffaele, und dort gehen Sie in das Haus des Möbelhändlers hinein, in den Hof, und dann ganz hinten in das Haus rechts, und dort fragen Sie nach Signora Rondoli. Da ist es.«

Damit ging sie weg. Ich blieb einigermaßen niedergeschlagen zurück.

Als er mich allein sah, fragte der verblüffte Paul stockend: »Wo ist denn Francesca?« Und ich erzählte ihm, was geschehen war. Er rief: »Famos, mein Lieber! Nimm die Gelegenheit wahr und laß uns abreisen. Auf zwei Tage mehr oder weniger kommt es nicht an. Los, zum Bahnhof, pack deinen Koffer!«

Ich weigerte mich: »Nein, mein Junge; auf solche Weise kann ich das Mädchen unmöglich sitzenlassen, nachdem ich beinahe drei Wochen mit ihr zusammengewesen bin. Ich muß mich doch wenigstens von ihr verabschieden und ihr eine Kleinigkeit schenken; nein, auf keinen Fall werde ich mich wie ein Schuft benehmen.«

Aber er wollte nichts hören; er bedrängte mich, er quälte mich und zog mich auf. Aber ich gab nicht nach.

Den ganzen Tag lang ging ich nicht aus und wartete auf Francescas Rückkehr. Doch sie kam nicht.

Abends, beim Essen, triumphierte Paul: »Nun hat sie dich sitzenlassen, mein Lieber. Das ist komisch, überaus komisch.«

Ich war erstaunt, wie ich gestehen muß, und ein wenig aus der Fassung gebracht. Er lachte mich aus; er zog mich auf: »Das Mittel ist übrigens gar nicht so übel, wenn auch primitiv. – ›Warten Sie auf mich; ich komme wieder.‹ – Wie lange du wohl noch warten mußt? Wer weiß? Vielleicht bist du so naiv, hinzugehen und unter der Adresse, die sie dir angegeben hat, nach ihr zu fragen: – ›Verzeihung, wohnt hier Signora Rondoli?‹ – ›Nein, die wohnt hier nicht.‹ – Ich wette, daß du nicht übel Lust hättest, hinzugehen!«

Ich widersprach: »Nein, mein Lieber, und ich schwöre dir: wenn sie bis morgen früh nicht wieder hier ist, nehme ich den 8-Uhr-Schnellzug. Mehr brauche ich nicht zu tun: mein Gewissen ist dann entlastet.«

Den ganzen Abend über war ich unruhig, ein bißchen traurig, ein bißchen nervös. Tatsächlich, in meinem Herzen war etwas für sie lebendig. Gegen Mitternacht ging ich zu Bett. Ich habe kaum geschlafen.

Um sechs stand ich auf. Ich weckte Paul, ich packte meinen Koffer, und zwei Stunden später stiegen wir in den Zug nach Frankreich.

III

Nun aber geschah es, daß ich im folgenden Jahr um die gleiche Zeit wie von einem periodischen Fieber abermals von dem Wunsche gepackt wurde, Italien kennenzulernen. Ich entschloß mich auf der Stelle zu der Reise, denn in Florenz, Venedig und Rom gewesen zu sein, gehört zur Bildung jedes wohlerzogenen Menschen. Überdies gewinnt man auf diese Weise für die Gesellschaft eine Fülle von Unterhaltungsgegenständen und kann mit banalen Kunsturteilen um sich werfen, die stets wie etwas Tiefsinniges wirken.

Diesmal reiste ich allein, und ich langte zur gleichen Stunde wie im Vorjahre in Genua an, wenn auch ohne Reiseabenteuer. Ich stieg im gleichen Hotel ab und bekam zufällig das gleiche Zimmer!

Aber kaum lag ich im Bette, als die Erinnerung an Francesca, die übrigens schon seit dem Vortag unbestimmt durch meine Gedanken geglitten war, mich mit sonderbarer Hartnäckigkeit zu durchspuken begann.

Kennen Sie dies Besessensein durch eine Frau, lange nachher, wenn man an die Stätten zurückkehrt, wo man sie geliebt und besessen hat?

Das ist eins der heftigsten und quälendsten Gefühle, die ich kenne. Man meint, jeden Augenblick müsse sie hereinkommen, lächeln, die Arme ausbreiten. Man hat ihr zugleich flüchtiges und scharf umrissenes Bild vor Augen; es schwebt vorüber, kommt wieder und verschwindet. Sie martert einen wie ein Nachtmahr, sie klammert sich fest, das Herz ist einem voll von ihr, ihre unwirkliche Gegenwart zaubert Aufruhr in die Sinne. Man meint sie leibhaftig zu sehen: der Duft ihres Parfüms verfolgt einen; auf den Lippen verspürt man den Geschmack ihrer Küsse, und auf der Haut das Sichanschmiegen ihres Körpers. Dabei ist man allein und man weiß es genau; dennoch leidet man unter den seltsamen Verwirrungen, die dieses zum Leben erweckte Phantom in einem schafft. Und es überkommt einen eine schwere, herzerregende Traurigkeit. Man meint, man sei unmittelbar zuvor auf ewig verlassen worden. Alle Dinge, die man um sich hat, gewinnen eine trostlose Nebenbedeutung; sie flößen der Seele, dem Herzen ein schauerliches Gefühl der Vereinsamung, der Verlassenheit ein. Ach! Man sollte niemals die Stadt, das Haus, das Zimmer, den Wald, den Garten, die Bank wiedersehen, wo man eine geliebte Frau in den Armen gehalten hat!

Wie gesagt: die ganze Nacht hindurch wurde ich von der Erinnerung an Francesca verfolgt; und nach und nach bemächtigte sich meiner der Wunsch, sie wiederzusehen – ein Wunsch, der anfangs wirr war, dann aber immer lebhafter wurde, schneidender, brennender. Und ich beschloß, den nächsten Tag über in Genua zu bleiben und zu versuchen, sie wiederzufinden. Wenn es mir nicht gelang, so konnte ich ja mit dem Abendzuge weiterreisen.

Als es also Morgen war, begab ich mich auf die Suche. Ich erinnerte mich deutlich der Weisungen, die sie mir gegeben, als sie mich verlassen hatte: Via Vittorio-Emanuele, Passaggio Falcone, Transito San Raffaele, Haus des Möbelhändlers, hinten im Hof das Haus rechts.

Nicht ohne Mühe fand ich das alles und klopfte an die Tür einer Art verfallenen Gartenhäuschens. Eine dicke Frau öffnete, die früher einmal sehr hübsch gewesen sein mußte, die jetzt jedoch nichts als außerordentlich schmutzig war. Obwohl sie über die Maßen dick war, hatte sie sich einige Züge von bemerkenswerter Majestät bewahrt. Ihr ungekämmtes Haar fiel ihr in Locken in die

Stirn und auf die Schultern, und in dem weiten, mit Flecken besäten Morgenrock sah man ihren dicken, schlampigen Körper wogen. Um den Hals trug sie eine enorme Talmikette, und um die Handgelenke zwei sehr hübsche Armbänder aus Genueser Filigran.

Mit feindseliger Miene fragte sie: »Was wünschen Sie?«

Ich antwortete: »Wohnt hier vielleicht Signorina Francesca Rondoli?«

»Was wollen Sie denn von ihr?«

»Ich hatte das Vergnügen, ihr im vergangenen Jahr zu begegnen und ich hätte sie nur zu gern wiedergesehen.«

Die alte Frau musterte mich mißtrauischen Blickes: »Sagen Sie mir, wo Sie sie getroffen haben.«

»Ja, hier, in Genua!«

»Wie heißen Sie?«

Ich zögerte eine Sekunde, dann sagte ich meinen Namen. Kaum hatte ich ihn ausgesprochen, als die Italienerin die Arme ausbreitete, als wolle sie mich umhalsen: »Ach! Sie sind der Franzose! Wie freue ich mich, Sie kennenzulernen! Wie freue ich mich! Aber was für einen Kummer haben Sie dem armen Kinde gemacht! Einen vollen Monat hat sie auf Sie gewartet, ja, einen vollen Monat! Am ersten Tag hat sie geglaubt, Sie würden kommen und sie holen. Sie hatte nur sehen wollen, ob Sie sie wirklich liebten! Wenn Sie wüßten, wie sie geweint hat, als sie begriff, Sie würden nicht kommen. Ja, aus tiefstem Herzensgrund hat sie geweint. Und dann ist sie im Hotel gewesen. Sie waren abgereist. Da hat sie geglaubt, Sie machten Ihre Italienreise und würden bei der Rückfahrt wieder über Genua kommen und sie dann holen, weil sie ja doch nicht hatte mit Ihnen reisen wollen. Und sie hat gewartet, länger als einen Monat; und sie ist sehr traurig gewesen, wirklich, sehr traurig. Ich bin ihre Mutter!«

Ich fühlte mich ein bißchen verwirrt. Indessen gewann ich schnell meine Sicherheit zurück und fragte: »Ist sie denn jetzt hier?«

»Nein, sie ist in Paris, mit einem Maler, einem reizenden jungen Herrn, der sie sehr lieb hat, der sie über die Maßen lieb hat und ihr alles schenkt, was sie will. Sehen Sie nur, was sie ihrer Mutter geschickt hat. Hübsch, nicht wahr?«

Und sie zeigte mir mit durchaus südlicher Lebhaftigkeit ihre schweren Armringe und die gewichtige Halskette. Sie fuhr fort: »Ich habe auch noch zwei Ohrringe mit Steinen, und ein Seidenkleid, und Ringe; aber das alles trage ich nicht morgens, das lege ich erst nachher an, wenn ich Toilette mache. Oh, sie ist jetzt sehr, sehr glücklich. Wie wird sie sich freuen, wenn ich ihr schreibe, daß Sie gekommen sind. Aber kommen Sie doch herein und nehmen Sie Platz. Kommen Sie, ich muß Ihnen doch etwas anbieten.«

Ich dankte; ich wollte nun doch mit dem ersten Zuge weiterreisen. Aber sie hatte mich beim Arm ergriffen, zog mich mit sich und sagte abermals: »Kommen Sie doch, ich muß ihr doch sagen können, Sie seien bei uns in der Wohnung gewesen.«

Und so ging ich denn in ein kleines, ziemlich dunkles Zimmer, dessen Mobiliar aus einem Tisch und ein paar Stühlen bestand. Sie sagte: »Oh, sie ist jetzt sehr, sehr glücklich. Als Sie sie in der Eisenbahn kennenlernten, hatte sie einen großen Kummer. Ihr Freund hatte sie in Marseille verlassen. Und nun fuhr sie nach Haus, das arme Kind. Sie hat Sie auf der Stelle sehr gern gehabt, aber sie war noch ein bißchen traurig, wissen Sie. Jetzt fehlt ihr nichts; sie schreibt mir von allem, was sie tut. Er heißt Bellemin. Es heißt, er gelte bei Ihnen als ein großer Maler. Er hat sie kennengelernt, als er hier vorbeigekommen ist, auf der Straße, ja, tatsächlich, auf der Straße, und auf den ersten Blick hat er sie geliebt. Aber darf ich Ihnen vielleicht ein Glas Sciroppo anbieten? Er ist sehr gut. Sind Sie dieses Jahr allein?«

Ich antwortete: »Ja, ich bin ganz allein.«

Ich fühlte mich jetzt zum Lachen aufgelegt, und die Lachlust wurde immer größer; meine Enttäuschung verflog angesichts der Erklärungen der Mutter Rondoli. Ich mußte ein Glas trinken.

Sie fuhr fort: »Wie? Ganz allein sind Sie? Oh, jetzt bin ich beinahe böse, daß Francesca nicht hier ist; sie hätte Ihnen Gesellschaft geleistet, solange Sie in unserer Stadt weilen. Es ist traurig, wenn man ganz allein spazierengehen muß; es wird ihr sicherlich sehr leid tun.«

Doch dann, als ich aufstand, rief sie: »Aber vielleicht ist es Ihnen recht, wenn Carlotta mit Ihnen geht. Sie kennt alle Spazierwege vortrefflich. Das ist nämlich meine andere Tochter, die zweite.«

Zweifellos nahm sie meine Verblüffung als Zustimmung, stürzte auf die ins Hausinnere führende Tür zu, öffnete sie und rief in die Dunkelheit eines unsichtbaren Treppenschachtes hinein: »Carlotta! Carlotta! Komm schnell mal runter, ganz schnell, mein geliebtes Kind!«

Ich wollte Einwendungen machen; sie ließ es nicht zu: »Nein, sie soll Ihnen Gesellschaft leisten; sie ist sehr nett, und viel lustiger als die andere, sie ist ein gutes Mädchen, ein sehr gutes Mädchen, und ich habe sie sehr lieb.«

Ich hörte auf den Stufen das Schlappen abgetretener Sohlen; und ein hochgewachsenes Mädchen erschien, braun, schmal und hübsch, aber ebenfalls ungekämmt; unter dem alten Kleide der Mutter ließ sie einen jungen, elastischen Körper ahnen.

Signora Rondoli setzte ihr meine Lage auseinander: »Das ist Francescas Franzose, der vom letzten Jahr, weißt du. Er hat sie abholen wollen; er ist mutterseelenallein, der arme Herr. Da habe ich ihm denn gesagt, du würdest mit ihm gehen und ihm Gesellschaft leisten.«

Carlotta musterte mich mit ihren schönen braunen Augen; dann fing sie zu lächeln an und flüsterte: »Wenn er Lust hat – ich möchte schon.«

Wie hätte ich da nein sagen können? Ich erklärte: »Freilich möchte ich!«

Da schubste Signora Rondoli sie hinaus: »Zieh dich an, aber fix, aber fix; du ziehst dein blaues Kleid an und setzt den Hut mit den Blumen auf, los, beeil dich!«

Als die Tochter draußen war, erklärte sie mir: »Ich habe noch zwei, aber die sind noch jünger. Das kostet etwas, lassen Sie's gut sein, vier Kinder aufzuziehen! Glücklicherweise ist die älteste gegenwärtig unter Dach.«

Und dann erzählte sie mir ihre Lebensgeschichte, von ihrem toten Mann, der Eisenbahnbeamter gewesen war, und von allen guten Eigenschaften ihrer zweiten Tochter Carlotta.

Die kam wieder, mit dem gleichen Geschmack wie die ältere gekleidet, in einer auffälligen und sonderbaren Gewandung. Die Mutter schaute sie prüfend vom Kopf bis zu den Füßen an, fand, daß sie ihren Anforderungen entspreche, und sagte zu uns: »Nun geht, ihr lieben Kinder.«

Darauf wandte sie sich der Tocher zu: »Vor allem komm heute abend nicht später als um zehn nach Haus; du weißt, daß die Haustür zugeschlossen wird.«

Carlotta antwortete: »Keine Angst, Mama.«

Sie nahm meinen Arm, und so lief ich denn mit ihr durch die Straßen, wie ich es im Jahr zuvor mit ihrer Schwester getan hatte.

Zum Mittagessen ging ich ins Hotel; dann fuhr ich mit meiner neuen Freundin nach Santa Margarita und wiederholte auf diese Weise die letzte Spazierfahrt, die ich mit Francesca unternommen hatte.

Und am Abend ging sie nicht nach Haus, obwohl die Haustür um zehn Uhr verschlossen wurde.

Und während der vierzehn Tage, die zu meiner Verfügung standen, fuhr ich mit Carlotta in der Umgebung von Genua spazieren. Sie ließ mir nicht sehr viel Sehnsucht nach der andern. Am Morgen meiner Abreise verging sie in Tränen; ich schenkte ihr ein Andenken und vier Armbänder für ihre Mutter.

Und ich habe die feste Absicht, dieser Tage abermals nach Italien zu reisen, wobei ich mit einer gewissen Unruhe, in die sich Hoffnungen mischen, bedenken muß, daß Signora Rondoli noch zwei Töchter hat.

D. H. LAWRENCE

Lady Chatterleys Geliebter

Der weiche Regen hing wie ein Schleier über der Welt, geheimnisvoll, zart, nicht kalt. Ihr wurde ganz warm, als sie durch den Park lief. Sie mußte den leichten Mantel aufknöpfen.

Der Wald schwieg, war still und geheimnisvoll im abendlichen Regenschleier, erfüllt vom Rätsel der Eier und halbgeöffneter Knospen, halbenthüllter Blüten. Die Bäume im Dämmer schimmerten nackt und dunkel, als hätten sie sich entkleidet, und alles Grüne am Erdboden schien zu summen vor lauter Grün.

Es war noch immer niemand auf der Lichtung. Die Küken waren fast alle unters Gefieder der Mutterhennen gekrochen, nur ein paar vereinzelte Abenteurer hüpften noch in der Trockenheit unter dem Strohdach umher. Und sie waren noch unsicher.

So, er war also noch nicht hier gewesen. Er blieb absichtlich weg. Oder vielleicht war irgend etwas nicht in Ordnung. Vielleicht sollte sie zu seinem Haus gehen und nachsehen.

Aber sie war zum Warten geboren. Sie schloß mit ihrem Schlüssel die Hütte auf. Alles war sauber. Korn war in die Kiste geschüttet, die Decken lagen gefaltet auf dem Bord, das Stroh säuberlich in einem Winkel; ein frisches Bündel Stoh. Die Sturmlampe hing an einem Nagel. Tisch und Stuhl waren dorthin zurückgesetzt worden, wo sie gelegen hatte.

Sie setzte sich auf einen Schemel unter die Tür. Wie still alles war! Der feine Regen wehte sanft, wie ein Schleier, vorbei, doch der Wind gab keinen Laut. Nichts gab einen Laut. Die Bäume ragten wie machtvolle Wesen, dämmerig, zwielichtumflossen, schweigend, lebendig. Wie lebendig alles war!

Die Nacht zog schon herauf; sie würde gehen müssen. Er wich ihr aus. Doch plötzlich trat er auf die Lichtung, in seiner schwarzen Ölhaut, wie ein Chauffeur, glänzend vor Nässe. Er streifte die Hütte mit einem flüchtigen Blick, grüßte halb, wandte sich dann zur Seite und ging zu den Brutkästen. Schweigend hockte er dort, kümmerte sich um alles und schloß dann für die Nacht Hennen und Küken sorgsam ein.

Endlich kam er langsam auf sie zu. Sie saß noch immer auf dem Schemel. Er stand vor ihr unter dem überhängenden Dach.

»Sie sind also gekommen«, sagte er im Tonfall seines Dialekts.
»Ja«, erwiderte sie und sah zu ihm auf. »Sie sind spät.«
»Hm«, sagte er und sah fort in den Wald.
Langsam stand sie auf und zog den Schemel beiseite.
»Wollten Sie herein?« fragte sie.
Durchdringend sah er auf sie nieder.
»Werden die Leute sich nicht was denken, wenn Sie jeden Abend herkommen?« fragte er.
»Wieso?« Sie sah verständnislos zu ihm auf. »Ich habe doch gesagt, daß ich kommen würde. Niemand weiß es.«
»Aber sie werden's bald wissen«, erwiderte er, »und was dann?«

Sie wußte nicht, was sie darauf sagen sollte.
»Warum sollten sie es erfahren?« fragte sie dann.
»Die Leute wissen immer alles«, sagte er fatalistisch.
Ihre Lippen zitterten ein wenig.
»Ich kann's aber nicht ändern«, sagte sie stockend.
»Doch«, entgegnete er, »Sie könnten's ändern, wenn Sie nicht kämen – wenn Sie das wollen«, fügte er in leiserem Ton hinzu.
»Aber das will ich nicht«, murmelte sie.
Er sah fort in den Wald und schwieg.
»Aber was ist, wenn die Leute es rauskriegen?« fragte er schließlich. »Denken Sie mal drüber nach! Denken Sie daran, wie erniedrigt Sie sich dann vorkommen – ein Bediensteter von Ihrem Mann!« Sie sah in sein abgewandtes Gesicht.
»Sagen Sie das«, stammelte sie, »sagen Sie das alles, weil Sie mich nicht wollen?«
»Denken Sie daran«, sagte er, »denken Sie daran, was sein wird, wenn die Leute es rauskriegen – Sir Clifford und so – und alle reden drüber . . .«
»Nun, ich kann ja weggehen.«
»Wohin denn?«
»Irgendwohin! Ich habe eigenes Geld. Meine Mutter hat mir zwanzigtausend Pfund hinterlassen, und ich weiß, Clifford kann sie nicht anrühren. Ich kann weggehen.«
»Aber vielleicht wollen Sie gar nicht weggehen.«
»Doch, doch! Er ist mir gleich, was mit mir geschieht!«
»Ah, das sagen Sie jetzt! Aber später wird's Ihnen schon was ausmachen. Es *muß* Ihnen was ausmachen, jedem muß es was ausmachen. Sie dürfen nicht vergessen, daß Ihre Gnaden es mit einem Waldhüter hat. Das ist nicht dasselbe, als wenn ich ein feiner Herr wäre. Doch, es würde Ihnen was ausmachen, es würde Ihnen was ausmachen.«
»Bestimmt nicht. Was kümmert mich mein Titel! Ich hasse ihn, wirklich. Ich habe das Gefühl, die Leute verspotten mich, jedesmal, wenn sie mich damit anreden. Und sie tun es auch! Sogar Sie verspotten mich, wenn Sie mich so anreden.«
»Ich!«
Zum erstenmal sah er sie voll an, sah er in ihre Augen.
»Ich verspotte Sie nicht«, sagte er.
Sie sah, daß seine Augen dunkel wurden, ganz dunkel, als er in die ihren sah, und daß seine Pupillen sich weiteten.
»Macht es Ihnen denn gar nichts aus, was Sie riskieren?« fragte

er heiser. »Es sollte Ihnen aber was ausmachen. Fangen Sie nicht damit an, wenn es zu spät ist.«

Ein seltsam warnendes Flehen war in seiner Stimme.

»Aber ich habe nichts zu verlieren«, sagte sie unwirsch. »Wenn Sie wüßten, wie alles ist, würden Sie meinen, daß ich froh sein könnte, es aufzugeben. Haben Sie für sich selbst Angst?«

»Ja«, sagte er kurz. »Ich habe Angst. Ich habe Angst. Ich habe Angst vor allem.«

»Was allem?« fragte sie.

Er machte eine merkwürdige, rückwärtszuckende Kopfbewegung und meinte damit die Außenwelt.

»Vor allem. Vor jedem. Vor allem zusammen.«

Dann beugte er sich über sie und küßte ihr unglückliches Gesicht.

»Nein, ich mach mir nichts draus«, sagte er. »Laß uns zusammen sein, und alles andre kann zum Teufel gehn. – Aber wenn es Ihnen hinterher leid tut, daß Sie es getan haben . . .«

»Schicken Sie mich nicht weg!« flehte sie.

Er legte seine Hand gegen ihre Wange und küßte sie wieder.

»Dann laß mich reinkommen«, sagte er weich. »Und zieh deinen Mantel aus.«

Er hing das Gewehr auf, schlüpfte aus seiner nassen Lederjacke und griff nach den Decken.

»Ich hab noch eine Decke mitgebracht«, sagte er, »wir können dann eine über uns legen, wenn wir wollen.«

»Ich kann nicht lange bleiben«, sagte sie, »um halb acht gibt es Abendbrot.«

Er blickte sie rasch an und sah dann auf die Uhr.

»Schon gut«, sagte er.

Er schloß die Tür und zündete in der hängenden Sturmlampe ein winziges Licht an.

»Einmal werden wir eine lange Zeit zusammen haben«, sagte er.

Sorgfältig breitete er die eine Decke aus und ließ die andere gefaltet, für ihren Kopf. Dann setzte er sich einen Augenblick auf den Schemel und zog sie an sich, umschloß sie fest mit einem Arm und suchte mit der freien Hand nach ihrem Leib. Sie hörte, wie sein Atem plötzlich stockte, als er sie fand. Sie war nackt unter ihrem leichten Petticoat.

»Mein Gott, ist es gut, dich zu berühren!« sagte er, und seine Finger glitten liebkosend über die zarte, warme, verborgene Haut ihrer Taille und Hüfte. Er beugte den Kopf und rieb seine Wange

an ihrem Bauch und ihren Schenkeln, wieder und wieder. Und wieder wunderte sie sich ein wenig, wie ihn das entzückte. Sie begriff die Schönheit nicht, die er in ihr fand – durch die Berührung ihres lebendigen, verborgenen Leibes –, den beinah ekstatischen Schönheitstaumel. Denn nur der Leidenschaft ist er zugänglich. Und wenn die Leidenschaft tot ist oder nicht da, dann ist der herrliche Pulsschlag der Schönheit unbegreiflich und sogar ein wenig verächtlich; die warme, lebendige Schönheit der Berührung, die so viel tiefer ist als die Schönheit des Sehens. Sie spürte das Gleiten seiner Wange an ihren Schenkeln, an ihrem Bauch, an ihren Hüften, das nahe Streifen seins Bartes und seines weichen, dichten Haares, und ihre Knie begannen zu zittern. Tief innen in sich fühlte sie etwas Neues sich regen, eine neue Nacktheit erstehen. Und sie fürchtete sich fast. Halb wünschte sie, er möchte sie nicht so liebkosen. Irgendwie umzingelte er sie. Doch sie wartete, wartete.

Und als er zu ihr kam, mit der Kraft der Erlösung und Vollendung, mit einem Gefühl reinen Friedens, wartete sie noch immer. Sie fühlte sich ein wenig übergangen. Und sie wußte, daß es zum Teil ihre eigene Schuld war. Sie hatte diese Ausgeschlossenheit immer gewollt. Jetzt war sie vielleicht dazu verdammt. Sie lag still, fühlte, wie er sich in ihr regte, fühlte seine tief in sie eingedrungene Gestrafftheit, sein jähes Erschauern, als sein Samen hervorspritzte, dann das allmählich verebbende Stoßen. Dies Auf und Ab des Hintern – das war sicher ziemlich lächerlich. Wenn man eine Frau war und nicht recht beteiligt bei der ganzen Sache, war dies Aufundniedergehen des Mannes mit seinem Hintern sicher in höchstem Grade lächerlich. Der Mann war in dieser Haltung und bei diesem Akt sicher ungeheuer lächerlich.

Doch sie lag still, ohne Abwehr. Selbst, als er fertig war, rührte sie sich nicht, um zu ihrer eigenen Befriedigung zu kommen, wie sie es bei Michaelis getan hatte; sie lag nur still, und langsam stiegen ihr Tränen in die Augen und rannen herab.

Auch er lag still. Aber er hielt sie eng umfaßt und versuchte, ihre armen nackten Beine mit den seinen zu decken, damit sie es warm habe. Mit enger, zuversichtsvoller Wärme lag er auf ihr.

»Frierst du?« fragte er weich, leise, als wäre sie ganz nah, so nah. Und dabei war sie übergangen worden, fern.

»Nein. Aber ich muß gehen«, sagte sie ruhig.

Er seufzte, preßte sie enger an sich und ließ dann von ihr, um auszuruhen.

Er wußte nichts von ihren Tränen. Er dachte, sie sei dagewesen mit ihm.

»Ich muß gehen«, wiederholte sie.

Er richtete sich auf, kniete sekundenlang neben ihr und küßte die Innenseite ihrer Schenkel, dann zog er ihren Rock herunter und knöpfte seine eigenen Kleider zu, achtlos, wandte sich nicht einmal zur Seite dabei in dem schwachen, schwachen Schein der Laterne.

»Du mußt mal zu meinem Haus kommen«, sagte er und sah mit warmem, sicherem, unbefangenem Gesicht auf sie nieder.

Aber sie lag reglos da und starrte ihn an und grübelte. Ein Fremder, ein Fremder! Er stieß sie sogar ein wenig ab.

Er zog seine Jacke an und suchte nach dem Hut, der heruntergefallen war – und hing sich dann das Gewehr über die Schulter.

»Dann komm«, sagte er und sah mit seinen warmen, friedvollen Augen auf sie nieder.

Sie stand langsam auf. Sie wollte nicht gehen. Sie wollte aber auch nicht bleiben. Er half ihr in den dünnen Regenmantel und achtete darauf, daß sie ordentlich aussah.

Dann öffnete er die Tür. Draußen war es ganz dunkel. Der anhängliche Hund sprang freudig auf unter dem Vordach, als er ihn sah. Grau trieb der Regenschleier über die Finsternis hin. Es war ganz dunkel.

»Ich muß die Laterne nehmen«, sagte er, »es wird schon niemand unterwegs sein.«

Er ging dicht vor ihr auf dem schmalen Weg; die schwankende Sturmlaterne leuchtete das nasse Gras an, die schwarz glänzenden, schlangengleichen Baumwurzeln und die bleichen Blumen im Dunkel. Alles andere war in grauen Regendunst und tiefe Schwärze gehüllt.

»Du mußt irgendwann mal zu meinem Haus kommen«, sagte er, »willst du? Ist ganz gleich, ob man uns als Schafe oder als Lämmer schlachtet.«

Es war ihr rätselhaft, diese merkwürdige Beharrlichkeit, mit der er nach ihr verlangte; und dabei gab es doch nichts zwischen ihnen, und er sprach niemals richtig mit ihr, und gegen ihren Willen verdroß sie der Dialekt. Sein ›du mußt mal zu meinem Haus kommen‹ schien nicht ihr zu gelten, sondern irgendeiner gewöhnlichen Frau. Sie erkannte die Fingerhutblätter auf dem alten Reitweg und wußte ungefähr, wo sie waren.

»Es ist Viertel nach sieben«, sagte er, »Sie werden es noch

schaffen.« Seine Stimme hatte sich geändert, er schien ihre Distanz zu spüren. Als sie um die letzte Wegbiegung kamen und auf die Haselnußwand und das Tor zugingen, blies er das Licht aus. »Von hier an können wir sehen«, sagte er und nahm sie sanft beim Arm.

Es war schwierig; die Erde unter ihren Füßen war ein Geheimnis, doch er suchte sich den Weg mit seinem Tritt – er war daran gewöhnt. Am Tor gab er ihr seine Taschenlampe. »Es ist ein bißchen heller im Park«, sagte er, »aber nehmen Sie sie trotzdem, damit Sie nicht vom Weg abkommen.«

Er hatte recht: es war, als breite sich ein grauer Geisterschein über die offenen Flächen des Parks. Plötzlich zog er sie wieder an sich und griff ihr unter das Kleid und suchte mit seiner feuchten, kalten Hand nach ihrem warmen Leib.

»Ich könnte dafür sterben, eine Frau wie dich anzufassen«, sagte er mit gepreßter Stimme. »Bleib noch eine Minute.«

Sie spürte die jähe Kraft, mit der es ihn wieder nach ihr verlangte.

»Nein, ich muß mich beeilen«, sagte sie ein wenig heftig.

»Natürlich«, sagte er, plötzlich verändert, und ließ sie los.

Sie wandte sich um, doch im selben Augenblick drehte sie sich ihm wieder zu und sagte: »Küß mich.«

Verschwimmenden Gesichts neigte er sich über sie und küßte sie aufs linke Auge. Sie hielt ihm ihren Mund hin, und er berührte ihn sanft, zog seine Lippen aber sofort zurück. Er haßte Küsse auf den Mund.

»Morgen komme ich wieder«, sagte sie, während sie ging; »wenn ich kann«, fügte sie dann hinzu.

»Hm, aber nicht so spät«, antwortete er ihr aus dem Dunkel. Sie konnte ihn schon nicht mehr sehen. »Gute Nacht«, sagte sie.

»Gut Nacht, Euer Gnaden«, kam seine Stimme.

Sie blieb stehen und sah zurück ins nasse Dunkel. Nur seine Umrisse konnte sie gerade noch erkennen. »Warum hast du das gesagt?« fragte sie.

»Schon gut«, erwiderte er. »Gute Nacht, lauf zu!«

Sie tauchte in die dunkelgrau fühlbare Nacht. Die Hintertür stand offen, und ungesehen schlüpfte sie in ihr Zimmer. Als sie die Tür zumachte, tönte der Gong, trotzdem wollte sie ein Bad nehmen – sie mußte ein Bad nehmen. »Ich werde nicht mehr zu spät kommen«, sagte sie zu sich, »es ist zu lästig.«

Am nächsten Tag ging sie nicht in den Wald. Statt dessen fuhr sie mit Clifford nach Uthwaite. Er konnte jetzt gelegentlich im Auto ausfahren und hatte einen kräftigen jungen Mann als Chauffeur eingestellt, der ihm aus dem Wagen helfen konnte, wenn es nötig war. Vor allem hatte er vor, seinen Patenonkel Leslie Winter zu besuchen, der auf Shipley Hall wohnte, nicht weit von Uthwaite. Winter war ein älterer Herr jetzt, reich, einer von den reichen Kohlengrubenbesitzern, die ihre Glanzzeit in König Eduards Tagen gehabt hatten. König Eduard war mehr als einmal zur Jagd auf Shipley gewesen. Es war ein hübscher alter Stuckbau und sehr elegant eingerichtet – Winter war Junggeselle und tat sich auf seinen Lebensstil etwas zugute. Doch der Besitz war umringt von Gruben. Leslie Winter war Clifford zwar gewogen, hegte jedoch keinen großen Respekt für ihn wegen der Fotografien in den Illustrierten und wegen der Schriftstellerei. Der alte Herr war noch ein Lebemann aus der König-Eduard-Schule, die zwischen dem ›Leben‹ und den Schreiberlingen einen Unterschied machte. Connie gegenüber war der alte Squire immer außerordentlich ritterlich; er hielt sie für ein attraktives, wohlerzogenes Mädchen, das an Clifford geradezu verschwendet sei, und er fand es jammerschade, daß sie Wragby keinen Erben schenken konnte. Er selbst hatte auch keinen.

Connie hätte gern gewußt, was er wohl sagen würde, wenn er wüßte, daß Cliffords Waldhüter intime Beziehungen zu ihr unterhielt und zu ihr sagte: »Du mußt mal zu meinem Haus kommen.« Er würde sie verabscheuen und über die Schulter ansehen, denn fast haßte er das Aufwärtsstreben der Arbeiterklasse. Einen Mann ihrer eigenen Klasse hätte er gelten lassen, denn Connie war von der Natur mit diesem Äußeren wohlerzogener, demütiger Mädchenhaftigkeit begabt, und vielleicht gehörte das zu ihrem Wesen. Winter nannte sie ›liebes Kind‹ und schenkte ihr, eigentlich gegen ihren Willen, eine sehr hübsche Miniatur einer Dame aus dem achtzehnten Jahrhundert.

Doch Connies ganzes Interesse galt nur ihrer Affäre mit dem Heger. Mr. Winter, der wirklich ein Gentleman und ein Mann von Welt war, behandelte sie schließlich als Persönlichkeit und als unterscheidbares Einzelwesen, er warf sie nicht in einen Topf mit seiner gesamten übrigen Weiblichkeit durch Aufforderungen wie: »Du mußt mal zu meinem Haus kommen.«

Sie ging weder an diesem Tag in den Wald, noch am nächsten, noch am übernächsten. Sie ging nicht, solange sie fühlte oder zu fühlen glaubte, daß der Mann auf sie waratete, nach ihr verlangte.

Am vierten Tag jedoch war sie schrecklich unstet und rastlos. Sie sträubte sich noch immer, in den Wald zu gehen und ihre Schenkel wieder dem Mann zu öffnen. Sie ließ sich alles durch den Kopf gehen, was sie unternehmen könnte: nach Sheffield fahren, Besuche machen – und der Gedanke an all diese Dinge widerstand ihr. Endlich faßte sie den Entschluß, einen Spaziergang zu machen – nicht in den Wald, sondern in die entgegengesetzte Richtung; sie würde nach Marehay gehen, durch das kleine Eisentor auf der andern Seite der Parkumzäunung. Es war ein stiller, grauer Frühlingstag, beinah warm. Geistesabwesend schritt sie dahin, tief in Gedanken, deren sie sich nicht einmal bewußt war. Sie war sich eigentlich keiner Sache außerhalb ihrer selbst bewußt, bis sie vom lauten Gebell des Hundes vom Marehay-Hof aus ihrer Versunkenheit gerissen wurde. Der Marehay-Hof! Seine Weiden erstreckten sich bis ans Parkgitter von Wragby; so waren sie Nachbarn, doch es war lange her, seit Connie dort einen Besuch gemacht hatte.

»Bell!« rief sie den großen weißen Bullterrier an, »Bell, hast du mich vergessen? Kennst du mich nicht mehr?« – Sie fürchtete sich vor Hunden, und Bell sprang zurück und kläffte laut, und sie wollte über den Hof gehen und weiter auf dem Pfad durchs Gehege.

Mrs. Flint tauchte auf. Sie war eine Frau in Constances Alter, war Lehrerin gewesen, und Connie hatte sie im Verdacht, ein ziemlich falsches Ding zu sein.

»Nanu, das ist ja Lady Chatterley! Ja, so was!« Mrs. Flints Augen funkelten, und sie wurde rot wie ein junges Mädchen. »Bell! Bell! Was ist denn los? Lady Chatterley so anzubellen! Bell! Sei still!« Sie stürzte sich auf den Hund und schlug mit einem weißen Tuch nach ihm, das sie gerade in der Hand hielt; dann kam sie auf Connie zu.

»Sie hat mich doch sonst immer erkannt«, sagte Connie, und sie gaben sich die Hand. Die Flints waren Pächter der Chatterleys.

»Natürlich kennt sie Euer Gnaden! Sie muß sich nur aufspielen«, sagte Mrs. Flint – sie glühte und sah rot vor Verwirrung zu Connie auf. »Aber es ist so lange her, seit sie Sie gesehen hat. Ich hoffe sehr, es geht Ihnen besser.«

»Ja, danke schön, es geht mir sehr gut.«

»Wir haben Sie den ganzen Winter über kaum gesehen. Möchten Sie nicht hereinkommen und sich das Baby ansehen?«

»Hm«, Connie zögerte, »aber nur auf eine Minute.«

Mrs. Flint stürzte hastig hinein, um aufzuräumen, und Connie ging ihr langsam nach; in der ziemlich dunklen Küche summte ein Kessel auf dem Feuer – sie zögerte. Dann kam Mrs. Flint zurück.

»Ach, bitte, entschuldigen Sie mich!« sagte sie. »Wollen Sie hier hereinkommen?«

Sie gingen ins Wohnzimmer, wo auf dem kleinen Flickenteppich vor dem Kamin ein Baby saß und der Tisch bäuerlich zum Tee gedeckt war. Ein junges Dienstmädchen drückte sich linkisch und schüchtern den Korridor entlang.

Das Baby war ein freches, kleines Ding von vielleicht einem Jahr, mit den roten Haaren seines Vaters und kecken, blaßblauen Augen. Es war ein Mädchen und ließ sich durch nichts einschüchtern. Es saß zwischen Kissen, umgeben von Stoffpuppen und anderm Spielzeug in modernem Überfluß.

»Mein Gott, ist sie süß!« sagte Connie, »und wie groß sie geworden ist! So ein großes Mädchen!«

Sie hatte dem Kind ein Umschlagtuch geschenkt, als es geboren wurde, und zu Weihnachten Zelluloidenten.

»Guck mal, Josephine! Wer besucht dich denn da? Wer ist denn das, Josephine? Das ist doch Lady Chatterley – du kennst doch Lady Chatterley, nicht wahr?«

Das komische, freche, kleine Ding starrte Connie ungeniert an. Ladys waren ihr ziemlich einerlei.

»Na komm doch! Komm doch her zu mir!« sagte Connie zu der Kleinen. Aber die dachte gar nicht daran, und so nahm Connie sie hoch und setzte sie sich auf den Schoß. Was für ein warmes, herrliches Gefühl das war, ein Kind auf dem Schoß zu halten – diese weichen kleinen Arme und die übermütigen, winzigen Beine!

»Ich wollte mir gerade ohne viel Umstände eine Tasse Tee machen. Luke ist zum Markt gefahren, und da kann ich ihn mir machen, wann ich will. Würden Sie wohl eine Tasse mittrinken, Lady Chatterley? Ich bin sicher, es ist nicht das, was Sie gewöhnt sind, aber vielleicht möchten Sie doch . . .«

Connie mochte, wenn es ihr auch nicht gefiel, an das erinnert zu werden, was sie gewohnt war. Großes Tischdecken hub an, und die besten Tassen wurden gebracht und die beste Teekanne.

»Wenn Sie sich doch nur keine Mühe machen wollten!« sagte Connie.

Aber wenn Mrs. Flint sich keine Mühe machte, wo blieb da der Spaß? So spielte Connie mit dem Kind und freute sich an seiner kleinen, weiblichen Unerschrockenheit und hatte ein tiefes, wollüstiges Vergnügen an seiner weichen, jungen Wärme. Junges Leben! Und ganz ohne Furcht! So furchtlos, weil es so schutzlos war. All die Erwachsenen waren eingeschnürt von Furcht.

Sie trank eine Tasse von dem starken Tee und aß von dem köstlichen Brot und der Butter und den eingemachten Pflaumen. Mrs. Flint errötete und glühte und spreizte sich vor Aufregung, als wäre Connie ein edler Ritter. Und sie führten eine richtige weibliche Unterhaltung miteinander, und beide hatten sie ihr Vergnügen daran.

»Es ist nur ein so kläglicher Tee«, sagte Mrs. Flint.

»Es ist viel netter als zu Hause«, entgegnete Connie, und das stimmte.

»Ohhh«, machte Mrs. Flint und glaubte das natürlich nicht.

Schließlich stand Connie auf.

»Ich muß gehen«, sagte sie, »mein Mann hat keine Ahnung, wo ich bin. Er wird sich schon alles Mögliche ausmalen.«

»Er wird niemals auf den Gedanken kommen, daß Sie hier sind«, lachte Mrs. Flint aufgeregt. »Sicher schickt er den Ausrufer herum.«

»Auf Wiedersehen, Josephine«, sagte Connie, küßte das Kind und verstrubbelte ihm das rote, flaumige Haar.

Mrs. Flint bestand darauf, die verriegelte Vordertür zu öffnen, und Connie trat in den kleinen Vorgarten des Bauernhauses hinaus, der von einer Ligusterhecke eingefriedigt war. Zu beiden Seiten des Weges zogen sich Reihen samtiger und reich blühender Aurikel hin.

»Was für schöne Aurikeln!« sagte Connie.

»Wagehälse sagt Luke dazu«, lachte Mrs. Flint. »Nehmen Sie doch welche mit!«

Und eifrig pflückte sie die gelbsamtenen Blumen.

»Genug, genug!« wehrte Connie ab.

Sie kamen ans kleine Gartentor.

»Welchen Weg sind Sie gekommen?« fragte Mrs. Flint.

»Durchs Gehege.«

»Lassen Sie mich sehen. Aha, die Kühe sind auf der Wacholderwiese. Aber sie sind noch nicht oben. Das Gatter ist zu, Sie werden drüberklettern müssen.«

»Ich kann klettern«, sagte Connie.

»Vielleicht kann ich mit Ihnen eben noch über die Weide gehen.«

Sie schritten die magere, von Kaninchen abgegraste Wiese hinunter. Im Wald zwitscherten die Vögel in wildem, abendlichem Triumph. Ein Mann rief die letzten Kühe zusammen, die gemächlich über das niedergetretene Weidegras zum Stall trotteten.

»Heute abend sind sie spät dran mit dem Melken«, sagte Mrs. Flint streng. »Sie wissen genau, daß Luke erst heimkommt, wenn's dunkel ist.«

Sie kamen an den Zaun, hinter dem der junge Fichtenwald stand, dicht und nadelig. Ein kleines Gatter war dort, aber es war verschlossen. Auf der andern Seite, im Gras, stand eine leere Flasche.

»Das ist die Milchflasche vom Heger«, erklärte Mrs. Flint. »Wir bringen sie immer bis hierher, und dann holt er sie sich selber ab.«

»Wann?« fragte Connie.

»Oh, immer wenn er hier in der Gegend ist. Oft morgens. Ja, also, auf Wiedersehen, Lady Chatterley! Und, bitte, kommen Sie wieder. Es war eine solche Freude, Sie wieder zu sehen.«

Connie kletterte über den Zaun auf den schmalen Pfad, der zwischen den dichten, stacheligen jungen Fichten entlangführte. Mrs. Flint rannte über die Weide zurück – einen Strohhut auf dem Kopf, denn sie war eine richtige Lehrerin. Constance mochte diesen dichten, neu aufgeforsteten Teil des Waldes nicht. Er war ihr unheimlich und schnürte ihr die Luft ab. Mir gesenktem Kopf lief sie weiter; sie dachte an das kleine Kind der Flints. Es war ein süßes kleines Ding, aber es würde ein bißchen krummbeinig werden, wie der Vater. Das war schon jetzt zu sehen, aber vielleicht würde es sich noch zurechtwachsen. Was für ein warmes, erfüllendes Gefühl, ein Kind zu haben, und wie Mrs. Flint das zur Schau stellte! Sie besaß wenigstens etwas, das Connie nicht hatte und was ihr anscheinend auch versagt bleiben würde. Ja, Mrs. Flint hatte sich gebrüstet mit ihrer Mutterschaft. Und Connie war ein bißchen eifersüchtig gewesen. Sie konnte nichts dafür.

Erschrocken fuhr sie aus ihren Grübeleien auf und stieß einen kleinen Schrei aus: Ein Mann stand dort. Es war der Heger; er stand wie Bileams Esel auf dem Pfad und versperrte ihr den Weg.

»Nanu«, sagte er überrascht.

»Wie kommst du denn hierher?« keuchte sie.

»Und du? Warst du bei der Hütte?«

»Nein! Nein! Ich war in Marehay.«

Er sah sie sonderbar forschend an, und ein wenig schuldbewußt senkte sie den Kopf.

»Und bist du jetzt auf dem Weg zur Hütte?« fragte er streng.

»Nein. Ich kann nicht. Ich bin zu lange in Marehay geblieben. Niemand weiß, wo ich bin. Ich habe mich verspätet. Ich muß mich beeilen.«

»Mir den Laufpaß geben, wie?« sagte er mit einem leichten ironischen Lächeln.

»Nein, nein, das ist es nicht. Nur –«

»Ja, was dann?« sagte er. Und er kam zu ihr und legte den Arm um sie. Sie fühlte seinen Körper schrecklich nahe und lebendig.

»Oh, nicht jetzt, nicht jetzt!« rief sie und versuchte, ihn wegzustoßen.

»Warum nicht? Es ist erst sechs. Du hast noch eine halbe Stunde Zeit. Nein, nein, ich will dich.«

Er hielt sie fest, und sie spürte sein Drängen. Instinktiv kämpfte sie um ihre Freiheit. Aber irgend etwas in ihr war seltsam und träge und schwer. Sein Körper drängte sich an sie, und sie vermochte nicht mehr weiter zu kämpfen. Er sah sich um.

»Komm – komm her! Hier durch!« sagte er und sah angespannt in die dichten, jungen Fichten hinein, die nicht einmal mannshoch waren.

Er drehte sich nach ihr um. Sie sah seine Augen – gespannt, glitzernd, wild, nicht liebend. Doch sie hatte keinen Willen mehr. Sonderbare Gewichte hingen an ihren Gliedern. Sie gab nach. Sie gab auf. Er führte sie in ein Dickicht nadliger Bäume, das nur schwer zu durchdringen war, zu einem Platz, der ein wenig frei lag; tote Zweige stapelten sich dort. Er nahm ein paar trockene und warf sie auf die Erde, breitete seine Joppe und seine Weste darüber, und sie mußte sich niederlegen, unter die Äste des Baumes, wie ein Tier, er wartete, stand dort in Hemd und Hosen und beobachtete sie mit gehetzten Augen. Aber selbst jetzt noch war er fürsorglich – er ließ sie sich bequem hinlegen, ganz bequem. Doch er zerriß ein Band ihrer Wäsche, denn sie half ihm nicht, lag nur reglos da.

Auch seinen Körper hatte er vorn entblößt, und sie fühlte seinen nackten Leib, als er zu ihr kam. Einen Augenblick lang war er ruhig in ihr, geschwellt und bebend. Dann, als er begann, sich zu bewegen, im jähen, hilflosen Orgasmus, wellten neue, seltsame Schauer in ihr auf. Wellten wellend, wellend, wie flatterndes Übereinanderzüngeln sanfter Flammen, sanft wie Federn, liefen

aus in helleuchtende Spitzen, herrlich, süß, und alles in ihr schmolz, zerfloß. Wie Glocken war es, die schwangen, immer höher schwangen, empor zum Gipfel. Sie lag da, war sich der wilden, kleinen Schreie nicht bewußt, die sie am Schluß ausstieß. Aber es war zu schnell vorüber, zu schnell, und sie vermochte nicht mehr durch eigenes Bemühen zu ihrem Ende zu kommen. Dies war anders, anders. Sie konnte nichts tun. Sie konnte ihn nicht halten und ihre eigene Befriedigung von ihm erzwingen. Sie konnte nur warten, warten und stöhnen, als sie spürte, wie er sich zurückzog, sich aus ihr zog, sich zusammenzog und es zu dem schrecklichen Augenblick kam, da er ganz aus ihr gleiten und fort sein würde. Während doch ihr Schoß offen war und weich und sanft nach ihm schrie – wie eine Seeanemone unter der Flut, nach ihm schrie, daß er wieder zu ihr komme und ihr Erfüllung bringe. Bewußtlos vor Leidenschaft, klammerte sie sich an ihn, und er glitt nie ganz aus ihr, und sie fühlte, wie seine weiche Knospe sich in ihr regte und seltsame Rhythmen sie durchspülten, mit seltsamer, rhythmischer, wachsender Bewegung, schwollen, schwollen, bis sie ihr ganzes klaffendes Bewußtsein überfluteten, und dann begann wieder die unsagbare Bewegung, die keine wirkliche Bewegung war, sondern reiner, immer tiefer strudelnder Wirbel des Empfindens – tiefer und immer tiefer trichterten sie sich durch ihr ganzes Gewebe und ihr Bewußtsein, bis sie ein einziges, sattes, konzentrisches Fließen des Gefühls war, und dalag und schrie, in unbewußten, unartikulierten Schreien. Die Stimme aus der tiefsten Nacht, das Leben! Fast scheu hörte es der Mann unter sich, als sein Leben in sie überfloß. Und als es versiegte, versiegte auch er und lag ganz still, nichts mehr wissend, und langsam löste sie ihre Umklammerung und ruhte reglos. Und sie lagen da und wußten nichts mehr, nicht einmal einer vom andern, ganz verloren. Bis er endlich zu sich kam und seine schutzlose Nacktheit gewahrte, und sie sich bewußt wurde, daß sein Leib sich der Nähe zu ihr entzog. Er löste sich von ihr; aber tief in sich spürte sie, daß sie es nicht ertragen könnte, wenn er sie unbedeckt ließe. Er mußte sie nun für immer bedecken.

Er löste sich schließlich von ihr und küßte sie und deckte sie zu und zog sich wieder an. Sie lag und sah in die Zweige der Bäume hinauf, unfähig, sich zu rühren. Er erhob sich, knöpfte seine Hosen zu und sah sich um. Undurchdringlich und schweigsam war alles, und eingeschüchtert lag der Hund dort, mit der Schnauze auf den Pfoten. Er setzte sich wieder auf den Reisighaufen und nahm ohne ein Wort Connies Hand.

Sie wandte sich um und sah ihn an. »Diesmal waren wir zusammen da«, sagte er.

Sie antwortete nicht.

»Es ist gut, wenn es so ist. Die meisten Menschen lassen ihr Leben dahingehen und lernen es nie kennen«, fuhr er mit fast träumerischer Stimme fort.

Sie sah in sein nachdenkliches Gesicht.

»Nie?« wiederholte sie, »bist du glücklich?«

Er sah in ihre Augen. »Glücklich«, sagte er. »Ja, aber laß gut sein.« Er wollte nicht, daß sie spreche. Und er neigte sich über sie und küßte sie, und ihr war, als müsse er sie für alle Zeit so küssen.

HENRY MILLER

Die Nutte

Paris ist wie eine Hure. Aus der Entfernung scheint es hinreißend, man kann es nicht erwarten, bis man es in den Armen hält. Und fünf Minuten später fühlt man sich leer, angeekelt von sich selber. Man fühlt sich betrogen.

Ich kehrte mit Geld in der Tasche nach Paris zurück, ein paar hundert Francs, die mir Collins gerade beim Einsteigen in den Zug in die Tasche gesteckt hatte. Es genügte, um ein Zimmer und wenigstens für eine Woche reichliche Mahlzeiten zu bezahlen. Es war mehr, als ich seit mehreren Jahren auf einmal in Händen gehabt hatte. Ich war hochgestimmt, als täte sich vielleicht doch ein neues Leben vor mir auf. Ich wollte auch sparsam damit umgehen, also suchte ich ein billiges Hotel über einer Bäckerei in der Rue du Château auf, gerade bei der Rue de Vanves, ein Hotel, auf das Eugène mich einmal aufmerksam gemacht hatte. Ein paar Meter entfernt war die Brücke, welche die Schienenstränge vom Montparnasse überspannt. Ein bekanntes Viertel.

Ich hätte dort ein Zimmer für hundert Francs im Monat mieten können, freilich ein Zimmer ohne alle Annehmlichkeiten, sogar ohne Fenster, und vielleicht hätte ich es genommen, nur um für eine Weile einen Raum zu haben, wo ich mich niederlassen konnte, hätte ich nicht, um in dieses Zimmer zu gelangen, zuerst durch das Zimmer eines Blinden hindurchgehen müssen. Der bloße Gedanke, jede Nacht an seinem Bett vorbeigehen zu müssen, übte eine äußerst deprimierende Wirkung auf mich aus. Ich beschloß, woanders zu suchen. Ich ging hinüber in die Rue Cels, direkt hinter dem Friedhof, und sah mir dort eine Art Rattenfalle mit rings um den Hof herumlaufenden Balkonen an. Auch Vogelkäfige waren am Balkon die ganze untere Reihe entlang aufgehängt. Ein vielleicht heiterer Anblick, aber mir kam es wie die Nervenstation eines Krankenhauses vor. Der Besitzer schien auch nicht alle seine fünf Sinne beisammen zu haben. Ich beschloß, bis zum Abend zu warten, mich gut umzusehen und dann eine nette kleine Bude in einer ruhigen Seitenstraße zu wählen. Für das Abendessen gab ich fünfzehn Francs aus, etwa doppelt soviel, wie ich mir ursprünglich hatte genehmigen wol-

len. Das bedrückte mich so, daß ich mir nicht gestatten wollte, mich zu einem Kaffee hinzusetzen, obwohl es begonnen hatte, zu nieseln. Nein, ich würde ein wenig herumbummeln und dann frühzeitig still zu Bett gehen. Ich fühlte mich bereits elend bei dem Versuch, so mit meinen Mitteln hauszuhalten. Ich hatte das nie in meinem Leben getan; es lag nicht in meiner Natur.

Schließlich begann es mit Kübeln zu gießen. Ich freute mich. So hatte ich die nötige Entschuldigung, irgendwo einzukehren und die Beine unter den Tisch zu strecken. Es war noch zu früh, um ins Bett zu gehen. Ich begann, meine Schritte zu beschleunigen und ging zurück zum Boulevard Raspail. Plötzlich kommt eine Frau auf mich zu und hält mich mitten in dem Regenguß an. Sie will wissen, wie spät es ist. Ich sage ihr, daß ich keine Uhr hätte. Und dann sprudelt sie ganz einfach heraus: »Ach, mein lieber Herr, sprechen Sie zufällig englisch?« Ich nicke mit dem Kopf. Es gießt jetzt in Strömen. »Vielleicht, mein lieber, guter Herr, könnten Sie so liebenswürdig sein und mich in ein Café einladen? Es regnet so, und ich habe kein Geld, mich irgendwo hinzusetzen. Verzeihen Sie mir, lieber Herr, aber Sie haben ein so gütiges Gesicht . . . Ich wußte sofort, daß Sie Engländer sind.« Und damit lächelt sie mich mit einem ganz seltsamen, halb verrückten Lächeln an. »Vielleicht könnten Sie mir einen kleinen Rat geben, lieber Herr. Ich stehe ganz allein in der Welt . . . mein Gott, es ist schrecklich, kein Geld zu haben . . .«

Dieses ›lieber Herr‹ und ›guter Herr‹ und ›mein guter Mann‹ usw. brachte mich fast an den Rand der Hysterie. Sie tat mir leid, und doch mußte ich lachen. Ich lachte. Ich lachte ihr mitten ins Gesicht. Und dann lachte auch sie, ein unheimliches, schrilles, mißtönendes Gelächter, ein völlig unerwartetes Gewieher. Ich nahm sie beim Arm, und wir rannten in das nächste Café. Sie kicherte noch, als wir das *bistro* betraten. »Mein lieber, guter Herr«, begann sie erneut, »Sie glauben vielleicht, ich sage Ihnen nicht die Wahrheit. Ich bin ein anständiges Mädchen, komme aus einer guten Familie. Nur« – und hier zeigte sie wieder dieses verstörte, zerbrochene Lächeln – »nur bin ich so unglücklich dran, daß ich nicht weiß, wo ich bleiben soll.« Das brachte mich wieder zum Lachen. Ich konnte nicht anders – die Worte, die sie sagte, der fremde Akzent, der verrückte Hut, den sie aufhatte, dieses närrische Lächeln . . .

»Sagen Sie«, unterbrach ich sie, »was für eine Landsmännin sind Sie?«

»Ich bin Engländerin«, gab sie zur Antwort. »Das heißt, ich wurde in Polen geboren, aber mein Vater ist Ire.«

»Und da sind Sie Engländerin?«

»Ja«, sagte sie und begann wieder einfältig – und um sich den Anschein der Züchtigkeit zu geben – zu kichern.

»Ich nehme an, Sie kennen ein nettes, kleines Hotel, wo Sie mich hinführen können?« Das sagte ich nicht, weil ich die Absicht hatte, mit ihr zu gehen, sondern nur, um ihr die üblichen Präliminarien zu ersparen.

»Ach, mein lieber Herr«, sagte sie, als hätte ich den schwersten Irrtum begangen, »ich bin sicher, Sie meinen das nicht im Ernst.

Ich gehöre nicht zu der Sorte Frauen. Sie scherzen mit mir, das sehe ich. Sie sind so gut . . . Sie haben ein so gütiges Gesicht. Ich würde nicht wagen, so zu einem Franzosen zu sprechen wie zu Ihnen. Sie beleidigen einen auf der Stelle . . .«

Sie fuhr eine Zeitlang in dieser Tonart fort. Ich versuchte von ihr loszukommen. Aber sie wollte nicht allein gelassen werden. Sie habe Angst – ihre Papiere seien nicht in Ordnung. Würde ich wohl so gut sein und sie zu ihrem Hotel bringen? Vielleicht könnte ich ihr fünfzehn oder zwanzig Francs ›leihen‹, um ihren *patron* zu beschwichtigen? Ich brachte sie zu dem Hotel, von dem sie sagte, daß sie dort wohne, und schob ihr einen Fünfzigfrancsschein in die Hand. Entweder war sie sehr gerissen oder sehr unschuldig – das ist manchmal schwer zu sagen –, aber jedenfalls wollte sie, daß ich warten sollte, bis sie zum Wechseln in das *bistro* gelaufen war. Ich sagte ihr, sie sollte sich keine Mühe machen. Und daraufhin ergriff sie impulsiv meine Hand und führte sie an ihre Lippen. Ich war sprachlos. Am liebsten hätte ich ihr alles gegeben, was ich besaß. Sie rührte mich, diese verrückte kleine Geste. Ich dachte bei mir, es ist manchmal gut, reich zu sein, um so ein aufregendes Erlebnis zu haben. Trotzdem verlor ich nicht den Kopf. Fünfzig Francs! Das war mehr, als man in einer Regennacht vergeuden sollte. Als ich wegging, winkte sie mir mit dem verrückten kleinen Hut, den sie nicht aufzusetzen verstand. Es war, als seien wir alte Spielkameraden. Ich kam mir närrisch und unbesonnen vor. ›Mein lieber, guter Herr . . . Sie haben ein so gütiges Gesicht . . . Sie sind so gut, usw.‹ Ich kam mir wie ein Heiliger vor.

Wenn man sich innerlich ganz aufgewühlt fühlt, ist es nicht so leicht, gleich zu Bett zu gehen. Man hat das Gefühl, für einen so unerwarteten Ausbruch von Güte erst einmal büßen zu müssen. Als ich am ›Dschungel‹ vorbeikam, konnte ich einen Blick auf die Tanzfläche werfen. Frauen mit nacktem Rücken, halb erwürgt von Perlenketten – so wenigstens sah es aus – wackelten einladend mit ihren schönen Popos. Ich trat geradewegs an die Bar und bestellte ein Glas Champagner. Als die Musik abbrach, nahm eine hübsche Blondine – sie sah wie eine Norwegerin aus – dicht neben mir Platz. Das Lokal war nicht so voll oder so lustig, wie es von außen ausgesehen hatte. Es war nur ein halbes Dutzend Paare da, die alle gleichzeitig getanzt haben mußten. Ich bestellte noch ein Glas Champagner, um mir Mut zu machen.

Als ich aufstand, um mit der Blonden zu tanzen, war die Tanzfläche leer. Zu jeder anderen Zeit wäre ich verlegen gewesen, aber der Champagner und die Art, wie sie sich an mich preßte, das gedämpfte Licht und das beruhigende Gefühl der Sicherheit, das mir die paar hundert Francs verliehen ... Wir tanzten erneut miteinander, eine Art Sondervorführung, und dann knüpften wir eine Unterhaltung an. Sie hatte zu weinen begonnen – so fing es an. Ich dachte, sie habe möglicherweise zu viel getrunken, tat also, als merkte ich nichts. Und inzwischen blickte ich mich um, ob nicht was anderes greifbar wäre. Aber das Lokal war vollkommen leer. Wenn man in die Falle gegangen ist, gilt es, sofort abzuhauen. Tut man das nicht, ist man verloren. Was mich zurückhielt, war merkwürdigerweise gerade das Gefühl, daß ich noch einmal ausgenutzt werden sollte. Man läßt sich immer wieder durch irgendeinen Unsinn verführen.

Sie weinte, wie ich bald genug herausfand, weil sie gerade ihr Kind beerdigt hatte. Sie war auch keine Norwegerin, sondern eine Französin und noch dazu Hebamme. Eine schicke Hebamme, muß ich sagen, sogar mit den übers Gesicht rinnenden Tränen. Ich fragte sie, ob ein kleiner Drink nicht vielleicht helfen würde, sie zu trösten, worauf hin sie sofort einen Whisky bestellte und ihn im Nu hinunterkippte. »Möchten Sie noch einen?« bot ich freundlich an. Sie glaube ja, sie fühle sich so scheußlich, so schrecklich niedergeschlagen. Sie fand, sie hätte auch gerne ein Päckchen Camels. »Nein, warten Sie einen Augenblick, ich möchte doch lieber *les* Pall Mall.« Bestelle, was du willst, dachte ich, aber hör um Himmels willen zu weinen auf, es geht mir auf die Nerven. Ich brachte sie wieder zum Tanzen hoch. Als sie stand, schien sie ein anderer Mensch zu sein. Vielleicht macht einen Kummer sinnlicher, ich weiß es nicht. Ich murmelte etwas von Weggehen. »Wohin?« fragte sie eifrig. »Oh, irgendwohin. An einen ruhigen Ort, wo wir uns unterhalten können.«

Ich ging auf die Toilette und zählte noch einmal das Geld nach. Die Hundertfrancsnoten versteckte ich in meiner Westentasche und behielt einen Fünfzigfrancsschein und das lose Kleingeld in meiner Hosentasche. Ich ging zur Bar zurück, entschlossen, keine Umschweife zu machen.

Sie machte es mir leichter, als ich gedacht hatte, denn sie lenkte selbst das Gespräch darauf. Sie sei in der Klemme. Nicht nur habe sie gerade ihr Kind verloren, sondern ihre Mutter liege krank, sehr krank daheim, und der Arzt sei zu bezahlen, und Arznei müsse gekauft werden und so fort und so fort. Ich glaubte natürlich kein Wort davon. Und da ich für mich ein Hotel finden mußte, schlug ich vor, sie sollte mitkommen und die Nacht über bei mir bleiben. So kann man eine Kleinigkeit sparen, dachte ich bei mir. Aber das wollte sie nicht. Sie bestand darauf, heimzugehen, sagte, sie habe eine eigene Wohnung und müsse außerdem nach ihrer Mutter sehen. Nach kurzer Überlegung entschied ich, es sei noch billiger, bei ihr zu schlafen, stimmte also zu und schlug vor, gleich zu gehen. Bevor wir jedoch aufbrachen, hielt ich es für das beste, sie wissen zu lassen, wie es um mich stand, damit nicht im letzten Augenblick das dicke Ende nachkam. Ich glaubte, sie fiele in Ohnmacht, als ich ihr sagte, wieviel ich in der Tasche hatte. »So siehst du aus!« sagte sie. Sie war tief beleidigt. Ich dachte, es würde einen Auftritt geben, behauptete jedoch unerschrocken meinen Stand. »Na, dann schön, dann verlasse ich dich«, sagte ich ruhig. »Vielleicht habe ich mich geirrt.«

»Das kann man wohl behaupten!« rief sie, hielt mich aber gleichzeitig am Ärmel fest. *»Ecoute, chéri, sois raisonnable!«* Als ich das hörte, war meine ganze Zuversicht wiederhergestellt. Ich wußte, daß es sich lediglich darum drehen würde, daß ich ihr etwas darüber hinaus versprach, dann war alles in Butter. »Schön«, sagte ich, der Sache überdrüssig, »ich werde schon nett zu dir sein, du wirst ja sehen.«

»Du hast mich also angelogen?« sagte sie.

»Ja«, lächelte ich, »ich habe einfach gelogen.«

Ich hatte meinen Hut noch nicht aufgesetzt, als sie bereits einem Taxi gewinkt hatte. Ich hörte sie den Boulevard de Clichy als Ziel nennen. Das kommt mich teurer als der Preis für ein Zimmer, dachte ich. Na schön, noch war Zeit, wir würden ja sehen. Ich weiß nicht mehr, wie es anfing, aber bald schwärmte sie mir von Henry Bordeaux vor. (Der Hure müßte ich erst noch begegnen, die nicht Henry Bordeaux kennt!) Aber diese hier war echt begeistert, ihre Sprechweise war jetzt schön, so zärtlich, so scharfsinnig, daß ich überlegte, wieviel ich ihr geben sollte. Es war mir, als habe ich sie sagen hören: – *»quand il n'y aura plus de temps.«* Es klang jedenfalls so. In dem Zustand, in dem ich mich befand, war eine solche Redewendung hundert Francs wert. Ich fragte mich, ob sie sie selbst erfunden oder von Henry Bordeaux entlehnt hatte. Gleichviel. Typisch Montmartre. ›Guten Abend, Mutter‹, sagte ich zu mir selber. ›Töchterchen und ich werden für euch sorgen – *quand il n'y aura plus de temps!*‹ Sie wollte mir auch ihr Diplom zeigen, fiel mir ein.

Sie war in heller Aufregung, nachdem die Tür sich hinter uns geschlossen hatte. Zerstreut. Rang ihre Hände und nahm Sarah-Bernhardt-Posen an, war dabei halb ausgezogen und unterbrach sich zwischendurch, um mich zu ermahnen, rasch zu machen, mich auszuziehen, dies und jenes zu tun. Endlich, als sie sich ganz entkleidet hatte und mit einem Hemd in der Hand herumwirtschaftete, um ihren Kimono zu suchen, ergriff ich sie und knutschte sie tüchtig ab. Sie sah bestürzt aus, als ich sie losließ. »Mein Gott! Mein Gott! Ich muß hinunter und nach meiner Mutter sehen!« rief sie aus. »Du kannst ein Bad nehmen, wenn du willst, *chéri.* Dort! Ich bin in ein paar Minuten zurück.« An der Tür umarmte ich sie noch einmal. Ich war in Unterhosen und hatte eine gewaltige Erektion. Irgendwie reizten all dieser Ärger und diese Aufregung, all der Kummer und das theatralische Gebaren nur meinen Appetit. Vielleicht ging sie nur hinunter, um ihren *maquereau* zu beruhigen. Ich hatte ein Gefühl, daß sich etwas Ungewöhnliches abspielte, eine Art Drama, von dem ich in der Morgenzeitung lesen würde. Ich unterzog die Wohnung einer raschen Inspektion. Sie bestand aus zwei Zimmern und einem Bad, war nicht schlecht möbliert. Ganz kokett. Dort an der Wand hing ihr Diplom – ›Erster Klasse‹, wie sie alle lauten. Und dort auf dem Toilettentisch stand die Fotografie eines Kindes, eines kleinen Mädchens mit schönen Locken. Ich drehte das Wasser für ein Bad auf, änderte aber dann meine Absicht. Wenn etwas passieren sollte und man fände mich in der Wanne . . . Der Gedanke mißfiel mir. Ich ging hin und her und wurde von Minute zu Minute unruhiger.

Als sie zurückkam, war sie sogar noch aufgeregter als vorher. »Sie stirbt . . . sie wird sterben!« Sie hörte nicht auf zu jammern. Einen Augenblick war ich nahe daran, fortzugehen. Wie, zum Teufel, kann man eine Frau besteigen, wenn drunten ihre Mutter, vielleicht gerade unter einem, stirbt? Ich legte meine Arme um sie, halb mitleidig und halb entschlossen, mir zu nehmen, wozu ich gekommen war. Als wir so dastanden, murmelte sie wie in echter Verzweiflung, wie notwendig sie das Geld brauche, das ich ihr versprochen hatte. Es sei für *maman.* Scheiße, ich hatte in diesem Augenblick nicht das Herz, um ein paar Francs zu feilschen. Ich ging zu dem Stuhl hinüber, auf dem meine Kleider lagen, und fummelte einen Hundertfrancsschein aus meiner Uhrtasche, wobei ich ihr jedoch sorgfältig den Rücken zudrehte. Und als weitere Vorsichtsmaßnahme breitete ich meine Hose an der Bettseite aus, an der ich, wie ich wußte, liegen würde. Die hundert

Francs stellten sie nicht ganz zufrieden, aber an dem schwachen Einspruch, den sie erhob, konnte ich merken, daß es genug war. Dann riß sie mit einer Energie, die mich in Erstaunen setzte, ihren Kimono herunter und sprang ins Bett. Sobald ich die Arme um sie gelegt und sie an mich gepreßt hatte, streckte sie die Hand nach dem Schalter aus und das Licht erlosch. Sie umarmte mich leidenschaftlich und stöhnte wie alle französischen Pritschen, wenn sie einen im Bett haben. Sie machte mich ganz toll mit ihrem Getue: Das mit dem Lichtausdrehen war mir neu, es schien echt zu sein. Aber ich war auch argwöhnisch, und sobald es unauffällig ging, fühlte ich mit der Hand, ob meine Hose noch auf dem Stuhl lag.

Ich dachte, wir seien gut untergebracht für die Nacht. Das Bett war sehr bequem, und die Laken waren sauber, wie ich bemerkt hatte. Wenn sie sich nur nicht so umherwälzen wollte! Man hätte glauben mögen, sie habe einen Monat lang mit keinem Mann mehr geschlafen. Ich wollte weitermachen. Ich wollte den vollen Gegenwert für meine hundert Francs. Aber sie murmelte alles mögliche Zeug in dieser verrückten Bettsprache, die einem sogar noch rascher ins Blut geht, wenn es dunkel ist. Ich legte mich ins Zeug, aber es war unmöglich mit ihrem Stöhnen und Keuchen und Gestammel: *»Vite, chéri! Vite, chéri! Oh, c'est bon! Oh, oh! Vite, vite, chéri!«* Ich versuchte zu zählen, aber es war wie ein abrasselnder Feuermelder. *»Viete, chéri!«*, und diesmal schüttelte es sie so atemlos, daß ich, peng! die Sterne flimmern sah, meine hundert Francs und die fünfzig, die ich ganz vergessen hatte, waren dahin, schon ging das Licht wieder an, und mit der gleichen Munterkeit, mit der sie ins Bett gesprungen war, sprang sie wieder heraus und grunzte und quiekte wie eine alte Sau. Ich legte mich zurück und paffte eine Zigarette, wobei ich reuig meine Hose anstarrte, die schrecklich zerknittert war. Im Nu war sie wieder da, hüllte sich in ihren Kimono und sagte mir in ihrer aufgeregten Art, ich sollte es mir bequem machen. »Ich gehe nur hinunter, um nach Mutter zu sehen«, sagte sie. *»Mais faites comme chez vous, chéri. Je reviens tout de suite.«*

Nachdem eine Viertelstunde vergangen war, fühlte ich mich tief beunruhigt. Ich ging ins Nebenzimmer und las einen auf dem Tisch liegenden Brief. Es war nichts von Bedeutung – ein Liebesbrief. Im Badezimmer untersuchte ich alle auf dem Regal stehenden Flaschen. Sie besaß alles, was eine Frau braucht, um gut zu riechen. Ich hoffte noch immer, sie würde zurückkommen und mich noch mal für den Gegenwert von fünfzig Francs schadlos halten. Aber die Zeit verstrich, und nichts war von ihr zu sehen. Ich begann, unruhig zu werden. Vielleicht starb dort unten *wirklich* jemand. Gedankenlos, vermutlich aus einem Gefühl der Selbsterhaltung, begann ich mich wieder anzuziehen. Als ich meinen Gürtel zuschnallte, fiel mir blitzhaft ein, wie sie die Hundertfrancsnote in ihre Geldbörse gestopft hatte. In der Aufregung des Augenblicks hatte sie die Börse in das obere Fach des Kleiderschranks gelegt. Ich erinnerte mich an die Geste, die sie machte, wie sie auf Zehenspitzen dastand und in das Fach hinauflangte. Ich brauchte keine Minute, um den Kleiderschrank zu öffnen und nach der Börste zu tasten. Sie lag noch dort. Ich öffnete sie hastig und sah meinen Hundertfrancsschein niedlich zwischen den seidenen Trennfächern liegen. Ich legte die Börse an dieselbe Stelle zurück, schlüpfte in Mantel und Schuhe und ging dann hinaus auf den Treppenabsatz und lauschte angestrengt. Ich hörte keinen Laut. Wohin sie gegangen war, das mochte Gott wissen. Im Nu stand ich wieder vor dem Kleiderschrank und griff nach ihrer Börse. Ich sackte die hundert Francs und das ganze Kleingeld ein. Dann schlich ich, leise die Tür schließend, auf Zehenspitzen die Treppe hinunter und schritt aus, sobald ich die Straße erreicht hatte, so rasch mich meine Beine tragen wollten. Am Café Boudon machte ich halt, um einen Happen zu essen. Die Huren dort amüsierten sich damit, sich über einen dicken Mann lustig zu machen, der über seiner Mahlzeit eingeschlafen war. Er schlief fest, schnarchte, doch mahlten dabei seine Kiefer mechanisch weiter. Das Lokal war in hellem Aufruhr. Rufe ertönten: »Alle zusammen!«, und dann setzte ein allgemeines Getrommel mit Messern und Gabeln ein. Er öffnete einen Augenblick die Augen, blinzelte benommen, und dann sank sein Kopf wieder auf seine Brust zurück. Ich steckte den Hundertfrancsschein sorgfältig in meine Uhrtasche und zählte das Kleingeld. Der Lärm um mich nahm zu, und es fiel mir schwer, mich zu erinnern, ob ich wirklich ›Erster Klasse‹ auf ihrem Diplom gelesen hatte oder nicht. Es beunruhigte mich. Ihre Mutter kümmerte mich keinen Pfifferling. Ich hoffte, daß sie inzwischen abgekratzt war. Es wäre merkwürdig, wenn ihre Geschichte stimmen sollte. Zu schön, um wahr zu sein. *Vite, chérie . . . vite, vite!*

ERICA JONG

Adrian

Ich hatte gehofft, nach dem Meeting mit Adrian sprechen zu können, doch Bennett zerrte mich mit sich, bevor es Adrian gelungen war, sich aus dem Gedränge rund um das Podium zu befreien. Wir bildeten bereits ein recht barockes Trio. Bennett spürte meine explosiven Gefühle und setzte alles daran, mich so rasch wie möglich fortzubekommen. Adrian spürte meine explosiven Gefühle und sah Bennett immer wieder an, um festzustellen, wieviel er wußte. Und mir kam es bereits so vor, als würden die beiden mich in zwei Teile reißen. Dafür konnten sie natürlich nichts. Sie symbolisierten lediglich den Kampf, der sich in mir abspielte. Bennetts rechtschaffene, zwanghafte, langweilige Beständigkeit stand für meine eigene Panik vor Veränderungen, für meine Angst vor dem Alleinsein, für mein Verlangen nach Sicherheit. Adrians bizarres Benehmen, seine Hinterntätschelei stand für den Teil von mir, den es vor allem nach zügelloser Ungebundenheit verlangte. Es war mir nie gelungen, diese beiden Teile meines Wesens miteinander zu versöhnen. Mir war nicht mehr gelungen, als den einen Teil (zeitweise) zu unterdrücken – auf Kosten des anderen. Die bürgerlichen Tugenden: Ehe, Sicherheit, Arbeit gehen vor Vergnügen, hatten mich nie zufriedengestellt. Ich war zu neugierig und abenteuerlustig, um mich nicht an diesen Beschränkungen wund zu scheuern. Doch ich litt auch an nächtlichen Angstanfällen, die sich bis zur Panik steigern konnten – ausgelöst durch die Tatsache, daß ich so allein war. Und so endete es immer damit, daß ich mit jemandem zusammenlebte – oder heiratete.

Doch abgesehen davon glaubte ich wirklich, daß eine dauerhafte, innige Beziehung zu *einem* Menschen das Erstrebenswerte sei. Es entging mir keineswegs, daß es *à la longue* zu nichts führte, von einem Bett ins andere zu hüpfen und eine Menge seichter Affären mit einer Menge seichter Leute zu haben. Ich hatte die unaussprechlich trostlose Erfahrung gemacht, neben einem Mann aufzuwachen, mit dem ich unmöglich auch nur ein Wort hätte wechseln können – und das war schließlich auch kein sehr befreiendes Gefühl. Leider gab es wohl keinen Weg, die Vorzüge der Ungebundenheit mit denen der Dauerhaftigkeit in *einem* Leben zu vereinen. Die Tatsache, daß schon klügere Köpfe als ich über dieses Problem nachgegrübelt hatten, ohne eine schlüssige Antwort darauf zu finden, tröstete mich auch nicht sonderlich; es gab mir lediglich das Gefühl, daß meine Sorgen banal und alltäglich waren. Wenn ich wirklich etwas Besonderes wäre, dachte ich, würde ich mir nicht stundenlang den Kopf über Ehe und Ehebruch zerbrechen. Ich würde losziehen und das Leben mit beiden Händen packen und, was immer ich täte, weder Reue noch Schuldgefühl empfinden. Daß ich mich mit diesen alten Hüten herumschlug, bewies mir nur, wie durchschnittlich ich war.

Am Abend begannen die vorgesehenen Festivitäten mit einem ›geselligen Beisammensein‹ aller Kongreßteilnehmer in einem Lokal in Grinzing. Es war eine höchst unelegante Angelegenheit. Große phallische Knackwürste mit Sauerkraut bildeten das Freudsche Hauptgericht. Zur Unterhaltung sangen die Wiener Studenten der Psychiatrie – die Gastgeber – unter anderem ›*When the Analysts Come Marching in . . .*‹ (zur Melodie von ›*When the Saints . . .*‹). Der Text schien englisch zu sein – oder doch zumindest eine Sprache, von der ein Wiener Student annehmen könnte, es sei Englisch.

Alle lachten und applaudierten heftig, während ich dabei saß wie Gulliver unter den Yahoos. Ich runzelte die Stirn und dachte an das Ende der Welt. Wir würden allesamt in einer nuklearen Hölle untergehen, während diese Clowns hier saßen und ihre Psychoanalytiker ansangen. Trostlos. Adrian sah ich nirgends.

Bennett sprach mit jemand vom Londoner Institut über die Ausbildung von Psychoanalytikern, und schließlich stürzte ich mich in eine Unterhaltung mit meinem Gegenüber, einem chilenischen Analytiker, der in London studierte. Als er sagte, er sei aus Chile, fiel mir dazu bloß Neruda ein. Also unterhielten wir uns über Neruda. Ich steigerte mich in einen meiner hektischen Rede-Paroxysmen hinein und sagte ihm, was für ein Glück er habe, Südamerikaner zu sein, in einer Zeit, in der die größten lebenden Schriftsteller alle Südamerikaner seien. Ich dachte, was für eine gräßliche Angeberin ich doch wäre, doch er schien erfreut. Als hätte ich *ihm* ein Kompliment gemacht. Auf diesem absurden literarisch-chauvinistischen Gleis lief die Unterhaltung weiter. Wir sprachen über den Surrealismus und seine Beziehung zur südamerikanischen Politik – worüber ich weniger als nichts wußte. Doch im Surrealismus kannte ich mich aus. Er ist sozusagen mein Leben.

Als ich gerade etwas über Borges und seine *Labyrinthe* hervorsprudelte, tippte Adrian mir auf die Schulter. Wenn man vom Minotaurus spricht . . . Dort stand er, dicht hinter mir – von Kopf bis Fuß gehörnt. Mein Herz machte einen Sprung – bis hinauf in die Nase.

Ob ich tanzen wolle? Natürlich wollte ich tanzen, und nicht nur das.

»Ich hab' Sie den ganzen Nachmittag gesucht«, sagte er. »Wo haben Sie gesteckt?«

»Bei meinem Mann.«

»Er sieht ziemlich angeschlagen aus, wie? Womit haben Sie ihn unglücklich gemacht?«

»Mit Ihnen, nehme ich an.«

»Vorsicht«, sagte er. »Lassen Sie nicht die Eifersucht ihr grauses Haupt erheben.«

»Das ist schon geschehen.«

Wir sprachen miteinander, als wären wir bereits ein Liebespaar, und in gewissem Sinne waren wir das auch. Wenn der Vorsatz so schwer wiegt wie die Tat, war das Urteil schon gefällt – wie bei Paolo und Francesca. Aber wo hätten wir hingehen sollen? Außerdem gab es keine Möglichkeit, sich zu verdrücken, fort von den Leuten, die uns beobachteten. Also tanzten wir.

»Ich tanze nicht besonders gut«, sagte er.

Das stimmte. Doch er machte es dadurch wett, daß er lächelte wie Pan. Er scharrte mit seinen kleinen gespaltenen Hufen. Ich lachte – eine Spur zu schrill. »Tanzen ist wie ficken«, sagte ich, »es kommt nicht darauf an, wie es aussieht – Hauptsache, wie einem dabei ist.« Einfach toll, wie ich mir kein Blatt vor den Mund nahm! Und wozu diese Show einer weltgewandten Dame?

Ich schloß die Augen und überließ mich wollüstig dem Rhythmus. Ich wand mich wie eine Schlange, ließ mein Becken kreisen und stieß es immer wieder gegen das seine. Irgendwann, in den längst vergangenen Tagen des Twist, war mir plötzlich aufgegangen, daß *niemand* wußte, wie das eigentlich geht – also wozu Hemmungen? *Chuzpe* ist alles – sowohl beim Gesellschaftstanz wie im gesellschaftlichen Leben. Von da an wurde ich eine ›gute Tänzerin‹ – oder das Tanzen machte mir zumindest Spaß. Es war wirklich wie ficken: Rhythmus und Schweiß.

Adrian tanzte auch die nächsten fünf oder sechs Tänze mit mir, bis wir – total erschöpft und tropfnaß – soweit gewesen wären, miteinander ins Bett zu fallen. Dann tanzte ich mit einem der österreichischen Teilnehmer – um den Anschein zu wahren, was ohnehin immer schwieriger wurde. Und dann tanzte ich mit Bennett, der ein fabelhafter Tänzer ist. Ich genoß es, daß Adrian mir zusah, während ich mit meinem Mann tanzte. Bennett tanzte um so vieles besser als Adrian, und er tat es genau mit der Eleganz und Grazie, die Adrian abging. Wenn Adrian beim Tanzen ein hoffnungsloser Oldtimer war, so war Bennett ein stromliniger Jaguar XKE. Und Bennett war so verdammt *lieb* zu mir. Seit Adrian auf der Bildfläche erschienen war, war Bennett wieder so galant und dazu unablässig um mich bemüht. Er machte mir von neuem den Hof. Das gestaltete das Ganze *noch* viel schwieriger. Wenn er doch bloß ein Ekel gewesen wäre, wie einer von diesen Ehemännern in Romanen – gemein und tyrannisch, ein Mann, der es *verdient*, daß man ihm Hörner aufsetzt! Statt dessen war er einfach entzückend. Und das Teuflische daran war, daß das meine Begierde nach Adrian um keinen Deut verringerte.

Meine Begierde hatte wahrscheinlich mit Bennett gar nichts zu tun. Warum mußte es immer ›entweder – oder‹ sein? Ich wollte sie einfach beide haben. Die *Wahl* war das Unmögliche.

Adrian brachte uns in seinem Wagen ins Hotel zurück. Während der Fahrt, die gewundene, abfallende, von Grinzing stadteinwärts führende Straße hinunter, sprach er über seine Kinder – zehn und zwölf Jahre alt – die poetischerweise Anaïs und Nikolai hießen und bei ihm lebten. Die anderen beiden, Mädchen, und zwar Zwillinge, deren Namen er nicht nannte, lebten bei ihrer Mutter in Liverpool.

»Es ist arg für meine zwei, daß sie keine Mutter haben«, sagte er, »aber andererseits bin ich ihnen eine ganz gute Mama. Ich koche sogar recht gern. Mein Curry-Reis ist nicht von schlechten Eltern.«

Daß er so stolz darauf war, eine gute Hausfrau zu sein, entzückte und amüsierte mich. Ich saß in Adrians *Triumph* vorne auf dem Beifahrersitz, Bennett auf dem Notsitz hinter uns. Wenn er doch bloß verschwinden, sich auflösen, aus dem offenen Sportwagen hinausschweben und sich im Wald verlieren würde. Und natürlich haßte ich mich auch dafür, *daß* ich das wünschte. Warum bloß war alles so kompliziert? Warum konnten wir nicht freundschaftlich und offen darüber reden. ›Du nimmst es mir doch nicht übel, Schatz, aber ich muß jetzt mit diesem schönen

Fremden vögeln.‹ Warum konnte es nicht einfach und aufrichtig und ohne tierischen Ernst vor sich gehen? Warum mußte man sein ganzes Leben aufs Spiel setzen – für einen lumpigen Spontanfick.

Am Hotel angekommen, sagten wir einander auf Wiedersehen. Welche Heuchelei, mit einem Mann aufs Zimmer zu gehen, mit dem man *nicht* ficken möchte, und den, mit dem man möchte, allein und einsam zurückzulassen, und sich dann, im Zustand großer Erregung, von *dem* ficken zu lassen, mit dem man *nicht* ficken möchte, und sich dabei vorzustellen, er sei derjenige, mit dem man möchte. Das nennt man eheliche Treue. Das nennt man Monogamie. Das nennt man das Unbehagen in der Kultur.

Am nächsten Abend fand die offizielle Eröffnung des Kongresses statt, der, im Dämmerlicht des scheidenden Tages, ein Cocktail-Empfang im großen Innenhof der Hofburg – einem der Wiener Paläste aus dem 18. Jahrhundert – voranging. Das Palais war innen renoviert worden, so daß die für die Öffentlichkeit bestimmten Räume den ganzen herkömmlichen Charme amerikanischer Motel-Restaurants aufwiesen, doch im Innenhof waberten noch die Nebel des 18. Jahrhunderts.

Wir erschienen zur blauen Stunde – acht Uhr abends spät im Juli. Lange Tische säumten den Innenhof. Kellner, Tabletts mit

Champagnergläsern (die leider, wie sich herausstellte, süßlichen deutschen Sekt enthielten) über ihren Köpfen balancierend, wanden sich durch die Menge. Selbst die Psychoanalytiker glitzerten in der violetten Dämmerung. Rose Schwamm-Lipkin trug einen rosafarbenen, perlenbestickten Abendpulli aus Hongkong, dazu einen roten Seidenrock und ihre schicksten orthopädischen Sandalen. Judy Rose glitt in einem BH-losen hautengen Hosenanzug aus Silberlamé an uns vorüber. Sogar Dr. Schrift trug eine weinrote samtene Smokingjacke und dazu eine riesige azaleenfarbene Frackschleife aus Seide. Und Dr. Frommer war in Frack und Zylinder erschienen.

Bennett und ich schoben uns durch die Menge, auf der Suche nach jemand, den wir kannten. Wir wanderten ziellos umher, bis einer der Kellner uns zuvorkommend sein Tablett mit Champagnergläsern hinhielt und uns etwas zu tun gab. Ich trank schnell und hastig, in der Hoffnung, in Windeseile betrunken zu sein – was mir meistens mühelos gelingt. Nach etwa zehn Minuten schwebte ich durch purpurnen Nebel dahin; in den Augenwinkeln sah ich Sektperlen spielen. Ich tat, als sei ich auf der Suche nach der Damentoilette (während ich in Wirklichkeit natürlich auf der Suche nach Adrian war). Ich fand Tausende von ihm; sie erstreckten sich in der langen barocken Spiegelgalerie (in deren Nähe sich die Damentoilette befand) bis ins Unendliche.

Er schimmerte in all den Spiegeln. Eine unendliche Anzahl von Adrians in beigefarbenen Cordhosen und pflaumenfarbenen Rollkragenpullovern und braunen Wildlederjacken. Eine unendliche Anzahl schmutziger Zehennägel in unzähligen indischen Sandalen. Eine unendliche Anzahl von Meerschaumpfeifen zwischen ebenso vielen makellos geschwungenen Lippen. Meine Traumnummer? Mein Mann unter dem Bett! Vervielfältigt wie die Liebenden in *Letztes Jahr in Marienbad.* Vervielfältigt wie Andy Warhols Selbstporträts, wie die tausend und ein Buddhas im Tempel von Kioto. (Jeder Buddha hat sechs Arme, jeder Arm hat ein eigenes Auge . . . wieviel Schwänze hatten wohl diese Millionen von Adrians? Und war jeder Schwanz ein Symbol für die unendliche Weisheit und das unendliche Erbarmen Gottes?)

»Hallo, Schätzchen«, sagt er, sich nach mir umwendend.

»Ich hab was für Sie«, sage ich und überreiche ihm das Buch mit Widmung, das ich den ganzen Tag mit mir herumgetragen habe. Die Ränder der Seiten werden schon unansehnlich von meinen feuchten Handflächen.

»Wie süß von dir!« Er nimmt das Buch. Arm in Arm gehen wir durch die Spiegelgalerie. ›*Galeotto fu il libro e chi lo scrisse*‹, wie mein alter Kumpel Dante gesagt hätte. Die Gedichte hurten um Liebe, wie ihre Autorin. Das Buch meines Leibes war aufgeschlagen und der zweite Kreis der Hölle nicht fern.

»Weißt du«, sage ich, »wir werden uns wahrscheinlich nie wiedersehen.«

»Vielleicht tun wir es deshalb?« sagt er.

Wir gehen hinaus und in einen anderen Innenhof, der jetzt hauptsächlich als Parkplatz dient. Inmitten dunkler Schatten von Opels, Volkswagen und Peugeots umarmen wir einander. Mund an Mund und Leib an Leib. Sein Kuß ist zweifellos der nasseste Kuß in der Geschichte der Menschheit. Seine Zunge ist überall, wie das Weltmeer. Wir segeln davon. Sein Penis (der sich in seiner Cordhose aufbäumt) ist der hochaufragende rote Schornstein eines Ozeandampfers. Und ich streiche an ihm entlang, ächzend und stöhnend wie der Meereswind. Und ich sag all die törichten

Dinge, die man sagt, wenn man sich auf einem Parkplatz abknutscht und versucht, ein Verlangen, eine Sehnsucht in Worte zu fassen, die nicht in Worte zu fassen ist – außer vielleicht im Gedicht. Und alles klingt so lahm. Ich liebe deinen Mund. Ich liebe dein Haar. Ich liebe deine Ohren. Ich muß dich haben. Ich muß dich haben. Alles, um nicht zu agen: Ich liebe dich. Denn das hier ist fast zu schön, um Liebe zu sein. Zu prickelnd und köstlich für etwas so Ernsthaftes und Nüchternes wie Liebe. Mein ganzer Mund hat sich verflüssigt. Sein Mund schmeckt köstlicher, als die Brustwarze einem Baby schmeckt. (Und komm mir jetzt nicht mit deinen psychiatrischen Interpretationen, Bennett, ich schlag sofort zurück. Infantil. Regressiv. Zutiefst inzestuös. Zweifellos. Doch ich gäbe mein Leben dafür, wenn ich ihn nur immer weiter so küssen könnte, und wie willst du *das* analysieren?) Inzwischen hat er beide Hände in meinen Hintern geschlagen. Mein Buch hat er auf dem Kotflügel eines Volkswagens abgelegt und dafür meinen Hintern gepackt. Schreibe ich denn nicht deswegen? Um geliebt zu werden? Ich weiß es nicht mehr. Ich weiß nicht einmal mehr, wie ich heiße.

»Ich kenne keinen Arsch wie deinen«, sagt er. Und das macht mich glücklicher, als wenn ich soeben den *National Book Award* verliehen bekommen hätte. Den *National* Arsch *Award* – den will ich haben! Den transatlantischen Arschpreis 1971.

»Ich komme mir vor wie Mrs. Amerika auf dem Kongreß der Träume«, sage ich.

»Du *bist* Mrs. Amerika auf dem Kongreß der Träume«, sagte er, »und ich will dich lieben, so intensiv ich kann, und dann verschwinden.«

Gewarnt ist gewappnet, heißt es. Doch wer achtet schon darauf? Alles, was ich hörte, war das dumpfe Hämmern meines Herzens.

Der Rest des Abends war ein Traum aus Spiegelbildern und Sektkelchen und angetrunkenem Psychiatrie-Geschwätz. Wir gingen durch die Spiegelgalerie zurück zur Gesellschaft. Wir waren so erregt, daß wir uns kaum die Mühe machten, eine neue Verabredung zu treffen.

Ich sah Bennett. Die rothaarige Argentinierin hatte ihn untergehakt, und er lächelte sie an. Ich trank noch ein Glas Sekt und machte mit Adrian einen Rundgang. Er stellte mich allen anwesenden Analytikern aus London vor und schwatzte eine Menge

Zeug über meinen bis dato noch ungeschriebenen Artikel. Ob sie bereit wären, sich von mir interviewen zu lassen? Ob sie sich für meine journalistische Arbeit interessierten? Und die ganze Zeit lag sein Arm um meine Taille und seine Hand hin und wieder auf meinem Hintern. Sehr diskret benahmen wir uns nicht gerade. Jeder konnte es mitkriegen. Sein Analytiker. Mein Ex-Analytiker. Der Analytiker seines Sohnes. Der Analytiker seiner Tochter. Der frühere Analytiker meines Mannes. Mein Mann.

»Die Frau Gemahlin?« fragte einer der älteren Herren aus London.

»Nein«, erwiderte Adrian, »aber ich wünschte, sie wäre es. Wenn ich ganz großes Glück habe, wird sie es vielleicht noch.«

Ich schwebte dahin. In meinem Kopf summte es von Sekt und Heiratsgesprächen. Meine Gedanken kreisten um die Vorstellung, New York, diesem öden Kuhdorf, den Rücken zu kehren,

und statt dessen in *swinging* London zu leben. Ich war nicht mehr recht bei Sinnen. »Sie ist mit irgendeinem Engländer durchgegangen«, hörte ich meine New Yorker Freundinnen sagen, nicht ohne Neid. Alle haben sie lauter Klötze am Bein: Kinder und Babysitter-Sorgen und Weiterbildungskurse und Lehrstellen und psychiatrische Behandlung und Patienten. Und ich flog auf meinem geklauten Besenstiel durch die purpurnen Wolken von Wien. Ich war diejenige, die ihre Fantasien für sie zu Papier bringen mußte. Ich war diejenige, die ihnen immer komische Geschichten über meine verflossenen Liebhaber erzählte, diejenige, die sie nach außenhin beneideten und über die sie im stillen lachten. Ich sah im Geiste den Bericht über die Ereignisse in *Class News* vor mir:

Isadora White Wing und ihr neuer Mann, Dr. Adrian Goodlove, leben in London in der Nähe von Hampstead Heath – nicht zu verwechseln mit Hethcliff (dies für die Mathe-Studenten unter euch). Isadora würde zu gern gelegentlich etwas von ihren früheren Kommilitoninnen, die sich gegebenenfalls im Ausland aufhalten, hören. Sie arbeitet eifrig an einem Roman und wird demnächst auch einen neuen Gedichtband veröffentlichen. Im Augenblick nimmt sie am Internationalen Psychoanalytiker-Kongreß in Wien teil, wo sie . . .

Alle meine Fantasien drehten sich um Heirat. Kaum war ich im Geist dabei, dem einen Mann davonzulaufen, da sah ich mich bereits an einen anderen gebunden. Ich war wie ein Schiff, das immer einen Anlaufhafen braucht. Ich konnte mir mich selbst ohne Mann einfach nicht vorstellen. Ohne Mann kam ich mir vor wie ein Hund ohne Herr, wurzellos, gesichtslos, konturlos.

Aber was war denn eigentlich an der Ehe so großartig? Ich war ja nun bereits zum zweiten Male verheiratet. Es hatte seine guten, aber auch seine schlechten Seiten. Die sogenannten Vorzüge der Ehe standen zumeist unter negativem Vorzeichen. Unverheiratet in einer Männerwelt zu leben, bedeutete eine solche Mühsal, daß *alles* andere besser sein mußte als das. Die Ehe *war* besser. Aber nicht viel. Ziemlich raffiniert, wie die Männer ledigen Frauen das Leben so unerträglich zu machen gewußt haben, daß die meisten mit Freuden sogar eine schlechte Ehe vorziehen würden. Fast alles bedeutete eine Verbesserung, verglichen mit der Strampelei, sich mit einem schlecht bezahlten Job durchschlagen zu müssen und sich in seiner Freizeit unattraktive Männer vom Leibe zu halten, während man verzweifelt bemüht ist, sich einen attraktiven zu angeln. Obwohl ich nicht daran zweifle, daß ledig zu sein für einen Mann die gleiche Einsamkeit bedeutet, so fällt bei ihm immerhin die zusätzliche Erschwerung der Lebensgefahr fort, die das Alleinsein für eine Frau darstellt, und es hat nicht automatisch Armut und unweigerlich den Status eines sozialen Parias zur Folge.

Würden die meisten Frauen überhaupt heiraten, wenn sie wüßten, was ihnen blüht? Ich denke an die jungen Frauen, die ihren Männern folgen, wohin der Beruf ihre Männer auch führt, und wie sie sich unversehens weit entfernt von ihren Freunden und Angehörigen wiederfinden. Ich sehe sie in Orten leben, wo sie keine Arbeit finden, wo sie die Sprache nicht sprechen. Ich sehe sie aus lauter Einsamkeit und Langeweile Kinder in die Welt setzen, ohne zu wissen, warum. Ich denke an ihre Männer, immer gehetzt und müde von der Jagd nach dem Geld. Ich denke daran, wie sie einander nach der Hochzeit seltener sehen als zuvor. Ich denke daran, wie sie abends ins Bett fallen, zu erschöpft zum Vögeln. Ich denke daran, wie sie sich schon im ersten Ehejahr fremder gegenüberstehen, als sie es, bevor sie einander heirateten, bei zwei Menschen auch nur für möglich gehalten hätten. Und dann denke ich an die beginnenden Wunschträume. Er schielt nach den vierzehnjährigen Lolitas im Bikini. Sie ist scharf auf den Fernsehmonteur. Das Baby wird krank, und sie treibt es mit dem Kinderarzt. Er vögelt seine masochistische kleine Sekretärin, die *Cosmopolitan* liest und sich für ein tolles Weib hält. Nicht: Wann begann alles schiefzulaufen? Sondern: Wann war jemals alles in Ordnung?

Ein trübes Bild. Nicht alle Ehen sind so. Ich denke da an die Ehe, von der ich in meiner idealistischen Pubertät träumte (als ich glaubte, daß Beatrice und Sidney Webb sowie Virginia und Leonard Woolf eine vollkommene Ehe führten). Was wußte ich schon? ›Vollkommene Übereinstimmung‹, ›Kameradschaft‹, ›Gleichheit‹ – das war es, was ich von der Ehe verlangte. Wußte ich etwas davon, wie Männer sich hinter ihrer Zeitung verschanzen, während man den Tisch abräumt? Wie sie tun, als hätten sie zwei linke Hände, wenn man sie bittet, einen Saft-Cocktail zu mixen? Und wie sie, wenn sie Freunde mitbringen, von einem erwarten, daß man die Herren von vorn und hinten bedient, und sich andererseits das Recht herausnehmen, zu schmollen und sich zurückzuziehen, sobald man selbst einmal jemanden mitbringt?

Welches idealistische, heranwachsende junge Mädchen könnte sich das alles wohl vorstellen, während es Shaw und Virginia Woolf und Beatrice und Sidney Webb liest?

Ich kenne einige gute Ehen. Meistens sind es zweite Ehen. Ehen, in denen beide Partner dem ›Ich-Tarzan‹-›Du-Jane‹-Schwachsinn entwachsen sind und ihr Bestes tun, den Alltag zu bewältigen, indem sie einander helfen, einander mit Rücksicht und Güte begegnen, den täglich anfallenden häuslichen Kleinkram ohne Murren erledigen, ohne sich allzu viele Gedanken darüber zu machen, wer was tut. Manche Männer erreichen diesen wunderbar lässigen Gemütszustand um die vierzig herum, oder nach ein paar Scheidungen. Vielleicht sind diejenigen Ehen die besten, in denen die Partner im mittleren Alter stehen. Wenn all der Unsinn wegfällt und man begreift, daß man einander lieben *muß*, da man eines Tages doch sterben wird.

Wir waren alle blau (ich dunkelblau), als wir uns in Adrians grünen *Triumph* quetschten und losfuhren, in irgendein Nachtlokal. Wir waren zu fünft: Bennett, Marie Winkleman (eine vollbusige Studiengenossin von mir, inzwischen Psychologin, die Bennett auf dem Fest aufgerissen hatte), Adrian (der uns fuhr, wenn man es so nennen kann), ich (mit zurückgelegtem Kopf, wie die erste Isadora nach ihrer Strangulation) und Robin Phipps-Smith (ein farbloser, krausköpfiger englischer Doktorand mit einem deutschen Brillengestell, der ununterbrochen davon redete, wie

sehr er ›Ronnie‹ Laing verabscheue – was ihn Bennett teuer machte). Adrian dagegen war ein Laing-Anhänger; er hatte bei ihm studiert und konnte seinen schottischen Akzent wunderbar nachahmen – allerdings wußte ich damals noch nicht, wie Laing sprach.

Wir zickzackten durch die Straßen von Wien, über Kopfsteinpflaster und Straßenbahngeleise, und überquerten die schöne, schmutzigbraune Donau.

Wie die Diskothek hieß oder die Straße oder sonstwas, weiß ich nicht mehr. Ich habe Zustände, in denen ich meine Umgebung nicht mehr zur Kenntnis nehme, ausgenommen die Männer darin und die Vibrationen, die sie in meinen verschiedenen Körperteilen (Herz, Bauch, Brustwarzen, Möse) auslösen. Das Lokal flirrte von Silber. Chromfarbene Tapeten. Grellweißes Licht. Überall Spiegel. Gläserne Tische auf Gestellen aus Chrom. Mit weißem Leder bezogene Stühle. Ohrenbetäubende Rock-Musik. Nennen Sie das Beisl, wie Sie wollen: *The Mirrored Room, The Seventh Circle, The Silvermine, The Glass Balloon.* Ich weiß nur noch, daß es ein englischer Name war. Sehr schick und ebenso leicht zu vergessen.

Bennett, Marie und Robin sagten, sie wollten sich an einen Tisch setzen und Drinks bestellen. Adrian und ich begannen zu tanzen; unsere trunkenen Windungen wiederholten sich in den endlosen Spiegeln. Schließlich suchten wir uns einen toten Winkel zwischen zwei Spiegeln, wo wir uns küssen konnten, beobachtet einzig und allein von uns selbst in zahllosen Exemplaren. Ich hatte das deutliche Gefühl, meinen eigenen Mund zu küssen – wie damals, als ich, mit neun Jahren, mein Kopfkissen mit Speichel befeuchtete und die Stelle dann küßte, um eine Vorstellung davon zu bekommen, wie ein ›Zungenkuß‹ wohl schmecke.

Als wir uns auf die Suche nach dem Tisch mit Bennett und den anderen machten, befanden wir uns unversehens in einem Irrgarten von ineinander übergehenden Nischen und abgeteilten Sitzecken. Immer wieder traten wir uns selbst entgegen. Wie in einem Traum, gehörte keines der Gesichter an den Tischen jemandem, den wir kannten. Wir suchten und suchten, in zunehmender Panik. Mir war, als sei ich in eine Spiegelwelt versetzt, wo ich, wie die *Rote Königin,* laufen und laufen mußte, bis sich herausstellte, daß ich rückwärts lief. Und nirgends eine Spur von Bennett.

Blitzartig ging mir auf, daß er Marie nach Hause gebracht hatte, um mit ihr ins Bett zu gehen. Entsetzen überfiel mich. *Ich* hatte ihn soweit gebracht. Das war das Ende. Ich würde den Rest meines einsamen Lebens ohne Mann, ohne Kinder, ohne menschliche Anteilnahme zubringen.

»Gehn wir«, sagte Adrian. »Sie sind nirgends zu sehen. Sicher sind sie fortgegangen.«

»Vielleicht konnten sie keinen freien Tisch finden und warten draußen auf uns.«

»Schon möglich«, sagte er.

Doch ich kannte die Wahrheit. Bennett hatte mich verlassen. Für immer. Jetzt, in diesem Augenblick, umfaßte er mit beiden Händen Maries gewaltigen kellerbleichen Arsch und vögelte ihr Freudsches Gemüt.

Während meines ersten Trips nach Washington, mit zehn Jahren, bin ich meinen Angehörigen abhanden gekommen, während wir das FBI-Gebäude besichtigten. Ausgerechnet dort habe ich mich verirrt. Abteilung vermißte Personen. Fahndung veranlassen.

Die McCarthy-Ära war auf ihrem Höhepunkt, und ein FBI-Mann mit verkniffenem Mund erklärte den Anwesenden ausführlich, wie man am besten Kommunisten fängt. Ich lungerte vor einer Glasvitrine herum und war vertieft in den Anblick der darin ausgestellten Fingerabdrücke, als die ganze Gesellschaft um eine Ecke bog und verschwunden war. Ich wanderte umher, betrachtete mein Spiegelbild im Glas der Vitrinen und versuchte, meine Angst zu bezwingen. Sie würden mich nie wiederfinden. Die Fingerabdrücke eines behandschuhten Verbrechers waren leichter aufzuspüren als ich. FBI-Beamte mit Bürstenhaarschnitt würden mich auf teuflische Weise verhören, bis ich gestand, daß meine Eltern Kommunisten seien (sie waren tatsächlich irgendwann Kommunisten gewesen), und wir alle würden unsere Tage wie die Rosenbergs beenden, in unseren feuchten Zellen *God Bless America* singen und daran denken, wie es wohl sei, auf dem elektrischen Stuhl zu sterben.

Und dann begann ich zu brüllen. Ich brüllte so lange, bis die ganze Gesellschaft zurückgerannt kam und mich dort fand – in einem Saal mit lauter Hilfsmitteln zur Spurensicherung. Aber jetzt konnte ich nicht brüllen. Und außerdem war die Musik so laut, daß niemand mich gehört hätte. Plötzlich begehrte ich Bennett so heftig, wie ich vor wenigen Minuten Adrian begehrt hatte. Und Bennett war fort. Wir gingen hinaus und stiegen in Adrians Wagen.

Auf dem Weg zu seiner Pension geschah etwas Sonderbares.

Oder, besser gesagt: es geschah zehnmal etwas Sonderbares. Wir verfuhren uns zehnmal. Und jedes Mal war einzig in seiner Art – nicht, daß wir etwa immerzu in der Runde gefahren wären. Und nun, da wir einander bis in alle Ewigkeit auf dem Halse hatten, schien das Bett im Augenblick an Dringlichkeit verloren zu haben.

»Ich habe nicht vor, dir von all den anderen Männern zu erzählen, mit denen ich im Bett war«, sagte ich. Ich kam mir recht kühn vor.

»Das ist recht«, sagte er und tätschelte mein Knie. Statt dessen fing er an, mir von all den Frauen zu erzählen, die *er* aufs Kreuz gelegt hatte. Das hatte ich nun davon.

Zunächst mal war da May Pei, die junge Chinesin, an die Bennett ihn erinnerte.

»May Pei – erst HI-FI und dann *bye-bye.*«

»Sehr witzig.«

»Witzig oder nicht – wie ging es denn aus?«

»Ich hab' schwer dafür büßen müssen. Ich habe noch Jahre daran geknabbert.«

»Du meinst, nachdem Schluß war, hast du immer noch an ihr geknabbert? Nicht schlecht. Der Spukfick. Den könntest du dir patentieren lassen. Leute von historischen Berühmtheiten ficken lassen: von Napoleon, Karl II., Ludwig XIV. . . . so ähnlich, wie Dr. Faustus die schöne Helena fickt . . .« Ich alberte zu gern mit ihm herum.

»Halt den Mund, Votze – laß mich zu Ende erzählen, von May . . «, und dann, während die Bremsen aufkreischten, drehte er sich zu mir: »Mein Gott, bist du schön . . .«

»Sieh vor dich, auf die Straße, du Spinner«, sagte ich – verzückt.

Meine Gespräche mit Adrian klangen immer wie Zitate aus *Alice hinter den Spiegeln.* Etwa so:

Ich: »Wir scheinen immerzu im Keise zu fahren.«

Adrian: »Darum geht es ja gerade.«

Ich: »Würdest du bitte meine Aktentasche tragen?«

Adrian: »Wenn du mir versprichst, daß du vorläufig nichts für mich trägst.«

Oder:

Ich: »Ich hab' mich hauptsächlich deswegen von meinem ersten Mann scheiden lassen, weil er verrückt war.«

Adrian (seine Laingschen Brauen runzelnd): »Aber das scheint mir ein guter Grund zu sein, jemanden zu *heiraten,* nicht, sich von ihm scheiden zu lassen.«

Ich: »Aber er sah jeden Abend fern.«

Adrian: »Ach so . . . *dann* versteh ich, daß du geschieden bist.«

Wieso hatte May Pei Adrians Leben durcheinandergebracht?

»Sie ließ mich sitzen und ging zurück nach Singapur. Sie hatte ein Kind dort, das lebte bei seinem Vater, und das Kind hatte einen Autounfall gehabt. Sie *mußte* wohl zurück, aber sie hätte wenigstens schreiben können. Monatelang bin ich herumgegangen und hatte das Gefühl, daß es nur noch Roboter auf der Welt gibt. So deprimiert wie damals war ich nie. Das Aas heiratete dann zum Schluß den Kinderarzt, der das Kind behandelte – irgend so 'n amerikanisches Rindvieh.«

»Und warum bist du ihr nicht nachgereist, wenn sie dir so viel bedeutete?« Er sah mich an, als sei ich verrückt – als wäre ihm so etwas nie in den Sinn gekommen.

»Ihr nachreisen? Wieso?« (Er bog mit rauchenden Reifen um eine Ecke. Es war wieder mal die verkehrte Ecke.)

»Weil du sie liebtest.«

»Das Wort habe ich nie ausgesprochen.«

»Aber du hast es doch so empfunden, warum also nicht?«

»Meine Arbeit ist wie Hühnerhalten«, sagte er. »Es muß doch jemand da sein, der den Dreck wegmacht und die Körner streut.«

»Das ist Bockmist«, sagte ich. »Ärzte benutzen ihre Arbeit immer als Entschuldigung dafür, sich unmenschlich zu verhalten. *Die* Tour kenne ich.«

»Nicht Bockmist – Hühnermist«, sagte er. »Und welche Tour kennst du noch nicht?«

Ich lachte.

Nach May Pei kam eine ganze UN-Vollversammlung von Damen aus Thailand, Indonesien und Nepal. Dann gab es eine Afrikanerin aus Botswana und ein paar französische Psychoanalytikerinnen und eine französische Schauspielerin, die »eine Zeitlang in der Klapsmühle« war.

»*Wo* war sie?«

»In der Klapsmühle – du weißt schon, im Narrenhaus. Im Irrenhaus, meine ich.«

Adrian idealisierte den Irrsinn auf typisch Laingsche Weise. Schizophrene waren die wahren Dichter. Jeder tobende Irre ein Rilke. Er wollte, daß ich mit ihm zusammen Bücher schriebe. Über Schizophrene.

»Ich wußte doch, daß du was von mir willst«, sagte ich.

»Stimmt. Ich will mich deines Zeigefingers und deines niedlichen Däumchens bedienen.«

»Den kannst du dir sonstwo reinstecken.«

Wir sagten uns immerzu Grobheiten, wie Zehnjährige. Unsere einzige Möglichkeit, Zuneigung auszudrücken.

Was die Frauen in seiner Vergangenheit anging, so hätte Adrian gut in unsere Familie gepaßt. Vögele niemals eine Rassengenossin, schien sein Wahlspruch zu sein. Seine gegenwärtige Freundin (die, wie ich erfuhr, seine Kinder hütete) stand ihm in der Beziehung noch am nächsten: sie war Jüdin und stammte aus Dublin.

»Molly Bloom?« fragte ich.

»Wer?«

»Du weißt nicht, wer Molly Bloom ist???« Ich konnte es kaum glauben. Alle die kultivierten englischen Silben, und er hat nicht einmal Joyce gelesen. (Ich habe auch lange Partien aus *Ulysses* überschlagen, aber ich erzähle jedem, daß es mein Lieblingsbuch sei. *Tristram Shandy* desgleichen.)

»Ich bin Analphabet«, sagte er höchst selbstzufrieden. Er sprach es wie Anal-phabet aus. Noch so 'n doofer Doktor, dachte ich. Wie die meisten Amerikaner nahm ich naiverweise an, daß ein englischer Akzent gleichbedeutend mit Bildung und Kultiviertheit sei.

Na wenn schon. Literarisch gebildete Männer sind, wie sich später oft genug herausstellt, Charakterschweine. Oder Widerlinge. Aber ich war doch enttäuscht. Wie damals, als sich herausstellte, daß mein Analytiker noch nie etwas von Sylvia Plath gehört hatte. Da hatte ich nun tagelang über ihren Selbstmord geredet und daß ich geniale Gedichte schreiben und meinen Kopf in den Gasherd stecken wolle. Und er hatte wahrscheinlich die ganze Zeit dabei an Heringssalat gedacht.

Ob Sie es glauben oder nicht – Adrians mollige Freundin hieß zwar nicht Molly Bloom, dafür aber Esther Bloom. Sie war ein dunkler Typ und krankte, wie er sagte, an »allen jüdischen Leiden. Sehr sinnlich und neurotisch«.

Eine Art jüdischer Prinzessin (auf der Erbse?) aus Dublin.

»Und deine Frau – wie war die?« (Inzwischen hatten wir uns so hoffnungslos verfahren, daß wir einfach irgendwo an einem Randstein stehenblieben.)

»Katholisch«, sagte er, »eine Papistin aus Liverpool.«

»Hatte sie einen Beruf?«

»Sie war Hebamme.«

Eine eigenartige Kurzinformation. Ich wußte nicht genau, wie ich darauf reagieren sollte.

»Er war mit einer katholischen Hebamme aus Liverpool verheiratet«, sah ich mich schreiben. (In meinem Roman würde ich Adrian einen exotischeren Namen geben und ihn ein gutes Stück größer sein lassen.)

»Warum hast du sie geheiratet?«

»Weil ich ihr gegenüber Schuldgefühle hatte.«

»Auch ein Grund.«

»Doch, es ist einer. Als Medizinstudent hatte ich irgendwie dauernd ein schlechtes Gewissen. Puritanisch bis in die Knochen. Ich meine, es gab schon Mädchen, mit denen ich mich wohl fühlte

– aber gerade das machte mir Angst. Eine war dabei, die mietete öfters eine riesige Scheune, lud dann Gott und die Welt ein und jeder sollte mit jedem ficken. Bei ihr war mir wohl – also mißtraute ich ihr natürlich. Und bei meiner späteren Frau fühlte ich mich schuldig – also heiratete ich sie. Ich war wie du. Ich traute dem Genuß und meinen eigenen Impulsen nicht. Ich hatte Todesangst, wenn ich mich glücklich fühlte. Und als die Angst übermächtig wurde, habe ich geheiratet. Genau wie du, Schätzchen.«

»Wie kommst du darauf, daß ich aus Angst geheiratet habe?« Ich ärgerte mich, weil er recht hatte.

»Ach, wahrscheinlich fandest du, daß du zuviel rumvögelst, einfach nicht nein sagen konntest, und manchmal machte es dir sogar Spaß, und dann fühltest du dich schuldig. *Weil* es dir Spaß machte. Wir sind für das Leiden programmiert, nicht für den Genuß. Der Masochismus wird uns schon sehr früh eingepflanzt. Arbeiten mußt du und leiden – und das Schlimme daran ist, daß man es auch noch glaubt. Nun, das ist auch Bockmist. Ich habe sechsunddreißig Jahre gebraucht, bis ich begriffen habe, was für 'n *Haufen* Bockmist das ist, und wenn es etwas gibt, das ich für dich tun möchte, dann ist es folgendes: ich möchte dich dazu bekehren, daß auch du das begreifst.«

»Du hast allerlei mit mir vor, wie? Du willst mich lehren, was Freiheit ist, was Genuß ist, du willst Bücher mit mir schreiben, mich bekehren . . . Warum wollen Männer mich immer zu irgend etwas bekehren? Sehe ich so bekehrungsbedürftig aus?«

»Du siehst *rettungs*bedürftig aus, Schatz, in hohem Maße rettungsbedürftig. Du schlägst deine großen kurzsichtigen Augen zu mir auf, als wäre ich Big Daddy, der Große Psychotherapeut. Du bist ständig auf der Suche nach einem Mentor, und wenn du ihn gefunden hast, wirst du so abhängig von ihm, daß du anfängst, ihn zu hassen. Oder du wartest, bis er seine Schwächen zeigt, und dann verachtest du ihn, weil auch er nur ein Mensch ist. Du sitzt da und beobachtest, machst dir im Kopf Notizen, siehst die Menschen als Romanfiguren oder ›Fälle‹ – ich kenn' das Spielchen. Du redest dir ein, daß du Material sammelst. Du redest dir ein, daß du die ›menschliche Natur‹ studierst. Die Kunst kommt vor dem Leben, wie auch immer. Eine andere Version von diesem puritanischen Bockmist. Nur, daß du noch 'n zusätzlichen Schlenker drin hast. Du hältst dich für eine Hedonistin, weil du abhaust und dich mit mir rumtreibst. Aber es ist und bleibt doch die gute alte Arbeitsmoral, denn im Grunde willst du nur über mich *schreiben.* Also ist es *doch* Arbeit, *n'est-ce pas?* Du kannst mit mir ficken und es Poesie nennen. Gar nicht so dumm. Auf diese Weise betrügst du dich selbst mit Erfolg.«

»Und du bist ganz groß darin, Analysen wie für 'ne Illustrierte loszulassen. Wie so 'n Fernsehpsychiater.«

Adrian lachte. »Ich kenne all das von mir selbst. Psychoanalytiker spielen nämlich genau dasselbe Spielchen. Sie sind darin wie Schriftsteller. Alles wird mit Abstand betrachtet, als Fall, als Studienobjekt. Auch sie haben gräßlichen Bammel vor dem Sterben – genau wie die Dichter. Ärzte hassen den Tod – deshalb werden sie Arzt. Und sie müssen dauernd Wirbel machen und immer auf 'm Trab sein, um sich selbst zu beweisen, daß sie noch leben. Ich kenn' dein Spielchen, weil ich es selber spiele. Es ist kein solches Mysterium, wie du glaubst. Du bist ziemlich leicht zu durchschauen, weißt du.«

Es machte mich wütend, daß er mich noch zynischer sah als ich selbst. Ich glaube immer, mich am besten vor den Ansichten anderer Menschen über mich zu schützen, indem ich mich selbst möglichst negativ betrachte. Und dann stelle ich plötzlich fest, daß selbst dieses negative Bild noch geschmeichelt ist. Wenn ich verletzt bin, verfalle ich in mein Schul-Französisch: *»Vous vous moquez de moi.«*

»Da hast du verdammt recht. Paß auf – du sitzt in diesem Augenblick neben mir, weil dein Leben unehrlich und deine Ehe tot ist – oder sie liegt, von Lügen vergiftet, in den letzten Zügen. Und diese Lügen sind dein Werk. Und nun mußt du dich irgendwie retten. Aber es ist *dein* Leben, das du verpfuschst, nicht meines.«

»Ich dachte, du sagtest, ich wollte, daß *du* mich rettest?«

»Stimmt. Aber in *die* Falle gehe ich nicht. Irgendwann werde ich dich enttäuschen, und zwar nachhaltig, und dann wirst du mich noch mehr hassen, als du deinen Mann haßt . . .«

»Ich hasse meinen Mann nicht.«

»Kann sein. Aber er langweilt dich – und das ist schlimmer, nicht wahr?«

Ich gab keine Antwort. Nun war ich wirklich deprimiert. Die Wirkung des Sekts begann nachzulassen.

»Warum versuchst du jetzt schon, mich zu bekehren? Du hast mich ja noch nicht mal umgelegt.«

»Weil dir das das Wichtigste ist.«

»Dummes Zeug, Adrian. Das Wichtigste ist mir im Augenblick,

daß du mich aufs Kreuz legst. Und kümmere dich nicht um mein Innenleben.« Doch ich wußte, daß ich log.

»Wenn Sie umgelegt werden wollen, Gnädigste, werden Sie umgelegt.« Er ließ den Wagen anspringen. »›Gnädigste‹ ist eigentlich gut. Werd' ich jetzt immer zu dir sagen.«

Doch ich hatte kein Pessar und er keine Erektion, und als wir endlich in seiner Pension ankamen, waren wir von der langen Herumfahrerei beide zu Tode erschöpft.

Wir lagen auf seinem Bett und hielten uns umschlungen. Zärtlich und mit belustigtem Staunen betrachteten wir gegenseitig unsere Nacktheit. Das beste daran, nach so vielen Ehejahren mit einem anderen Mann zu schlafen, war die Wiederentdeckung des

männlichen Körpers. Der Körper des eigenen Mannes ist eines Tages praktisch wie der eigene Körper. Man kennt alle Einzelheiten, alle Gerüche, den Geschmack, jede Falte, die Behaarung, die Muttermale. Adrian jedoch war wie ein fremdes Land. Meine Zunge begann, es zielstrebig zu erkunden. Ich fing bei seinem Mund an und glitt langsam abwärts. Sein sonnengebräunter kräftiger Hals. Seine Brust mit den rötlichen Löckchen. Sein Bauch, ein wenig dicklich – so anders als Bennetts bräunlich-magere Straffheit. Sein schlaffer, rosafarbener Penis, der leicht nach Urin schmeckte und sich in meinem Mund nicht aufrichten wollte. Seine rosigen, stark behaarten Hoden, die ich, einen nach dem anderen, in den Mund nahm. Seine muskulösen Schenkel. Seine sonnenverbrannten Knie. Seine Füße. (Die ich nicht küßte.) Seine schmutzigen Zehennägel. (Dito.) Dann fing ich wieder von oben an. Bei seinem wunderbar feuchten Mund.

»Wieso hast du so kleine, spitze Zähne?«

»Meine Mutter war ein Frettchen.«

»Was war sie?«

»Ein Frettchen.«

»Ach so.« Ich wußte nicht, was das ist, es war mir aber auch egal. Wir kosteten einander. Wir lagen Kopf bei Fuß, und seine Zunge machte Musik in meiner Möse.

»Du hast eine wunderbare Möse«, sagte er, »und den herrlichsten Arsch, der mir je untergekommen ist. Nur schade, daß du keine Titten hast.«

»Danke.«

Ich hielt mich dran mit Saugen, aber kaum war sein Schwanz steif, wurde er auch schon wieder schlaff.

»Ich hab' eigentlich keine Lust, dich zu ficken.«

»Warum nicht?«

»Ich weiß nicht – mir ist einfach nicht danach.«

Adrian wollte um seiner selbst willen geliebt werden und nicht wegen seiner blonden Haare (oder wegen seines rosafarbenen Pimmels). Das hatte irgendwie etwas Rührendes. Er wollte keine Fickmaschine sein. »Ich kann die schönsten Weiber ganz prima durchziehen, wenn mir so ist«, sagte er herausfordernd.

»Natürlich kannst du das.«

»Jetzt klingst du wie so 'ne beschissene Fürsorgerin.«

Ich hatte schon ein paarmal im Bett die Fürsorgerin spielen müssen. Zunächst mal bei Brian, nach seiner Entlassung aus der Heil- und Pflegeanstalt, als er zu vollgepumpt mit Thoracin (und zu schizoid) war, um überhaupt vögeln zu können. Einen Monat lang lagen wir im Bett und hielten Händchen. »Wie Hänsel und Gretel«, sagte er. Das war eigentlich auch rührend. Wie man sich Dodgson und Alice in einem Boot auf der Themse vorstellt. Es war aber auch irgendwie eine Erleichterung, nach Brians manischer Phase, in der er mich um ein Haar erwürgt hätte. Allerdings waren Brians sexuelle Vorlieben schon vor seinem Nervenzusammenbruch ein wenig merkwürdig. Er stand ausschließlich auf Blasen, am Ficken lag ihm nichts. Damals war ich noch zu unerfahren um zu wissen, daß nicht alle Männer so sind. Ich war einundzwanzig und Brian fünfundzwanzig, und da ich immer davon gehört hatte, daß Männer sich mit sechzehn auf ihrem sexuellen Höhepunkt befinden, Frauen aber erst mit dreißig, so nahm ich an, daß Brians *Alter* daran schuld sei. Er baute bereits ab. Auf dem absteigenden Ast, dachte ich. Aber immerhin wurde ich dadurch eine Expertin auf diesem Gebiet.

Auch bei Charlie Fielding, dem Dirigenten, dessen Tacktstock ebenfalls immer wieder den Kopf hängen ließ, hatte ich Fürsorgerin gespielt. Er wußte sich vor Dankbarkeit nicht zu lassen. »Du bist wirklich einmalig«, sagte er in jener ersten Nacht immer wieder (womit er meinte, daß er erwartet habe, ich würde ihn vor die Tür setzen, in die Kälte, was ich nicht tat). Er machte es später wieder gut. Den Kopf hängen ließ sein Tacktstock nur bei Premieren.

Aber Adrian? Adrian, die Sexbombe? Er sollte mein Spontanfick werden. Was war los? Das Merkwürdigste daran war, daß es mir eigentlich nichts ausmachte. Er war so schön, wie er da lag, und sein Körper roch so gut. Ich dachte daran, wie die Männer nun schon viele Jahrhunderte lang die Frauen um ihres Körpers willen angebetet, ihre Seele jedoch mißachtet hatten. Damals, als ich noch die Woolfs und die Webbs verehrte, war das für mich unfaßbar, doch jetzt verstand ich es. Weil es genau das war, was ich so oft über die Männer dachte. Ihr Innenleben war ein hoffnungsloses Durcheinander, aber ihre Körper waren *so* reizvoll, ihre Ansichten und Meinungen schier unerträglich, doch ihr Penis war seidig. Ich war mein Lebtag eine Feministin gewesen (meine ›Radikalisierung‹ datiert meiner Meinung nach aus dem Jahr 1955, als der beknackte Horace Mann [17], mit dem ich an jenem Abend ausgewesen war, mich in der U-Bahn fragte, ob ich vorhabe, Sekretärin zu werden), doch das große Problem dabei war, wie der Feminismus mit dem unstillbaren Hunger nach Männerkörpern zu vereinbaren ist. Das war nicht so einfach.

Außerdem, je älter man wurde, desto deutlicher trat zutage, daß Männer eine tiefverwurzelte Angst vor Frauen haben. Die einen im geheimen, die anderen, ohne es zu verbergen. Was konnte bitterer sein, als eine emanzipierte Frau Auge in Auge mit einem schlaffen Schwanz? Die schwerwiegendsten Probleme in der Geschichte der Menschheit verblaßten neben diesen zwei Kernpunkten: die ewige Frau und der ewig schlaffe Schwanz.

»Mach ich dir Angst?« fragte ich Adrian.

»Du?«

»Nun ja, manche Männer behaupten, sie hätten Angst vor mir.«

Adrian lachte. »Du bist ein Schatz«, sagte er, »eine ›pussycat‹ – wie ihr Amerikaner sagt. Aber das ist es *nicht*.«

»Passiert dir das öfters?«

»Nein, Frau Doktor, und ich will jetzt nicht weiter verhört werden. Das ist einfach lächerlich. Ich *habe* kein Potenzproblem – ich bin bloß so *überwältigt* von deinem phantastischen Arsch, daß mir nicht nach ficken ist.«

Das letzte Mittel, den Gegner zu demütigen: der Schwanz, der einem (wem? ihm oder mir?) den Dienst verweigert. Die tödliche Waffe im Kampf der Geschlechter: der schlaffe Schwanz. Das Banner des feindlichen Lagers: der Schwanz auf halbmast. Das Symbol der Apokalypse: der Atomsprengkopf-Schwanz, der sich selbst vernichtet. *Das* ist die fundamentale Ungerechtigkeit, die nie aus der Welt geschafft werden kann: nicht, daß das Männchen eine einmalige zusätzliche Attraktion, genannt Penis, besitzt, sondern daß das Weibchen eine einmalige Allwetter-Möse ihr eigen nennt. Weder Sturm noch Hagel noch das Dunkel der Nacht können ihr etwas anhaben. Sie ist immer da, immer bereit. Ziemlich beängstigend, wenn man darüber nachdenkt. Kein Wunder, daß Männer die Frauen hassen. Kein Wunder, daß sie das Märchen von der weiblichen Unzulänglichkeit erfunden haben.

»Ich weigere mich, aufgespießt zu werden wie ein Schmetterling«, sagte Adrian, ohne daran zu denken, welche Assoziation das sofort in mir auslöste. »Ich weigere mich, rubriziert zu werden. Wenn du dich dann schließlich hinsetzt, um über mich zu schreiben, wirst du nicht wissen, ob ich ein Held oder ein Anti-Held, ein Schuft oder ein Heiliger bin. Es wird dir nicht gelingen, mich in eine Kategorie einzuordnen.«

Und in diesem Augenblick verliebte ich mich leidenschaftlich in ihn. Sein schlaffer Schwanz hatte an Dinge gerührt, zu denen der prächtigste Ständer nie vorgedrungen wäre.

Doris

»Du bleibst den Sommer über hier«, sagte Mrs. Justine zu Doris, »zusammen mit der Köchin und einem der anderen Mädchen. Ihr müßt alle für Mr. Justine gut sorgen. Er regt sich manchmal sehr auf, wenn die Familie nicht da ist, und ich möchte, daß ihr ihm das Leben so angenehm wie möglich macht.«

Doris hatte damit gerechnet, den Sommer am Meer zu verbringen, und sie weinte fast vor Enttäuschung. Am Morgen vor der Abreise fing George Justine sie in der Diele des ersten Stocks ab.

»Mein Vater weiß es«, sagte er.

»Was?« fragte sie.

»Du weißt schon«, flüsterte George ärgerlich. »Er hat eins von den Büchern in meinem Zimmer entdeckt.«

»Du bist ein Dummkopf, George.«

»Er weiß auch, daß du davon weißt.«

»Ich hätte es mir denken können, daß du mich verpetzt.«

»Ich wollte die Schuld nicht allein auf mich nehmen«, rechtfertigte er sich. »Er fragte mich, wie ich dahintergekommen wäre, und da sagte ich es ihm.«

»Wie nett«, spöttelte sie. »Was hat er vor? Will er mich hinauswerfen?«

»Keine Ahnung. Er will nichts unternehmen, bevor Mutter und die Mädchen abgereist sind.«

»Du Hundesohn«, zischte sie giftig.

George warf sich in Positur. »Du hast es dir selbst zuzuschreiben«, sagte er scheinheilig. Dann machte er kehrt und ging die Treppe hinunter, um sich seiner Mutter und den Schwestern anzuschließen.

Die Tage verstrichen, und Doris wartete unruhig auf das Fallen des Beiles; aber Theo Justine sagte und tat nichts. Gegen Mitte Juli begann sie leichter zu atmen, da sie dachte, Mr. Justine zöge es vor, die ganze Sache zu übersehen. Doch als sie an einem warmen Abend in ihrem Zimmer im zweiten Stock war – sie trug einen dünnen Morgenrock und bürstete sich gerade die Haare –, wurde plötzlich an die Tür geklopft. Sie machte auf, und Theo Justine kam herein.

»Verhalt dich still«, befahl er. »Wenn du einen Ton von dir gibst, lasse ich dich mit Sack und Pack auf die Straße werfen.«

»Was ist denn?« flüsterte sie.

Theo Justine lehnte sich mit dem Rücken an die geschlossene Tür und seine Augen verdunkelten sich, während er Doris ansah.

»Zieh dich aus«, sagte er.

Doris wich vor ihm zurück, eher verwundert als angsterfüllt.

»Ich bitte Sie«, erwiderte sie abwehrend, weil sie Zeit zum Nachdenken gewinnen wollte. »Ich bin ein anständiges Mädchen.

Ich war noch nie mit einem Mann zusammen. Bitte, tun Sie mir nichts. Was würde Mrs. Justine sagen?«

»Halt den Mund«, fuhr er sie an. »Ich werde dir nichts tun, und meine Frau ist in Bar Harbor. Also gehorch mir. So mach schon.«

Als Doris den Morgenrock auszog, hörte sie Theo Justine den Schlüssel im Schloß herumdrehen; aber er rührte sich nicht von der Tür weg. Er blieb angelehnt stehen; seine Arme hingen herunter, er hielt die Hände flach an die Türfüllung, und nur seine raschen Atemzüge verrieten, daß er überhaupt im Zimmer war. Doris stand nackt vor ihm, und als seine Augen über sie wanderten, schaute sie ihn an.

Das alte Schwein, dachte sie in jäher Freude. Er will nur kostenlos etwas sehen. Aber so billig wird er nicht davonkommen.

»Dreh dich um«, sagte er.

Sie drehte sich langsam um, ließ sich von ihm bewundern, und das Geräusch seines Atems füllte den ganzen Raum.

»Leg dich aufs Bett«, befahl er.

Sie legte sich hin und hielt die Arme über den Kopf. Sie wand sich ein wenig, so daß die eine Hüfte höher hervorstand als die andere, und als sie Theo ansah, hatte er die Hände von der Türfüllung genommen und hielt sie an der Leistengegend. Doris seufzte tief und bewegte sich ein wenig auf dem Bett. Mit einem gewaltigen Atemzug, fast schon einem Schluchzen, erreichte er den Höhepunkt, und es war vorbei. Er machte kehrt und verließ das Zimmer ebenso leise, wie er gekommen war.

In den folgen Wochen kam Theo Justine immer häufiger zu Doris ins Zimmer, und mit der Zeit wurde sie immer kühner mit ihm. Sie befolgte weiterhin seine keuchenden Befehle, doch jetzt langsamer. Manchmal trat sie dicht vor ihn, nahm ihre Brüste in die Hände und rieb sich die Warzen mit den Daumen, bis sie steif und rosig hervorstanden, und die ganze Zeit beobachtete sie Theos Miene. Wenn sie sich jetzt aufs Bett legte, spreizte sie die Beine ein wenig und sagte: »Kommen Sie her, Mr. Justine. Von dort drüben können Sie nicht alles sehen.« Dann fuhr sie mit den Fingerspitzen den Umrissen ihres dunklen Dreiecks nach und sagte: »Sind Sie es nicht leid, nur zu schauen, Herr Justine? Möchten Sie es nicht ganz?«

»Ehebruch ist Sünde«, ächzte er. »Seit ich verheiratet bin, habe ich nie eine andere Frau gehabt.«

Doris lächelte und wand sich auf dem Bett.

»Aber Sie wären gern mit mir zusammen, nicht wahr?«

»Ich darf nicht«, stöhnte er. »Ich darf nicht.«

Sie lachte laut heraus und drehte sich auf den Bauch; dann spannte und entspannte sie die Muskeln ihres Hinterteils, bis sie zitterten, und sie lauschte seinem rauhen Geflüster.

»Dreh dich um, Doris. Bitte, dreh dich um. Bitte, Doris.«

Sie ließ ihn betteln und flehen, oft bis ihm die Tränen über die Wangen strömten.

»Was geben Sie mir, wenn ich es tue?«

»Alles. Alles, was du willst. Nur dreh dich bitte um, Doris.«

»Hundert Dollar, wenn ich Ihnen etwas Besonderes zeige?«

»Ja, ja doch. Alles, was du willst.«

Er stand am Fuß des Bettes, und sie drehte sich langsam, sehr langsam um. Sie zog die Knie hoch und sah ihn an, und seine Augen wichen nicht von ihrem Körper. Plötzlich ließ sie die Knie auseinanderklaffen.

»Gefällt Ihnen das, Mr. Justine?« säuselte sie.

Er gab ihr keine Antwort. Mit lautem Schrei fiel er auf sie und kämpfte sich in sie hinein, und Doris schmeckte Blut, wo sie ihn durch seinen Schlafrock in die Schulter gebissen hatte. Als es vorbei war, weinte Theo. Doris hielt seinen Kopf im Arm und drückte ihn an die Brust, und sie hörte seinem Schluchzen zu, und obwohl der Schmerz zwischen ihren Beinen brannte, lächelte sie zur Decke empor.

Am folgenden Morgen fand sie einen Umschlag mit einem Hundert-Dollar-Schein, der irgendwann im Verlauf der Nacht unter ihrer Tür durchgeschoben worden war, und als der August mit Regen endete, hatte Doris unter den Strümpfen in ihrer Kommode ein hübsches Päckchen Banknoten. Theo kam jetzt fast jeden Abend zu ihr, und jedesmal schwor er, es sei das letztemal; aber Doris hatte aus seinen versteckten Büchern viel gelernt. Sie buhlte mit ihm in einer Vollkommenheit, die schon fast an Perversität grenzte, und Theo konnte sich von ihr nicht lösen.

Als im September die Familie zurückkehrte, hatte Doris' Lächeln einen neuen Zug – Selbstsicherheit und Machtgefühl, und das zeigte sich sogar in der Art, wie sie stand und ging.

»Ich muß sagen, daß ein Sommer in der Stadt dir kein bißchen geschadet hat, Doris«, bemerkte Mrs. Justine verdrossen. »Du blühst wie eine Rose.«

»Danke, gnä' Frau«, antwortete Doris zurückhaltend.

»Theo, mein Lieber«, sagte Mrs. Justine, »du siehst abgespannt aus. Ich hätte darauf bestehen sollen, daß du die Arbeit aufgibst und mit ans Meer kommst. Schau dich einmal im Spiegel an.«

Doris schenkte Theo Kaffee ein, und sie lächelte, als sie sah, wie seine Hand zitterte.

Eines Abends gegen Ende Oktober saß Theo Justine allein in der Bibliothek. Mrs. Justine besuchte mit den Töchtern ein Konzert, und George war übers Wochenende nicht nach Hause gekommen. Doris wartete, bis sich das übrige Personal zurückgezogen hatte; dann ging sie hinunter. Sie trat Theo an seinem Schreibtisch gegenüber und nahm kein Blatt vor den Mund.

»Ich bin schwanger«, sagte sie.

Er legte den Kopf in die Hände. »Ich wußte ja, daß es dazu kommen würde.«

»Für Reue ist es jetzt zu spät«, entgegnete sie kurz. »Was sollen wir tun?«

Er hob den Kopf. »Wir?« fragte er benommen.

»Was glauben Sie denn? Sie erwarten doch wohl nicht von mir, allein damit fertig zu werden?«

»Ich kann nichts tun«, wehrte er ab. »Ich muß an meine Familie denken.«

»Ich verlange ja gar nicht, daß Sie Ihre blöde Familie verlassen«, erklärte sie. »Ich sage Ihnen nur, daß für mich gesorgt werden muß und daß ich Geld für das Kind brauche.«

Mochte Theo in mancher Hinsicht auch ein Tor sein, so war er doch Geschäftsmann. Er wußte, wann ein Handel abgeschlossen werden konnte.

»Wieviel?« fragte er.

»Fünfzigtausend Dollar«, sagte sie rundheraus.

»Du bist verrückt.«

»O nein. Aber Sie werden es vielleicht, wenn ich den Mund aufmache.«

»Niemand würde dir glauben.«

»Vielleicht nicht jeder«, erwiderte sie, »aber immerhin genügend Leute, daß es böse für Sie werden kann. Ihre Frau zum Beispiel. Und Ihre Kinder. Und es könnte mir sogar einfallen, zu einem Anwalt oder zu einer Zeitung zu gehen.«

»Wer würde einem kleinen irischen Dienstmädchen glauben?«

»Wir können es ja einmal erproben, wenn Sie wollen.«

Er seufzte. »Ende der Woche werde ich das Geld haben. Und sowie ich es dir gegeben habe, verläßt du mein Haus.«

»Das sagen Sie jetzt«, bemerkte sie mit einem schlauen Lächeln. »Aber es wird Nächte geben, da wird es Ihnen leid tun, daß ich nicht hier bin.«

»Hinaus!« rief Theo Justine.

Er gab ihr das Geld in bar, und sie verließ bei Nacht und Nebel das Haus. Vom ersten Augenblick an verwischte sie ihre Spuren. Sie eröffnete ein Konto bei einer unbedeutenden Bank und behielt nur gerade so viel Geld bei sich, daß es für die kommenden Monate reichte. Von New York fuhr sie nach Philadelphia. Sie fand eine kleine Wohnung, und sie pflegte sich gut während der Schwangerschaft, nicht um des Kindes willen, sondern zu ihrem eigenen Besten. Sie gab sich als Witwe aus, und sonderbarerweise glaubten ihr die Leute in Philadelphia ebenso wie die Bankbeamten in New York. Das Kind, ein Junge, kam im Frühling zur Welt, und Doris begann sogleich Pläne zu schmieden. Als ihr Sohn sechs Wochen alt war, kehrte sie nach New York zurück, wo sie ein primitives Zimmer mietete, ihr Geld abhob und auf eine dunkle Regennacht wartete. Am Ende der zweiten Juniwoche war es soweit. Sie zog dem Säugling Wäsche an, die sie in einem billigen und gedrängt vollen Laden gekauft hatte, hüllte ihn in eine Decke und trug ihn durch den Regen zu einer katholischen Kirche, drei Querstraßen ab von ihrer Mietskaserne. Dort angelangt, stillte sie ihn und wartete, bis er eingeschlafen war. Dann stand sie leise auf und ließ ihn im Winkel einer dunklen Kirchenbank liegen. Eine Stunde später saß sie in einem Zug nach Boston; ihre paar Besitztümer hatte sie in einem einzigen Koffer, der mit achtundvierzigtausend Dollar in barem Geld gefüttert war. Bis der Zug in Boston einlief, hatte Doris alle Erinnerungen an New York, an die Justines und an ihren Sohn hinweggewischt. Das alles hatte es niemals gegeben. Sie war einundzwanzig Jahre alt, und ihr Leben fing gerade erst an.

Doris Delaney gelangte niemals durch die verschlossenen Türen der Bostoner Gesellschaft, aber mit ihrem Aussehen, ihrem geschickten Auftreten und ihrer neuen Garderobe gelang es ihr, sich am Rande der guten Gesellschaft einzunisten. Auf einem Wohltätigkeitsfest im Copley lernte sie Adam Palmer kennen und beschloß, ihn zu heiraten.

Adam Palmer war zwar ein guter Geschäftsmann, doch zum Weltmann fehlte ihm offensichtlich viel. Doris gab sich jetzt als Waise aus, die zwar in finanzieller Hinsicht gesichert war, aber ganz allein in der Welt stand. Zuerst wurde Adams Mitgefühl geweckt, dann sein Mitleid, und schließlich verliebte er sich in sie. Drei Monate nach dem Wohltätigkeitsfest im Copley machte er Doris einen Heiratsantrag.

»Ich weiß, ich bin viel älter«, sagte er abbittend, »aber ich will versuchen, dich glücklich zu machen.«

»O Adam, mein Lieber«, sagte sie dankbar.

»In Cooper Station wird es dir gefallen«, sagte Adam zu ihr. »Es ist eine nette Stadt, eine hübsche Stadt.«

Doris hatte damit gerechnet, in Boston zu bleiben, und diese Ankündigung erschreckte sie.

»Was ist denn mit deinem Geschäft, Adam?«

»Ach, das läuft jetzt praktisch von selbst«, antwortete er behaglich. »Ich fahre jede Woche für ein, zwei Tage her, die übrige Zeit aber lebe ich zu Hause und trödle herum. In Cooper Station hat man Platz zum Atmen, was man von dieser Stadt hier nicht sagen kann.«

Doris zuckte im Geiste die Schultern. Vielleicht war es doch besser so. Adam würde in Boston niemals zur Oberschicht gehören, und vielleicht war es besser, in einem kleinen Teich wie Cooper Station ein großer Fisch zu sein als gar kein Fisch.

« Adam«, säuselte sie, »du machst mich so glücklich.«

»Ich liebe dich, Doris«, sagte er. »Es wird dich nie reuen.«

Sie wurden in Boston getraut, machten die Hochzeitsreise nach den Niagarafällen, und Adam Palmer behandelte seine Frau, als ob sie eine zierliche Porzellanfigur wäre, die unter seiner ungeschickten Berührung zerbrechen könnte. Doris verletzte seine puritanischen Gefühle in keiner Weise. Sie trug ein Nachthemd, das sie von oben bis unten bedeckte, und sie schauderte wie in Furcht, als Adam sie berühren wollte.

»O Adam, Adam«, rief sie, »ich habe solche Angst!«

»Ich liebe dich, mein Herz«, beteuerte er immer wieder. »Ich will dir ja nicht weh tun.«

Endlich ließ sie zu, daß er sein Knie zwischen ihre Schenkel zwängte, und dann spannte sie sich gegen seinen Angriff. Als er schließlich in sie eindrang, stieß sie einen solchen Schmerzensschrei aus, daß Adam Palmer nie einen Augenblick bezweifelte, eine Jungfrau defloriert zu haben.

MARY MCCARTHY

Dottie

Ganz zu Anfang, im dunklen Treppenhaus, war Dottie recht sonderbar zumute. Da schlich sie nun, erst zwei Tage nach Kays Hochzeit, zu einem Zimmer hinauf, das ausgerechnet Haralds ehemaligem Zimmer gegenüberlag, wo mit Kay das gleiche passiert war. Ein beklemmendes Gefühl – wie früher, wenn die Clique zur gleichen Zeit ihre Tage bekam. Man wurde sich auf das eigentümlichste seiner Weiblichkeit bewußt, die wie die Gezeiten des Meeres der Mond regierte. Seltsame, belanglose Gedanken gingen Dottie durch den Kopf, als der Türschlüssel sich im Schloß bewegte und sie sich zum erstenmal allein mit einem Mann in dessen Wohnung befand. Heute war Mittsommernacht, die Nacht der Sonnenwende, da die Mädchen ihr höchstes Gut darbrachten, damit es reiche Ernte gebe. Das wußte sie von ihren folkloristischen Studien für den ›Sommernachtstraum‹. Ihr Shakespeare-Lehrer war sehr an Anthropologie interessiert. Die Mädchen mußten im ›Frazer‹ über die alten Fruchtbarkeitsriten nachlesen, und daß in Europa die Bauern noch bis vor kurzem zu Ehren der Kornjungfrau große Feuer anzündeten und sich dann in den Feldern paarten. Das College, dachte Dottie, als die Lampe anging, war fast zu reich an Eindrücken. Sie fühlte sich vollgepfropft mit interessanten Gedanken, die sie nur Mama, aber keinesfalls einem Mann mitteilen konnte. Der hielte einen wahrscheinlich für verrückt, würde man ihm, wenn man gerade seine Jungfrauenschaft verlieren sollte, von der Kornjungfrau erzählen. Selbst die Clique würde lachen, wenn Dottie gestand, daß sie ausgerechnet jetzt Lust auf ein langes, gemütliches Gespräch mit Dick hatte, der so wahnsinnig attraktiv und unglücklich war und so viel zu geben hatte.

Freilich würde die Clique nie im Leben glauben, daß sie, Dottie Renfrew, jemals hierhergekommen sei, in ein Dachzimmer, das nach Bratfett roch, zu einem Mann, den sie kaum kannte, der kein Hehl aus seinen Absichten machte, der mächtig getrunken hatte und sie ganz offensichtlich nicht liebte. So kraß ausgedrückt, konnte sie es selbst kaum glauben, und der Teil ihres Ichs, der ein Gespräch wünschte, erhoffte wohl immer noch Aufschub, wie beim Zahnarzt, wo sie sich jedesmal über alles mögliche unterhielt, um den Bohrer noch einmal abzuwehren. Dotties Grübchen zuckte. Was für ein verrückter Vergleich! Wenn die Clique das hören könnte!

Und dennoch, als *es* geschah, war es gar nicht so, wie die Clique oder selbst Mama es sich vorgestellt hätten, überhaupt nicht schmierig oder unästhetisch, obwohl Dick betrunken war. Er war äußerst rücksichtsvoll, entkleidete sie langsam und sachlich, als nehme er ihr nur den Mantel ab. Er tat ihren Hut und Pelz in den Schrank und machte dann das Kleid auf. Der konzentrierte Ernst, den er den Druckknöpfen widmete, erinnerte sie an Papa, wenn er Mama für eine Party zuhakte. Sorgfältig zog er ihr das Kleid über den Kopf, musterte erst das Firmenetikett und dann Dottie, ob sie auch zueinander paßten, ehe er es, gemessenen Schritts, zum Schrank trug und sorgfältig auf einen Bügel hängte. Danach faltete er jedes weitere Kleidungsstück zusammen, legte es umständlich auf den Sessel und besah sich dabei jedesmal stirnrunzelnd das Firmenetikett. Als sie ohne Kleid dastand, wurde ihr sekundenlang etwas flau, aber er beließ ihr das Unterkleid, genau wie beim Arzt, während er ihr Schuhe und Strümpfe auszog und Büstenhalter, Hüftgürtel und Hemdhose öffnete, so daß sie, als er ihr mit größter Sorgfalt, um ihre Frisur nicht zu zerstören, das Unterkleid über den Kopf zog, schließlich, nur mit ihren Perlen bekleidet vor ihm stehend, kaum noch zitterte. Vielleicht war Dottie deshalb so tapfer, weil sie so oft zum Arzt ging oder weil Dick sich so unbeteiligt und unpersönlich verhielt, wie man es angeblich gegenüber einem Aktmodell in der Malschule tat. Er hatte sie, während er sie auszog, überhaupt nicht berührt, nur einmal versehentlich gekratzt. Dann kniff er sie leicht in jede ihrer vollen Brüste und forderte sie auf, sich zu entspannen, im selben Ton wie Dr. Perry, wenn er ihre Ischias behandelte.

Er gab ihr ein Buch mit Zeichnungen und verschwand in der Kammer, und Dottie saß im Sessel und bemühte sich, nicht zu lauschen. Das Buch auf dem Schoß, betrachtete sie eingehend das Zimmer, um mehr über Dick zu erfahren. Zimmer konnten einem eine Menge über einen Menschen erzählen. Dieses hatte ein Oberlicht und ein großes Nordfenster, für ein Männerzimmer war es ungemein ordentlich; da war ein Zeichenbrett mit einer Arbeit, die sie brennend gern angesehen hätte, da war ein einfacher langer Tisch, der aussah wie ein Bügeltisch, an den Fenstern hingen braune Wollvorhänge, auf dem schmalen Bett lag eine braune Wolldecke. Auf der Kommode stand die gerahmte Fotografie einer blonden, auffallenden Frau mit kurzem strengem Haarschnitt; wahrscheinlich Betty, die ›Gattin‹. Ein Foto, vermutlich Betty im Badeanzug, sowie einige Aktzeichnungen waren mit Reißzwecken an der Wand befestigt. Dottie hatte das bedrükkende Gefühl, daß sie ebenfalls Betty darstellten. Sie hatte sich bisher alle Mühe gegeben, nicht an Liebe zu denken und kühl und unbeteiligt zu bleiben, weil sie wußte, daß Dick das nicht haben wollte. Es war rein körperliche Anziehung, hatte sie sich immer wieder vorgesagt, im Bemühen, trotz ihres Herzklopfens kühl und beherrscht zu bleiben, aber jetzt plötzlich, als sie nicht mehr zurück konnte, war es um ihre Kaltblütigkeit geschehen, und sie war eifersüchtig. Schlimmer noch, ihr kam sogar der Gedanke, Dick sei vielleicht *pervers*. Sie schlug das Buch auf ihrem Schoß auf und sah wieder Akte vor sich, von einem ihr völlig unbekannten modernen Künstler. Was sie erwartet hatte, wußte sie nicht, aber als Dick in diesem Augenblick zurückkam, war es verhältnismäßig weniger schlimm.

Er kam in kurzen weißen Unterhosen, hatte ein Handtuch mit eingewebtem Hotelnamen in der Hand, schlug die Bettdecke zurück und breitete es über das Laken. Er nahm ihr das Buch fort und legte es auf einen Tisch. Dann hieß er Dottie, sich auf das Handtuch legen, forderte sie wieder mit freundlicher, dozierender Stimme auf, sich zu entspannen; während er eine Minute lang, die Hände in die Hüften gestützt, dastand und lächelnd auf sie hinunterblickte, bemühte sie sich, natürlich zu atmen, dachte an ihre gute Figur und rang sich ein dünnes Lächeln ab. »*Es wird nichts geschehen, was du nicht willst, Baby.*« Die sanfte Nachdrücklichkeit, mit der die Worte gesprochen wurden, verrieten ihr, wie angstvoll und mißtrauisch sie wohl aussah. »Ich weiß, Dick«, erwiderte sie mit einer kleinen, schwachen, dankbaren Stimme und zwang sich, seinen Namen zum erstenmal auszusprechen. »Möchtest du eine Zigarette?« Dottie schüttelte den Kopf und ließ ihn auf das Kissen zurückfallen. »Also dann?« – »Ja. Gut.« Als er zum Lichtschalter ging, durchzuckte sie wieder dort unten das erregende Pochen, wie schon im italienischen Restaurant, als er sie fragte: »Willst du mit mir nach Hause kommen?« und dabei seinen tiefen, verhangenen Blick auf sie heftete. Jetzt wandte er sich um und sah sie, die Hand am Schalter, wieder unverwandt an; ihre Augen weiteten sich vor Staunen über das merkwürdige Gefühl, das sie an sich wahrnahm: als stünde die Stelle dort im

Schutz ihrer Schenkel in Flammen. Sie starrte ihn, Bestätigung heischend, an; sie schluckte. Als Antwort löschte er das Licht und kam, seine Unterhose aufknöpfend, im Dunkel auf sie zu.

Diese Wendung setzte sie einen Augenblick lang in Angst. Sie hatte niemals diesen Teil des männlichen Körpers gesehen, außer an Statuen und einmal, mit sechs Jahren, als sie unverhofft Papa in der Badewanne erblickt hatte, doch sie hegte den Verdacht, es sei etwas Häßliches, dunkelrot Entzündetes, von borstigen Haaren umgeben. Darum war sie dankbar, daß ihr dieser Anblick erspart wurde; sie hätte ihn, meinte sie, nicht ertragen können, und hielt, zurückzuckend, den Atem an, als sie den fremden Körper über sich spürte. »Tu die Beine auseinander«, befahl er; gehorsam öffnete sie ihre Schenkel. Seine Hand drückte sie da unten, reibend und streichelnd; ihre Schenkel öffneten sich immer weiter, und sie gab jetzt schwache stöhnende Laute von sich, fast als wollte sie, daß er aufhöre. Er nahm seine Hand fort, Gott sei Dank, und fummelte einen Augenblick herum. Dann fühlte sie, wie das Ding, vor dem sie sich so fürchtete, in sie eindrang; gleichzeitig verkrampfte sie sich in Abwehr. »Mach dich locker«, flüsterte er.

»Du bist soweit.« Es war erstaunlich warm und glatt, aber sein Stoßen und Stechen tat fürchterlich weh. »Verdammt«, sagte er, »sei locker. Du machst es ja nur schwerer.« In diesem Augenblick schrie Dottie leise auf; es war ganz in sie eingedrungen. Er hielt ihr den Mund zu, legte ihre Beine um sich und bewegte es in ihr hin und her. Anfangs tat es so weh, daß sie bei jedem Stoß zusammenzuckte und sich ihm zu entwinden suchte, aber das machte ihn anscheinend nur um so entschlossener. Dann, o Wunder, während sie noch betete, daß es bald vorüber sein möge, fand sie ein gewisses Gefallen daran. Sie begriff, worauf es ankam, auch ihr Körper antwortete jetzt den Bewegungen Dicks, der es langsam und immer wieder in sie hineinstieß und langsam wieder zurückzog, als wiederhole er eine Frage. Ihr Atem ging schneller. Jede neue Berührung, wie das Ritardando eines Geigenbogens, steigerte ihre Lust auf die kommende. Dann, plötzlich, meinte sie, in einem Anfall von anhaltenden, krampfartigen Zuckungen zu vergehen, was sie, kaum war es vorbei, so verlegen machte wie ein Schluckauf. Denn es war, als habe sie den Menschen Dick völlig vergessen. Und er, als hätte er es gemerkt, ließ von ihr ab und preßte dann jenes Ding auf ihren Bauch, gegen den es schlug und stieß. Dann zuckte auch er stöhnend zusammen, und Dottie fühlte etwas Klebrig-Feuchtes an ihrem Leib herabrinnen.

Minuten vergingen. Im Zimmer war es ganz still. Durch das Oberlicht konnte Dottie den Mond sehen. Sie lag da, Dicks Last noch immer auf sich; wahrscheinlich war etwas schiefgegangen – vermutlich ihre Schuld. Sein Gesicht war abgewandt, so daß sie es nicht sehen konnte. Sein Oberkörper quetschte ihr so sehr die Brüste, daß sie kaum Luft bekam. Ihre beiden Körper waren naß, sein kalter Schweiß tropfte auf ihr Gesicht, klebte ihr die Haare an die Schläfen und rann wie ein Bächlein zwischen ihren Brüsten; er brannte salzig auf ihren Lippen und erinnerte sie trostlos an Tränen. Sie schämte sich der Seligkeit, die sie empfunden hatte. Offensichtlich war sie ihm nicht die richtige Partnerin gewesen, sonst würde er irgend etwas sagen. Vielleicht durfte die Frau sich dabei nicht bewegen? »Verdammt«, hatte er gesagt, als er ihr weh tat, in einem so ärgerlichen Ton, wie ein Mann, der sagt: »Verdammt, warum können wir nicht pünktlich essen?« oder etwas ähnlich Unromantisches. Hatte etwa ihr Aufschrei alles verdorben? Oder hatte sie am Schluß irgendwie einen Fauxpas gemacht? Wenn Bücher doch bloß etwas ausführlicher wären; Krafft-Ebing, den Kay und Helena antiquarisch gekauft hatten und aus dem sie ständig vorlasen, als wäre er besonders komisch, beschrieb nur Scheußlichkeiten, wie Männer, die es mit Hennen treiben, und erklärte selbst dann nicht, wie es gemacht wurde. Der Gedanke an die Blondine auf der Kommode erfüllte sie mit hoffnungslosem Neid; wahrscheinlich stellte Dick jetzt gerade schlimme Vergleiche an. Sie spürte seinen Atem und roch den schalen Alkoholdunst, den er stoßweiße verströmte. Im Bett roch es merkwürdig penetrant, sie fürchtete, sie sei daran schuld.

Ihr kam der gräßliche Gedanke, daß Dick eingeschlafen sei; sie machte ein paar zaghafte Bewegungen, um sich von seinem Gewicht zu befreien. Die feuchte Haut ihrer aneinanderklebenden Körper machte ein leise schmatzendes Geräusch, als sie sich von ihm löste, aber es gelang ihr nicht, ihn abzuwälzen. Da wußte sie, daß er schlief. Wahrscheinlich war er müde, sagte sie sich zu seiner Entschuldigung; er hatte ja so dunkle Schatten um die Augen. Aber im Herzen wußte sie, daß er nicht wie ein Zentner Backsteine auf ihr hätte einschlafen dürfen; es war der endgültige Beweis – sofern es noch eines solchen bedurfte –, daß sie ihm nicht das geringste bedeutete. Wenn er morgen früh beim Aufwachen entdeckte, daß sie verschwunden war, würde er vermutlich heilfroh sein. Oder vielleicht erinnerte er sich dann nicht einmal, wer bei ihm gewesen war; sie ahnte nicht, was er alles getrunken hatte, ehe er sich mit ihr zum Essen traf. Wahrscheinlich war er einfach sternhagelbetrunken. Es gab für sie nur eine Möglichkeit, sich nicht noch mehr zu vergeben, nämlich sich im Dunkeln anzuziehen und heimlich zu verschwinden. Aber vorher mußte sie in dem unbeleuchteten Gang das Badezimmer finden. Dick fing an zu schnarchen, die klebrige Flüssigkeit überzog wie eine Kruste ihren Bauch; sie konnte unmöglich in den Vassar-Club zurückkehren, ohne das vorher abzuwaschen. Dann durchfuhr sie ein Gedanke, der fast schlimmer war als alles andere. Wenn er nun einen Erguß gehabt hätte, während er noch in ihr war? Oder wenn er eins von diesen Gummidingern benutzt hatte und es zerrissen wäre, als sie zuckte, und er darum sich so schnell aus ihr zurückgezogen hatte? Sie wußte vom Hörensagen, daß die Gummidinger reißen oder undicht sein können, daß eine Frau von einem einzigen Tropfen schwanger werden kann. Entschlossen wand und stemmte Dottie sich, um sich zu befreien, bis Dick den Kopf hob und sie, ohne sie zu erkennen, im Mondlicht anstarrte. Es stimmt also, dachte Dottie unglücklich. Er war einfach eingeschlafen und hatte sie vergessen. Sie wollte aus dem Bett schlüpfen.

Dick setzte sich auf und rieb die Augen. »Ach, du bist es, Boston«, murmelte er undeutlich und legte den Arm um ihre Taille. »Verzeih, daß ich eingeschlafen bin.« Er erhob sich und knipste die Stehlampe an. Dottie bedeckte sich hastig mit dem Leinentuch und wandte ihr Gesicht ab, denn sie hatte immer noch Hemmungen, ihn splitternackt zu sehen. »Ich muß nach Hause, Dick«, sagte sie kleinlaut und blickte verstohlen auf ihre Wäsche, die gefaltet auf dem Sessel lag. »*Mußt du?*« fragte er in spöttischem Ton. Sie konnte sich vorstellen, wie seine rötlichen Augenbrauen hochschnellten. »Du brauchst dich nicht erst anzuziehen und mich hinunterzubringen«, fuhr sie rasch und bestimmt fort und starrte dabei auf seine schönen nackten Füße. Breitbeinig stand er auf dem Teppich. Er bückte sich nach der Unterhose, und sie sah zu, wie er hineinstieg. Dann hob sie langsam die Augen und traf seinen forschenden Blick. »Was ist los, Boston?« fragte er freundlich. »Mädchen laufen doch in ihrer ersten Nacht nicht nach Hause. Hat's dir sehr weh getan?« Dottie schüttelte den Kopf. »Blutest du?« wollte er wissen. »Komm, laß mich nachschauen.« Er hob sie hoch, schob sie an das Bettende, das Leintuch glitt mit, auf dem Handtuch war ein kleiner Blutfleck. »Das allerblaueste«, sagte er, »aber nur eine ganze Kleinigkeit. Betty blutete wie ein

Schwein.« Dottie schwieg. »Heraus mit der Sprache, Boston«, rief er und wies mit dem Daumen auf die gerahmte Photographie. »Verdirbt etwa *sie* dir die Laune?« Dottie machte eine tapfere verneinende Bewegung. Etwas aber *mußte* sie sagen. »Dick« – sie schloß vor Scham die Augen –, »meinst du, ich müßte eine Spülung machen?« »Ein Spülung?« fragte er verständnislos. »Aber warum denn? Wozu?« »Nun, falls du . . . du weißt doch . . . Empfängnisverhütung«, murmelte Dottie. Dick starrte sie an und lachte dann plötzlich aus vollem Halse. Er ließ sich auf einen Stuhl fallen und warf den schönen Kopf in den Nacken. »Mein liebes Kind«, sagte er, »wir wandten soeben die älteste Form der Empfängnisverhütung an. Coitus interruptus nannten es die alten Römer, und es ist wirklich verdammt unangenehm.« »Ich dachte nur . . .« sagte Dottie. »Denke nicht! Was dachtest du? Ich verspreche dir, kein einziges Sperma schwimmt hinauf, um dein untadeliges Ovum zu befruchten. Wie bei dem Mann in der Bibel ergoß sich mein Samen auf die Erde oder vielmehr auf deinen wunderhübschen Bauch.« Mit einer raschen Bewegung zog er, ehe sie ihn hindern konnte, das Leinentuch von ihr fort. »Jetzt«, befahl er, »enthülle deine Gedanken.« Dottie schüttelte den Kopf und errötete. Nichts in der Welt hätte sie dazu bewegen können, denn die Wörter machten sie schrecklich verlegen. Sie war schon an den Worten ›Spülung‹ und ›Empfängnisverhütung‹ fast erstickt. »Wir müssen dich säubern«, bestimmte er nach sekundenlangem Schweigen. Er schlüpfte in Schlafrock und Hausschuhe und verschwand im Badezimmer. Es schien ihr geraume Zeit zu dauern, bis er mit einem feuchten Handtuch zurückkam und ihr den Bauch wusch. Dann trocknete er sie ab, indem er sie mit dem trockenen Ende des Tuches kräftig rubbelte, und setzte sich neben sie aufs Bett. Er selbst wirkte viel frischer, als habe er sich gewaschen, und roch nach Mundwasser und Zahnpulver. Er steckte zwei Zigaretten an, gab ihr eine und stellte den Aschenbecher zwischen sie.

»Du bist gekommen, Boston«, bemerkte er im Ton eines zufriedenen Lehrers. Dottie sah ihn unsicher an. Meinte er etwa das, woran sie nur ungern dachte? »Wie bitte?« murmelte sie. »Das heißt, daß du einen Orgasmus gehabt hast.« Aus Dotties Kehle erklang ein noch immer fragender Laut. Sie war ziemlich sicher, daß sie begriff, was er meinte, aber die neue Vokabel verwirrte sie. »Eine Klimax«, ergänzte er in schärferem Ton. »Bringt man euch das Wort in Vassar bei?« »Ach«, sagte Dottie, fast enttäuscht, daß es nichts anderes sei, »war das . . .?« Sie brachte die Frage nicht zu Ende. »Das war's.« Er nickte. »Soweit ich es beurteilen kann.« »Das ist also normal?« wollte sie wissen und fühlte sich bereits viel wohler. Dick zuckte die Achseln. »Nicht für Mädchen mit deiner Erziehung. Jedenfalls nicht beim erstenmal. Obgleich man dir's nicht ansieht, bist du wohl sehr sinnlich.«

Dottie errötete noch mehr. Laut Kay war eine Klimax etwas sehr Ungewöhnliches, etwas, was der Ehemann nur durch sorgfältiges Eingehen auf die Wünsche der Frau und durch geduldige manuelle Stimulation zuwege brachte. Schon die bloße Terminologie ließ Dottie schaudern. In Krafft-Ebing gab es eine scheußliche Stelle, ganz auf lateinisch, über die Kaiserin Maria Theresia und den Rat des Hofarztes an den Prinzgemahl, die Dottie überflogen hatte und so schnell wie möglich zu vergessen suchte. Aber selbst Mama deutete an, daß Befriedigung etwas sei, was sich erst nach langer Zeit und Erfahrung einstelle, und daß die Liebe dabei eine entscheidende Rolle spiele. Aber wenn Mama über Befriedigung sprach, war nicht genau zu ersehen, was sie damit meinte, und auch Kay drückte sich nicht klar aus, wenn sie nicht gerade aus Büchern zitierte. Polly Andrews hatte sie einmal gefragt, ob es dasselbe leidenschaftliche Gefühl sei, wie wenn man sich abküßte (damals war Polly verlobt), und Kay hatte gesagt: Ja, es sei ziemlich dasselbe. Aber jetzt glaubte Dottie, daß Kay sich geirrt hatte oder Polly aus irgendeinem Grunde nicht die Wahrheit sagen wollte. Dottie hatte sehr häufig ähnliche Gefühle gehabt, wenn sie mit jemand schrecklich Attraktivem tanzte, aber das war etwas ganz anderes als das, was Dick meinte. Fast schien es, als rede Kay wie der Blinde von der Farbe. Oder als meinten Kay und Mama etwas völlig anderes, und diese Sache mit Dick war anormal. Und doch wirkte er so zufrieden, wie er dasaß und Rauchringe blies. Wahrscheinlich wußte er, weil er so lange im Ausland gelebt hatte, mehr als Mama und Kay.

»Worüber grübelst du jetzt nach, Boston?« Dottie fuhr zusammen. »Wenn eine Frau sehr sinnlich ist«, bemerkte er sanft, »so ist das großartig. Du mußt dich deshalb nicht schämen.« Er nahm ihr die Zigarette ab, drückte sie aus und legte seine Hände auf ihre Schultern. »Komm«, sagte er, »was du jetzt empfindest, ist ganz natürlich. ›Post coitum omne animal triste‹, wie der römische Dichter sagt.« Er ließ seine Hand über die Rundung ihrer Schultern hinabgleiten und berührte leicht ihre Brustwarze. »Dein Körper hat dich heute abend in Erstaunen gesetzt. Du mußt ihn kennenlernen.« Dottie nickte. »Weich«, murmelte er und drückte die Warze zwischen Daumen und Zeigefinger. »Detumeszenz, das ist es, was du im Augenblick durchmachst.« Dottie hielt fasziniert den Atem an, alle Zweifel verflogen. Als er fortfuhr, die Warze zu drücken, richtete diese sich auf. »Erektiles Gewebe«, belehrte er sie und berührte die andere Brust. »Schau«, sagte er, und beide blickten darauf. Die Brustwarzen waren hart und voll, von einer kreisförmigen Gänsehaut umgeben; auf ihrer Brust wuchsen ein paar schwarze Haare. Dottie wartete gespannt, eine große Erleichterung erfaßte sie. Das waren dieselben Ausdrücke, die Kay aus einem Eheberater zitiert hatte. Da unten begann es abermals zu pochen. Ihre Lippen öffneten sich. Dick lächelte. »Fühlst du etwas?« Dottie nickte. »Möchtest du es noch einmal?« fragte er und betastete sie prüfend. Dottie machte sich steif und preßte die Schenkel zusammen. Sie schämte sich der heftigen Empfindung, der seine tastenden Finger auf die Spur gekommen waren. Aber er behielt die Hand dort zwischen ihren geschlossenen Schenkeln und ergriff ihre Rechte mit seiner anderen, führte sie in den auseinanderfallenden Schlafrock und drückte sie auf jenen Körperteil, der jetzt weich und schlaff und eigentlich recht herzig zusammengerollt dalag, wie eine dicke Schnecke. Er saß noch immer neben ihr und sah ihr ins Gesicht, während er sie dort unten streichelte und ihre Hand fester gegen sich drückte. »Da ist eine kleine Erhöhung«, flüsterte er. »Streichle sie.«

Dottie gehorchte staunend. Sie fühlte, wie sein Glied steifer wurde, und das gab ihr ein seltsames Machtgefühl. Sie wehrte sich gegen die Erregung, die sein kitzelnder Daumen über der Scheide hervorrief, und als sie merkte, wie er sie beobachtete, schloß sie die Augen, und ihre Schenkel öffneten sich. Er löste ihre Hand, und sie fiel keuchend hintenüber aufs Bett. Sein Daumen setzte sein Spiel fort, und sie gab sich dem willenlos hin, völlig auf einen bestimmten Höhepunkt der Erregung konzentriert, die sich jäh in einer nervösen, flatternden Zuckung entlud. Ihr Körper spannte sich, bäumte sich und lag dann still. Als seine Hand sie abermals berühren wollte, schlug sie sie sacht beiseite. »Nicht«, stöhnte sie und rollte sich auf den Bauch. Die zweite Klimax, die sie jetzt durch den Vergleich mit der ersten erkennen konnte, machte sie nervös und verwirrt. Sie war weniger beglückend, eher, als würde man unbarmherzig gekitzelt oder müßte dringend aufs Clo. »Hat dir das nicht gefallen?« fragte er und drehte ihren Kopf auf dem Kissen, so daß sie sich vor ihm nicht verstecken konnte. Der Gedanke, daß er sie beobachtete, während er *das* mit ihr tat, war ihr gräßlich. Langsam schlug Dottie die Augen auf, entschlossen, die Wahrheit zu sagen. »Das andere gefiel mir besser, Dick.« Dick lachte. »Ein nettes, normales Mädchen. Manche Mädchen mögen dies lieber.« Dottie schauderte; sie konnte zwar nicht leugnen, daß es sie erregt hatte, aber es kam ihr fast pervers vor. Es war, als errate er ihre Gedanken. »Hast du es je mit einem Mädchen gemacht, Boston?« Er packte sie am Kinn, um sie eindringlich mustern zu können. Dottie errötete. »Gott bewahre!« »Du kommst aber wie die Feuerwehr. Wie erklärst du dir das?« Dottie schwieg. »Hast du es je mit dir selbst gemacht?« Dottie schüttelte heftig den Kopf; allein die Vorstellung verletzte sie. »In deinen Träumen?« Dottie nickte widerwillig. »Ein bißchen. Nicht

bis zum Ende.« »Üppige erotische Phantasien einer Chestnut-Stret-Jungfrau«, bemerkte Dick und räkelte sich. Er stand auf, ging zur Kommode, holte zwei Pyjamas und warf einen davon Dottie zu. »Zieh ihn an und geh ins Badezimmer. Für heute nacht ist der Unterricht zu Ende.«

Nachdem sie das Badezimmer von innen verriegelt hatte, zog Dottie in Gedanken Bilanz. »Wer hätte das gedacht?« zitierte sie Pokey Prothero, als sie verdonnert in den Spiegel starrte. Ihr Gesicht mit den kräftigen Farben, den starken Augenbrauen, der langen geraden Nase und den dunkelbraunen Augen war genau so bostonisch wie immer.

Eine aus der Clique hatte einmal gesagt, Dottie sähe aus, als sei sie mit dem Doktorhut auf die Welt gekommen. Sie bemerkte jetzt selbst das Magisterhafte ihrer äußeren Erscheinung. In dem weißen Pyjama, aus dessen Kragen das kantige neuenglische Kinn ragte, erinnerte sie an einen alten Richter oder eine Amsel auf einem Zaun. Papa sagte manchmal scherzend, sie hätte Anwalt werden sollen. Und doch gab es da noch das Lachgrübchen, das in der Wange lauerte, und ihre Tanzlust und Sangesfreude – womöglich war sie eine gespaltene Persönlichkeit, ein regelrechter Doktor-Jekyll-und-Mister-Hyde! Nachdenklich spülte sich Dottie mit Dicks Mundwasser den Mund und warf zum Gurgeln den Kopf in den Nacken. Sie wischte den Lippenstift mit einem Stück Toilettenpapier ab und musterte in Gedanken an ihre empfindliche Haut ängstlich die Seife in Dicks Seifenschüssel. Sie mußte schrecklich aufpassen, aber erleichtert stellte sie fest, daß das Badezimmer peinlich sauber und mit Gebrauchsanweisungen der Zimmerwirtin tapeziert war: »Bitte, verlassen Sie diesen Raum, wie Sie ihn vorzufinden wünschen. Danke für Ihr Verständis.« »Bitte benutzen Sie beim Duschen den Badeteppich. Danke.« Die Zimmerwirtin, dachte Dottie, war wohl sehr großzügig, wenn sie nichts gegen Damenbesuch hatte. Immerhin hatte Kay hier oft ein ganzes Wochenende mit Harald verbracht.

Sie dachte nur ungern an die weiblichen Gäste, die neben der bereits erwähnten Betty Dick besucht hatten. Wie, wenn er neulich abend, nachdem die beiden sie abgesetzt hatten, Lakey hergebracht hätte? Schwer atmend stützte sie sich auf das Waschbecken und kratzte nervös ihr Kinn. Lakey, überlegte sie, hätte nicht zugelassen, was er mit *ihr* getan hatte; bei Lakey hätte er das nicht gewagt. Dieser Gedanke war jedoch zu beunruhigend, um weiter ausgesponnen zu werden. Woher wußte er eigentlich, daß *sie* es zulassen würde? Eins war merkwürdig – sie hatte die ganze Zeit den Gedanken daran verdrängt –, er hatte sie überhaupt nicht geküßt, nicht ein einziges Mal. Dafür gab es natürlich Erklärungen: Vielleicht sollte sie seine Alkoholfahne nicht merken, oder vielleicht roch sie selbst aus dem Mund . . .? Nein, sagte sich Dottie, so darfst du nicht weiterdenken. Eins jedoch war sonnenklar: Dick war einmal sehr verletzt worden, von Frauen oder von einer bestimmten Frau. Das gab ihm eine Sonderstellung; jedenfalls gestand sie ihm das zu. Wenn er nun einmal keine Lust hatte, sie zu küssen, so war das *seine* Sache. Sie kämmte sich mit dem Taschenkamm das Haar und summte dazu mit ihrer warmen Altstimme: »Er ist der Mann, der eine Frau wie mi-ich braucht.« Dann tat sie einen munteren Tanzschritt und stolperte, von dem langen Pyjama etwas behindert, zur Tür. Sie schnippte mit den Fingern, als sie das Deckenlicht mittels der langen Schnur ausmachte.

In einem geparkten Wagen

Mit ihrem in sattem Rotbraun schimmernden Haar war sie fast eine Schönheit. Ihre Haut hatte einen warmen Ton. Ihr Gang verriet die bewußte Körperbeherrschung einer Tänzerin. Das hatte mich schon immer bei einem Mädchen angezogen, schon seit meinem ersten Jahr bei der Air Force, als ich wie jeder andere Draufgänger auf einem Soldatenvergnügen, das Käppi verwegen zurückgeschoben, mit meinem Elan – wie Elena – alle andern auszustechen versuchte. Obwohl sie ihre Lippen stark geschminkt hatte und die hohen Absätze einer Revuetänzerin trug, lag etwas Feines und sehr Stolzes über ihrem Wesen. Sie ging aufrecht, den Kopf erhoben, das trägerlose Abendkleid ließ ihre schönen runden Schultern unbedeckt. Ihr Gesicht war eigentlich nicht weich, eher herzförmig. Über einem feingeschwungenen Mund und Kinn ließen mich die Flügel ihrer langen schmalen Nase eine reiche Begabung ahnen. Munshins Beschreibung erschien mir armselig.

Davon abgesehen, fühlte sie sich offensichtlich nicht behaglich. Als ich Eitel sie in die Löwenhöhle der Gesellschaft führen sah, erinnerte sie mich an ein edles, zur Flucht bereites Tier. Ihr Erscheinen auf der Gesellschaft hatte eine wellenförmig sich fortpflanzende Unsicherheit ausgelöst, und nur sehr wenige wußten, wie sie sich verhalten sollten, als sie Eitels ansichtig wurden. Einige traten heran, lächelten und riefen »Hallo« oder nickten ihm zu, aber die Mehrzahl wandte sich ab. Alle jedoch schienen verwirrt zu sein. Es mußte einen Grund dafür geben, daß Eitel eingeladen worden war, und ehe sie nicht dahinterkamen, konnte alles, was sie auch taten, falsch sein. Ich war wütend über die Art, wie man ihn und Elena schließlich sich selbst überließ. Niemand hatte sich ihnen angeschlossen, als Eitel endlich an einem leeren Tisch nahe beim Bassin haltmachte, einen Stuhl für Elena heranzog und sich dann selbst setzte. Aus der Entfernung mußte ich seine Haltung bewundern; er hatte tatsächlich so unbekümmert ausgesehen, wie er es sich gewünscht haben mochte.

Ich ging zu ihrem Tisch und begrüßte sie. »Darf ich mich zu Ihnen setzen?« sagte ich unbeholfen.

Eitel blickte dankbar lächelnd auf. »Elena, Sie müssen Sergius kennenlernen, er ist der beste Mensch von allen.«

»Ach, schweigen Sie doch«, sagte ich zu ihm und wandte mich dann an Elena. »Verzeihung, wie war Ihr Name?«

»Esposito«, murmelte Elena verlegen, »ein italienischer Name.« Ihre Stimme war ein wenig heiser und erstaunlich tief, wodurch sie weit weniger anziehend wirkte als das Gesicht, aber es war eine Stimme, die eine geheime Kraft verriet. Diese Art von Stimmen war mir von Kindheit an vertraut.

»Schaut sie nicht aus wie ein Modigliani?« sagte Eitel begeistert und fügte dann hinzu: »Ich weiß, Elena, man hat es Ihnen schon mehr als einmal gesagt.«

»Ja«, sagte Elena, »so ist es, einmal sagte es mir schon jemand. Es war Ihr Freund.«

Eitel nahm von der Erwähnung Munshins keine Notiz. »Aber wo kommen nur diese grünen Augen her?« sagte er neckend. Indessen sah ich, wie seine Finger ruhelos auf seine Knie trommelten.

»Oh, von meiner Mutter«, sagte Elena, »sie ist eine halbe Polin. Zu einem Viertel bin ich wohl polnisch und zu drei Vierteln italienisch. Eine Mischung wie Öl und Wasser.« Alle lächelten, nur Elena rückte unruhig auf ihrem Stuhl hin und her. »Ein komisches Thema«, bemerkte sie.

Eitel begann, sich den Lagunen-Raum anzuschauen, und sagte amüsiert: »Hier fehlt bloß noch eines.«

»Was?« fragte ich.

»Eine Achterbahn.«

Elena brach in Lachen aus. Sie hatte ein angenehmes Lachen, das ihre weißen Zähne zeigte, aber sie lachte zu laut. »Nein, wie komisch«, sagte sie.

»Ich liebe Achterbahnen«, fuhr Eitel fort. »Wenn man das erstemal hinuntersaust wie in das schwarze Loch des Todes. Ein unvergleichliches Gefühl.« Und für die nächsten zwei Minuten beschrieb er all die Sensationen einer Achterbahn, bis ich aus der Bewunderung in Elenas Augen erkennen konnte, daß er seine Darstellung lebendiger gestaltet hatte, als es mir selbst erschien. Er war in guter Form und als Pendant dazu Elena eine gute Zuhörerin. Ich ertappte mich bei der Feststellung, daß sie nicht dumm war, obgleich sie nichts anderes tat, als mit einem Lachen oder einer belanglosen Bemerkung zu antworten. Es lag an der Intensität ihrer Aufmerksamkeit. In ihrem Gesicht spiegelten sich alle Einzelheiten des Berichts wider. Eitel übertraf sich noch: »Da haben Sie den Beweis für meine erprobte Theorie«, sagte er. »Man besteigt eine Achterbahn gewisser Erregungen wegen. Es ist das gleiche wie in den Beziehungen zu einer Frau. Als ich jünger war, pflegte ich zu denken, daß es gräßlich sei, ja sogar unsauber, wenn ein Mann, der verliebt zu sein glaubt, die gleichen Worte bei allen Frauen, die er nacheinander hat, anwendet. Dennoch ist nichts Schlechtes daran. Die Menschen halten eigentlich nur ihren Gefühlen die Treue, die sie immer wieder auszulösen wünschen.«

»Ein solcher Mann kann aber in Wirklichkeit überhaupt nichts für eine Frau fühlen«, sagte Elena.

»Im Gegenteil. In diesen Augenblicken betet er sie wahrhaft an.«

Diese Entgegnung verwirrte sie. »Ich meine . . . meines Erachtens ist es . . . Ach, ich weiß es nicht.« Aber sie vermochte nicht, es dabei schweigend bewenden zu lassen. »Ein solcher Mann hat keine Bindungen zu der Frau. Er ist hemmungslos.«

Eitel schien entzückt zu sein. »Sie haben recht«, widersprach er sich selbst. »Ich glaube, es ist wirklich der Beweis dafür, wie hemmungslos ich immer gewesen bin.«

»Nein, Sie sind sicherlich nicht hemmungslos«, sagte sie.

»Doch«, lächelte er. Es schien, als wollte er sie warnen. Ihm Glauben zu schenken mußte jedoch schwerfallen. Seine Augen leuchteten, sein Körper hatte sich ihr zugeneigt, und in seinem dunklen Haarkranz schien es vor Erregung zu knistern.

»Urteilen Sie nicht nach Äußerlichkeiten«, begann Eitel wieder, »denn ich kann Ihnen sagen –« Er brach ab. Munshin näherte sich uns. Elenas Gesicht wurde ausdruckslos, und Eitels Lächeln verkrampfte sich.

»Ich weiß nicht, was hier gespielt wird«, schrie Collie, »H. T. sagte mir, ich solle hinübergehen und dich begrüßen. Er möchte später mit dir sprechen.«

Als keiner von uns sofort antwortete, begnügte sich Munshin damit, Elena anzustarren.

»Wie geht es dir, Collie?« fragte Eitel endlich.

»Ich habe mich schon besser gefühlt.« Seine Lebhaftigkeit schien plötzlich völlig verschwunden zu sein. »Ich habe mich schon sehr viel besser gefühlt«, sagte er, weiterhin auf Elena blickend.

»Amüsierst du dich nicht?« fragte sie.

»Nein, ich fühle mich ganz elend«, antwortete Munshin.

»Ich habe nach deiner Frau Ausschau gehalten«, sagte Elena, »aber ich kenne sie ja nicht.«

»Sie muß hier irgendwo herum stecken«, sagte Munshin ausweichend.

»Und dein Schwiegervater? Du sagtest, er sei hier.«

»Nun, wenn schon«, sagte Munshin mit einem weichen, einschmeichelnden Blick, der wohl zu suggerieren versuchte: Eines Tages wirst du dich wieder mit mir ausgesöhnt haben.

»Gewiß, aber ich möchte dich nicht in Verlegenheit bringen«, sagte Elena hart, nahe am Rande ihrer Beherrschung. Man erkannte, wie schlecht ihre Situation bei einem Streit sein dürfte.

»Ich traf Teddy Pope hier«, versuchte ich, so gut ich konnte, das Thema zu ändern. »Was ist das eigentlich für ein Mensch?«

»Ich kann es Ihnen sagen«, erklärte Eitel, dankbar für meinen Versuch, »er hat in einigen meiner Filme mitgespielt. Wissen Sie, in seiner Art ist er wirklich ein anständiger Schauspieler. Eines Tages könnte er sehr gut sein.«

In diesem Augenblick trat ein auffallend schönes blondes Mädchen in einem blaßblauen Abendkleid hinter Munshin und bedeckte seine Augen mit ihren Händen. »Rate mal, wer?« sagte sie mit rauher Stimme. Ich bemerkte eine kleine Stupsnase, ein mit einem Grübchen versehenes Kinn und einen aufgeworfenen Mund, der mir bekannt erschien. Beim Anblick von Eitel verzog sie das Gesicht. »Lulu«, sagte Munshin, sich halb von seinem Stuhl erhebend und im ungewissen, ob diese Unterbrechung die Situation erleichterte oder erschwerte. Dann umarmte er väterlich Lulu mit ausgebreiteten Armen, Elena und Eitel zulächelnd, während er, nur für mich sichtbar, ihr Hinterteil tätschelte, als wollte er ihr zu verstehen geben, daß ihm etwas mehr als diese flüchtige Umarmung nicht unsympathisch wäre.

»Miß Meyers – Miß Esposito«, stellte Eitel leise vor, und Lulu nickte flüchtig und uninteressiert Elena zu.

»Collie, wir müssen uns sprechen«, erklärte Lulu, »ich habe etwas auf dem Herzen, über das ich unbedingt mit dir zu reden wünsche.« Dann schenkte sie Eitel ein süßes Lächeln.

»Charley, du wirst dick«, sagte sie.

»Setz dich doch«, schlug Eitel vor. Sie nahm einen Stuhl an seiner Seite und bestand darauf, daß Munshin an ihrer anderen Seite Platz nahm. »Will mir denn niemand die Luftwaffe vorstellen?« fragte sie geradezu, und als ihr mein Name genannt wurde, betrachtete sie mein Gesicht. Ich zwang mich, sie anzustarren, bis sie die Augen sinken ließ, aber es kostete mich einige Mühe. »Was für ein hübscher Junge Sie sind«, sagte Lulu Meyers. Sie konnte selbst kaum viel über zwanzig sein.

»Sie ist großartig«, sagte Munshin. »Was für ein Mundwerk!«

»Möchten Sie gern etwas trinken?« fragte ich Elena. Sie war schweigsam geworden, seit Lulu anwesend war, und ihr gegenüber erschien sie mir nicht mehr so anziehend wie zuvor. Vielleicht spürte sie das selbst, denn sie zupfte nervös an den Fingernägeln.

»O ja, gern«, sagte Elena verlegen, und als ich aufstand, reichte mir Lulu ein Glas. »Wollen Sie mir einen kleinen Martini mitbringen?« fragte sie, ihre veilchenblauen Augen auf mich richtend. Ich bemerkte, daß sie nicht weniger nervös war als Elena, aber auf andere Weise; Lulu machte es sich auf ihrem Sitz bequem – mit dem gleichen Trick, den ich bei der Luftwaffe gelernt hatte.

Als ich zurückkam, sprach sie mit Eitel. »Wir vermissen dich, altes Haus«, sagte sie. »Ich kenne niemanden, mit dem man sich besser betrinken kann als mit dir.«

»Ich bin unter die Abstinenzler gegangen«, parierte Eitel grinsend.

»Du scheinst nur im Hinblick auf mich enthaltsam zu leben«, sagte Lulu mit einem Seitenblick auf Elena.

»Man sagte mir, du wirst Teddy Pope heiraten«, antwortete Eitel. Lulu wandte sich an Munshin. »Sage H. T., er soll endlich mit dieser Propaganda aufhören«, sagte sie ärgerlich und warf ihre Zigarette auf den Fußboden, sie mit einer raschen ungeduldigen Bewegung zermalmend. Mein Blick fiel für einen Augenblick auf ihre Beine und ihre hübschen kleinen Füße, die in silbernen Sandaletten steckten. Diese Beine waren so bekannt wie die Form ihres Mundes; beide hatten sich in das Gedächtnis der Leute eingeprägt. Durch Hunderte – oder waren es Tausende? – von Fotografien waren sie in allen Einzelheiten wiedergegeben worden. »Collie, diese Propaganda hat aufzuhören, sage ich dir.«

Munshin lächelte einfältig. »Nun, beruhige dich nur, Kleines. Wer will dich denn zu irgend etwas zwingen?«

»Ich bin damit einverstanden, daß Lulu Teddy heiratet«, sagte Eitel gedehnt.

»Charley, du bist ein alter Stänker«, sagte Munshin heftig.

Elena und ich blickten uns an. Sie bemühte sich, dieser Gruppe als zugehörig zu erscheinen. Ihre Augen folgten jedem der Sprecher, und sie lächelte gezwungen, aus Angst, nicht richtig zu reagieren und uneingeweiht zu erscheinen. Wahrscheinlich tat ich dasselbe. Wir flankierten, wie Buchstützen, die Anwesenden und fühlten uns unbehaglich.

»Ich meine es ernst«, sagte Lulu. »Du kannst Mr. T. bestellen, daß ich erst diesen hübschen Jungen hier heiraten werde«, und dabei richtete sie einen Finger beiläufig auf mich.

»Sie haben noch nicht um mich angehalten«, sagte ich.

Elena lachte mit so viel Vergnügen, als ob sie das selber gesagt hätte. Wieder war ihr Lachen zu laut, so daß die anderen sie anstarrten.

»Nicht gleich so stürmisch, mein Täubchen«, sagte Lulu mit einem Nachdruck, der dem rothaarigen Mädchen, Candy Ballou, nicht gelungen war. Sie hielt ihr leeres Glas hoch, so daß wir es alle sehen konnten, und ließ einen letzten Tropfen auf den Fußboden fallen. »Ich bin müde, Collie«, verkündete sie und legte ihren Kopf an Munshins Schulter.

»Ich sah deinen letzten Film«, sagte Eitel zu ihr.

»War ich nicht geradezu gräßlich darin?« Lulu schnitt ein Gesicht. »Die machen mich noch kaputt. Was ist deine Meinung?«

Er lächelte unverbindlich. »Ich werde mit dir noch darüber sprechen.«

»Ich weiß, was du sagen willst. Ich schauspielere zu sehr, wie?« Sie hob ihren Kopf und kniff Collie in die Wangen. »Ich hasse es, zu schauspielern«, und unmittelbar anschließend beugte sie sich vor, um eine Frage an Elena zu stellen. »Und was tun Sie, Miß Esposo?«

»Esposito«, beeilte sich Eitel zu sagen.

Elena fühlte sich geniert. »Ich war . . . etwas . . . eine Tänzerin, möchte ich sagen.«

»Und jetzt – Modell?« fragte Lulu.

»Nein . . . ich meine . . . natürlich nicht . . .« – Elena war nicht ganz hilflos ihr gegenüber – »Verschiedenes«, schloß sie endlich. »Wer möchte schon ein mageres Modell sein?«

»Ich möchte wetten«, sagte Lulu und sprach wieder zu mir, »Sie sind der neueste Schweif an Eitels Drachen?«

Ich merkte, daß ich errötete. Ihre Angriffe kamen überraschend und auf vielfältige Weise. »Man sagt, du seist erledigt, Charley«, wandte sie sich bereits wieder an Eitel.

»Es wird viel über mich geredet«, sagte Eitel leichthin.

»Nicht soviel, wie du glaubst. Die Zeit geht drüber hin.«

»Ich werde immer als dein zweiter Exgemahl in der Erinnerung bleiben«, sagte Eitel gedehnt.

»Das ist richtig«, sagte sie. »Wenn ich an Charley Eitel denke, denke ich stets an Nummer zwei.« Mit einem munteren Lächeln erwiderte Eitel: »Wenn du die Schlagringe anlegen willst, Lulu, sag's nur frei heraus.« Nach einem Augenblick der Stille lächelte Lulu zurück: »Verzeih mir, Charley.« Dann wandte sie sich an uns alle, und mit jener heiseren Stimme, die so reizend zu ihrem blonden Haar und den blauen Augen paßte, sagte sie: »Ich sah heute ein ganz gräßliches Bild von mir in den Zeitungen.«

»Lulu«, sagte Munshin rasch, »das könnten wir sofort ändern. Die Fotografen werden hier bald mit ihrer Arbeit anfangen.«

»Ich will nicht mit Teddy Pope in die Zeitung kommen.«

»Wer zwingt dich denn dazu?« sagte Munshin.

»Legst du mich auch nicht 'rein, Collie?«

»Ich werde dich nicht 'reinlegen«, versprach Munshin, sein Gesicht abtrocknend.

»Warum schwitzt du so?« fragte Lulu und stand plötzlich auf. »Jay-Jay«, schrie sie laut und öffnete die Arme. Jennings James, der gerade auf uns zugekommen war, drückte sie an seine dünne Gestalt, was mir wie eine Parodie auf Munshins Umarmung vorkam. »Mein Lieblingsmädchen«, sagte er mit seiner lauten, von einem südlichen Akzent gefärbten Stimme.

»Was hast du da vorgestern für eine Notiz über mich zusammengestümpert«, sagte Lulu.

»Süße, du bist völlig verrückt«, protestierte Jennings James. »Es war doch ein Liebesdienst für dich.« Er nickte uns allen zu. »Wie geht es Ihnen, Mr. Munshin?« sagte er. Nach dem Besuch der Toilette schien er sich wieder erholt zu haben.

»Nimm dir einen Stuhl, Jay-Jay«, sagte Munshin, »dies ist Miß Esposito.«

Jennings James verneigte sich förmlich. »Ich liebe das Würdevolle der italienischen Frauen, Miß Esposito.« Seine sommersprossigen Hände strichen weich über sein rotes Haar. »Bleiben Sie lange mit uns in Desert D'Or?«

»Ich fahre morgen zurück«, sagte Elena.

»Nein, keineswegs«, protestierte Eitel.

»Nun, ich bin noch nicht sicher«, verbesserte sich Elena.

Ein Kellner brachte Gefrorenes. Es war auf den Tellern fast zerschmolzen, nur Elena nahm eine Portion. »Das ist Halbgefrorenes, nicht wahr?« sagte sie. »Das soll die teurere Sorte sein.« Als alle ziemlich verdutzt über diese Bemerkung dreinschauten, machte Elena den verzweifelten Versuch, sich zu rechtfertigen. »Ich weiß nicht mehr, wo ich es gehört habe, – Halbgefrorenes, so ist es mir in Erinnerung, oder vielleicht habe ich es auch schon gegessen, ich weiß es nicht mehr.«

Eitel kam ihr zu Hilfe. »Stimmt, Duvons in Hollywood haben eine Art Halbgefrorenes. Ich habe es selbst schon gegessen. Aber ich glaube nicht, daß dies hier von Duvons kommt, Elena.«

»Ach nein, ich weiß ja, daß es nicht von dort ist«, sagte sie rasch. Jay-Jay wandte sich wieder an Lulu: »Süße, alles ist jetzt bereit für die Aufnahme. Die Fotografen haben endlich aufgehört, sich zu mästen, und man wartet auf dich.«

»Meinetwegen, laß sie warten«, sagte Lulu. »Ich möchte noch etwas zum Trinken.«

»Mr. T. bat mich ausdrücklich, dich zu holen.«

»Also los, gehen wir alle«, sagte Munshin. Ich vermutete, daß er darin Elena, Eitel und mich aus keinem anderen Grunde einschloß, als Lulu daran zu hindern, sich den Zurückbleibenden eventuell anzuschließen. Munshin nahm ihren Arm, wartete auf Elena und Eitel und ging dann am Rande des Schwimmbassins entlang, an der Tanzfläche vorbei zu den Fotografen.

Jay-Jay schloß sich mir an. »Diese Esposito-Dame«, sagte er, »ist Munshins Verhältnis, hörte ich.«

»Keine Ahnung«, erwiderte ich.

»Mann, das ist eine! Ich habe nie was mit ihr gehabt, aber ich weiß es von anderen, die es wissen müssen. Wenn Charley Eitel die Esposito hinter sich hat, sollten Sie mit ihr ein paar köstliche Stunden verbringen.« Dann begann er sich über ihre Qualitäten auszulassen. »Und obendrein sieht sie noch süß aus«, fügte er galant hinzu. »Ist ein hartes Leben in Hollywood für so ein Mädchen. Ich werfe ihr nichts vor. Warum Teppis selbst, dieses Schwein –«

Aber James konnte den Satz nicht mehr beenden, denn wir hatten die Fotografen erreicht.

Ich erblickte Teddy Pope, der aus der entgegengesetzten Richtung herankam. Der Tennismeister begleitete ihn noch immer, und sie schienen über einen Witz zu lachen. »Lulu, Liebling«, sagte Pope und streckte seine Hand aus. Sie berührten gegenseitig ihre Fingerspitzen und standen Seite an Seite.

»He, Leute!« rief Jay-Jay, sich mit einem Sprung den drei

Fotografen nähernd, die phlegmatisch vor dem Kameramast standen. »Wir möchten jetzt ein paar natürlich wirkende Aufnahmen haben. Nichts Gekünsteltes, nur so wie Filmleute miteinander leben und sich unterhalten. Ihr versteht schon, wie ich es meine.«

Gäste waren von verschiedenen Seiten herbeigekommen.

»Du siehst entzückend aus, mein Schatz«, rief Dorothea O'Faye aus der Ansammlung heraus, und Lulu lächelte.

»Danke dir, meine Süße«, rief sie zurück. »He, Teddy«, sagte ein Mann, »kann ich ein Autogramm haben?« Und Teddy lächelte. Jetzt, da er von Publikum umgeben war, hatte sich sein Benehmen verändert. Er erschien gleichzeitig jungenhafter und männlicher. »Sieh da, Mr. T. naht«, rief er laut mit einer jähen Verachtung im Gesichtsausdruck für diejenigen, die sie zu entdecken vermochten. Er begann in die Hände zu klatschen, und mindestens ein Dutzend der Zuschauer applaudierte unter dem Zwang der Höflichkeit ebenfalls. Teppis streckte seine Hände in die Höhe: »Wir machen heute nacht ein paar Bilder von Teddy und Lulu, nicht nur aus Interesse an ihrem Film, oder sollte ich sagen unserem Film ›Am Himmelstor‹, sondern als ein Symbol, so möchte ich es nennen, für den heutigen Abend und unsere gute Stimmung.« Teppis räusperte sich und lächelte wohlwollend. Seine Anwesenheit hatte den Erfolg gehabt, ein Dutzend mehr Zuschauer anzulocken, und eine Zeitlang war alles in Anspruch genommen von den Blitzlichtern, dem Wechsel der Aufnahmedispositionen und den Anweisungen der Fotografen. Ich sah Teppis zwischen Teddy und Lulu, Lulu zwischen den beiden Männern, Teddy und Lulu zusammen, Teddy und Lulu einzeln, Teppis, Lulus Hand in väterlicher Weise haltend, Teppis, die Hand auf Teddys Arm legend. Ich war überrascht, wie gut sie es machten: Teddy glücklich lächelnd, vor Gesundheit strotzend; Lulu süß, Lulu ehrbar, Lulu erotisch – alles mit einer Leichtigkeit, für die die Würde und der väterliche Stolz Herman Teppis' das rechte Gleichgewicht bildeten. Es war in der Wirkung vollendet. Teddy Pope zeigte ein offenes, vergnügtes Gesicht zu jeder Anweisung des Fotografen, seine Stimme drückte bescheidene Würde aus, sein Lächeln schien die Freude an seiner Umgebung widerzuspiegeln. Er schwenkte die Hände über dem Kopf wie ein Boxer und tat, als ob er sich dabei die Schulter wegen der ungewohnten Körperbewegung verrenkt habe; er legte seinen Arm um Lulus Taille, er küßte ihre Wange. Und Lulu glitt in einer liebkosenden anschmiegenden Bewegung an seine Seite. Sie schien zu schweben, wenn sie dahinschritt; ihre Schultern wiegten sich leicht im Takt ihrer Hüften, sie neigte den Hals, das Haar umrahmte in goldenen Locken den Kopf, und ihre sanfte heisere Stimme lachte über die Scherze der anderen. Ich dachte bei mir, das ist das schönste Mädchen, das du je gesehen hast.

Als die Fotografen ihre Arbeit beendet hatten, hielt Teppis noch eine kleine Rede: »Man kann es ja nie wissen – wir sind nun mal eine große Familie bei Supreme, aber ich will euch dennoch etwas sagen: Ich glaube nicht, daß die beiden jungen Menschen hier nur gespielt haben.« Und während er die Hände auf den Rücken legte, schob er sie aufeinander zu, bis sie nicht mehr anders konnten, als sich gegenseitig mit den Armen zu umfangen, falls sie nicht hinfallen wollten. »Was höre ich da, Lulu«, sagte er laut in das Lachen der Gäste, »eine kleine Freundin hat mir erzählt, du und Teddy seid sehr gute Freunde?«

»Aber, Mr. Teppis«, sagte Lulu mit der einschmeichelndsten Stimme, »Sie hätten Heiratsvermittler werden sollen.«

»Das ist ein Kompliment, ich nehme es als ein Kompliment«, sagte Teppis. »Ein Produzent ist gewöhnt, Ehen zu schließen, zwischen Kunst und Geld, Talent und Publikum. Unterhaltet ihr euch alle gut heute nacht?« fragte er die aufmerksam beobachtenden Gäste, und mehrere bestätigten ihm, daß sie sich gut amüsierten. »Versorge die Kamerajungens«, sagte Teppis zu Jay-Jay und ging mit Lulu am Arm fort. Die Menge zerstreute sich, die Fotografen begannen ihre Ausrüstungsgegenstände einzupakken. Neben dem Bassin sah ich Teppis stehenbleiben, um mit Eitel zu sprechen, und während er sprach, schaute er auf Elena. Ich konnte sehen, daß Teppis sie im gleichen Moment erkannte, als Eitel sie vorstellte, denn Teppis reagierte sofort. Sein Rücken steifte sich, sein frisches Gesicht schien anzuschwellen, und zweifellos sagte er etwas Schroffes, denn Eitel ging rasch mit Elena fort.

Teppis wischte, mit Lulu allein gelassen, sein Gesicht vor Aufregung. »Geh und tanz mit Teddy«, hörte ich ihn mit heiserer Stimme zu Lulu sagen, als ich mich näherte. »Tu mir den Gefallen.« Wegen der vielen Leute konnte ich nicht verfolgen, was Eitel inzwischen unternommen hatte. Lulu fing meinen Blick. »Mr. T., ich möchte erst mit Sergius tanzen«, sagte sie schmollend, und von Teppis weggleitend, nahm sie meine Hand und zog mich zur Tanzfläche. Ich hielt sie eng in meinen Armen. Der Alkohol, den ich den ganzen Abend über genossen hatte, machte mich kühn. »Wie lange wird es dauern«, fragte ich in ihr Ohr, »bis Sie nach Teddy Ausschau zu halten beginnen?« Zu meiner Überraschung nahm sie es freundlich auf. »Sie können das nicht verstehen«, sagte Lulu.

»Und wieso verstehen Sie es?«

»Bitte, seien Sie nicht so, Sergius. Ich habe Sie gern.« In diesem Augenblick schien sie nicht älter als achtzehn Jahre zu sein. »Es ist schwerer, als Sie denken«, flüsterte sie, und da sie sich verführerisch an mich lehnte, fand ich es nicht leicht, meinem ersten unangenehmen Eindruck von ihr weiterhin Glauben zu schenken. Sie schien so jung; vielleicht war sie sehr verwöhnt, aber doch so reizend.

Wir tanzten nun schweigend. »Was sagte Teppis zu Eitel?« fragte ich plötzlich.

Lulu schüttelte den Kopf und kicherte. »Er sagte, Charley solle sich zum Teufel scheren.«

»Dann, glaube ich, muß ich auch gehen«, sagte ich zu ihr.

»Sie waren nicht mit eingeschlossen.«

»Eitel ist mein Freund«, sagte ich.

Sie zwickte mich ins Ohr. »Herrlich, Charley wird das guttun. Ich muß es ihm sagen, wenn ich ihn sehe.«

»Gehen Sie mit mir fort«, sagte ich.

»Nicht jetzt.«

Ich hörte auf zu tanzen. »Wenn Sie es wünschen«, sagte ich trocken, »werde ich erst Mr. T. um Erlaubnis bitten.«

»Sie glauben wohl, ich habe Angst vor ihm?«

»Sie haben keine Angst vor ihm, aber schließlich werden Sie doch mit Teddy tanzen.«

Lulu begann zu lachen. »Sie sind anders, als ich zuerst dachte.«

»Das liegt nur am Alkohol.«

»Ach, das hoffe ich nicht.«

Zögernd, beinahe nachdenklich, erlaubte sie mir, sie von der Tanzfläche fortzuführen. »Das ist ein fürchterlicher Fauxpas«, flüsterte sie mir zu.

Trotzdem schien Lulu keine Angst zu haben, als wir an Teppis vorübergingen.

Wie ein Unternehmer, der die verkauften Sitze im Theater überprüft, stand er neben dem Eingang, mit den Augen das sich ihm bietende Bild kontrollierend. »Mein Mädchen«, sagte er, sie am Arm packend, »wohin gehst du?«

»Ach, Mr. T.«, sagte Lulu wie ein unartiges Kind, »Sergius und ich haben uns so viel zu erzählen.«

»Wir möchten ein wenig Luft schnappen«, sagte ich vergnügt und benutzte die Gelegenheit, ihm seinen Rippenstoß zurückzugeben.

»Luft?« Er war indigniert, als wir weitergingen. »Luft?« Ich konnte ihn sehen, wie er zur nichtvorhandenen Decke des Lagunen-Raumes aufschaute. Hinter uns drehte sich eintönig die Pappkamera auf ihrem Holzpfahl, die Scheinwerfer bildeten dorische Säulen, auf denen der Himmel als Giebel ruhte. Die Party verlor an Reiz. Der Höhepunkt war überschritten, und die Pärchen zogen sich auf die Couches zurück, denn die Stunde der Trunkenheit war so weit vorgeschritten, daß alles möglich erschien: Jeder begehrte jeden, und wenn Wünsche Taten wären, würde die Nacht in die Geschichte der Filmindustrie eingehen.

»Sagen Sie Charley Eitel«, schrie Teppis hinter mir her, »daß er erledigt ist. Das sage ich Ihnen. Er ist erledigt. Er hat seine Chance verspielt.«

Über seine ohnmächtige Wut kichernd, liefen Lulu und ich die Pfade entlang und passierten die kleinen überdachten Brücken, bis wir den Parkplatz erreichten. Einmal, unter einer japanischen Laterne, hielt ich an, um sie zu küssen, aber sie lachte zu sehr, und unsere Lippen trafen sich ungeschickt. »Ich werde Ihnen Unterricht geben müssen«, sagte sie.

»Lehren Sie mich nichts, ich hasse Lehrer«, sagte ich und zog sie hinter mir her, während ihre Absätze klapperten und ihr Rock knisterte, in der verheißungsvollen Melodie aus Klappern und Wispern, die aufklingt, wenn ein Mädchen versucht, in einem Abendkleid rasch zu laufen.

Wir stritten uns darüber, wessen Wagen wir nehmen sollten. Lulu bestand darauf, ihren offenen zu benutzen. »Ich fühle mich sonst bedrängt«, sagte sie, »ich will selber fahren.«

»Dann fahren Sie meinen Wagen«, schlug ich vor, aber sie wollte nicht von ihrem Wagen lassen. »Ich werde überhaupt nicht mitkommen«, sagte sie trotzig, »ich werde zur Gesellschaft zurückkehren.«

»Sie haben also doch Angst«, stichelte ich.

»Ich habe keine.«

Sie fuhr schlecht. Sie war unbeherrscht, was ich schon vermutet hatte, aber schlimmer noch, sie konnte ihren Fuß nicht ruhig auf dem Gaspedal halten. Das Auto fuhr bald langsamer, bald schneller, als drücke sich darin ihre Stimmung aus, und trotz meiner Trunkenheit wurde ich mir einer möglichen Gefahr bewußt, aber es war nicht diese Gefahr, die mich beunruhigte.

»Ich bin verrückt«, sagte sie von Zeit zu Zeit.

»Laß uns parken, Verrückte«, antwortete ich.

»Sind Sie je bei einem Psychoanalytiker gewesen?« fragte Lulu.

»Sie brauchen ihn nicht«, sagte ich zuversichtlich.

»Ach, ich brauche etwas«, sagte sie, und mit einer scharfen Wendung, so daß der Sand gegen die Kotflügel prasselte, brachte sie den Wagen vom Sommerweg wieder auf die Fahrstraße.

»Laß uns anhalten«, sagte ich. Sie parkte, als es ihr schließlich paßte. Ich hatte die Hoffnung aufgegeben und mich halb damit abgefunden, höflich neben ihr zu sitzen, während sie uns von der Autostraße kurvte und wir mit hundertzehn Kilometer Stundengeschwindigkeit an Kakteen vorbei taumelnd über den Lehm der Wüste rollten.

Aber Lulu fand doch, wir könnten noch eine Weile am Leben bleiben – sie schlug schließlich auf gut Glück einen Seitenweg ein und flog mit kreischenden Rädern um eine Kurve, worauf sie langsamer wurde, weiterfuhr und endlich in einer verlassenen Ebene anhielt, den funkelnden Nachthimmel als eine gigantische Halbkugel über uns.

»Schließen Sie das Fenster«, sagte sie, während sie damit beschäftigt war, den Knopf zu drücken, der das Dach des Wagens zum Schließen brachte.

»Es wird zu heiß werden«, protestierte ich.

»Nein, die Fenster müssen zugemacht werden«, entschied sie.

Nachdem alle Vorbereitungen getroffen waren, drehte sie sich auf dem Sitz herum und erlaubte mir, sie zu küssen. Sie muß gespürt haben, daß sie einen Stier losgelassen hatte, und tatsächlich war es auch so: Zum erstenmal nach fast einem Jahr wußte ich, daß mir alles gelingen würde.

Dennoch war es nicht so leicht. Sie gab sich meinem Mund und meinen Armen hin, sie nahm meine Zärtlichkeiten entgegen, und dann wich sie wieder aus, ängstlich durch die Autofenster schauend. »Dort kommt ein Mann«, flüsterte sie. Ihre Nägel gruben sich in mein Handgelenk, und ich war genötigt, einzuhalten, meinen Kopf zu heben und den Horizont abzusuchen, um schließlich zu erklären: »Niemand ist da, das siehst du doch.«

»Ich bin sehr erschrocken«, sagte sie und reichte mir wieder ihren Mund. Wie lange das so weiterging, weiß ich nicht, aber es war wie nach einem erprobten Schema. Sie lockte mich an, sie stieß mich zurück, sie erlaubte mir, ein Stück ihrer Kleidung abzustreifen, nur um sich dann wie eine gepeinigte Jungfrau zu verkriechen. Wir hätten Halbwüchsige auf einem Sofa sein können. Meine Lippen waren von Küssen gesprungen, mein Körper litt, meine Finger waren geschwollen, und als ich es endlich erreicht hatte, wenigstens die Unterwäsche zu erobern, die sie unter ihrem Abendkleid trug, und hinter mich auf den Sitz zu werfen wie ein verrückter Eichelhäher, der dabei ist, sein Nest auszupolstern, konnte ich Lulu noch immer nicht dazu bewegen, ihr Kleid auszuziehen. Obwohl sie mir erlaubte, weiter vorzudringen, und sogar gewährte, sie für einen – zwei – ja drei Herzschläge zu besitzen, stieß sie mich plötzlich mit einer kleinen Bewegung zurück und setzte sich auf, um durch die Fenster zu sehen. »Da kommt jemand. Da ist jemand auf der Straße«, sagte sie und kniff mich, als ich versuchte, ihr nahe zu kommen.

»Jetzt zählt nur dies!« sagte ich zu ihr, aber trotz allem, was ich ihr erklärte, war der Höhepunkt anscheinend erreicht. Während einer weiteren Stunde ließ sie mich, gleichgültig, was ich tat, wie ich sie auch bedrängte, bettelte oder mit ihr scherzte, nicht wieder so nahe heran. Die Dämmerung konnte nicht mehr fern sein, als ich erschöpft, entmutigt und fast uninteressiert die Augen schloß und murmelte: »Du hast gesiegt.« Mit einer matten Geste überreichte ich ihr die Siegestrophäen, ihre Unterwäsche, und lehnte mich auf meinen Sitz zurück.

Zärtlich küßte sie meine Lider, ihre Finger streichelten meine Wange. »Du bist süß«, flüsterte sie. Um mich wieder zu beleben, zog sie an meinem Haar. »Küsse mich, Sergius«, sagte sie, als ob ich sie überhaupt noch nicht umarmt hätte, und in der nächsten Minute, während ich mich im Sitz zurücklehnte, ungläubig und beinahe passiv gegenüber ihrem Willen zur Hingabe, mit einer letzten Wiederkehr jener erobernden Kraft, die mich beflügelt hatte, als wir begannen, war es mir erlaubt, in das geheimnisvolle Innenleben einer Filmkönigin einzudringen. Sie gab sich mir sanft, sie war köstlich, eine Liebende, eine keusche Liebende selbst dann noch, als sie mir zuflüsterte, daß sie gar nicht darauf vorbereitet gewesen sei und ich rücksichtsvoll zu sein habe. So mußte ich allein den Weg zu Ende gehen und wurde belohnt, indem sie sich hinterher in meine Arme kuschelte.

»Du bist wunderbar«, sagte sie.

»Ich bin nur ein Anfänger.«

»Nein, du bist wunderbar. Mein Gott, ich liebe dich, du!«

Auf dem Rückweg fuhr ich den Wagen, während sie sich neben mir zusammenrollte, ihren Kopf an meiner Schulter. Das Radio lief, und wir summten zur Musik. »Ich war wie besessen heute nacht«, sagte sie. Ich betete sie an. Der Gedanke an die Arroganz, mit der sie jeden behandelt hatte, als ich sie kennenlernte, machte es nur noch herrlicher. Denn auf dieser gefährlichen Fahrt, ehe wir parkten, hatte ich mir gesagt, daß ich unbedingt mit ihr Erfolg haben müsse, und die Erinnerung daran, jetzt, nachdem mir tatsächlich Erfolg beschieden war, verschaffte mir eine wunderbare Genugtuung. Vielleicht war es nichts anderes, als daß nun genug Zeit verstrichen war, aber ich fühlte, daß ich es überwunden hatte; ich fühlte mich bereit – wozu, wußte ich nicht genau zu sagen. Aber ich hatte es geschafft – und mit was für einem Mädchen noch dazu. Lulu war verlegen, als wir uns vor ihrer Tür zum Abschied küßten.

»Laß mich bei dir bleiben«, sagte ich.

»Nein, nicht heute nacht.« Sie schaute hinter sich, um zu prüfen, ob die Pfade menschenleer seien.

»Dann komm zu mir in mein Haus.«

Sie küßte mich auf die Nase. »Ich bin am Ende, Sergius.« Ihre Stimme war wie die eines Kindes.

»Also gut, dann sehen wir uns morgen.«

»Ruf mich an.«

Sie küßte mich wieder, sie warf mir einen Kuß zu, als sie durch die Tür verschwand, und ich stand allein in dem Labyrinth des Yachtklubs. Die Sonne eines neuen Wüstenmorgens war nicht mehr weit, das Laubwerk schimmerte blaßblau wie das Blaßblau ihres Abendkleides.

Charles Bukowski

Die Fickmaschine

Es war ein heißer Abend im Tony's. An Ficken dachte man nicht mal, nur an kühles Bier. Tony ließ zwei runterschliddern für Indianer-Mike und mich, und Mike hatte das Geld schon in der Hand. Ich ließ ihn die erste Runde zahlen. Tony ließ die Kasse klingeln, gelangweilt, sah sich um – noch fünf oder sechs andere, die in ihr Bier starrten. Schwachköpfe. Also kam Tony zu uns runter.

»Was gibt's Neues, Tony?« fragte ich.

»Ach, Scheiße«, sagte Tony.

»Das is' ja nu nix Neues.«

»Scheiße«, sagte Tony.

»Ach Scheiße«, sagte Indianer-Mike.

Wir tranken unser Bier.

»Was hältst du vom Mond?« fragte ich Tony.

»Scheiße«, sagte Tony.

»Ja«, sagte Indianer-Mike, »wenn einer hier auf der Erde 'n Arschloch ist, ist er auch auf'm Mond 'n Arschloch. Kommt aufs gleiche raus.«

»Auf'm Mars soll's kein Leben geben, heißt es«, sagte ich.

»Na und?« sagte Tony.

»O Scheiße«, sagte ich. »Noch zwei Bier.«

Tony ließ sie runterschliddern und kam dann nach, um sein Geld zu holen. Ließ es in die Kasse klimpern. Kam zurück.

»Scheiße, ist das heiß. Ich wünschte, ich wär toter als das Genexol von gestern.«

»Wo kommt der Mensch hin, wenn er stirbt, Tony?«

»Scheiße. Wen kümmert das?«

»Glaubst du nicht an den unsterblichen Geist des Menschen?«

»Gequirlte Kacke!«

»Was ist mit Che? Johanna von Orleans? Billy the Kid und all denen?«

»Gequirlte Kacke!«

Wir tranken unser Bier und dachten darüber nach.

»Tja«, sagte ich, »ich muß ma' pissen.« Ich ging nach hinten zur Toilette, und wie üblich war da Petey-die-Eule.

Ich holte ihn raus und fing an zu pissen.
»Du hast bestimmt 'n kleinen Pimmel«, frotzelte er mich an.
»Wenn ich pisse oder meditiere, ja. Aber ich bin 'n sogenannter Super-stretch-Typ. Wenn ich abfahre, kommen auf jeden Zentimeter, den ich jetzt habe, sechs.«
»Das is' ja dann ganz gut; falls du mir nix vormachst. Denn jetzt seh ich schon fünf Zentimeter.«
»Ich laß aber nur den Kopf sehn.«
»Du kriegst 'n Dollar, wenn du mich deinen Schwanz lutschen läßt.«
»Das is' nich' viel.«
»Du läßt mehr sehn als den Kopf. Du zeigst jedes Fitzelchen her von dei'm Schwengel.«
»Ach, fick dich selber, Pete.«
»Wenn dein Biergeld alle is', wirst du schon wiederkommen.«
Ich ging zurück an die Theke. »Noch zwei Bier«, bestellte ich.
Tony machte seine Routinehandgriffe. Kam zurück.
»Die Hitze ist zum Verrücktwerden«, sagte er.
»Die Hitze läßt dich nur dein wahres Selbst erkennen«, verriet ich Tony.
»Mal sachte! Willst du sagen, ich bin verrückt?«
»Sind wir doch fast alle. Aber das wird geheimgehalten.«
»Na schön, du sagst deine gequirlte Kacke wenigstens ehrlich. Und wieviel Normale gibt's dann auf der Erde? Gibt's überhaupt welche?«
»Ein paar wenige.«
»Wieviel?«
»Von den Millarden?«
»Ja, ja.«
»Na, so fünf oder sechs, würd' ich sagen.«
»Fünf oder sechs?« sagte Indianer-Mike. »Na, dann lutsch meinen Schwanz!«
»Aber«, sagte Tony, »woher will man *wissen,* daß ich verrückt bin? Und wieso läßt man uns dann frei rumlaufen?«
»Na wir sind eben alle verrückt, und deswegen gibt es nur wenige, die uns kontrollieren können, viel zu wenige, und folglich lassen sie uns einfach verrückt rumlaufen. Mehr können sie momentan nicht machen. 'ne Weile hab' ich gedacht, sie suchen sich vielleicht irgendwo im Weltraum 'ne Stelle, wo sie leben können, während sie uns vernichten. Aber ich weiß jetzt, daß die Verrückten auch den Weltraum kontrollieren.«

»Und woher weißt du das?«

»Na haben se nich' auf'm Mond die amerikanische Fahne aufgestellt?«

»Und angenommen, die Russen hätten ihre Fahne auf'm Mond aufgestellt?«

»Das wär dasselbe.«

»Dann bist du unparteiisch?« fragte Tony.

»Ich bin unparteiisch bis zum Wahnsinn jeden Grades.«

Wir wurden still. Tranken weiter. Und auch Tony begann sich einzugießen, Scotch mit Wasser. Er *konnte* das. Es war *sein* Laden.

»Gott, ist das heiß«, sagte Tony.

»Scheiße, ja«, sagte Indianer-Mike.

Dann begann Tony zu sprechen. »Wahnsinn«, sagte er, »wißt ihr, daß sich jetzt in *diesem* Augenblick etwas sehr Wahnsinniges abspielt?«

»'türlich«, sagte ich.

»Nein, nein, nein . . . ich meine HIER, in diesem Haus!«

»Ja?«

»Ja. Es ist so irre, daß ich manchmal Angst kriege.«

»Das mußt du mir erzählen, Tony, ausführlich«, sagte ich, immer aufgeschlossen für anderer Leute Schwachsinn.

Tony beugte sich nahe zu uns. »Ich kenn' da einen, der hat 'ne Fickmaschine. Kein so'n blöder Scheiß wie in diesen Annoncen von den Nackedeiheften. Wärmflaschen mit ersetzbaren Cornedbeefmösen und so'n Quatsch. Der Typ hat wirklich was Tolles zusammengebastelt. 'n deutscher Wissenschaftler, wir haben ihn gekascht, das heißt, unsere Regierung hat das gemacht, bevor die Russen sich ihn schnappen konnten. Und jetzt müßt ihr dichthalten . . .«

»Na klar, Tony, bestimmt.«

»Von Braschlitz. Unsere Regierung hat versucht, ihn für den WELTRAUM zu gewinnen. Nix zu machen. Ein hervorragender alter Knacker, aber er hat eben nur diese FICKMASCHINE im Kopf. Außerdem hält er sich für 'ne Art Künstler, manchmal nennt er sich Michelangelo . . . Sie haben ihm also 'ne Pension bewilligt, fünfhundert Dollar im Monat, damit er sich so weit über Wasser halten kann, daß er nicht in irgendwelche Klapsmühlen kommt. 'ne Zeitlang haben sie ihn noch beobachtet, dann ist ihnen das zu blöd geworden oder sie haben ihn vergessen, aber die Schecks hat er regelmäßig weiter gekriegt, und ab und zu, vielleicht zehn oder zwanzig Minuten im Monat, hat ein Agent mit ihm geredet und in seinen Bericht geschrieben, er sei immer noch verrückt, und dann ist er wieder verschwunden. Von Braschlitz ist also einfach von Stadt zu Stadt gegondelt, immer diesen großen roten Koffer mit sich rumschleppend. Eines Abends schließlich kommt er hier rein und fängt an zu trinken. Erzählt mir, daß er nichts weiter ist als ein müder alter Mann, der ein wirklich stilles Plätzchen braucht, um seinen Forschungen nachgehen zu können. Ich hab' immer wieder versucht, ihn abzuwimmeln. Ihr wißt ja, was hier alles so auftaucht an Spinnern.«

»Ja«, sagte ich.

»Ja, Mann, und der Bursche wird langsam so richtig schön besoffen und fängt an zu plaudern. Er hätte 'ne mechanische Frau konstruiert, die einem Mann einen besseren Fick geben könne als jede andere im Laufe der Jahrhunderte erschaffene Frau! Und ganz ohne Genexol und so'n Scheiß, ohne Streitereien!«

»So 'ne Frau«, sagte ich, »hab' ich schon mein ganzes Leben gesucht.«

Tony lachte. »Das hat wohl jeder Mann. Ich dachte natürlich, der spinnt doch, bis ich eines Tages nach Feierabend mit ihm in seine Pension gegangen bin und er die FICKMASCHINE aus dem roten Koffer geholt hat.«

»Und?«

»Es war wie in den Himmel kommen, bevor man stirbt.«

»Den Rest laß mich raten«, bat ich Tony.

»Na, dann rate.«

»Von Braschlitz und seine FICKMASCHINE sind in diesem Augenblick bei dir oben.«

»Ah-hm«, machte Tony.

»Wieviel?«

»Zwanzig Piepen die Nummer.«

»Zwanzig Piepen, um 'ne Maschine zu ficken?«

»Er hat übertroffen, was uns erschuf. Du wirst sehn.«

»Petey-die-Eule bläst mir einen für'n Dollar.«

»Petey-die-Eule ist ja ganz gut, aber er is' noch lange keine Erfindung, die die Götter schlägt.«

Ich schob meinen Zwanziger hin.

»Also das versprech ich dir, Tony, wenn das jetzt wieder irgend so'n verrückter Heißwetterwitz wird, dann hast du deinen besten Gast verloren!«

»Wie du ja selber schon gesagt hast – wir sind sowieso alle verrückt. Es liegt ganz bei dir.«

»Richtig«, sagte ich.

»Richtig«, sagte Indianer-Mike, »und hier sind meine zwanzig.«

»Damit ihr nix Falsches denkt, ich krieg nur fünfzig Prozent. Der Rest geht an von Braschlitz. Fünfhundert Eier Pension sind nicht viel bei der Inflation und den Steuern, und von B. säuft Schnaps wie verrückt.«

»Na also los dann«, sagte ich. »Die Kohle hast du gekriegt. Wo ist jetzt diese unsterbliche FICKMASCHINE?«

Tony klappte ein Stück von der Bar hoch und sagte: »Kommt hier durch. Nehmt die Treppe, die nach hinten geht. Die geht ihr einfach hoch, klopft an und sagt, ›Wir kommen von Tony‹.«

»Irgend 'ne Türnummer?«

»Tür Nummer 69.«

»Ach du Scheiße, ja«, sagte ich, »was noch?«

»Ach du Scheiße, ja«, sagte Tony, »vergeßt eure Eier nicht.«

Wir fanden die Treppe. Gingen hinauf. »Für'n blöden Witz ist Tony zu allem fähig«, sagte ich.

Wir gingen an Türen vorbei. Da war sie: Tür Nr. 69.

Ich klopfte an: »Wir kommen von Tony.«

»Ah, nur herein, die Herren!«

Da war sie also, diese alte Mißgeburt von geilem Bock, in der Hand ein Glas Schnaps, auf der Nase eine Bifokalbrille. Genau wie in den Filmen der guten alten Zeit. Er schien Besuch zu haben, ein junges Ding, ein bißchen sehr jung sah es aus, zart und kräftig zugleich.

Sie schlug die Beine übereinander und ließ die Sächelchen aufblitzen: Nylonknie, Nylonoberschenkel und ganz knapp dieses winzige Stück, wo die langen Strümpfe enden und ein Streifchen nacktes Fleisch beginnt. *Alles* an ihr war Arsch und Busen, Nylonbeine, klarblaue Augen . . .

»Meine Herren – meine Tochter Tanja . . .«

»Was?«

»Ah ja, ich weiß, ich bin so alt . . . alt . . . aber wie es das Märchen von den Negern gibt, die ständig einen riesigen Riemen haben, so gibt es auch das Märchen von den dirty old Germans, die nie aufhören zu ficken. Denken Sie, was Sie wollen, dies ist jedenfalls meine Tochter Tanja . . .«

»Hallo, Jungs«, lachte sie.

Dann blickten wir alle auf die Tür, auf der geschrieben stand: FICKMASCHINENRAUM.

Er kippte seinen Schnaps.

»So, Jungs – ihr wollt also den besten FICK aller Zeiten erleben, ja?«

»Papa!« sagte Tanja. »Mußt du immer so *plump* sein?«

Tanja wechselte die übereinandergeschlagenen Beine, höher diesmal, und fast wär's mir gekommen.

Der Professor kippte den nächsten Schnaps hinunter, stand dann auf und ging zu der Tür, auf der FICKMASCHINENRAUM stand. Er drehte sich um, lächelte uns an und öffnete dann sehr langsam die Tür. Er ging hinein und schob, als er herauskam, dieses Ding vor sich her, das aussah wie ein Krankenhausbett auf Rädern.

Es war NACKT, ein Metallklumpen.

Der Professor rollte das verdammte Ding vor uns hin und fing dann an, irgendein schmutziges Lied zu singen, wahrscheinlich etwas Deutsches.

Ein Metallklumpen mit diesem Loch in der Mitte. Der Professor hatte ein Ölkännchen in der Hand und steckte es in das Loch, und fing an, eine ganze Menge Öl in das Loch zu drücken, wobei er dieses kaputte deutsche Lied vor sich hinsummte.

Immer weiter drückte er Öl hinein, dann blickte er über die Schulter zurück und sagte, »Hübsch, was?«, um sich dann erneut ans Werk zu machen und Öl hineinzuspritzen.

Indianer-Mike sah mich an, versuchte zu lachen und sagte: »Gottverdammich . . . wir sind wieder geleimt worden!«

»Ja«, sagte ich. »Ich glaube, es sind fünf Jahre vergangen seit meinem letzten Stoß, aber verflucht soll ich sein, wenn ich meinen Schwanz in diesen harten Klumpen Blei stecke!«

Von Braschlitz lachte. Er ging zu seinem Schnapsschrank, fand eine weitere Flasche Schnaps, goß sich einen ein, nicht zu knapp, und setzte sich hin, um uns zu betrachten.

»Als uns in Deutschland langsam klar wurde, daß der Krieg verloren war und daß das Netz sich immer enger zusammenzog – bis zum Endkampf in Berlin –, begriffen wir, daß der Krieg ein völlig anderes Gesicht angenommen hatte – der Krieg ging jetzt im Grunde nur noch darum, wer sich die meisten deutschen Wissenschaftler schnappen würde. Rußland oder Amerika – wer die meisten deutschen Wissenschaftler hatte, der würde zuerst auf dem Mond sein, zuerst auf dem Mars sein, der würde *überall* zuerst sein. Nun, ich weiß nicht, wie das dann ausging . . . zahlenmäßig oder in Begriffen von Cerebralpotential, ich weiß nur, daß zu *mir* zuerst die Amerikaner kamen, mich festnahmen, mich mit einem Auto irgendwo hinbrachten, mir Schnaps gaben, mir Pistolen an den Kopf setzten, mir Versprechungen machten und wahnsinnig auf mich einredeten. Ich unterschrieb alles . . .«

»Na schön«, sagte ich, »soviel zur Geschichte. Aber meinen Schwanz, meinen armen kleinen Pimmel werd' ich trotzdem nicht in den Eisenbrocken da stecken, oder was das ist! Hitler muß wirklich ein Wahnsinniger gewesen sein, daß er Sie großgepäppelt hat. Ich wünschte, zuerst hätten die Russen Sie an den Arsch gekriegt! Ich will meine Kohlen zurück!«

Von Braschlitz lachte: »Hiiihiiihiiihi . . . is' doch alles nur 'n kleiner Scherz von mir, woll? Hiiihiiihiiihiii!«

Er schob diesen Bleiklumpen zurück ins Nebenzimmer. Knallte die Tür zu. »Oh, hihihiii!« Kippte den nächsten Schnaps. – Von B. goß sich erneut ein. Er schüttete den Schnaps so richtig runter. »Meine Herren, ich bin Erfinder *und* Künstler! Meine FICKMASCHINE ist in Wirklichkeit meine Tochter Tanja . . .«

»Noch mehr kleine Scherze, Herr Von?« fragte ich.

»Scherze? Von wegen! Tanja! Geh und setz dich dem Herrn da auf den Schoß!«

Tanja lachte, stand auf, kam zu mir und setzte sich auf meinen Schoß. FICKMASCHINE? Ich konnte das nicht glauben. Ihre Haut war Haut, oder so schien es wenigstens, und ihre Zunge war durchaus nicht mechanisch, als sie sich beim Küssen in meinen Mund schob – jede Bewegung war anders, war eine Antwort auf meine Zunge.

Ich ging fleißig ran, riß ihr die Bluse von den Brüsten, arbeitete an ihrem Höschen – so scharf war ich seit Jahren nicht mehr gewesen –, und dann waren wir zusammengekuppelt. Irgendwie brachten wir es fertig aufzustehen – und beim Aufstehen nahm ich sie richtig, meine Hände zogen an ihrem langen blonden Haar, den Kopf riß ich ihr zurück, dann griff ich nach unten, zog ihr das Arschloch auseinander beim Pumpen, sie kam – ich konnte das Zucken fühlen, und dann kam auch ich.

Es war der beste Fick, den ich *je* hatte!

Tanja ging ins Badezimmer, wusch sich und duschte und zog sich wieder an. Für Indianer-Mike. Dachte ich.

»Die größte Erfindung des Menschen«, sagte von Braschlitz einigermaßen ernst. Er hatte völlig recht.

Dann kam Tanja heraus und setzte sich auf MEINEN Schoß.

»NEIN! NEIN! TANJA! DER ANDERE IST JETZT DRAN! DEN DA *HAST* DU DOCH GRADE GEFICKT!«

Sie schien nicht zu hören. Und das war merkwürdig, sogar für eine FICKMASCHINE, denn ein besonders guter Liebhaber war ich eigentlich nie gewesen.

»Liebst du mich?« fragte sie.

»Ja.«

»Ich liebe dich. Und ich bin so glücklich. Und . . . eigentlich soll ich gar nicht lebendig sein. Das weißt du doch, nicht?«

»Ich liebe dich, Tanja, das ist alles, was ich weiß.«

»Himmelsakrakruzitürken!« schrie der alte Mann. »Diese VERFICKTE MASCHINE!« Er ging zu einem lackierten Kasten, auf dessen Seite in Druckschrift das Wort TANJA stand. Und kleine Drähte sprießten daraus hervor, und Skalen und zitternde Nadeln und viele Farben gab es, Lämpchen blinkten, Zähler tickten . . . von B. war der verrückteste Zuhälter, der mir je begegnet war. Er drehte und drehte an Knöpfen und Schaltern und sah dann Tanja an:

»Fünfundzwanzig JAHRE! Fast eine ganze Generation hab' ich an dir gebaut! Sogar vor HITLER mußte ich dich verstecken! Und jetzt . . . jetzt versuchst du dich einfach in eine ganz gewöhnliche ordinäre Nutte zu verwandeln!«

»Ich bin nicht fünfundzwanzig«, sagte Tanja, »ich bin vierundzwanzig.«

»Siehst du? Siehst du? Genau wie eine ganz gewöhnliche Nutte!«

Er ging zurück zu seinen Skalen und Knöpfen.

»Du hast jetzt einen andern Lippenstift drauf«, sagte ich zu Tanja.

»Gefällt er dir?«

»Oh, ja!«

Sie beugte sich vor und küßte mich.

Von B. spielte weiter mit seinen Knöpfen. Ich hatte das Gefühl, daß er gewinnen würde.

Von Braschlitz wandte sich an Indianer-Mike: »'s ist nur'n kleiner Defekt in der Maschine. Haben Sie Vertrauen zu mir. In einer Minute hab' ich das behoben, ja?«

»Hoffentlich«, sagte Indianer-Mike. »Ich hab' hier nämlich fünfunddreißig Zentimeter, die warten, und außerdem bin ich noch zwanzig Piepen losgeworden.«

»Ich liebe dich«, ließ Tanja mich wissen, »und nie werd' ich mit einem andern Mann ficken. Wenn ich dich nicht haben kann, will ich auch keinen andern haben.«

»Tanja, schon jetzt vergebe ich dir alles, was du tust.«

Der Professor fing an besoffen zu werden. Verzweifelt fummelte er an seinen Knöpfen herum, aber nichts geschah.

»TANJA! Es wird Zeit, daß du den ANDERN FICKST! Langsam werd ich ... müde ... muß'n bißchen Schnaps haben ... schlafen gehen ... Tanja ...«

»Ach, du mieser alter Ficker!« sagte Tanja. »Du und dein Schnaps, und dann die ganze Nacht an meinen Titten rumnibbeln, daß ich kein Auge zukriege! Und dabei kriegst du noch nicht mal 'n anständigen Steifen! Du bist ekelerregend!«

»WAS?«

»ICH SAGTE, ›DU KRIEGST NOCH NICHT MAL 'N ANSTÄNDIGEN STEIFEN!›«

»Dafür, Tanja, wirst du mir büßen. Du bist *meine* Schöpfung, ich bin nicht deine!«

Und weiter drehte er an seinen magischen Knöpfen. An denen der Maschine, meine ich. Er war ganz schön wütend, und irgendwie, das konnte man sehen, verlieh die Wut ihm so etwas wie sprühende Vitalität, er wuchs über sich selber hinaus. »'n Augenblick noch, Mike. Ich muß bloß die Elektronik auf Vordermann bringen! Halt! Ein *Kurzer*! Ich *sehe* ihn!«

Dann sprang er auf. Und *den* Burschen hatten sie vor den Russen gerettet.

Er sah Indianer-Mike an. »Fertig! Die Maschine ist in Ordnung! Viel Vergnügen!«

Dann ging er zu seiner Schnapsflasche, goß sich kräftig ein und setzte sich hin, um zuzuschauen.

Tanja stand von meinem Schoß auf und ging zu Indianer-Mike. Ich sah zu, wie Tanja und Indianer-Mike einander umarmten.

Tanja zuppelte Mikes Reißverschluß runter, holte seinen Schwanz raus, und Mann, der *hatte* vielleicht einen Schwanz! Fünfunddreißig Zentimeter hatte er gesagt, aber er sah glatt aus wie 'n halber Meter.

Tanja umfaßte Mikes Schwanz mit beiden Händen.

Er ächzte vor Wonne.

Dann riß sie ihm den ganzen Schwanz aus seinem Körper raus. Warf ihn beiseite.

Ich sah das Ding wie eine verrücktgewordene Wurst über den Teppich rollen, eine traurige kleine Blutspur hinter sich lassend. Es rollte gegen die Wand. Blieb da liegen wie etwas mit Kopf und ohne Beine, das nicht wußte, wohin ... was ja nur allzusehr stimmte.

Als nächstes kamen die EIER durch die Luft geflogen. Schwer in einem sich überschlagenden Sack. Sie landeten einfach auf der Mitte des Teppichs und wußten nicht, was sie anderes tun sollten als bluten.

Und so bluteten sie.

Von Braschlitz, der Held des amerikanisch-russischen Einmarsches, warf einen prüfenden Blick auf das, was noch übrig war von Indianer-Mike, meinem alten Zechkumpan, der auf dem Fußboden lag und sehr rot in der Mitte auslief. Dann verduftete von Braschlitz über die Treppe nach unten . . .

Zimmer 69 hatte schon viel gesehen, aber so was noch nicht.

Und darauf fragte ich sie: »Tanja, viel Zeit haben wir nicht mehr, bis die Bullen hier sind. Wollen wir die Zimmernummer unserer Liebe weihen?«

»Aber natürlich, Liebster!«

Kaum waren wir fertig, platzten die dämlichen Bullen rein.

Einer von ihren Studierten verkündete schließlich, Indianer-Mike sei tot.

Und da von Braschlitz eine Art Produkt der amerikanischen Regierung war, waren jede Menge Leute da – diverse hochstehende Schleimscheißer – Feuerwehrleute, Reporter, die Bullen, der Erfinder, das CIA, das FBI und noch einige andere Vertreter des menschlichen Scheißhaufens.

Tanja kam zu mir und setzte sich auf meinen Schoß. »Sie werden mich jetzt töten. Versuch bitte, nicht so traurig zu sein.«

Ich gab keine Antwort darauf.

Dann, auf Tanja zeigend, fing von Braschlitz an zu schreien: »ICH SAGE IHNEN, MEINE HERREN, SIE HAT KEIN GEFÜHL! ICH HABE DAS VERDAMMTE DING VOR HITLER GERETTET! Ich sage Ihnen, es ist nichts als eine MASCHINE!«

Alle standen sie bloß da. Keiner glaubte von B.

Es war einfach die schönste Maschine und Pseudofrau, die sie je gesehen hatten.

»O Scheiße! Ihr Idioten! Seht ihr denn nicht, daß jede Frau eine Fickmaschine ist? Sie setzen auf den, der am meisten bietet! SO WAS WIE LIEBE GIBT ES NICHT! DAS IST FAULER ZAUBER! GENAU WIE WEIHNACHTEN!«

Sie wollten ihm immer noch nicht glauben.

»Das da ist nur eine MASCHINE! Habt keine *Angst*! SEHT HER!«

Von Braschlitz packte einen von Tanjas Armen.

Riß ihn glatt von ihrem Körper ab.

Und im Innern – in dem Loch in der Schulter – konnte man es sehen – nichts als Drähte und Röhren – aufgewickelte und verkabelte Dinge – sowie irgendeine unbedeutendere Substanz, die schwach an Blut erinnerte.

Ich sah Tanja da stehen, und wo vorher der Arm gewesen war, hing jetzt eine Kabelspirale aus ihrer Schulter. Sie sah mich an:

»Bitte, auch für *mich* etwas! Ich hab' dich doch gebeten, nicht allzu traurig zu sein.«

Ich sah zu, wie sie über sie herfielen, sie aufschlitzten und schändeten und in Stücke rissen.

Ich konnte nichts machen. Ich nahm den Kopf zwischen die Beine und weinte . . .

Und Indianer-Mike ist nie auf seine Kosten gekommen.

Einige Monate vergingen. Die Kneipe habe ich nie wieder betreten. Es gab ein Gerichtsverfahren, aber die Regierung hat von B. und seine Maschine gedeckt. Ich zog in eine andere Stadt. Weit weg. Und eines Tages – ich saß gerade beim Frisör – kam mir dieses Sex-Heft in die Hand. Darin fand ich folgende Annonce: »Blasen Sie sich Ihre *eigene* kleine Puppe auf! $ 29,95. Strapazierfähiges Gummi, für höchste Ansprüche. Im Preis inbegriffen sind Ketten und Peitsche. Außerdem wird mitgliefert: 1 Bikini, 1 BH, 1 Höschen, 2 Perücken, 1 Lippenstift sowie 1 Fläschchen Liebeselixier. Von Braschlitz & Co.«

Ich bestellte per Postanweisung. Irgendeine Postfachnummer in Massachusetts. Sehr peinlich. Ich hatte keine Fahrradpumpe. Als ich das Paket aufmachte, packte mich plötzlich die Geilheit. Ich mußte runter zur Tankstelle an der Ecke und deren Luftschlauch benutzen.

Als Luft reinkam, sah es schon etwas besser aus. Große Titten, großer Arsch.

»Was hast 'n da, Alter?« fragte mich der Tankwart.

»Na Mensch, ich borg mir halt mal 'n bißchen Luft. Kauf ich etwa nicht genug Benzin hier, ha?«

»Okay, das geht ja in Ordnung, kannst die Luft ja haben. Aber leider kann ich mir trotzdem nich' verkneifen zu fragen, was du da hast . . .«

»Vergiß es einfach!« sagte ich.

»JESUS! Guck dir ma' die TITTEN an!«

»Ich guck ja doch, Blödmann!«

Ich ließ ihn da stehen mit seiner heraushängenden Zunge, lud mir die Puppe auf die Schulter und machte mich auf den Heimweg. Ich trug sie ins Schlafzimmer.

Die große Frage war noch offen.

Ich machte ihr die Beine breit und sah nach, ob es da irgendeine Öffnung gab.

Von B. schien doch noch nicht völlig übergeschnappt zu sein.

Ich krabbelte rauf und fing an, diesen Gummimund zu küssen. Hin und wieder griff ich mir eine von den riesigen Gummititten und saugte daran. Ich hatte ihr eine gelbe Perücke aufgesetzt, und mit dem Liebeselixier rieb ich mir von oben bis unten den Schwanz ein. Viel brauchte ich nicht von dem Zeug. Vielleicht war das, was er da mitgeschickt hatte, die Menge für ein Jahr.

Ich küßte sie leidenschaftlich hinter die Ohren, steckte ihr den Finger in den Arsch und pumpte fleißig vor mich hin. Dann sprang ich runter, fesselte ihr die Arme mit der Kette auf den Rücken – dafür gab es ein kleines Schloß mit Schlüssel –, und dann peitschte ich ihr kräftig den Arsch mit den Lederriemen durch.

Gott, ich spinne doch! dachte ich.

Dann drehte ich sie um und steckte ihn wieder rein. Rackerte und ackerte. Ehrlich, es war ziemlich langweilig. Ich stellte mir Hundemännchen vor, die Katzenweibchen vögeln. Ich stellte mir ein Pärchen vor, das vom Empire State Building springt und beim Fallen vögelt. Ich stellte mir eine Möse vor, so groß wie ein Tintenfisch, die auf mich zugekrochen kommt, naß und stinkend und nach einem Orgasmus lechzend. Ich dachte an all die Höschen, Knie, Beine, Titten, Mösen, die ich je gesehen hatte. Das Gummi schwitzte; ich schwitzte.

»Ich liebe dich, Liebling!« flüsterte ich in eins ihrer Gummiohren.

Ich gebe es nur sehr ungern zu, aber ich zwang mich tatsächlich, in diesen widerlichen Gummibalg zu spritzen. Mit Tanja hatte das verdammt wenig zu tun.

Ich nahm eine Rasierklinge und schnitt das Ding in Fetzen. Zusammen mit den leeren Bierdosen kippte ich es weg.

Wieviel Männer in Amerika haben solche schwachsinnigen Dinger gekauft?

Andererseits kann man innerhalb von zehn Minuten an einem halben Hundert Fickmaschinen vorbeikommen, wenn man über irgendeinen belebteren Bürgersteig Amerikas geht – der einzige Unterschied ist nur der, daß sie so *tun*, als wären sie Menschen.

Armer Indianer-Mike. Mit seinem toten 50-Zentimeter-Schwanz.

All die armen Indianer-Mikes. All die Weltraumstürmer. All die Huren von Vietnam und Washington.

Arme Tanja, ihr Bauch war ein Schweinebauch gewesen. Ihre Adern die Adern eines Hundes. Sie hat kaum geschissen oder gepißt, sie hat einfach nur gefickt – Herz, Stimme und Zunge von andern geborgt. Damals sollen nur siebzehn Organtransplantationen möglich gewesen sein. Von B. ist seiner Zeit weit voraus gewesen.

Arme Tanja, die nur ganz wenig gegessen hatte – meistens billigen Käse und Rosinen. Sie hat kein Verlangen gehabt nach Geld und Gut oder großen neuen Autos oder überteuerten Wohnungen. Nie hatte sie die Abendzeitung gelesen. Nie hatte es sie gelüstet nach einem Farbfernseher, nach neuen Hüten, Regenstiefeln, Gartenzauntratsch mit idiotischen Hausfrauen. Und nie hatte sie einen Mann gewollt, der Arzt war, Börsenmakler, Kongreßabgeordneter oder Polizeiobermeister.

Und immer wieder fragt mich der Kerl von der Tankstelle:

»Hey, was is'n aus dem Ding geworden, das du damals hier angeschleppt und mit dem Luftschlauch aufgeblasen hast?«

Aber jetzt ist Schluß mit der Fragerei. Ich tanke woanders. Ich laß mir nicht mal mehr die Haare dort schneiden, wo ich dieses Sexheft mit der Von-Braschlitz-Gummipuppensex-Anzeige gesehen hatte. Ich versuche alles zu vergessen.

Was würdest du tun?

Vladimir Nabokov

Lolita

Ich erreichte meinen Bestimmungsort gegen halb drei; parkte meinen Wagen in einem Kiefernwäldchen, wo ein grünbehemdeter, rothaariger Schlingel stand und sich in verdrossener Einsamkeit im Hufeisenwerfen übte; wurde wortlos von ihm zum Büro in einer weißen Stuckvilla geführt, mußte mehrere Minuten mehr tot als lebendig das neugierige Mitgefühl der Camp-Leiterin ertragen, eines schlampigen, abgekämpften Weibsbildes mit rostigem Haar. Dolly, sagte sie, habe schon gepackt und sei reisefertig. Das Kind wisse, daß die Mutter krank, aber nicht, daß sie ernstlich krank sei. Würde Mr. Haze, ich meine, Mr. Humbert, gern die Campberater kennenlernen? Oder die Kabinen besichtigen, in denen die Mädchen hausten? Jede einem Disneygeschöpf gewidmet? Oder den Wigwam sehen? Oder solle Charlie hingeschickt werden, sie zu holen? Die Mädchen legten gerade für einen Tanzabend letzte Hand an den Schmuck des Eßsaals. (Und später würde sie vielleicht zu diesem oder jenem sagen: »Der arme Kerl sah aus wie sein eigenes Gespenst.«)

Es sei mir erlaubt, einen Augenblick lang diese Szene mit all ihren trivialen und schicksalshaften Einzelheiten festzuhalten: Die Holmeshexe stellte eine Quittung aus, kratzte sich am Kopf, zog ein Schreibtischschubfach auf, schüttete Wechselgeld auf meine ungeduldige Handfläche und breitete dann säuberlich einen Schein darüber mit den fröhlichen Worten: ». . . und fünf!«; Fotografien von kleinen Mädchen, ein paar schillernde Motten oder Schmetterlinge, noch lebend, fest an die Wand gespießt (›Naturkunde‹); das gerahmte Diplom der Diätköchin des Camps; meine zitternden Hände; ein Bogen Papier; von der tüchtigen Holmes überreicht, mit einem Bericht über Dolly Hazes Betragen im Juli (›befriedigend bis gut; Vorliebe für Rudern und Schwimmen‹); Vogelsang und Rauschen von Bäumen und mein hämmerndes Herz . . . Ich stand mit dem Rücken zur offenen Tür, und dann fühlte ich, wie das Blut mir zu Kopfe schoß, als ich ihren Atem und ihre Stimme hinter mir hörte: sie schleifte ihren schweren Koffer bumsend neben sich her. »Hei!« sagte sie, blieb stehen und sah mich aus schlauen, frohen Augen an, die weichen

Lippen zu einem etwas törichten, aber wunderbar zärtlichen Lächeln geöffnet.

Sie war dünner und größer geworden, und eine Sekunde lang kam mir ihr Gesicht weniger hübsch vor als das Bild, das ich länger als einen Monat in mir getragen hatte: Ihre Wangen sahen hohler aus, zu viele Sommersprossen sprenkelten ihre ländlich rosigen Züge; und dieser erste Eindruck (ein sehr schmales menschliches Intervall zwischen zwei Tigersprüngen des Herzschlags) brachte die klare Erkenntnis mit sich, daß Witwer Humbert alles tun müsse, alles tun wollte und tun würde, um dieser blassen, wenn auch sonnengebräunten kleinen Waise *aux yeux battus* (und sogar in diesem pflaumenblauen Schatten unter den Augen waren Sommersprossen) eine solide Erziehung zu geben und eine gesunde, glückliche Jugend, ein anständiges Heim, nette Freundinnen in ihrem Alter, unter denen (wenn die Schicksalsgötter geruhen würden, mich zu belohnen) ich vielleicht ein hübsches kleines Mägdlein für Herrn Doktor Humberts Gebrauch finden würde. Aber im nächsten Augenblick war die Richtlinie engelhaften Betragens ausradiert, und ich holte meine Beute ein (die Zeit läuft unsern Schwärmereien voran!), und sie war wieder meine Lolita – und sogar mehr denn je meine Lolita. Ich ließ meine Hand auf ihrem warmen, kastanienbraunen Kopf ruhen und ergriff ihren Koffer. Sie war ganz Rose und Honig in ihrem lustigen, mit roten Äpfelchen bedruckten Kattunkleid, und ihre Arme und Beine waren von tiefem Goldbraun, mit Kratzern wie winzige Punktlinien aus geronnenen Rubinen, und die gerippten Stulpen ihrer weißen Socken waren genau so weit umgeschlagen, wie ich es in Erinnerung hatte; und ihrer kindlichen Tracht wegen oder weil ich sie in Gedanken immer in flachen Schuhen gesehen hatte, schienen mir ihre Pumps irgendwie zu groß und zu hochhackig für sie zu sein. Leb wohl, Camp Q, fröhliches Camp Q. Leb wohl, fade, schlechte Ernährung. Leb wohl, Charlie, mein Junge. Sie setzte sich neben mich in den heißen Wagen, schlug nach einer zudringlichen Fliege auf ihrem entzückenden Knie; dann, während ihr Mund heftig einen Kaugummi bearbeitete, kurbelte sie rasch das Fenster an ihrer Seite herunter und lehnte sich wieder zurück. Wir fuhren durch sonnengestreiften und gefleckten Wald.

»Wie geht's Mama?« fragte sie pflichtschuldig.

Ich sagte, die Ärzte wüßten noch nicht recht, was ihr fehle. Jedenfalls etwas Abdominales. Etwas Antinormales? Nein, Abdominales. Wir müßten uns eine Weile herumtreiben. Die Klinik sei auf dem Lande, in der Nähe der freundlichen Stadt Lepingville, wo ein großer Dichter des frühen neunzehnten Jahrhunderts gelebt habe und wo wir in alle Kinos gehen würden. Sie fand, das sei eine prima Idee, und fragte, ob wir Lepingville vor neun Uhr abends erreichen könnten.

»Wir dürften zur Abendbrotzeit in Briceland ankommen«, sagte ich, »und morgen sehen wir uns Lepingville an. Wie war die Bergtour? War's schön im Camp?«

»Mhm.«

»Traurig, daß du weggehn mußt?«

»N-n.«

»Sprich, Lo – grunz nicht. Erzähl mir etwas.«

»Was denn, Pap?« (sie sprach das Wort mit ironischer Bedächtigkeit aus).

»Irgendwas.«

»Darf ich dich so nennen?« (Augen schräg auf die Straße gerichtet.)

»Gewiß.«

»Muß mich dran gewöhnen, verstehst du. Wann hast du dich in Mami verliebt?«

»Eines Tages, Lo, wirst du viele Empfindungen und Situationen begreifen, wie zum Beispiel die Harmonie und Schönheit verwandter Seelen.«

»Puh!« sagte das zynische Nymphchen.

Pause im Dialog, ausgefüllt durch etwas Landschaft.

»Sieh nur, Lo, all die Kühe auf dem Hang dort.«

»Ich glaube, ich kotze, wenn ich je wieder eine Kuh sehe.«

»Ich habe dich schrecklich vermißt, Lo, weißt du.«

»Ich dich nicht. Stimmt, ich war dir haarsträubend untreu, aber das macht nichts, weil du ja doch aufgehört hast, mich gern zu haben. Du fährst viel schneller als Mami, junger Mann.«

Ich ging von 90 auf 70 herunter. »Wie kommst du darauf, daß ich dich nicht mehr gern habe. Lo?«

»Na, hast du mich schon geküßt oder nicht?«

Innerlich vergehend, innerlich stöhnend, bemerkte ich vor mir einen angemessenen breiten Straßenrain und bumste und hoppelte ins Unkraut hinein. Vergiß nicht, sie ist ein Kind, vergiß nicht, sie ist nur –

Kaum war der Wagen zum Stehen gekommen, als Lolita allen Ernstes in meine Arme floß. Weil ich nicht wagte, nicht wagte, mich gehen zu lassen, nicht einmal wagte, mir klarzuwerden, daß *dies* (süße Feuchtigkeit und zitterndes Feuer) der Anfang des unaussprechlichen Lebens war, das mein Wille, vom kupplerischen Schicksal unterstützt, Wirklichkeit hatte werden lassen – weil ich nicht wagte, sie richtig zu küssen, berührte ich ihre heißen, sich öffnenden Lippen mit äußerster Ehrfurcht – ein winziges Nippen, nichts Geiles; sie aber preßte mit einem ungeduldigen Ruck ihren Mund so fest gegen den meinen, daß ich ihre starken Schneidezähne fühlte und an dem Pfefferminzgeschmack ihres Speichels teilhatte. Ich wußte natürlich, daß es ihrerseits nur ein unschuldiges Spiel war, Backfischüberschwenglichkeit, das nachgespielte Schauspiel gespielter Leidenschaft, und weil (wie der professionelle Seelenschinder und auch der Schänder Ihnen bestätigen können) die Grenzen und Regeln solcher Kleinmädchenspiele fluktuierend sind oder wenigstens zu kindlich subtil

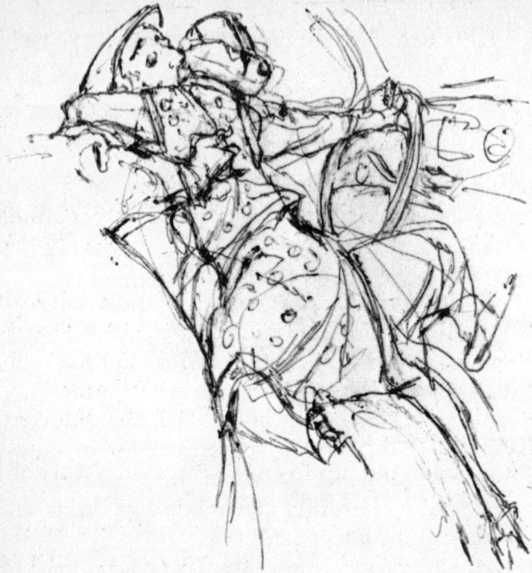

für den erwachsenen Partner, um nicht dagegen zu verstoßen – hatte ich furchtbare Angst, daß ich zu weit gehen könnte und sie erschreckt und angewidert zurückfahren würde. Und weil mir vor allem qualvoll viel daran gelegen war, sie in die hermetische Abgeschlossenheit der ›Verzauberten Jäger‹ zu schmuggeln, und wir noch achtzig Meilen vor uns hatten, war die Eingebung von Segen, die unsere Umarmung unterbrach – einen Sekundenbruchteil, bevor ein motorisierter Polizist neben uns anhielt.

Strotzend vor Gesundheit, starrte der Fahrer mich unter buschigen Augenbrauen an:

»Haben Sie vielleicht eine blaue Limousine gesehen, selbe Marke wie Ihre, die Sie vor der Kreuzung überholt hat?«

»Ich wüßte nicht, nein.«

»Haben wir nicht«, sagte Lo und beugte sich, ihre unschuldige Hand auf meinen Beinen, lebhaft interessiert über mich hinweg, »aber sind Sie auch sicher, daß sie blau war, denn –«

Der Polyp (was für einen Schatten von uns verfolgte er?) schenkte dem kleinen Mädchen sein schönstes Lächeln, und machte in einer U-Kurve kehrt.

Wir fuhren weiter.

»Der Schwachkopf!« bemerkte Lo, »*dich* hätte er schnappen sollen!«

»Wieso, um Himmels willen?«

»Weil die Höchstgeschwindigkeit in diesem dämlichen Staat bei siebzig liegt, und – nein, jetzt brauchst du nicht runterzugehen, du Dussel. Er ist ja weg.«

»Wir haben noch eine ziemliche Strecke vor uns«, sagte ich, »und ich möchte ankommen, bevor es dunkel wird. Sei ein liebes Mädchen!«

»Böses, böses Mädchen«, sagte Lo genüßlich. »Jugendliche Delickwentin, aber offen und gewinnend. Das war ein Rotlicht. Ich habe noch nie so eine Fahrerei gesehen!«

Wir rollten schweigend durch ein stilles Städtchen.

»Was meinst du, würde Mama nicht außer sich sein, wenn sie wüßte, daß wir ein Liebespaar sind?«

»Um Gottes willen, Lo, so etwas mußt du nicht sagen.«

»Aber wir sind doch ein Liebespaar, oder?«

»Nicht, daß ich wüßte. Ich glaube, wir werden wieder Regen bekommen. Willst du mir nicht ein paar Streiche erzählen, die ihr im Camp ausgeheckt habt?«

»Du sprichst wie in Büchern, Pap.«

»Was habt ihr getrieben? Erzähle, ich will's wissen.«

»Bist du leicht schockiert?«

»Nein. Los.«

»Bieg in einen geschützten Seitenweg, und ich erzähl dir's.«

»Lo, ich muß dich ernstlich bitten, nicht närrisch zu sein. Also?«

»Also – ich habe alles mitgemacht, was geboten wurde.«

»*Ensuite?*«

»Angsuiht lernte ich, glücklich und ausgefüllt mit anderen zusammenzuleben und mich zu einer moralisch gesunden Persönlichkeit zu entwickeln. Also prima zu sein.«

»Ja, so was Ähnliches habe ich in dem Prospekt gelesen.«

»Wir liebten das Singen um das Feuer im großen Steinkamin oder unter den verdammten Sternen, wo jedes Mädchen ihr eigenes Glücksempfinden mit der Stimme der Gruppe verschmelzen ließ.«

»Dein Gedächtnis ist ausgezeichnet, Lo, aber ich muß dich bitten, nicht zu fluchen. Sonst noch etwas?«

»Das Motto der Pfadfinderinnen ist auch das meine«, sagte Lo pathetisch. »Ich erfülle mein Leben mit Taten, die zu tun sich lohnt, wie zum Beispiel – egal was. Es ist meine Pflicht – mich nützlich zu machen. Ich bin ein Freund männlicher Tiere. Ich gehorche. Ich bin wohlgemut. Das war wieder ein Polizeiwagen. Ich bin sparsam und absolut dreckig in Gedanken, Worten und Taten.«

»Und jetzt bist du hoffentlich fertig, du witziges Kind.«

»Fertig – Schluß. Nein – Sekunde noch. Wir haben in einem Reflektorofen gebacken. Ist das nicht aufregend?«

»Na also, das ist schon besser.«

»Wir haben Zillionen Teller gewaschen. ›Zillionen‹ ist ein Wort aus der Idiotensprache der Campmutter – soll viele-viele-viele-viele heißen. O ja, das Beste kommt zuletzt, wie Mama sagt – warte mal, was war es doch? Ich weiß schon, wir machten Schattenrisse. Gott, was für ein Spaß!«

»C'est bien tout?«

»C'est tout, außer einer kleinen Sache – etwas, das ich dir einfach nicht sagen kann, ohne ganz rot zu werden.«

»Willst du mir's später sagen?«

»Ja, wenn wir im Dunkeln sitzen und ich es dir ins Ohr flüstern kann. Schläfst du in deinem alten Zimmer oder auf einem Haufen mit Mama?«

»Im alten Zimmer. Deine Mutter muß sich vielleicht einer schweren Operation unterziehen, Lo.«

»Halte doch bitte an der Eiscremebar«, sagte Lo.

Sie saß auf einem hohen Stuhl, ein Streifen Sonne fiel über ihren nackten braunen Unterarm, ein prächtiges Eisgemisch, mit Kunstsirup übergossen, wurde für sie bestellt.

Ein pickliger, übelaussehender Junge mit speckiger Fliege errichtete den Bau, brachte ihn ihr und beäugte mein zartes Kind im dünnen Kattunkleid mit fleischlicher Begierde. Meine Ungeduld, Briceland und die ›Verzauberten Jäger‹ zu erreichen, wuchs ins Unerträgliche. Glücklicherweise vertilgte sie das Zeug mit der üblichen Geschwindigkeit.

»Wieviel Geld hast du bei dir?« fragte ich.

»Keinen Cent«, sagte sie traurig, zog die Augenbrauen hoch und zeigte mir das leere Innere ihres Portemonnaies.

»Das ist eine Sache, der wir zu gebührender Zeit abhelfen werden«, sagte ich vielversprechend. »Bist du fertig?«

»Glaubst du, daß es hier eine Toilette gibt?«

»Da gehst du nicht hin«, sagte ich bestimmt, »sicher ist sie ekelhaft. Komm jetzt.«

Sie war im großen und ganzen ein folgsames kleines Mädchen, und ich küßte sie auf den Hals, als wir wieder im Wagen waren.

»Laß das sein«, sagte sie und sah mich mit ungeheuchelter Überraschung an. »Besabbere mich nicht, du Ekel.«

Sie rieb die Stelle gegen ihre hochgezogene Schulter.

»Entschuldige«, murmelte ich, »es war nur, weil ich dich wirklich ziemlich gern habe.«

Wir fuhren unter einem trüben Himmel eine gewundene Straße hinauf und dann wieder hinunter.

»Na, ich hab dich auch gern«, sagte Lolita mit zögernder, weicher Stimme, seufzte leicht und rückte näher an mich heran.

(O meine Lolita, wir werden nie ankommen!)

Die Dämmerung begann, das hübsche kleine Briceland mit seinem unechten Kolonialstil, seinen Kuriositätenläden und exotischen Schattenbäumen zu durchtränken, als wir die schwachbeleuchteten Straßen auf der Suche nach den ›Verzauberten Jägern‹ entlangfuhren. Die Luft war, einem ständig tröpfelnden Geniesel zutrotz, warm und grün, und eine Menschenschlange – hauptsächlich Kinder und alte Männer – wartete bereits vor der Kasse eines Kinos, über dem Lichtketten funkelten.

»Ach, den Film möchte ich sehen. Wir wollen gleich nach dem Essen hingehen. Ach, bitte, bitte!«

»Vielleicht«, stimmte Humbert zu – der schlaue, brünstige Teufel, der genau wußte, daß sie um neun, wenn *seine* Vorstellung anfing, tot in seinen Armen liegen würde.

»Paß auf!« schrie Lo und fiel vornüber, weil ein verfluchter Lastwagen mit hopsenden rückwärtigen Karbunkeln vor uns an einer Straßenkreuzung bremste.

Ich ahnte, daß ich jede Herrschaft über die Hazekarre mit ihren unbrauchbaren Scheibenwischern und launischen Bremsen verlieren würde, wenn wir nicht bald, sofort, durch ein Wunder, im allernächsten Häuserblock bei dem Hotel ankämen; aber die Passanten, die ich um Auskunft anging, waren entweder selbst Fremde, oder sie fragten stirnrunzelnd »Verzauberte was?«, als sei ich ein Verrückter; oder aber sie gaben so umständliche Erklärungen mit geometrischen Handbewegungen, geographischen Verallgemeinerungen und ausschließlich lokalen Anhaltspunkten (». . . wenn Sie auf das Gerichtsgebäude stoßen, biegen Sie südlich ab . . .«), daß ich mich durch das Labyrinth ihres wohlgemeinten Kauderwelschs irreführen lassen *mußte.* Lo, deren entzückende, kaleidoskopische Eingeweide das süße Zeug bereits verdaut hatten, verlangte nach einer richtigen Mahlzeit und wurde zapplig. Was mich betrifft: Wenn ich mich auch längst an eine Art von subalternem Schicksal gewöhnt hatte (McFatums unzulänglicher Sekretär sozusagen, der sich kleinlich und störend in des Chefs großzügigen, großartigen Plan einmischte), so war die Schinderei, durch die Alleen von Briceland herumzufuhrwerken, vielleicht die schlimmste Nevenprüfung, die ich bisher zu überstehen hatte.

Wenn ich später an die jungenhaft-dickköpfige Weise zurückdachte, mit der ich mich auf diesen bestimmten Gasthof mit dem Märchennamen versteifte, brachte mich meine Ahnungslosigkeit zum Lachen; denn auf dem ganzen Weg verkündeten unzählige Touristen-Unterkünfte in Neonlettern, daß noch Platz sei, Geschäftsreisende, entsprungene Zuchthäusler, Impotente, Familien sowie die verderbtesten und leistungsfähigsten Paare zu beherbergen. O geneigte Automobilisten, die ihr durch des Sommers dunkle Nächte gleitet, welche Possen, welche Lustverrenkungen könntet ihr von euren Autostraßen aus sehen, wenn die ›Komfort-Bungalows‹, plötzlich ihres Pigments beraubt, so durchsichtig würden wie Glaskästen!

Das Wunder, das ich ersehnte, trat endlich ein. Ein Mann und ein Mädchen, in einem dunklen Auto unter tropfenden Bäumen mehr oder weniger ineinander verwühlt, sagten uns, wir seien »im Herzen des Parks«; wir brauchten nur bei der nächsten Verkehrsampel links einzubiegen, und schon seien wir da. Wir sahen zwar keine nächste Verkehrsampel – der Park war so schwarz wie die Sünden, die er barg –, aber bald, nachdem die Reisenden in den sanften Bann einer angenehm ansteigenden Kurve geraten waren, bemerkten sie durch den Nebel hindurch ein diamantenes Glitzern, dann den Schimmer eines Sees – und da war er, wunderbar und unerbittlich unter gespenstischen Bäumen, auf der Höhe einer kiesbestreuten Auffahrt – der faule Palast der ›Verzauberten Jäger‹.

Eine Kette parkender Autos, wie Schweine am Trog, schienen auf den ersten Blick den Zutritt zu verwehren, aber dann setzte sich wie durch Zauber ein gewaltiges, im beleuchteten Regen rubinrot glänzendes Cabriolet in Bewegung – von einem breitschultrigen Fahrer energisch im Rückwärtsgang herausgesteuert –, und wir schlüpften dankbar in die Lücke. Ich bedauerte meine Eile sofort, weil ich bemerkte, daß mein Vorgänger sich nun einen nahen, garagenartigen Unterstand zunutze machte, in dem es reichlich Platz für einen zweiten Wagen gab; aber ich war zu ungeduldig, um seinem Beispiel zu folgen.

»Au fein! Sieht schick aus«, rief mein ordinärer Liebling, schielte beim Herauskriechen in das hörbare Regengeträufel auf die Stuckfassade und zupfte mit kindlicher Hand eine Rockfalte heraus, die sich – um Robert Browning zu zitieren – im Pfirsichspalt festgeklemmt hatte. Schatten von Kastanienblättern, im Licht der Bogenlampen vergrößert, plätscherten spielerisch über weiße Pfeiler hin. Ich schloß den Kofferraum auf. Ein buckliger, altergrauer Neger in einer Art Livree nahm unser Gepäck und karrte es langsam in die Vorhalle. Sie war voll von alten Damen und Geistlichen.

Lolita hockte sich auf ihre Fersen, um einen blaßschnäuzigen, blaugesprenkelten, schwarzohrigen Spaniel zu streicheln, der unter ihrer Hand auf dem geblümten Teppich hinschmolz – wer täte das nicht, mein Herz –, und ich räusperte mich durch das Gedränge zum Empfangsbüro vor. Dort unterzog ein kahler, schweinsköpfiger alter Mann – in diesem alten Hotel war alles alt – höflich lächelnd mein Gesicht einer Prüfung und kramte dann langsam mein (verstümmeltes) Telegramm heraus, kämpfte mit irgendwelchen dunklen Zweifeln, wandte den Kopf, um nach der Uhr zu sehen, und sagte schließlich, es tue ihm sehr leid, man habe das Zimmer mit zwei Betten bis halb sieben reserviert und es dann vergeben. Eine kirchliche Tagung, sagte er, sei mit einer Blumenausstellung in Briceland zusammengefallen, und –

– »Der Name«, sagte ich kalt, »ist nicht Humberg und nicht Humbug, sondern Herbert, ich meine Humbert, und jedes Zimmer ist mir recht, Sie brauchten nur für meine kleine Tochter ein Klappbett hineinstellen zu lassen. Sie ist zehn Jahre alt und sehr müde.«

Der rosige alte Knabe sah freundlich zu Lo hinüber, die noch dahockte und im Profil mit halboffenen Lippen zuhörte, was die Besitzerin des Hundes, eine uralte, in violette Schleier gewickelte Dame, ihr aus den Tiefen eines Kretonnesessels hervor erzählte.

Was für Zweifel der obszöne Bursche auch haben mochte, sie wurden durch dieses blütenhafte Bild gelöscht. Er sagte, er habe – vielleicht – doch noch ein Zimmer, hatte auch wirklich noch eines, mit einem Doppelbett. Was das Klappbett betreffe –

»Mr. Flapp, haben wir noch Klappbetten?« Flapp, auch er rosa und kahl, mit weißem Haar, das ihm aus Ohren und anderen Löchern wucherte, wollte sehen, was sich machen lasse. Er kam

und redete, während ich meinen Füllfederhalter aufschraubte. Ungeduldiger Humbert!

»Unsere Doppelbetten sind breit genug für drei«, sagte Flapp empfehlend, während er mich und meine Kleine ins Zimmer schob. »Als es einmal überfüllt war, mußten wir drei Damen und ein Kind wie Ihres zusammenlegen. Ich glaube, eine der Damen war ein verkleideter Mann [*Meine* Ergänzung]. Immerhin – steht nicht noch ein Kinderbett in 49, Mr. Swine?«

»Ich glaube, die Swoons haben es bekommen«, sagte Swine, der erste alte Clown.

»Es wird schon irgendwie gehen«, sagte ich. »Meine Frau wird wahrscheinlich etwas später nachkommen, aber auch dann, denke ich, wird es gehen.«

Die beiden rosa Schweine zählten jetzt zu meinen besten Freunden. In der bedachtsamen, überdeutlichen Schrift des Verbrechens schrieb ich: Dr. Edgar H. Humbert und Tochter, 342 Lawn Street, Ramsdale. Ein Schlüssel (342!) wurde mir flüchtig gezeigt (Zauberkünstler zeigt Gegenstand, den er gleich verschwinden lassen wird) und Onkel Tom ausgehändigt. Lo erhob sich vom Boden und verließ den Hund, so wie sie eines Tages mich verlassen würde; ein Regentropfen fiel auf Charlottes Grab; eine hübsche junge Negerin schob die Fahrstuhltür auf, und das verurteilte Kind trat hinein, gefolgt von ihrem sich räuspernden Vater und von Tom, dem Krebs, mit dem Gepäck.

Parodie eines Hotelkorridors! Parodie der Stille und des Todes!

»Mensch, das ist doch unsere Hausnummer«, sagte Lo.

Ein Doppelbett, ein Spiegel, ein Doppelbett im Spiegel, ein Wandschrank mit Spiegel, eine Badezimmertür dito, ein blaudunkles Fenster, das ein Bett spiegelte, dasselbe wie im Spiegel der Wandschranktür, zwei Stühle, ein Tisch mit Glasplatte, zwei Nachttischchen, ein Doppelbett: ein großes, furniertes Eichenbett, um genau zu sein, mit einer botticellirosa Chenilledecke und Nachttischlampen mit rüschenbesetzten rosa Schirmen links und rechts.

Ich war in Versuchung, einen Fünfdollarschein in die Sepiahand zu stecken, überlegte aber, daß man die Freigebigkeit falsch auslegen könne; tat also einen Vierteldolar hinein. Fügte einen zweiten hinzu. Er zog sich zurück. Klick. *Enfin seuls.*

»Sollen wir in *einem* Zimmer schlafen?« fragte Lo. In ihrem Gesicht arbeitete es dynamisch wie immer, wenn sie einer Frage gewaltige Bedeutung beimessen wollte – nicht gerade unmutig, nicht gerade aufgebracht (immerhin beinahe so); dynamisch eben.

»Ich habe verlangt, daß sie ein Klappbett hereinstellen. Das ich benutzen werde, wenn du willst.«

»Du bist verrückt«, sagte Lo.

»Warum, mein Liebling?«

»Weil, mein Liiiebling, wenn Liiiebling Mama es herausbekommt, sie sich von dir scheiden läßt und mich erwürgt.«

Dynamisch eben. Nimmt die Sache nicht allzu ernst.

»Hör mal zu«, sagte ich und setzte mich, während sie einen Schritt von mir entfernt vor dem Spiegel stand und selbstzufrieden, von ihrer eigenen Erscheinung angenehm überrascht, mit ihrem rosigen Sonnenschein den erstaunten und erfreuten Spiegel des Wandschranks füllte.

»Paß auf, Lo. Laß uns das ein für allemal klarstellen. In allem, was das Praktische betrifft, bin ich dein Vater. Ich bin voller Zärtlichkeit für dich. In Abwesenheit deiner Mutter bin ich für dein Wohlergehen verantwortlich. Wir sind nicht reich, und solange wir reisen, werden wir gezwungen sein – werden wir ziemlich viel aufeinander angewiesen sein. Zwei Menschen, die ein Zimmer teilen, geraten unweigerlich in eine Art von – wie soll ich sagen – eine Art –«

»Inzest heißt das Wort«, sagte Lo – und ging in den Wandschrank, kam mit einem jungen, goldenen Gekicher wieder heraus, öffnete die Tür daneben, und, nachdem sie vorsichtig mit ihren merkwürdig rauchfarbenen Augen hineingeschaut hatte, um sich nicht ein zweites Mal zu täuschen, verschwand sie im Badezimmer.

Ich öffnete das Fenster, riß mir das schweißgetränkte Hemd vom Leib, zog ein frisches an, versicherte mich, daß die Phiole mit den Pillen in meiner Jackentasche war, und öffnete – – –

Sie kam hereingeschlendert. Ich versuchte, sie zu umarmen: so nebenher, ein bißchen gemäßigte Zärtlichkeit vor Tisch.

Sie sagte: »Wir wollen die Küsserei sein lassen und lieber essen gehen.«

Und da kam ich mit meiner Überraschung heraus.

Oh, das träumerische Herzchen! Sie ging auf den offenen Handkoffer zu, als ob sie ihn von weitem beschleiche, in einer Art Zeitlupenschritt, und lugte nach dem fernen Schatzkasten auf dem Kofferträger. (Stimmte etwas nicht mit den großen, grauen Augen meiner Lolita, fragte ich mich, oder waren wir beide in den gleichen verzauberten Nebel getaucht?) Sie schritt auf den Koffer zu, hob dabei ihre Füße mit den ziemlich hohen Absätzen ziemlich hoch und beugte und streckte ihre schönen Knabenknie beim Durchschreiten des magisch sich vor ihr weitenden Raumes mit der Langsamkeit eines Wesens, das sich unter Wasser oder in einem Traumflug fortbewegt. Dann hob sie ein kupferrotes, entzückendes und ziemlich teures Jäckchen an den Ärmeln hoch, spannte es sehr langsam zwischen ihren schweigenden Händen – wie ein verzückter Vogeljäger, dem es beim Anblick eines selten schönen Vogels, den er an den Spitzen seiner flammenden Schwingen spreitet, den Atem verschlägt. Dann, während ich dastand und auf sie wartete, zog sie die träge Schlange eines glänzenden Gürtels heraus und legte sie sich um.

Und sie kroch in meine wartenden Arme, strahlend, gelöst, und streichelte mich mit ihren zärtlichen, geheimnisvollen, unkeuschen, gleichgültigen Zwielichtaugen – wie die billigste aller billigen Hürchen! Denn die sind es, die sie imitieren, die Nymphchen – während wir stöhnen und sterben.

»Will die Küsse mich nicht süßen?« stammelte ich (Fehlleistung) in ihr Haar.

»Wenn du's wissen willst«, sagte sie, »du machst es falsch.«

»Zeig mir's richtig.«

»Alles zu seiner Zeit«, gab das Kokettchen zurück.

Seva ascendes, pulsata, brulans, kitzelans, dementissima. Elevator clatterans, pausa, clatterans, populus in corridoro. Hano nisi mors mihi adimet nemo! Juncea puellula, jo pensavo fondissime, nobserva nihil quidquam; aber natürlich hätte ich im nächsten Augenblick eine furchtbare Dummheit begehen können; glücklicherweise ging sie zur Schatztruhe zurück. Vom Badezimmer aus, wo ich ziemlich lange brauchte, um mich für eine banale Angelegenheit wieder herunterzuschalten, hörte ich, ein aufrechter Tambour, meinen Atem anhaltend, die kindlichen Ohs und Ahs meiner verzückten Lolita.

Die Seife hatte sie nur benutzt, weil es eine Gratisprobe war.

»Na, komm jetzt, liebes Kind, wenn du ebenso hungrig bist wie ich.«

Also hin zum Fahrstuhl, Tochter schlenkert mit ihrem alten weißen Handtäschchen, Vater geht voran (notabene: niemals hinter ihr, sie ist keine Dame). Als wir dann (Seite an Seite) darauf warteten, abwärts befördert zu werden, warf sie den Kopf zurück, gähnte aus vollem Hals und schüttelte ihre Locken.

»Wann mußtet ihr im Camp aufstehen?«

»Halb« – sie unterdrückte ein zweites Gähnen »sieben« – mächtiges Gähnen mit einem Erzittern des ganzen Körpers. »Halb«, wiederholt sie, und ihre Kehle füllte sich von neuem.

Der Speisesaal empfing uns mit dem Geruch von gebratenem Fett und fader Freundlichkeit. Er war geräumig und prätentiös mit seinen romantischen Wandmalereien, die verzauberte Jäger in verschiedenen Stellungen und Verzauberungszuständen darstellten, umgeben von einem Durcheinander bleichsüchtigen Wilds, Dryaden und Bäumen. Ein paar vereinzelte alte Damen, zwei Geistliche und ein Mann im Tweedjackett beendeten gerade schweigend ihre Mahlzeit. Der Speisesaal wurde um neun geschlossen; und die grüngekleideten, pokergesichtigen Serviermädchen hatten es glücklicherweise eilig, uns los zu werden.

»Sieht er nicht genau, aber ganz genau wie Quilty aus?« sagte Lo leise, und ihr spitzer brauner Ellbogen zeigte nicht direkt – war aber sichtlich brennend nahe daran – auf den einzelnen Gast in der auffallend karierten Jacke, der uns gegenüber saß.

»Wie unser dicker Zahnarzt in Ramsdale?«

Lo hielt den Schluck Wasser, den sie gerade trinken wollte, im Mund zurück und stellte ihr tanzendes Glas hin.

»'türlich nicht«, sagte sie mit einem sprudelnden Gelächter, »ich meine den Schriftsteller auf den Drome-Reklamen.«

O Fama! O Femina!

Als uns der Nachtisch hingepfeffert wurde – ein mächtiger Keil Kirschtorte für die junge Dame, und für ihren Beschützer Vanilleeis, dessen größten Teil sie sich sofort auf ihre Torte klackste, zog ich die Phiole aus der Tasche, die Papas Purpurpillen enthielt. Wenn ich an jene seekranken Fresken zurückdenke, an jenen seltsamen ungeheuerlichen Augenblick, kann ich mein damaliges Verhalten nur durch den Mechanismus jenes Traumvakuums erklären, in dem ein gestörter Geist kreiselt; aber im Augenblick selbst kam mir alles ganz einfach und zwangsläufig vor. Ich blickte ringsum, stellte befriedigt fest, daß der letzte Gast hinausgegangen war, nahm den Stöpsel ab und kippte mit äußerster Bedächtigkeit das Zaubermittel in meinen Handteller. Ich hatte gewissenhaft vor dem Spiegel die Gebärde geübt, meine leere Hand gegen den offenen Mund zu klappen und eine (vorgetäuschte) Pille zu schlucken. Wie ich erwartet hatte, stürzte sie sich auf das Fläschchen mit seinen rundlichen, farbenprächtigen Kapseln, die mit ›Schönchens Schlaf‹ geladen waren.

»Blau!« rief sie aus. »Veilchenblau. Woraus sind sie?«

»Aus Sommerhimmel«, sagte ich, »und aus Pflaumen und Feigen und dem Traubenblut der Kaiser.«

»Nein, im Ernst – bitte.«

»Purpillchen, ganz einfach Vitamin X. Machen einen stark wie Ochs und Axt. Möchtest du eine?«

Lolita streckte die Hand aus und nickte eifrig.

Ich hatte gehofft, daß die Droge sehr schnell wirken würde. Das war auch durchaus der Fall. Lo hatte einen langen, langen Tag hinter sich; morgens, wie das anbetungswürdige, griffbereite Nymphchen mir jetzt zwischen unterdrückten, gaumensprengenden Gähnanfällen erzählte, war sie mit Barbara rudern gegangen, deren Schwester Wassersportleiterin war – oh, wie schnell der Zaubertrank wirkte! –, und hatte auch sonst viel unternommen. Das Kino, das ihr im Sinn gelegen hatte, war natürlich längst vergessen, als wir wassertretend den Speisesaal verließen. Im Fahrstuhl neben mir stehend, lehnte sie sich matt lächelnd an mich – soll ich dir nicht erzählen? – und senkte die dunklen Augenlider. »Müde, hm?« sagte Onkel Tom, der den stillen franko-irischen Herrn und seine Tochter zusammen mit zwei verwelkten Rosenexpertinnen nach oben fuhr. Alle sahen sie wohlgefällig meinen zarten, sonnengebräunten, schwankenden, betäubten Rosenliebling an. Fast muße ich sie in unser Zimmer tragen. Dort setzte sie sich auf den Bettrand, taumelte ein bißchen, sprach in langgezogenen, gurrenden Taubentönen.

»Wenn ich dir's erzähle – wenn ich dir's erzähle – versprichst du mir« (schläfrig, so schläfrig – Köpfchen pendelt, Äuglein fallen zu) »versprichst du mir, daß du dich nicht bei der Campleitung beschwerst?«

»Später, Lo. Geh jetzt zu Bett. Ich lasse dich hier und du gehst zu Bett. Geb dir zehn Minuten.«

»Ach, ich hab' gemeine Sachen gemacht«, fuhr sie fort, warf ihr Haar zurück, zog mit langsamen Fingern eine Samtschleife auf. »Laß mich erzählen –«

»Morgen, Lo. Geh zu Bett, geh zu Bett – um Himmels willen, geh jetzt zu Bett.«

Ich steckte den Schlüssel in die Tasche und ging hinunter.

Meine Damen Geschworenen! Haben Sie Nachsicht mit mir! Schenken Sie mir ein winziges Weilchen Ihrer kostbaren Zeit! Dies also war *le grand moment.* Als ich meine Lolita verließ, saß sie immer noch auf dem Rand des abgründigen Bettes, hob halbschlafend ihren Fuß, zerrte an ihren Schnürsenkeln und ließ in dieser Haltung die Innenseite ihres Schenkels bis zum Dreieck des Höschens sehen – sie war, was Beinezeigen angeht, immer merkwürdig unbewußt oder schamlos oder beides gewesen. Dies war die hermetische Vision von ihr, die ich eingeschlossen hatte – wohlgemerkt: nicht ohne mich zu vergewissern, daß die Tür keine Innenriegel hatte. Der Schlüssel mit seinem Nummernholz war fortan das gewichtige Sesam-öffne-dich zu einer berauschenden, unerhörten Zukunft. Er war mein, Teil meiner heißen, behaarten Faust. In ein paar Minuten – sagen wir zwanzig, sagen wir eine halbe Stunde –, *›sicher ist sicher‹*, wie mein Onkel Gustave zu sagen pflegte – würde er mich in ›342‹ einlassen, wo ich mein Nymphchen, meine Schönheit, meine Braut in ihrem gläsernen Schlaf gefangen finden würde. Geschworene! Wäre meinem Glück Sprache verliehen gewesen, so würde es das gepflegte Hotel mit einem ohrenzerreißenden Gebrüll erfüllt haben. Und heute bedauere ich nur, daß ich nicht schweigend Schlüssel 342 am Büro hinterlegte und die Stadt, das Land, den Kontinent, die Hemisphäre – ja, den Globus – in der gleichen Nacht verließ.

Lassen Sie mich erklären. Ihre selbstanklägerischen Andeutungen beunruhigten mich nicht übermäßig. Ich war noch immer fest entschlossen, bei meiner Strategie zu bleiben, das heißt ihre Reinheit zu schonen und nur in der Verschwiegenheit der Nacht und an einer völlig anästhetisierten kleinen Nacktheit zu operieren. Selbstbeherrschung und Ehrfurcht waren noch immer mein Motto – sogar wenn diese ›Reinheit‹ (nebenbei bemerkt, von der modernen Wissenschaft ihres Nimbus völlig entkleidet) durch irgendein jugendlich-erotisches Erlebnis, zweifellos lesbischer Art, in dem verfluchten Camp ein wenig gelitten haben sollte. Natürlich hatte ich, Jean Jacques Humbert, in meinen antiquierten europäischen Vorstellungen es erst einmal für sicher gehalten, daß sie so unberührt sei, wie es seit dem beklagenswerten Ende der vorchristlichen Alten Welt mit ihren anziehenden Gepflogenheiten zum stereotypen Begriff ›normales Kind‹ gehört. Wir sind in unserem aufgeklärten Zeitalter nicht von kleinen Sklavenblumen umgeben, die nebenher, zwischen Geschäft und Bad, gepflückt werden können, wie es in den Tagen der Römer üblich war; und wir bedienen uns nicht, wie es die würdevollen Orientalen in noch luxuriöseren Zeiten taten, zwischen Hammel und Rosensorbet kleiner Amüsiermädchen. Das Schlimme ist, daß neue Sitten und neue Gesetze die Bindung zwischen der Erwachsenen-Welt und der Kind-Welt zerrissen haben. Obwohl ich mich aus Liebhaberei mit psychiatrischen und sozialen Fragen beschäftigt hatte, wußte ich tatsächlich so gut wie nichts von Kindern. Schließlich war Lolita erst zwölf – und was auch immer ich Ort und Zeit zuschreiben mußte – selbst wenn ich das rüde Benehmen amerikanischer Schulkinder in Rechnung stellte – blieb ich doch dem Eindruck verhaftet, daß das, was sich unter diesen frechen Gören abspielen mochte, einem späteren Alter und einer anderen Umwelt angemessen war. Daher (um den Faden dieser Erklärung wieder aufzunehmen) irrte der Moralist in mir, als er an konventionellen Begriffen über das, was ein zwölfjähriges Mädchen zu sein hat, festhielt. Der Kinder-Therapeut in mir (ein Schwindler, wie die meisten – aber darauf kommt es jetzt nicht an) wärmte neofreudianischen Brei und erfand eine träumende, verderbte Dolly in der ›Latenz‹ ihres Mädchentums. Schließlich hatte der Sensualist in mir (ein großes, wahnsinniges Monstrum) nichts gegen eine gewisse Verderbtheit seiner Beute. Aber irgendwo hinter der rasenden Seligkeit berieten sich bestürzte Schatten – und daß ich sie nicht beachtet habe, das ist es, was ich jetzt bedauere. Gebt gut acht, ihr Menschen. Ich hätte begreifen sollen, daß Lolita bereits bewiesen hatte, wie sehr sie sich von der unschuldigen Annabel unterschied, und wie sehr das nymphisch Dämonische aus jeder Pore dieses Koboldkindes atmete, das ich für meinen geheimen Genuß vorbereitet hatte; endlich, daß es die Geheimhaltung unmöglich machen würde – und den Genuß tödlich. Ich hätte wissen sollen (durch Zeichen, die mir ein Etwas in Lolita gegeben hatte – das wirkliche Kind Lolita oder ein verstörter Engel hinter ihrem Rücken), daß nichts als Schmerz und Grauen aus der erwarteten Seligkeit entstehen würden. O geflügelte Herren Geschworenen!

Und sie war mein, sie war mein, der Schlüssel war in meiner Faust, meine Faust war in meiner Tasche, Lolita war mein. Im Wechsel all der Einbildungen und Entwürfe, denen ich so viele schlaflose Nächte gewidmet hatte, war ich allmählich dazu gelangt, alle trübenden Schleier zu zerreißen und schichtweise eine klare Vision aufzubauen, ein endgültiges festes Bild. Nackt, bis auf eine Socke und ein Talismanarmband, übers Bett gestreckt, von meinem Zaubertrank gebannt – so sah ich sie vor mir; ein Samthaarband noch zwischen den Fingern, ihr Körper – das Negativ eines rudimentären Badeanzugs auf die honigbraune Haut gezeichnet – zeigt mir seine blassen Brustknospen; im rosigen Lampenlicht glitzert ein kleines Vlies auf seinem Hügelchen. Der kalte Schlüssel mit seinem warmen hölzernen Anhänger war in meiner Tasche.

Ich wanderte durch verschiedene Gesellschaftsräume, Seligkeit unten, Düsternis oben: denn das Gesicht der Lüsternheit ist immer düster; Lust ist nie ganz gewiß – selbst wenn man sein samthäutiges Opfer im Verlies gefangenhält –, daß nicht ein nebenbuhlerischer Teufel oder ein einflußmächtiger Gott im letzten Augenblick den bevorstehenden Triumph vereiteln wird. In schlichten Worten: ich mußte etwas trinken; aber an dieser ehrwürdigen Stätte voll schwitzender Philister und Antiquitäten gab es keine Bar.

Ich schlenderte in die Herrentoilette. Dort wandte sich ein

Mann in klerikalem Schwarz, ein geselliger Patron, *comme on dit* – während er nach Wiener Schule untersuchte, ob noch alles vorhanden war – mit der Frage an mich, wie ich Dr. Knabes Vortrag gefunden habe, und sah erstaunt aus, als ich (König Sigmund II.) sagte, Knabe sei ein toller Knabe. Woraufhin ich das Papierhandtuch, mit dem ich meine empfindsamen Fingerspitzen abgetrocknet hatte, adrett in den dafür vorgesehenen Behälter warf und in die Halle streunte. Ich lehnte mich mit lässig aufgestütztem Ellbogen über den Empfangstisch und fragte Mr. Flapp, ob er sicher sei, daß meine Frau nicht angerufen habe; und wie es mit dem Klappbett stehe. Er antwortete, sie habe es nicht getan (freilich, sie war ja tot), und das Klappbett würde morgen, sollten wir uns zum Bleiben entschließen, aufgestellt werden. Aus einem großen, überfüllten Saal, ›Die Jäger-Halle‹ genannt, quoll der Klang von vielen Stimmen, die den Gartenbau oder die Ewigkeit erörterten. Ein anderer Raum, ›Das Himbeer-Zimmer‹, ganz in Licht gebadet, mit glänzenden, kleinen Tischen und einem großen Buffet voll »Erfrischungen«, war noch leer bis auf die Gastgeberin (Typus: erschöpfte Frau mit glasigem Lächeln und Charlottes Sprechweise); sie trieb mit der Frage auf mich zu, ob ich Mr. Braddock sei, weil nämlich in diesem Falle Miß Bart nach mir gesucht habe. »Welch ein Name für eine Frau«, sagte ich und ging weg.

In einem Regenbogen flutete das Blut in meinem Herzen ein und aus. Ich würde ihr bis um halb zehn Zeit geben. Als ich in die Halle zurückkam, war eine Veränderung eingetreten: Eine Anzahl Leute in geblümten Kleidern oder schwarzem Tuch bildeten hier und da kleine Gruppen, und eine Fee schenkte mir den Anblick eines entzückenden Kindes in Lolitas Alter, in Lolitas Kleidern, jedoch in Weiß, mit einer weißen Schleife im schwarzen Haar. Sie war nicht hübsch, aber sie war ein Nymphchen, und ihre elfenbeinblassen Beine und der Lilienhals bildeten einen unvergeßlichen Augenblick lang eine prickelnde Antiphonie (im Sinne von Rückenmarksmusik) zu meinem Verlangen nach Lolita, der braunen, rosigen, erhitzten und verderbten. Das bleiche Kind bemerkte meinen Blick (der wirklich ganz flüchtig und unbefangen war), und da sie lächerlich verlegen war, verlor sie die Haltung, rollte die Augen, legte den Handrücken an die Backe, zupfte an ihrem Rocksaum und kehrte mir schließlich, scheinbar, um mit ihrer Mutterkuh zu plaudern, die dünnen beweglichen Schulterblätter zu.

Ich verließ die geräuschvolle Halle und stand draußen auf den weißen Steinstufen, schaute in die Hunderte von staubigen Insekten, die in der dunstig-schwarzen Nacht, in der es webte und weste, um die Lampen kreisten. Alles, was ich zu tun beabsichtigte, alles, was ich zu tun wagen würde, käme auf so wenig heraus . . .

Plötzlich bemerkte ich in der Dunkelheit der Säulenveranda jemanden, der neben mir auf einem Stuhl saß. Ich konnte ihn nicht richtig sehen, aber das knirschende Entkorken einer Flasche und ein diskreter Schlucklaut und dann – als Schlußnote – ein ruhiges Zukorken, verrieten ihn. Ich war im Begriff wegzugehen, als seine Stimme mich ansprach.

»Wo haben Sie die Kleine her, zum Donnerwetter?«

»Wie bitte?«

»Ich sagte: ist nicht weit her mit dem Sommerwetter.«

»Kann man wohl sagen.«

»Gehört sie Ihnen?«

»Sie ist meine Tochter.«

»Mich können Sie doch nicht anschmieren, munterer Alter.«

»Wie bitte?«

»Ich sagte: schlägt einem auf die Nieren in unserem Alter. Wo ist die Mutter?«

»Tot.«

»Aha. Wie traurig. Übrigens, wie wär's, wenn Sie beide morgen mit mir frühstückten? Diese grauslichen Horden werden dann fort sein.«

»Wir werden auch fort sein. Gute Nacht.«

»Schade. Bin ziemlich blau. Gute Nacht. Ihr Kindchen braucht viel Schlaf. Schlaf ist eine Rose, wie die Perser sagen. Zigarette?«

»Nicht jetzt.«

Er zündete ein Streichholz an; weil er aber betrunken war, oder weil der Wind betrunken war, beleuchtete die Flamme nicht ihn, sondern eine andere Person, einen sehr alten Mann, einen dieser Dauergäste alter Hotels – und seinen weißen Schaukelstuhl. Niemand sagte etwas, und die Dunkelheit flutete zurück zu ihrem Ursprung. Dann hörte ich den Greis husten und etwas Grabesschleim von sich geben.

Ich verließ die Terrasse. Im ganzen war wenigstens eine halbe Stunde vergangen. Ich hätte ihn um einen Schluck aus seiner Flasche bitten sollen. Die Spannung wurde unerträglich. Wenn eine Violinsaite schmerzen kann, so war ich eine. Es wäre aber untunlich gewesen, Eile an den Tag zu legen. Während ich mich durch eine unbewegte Gestirnkonstellation von fremden Leuten in einer Ecke der Halle hindurchschlängelte, blitzte es plötzlich blendend grell auf – und der strahlende Dr. Braddock, zwei orchideengeschmückte Matronen, das kleine Mädchen in Weiß und vermutlich der zähnefletschende Humbert Humbert – der zwischen der bräutlichen Kleinen und dem verzückten Kleriker dahinschlich – waren unsterblich gemacht, sofern Papier und Druck einer Kleinstadtzeitung für Unsterblichkeit bürgen können. Eine zwitschernde Gruppe umlagerte den Fahrstuhl. Ich zog die Treppe vor. 342 lag dicht bei der Feuerleiter. Noch könnte man – aber da steckte der Schlüssel schon im Schloß, und dann war ich im Zimmer.

Die Tür des erleuchteten Badezimmers stand halb offen; dazu fiel von den Bogenlampen draußen das Licht gerippt wie ein Skelett durch die Jalousien; diese Helligkeiten überkreuzten das Dunkel des Schlafzimmers und ließen folgende Situation erkennen:

In einem ihrer alten Nachthemden lag meine Lolita auf der Seite, den Rücken mir zugekehrt, in der Mitte des Bettes. Ihr leicht verhüllter Körper und die nackten Glieder bildeten ein Z. Sie hatte beide Kissen unter ihrem dunklen, zerzausten Kopf; ein blasser Lichtstreif fiel über ihren obersten Halswirbel.

Ich muß in der Art jener phantastischen Plötzlichkeit, mit der in einer Filmszene die Prozedur des Aus- und Anziehens übersprungen wird, aus meinen Sachen heraus und in den Pyjama geschlüpft sein, und ich hatte bereits mein Knie auf dem Bettrand, als Lolita den Kopf wandte und mich durch die gestreiften Schatten anstarrte.

Das war nun allerdings etwas, das der Eindringling nicht erwartet hatte. Das ganze Pillenspiel (eine recht üble Sache, *entre nous soit dit*) hatte auf einen Schlaf gezielt, der so tief sein sollte, daß ein ganzes Regiment ihn nicht hätte stören können; und hier lag sie, starrte mich an und nannte mich mit schwerer Zunge ›Barbara‹. Barbara, in meinem Schlafanzug, der ihr viel zu eng war, stand regungslos über die kleine Schlaf-Rednerin gebeugt. Weich, mit einem hoffnungslosen Seufzer, wandte Dolly sich ab und nahm ihre ursprüngliche Lage wieder ein. Ich wartete mindestens zwei Minuten gespannt am Bettrand, wie jener Schneider mit seinem selbstfabrizierten Fallschirm vor vierzig Jahren, als er im Begriff stand, vom Eiffelturm abzuspringen. Ihr sanfter Atem

hatte den Rhythmus des Schlafs. Endlich streckte ich mich auf meinem schmalen Bettstreifen aus, zog verstohlen an den diversen Laken und Decken, die südlich von meinen eiskalten Fersen aufgehäuft waren – da hob Lolita den Kopf und sah mich staunend an.

Wie ich später von einem hilfsbereiten Apotheker erfuhr, gehören die Purpurpillen nicht einmal zu der großen, edlen Familie der Barbiturate; und obgleich sie einem Neurotiker, der sie für ein wirksames Mittel hält, Schlaf bringen können, waren sie doch eine zu schwache Droge für ein lebhaftes, wenn auch übermüdetes Nymphchen. Ob der Arzt in Ramsdale ein Scharlatan war oder ein durchtriebener alter Gauner, fällt nicht ins Gewicht. Ins Gewicht fiel lediglich, daß ich betrogen worden war. Als Lolita zum zweitenmal die Augen öffnete, wurde mir klar, daß, selbst wenn die Wirkung später in der Nacht eintreten sollte, die Sicherheit, mit der ich gerechnet hatte, trügerisch war. Langsam wandte sich ihr Kopf weg und sank auf ihre ungerecht üppige

Kissenmenge zurück. Ich lag ganz still an meiner Bettkante, spähte nach ihrem verwuschelten Haar, nach dem Schimmer von Nymphchenfleisch, wo es als halber Schenkel und halbe Schulter bloßlag, und versuchte, die Tiefe ihres Schlafes am Tempo ihrer Atemzüge zu messen. Einige Zeit verging, nichts veränderte sich, und ich beschloß, das Risiko auf mich zu nehmen und diesem lockenden, verrücktmachenden Schimmer etwas näher zu rükken. Kaum aber war ich in seinen warmen Umkreis vorgedrungen, als ihr Atem stockte, und ich hatte das abscheuliche Gefühl, daß die kleine Dolores hellwach sei und in Gekreisch ausbrechen würde, wenn ich sie mit irgendeinem Teil meiner Erbärmlichkeit berührte. Bitte, Leser: Wie sehr Sie auch über den zartfühlenden, krankhaft empfindsamen, unendlich vorsichtigen Helden meines Buches außer sich sein mögen, überschlagen Sie diese wesentlichen Seiten nicht! Sehen Sie mich in Gedanken vor sich; wenn Sie mich nicht vor sich sehen, existiere ich nicht. Versuchen Sie, in mir das scheue Reh zu erkennen, das im Wald seines eigenen Frevels zittert; lassen Sie uns sogar ein wenig lächeln. Schließlich kann ein Lächeln nichts schaden. Zum Beispiel hatte ich keine Stütze für meinen Kopf, und ein Anfall von Sodbrennen (sie nennen ihr in fett Gebratenes ›französische Küche‹, *grand Dieu!*) trug zu meinem Unbehagen bei.

Es schlief wieder fest, mein Nymphchen, und doch wagte ich nicht, mich auf meine verzauberte Reise zu begeben. *La Petite Dormeuse ou l'Amant Ridicule*.

Morgen würde ich sie mit den altbewährten Pillen füttern, die ihre Mammi so gründlich betäubt hatten. Steckten sie im Handschuhfach – oder im Handkoffer? Sollte ich eine gute Stunde warten und dann wieder herankriechen? Nympholepsie ist eine exakte Wissenschaft. Die direkte Berührung würde es in knapp einer Sekunde schaffen. Ein Zwischenraum von einem Millimeter in zehn. Abwarten.

Nichts ist lauter als ein amerikanisches Hotel; und dabei, bitte schön!, galt dieses hier für eine besonders ruhige, gepflegte, altmodische Gaststätte – ›wie-bei-sich-zuHause‹, ›für verwöhnte Ansprüche‹ und so weiter. Das Geklapper des Fahrstuhlgitters – ungefähr vierzig Meter nordöstlich meines Kopfes, aber so vernehmbar, als wäre es in meiner linken Schläfe – wechselte mit dem Bummern und Rattern der diversen Manöver dieser Maschine und hielt bis lange nach Mitternacht an. Östlich von meinem linken Ohr – (immer unter der Voraussetzung, daß ich auf dem

Rücken liege und nicht wage, meine gemeinere Seite dem undeutlich sichtbaren Schenkel meiner Bettgenossin zuzuwenden) – hörte man hin und wieder auf dem Korridor schallende, herzliche, alberne Zurufe, die in einem Geprassel von Gute-Nacht-Wünschen untergingen. Als das aufhörte, meldete sich nördlich von meinem Kleinhirn eine Toilette; eine männliche, energische, rauhkehlige Toilette, die oft benutzt wurde. Ihr Gegurgel und Gerausche und der langanhaltende Nachfluß erschütterten die Wand hinter mir. Dann war jemandem in südlicher Richtung speiübel, er würgte mitsamt dem Alkohol fast sein ganzes Leben aus; und sein Wasserschwall kam wie ein richtiger Niagara dicht hinter unserm Badezimmer heruntergeschossen. Und als endlich alle Wasserfälle aufgehört hatten und die ›Verzauberten Jäger‹ in tiefen Schlaf lagen, artete die Allee unter dem Fenster meiner Schlaflosigkeit, westlich meiner Rückseite – eine gesetzte, hochherrschaftliche, würdevolle Allee mit riesigen Bäumen – zum erschreckenden Tummelplatz gewaltiger Lastautos aus, die durch die nasse, windige Nacht röhrten.

Und knapp fünfzehn Zentimeter von mir und meinem brennenden Leben befand sich, nebelhaft, Lolita! Nach einer langen, regungslosen Wache bewegten sich meine Fühlhörner wieder auf sie zu, und diesmal weckte das Knarren der Matratze sie nicht. Es gelang mir, ihr meine hungrige Masse so nah zu bringen, daß ich die Aura ihrer nackten Schulter wie einen warmen Atem an meiner Wange spürte. Und dann setzte sie sich auf, starrte mich an, murmelte mit irrsinniger Geschwindigkeit etwas über Boote, zerrte an den Laken und fiel in ihre dunkle, junge Unbewußtheit zurück. Als sie sich in diesem überquellenden Schlafstrom hin- und herwarf – eben noch kastanienbraun, jetzt mondblaß – schlug ihr Arm über mein Gesicht. Einen Augenblick lang umschlang ich sie. Sie befreite sich aus dem Schatten meiner Umarmung. Sie tat es unbewußt, nicht heftig, nicht mit persönlichem Unwillen, sondern mit dem neutralen, klagenden Gemurmel eines Kindes, das seine berechtigte Ruhe haben will. Und wieder blieb die Lage die gleiche: Lolita, ihr gekrümmtes Rückgrat Humbert zugewandt, Humbert, den Kopf auf die Hand gestützt, brennend vor Verlangen und Magensäure.

Die letztere erforderte einen Gang ins Badezimmer, um dort Wasser zu trinken, was für mich das beste mir bekannte Linderungsmittel ist, außer vielleicht Milch mit Rettich; und als ich die seltsame, strahlengegitterte Feste wieder betrat, wo Lolitas alte und neue Kleidungsstücke in verschiedenen Posen der Verzücktheit über den Möbeln hingen, die vage umherzufließen schienen, setzte sich meine unmögliche Tochter auf und verlangte mit klarer Stimme ebenfalls etwas zu trinken. Sie nahm den nachgiebigen, kalten Pappbecher in ihre schattenhafte Hand und goß seinen Inhalt dankbar hinunter, die langen Wimpern becherwärts geneigt; und dann, mit einer kindlichen Bewegung, die mehr Reiz enthielt als jede sinnliche Liebkosung, wischte die kleine Lolita ihre Lippen an meiner Schulter ab. Sie fiel auf ihr Kissen zurück (ich hatte ihr meines, während sie trank, weggezogen) und schlief sofort wieder ein.

Ich hatte nicht gewagt, ihr eine zweite Portion der Droge zu verabreichen, weil ich die Hoffnung nicht aufgab, daß die erste doch noch ihren Schlaf festigen würde. Auf Enttäuschungen

gefaßt, wohl wissend, daß Warten besser sei, aber unfähig zu warten, begann ich wieder, mich ihr zu nähern. Mein Kopfkissen roch nach ihrem Haar. Ich rückte auf meinen schimmernden Liebling zu, hielt inne, zog mich zurück, sooft ich das Gefühl hatte, sie rege sich oder sei im Begriff, sich zu regen. Ein leichter Wind aus Wunderland wirkte auf meine Gedanken, so daß sie wie in Kursivschrift abgefaßt waren – so, als ob die Oberfläche, die meine Gedanken spiegelte, vom Zauber dieser Brise gekräuselt war. Hin und wieder blätterte mein Bewußtsein falsch um, mein gleitender Körper geriet in die Schlafsphäre, glitt wieder heraus, und ein- oder zweimal ertappte ich mich beim Abrutschen in ein melancholisches Schnarchen. Nebel der Zärtlichkeit umfingen Berge der Sehnsucht. Ab und zu schien mir, als komme die verzauberte Beute dem verzauberten Jäger entgegen, als bewege sich ihr Schenkel – unter dem weichen Sand eines fernen, märchenhaften Strandes – vorsichtig auf mich zu; und dann regte sich das schwimmend Verschwommene, und ich wußte, sie war mir entrückter denn je.

Wenn ich so ausgiebig bei dem ängstlichen Tasten jener fernen Nacht verweile, so geschieht es, weil ich unbedingt beweisen muß, daß ich kein brutaler Schurke bin, noch es je war, noch es jemals hätte sein können. Die milden, träumerischen Regionen, durch die ich kroch, waren die Gefilde der Poesie – nicht die Jagdgründe des Verbrechens. Hätte ich mein Ziel erreicht, so wäre meine Verzückung ganz sanft vor sich gegangen; ein Fall innerer Verbrennung, dessen Hitze sie sogar im Wachzustand kaum gespürt hätte. Aber ich hoffte noch immer, daß sie nach und nach in völlige Betäubung sänke, die mir erlauben würde, mehr als nur einen Schimmer von ihr zu genießen. Und so, zwischen versuchsweisen Annäherungen und verwirrten Wahrnehmungen, die sie entweder in Mondgeflimmer oder in ein flauschig blühendes Gebüsch verwandelten, träumte ich ein Erwachen des Bewußtseins, träumte, ich läge auf der Lauer.

In den ersten Nachmitternachtsstunden senkte sich Stille über das ruhelose Hotel. Gegen vier rauschte die Kaskade der Korridortoilette, und ihre Tür schlug zu. Kurz nach fünf setzte ein schallender Monolog in mehreren Raten ein, der von einem Hof oder einem Parkplatz herkam. Es war nicht eigentlich ein Monolog, denn der Sprecher schwieg alle zwei Sekunden, vermutlich um einen andern Kerl anzuhören; aber die zweite Stimme erreichte mich nicht, und so konnte dem, was an mein Ohr drang, kein Sinn entnommen werden. Der sachliche Tonfall jedoch tat ein Übriges, den Tag heraufdämmern zu lassen, und das Zimmer lag bereits in lila-grauem Zwielicht, als etliche eifrige Toiletten sich eine nach der anderen an die Arbeit machten, und der klappernde, winselnde Fahrstuhl stieg auf und nieder, um Frühaufsteher nach unten zu befördern, und ein paar Minuten lang döste ich unglücklich vor mich hin, und Charlotte war eine Nixe in einer grünlichen Zisterne, und draußen auf dem Korridor sagte Dr. Knabe mit salbungsvoller Stimme: »Schönen guten Morgen wünsch ich!«, und Vögel raschelten geschäftig in den Bäumen, und dann gähnte Lolita.

Frigide Damen Geschworenen! Ich hatte gedacht, daß Monate, vielleicht Jahre vergehen würden, ehe ich den Mut aufbrächte, mich Dolores Haze zu entdecken; aber um sechs war sie hellwach, und um Viertel nach sechs waren wir, technisch gesehen, ein Liebespaar. Ich werde Ihnen etwas sehr Merkwürdiges mitteilen. Sie war es, die mich verführte.

Als ich ihr erstes Morgengähnen hörte, wandte ich ihr mein wirkungsvolles Profil zu und stellte mich schlafend. Mir fiel einfach nichts Besseres ein. Würde sie schockiert sein, mich an ihrer Seite vorzufinden und nicht in einem Extrabett? Würde sie ihre Sachen nehmen und sich im Badezimmer einschließen? Würde sie verlangen, sofort nach Ramsdale gebracht zu werden – an das Krankenbett ihrer Mutter? Zurück ins Camp? Aber meine Lo war keine Spielverderberin. Ich fühlte ihre Augen auf mir, und als sie endlich den geliebten triumphierenden Kicherlaut ausstieß, wußte ich, daß ihre Augen gelacht hatten. Sie rollte sich zu mir herüber, und ihr warmes braunes Haar streifte mein Schlüsselbein. Ich mimte eine recht mittelmäßige Nachahmung des Erwachens. Wir lagen still. Ich streichelte sanft ihr Haar, und wir küßten uns sanft. In ihrem Kuß, der mich in einen Taumel der Verwirrung stürzte, lag eine drollige flatternde und sondierende Kunstfertigkeit, aus der ich schloß, daß sie in sehr jungen Jahren von einer kleinen Lesbierin in die Lehre genommen worden war. Kein Charlie hätte ihr *das* beibringen können. Als wollte sie sehen, ob ich zufrieden sei und meine Lektion gelernt hätte, bog sie sich zurück und schaute mich prüfend an. Ihre Wangen hatten sich gerötet, ihre volle Unterlippe glänzte, ich war nah am Verströmen. Plötzlich, mit einem Ausbruch jungenhafter Fröhlichkeit (Kennzeichen des Nymphchens), legte sie ihren Mund an mein Ohr – aber eine ganze Weile konnte mein Verstand den heißen

Donner ihres Geflüsters nicht in Worte gliedern, und sie lachte, strich sich das Haar aus dem Gesicht und versuchte es wieder, und allmählich, als mir klar wurde, was sie vorschlug, überkam mich das sonderbare Gefühl, in einer absolut neuen, verrückt neuen Traumwelt zu leben, in der alles erlaubt ist. Ich sagte, ich wisse nicht, welches Spiel sie mit Charlie gespielt habe. »Willst du behaupten, daß du nie –?« Ihr Gesicht verzog sich zu einer Grimasse angewiderter Ungläubigkeit. »Du hast nie –«. Sie fing wieder an. Um Zeit zu gewinnen, beschnüffelte ich sie ein bißchen. »Wirst du das gleich lassen«, sagte sie scharf und unwirsch und entzog ihre braune Schulter hastig meinen Lippen (es war merkwürdig, wie sie – noch lange Zeit hindurch – alle Liebkosungen, außer Küssen auf den Mund und dem nackten Liebesakt – für »romantischen Quatsch« oder »anormal« hielt).

»Du behauptest«, beharrte sie und kniete sich über mich, »daß du es als Junge nie gemacht hast?«

»Nie«, antwortete ich ganz wahrheitsgetreu.

»Gut«, sagte Lolita, »dann fangen wir mal an.«

Ich werde meine gebildeten Leser nun aber nicht mit einem ausführlichen Bericht über die Voraussetzungen langweilen, die Lolita mitbrachte. Es genügt zu sagen, daß ich keine Spur von Schamhaftigkeit in diesem schönen, eben erst reifenden kleinen Mädchen entdeckte, das von der modernen Koedukation, den jugendlichen Sitten, dem Campfeuertrubel und so fort unrettbar verdorben worden war. Sie betrachtete den Geschlechtsakt lediglich als Zubehör der heimlichen Jugendwelt, von der Erwachsene nichts wissen. Was die Erwachsenen zum Zweck der Zeugung trieben, war nicht ihre Angelegenheit. Mein Leben wurde von Klein-Lo auf so energische, sachliche Weise gehandhabt, als sei es ein fühlloser mechanischer Apparat ohne Beziehung zu mir. So bemüht sie auch war, mir mit ihrer forschen Kind-Welt zu imponieren, so war sie doch auf gewisse Mißverhältnisse zwischen dem Leben eines Knaben und dem meinen nicht gefaßt. Nur ihr Stolz hinderte sie, es aufzugeben; denn in meiner sonderbar heiklen Lage spielte ich den Unwissenden und ließ sie gewähren – wenigstens, solange ich es noch ertragen konnte. Aber das sind Belanglosigkeiten; mir liegt überhaupt nichts am sogenannten ›Sexuellen‹. Jeder kann sich die Elemente des Animalischen selbst vorstellen. Eine größere Aufgabe lockt mich: ein für allemal den gefährlichen Zauber der Nymphchen festzuhalten.

Xaviera Hollander

Xavieras Tango

In der Zeit, als ich noch Madam des besten Bordells in New York war, erlebte ich oft recht unmögliche Situationen. Aber da es mein Job war, zuckte ich als berufstätiges Mädchen einfach die Schultern und dachte mir: Ach was, damit verdiene ich schließlich mein Leben . . ., und tat, was man wünschte.

Aber heute liegt das alles hinter mir.

Jetzt mache ich es nur noch aus Spaß; und auch wenn ich es seltener treibe, so bereitet es mir doch viel mehr Freude.

Und je mehr Freude ich habe, um so wilder wird es.

Ich werde noch heute naß, wenn ich an jene Nacht in Paris denke . . .

Leo und ich tanzten in einem eleganten, exklusiven Swinger-Club – ich nenne ihn ›Le Chateau Roger‹ – in der Nähe vom Bois de Boulogne. Die Stimmung war sehr intim, die Musik unwiderstehlich, die ganze Szene knisterte vor Sinnlichkeit.

Leo hielt mich eng an sich gepreßt, seine Hände lagen auf meinen Hüften, meine um seinen Hals. Ich spürte die harte Wärme seines erigierten Penis.

Und ich spürte auch zwei kühle Hände hinten auf meinen Oberschenkeln. Sie streichelten, tasteten, und plötzlich waren sie in meinem Höschen.

»Leo«, flüsterte ich. »Was ist los?«

»Keine Ahnung«, sagte er. »Ich fühle nichts!«

»Aber ich.«

»Ich weiß. Schließlich sind wir in einem Swinger-Club . . ., der Junge will dich bumsen. Laß es einfach geschehen. Du hast doch keine Angst vor Sex, oder?«

»Xaviera und Angst vor Sex? Hat ein Wal Angst vorm Wasser?«

Mein Phantom-Streichler wurde zunehmend freundlicher . . ., und ich wurde immer nackter. Mein Slip hing mir schon um die Knöchel, und so ließ sich nicht gut tanzen. Ohne einen Beat auszulassen, trat ich aus dem Seidenfetzen.

Leo zog mich enger an sich. Das Ganze regte ihn ungeheuer auf, und sein Harter wurde noch härter.

Der geheimnisvolle Partner hob mir das Kleid bis über die Taille; er tanzte dicht an meinem Rücken, und mein Po spürte seinen zuckenden Schwanz. Jetzt hatte ich auf jeder Seite einen . . .

Ich war beinahe in Trance, denn jetzt liebkoste der Mann hinter mir meine Brüste. Dabei öffnete er das Kleid, ich machte eine Bewegung mit den Schultern, und dann war ich nackt!

John Lennons Stimme sang ›Come together‹, und ich wand mich im Takt. Der Mann hinter mir – den ich immer noch nicht gesehen hatte – finger-flirtete mit meiner feuchten Muschi. Und dann hatte ich das unverwechselbare Gefühl eines heißen Penis, der zwischen meine Schenkel stieß. Ich war so naß und gierig, daß er ganz leicht in meine Vagina schlüpfte.

Ich mußte mich an Leo festhalten, und er stützte mich, als ich mich etwas vorbeugte. Die Stereoanlage begleitete unseren Tanz jetzt mit ›Something in the way she moves . . .‹, und der kräftige Fremde hinter mir bewegte sich in mir, die Bewegungen paßten sich denen meiner Hüften im vollendeten Gleichklang an.

Das Tempo der Musik wurde schneller, und ich ließ dazu meine Möse auf seiner Lanze tanzen. Dabei hielt ich immer noch Leos Nacken umklammert.

»Leo«, flüstere ich, »ich werde wunderbar gefickt . . . ooohh, wunderbar.«

»Gut«, lächelte er. »Eine Weile dachte ich schon, es wäre ein neuer Tanz.«

Ich mußte lachen, Leo lachte zurück, und schließlich schüttelte ich mich vor Albernheit so, daß mein Geisterreiter fast aus mir herausgerutsch wäre . . .

Aber nicht lange.

Mit erneuter Energie stieß er zu, meine heftigen Bewegungen schienen ihn aufs neue erregt zu haben.

›Oh, Darling‹, klang es inzwischen aus den Lautsprecherboxen. Mein rückwärtiger Liebhaber griff meine Hüften und stieß jetzt so heftig, so tief und so schnell zu, daß ich vor Lust laut schrie, als er mich mit seinem heißen Sperma füllte. Noch ein letztes Erschauern, und es war vorbei. Stöhnend bedeckte er meine Schultern, meinen Rücken mit Küssen; und dann – ohne ein Wort – war er verschwunden.

Leo hielt mich fest und sagte mit seinem lieben Lächeln: »Ich glaube, er ist fertig!«

Ich schien innerlich immer noch zu brennen und preßte meine Beine im letzten Augenblick äußerster Erregung zusammen. »Und ich *weiß* es!« erwiderte ich keuchend.

Leo und ich krümmten uns wieder in einem Lachkrampf, doch plötzlich fiel mir ein:

»Leo?«

»Ja, Xaviera?«

»Kannst du mir bitte etwas sagen?«

»Aber sicher.«

»Sah er gut aus?«

Es war so wild und wundervoll – und ich hatte ihn nicht einmal gesehen!

Wie war ich eigentlich zu diesem neuen Liebestanz gekommen?

Eigentlich nur durch ein glücklich verheiratetes Paar, das ich in Amsterdam kennenlernte: Leo und Marika.

Ich war erst ein paar Tage wieder in Holland, und sie waren für mich wie ein Hafen für den Seemann. Ned, ein Freund aus den Staaten, der jetzt in Amsterdam lebte, lud mich zu einem Drink ein. Neben ihm an der Bar saß sein Freund, Leo Hoffmann. Aus Gründen, die ich gar nicht mehr erklären kann, mochte ich ihn auf Anhieb. Er sah aus wie eine Kreuzung zwischen Toulouse-Lautrec und Vincent van Gogh. Ich schätzte ihn auf Mitte Vierzig – später erfuhr ich, daß er schon einundfünfzig war –, aber mit seinem runden Gesicht, dem etwas schütteren, blonden Haar, dem Ziegenbart und Schnurrbart und vor allem dank seiner hervorragenden Figur sah er jünger aus. Als Ned ihn mir vorstellte, fragte ich: »Ihr Name kommt mir bekannt vor. Heißt Ihre Frau Marika?«

»Ja«, sagte Leo. »Haben wir bereits einen internationalen Ruf?«

»Gewissermaßen. Zufällig gab mir jemand, den ich gut kenne, Ihre Telefonnummer, und ich wollte Sie sowieso in den nächsten Tagen anrufen.«

Auch Leo wußte von mir, und seine Frau Marika und er hatten sich meine Bücher oft gegenseitig vorgelesen, um sich einzustimmen. Er lud mich für den nächsten Abend zum Essen nach Hause ein und gab mir seine Adresse – ein großes, altes *Grachtenhuis*, eins der schönsten Häuser am Kanal.

Ned nahm mich beiseite und warnte mich: Leo und Marika seien Swinger! Ich lachte laut auf.

»Und was, meinst du, bin ich?«

»Wundere dich nicht, wenn du zwanzig Leute in ihrem Haus findest und man von dir erwartet, daß du es mit jedem treibst«, sagte er.

»Das klingt so, als wolltest du den Papst warnen, in die Kirche zu gehen.«

Ich freute mich auf den nächsten Abend. Seit ein paar Tagen hatte ich keinen Sex gehabt, und ich war sehr heiß. Ich bin gern unter Swingern – ob nun mit einem Paar allein oder mit zwanzig Menschen, das war mir gleichgültig. Ich war zu allem bereit.

Ihr Haus war fantastisch eingerichtet. Moderne Bilder an den Wänden, überall breite, behagliche Couchen, dicke, echte Teppiche, riesige Fußbodenkissen und breite Ledersessel – und viele erotische Skulpturen.

Leo begrüßte mich herzlich und stellte mich voller Stolz seiner schönen Frau Marika vor. Sie war sehr groß, langbeinig und Mitte

Dreißig; ihr Haar rotblond, die Augen groß und blau, die Haut weiß mit ein paar Sommersprossen. Ihre Brüste waren ungefähr so voll wie meine, fest und aufrecht.

»Ich war entzückt, als Leo mir sagte, daß er Sie eingeladen hat«, begrüßte sie mich.

»Zu meinem Vergnügen . . ., hoffe ich«, entgegnete ich mit bedeutungsvollem Blick.

Sie lachte und meinte, dieses Haus sei für Vergnügungen eingerichtet.

Leo ist ein faszinierender Mann, und fast beneidete ich Marika um ihn. Sie waren sehr verschieden. Er, von überschäumendem Temperament, liebte Kunst, vor allem Musik, und komponierte Songs, die von den berühmtesten Sängern der Welt vorgetragen wurden. »Wenn ich nicht Fabrikant von Fahrrädern geworden wäre, würde ich Pianist sein wollen«, meinte er. Und später, als wir über Ehe und Geld sprachen, bemerkte er: »Geld ist ungefähr so wichtig wie der Mann im Mond. Wenn Marika sich von mir scheiden lassen würde, könnte sie mein ganzes Vermögen haben. Ich kann mich immer als Klavierspieler in einer Bar durchschlagen.«

Marika ist sehr Stimmungen unterworfen; sie hat festgefügte Vorstellungen, und man kann nicht gut mit ihr diskutieren. Später, als ich sie besser kannte, wußte ich, daß Marika die Grundregeln für Swinging so festlegte:

»Wenn du meinen Mann bumsen willst, tu es, während ich dabei bin. Aber fick ihn nicht hinter meinem Rücken. Eine offene Beziehung gibt es nur mit uns beiden!«

Leo war viel leichtfertiger; er liebte seine Freiheit genauso wie ich. Er war voller Kraft, und ich kenne ihn nur strahlender Laune.

»Hast du das schon gesehen?« fragte Leo und wechselte das Thema. Er gab mir eine Gipsskulptur, die ohne Frage einen stolzen, schönen Penis darstellte.

»Den verwendet Marika wohl gern, wenn du auf Geschäftsreisen bist?« fragte ich.

»Warum nicht? Es ist meiner!«

»Deiner?«

»Sicher. Ich hab ihn in New York machen lassen, in Greenwich Village. Marika mußte mitkommen und meinen Schwanz lutschen, bis er groß und hart war. Dann bedeckte das Mädchen, das für dergleichen Gipsabgüsse bekannt ist, ihn mit warmem Wachs und spielte mit der anderen Hand an meinen Eiern, um ihn steif zu halten, während das Wachs hart wurde. Dann wartete sie ab, bis er allmählich abschlaffte und herausschlüpfte. Die Höhlung wird mit Gips ausgegossen. Das Ergebnis ist eine perfekte Reproduktion.«

Er benutzte seinen Gipspenis als Briefbeschwerer. Wie praktisch es doch ist, einen Ersatzpenis im Haus zu haben.

Marika gab offen zu, daß sie tatsächich, wenn Leo nicht da war, gern masturbierte. Der Gipsabdruck wurde also wohl doch nicht nur zum Beschweren von Briefen benutzt . . . Und ich sagte ihr ehrlich, daß ich nicht soviel davon halte, mich selbst zu befriedigen. »Ich ziehe das Wahre vor«, überlegte ich noch laut, als sie schon erstaunt fragte: »Aber Xaviera, wenn du mit einem Mann im Bett liegst, und er wichst – würde es dir dann nicht auch Spaß machen, ›Hand an dich zu legen‹?«

»Tja, das ist etwas anderes«, gab ich zu. »Wenn ich den Körper eines Mannes an meinem fühle oder seine Hand halte, wenn er kommt, dann spiele ich auch mit mir – aber lieber ist es mir, wenn seine Finger mich befriedigen. Und wenn es mal ein paar Nächte gibt, in denen sich nichts tut, dann hilft mir meine Fantasie, und ich mache mich fertig – allerdings fast nie mit der Hand.

Als ich irgendwann mal in der Badewanne lag, überkam mich die Wollust so stark, daß ich meine Vagina unter den Strahl der Dusche manövrierte. Je härter der warme Strahl meine Klitoris traf, um so geiler wurde ich, bis mich ein zärtlicher, kitzelnder Orgasmus überkam.

Masturbation ist gut und schön in einem abwechslungsreichen Sexualleben; aber der Mensch, der es immer tun muß, ist arm dran. Dabei fällt mir eine Episode aus meiner Madam-Zeit in New York ein, in der ich als Therapeutin agieren mußte. Wollt ihr sie hören?«

»Ja!« sagten beide zugleich.

Leo und Marika lehnten sich auf die Couch zurück, und ich fing mit meiner Geschichte von Rollo an, dem jungen Mann mit den schwieligen Händen, der von einer strengen, katholischen Mutter erzogen worden war. Leider hatte sein Vater ihn nicht aufgeklärt, sondern die Mutter, die – obwohl sie ein Kind hatte – selbst kaum Bescheid wußte.

»Kurz gesagt: Sie verbot ihm, seinen Pimmel anzurühren, außer wenn er Pipi mache, denn sonst würde er blind werden. Mit einer Frau zu schlafen, führe zu Schwangerschaft – also wäre es besser, auch das bleiben zu lassen. Der Erfolg war, daß der arme Junge erstens Angst vor Frauen bekam, sich dafür zweitens für Männer interessierte und drittens vor allem für sich selbst – denn seit er fünfzehn war, wichste er vier- bis fünfmal am Tag!

Sowie er aufwachte, trieb er es das erstemal, zur Mittagszeit schlüpfte er schnell in den Wagen für ein schnelles Solo, na, und so weiter bis um Mitternacht. Und jeder Orgasmus verstärkte sein Schuldbewußtsein. Immerhin wurde er nicht blind – er trug nicht mal 'ne Brille!

Das alles erfuhr ich von einem befreundeten Psychotherapeuten, der freidenkend und schlau genug war, mir ab und zu mal einen Patienten zu überantworten, der mit seinem Sexleben nicht zurechtkam. Und manchmal erzielte ich wesentlich bessere Erfolge als er.«

»Wie sah der Patient aus?« wollte Marika wissen.

»Wenn er nicht nervös war – und das war er meist –, sah er gut aus. Groß, schlank, schmalhüftig, dunkles Haar und grüne Augen. Und, wie ich später erfuhr, mit einem schönen, großen Glied ausgestattet.«

»Und was geschah?«

»Nichts!« sagte ich.

»Buh«, machte Leo enttäuscht.

»Der arme Junge wollte verzweifelt mit mir schlafen, und sein Penis offenbar auch! Aber dann brach die Verbindung zwischen Kopf und Penis immer wieder ab. Schließlich kam ich auf die Idee, ihm zu verbieten, vierzehn Tage lang seinen Penis anzufassen – außer um Pipi zu machen. Vierzehn fleischlose Tage und Nächte, und wenn er es doch tun sollte, dürfe er nie mehr zu mir kommen. Ich wollte mit seiner Lieblingsfreundin, Felicia-Fünf-Finger, nicht in Wettbewerb treten. Er verschwand mit hängenden Ohren und hängendem Penis, aber nach zwei Wochen rief er an.

›Hallo, Xaviera, hier ist Rollo. Erinnerst du dich noch an mich?‹ fragte er.

›Natürlich. Wie geht's dir?‹

›Du wirst schon sehen. Kann ich morgen nachmittag um zwei zu dir kommen?‹

›Das hängt ganz und gar von dir ab. Wenn du meine Anordnung befolgt hast . . .‹

›Ich schwöre! Ich hab ihn überhaupt nicht berührt!‹ sagte er, und es klang sehr überzeugend.

Am nächsten Tag, Glockenschlag zwei, klingelte es. Was für ein anderer Rollo stand da vor mir! Er trug enge, blaue Hosen und einen blauen Pulli, stürzte ins Zimmer, mit Augen, die glänzten wie die eines brünstigen Stieres. Kaum daß er ›Hallo‹ sagte, schon war er aus den Kleidern.

›Heh, langsam‹, sagte ich. ›Wollen wir nicht erst mal ein bißchen Erregung zaubern?‹

›Erregung! Erregung? Wie nennst du das hier?‹ Er deutete auf sein riesiges Glied. ›Seit zwei Wochen möchte ich am liebsten die Wände raufrennen. Wenn du wüßtest, wie schwer es war, die Hände davon zu lassen . . . wahrscheinlich für nichts und wieder nichts.‹

›Was meinst du?‹ fragte ich verblüfft.

›Der Psychiater meint, es nütze gar nichts. Ich würde es doch nicht können. Ich habe ihm erzählt, daß ich es eine Stunde lang bei dir versucht hätte, und er sagte, ich würde nie fähig sein, ihn dir reinzustecken.‹

Ich zog mich aus und kniete mich vor ihn hin. Mir war klar, daß ich seinen Penis nicht mit der Hand berühren durfte, also kitzelte ich ihn leicht mit der Zunge und nahm ihn in den Mund. Ich fühlte, wie er bebte, und da wußte ich, daß meine Idee gut war! Der Psychotherapeut war vielleicht gut mit Köpfen, ich war besser mit Schwänzen.

Rollo war für jedes Vorspiel viel zu erregt. Ich ließ meine Brüste nur einmal über seinen Körper streichen, dann legte ich ihn auf die Couch und hockte mich über seinen Penis. Ein-, zwei-, dreimal stieß ich auf ihn hinunter, bis ich spürte, daß er kurz vor dem Orgasmus war. Dann legte ich mich flach auf ihn und streckte die Beine aus, damit ich ihn noch tiefer und enger in mir hatte, hob seinen Kopf zu mir und küßte ihn auf den Mund. Seine Augenlider flatterten, und dann schrie er auf: ›Gratuliere mir!‹

›Ich gratuliere dir‹, flüsterte ich ihm ins Ohr.

›Nach fünfundzwanzig Jahren bin ich ein Mann geworden. Ein Vierteljahrhundert. Und weißt du, was ich jetzt als erstes tun werde?‹

›Was?‹

›Ich sage dem verdammen Psychotherapeuten, er soll seine Freudschen Unterhosen ausziehen und sich selbst befriedigen!‹«

Leo, Marika und ich waren Freunde geworden. Wir hatten schon viele Abende miteinander verbracht, plaudernd, essend, trinkend, lachend – und flirtend. Aber zu meiner großen Enttäuschung gab es nie das Dessert, auf das ich schon vom ersten Abend an gehofft hatte. Und dann sagte Leo plötzlich ganz nebenbei: »Xaviera, morgen fahren wir drei nach Paris, ja?«

Paris! Die Stadt der Lichter und der Liebe.

Marika und ich waren ein paar Stunden vor Leo dort, der noch zu tun hatte. Wir wurden in unerem schönen Hotel in Saint Germain des Près ziemlich kühl empfangen, aber Marika klärte mich auf, daß sie sofort sehr viel freundlicher würden, wenn Leo käme. Das Personal kannte ihn als großen Swinger und großzügigen Gast; jeder schien das Gefühl zu haben, mit ihm schon mal auf einer Swinging-Party gewesen zu sein. Dann gingen wir in unsere Zimmer, um uns frisch zu machen. Um neun Uhr erwartete uns Leo mit seinem Teilhaber Joop zum Essen.

Joop stellte sich als typischer Holländer heraus, grundsolide, puritanisch, aber witzig. Wir aßen in einem kleinen, hübschen Restaurant, und als wir ins Hotel zurückkamen, entschuldigte

Joop sich: Er habe noch dringende Sachen zu erledigen. Marika, Leo und ich fuhren zusammen im Lift hinauf. Vergessen Sie nicht, ich hatte bisher noch nicht mit ihnen geschlafen und war sehr nervös, wer wohl den ersten Schritt tun würde.

Es war Leo. Als der Fahrstuhl hielt, sagte er lässig: »Warum kommst du nicht zu uns zu einer kleinen Party, wenn du ausgezogen bist?«

Marika unterdrückte ein kleines Gähnen und meinte: »Aber es ist schon spät, und ich muß morgen früh aufstehen, weil ich einkaufen gehen will.«

Also sagte ich brav: »Leo, ich glaube, Marika hat keine große Lust.«

»Laß Marika«, entgegnete er schlicht und einfach. »Wenn du Lust hast, dann kommst du.« Mir wurde klar, daß er in solchen Fällen die Entscheidungen traf.

Nach einem schnellen Bad klopfte ich etwas zaghaft an ihre Tür. Leo rief vergnügt: »Komm rein!«, und als ich ins Zimmer kam, sah ich Marika völlig nackt auf dem Bette liegen, nur mit einem Laken zugedeckt. Leo trug ein Handtuch um die Hüften und eine Krawatte – ganz der Zeremonienmeister.

Ich trug ein langes Strandkleid mit tiefem Rückenausschnitt, es gehörte zu der Sorte, die man im Bruchteil einer Sekunde ausziehen kann. Marika sah mich fragend an, also schlüpfte ich aus dem Kleid und zog das Laken von ihrem Körper.

Ich erschrak ein wenig, weil ich auf ihrem Venushügel kaum ein Haar sah. Ich mag keine rasierten Muschis. Aber dann bemerkte ich, daß ihr Fellchen so hell war, daß es auf den ersten Blick nicht auffiel, und als ich meine Lippen draufdrückte, fühlte es sich seidenweich an. Im Nu fand meine Zungenspitze ihre Klitoris. Ja, Marika muß wirklich viel masturbiert haben, dachte ich, denn ihre Schamlippen waren viel besser durchblutet und dicker als die anderer Frauen, die ich geküßt hatte.

Während ich Marikas Muschi liebkoste, warf Leo das Handtuch ab, und schon befanden wir uns in einer ›Liebeskette‹. Er leckte mich, ich küßte Marika, und sie züngelte an Leos Glied. Dann trieben wir es andersherum: Ich leckte Leo, er ließ seine Zunge in Marikas Spalte spielen, und sie spielte mit mir. Aber mir gefiel das Ganze nicht übermäßig. Es liegt wohl daran, daß ich lieber Frauen lecke, als von ihnen geleckt zu werden. Ich bin so gern zärtlich – vor allem zu Frauen. Also änderten wir die Stellung, und ich beschäftigte mich wieder mit ihrer süß duftenden, feuchten Rose, streichelte ihre Brüste, wand meine Zungenspitze in ihrer Spalte. Inzwischen war auch Leo mit Marika beschäftigt . . . Nun ja, ich mochte sie gern – aber sie machte mich nicht geil. Allerdings schien sie tatsächlich unser Tun zu genießen. Sie seufzte, stöhnte, manchmal schrie sie auf. Ich wußte, daß ich ihr guttat. Und das befriedigte mich!

Aber dann wendete Leo sich mir zu. Sein Penis war hart und steif, der Kopf seidig glänzend. Ich stellte mir vor, wie ich es ihm geben wollte, nachdem Marika ihn angeturned hatte. Meine Zunge war schneller – und geschickter. Das wußte ich aus langer Erfahrung.

Ich fing vorsichtig an, sein Glied mit der Zungenspitze zu necken, ließ sie über den heißen Kopf flattern, dann um den sensiblen Rand flitzen, bis ich ihn schließlich tief in meinen Mund nahm und ihn von unten nach oben ableckte. Marika sah völlig verzaubert zu und spielte mit sich selbst.

Bis jetzt hatten wir immer nur miteinander gesprochen und gelacht – aber heute sagte keiner von uns ein Wort. Wir genossen einander, gaben uns gegenseitig hin. Dazu braucht es keine Worte.

Marika masturbierte immer noch – aber sie kam nicht zum Orgasmus. Auch Leo hatte sich unter Kontrolle. Fünfzehn Minuten leckte ich ihn schon, und ich spürte, wie er sich zurückhalten mußte, weil er auch mich befriedigen wollte. Wir drehten uns in die 69er Stellung, und er drückte seine Lippen auf meine nasse Spalte. Sein Bart kitzelte mich, aber allmählich empfand ich dieses Kitzeln als zusätzliche Wonne. Wie heißt es bei den Holländern? ›Ein Kuß ohne Bart ist wie ein Ei ohne Salz.‹

Leo tat, was er konnte. Und er konnte viel. Aber irgendwie erreichte er gerade den empfindlichsten Punkt meiner Klitoris nicht. Bei Marika wußte ich sofort, wo er lag. Frauen wissen meist besser, wie sie einander zu erregen haben. Mit Männern braucht man mehr Zeit, um ihnen beizubringen, wie sie einen umwerfen können. Leo tat nach wie vor alles. Und es machte mir Spaß. Aber – obwohl ich nahe davor war – es kam mir nicht.

Erst als er sich endlich auf mich legte und mit seinem schönen Glied in mich eindrang, als er mich endlich ganz normal liebte, da kam es so heftig, so erschütternd, wie ich es lange nicht erlebt hatte. Ich zerkratzte Leos Schultern vor Leidenschaft, hob ihm meinen Körper entgegen, fühlte seinen herrlichen Schwanz, der mich stieß, stieß, stieß . . .

Er war ein Liebhaber mit Ausdauer – obwohl er einundfünfzig war! Vielleicht beherrschte er sich auch. Jedenfalls liebte er mich weiter, weiter, unaufhörlich, herrlich. Er merkte auch, daß ich plötzlich erschöpft war, glitt aus mir, streichelte mich und zog Marikas Finger zu meiner Klitoris, während er sein Glied in ihre weit geöffnete Muschi steckte. Er fickte sie, und ich kroch zwischen seine Beine und leckte seine Eier. Aber das war mir nicht genug. Ich entwickelte mich zur Akrobatin, denn es gelang mir, meinen Kopf zwischen Marikas Muschi und Leos Hoden zu bringen. Leo hatte sich inzwischen hingekniet, und ich zog Marikas Hintern weiter herunter, so daß ich mit meiner Zunge an ihre Klitoris kam, während er sie bumste. Marika konnte sich kaum bewegen, aber sie war vor Wollust schier aufgelöst.

Und als sie kam, war ich immer noch wild. Ich lutschte weiter an ihrem Kitzler, und Leo stieß immer noch mit seinem unglaublichen Glied in sie – und sie ergoß sich minutenlang. Ihr Körper wand sich, sie schrie laut, als die Lust zu groß wurde, verkrampfte sich immer wieder . . ., dann lag sie still und seufzte glücklich.

Leo wußte, daß seine Frau zufrieden war, darum zog er sein Glied aus ihrer Spalte – er war immer noch nicht gekommen – und schob es in mich, in meine wieder hungrige, nasse Muschi – aber diesmal tat er es von hinten, und ich spürte ausnahmsweise eine leicht masochistische Wollust, als er mich so nahm. Er war so stark, so ungeheuer männlich und irgendwie sogar animalisch, daß ich mir wünschte, er möge mich schlagen, mir weh tun. Während er mich unermüdlich stieß, bat ich ihn: »Bitte, Leo, schlag mich. Tu es! Ich bitte dich!« Und schon schlug er meine Pobacken mit der flachen Hand. Fest und hart. Es schmerzte, und je mehr es weh tat, um so erregter wurde ich. Das Brennen seines hießen Gliedes in mir und die heißen, beißenden Schläge waren beinah zuviel . . ., bis ich endlich zu einem herrlichen Höhepunkt kam.

Aber auch danach hörten wir nicht auf. Die Nacht war jung – und wir kamen uns vor wie in einem Jungbrunnen der Lust. Wir beschlossen unser wundervolles Liebesspiel mit einem nicht endenwollenden *carezza.* Das ist ein italienisches Wort für alle Zärtlichkeiten, die sich Götter und Menschen erdenken können, und bedeutet eigentlich, daß man sich nur festhält, streichelt, küßt, liebhat . . .

Und dieses *carezza* war das Allerschönste an dieser kleinen, intimen Swinging-Party. Es war schön, geschlagen, zu werden, als mir alle Sinne danach standen, noch schöner, so herrlich gefickt, geleckt, gestreichelt zu werden – aber der Höhepunkt, der leise, zarte Höhepunkt war dieses *carezza*.

Und dabei kam Leo endlich zum Orgasmus – zu einem fast überirdisch zärtlichen Orgasmus. Ich lag in seinem Arm, hielt ihn still an und in mich gepreßt, und mit einem sanften Stöhnen schoß er sein heißes Sperma in mich.

Und danach, als sein Glied allmählich weicher wurde, lagen wir beieinander, sein erschöpfter Schwanz ruhte in mir.

Marika hatte uns die ganze Zeit über zugesehen und war dabei noch mehrmals zum Orgasmus gekommen. Und plötzlich begegneten sich unsere Blicke, und ich las in ihren Augen, daß es heute nacht kein Swing wie sonst gewesen war, sondern ein tiefes, glückseliges, liebevolles Erlebnis zwischen Leo, ihr und mir.

Ich stahl mich aus dem Bett, wisperte eine zärtliches: »Guten Morgen und danke für diese wunderschöne Nacht – und für Paris mit euch.«

Alberto Moravia

Die Orgie

Wie immer drücke ich die Stirn an die Fensterscheibe, ganz versunken in die Beobachtung des Hauses gegenüber. Unsere Straße, die kurz ist und quer zu einer breiteren verläuft, ist samt und sonders von meinem Mann bebaut worden, einem sehr aktiven jungen Unternehmer: Zwei Reihen völlig gleicher kakaobrauner Wohnhäuser mit je drei Stockwerken. Mein Mann hat die Wohnungen noch nicht alle verkauft. Das Verkaufsbüro im Erdgeschoß des Hauses, in dem wir wohnen, ist noch immer geöffnet.

Was beobachte ich, halb versteckt hinter dem Vorhang? Ich schaue zu den drei Fenstern im obersten Stock des gegenüberliegenden Hauses hinauf. Zwei gehören zum Wohnzimmer, eins zum Schlafzimmer. In dieser Wohnung lebt eine Frau, die mir sehr ähnlich ist, fast wie eine Doppelgängerin. Sie ist groß wie ich; blond wie ich; wie ich hat sie prächtige Beine und ein Nichts von Brust; wie ich hat sie ein strenges deutsches Gesicht. Aber hier endet die Ähnlichkeit. Denn ich bin ja verheiratet; mit mir leben in meiner Wohnung meine beiden Kinder, mein Mann, das Dienstmädchen, die Schweizer Erzieherin. Meine Doppelgängerin dagegen lebt allein. Aus diesem ersten Unterschied ergeben sich viele andere. Was sehe ich eigentlich den ganzen Tag lang, wenn ich in ihre Wohnung schaue? Nun, die Unterschiede zwischen ihr und mir.

Es ist elf Uhr, und wie ich seit einiger Zeit weiß, schläft sie noch, erschöpft von den Ausschweifungen, den Exzessen, den Gefühlsverwirrungen. Ihr Leben aber steht mir klar vor Augen. Die spiegelnden Scheiben hindern mich nicht, in ihr Wohnzimmer zu blicken; und was ich sehe, verrät alles über sie. Ihr Wohnzimmer ist in der Tat ganz anders als das meine. Meins ist der traditionelle, langweilige Salon einer gutbürgerlichen Dame – denn eben das bin ich –: verspielte Gegenstände, Lampenschirme, kleine Sofas, Stühlchen, Sesselchen, Nippsachen und allerlei Niedliches. Ihr Wohnraum ist eine Theaterbühne für ein andauerndes Drama: ein riesiger weißer Diwan, auf dem fünfzehn Personen nebeneinander Platz finden, ein langer schmaler Stahltisch mit einer Glasplatte; wenige massive und wertvolle Kunstgegenstände; ein abstraktes Gemälde an der Wand; ein orangefarbener Teppich auf

dem Fußboden. Ich sagte schon, daß das, was ich sehe, alles über sie verrät. Auf dem Tisch herrscht tatsächlich ein wildes Durcheinander von Flaschen und Gläsern. Drei Aschenbecher quellen über von Zigarettenstummeln und Asche. Noch schlimmer: Auch ein paar offene Schächtelchen sind zu erkennen, ähnlich den Apothekenschachteln für Pulver; außerdem mehrere Untertassen mit Würfelzucker. Der Diwan sieht aus wie ein zerwühltes Bett nach einer wilden Umarmung (und das ist er auch): flachgedrückte, durcheinandergeworfene Kissen. Auf einer Stuhllehne ein schwarzer Fetzen – ein Strumpf? ein Unterrock?

Da gibt es also keinen Zweifel: In diesem Wohnzimmer hat gestern nacht wieder eine Orgie stattgefunden, eine zügellose, skandalöse Orgie. Die Bühne ist leer, aber das Drama kann in allen Einzelheiten rekonstruiert werden: zuerst Alkohol (die Flaschen, die Gläser), dann Drogen (die Schächtelchen, der Würfelzucker), schließlich Erotik (die Kissen auf dem Diwan, die Kleidungsstücke). Genauso war es: Während ich zusammen mit meinem Mann in das Kino unseres Stadtviertels gegangen bin, um einen der üblichen komisch-prächtigen Filme anzusehen, hat es meine Doppelgängerin in jenem Wohnzimmer recht arg getrieben. Eine Schande ist das! Warum schreitet eigentlich niemand ein, um dergleichen zu verhindern? Wenn es auch nicht öffentlich geschieht, so ist das noch kein Grund dafür, die Augen zuzudrücken.

Da kommt sie endlich, die Lasterhafte, die Zügellose. Im Hintergrund des Wohnzimmers kann ich ihre Gestalt erkennen, die sich zögernd, schwankend dem Fenster nähert. Sie ist im Morgenrock, einem höchst luxuriösen Morgenrock aus schwarzer und roter Seide, nach japanischer Art, ganz anders als meine rosa oder hellblauen Morgenröcke. Ihr Morgenrock ist offen, man sieht den Körper einer schamlosen Amazone, einer der Promiskuität huldigenden Walküre. Sie gähnt, ordnet mit einer Hand das Haar, zwischen den Fingern steckt bereits die brennende Zigarette. Sie tritt ans Fenster, und man sieht auch weshalb: auf dem Fensterbrett steht das Telefon. Ihr fester Liebhaber, ein hagerer, bleicher Intellektueller mit bartlosem Gesicht und stahlkalten Augen, der sie vielleicht aushält, auf jeden Fall aber dirigiert, berät und für seine Hirnexperimente benutzt, ruft jeden Vormittag zur gleichen Zeit, um halb zwölf, bei ihr an, um sich genauestens über ihren Tagesablauf zu informieren. Da hebt sie tatsächlich den Hörer ab und antwortet mit der eifrigen und aufmerksamen Miene einer Schülerin, die die Fragen eines Lehrers beantwortet. Schülerin des Lasters bei einem teuflischen Lehrer. Unterdessen nähert sich aus dem Hintergrund des Zimmers, athletisch, behaart und bis auf ein um die Hüften gewundenes Handtuch nackt, der Mann, mit dem sie die Nacht verbracht hat. Im Vorbeigehen ergreift er eine der vielen Flaschen und schüttet sich den Inhalt in die Kehle. Man denke, Wodka oder Whisky um elf Uhr morgens! Dann kommt er zu ihr, die nun das Telefongespräch beendet hat und seinen Arm nimmt. Sie verschwinden durch die Tür rechts, die ins Bad führt. Ich weiß, was sie dort tun: Sie duschen gemeinsam.

Wie anders ist doch mein Tagesbeginn. Mein Mann geht um

sieben aus dem Haus, ich wache allein auf, beschäftige mich mit meinen Kindern, erhalte keine Anrufe, und wenn ich mal im Bad bin, gibt es keinen Mann, der mich einseift und, selbst eingeseift, mich unter der Dusche umarmt. Ich bin eine ehrbare Frau, eine Mutter, jawohl. Kein leichtfertiges Frauenzimmer, kein Flittchen wie die da.

Schließlich sind beide angekleidet. Er hat einen Indianerkittel mit einer Art Kaschmirmuster und geschlossenem Kragen angezogen; dazu eine Hose aus schwarzem Samt. Ein mächtiger Vollbart und eine ungestüme Mähne fassen seine Teufelsfratze ein. Sie trägt eine Hose mit tiefem Bund und eine kurze Jacke: der Bauch ist also nackt. Sie hat sich frisiert, zurechtgemacht, geschminkt. Große schwere Talmi-Ringe funkeln an den schlanken Fingern mit den rotlackierten Nägeln; der Hals, die Handgelenke sind mit Ketten überladen; eine aufgemalte Blume ziert die eine Wange. Katzenhaft träge, elegant geht sie im Zimmer hin und her und räumt es auf. Er hat sich in einen Sessel gesetzt und raucht.

Da kommt der zweite Anruf an diesem Vormittag. Es ist der dritte Mann. Pünktlich wie jeden Tag, um halb eins. Sie spricht in den Hörer, und ihr Ausdruck verändert sich noch einmal. Bei dem Mann mit der Teufelsfratze ist er lasterhaft, komplicenhaft; bei dem Intellektuellen, der sie dirigiert, gehorsam, unterwürfig; bei dem dritten Mann liebevoll, sanft. Wer ist der dritte Mann? Es ist ein junger Mensch, ein Student. Sie lieben sich, der Mann mit der Teufelsfratze weiß es und billigt es; der Intellektuelle aber weiß es meiner Meinung nach noch nicht. Ja, ja, lasterhafte, perverse Verhältnisse; es genügt nicht, zu betrügen, man muß auch den betrügen, mit dem man betrügt, obendrein mit seinem Einverständnis, mit ihm als Komplicen. Wenn man dagegen bedenkt, wie treu ich meinem Mann bin! Als Äußerstes habe ich mir im August vorigen Jahres an der See von einem respektvollen und wohlerzogenen jungen Mann den Hof machen lassen. Aber nur das. Einen Kuß, einen richtigen Kuß, habe ich ihm nicht gegeben.

Sie lacht, scherzt, drückt den Hörer zu einem abschließenden Kuß an die Lippen. Dann nimmt sie wieder das Glas und die Zigarette und setzt sich ohne weitere Förmlichkeiten dem Mann mit der Teufelsfratze auf die Knie. Langer Kuß. Dann reden sie ernsthaft über irgend etwas. Wahrscheinlich über Geld. Was kann es unter solchen Leuten Ernsthafteres geben als das Geld? Am Ende der Unterredung steckt meine Doppelgängerin dem Mann die Hand in den Kittel, zieht eine Brieftasche hervor und entnimmt ihr einige Zehntausendlirescheine. Sie legt sie auf den Tisch. Wieder ein Kuß, vielleicht zum Dank.

Da wird die Tür im Hintergrund des Zimmers geöffnet, herein tritt der junge Mann, der sie kurz zuvor angerufen hat. Windjacke, Niethosen, Stiefel aus rohem Rindsleder, Halstuch, Dichterkopf, brünett, hager, feingliedrig, freier und aggressiver Ausdruck. Sie steht auf, nimmt die Banknoten, und während sie den Jungen umarmt und küßt, schiebt sie sie ihm in die Hand. Die Hand schließt sich um die Scheine, gleitet wieder in die Tasche und läßt sie dort verschwinden. Der Kuß dauert unter den

belustigten Blicken des Mannes mit der Teufelsfratze an. Was sind das nur für Zustände! Und ich schaue zu. Und sie merken nicht, daß ich zuschaue. Ein paar Schritte von mir entfernt ein Leben, das so ganz anders ist als meins. Was sind das nur für Zustände!

Aber nicht genug damit. Ich weiß, daß das noch nicht alles ist. Jemand taucht jetzt im Hintergrund des Zimmers auf. Eine nicht besonders hübsche Frau mit sehr kurzem, unordentlichem Haar; das Gesicht weiß, gepudert, der Mund rot wie Blut, die Augen schwarz umrandet. Wie ein Mann gekleidet, mit malvenfarbenen Hosen und schwarzem Pullover, das Gesicht eines gealterten, mumienhaften Pierrot, vierzig Jahre alt oder auch mehr. Während die beiden sich küssen und der andere sie leidenschaftslos, aber vielleicht nicht ganz gleichgültig beobachtet, tritt sie hinter meine Doppelgängerin, legt ihr die Hände flach auf die Augen, als wollte sie sagen: »Kuckuck, rate mal, wer ich bin.« Eine anmutige kleine Szene, nichts dagegen zu sagen. Es könnte der Ausdruck einer freundschaftlich liebevollen Beziehung zwischen den Frauen sein. Aber da ist das Befremden des Mannes mit der Teufelsfratze, der zuschaut. Und dann ist da etwas anderes zwischen den beiden Frauen, wie ich genau weiß, ich muß es wohl nicht aussprechen.

Aber da, krach, bum! Ganz hinten in dem Zimmer taucht jemand auf, und wer ist es? Es kann nur der Intellektuelle mit dem glatten Gesicht, den stahlkalten Augen sein. Er tritt näher, bleibt stehen, starrt: er sieht meine Doppelgängerin, die den Studenten küßt, die Frau in Männerkleidung, die die Hände auf die Augen meiner Doppelgängerin hält, den Mann mit der Teufelsfratze, der alles zusammen mit Wohlgefallen verfolgt, ein Sadist, ein Voyeur. Es ist wie eine Fotografie, die mit Hilfe eines Blitzlichts von Sekundendauer für immer eine unglaubliche und außerordentliche Szene festhält. Was wird jetzt geschehen? Ein Haßausbruch? Oder, statt dessen, eine allgemeine Verständigung als Vorspiel zu einer weiteren Verbrüderung orgiastischer Art?

Eine Hand legt sich mir auf die Schulter, ich zucke zusammen, denn ich habe nicht geahnt, daß mein Mann so zeitig zum Essen kommen würde. Ich höre ihn sagen: »Was beobachtest du denn? Darf man wissen, was du da beobachtest? Die leere Wohnung? Was kann denn an drei geschlossenen Fenstern interessant sein? Übrigens, eine gute Nachricht: Ich habe sie gerade heute vormittag endlich vermietet. An einen vertrauenswürdigen Menschen, den Inhaber des großen Automobilsalons an dem Platz hier in der Nähe. Er ist verheiratet und hat drei kleine Kinder.«

Curzio Malaparte

Die Jungfrau von Neapel

»Hast du jemals eine Jungfrau gesehen?« fragte Jimmy mich eines Tages, als wir die Backstube am Pendio di Santa Barbara verließen und die köstlichen heißen und krossen Taralli mit Behagen knabberten.

»Doch, aber nur von ferne.«

»No, I mean, aus der Nähe. Hast du niemals eine Jungfrau aus der Nähe gesehen?«

»Nein, aus der Nähe niemals.«

»Come on, Malaparte«, sagte Jimmy.

Anfangs wollte ich ihm nicht folgen, ich wußte, daß er mir etwas Schmerzendes, etwas Demütigendes zeigen werde, irgendein erschütterndes Zeugnis physischer und moralischer Erniedrigung, zu der der Mensch in seiner Verzweiflung gelangen kann. Ungern wohne ich einem Schauspiel menschlicher Niedrigkeit bei, es widersteht mir, wie ein Richter oder ein Zuschauer dazusitzen und Menschen zuzuschauen, wie sie zu den untersten Stufen der Verworfenheit hinabsteigen: ich fürchte immer, sie könnten sich umwenden und mir zulächeln.

»Come on, come on, don't be silly«, rief Jimmy, im Labyrinth der Gassen um die Forcella vor mir hergehend.

Es macht mir wenig Freude zu sehen, wieweit der Mensch sich erniedrigen kann, um zu leben. Mir war der Krieg lieber als die ›Pest‹, die nach der Befreiung uns alle beschmutzt, verdorben, gedemütigt hatte, alle, Männer, Frauen, Kinder. Vor der Befreiung hatten wir gekämpft und gelitten, um nicht zu sterben. Jetzt kämpften und litten wir, um zu leben. Es besteht ein tiefer Unterschied zwischen dem Kampf um nicht zu sterben und dem Kampf um zu leben. Menschen, die kämpfen, um nicht zu sterben, bewahren ihre Würde, verteidigen sie eifersüchtig, alle, Männer, Frauen, Kinder, mit grimmiger Entschlossenheit. Die Männer beugten ihre Stirn nicht. Sie flohen in die Berge, in die Wälder, lebten in Höhlen, kämpften wie Wölfe gegen die Eindringlinge. Sie kämpften, um nicht zu sterben. Es war ein edler, ein würdiger, ein ehrlicher Kampf. Die Frauen warfen ihren Körper nicht auf den schwarzen Markt, um sich Lippenstift, seidene Strümpfe, Zigaretten oder Brot zu erkaufen. Sie litten Hunger, doch sie verkauften sich nicht. Sie verkauften ihre Männer nicht an den Feind. Lieber sollten ihre Kinder Hungers sterben, als daß sie sich verkauften, als daß sie ihre Männer verkauften. Nur Prostituierte verkauften sich an den Feind. Vor der Befreiung litten die Völker Europas mit bewundernswürdiger Selbstachtung. Sie kämpften erhobenen Hauptes. Sie kämpften, um nicht zu sterben. Und wenn Menschen kämpfen, um nicht zu sterben, klammern sie sich mit der Kraft der Verzweiflung an alles, was den lebendigen, ewigen Teil des menschlichen Lebens bildet, das Wesen, den edelsten und reinsten Bestand des Lebens: Würde, Stolz, Freiheit des eigenen Gewissens. Sie kämpfen, um sich die eigene Seele zu erhalten.

Aber nach der Befreiung hatten die Menschen kämpfen müssen, um zu leben. Es ist eine demütigende, entsetzliche Sache, eine schmachvolle Notwendigkeit, zu kämpfen, um zu leben. Nur um zu leben. Nur um die nackte Haut zu retten. Es ist nicht mehr der Kampf gegen die Verknechtung, der Kampf für die Freiheit, für die Menschenwürde, für die Ehre. Es ist der Kampf gegen den Hunger. Es ist der Kampf um ein Stück Brot, um etwas Feuerung, um einen Fetzen, die eigenen Kinder damit notdürftig zu bedekken, um etwas Stroh, sich darauf auszustrecken. Wenn Menschen kämpfen, um zu leben, hat alles, selbst eine leere Blechdose, ein Zigarettenstummel, eine Orangenschale, ein aus dem Abfall aufgelesener Kanten harten Brotes, ein abgefleischter Knochen einen enormen, entscheidenden Wert. Die Menschen sind jeder Gemeinheit fähig, um zu leben: aller Schandtaten, aller Verbrechen, um zu leben. Für ein Stück Brot ist jeder von uns bereit, seine eigene Frau, seine eigenen Töchter zu verkaufen, seine Mutter zu besudeln, Brüder und Freunde zu verkaufen, sich mit einem anderen Mann zu prostituieren. Er ist bereit, sich auf die Knie zu werfen, auf dem Boden zu kriechen, dem die Schuhe zu lecken, der unsern Hunger stillen kann, den Rücken unter der Peitsche zu krümmen, sich lächelnd die angespuckte Wange abzuwischen; und er hat ein demütiges, weiches Lächeln, einen Blick voller Hoffnung wie ein hungriges Tier, eine nimmermüde Hoffnung.

Mir war der Krieg lieber als die Pest. Von einem Tag auf den andern, binnen weniger Stunden, waren alle, Männer, Frauen, Kinder, von der schrecklichen Seuche angesteckt. Was das Volk wunderte und erschreckte, war der plötzliche, heftige, unentrinnbare Charakter dieser rasenden Epidemie. Die Pest hatte in wenigen Tagen mehr vermocht als die Tyrannei in zwanzig Jahren allgemeiner Erniedrigung, als der Krieg in drei Jahren Hunger, Trauer, blutiger Leiden. Dieses Volk, das in den Straßen sich selbst, seine Ehre, seinen Körper, das Fleisch seiner Kinder verhandelte – konnte dies dasselbe Volk sein, das wenige Tage zuvor, in den gleichen Straßen, so großartige Beweise von Mut und Haß gegen die Deutschen gegeben hatte?

Als die Befreier, am 1. Oktober 1943, die ersten Häuser der Vorstädte bei Torre del Greco erreichten, hatte Neapels Bevölkerung in einem vier Tagen währenden wilden Kampf die Deutschen bereits aus der Stadt vertrieben. Die Neapolitaner hatten sich schon Anfang September, in den ersten Tagen nach dem Waffenstillstand, gegen die Deutschen empört; doch dieser erste Aufstand war mit unerbittlicher Härte im Blute erstickt worden. Die Befreier, auf die das Volk sehnsüchtig wartete, waren an einigen Stellen ins Meer zurückgeworfen worden, an anderen, bei Salerno, leisteten sie, an die Küste festgekrallt, Widerstand: die Deutschen hatten ihren Mut und ihre eiserne Härte wiedergefunden. Als gegen Ende September die Deutschen begannen, auf den Straßen die Männer zusammenzutreiben und sie auf Lastwagen zu verladen, um sie als Sklavenherden nach Deutschland zu verfrachten, hatten die Neapolitaner, von Scharen erbitterter Frauen mit dem Schlachtruf »li ómmene no!« aufgereizt und angetrieben, sich ohne Waffen gegen die Deutschen geworfen, sie in die Gassen abgedrängt und massakriert, sie von der Höhe der Dächer, von den Terrassen, aus den Fenstern heraus mit Lawinen von Ziegeln, Steinen, Möbelstücken, kochendem Wasser gejagt. Gruppen beherzter Jungen stürzten sich auf die Panzer, mit beiden Armen brennende Strohbündel schwingend, und starben bei dem Versuch, diese stählernen Schildkröten in Brand zu setzen. Mädchen mit unschuldiger Miene zeigten lächelnd den im Bauch ihrer sonnenglühenden Panzer eingeschlossenen durstleidenden Deutschen lockende Traubenbüschel: und sobald diese die Turmluken öffneten und sich hinausbeugten, um die freundlich dargebotene Gabe in Empfang zu nehmen, wurden sie aus dem Hinterhalt von den Jungen mit einem Hagel von Handgranaten, die man feindlichen Gefangenen abgenommen hatte, umgebracht. Viele der Jungen und Mädchen ließen bei diesen grausamen, beherzten Kriegslisten ihr Leben.

Umgestürzte Fahrzeuge und Straßenbahnwagen behinderten

in den Straßen den Durchzug deutscher Kolonnen, die zur Verstärkung der bei Eboli und Cava dei Tirreni Widerstand leistenden Truppen herangezogen wurden. Denn das Volk Neapels fiel nicht den zurückweichenden Deutschen in den Rücken; es griff sie an, waffenlos, während noch die Schlacht bei Salerno andauerte, und es war Wahnsinn, für ein Volk ohne Waffen, geschwächt durch drei Jahre Hunger und fortgesetzter heftiger Bombardements, sich dem Durchzug der deutschen Kolonnen entgegenzustellen, die Neapel durchquerten, um gegen die in Salerno gelandeten Alliierten zu ziehen. Die Kinder und Frauen waren die Unerbittlichsten in diesen vier Tagen erbarmungslosen Kampfes. Viele Leichen deutscher Soldaten, die ich selbst zwei Tage nach der Befreiung noch unbestattet daliegen sah, zeigten die Spuren wüster Kratz- und Beißwunden an Gesicht und Kehle: deutlich waren noch die Abdrücke der Zähne im Fleisch zu erkennen. Manche waren durch Scherenwunden entstellt. Manche lagen in einer Blutlache, lange Nägel in den Kopf getrieben. Mangels anderer Waffen schlugen die Jungen große Nägel, mit schweren Steinen hämmernd, solchen von zehn, zwanzig wütenden Kindern zu Boden gerissenen deutschen Soldaten in den Kopf.

»Come on, come on, don't be silly!« rief Jimmy, im Labyrinth der Gassen um die Forcella vor mir hergehend.

Mir war der Krieg lieber als die Pest. In wenigen Tagen war Neapel ein Abgrund von Schmach und schmerzender Schande geworden, eine Hölle der Verworfenheit. Und doch war es der entsetzlichen Seuche nicht gelungen, bei den Neapolitanern jene erstaunliche Fähigkeit des Herzens abzutöten, die in ihnen so viele Jahrhunderte des Hungers und der Knechtschaft überlebt hat. Nichts wird je vermögen, diese ererbte wundervolle Fähigkeit zu menschlichem Erbarmen im neapolitanischen Volke auszutilgen. Es hatte nicht nur Erbarmen mit den anderen, sondern auch mit sich selbst. Es kann in einem Volk keinen Sinn für Freiheit geben, wenn es nicht das Gefühl menschlichen Mitleids besitzt. Selbst diejenigen, die ihre eigene Frau, ihre eigenen Töchter verkauften, selbst die Frauen, die sich für ein Päckchen Zigaretten preisgaben, selbst die Jungens, die sich für eine Schachtel Karamellen prostituierten, hatten dies Mitleid mit sich selbst. Es war eine ganz besondere Empfindung, eine erstaunliche Fähigkeit des Mitleids. Wegen dieser Empfindung, nur wegen dieser alten unsterblichen Fähigkeit des Mitleidens, werden sie frei sein, eines Tages: freie Menschen.

»Oh, Jimmy, they love freedom«, sagte ich, »sie lieben die Freiheit, they love freedom so much! They love American boys, too. The love freedom, American boys and cigarettes, too. Auch die Kinder lieben die Freiheit, und die Karamellen, Jimmy, auch die Kinder haben Erbarmen mit sich selbst. Es ist etwas Großartiges, Jimmy, Karamellen zu essen, statt Hungers zu sterben. Don't you think so, you too, Jimmy?«

»Come on«, sagte Jimmy, und spuckte aus.

So ging ich mit Jimmy, die ›Jungfrau‹ zu sehen. Es war in einem ›Basso‹, einer Wohnhöhle, am Ende einer Gasse in der Gegend der Piazza Olivella. Vor der Tür des elenden Hauses war eine kleine Ansammlung alliierter Soldaten, zum großen Teil Neger. Es waren auch drei oder vier amerikanische Soldaten darunter, einige Polen und ein paar englische Matrosen. Wir stellten uns in die Reihe und warteten, bis wir dran waren.

Nach etwa einer halben Stunde Wartens, alle zwei Minuten einen Schritt vorrückend, befanden wir uns an der Türschwelle. Das Innere des Raumes war unseren Blicken durch einen roten, geflickten, schmutzig klebrigen Vorhang entzogen. Auf der Schwelle stand ein Mann mittleren Alters, schwarz gekleidet, sehr mager, mit bleichem Gesicht, ungepflegtem Bartwuchs; auf seinen dichten grauen Haaren saß obenhin ein alter sorgfältig gebügelter, schwarzer Filzhut. Er hielt beide Hände vor die Brust, zwischen die Finger ein kleines Bündel Banknoten gepreßt.

»One Dollar each«, sagte er, »hundert Lire pro Person.«

Wir traten ein und sahen uns um. Es war das übliche neapolitanische ›Interno‹: ein fensterloser Raum, mit einer kleinen Tür im Hintergrund, ein gewaltiges Bett längs der Rückwand, und die anderen Wände entlang eine Art Spiegeltisch, ein schäbiger, weißgelackter, metallener Waschtisch, eine große Truhe und, zwischen Bett und Truhe, ein Tisch. Auf dem Spiegeltisch stand eine große Glasglocke, welche die bunten Wachsstatuetten einer Heiligen Familie barg. An den Wänden hingen volkstümliche Öldrucke mit Szenen aus ›Cavalleria rusticana‹ und ›Toska‹, ein Vesuv mit der Rauchsäule, die aussah wie der Kopfputz eines für das Piedigrotta-Fest aufgezäumten Pferdes, und Fotografien von Frauen, Kindern, alten Leuten, die nicht als Lebende, sondern als Tote abgebildet waren, auf dem Totenbett, von Blumen umrahmt. In der Ecke zwischen Bett und Spiegeltisch stand ein kleiner Altar mit dem Bild der Madonna und brennendem Öllämpchen. Über

das Bett war eine riesige Decke aus himmelblauer Seide gebreitet, deren langer goldgestickter Fransensaum den Fußboden aus grüner und roter Majolica streifte. Auf dem Bettrand saß ein Mädchen und rauchte.

Sie saß auf dem Bett und ließ die Beine baumeln, sie rauchte hingegeben, schweigend, die Ellbogen auf die Knie gestemmt, das Gesicht mit den Händen stützend. Sie schien sehr jung zu sein, aber ihre Augen waren alt und etwas verlebt. Sie war in jener barocken Manier der ›Capere‹ der volkreichen Stadtviertel frisiert, die den Kopfputz der neapolitanischen Madonnen des 17. Jahrhunderts zum Muster nehmen. Die schwarzen Haare, kraus und glänzend, durch Kämme und Bänder aufgebauscht und mit Werg gepolstert, waren turmartig aufgeschichtet, fast als trüge sie auf der Stirn eine hohe schwarze Mitra. Etwas Byzantinisches war in ihrem langen, schmalen, blassen Gesicht, dessen Blässe durch die dick aufgetragene Schminke hindurchschimmerte, und byzantinisch war der Schnitt der großen schrägen, tiefschwarzen Augen unter der hohen, glatten Stirn. Aber die wulstigen Lippen, durch ein kräftiges Rouge noch vergrößert, brachten etwas unbestimmt Sinnliches und Freches in die zarte Trauer dieses Ikonengesichtes. Sie trug ein rotseidenes Kleid mit maßvollem Ausschnitt. Ihre Strümpfe waren aus fleischfarbener Seide, und die kleinen fleischigen Füße waren in einem Paar zerrissener und ausgetretener Hausschuhe vergraben. Das Kleid hatte lange, an den Handgelenken eng schließende Ärmel, und um den Hals hing eine jener alten, verblaßten Korallenketten, die in Neapel der Stolz eines jeden armen Mädchens sind.

Das Mädchen rauchte schweigend, den Blick mit abweisendem Stolz starr auf die Tür gerichtet. Trotz der Aufdringlichkeit ihres roten Seidenkleides, dem barocken Aufputz des Haares, den großen fleischigen Lippen und ihrer zerrissenen Hausschuhe hatte ihr vulgäres Wesen nichts Persönliches. Es schien vielmehr der Reflex der vulgären Umgebung zu sein, dieser vulgären Atmosphäre, die sie ganz einhüllte und doch eben nur streifte. Sie hatte ein sehr kleines zartes Ohr, so weiß und durchscheinend, daß es wie aus Wachs nachgebildet zu sein schien. Als ich eintrat, heftete das Mädchen seinen Blick auf meine drei Hauptmanns-Sterne und lächelte verächtlich, das Gesicht leicht zur Wand hin kehrend. Wir waren etwa zehn Personen in dem Raum. Der einzige Italiener war ich. Niemand sprach.

»That's all. The next in five minutes«, sagte die Stimme des

Mannes, der hinter dem roten Vorhang auf der Türschwelle stand; dann schob der Mann durch einen Spalt des Vorhangs das Gesicht ins Zimmer und fragte: »Ready? fertig?«

Das Mädchen warf die Zigarette zu Boden, ergriff mit den Fingerspitzen die Zipfel seines Kleides und hob es langsam hoch; zuerst erschienen die Knie, eng von der knappen Seidenhülle der Strümpfe umschlossen, dann die nackte Haut der Schenkel, dann der Schatten des Schamhügels. Sie blieb einen Augenblick in dieser Stellung – eine traurig stimmende Veronika, den Mund halb verächtlich geöffnet. Dann legte sie sich langsam hintenüber, streckte sich auf dem Bett aus und öffnete ganz ruhig und allmählich die Beine. Wie es das grausig anzusehende Hummerweibchen bei der Liebeswerbung macht, wenn es langsam die Zange seiner Scheren öffnet und das Männchen mit seinen kleinen, runden, schwarz leuchtenden Augen anstarrt und bewegungslos drohend verharrt, so tat das Mädchen, indem es langsam die schwarze und rosige Zange des Fleisches öffnete, so verharrte und die Zuschauer fest anblickte. Tiefes Schweigen herrschte im Raum.

»She is a virgin. You can touch. Put your finger inside. Only one finger. Try a bit. Don't be afraid. She doesn't bite. She is a virgin. A real virgin«, sprach der Mann, seinen Kopf durch den Vorhangspalt ins Zimmer schiebend.

Ein Neger streckte die Hand aus und probierte mit dem Finger. Irgendwer lachte, es schien, als erhebe er Einspruch. Die ›Jungfrau‹ rührte sich nicht, aber sie warf dem Neger einen haßerfüllten, angstvollen Blick zu. Ich sah mich um: alle waren bleich, alle waren bleich vor Angst und Haß.

»Yes, she is like a child«, sagte der Neger mit heiserer Stimme und ließ den Finger langsam kreisen.

»Get out the finger«, sprach der durch den Spalt des roten Vorhangs gezwängte Kopf des Mannes.

»Really, she is a virgin«, sagte der Neger, als er seinen Finger zurückzog.

Unvermittelt schloß das Mädchen die Beine mit sanftem Patschen der Knie, richtete sich mit einem Druck der Hüften wieder auf, streifte sich das Kleid nach unten und nahm blitzschnell einem englischen Matrosen, der dicht am Bettrand stand, die Zigarette aus dem Mund.

»Get out, please«, sprach der Kopf des Mannes, und wir gingen alle langsam, einer hinter dem andern, durch die kleine rückwärtige Tür des Raumes hinaus, verlegen und beschämt mit den Füßen über den Boden schlurfend.

»Ihr dürftet zufrieden sein, Neapel in diesem Zustand zu sehen«, sagte ich zu Jimmy, als wir im Freien waren.

»Es ist bestimmt nicht meine Schuld«, antwortete Jimmy.

»O nein«, sagte ich, »es ist sicher nicht deine Schuld. Doch es muß eine große Befriedigung für euch sein, euch in einem solchen Land als Sieger zu fühlen – wie könntet ihr euch sonst, ohne solche Erlebnisse, als Sieger fühlen? Sag die Wahrheit, Jimmy, ihr würdet euch ohne solche Schauspiele nicht als Sieger fühlen?«

»Neapel ist stets so gewesen«, sprach Jimmy.

»Nein, es ist niemals so gewesen«, sagte ich, »solche Dinge hat man in Neapel noch nie erlebt. Wenn euch diese Dinge nicht gefielen, wenn solche Schauspiele euch nicht ergötzten, würden sie in Neapel nicht geschehen«, sagte ich, »würde man solche Schauspiele in Neapel nicht zu sehen bekommen.«

»Wir sind es doch nicht, die Neapel gemacht haben«, erwiderte Jimmy, »wir haben es schon fix und fertig vorgefunden.«

»Ihr habt Neapel nicht gemacht«, sagte ich, »aber es ist niemals so gewesen, Neapel. Wenn Amerika den Krieg verloren hätte, bedenke, wie viele amerikanische Jungfrauen in New York oder Chicago für einen Dollar ihre Beine öffnen würden. Wenn ihr den Krieg verloren hättet, befände sich eine amerikanische Jungfrau auf diesem Bett, an Stelle dieses armen Neapolitaner Mädchens.«

»Red keine Dummheiten«, rief Jimmy, »selbst wenn wir den Krieg verloren hätten, würde man solche Dinge in Amerika nicht erleben.«

»Man würde noch Schlimmeres in Amerika erleben, wenn ihr den Krieg verloren hättet«, sagte ich; »um sich als Helden zu fühlen, haben alle Sieger es nötig, solche Dinge zu sehen. Sie haben es nötig, den Finger in ein armes besiegtes Mädchen zu stecken.«

»Red keine Dummheiten«, rief Jimmy.

»Mir ist es lieber, den Krieg verloren zu haben und wie dieses arme Mädchen auf dem Bett zu sitzen, als hinzugehen und den Finger zwischen die Beine eines armen Mädchens zu stecken, um die Freude und den Stolz eines Siegers zu empfinden.«

»Du bist auch mitgekommen, sie anzusehen«, sagte Jimmy, »weshalb bist du denn mitgekommen?«

»Weil ich ein Feigling bin, Jimmy, weil ich es ebenfalls nötig habe, solche Dinge zu erleben, um zu merken, daß ich ein Besiegter bin, daß ich ins Unglück gestürzt bin.«

»Weshalb legst du dich nicht auch auf jenes Bett«, fragte Jimmy, »wenn du solchen Gefallen daran hast, dich auf der Seite der Besiegten zu befinden?«

»Sprich die Wahrheit, Jimmy, würdest du gern einen Dollar ausgeben, um zuzusehen, wenn ich die Beine breitmache?«

»Nicht einen Cent würde ich ausgeben, um dich anzusehen!« rief Jimmy, auf den Boden spuckend.

»Weshalb nicht? Wenn Amerika den Krieg verloren hätte, würde ich drüben sofort hingehen, um zu sehen, wie die Nachkommen Washingtons vor den Siegern die Beine öffnen.«

»Shut up«, schrie Jimmy und faßte mich heftig am Arm.

»Weshalb würdest du nicht mich ansehen kommen, Jimmy? Alle Soldaten der Fünften Armee würden mich ansehen kommen. Auch General Clark. Auch du würdest hinkommen, Jimmy. Du würdest nicht einen Dollar bezahlen, sondern zwei, sondern drei Dollar, um zu sehen, wie sich ein Mann die Hosen aufknöpft und die Beine breitmacht. Alle Sieger haben es nötig, solche Dinge zu erleben, um sicher zu sein, den Krieg gewonnen zu haben.«

»Ihr seid alle eine Herde von Verrückten und Schweinen, ihr in Europa«, rief Jimmy, »da hast du, was ihr seid.«

»Sag mir die Wahrheit, Jimmy: wenn du nach Amerika zurückgehst, nach Hause, nach Cleveland, Ohio, wird es dir Spaß machen zu berichten, daß der Finger von euch Siegern durch den Triumphbogen der Beine armer italienischer Mädchen eingegangen ist.«

»Don't say that«, sprach Jimmy leise.

»Verzeih mir, Jimmy, es tut mir leid, deinet- und meinetwegen. Es ist weder eure Schuld noch die unsere, ich weiß. Aber es tut mir weh, an gewisse Dinge zu denken. Du hättest mich nicht zu dem Mädchen mitnehmen dürfen. Ich hätte nicht mit dir gehen sollen, dies Grausige anzuschauen. Es ist mir leid, Jimmy, deinet- und meinetwegen. Ich komme mir elend und feige vor. Ihr Amerikaner seid gute Kerle, und gewisse Dinge begreift ihr besser als mancher andere. Nicht wahr, Jimmy, manche Dinge begreifst auch du?«

»Yes. I understand«, sagte Jimmy mit leiser Stimme und drückte mir kräftig den Arm.

WILLI HEINRICH

Der Chauffeur

Es war ein warmer, sonniger Augusttag. Während Rupert den Wagen die kurvenreiche Straße zum Neckarufer hinabfuhr, blickte er immer wieder Irmgard Widdau an. Es war unfaßbar für ihn, wie sehr eine andere Frisur und eine andere Haarfarbe ihr Gesicht verändert hatten; als wäre sie in eine neue Haut geschlüpft. Vielleicht war sie doch eine Hexe, die nicht nur die Sinne der Männer verwirren, sondern sich selber auch nach Belieben in einen anderen Menschen verwandeln konnte. Plötzlich erschien es ihm unbegreiflich, daß er sich noch gestern ernsthaft mit der Absicht getragen hatte, seine Stellung bei ihr aufzugeben. Allein schon ihr heutiger Anblick war es wert, daß er sich von ihr dazu hatte überreden lassen, es nicht zu tun. Er meinte, es nicht mehr ertragen zu können, ihre Nähe zu missen und künftig ohne ihre permanente Provokation leben zu sollen oder ohne die Gewißheit darüber, welche ihm unbekannte Seite ihres schillernden Wesens sie ihm noch enthüllen könnte. Sicher war es nicht immer die reinste Freude, für sie zu arbeiten und ihre Launen zu ertragen, aber sein Leben erschien ihm in diesem Augenblick ungleich weniger eintönig als zuvor. Wann hatte er es sich in den letzten Jahren schon einmal leisten können, an einem Wochentag um diese Tageszeit zum Baden zu fahren! Früher hatte er das mit Hedy oft getan, aber das lag lange zurück. Außerdem hatte er sich schon ein wenig in dieses Luxusauto verliebt. Es gab unzählige Chauffeure, die sich glücklich schätzen würden, einen solchen Wagen zu fahren. Dazu noch an der Seite einer Frau wie Irmgard Widdau!

Er begann sich zu fragen, weshalb sie ihr Haar hatte umfärben lassen. Doch nicht etwa seinetwegen! Wahrscheinlich kam sie alle vierzehn Tage mit einer neuen Haarfarbe vom Friseur zurück. Er boebachtete, wie sie das Radio einschaltete. Auch ihre Shorts waren eine Provokation. Die Versuchung, ihre langen, braungebrannten Schenkel zu berühren, war so groß, daß er ihr kaum mehr widerstehen konnte. Vielleicht wartete sie nur darauf? Vorsorglich ließ er es nicht darauf ankommen; bei ihr war man nie sicher, worauf sie wartete. Auch empfand er, wenn er an ihren

Mann dachte, heute wieder Skrupel. In Hergiswil hatte er ihn weit weg gewußt.

Im Radio schluchzte eine Männerstimme. Das Schluchzen kam immer mehr in Mode, es rührte die Herzen der Teenager auf. Sie fingen an zu kreischen und machten sich vor Begeisterung fast in die Hose, aber besser, sie taten es bei solcher Musik als beim Abspielen zackiger Marschlieder.

Wohin Irmgard Widdau fahren wollte, verriet sie ihm vorläufig nicht, anscheinend hatte sie sich den Odenwald auserkoren, die Fahrt führte flußaufwärts, dem grünen Neckarufer folgend. Auf der anderen Seite tauchte ein Campingplatz auf, Wohnwagen und Zelte standen bunt gemischt auf einer Wiese. Vor einer provisorischen Toilette warteten ungeduldig dringende Fälle. Spielende Kinder kreischten um die Wette mit plärrenden Kofferradios, spärlich bekleidete Frauen wuschen am Ufer das Eßgeschirr blank, und nebenan hielt eine junge Mutter ihr Jüngstes über dem Wasser ab. Seit es den Leuten wieder besser ging, sehnten sie sich anscheinend nach dem *einfachen Leben* zurück.

Auch auf der Straße herrschte reger Verkehr, Rupert registrierte auffallend viele Kleinwagen, die Fahrer am Lenkrad sahen zumeist wie Vertreter aus; montags begaben sie sich auf ihre große Wochentour. Gelegentlich rollte auch ein amerikanischer Straßenkreuzer der Besatzungstruppen vorbei, manchmal auch einer mit einem holländischen Kennzeichen. Seit die Nazis verschwunden waren, kamen sogar die Niederländer wieder nach Heidelberg. Einmal begegnete ihnen auch ein schwarzer Mercedes mit bundesdeutschem Regierungsstander und einem wichtig aussehenden livrierten Fahrer am Lenkrad. Im breiten Fond saß ein unscheinbares kleines Männchen mit einer dicken Hornbille und war in eine interessante Lektüre vertieft. Den Politikern von heute sah man ihren Beruf auch nicht mehr an.

Rupert wußte noch immer nicht, wo die Fahrt enden würde, auch zehn Minuten später nicht, als Irmgard Widdau ihn auf eine schmale Nebenstraße einbiegen ließ, die zwischen dichten Wäldern steil bergan führte. Vielleicht hatte sie ihre Badepläne inzwischen schon wieder verworfen. Immerhin hatte diese Route den Vorzug, daß sie praktisch allein auf der Straße waren, und die Landschaft war sehr hübsch. Hier war Rupert noch nie gewesen. Während er sich noch den Kopf über Irmgard Widdaus weitere Absichten zerbrach, forderte sie ihn unvermittelt auf, anzuhalten. Sie sagte: »Wir tauschen die Plätze; lassen Sie mich ans Lenkrad.«

Er hatte, als sie ihn anhalten ließ, gleich ein ungutes Gefühl gehabt. »Ihr Mann hat mir ausdrücklich befohlen . . .«

Sie unterbrach ihn: »Hat er Ihnen auch befohlen, mir, wenn ich betrunken bin, die Wäsche auszuziehen?«

Sie schlug schon wieder auf seine verletzliche Stelle. Er sagte: »Es ist viel zu gefährlich für Sie. Wenn wir einer Verkehrsstreife begegnen . . .«

Auch diesmal ließ sie ihn nicht aussprechen. »Hier gibt es keine Verkehrsstreifen, mein Junge.«

Sicher nicht. Die Landschaft wirkte so verlassen, daß alles wie nach einem Komplott aussah. Wieder einmal wußte Rupert nicht weiter, und als sie nach seinem Arm griff und »rücken Sie herüber zu mir?« sagte, gehorchte er widerstrebend. Sie kletterte über seine Beine hinweg. Für einen Augenblick lang hatte er sie auf dem Schoß und berührte mit den Händen ihre Hüften, dann glitt sie weiter, setzte sich hinter das Lenkrad und sagte: »Denken Sie weniger an mich als an sich selber.«

Das war sicher ein gutgemeinter Rat. Er wünschte nur, sie würde sich bei solchen Gelegenheiten etwas klarer ausdrücken. Verdrossen sah er zu, wie sie sich rasch mit der Schaltung vertraut machte. Sie hatte ihn schon so oft dabei beobachtet, daß sie sich mit der Automatik sofort zurechtfand. Als sie den Wagen anrollen ließ, lächelte sie zufrieden.

Also hatte sie ihn wieder einmal geschafft! Aber was hätte er tun können? Sie gewaltsam daran hindern? Zudem stellte er bald fest, daß sie eine sichere Fahrerin war; sogar ein entgegenkommender Kleinlastwagen konnte sie auf der schmalen Straße keinen Augenblick lang unsicher machen. Er schloß daraus, daß sie schon öfter mit so großen Wagen gefahren war.

»Zünden Sie mir bitte eine Zigarette an«, sagte sie.

Er vermutete, daß sie ihn mit dieser persönlichen Geste versöhnlich stimmen wollte. Sie schenkte ihm sogar, als er ihr die Zigarette zwischen die Lippen steckte, ein kleines Lächeln.

Bald darauf durchfuhren sie ein grünes Tal. Eine mit Sommerblumen übersäte Wiese begleitete sie. Inmitten der Wiese floß ein kleiner Bach mit sehr klarem Wasser. Am Ende der Wiese stand ein Bauernhof. Auf einer Bank neben dem Hauseingang saß pfeiferauchend ein alter Mann und schien die Zeit und die Welt vergessen zu haben.

Es fiel Rupert auf, daß Irmgard Widdau aufmerksam den rechten Waldrand im Auge behielt. Sie fuhr jetzt sehr langsam und bog wenig später auf einen für den öffentlichen Verkehr gesperrten, steil ansteigenden Waldweg ein. Er war kaum breiter als der Wagen, offensichtlich handelte es sich um einen kaum benutzten, mit hohem Gras bewachsenen Forstweg. Er schlängelte sich stetig in die Höhe, der Laubwald blieb zurück, Tannenschonungen begleiteten den Weg, später waren es hohe Fichten, deren schirmähnliche Kronen in den blauen Himmel ragten. Kleine Lichtungen gaben hin und wieder den Blick auf wellenförmige Kuppen und waldbewachsene Höhenrücken frei, die am Horizont zu verebben schienen. In den sanften Tälern mit ihren gelben und braunen Äckern wechselten Licht und Schatten unter hochziehenden Kumuluswolken; die Luft roch nach Harz, Fichtennadeln und Sommer.

Rupert machte sich bereits Gedanken darüber, ob der Weg nicht mitten im Wald enden würde, als sie einen anderen kreuzten. Auf ihn bog Irmgard Widdau ein. Sie folgte ihm noch etwa hundert Meter bis zu einer handtuchförmigen,mit hohen Ginsterbüschen bewachsenen kleinen Lichtung. Dort brachte sie den Wagen zum Stehen, öffnete die Tür und sagte: »Wir sind da.«

Zum Baden war sie jedenfalls nicht hierhergefahren; so viel hatte Rupert inzwischen mitbekommen. Außerdem mußte sie schon einmal hier gewesen sein; er selbst hätte es nicht riskiert, mit dem großen Wagen auf so schmalen, unbekannten Waldwegen zu fahren. Sie sagte: »Bringen Sie die Wolldecke und die Tasche mit; wir gehen noch ein paar Schritte.«

Rupert gehorchte. Sie überquerten die Lichtung bis zu einer Gruppe junger Tannen. Das Gras hier war so hoch, daß es ihnen bis zu den Knien reichte. Irmgard Widdau nahm Rupert die Wolldecke aus der Hand, breitete sie am Boden aus und verschwand, ohne ein Wort zu sagen, mit der Tasche zwischen den Tannen. Als sie kurz darauf zurückkam, war sie im Bikini, sie fragte: »Wo haben Sie Ihre Badehose?«

»Schon an«, antwortete Rupert. »Bleiben wir hier?« Er merkte, daß das, nach all ihren Vorbereitungen, eine dumme Frage war.

Sie lächelte. »Falls Ihnen der Platz nicht gefällt, können Sie für sich einen anderen suchen. Ziehen Sie sich endlich aus, oder wollen Sie in der Sonne braten?«

Während er ihrem Wunsch nachkam, fragte er sich, wozu sie ausgerechnet hierhergefahren war. Wenn es ihr nur um ein kleines Sonnenbad ginge, hätte sie das ebensogut in ihrem großen Garten in Heidelberg haben können.

Er durfte sich neben sie auf die Wolldecke setzen. Sie nahm eine Flasche mit Sonnenöl aus der Tasche, rieb ihre Arme und Beine ein und gab die Flasche dann ihm. »Machen Sie es wie ich; Sie kriegen sonst einen Sonnenbrand.«

Eigentlich hatte er erwartet, ihr wieder den Rücken einölen zu dürfen. Daß sie ihn nicht dazu aufforderte, enttäuschte ihn. Sie bemerkte, daß er ihre Frisur betrachtete, und fragte: »Gefällt sie Ihnen?«

»Sie sollten das Haar immer so tragen«, antwortete er.

»Mein Mann sieht es nicht gern«, sagte sie. »Er findet, daß mich diese Frisur zu jung macht.«

»Was ist daran falsch?« fragte er verwundert.

»Sie erinnert ihn daran, daß er wesentlich älter ist als ich«, sagte Irmgard Widdau. »Viele Männer haben das nicht gern.«

Sie legte sich auf den Rücken, verschränkte die Hände im Nacken und ließ Rupert ihre ausrasierten, feucht glänzenden Achselhöhlen sehen.

»Sie waren schon einmal an diesem Platz?« erkundigte er sich.

»Vor Jahren. Mein erster Mann liebte diese Landschaft.«

Er sagte überrascht: »Dann ist das Ihre zweite Ehe?«

»Warum nicht? Oder finden Sie mich zu jung dafür?«

»Das nicht«, antwortete er. »Ich wußte es nicht.«

»Es gibt so manches, das Sie nicht wissen«, sagte sie. »Meine erste Ehe dauerte nur sechs Monate. Wir haben uns auf der Universität kennengelernt. Hans, so hieß mein erster Mann, war drei Jahre jünger als ich. 1944, das war kurz nach unserer Hochzeit, wurde er eingezogen. Er ist bald darauf an der Ostfront gefallen.«

»Das muß schlimm für Sie gewesen sein«, sagte Rupert betroffen.

Sie zuckte mit den Achseln. »Wir hatten kaum Gelegenheit, uns richtig kennenzulernen. Für seinen Vater war es noch schlimmer als für mich; Hans war sein einziger Sohn.«

»Haben Sie noch Kontakt zu Ihrem damaligen Schwiegervater?«

»Sicher«, sagte sie trocken. »Ich bin ja mit ihm verheiratet.«

Er starrte sie entgeistert an. »Sie haben den Vater Ihres gefallenen Mannes geheiratet?«

Sie fragte belustigt: »Warum nicht? Wir wohnten im gleichen Haus und haben uns gegenseitig getröstet. Das ergab sich damals fast von allein. Ich hatte auch keine Lust, wieder auf die *Uni* zu

gehen. Das Examen hätte ich ohnehin nicht bestanden; ich verwechselte die einfachsten medizinischen Grundbegriffe. Warum hätte ich das bequeme Leben, das mein jetziger Mann mir bieten kann, aufgeben sollen? Ich sah keinen Grund dafür. Als er mir einen Heiratsantrag machte, willigte ich ein.«

Rupert dachte darüber nach. Es gab da einige Widersprüche, die nicht in seinen Kopf gingen. Er sagte: »Wenn Sie seinen Sohn auf der *Uni* kennengelernt haben, hat er sicher ebenfalls Medizin studiert. Hatte sein Vater keine anderen Pläne mit ihm?«

»Meinem Mann gehört unter anderem eine große pharmazeutische Fabrik«, antwortete sie. »Hans sollte dort eines Tages die Leitung übernehmen; er war anders als sein Vater, der sich nur für Bilanzen interessiert. Hans wollte auch bei der Produktion mitreden. Das hätte er nur tun können, wenn er medizinisch vorgebildet gewesen wäre.«

»Hat sein Vater nicht verhindern können, daß er eingezogen worden ist?«

Sie zuckte mit den Achseln. »Sein Vater schon, aber Hans meinte, es könnte später einmal für ihn wichtig sein, wenn er in einem Feldlazarett praktische Erfahrungen sammelte. Nach Kriegsende wollte er das Studium beenden. Er hat sich freiwillig als Sanitäter gemeldet. Das Feldlazarett wurde bei einem russischen Angriff von Panzern überrollt. Dabei ist er gefallen.«

Ihre Stimme klang fast gleichgültig. Rupert gewann jedoch den Eindruck, daß ihre Gleichgültigkeit gespielt war. Vielleicht war Hans der wunde Punkt in ihrem Leben? Aber als er tot war, hatte sie keinen Augenblick lang gezögert, sich dem Schwiegervater an den Hals zu werfen. Für sie schien es, um ihr Ziel zu erreichen, keine Tabus zu geben. Es fiel Rupert nicht schwer, sich vorzustellen, wie sie, allein mit ihrem Schwiegervater in einem Haus lebend, kein Mittel ausgelassen hatte, um ihn zu verführen. Bei einem Mann wie ihm, der gesellschaftliche Rücksichten zu nehmen hatte, war ihr das sicher ungleich schwerer gefallen als bei ihren sonstigen Eroberungen.

Er beobachtete, wie sie eine Apfelsine aus der Strandtasche nahm, sie mit ihren spitz zugefeilten Nägeln schälte und in der Mitte auseinanderbrach. Sie hielt ihm eine Hälfte hin und fragte: »Wollen Sie?«

Er griff stumm zu.

Über den Baumwipfeln segelte ein großer Habicht am blauen Himmel und hielt nach Beute Ausschau. Schlangen brauchten keinen scharfen Schnabel und keine scharfen Krallen, um sich ihrer Beute zu versichern. Sie verhielten sich ähnlich wie diese Frau neben ihm, und nicht einmal Karl Widdau war ihr gewachsen gewesen.

»Woran denken Sie?« fragte sie unvermittelt.

Er fuhr ertappt zusammen. »Ich denke über Sie nach.«

»Das habe ich mir gedacht«, sagte sie und drehte sich, in sein Gesicht blickend, auf die Seite. Daß ihre Knie seine Schenkel berührten, war sicher Absicht. »Ich habe Sie aus über fünfundzwanzig Bewerbern herausgesucht«, sagte sie. »Wollen Sie wissen, weshalb?«

Das hätte ihn interessieren können. Trotzdem sagte er nur: »Sie werden Ihre Gründe dafür gehabt haben. Was ist aus der ersten Frau Ihres Mannes geworden?«

»Er ließ sich lange vor meiner Zeit von ihr scheiden«, antwortete sie. »Hans wurde ihm zugesprochen.« Sie lächelte wieder. »Ich weiß genau, was Sie von mir denken. Sicher wundern Sie sich auch darüber, weshalb ich Ihnen so viel von mir erzähle. Was ich mir bis heute in den Kopf gesetzt habe, das habe ich immer erreicht. Falls Sie mich für hemmungslos halten: ich bin es tatsächlich. Ich finde Hemmungen altmodisch. Im Augenblick gibt es nur ein Problem für mich, und das sind Sie. Sie sind für mich so etwas wie ein notwendiges Übel. Ich brauche Sie, um so leben zu können, wie ich das möchte. Ich habe mich für Sie entschieden, weil Sie intelligent und gebildet sind. Das kann man von den meisten Männern, die sich ihren Lebensunterhalt auf Ihre Art verdienen, nicht behaupten. Die verstehen etwas von Autos, aber damit hat es sich in der Regel. Ich brauchte einen Fahrer, dem ich volles Vertrauen schenken kann und der dieses Vertrauen nicht auszunutzen versucht. Gebildete Leute neigen weniger dazu als andere. Sie haben Ihren Stolz und sicher auch eine hohe Meinung von sich. Vielleicht sind Sie ein Mann mit Prinzipien. Das ist mir nicht unlieb, solange mir Ihre Prinzipien nicht im Weg sind. Sie würden früher oder später doch das meiste über mich erfahren. Es ist mir daher lieber, Sie erfahren es von mir selbst.«

»Wenigstens sind Sie offen«, sagte Rupert verwundert.

Sie lächelte. »Warum nicht? Indem ich Sie in mein Vertrauen ziehe, mache ich Sie zu meinem Verbündeten.«

»Auch gegen Ihren Mann?«

»Wo es sein muß«, sagte sie gleichgültig. »Ich brauche einen Fahrer, auf den ich mich in jeder Beziehung verlassen kann, auch seiner eigenen Familie gegenüber.«

Rupert war sich nicht sicher, ob er sich geschmeichelt oder abgestoßen fühlen sollte. Er fragte: »Und für einen solchen halten Sie mich?«

»Ich bin mir noch nicht ganz sicher«, sagte sie. »Mit Ihrem Vorgänger habe ich Pech gehabt, er hat versucht, mich zu erpressen, und ist, als ich mich nicht darauf eingelassen habe, zu meinem Mann gelaufen, um ihn über mich aufzuklären. Mein Mann hat ihn, ohne ihn erst anzuhören, vor die Tür gesetzt.«

»Obwohl er so eifersüchtig ist?«

Sie berührte seinen Arm und befühlte seine Muskeln. »Er würde sich von keinem anderen über seine Frau aufklären lassen, schon gar nicht von einem kleinen Angestellten. Seine Furcht, mich zu verlieren, ist noch größer als seine Eifersucht. Er hat meinetwegen zu seiner Familie die Beziehungen abgebrochen, weil sie sich mit unserer Heirat nicht abfinden wollte. Es leben noch zwei Brüder von ihm. Er hat ihnen ihre Geschäftsanteile ausbezahlt. Heute kauft er sich hinter ihrem Rücken durch Strohmänner in ihre Firmen ein. Eines Tages wird er es in der Hand haben, ihre Existenz zu vernichten.«

»Haben Sie ihn dazu ermuntert?« fragte Rupert schockiert.

»Das war nicht nötig«, sagte sie. »Wenn man ihn gekränkt hat, kann er skrupellos sein. Vielleicht wird er ihnen aber auch verzeihen. Das hängt davon ab, ob sie sich bereit finden, sich bei mir für ihre damalige Bemerkung, unsere Heirat sei eine Geschmacklosigkeit, zu entschuldigen. Er könnte es sich heute gar nicht mehr leisten, sich von mir zu trennen, denn damit würde er vor aller Öffentlichkeit eingestehen, daß jene Leute, die er am meisten haßt, mit ihren Voraussagen recht behalten haben. Er würde lieber daran sterben, als ihnen diesen Triumph zu gönnen, aber um das zu verstehen, ist Ihr Kopf vielleicht nicht groß genug. Oder doch?«

Er blickte angewidert und fasziniert zugleich in ihr lächelndes Gesicht. »Vielleicht muß man, um das zu verstehen, so sein wie er«, sagte er.

»Sicher«, räumte sie ein. »Für ihn käme eine Trennung von mir dem Eingeständnis gleich, daß alles, was er in den letzten fünfzehn Jahren getan hat, im Grunde sinnlos gewesen war. Ich sehe keinen Anlaß, ihn von dieser Auffassung abzubringen. Im Gegenteil.«

»Vielleicht lieben Sie ihn gar nicht?« sagte Rupert mehr impulsiv als überlegt. Er bereute es sofort, aber sie nahm seine Worte fast amüsiert auf. »Muß ich das? Ich habe mit seiner Familie eine Rechnung zu begleichen, die so alt ist wie ich selbst.« Sie berührte seine Schulter. »Was ist das für eine Narbe?«

»Eine Erinnerung an einen Granatsplitter.«

»Wie schrecklich!« sagte sie. »Hat es sehr weh getan?«

Ihr Gesicht war ihm so nahe, daß er ihr Sonnenöl riechen konnte. Wie durch ein Vergrößerungsglas sah er die feinen Schweißperlen auf ihrer Stirn, das etwas verschmierte Rot ihrer Lippen und ihre verschleierten Augen. Sie beugte sich über ihn und streichelte mit der Handfläche zuerst seine Brust und dann seine Schenkel. Bei alldem sah sie ihn neugierig an. Er blickte auf ihre Hand nieder, beobachtete, wie sie seine Badehose streifte und dort liegen blieb. »Wenn Sie ein braver Junge sind«, sagte sie, »werden Sie diese Stellung bei mir noch liebgewinnen. Sie sind doch ein braver Junge?«

Er konnte nicht verhindern, daß ihre Berührung ihn erregte. Für einen Augenblick lang verspürte er den Wunsch, aufzustehen und davonzulaufen, aber warum eigentlich? Hatte er sich in Wirklichkeit etwas sehnlicher gewünscht als das? Was ging ihn ihr Mann an! Sollte er etwa mehr Rücksicht auf ihn nehmen als sie?

Trotzdem wich er, als ihre Hand noch höher glitt, mit den Hüften zurück. Sie fragte belustigt: »Haben Sie Angst? Vielleicht sind Sie nur mutig, wenn Sie es mit schlafenden Frauen zu tun haben. Manche Männer spielen sich dann gerne auf.«

Er sagte: »Manche Frauen sollten sich, wenn sie Sonne nicht vertragen, lieber in den Schatten legen.«

»Woraus schließen Sie, daß ich Sonne nicht vertrage?« fragte sie amüsiert.

Ihre frivole Art, mit den Blicken seine Erregung abzuschätzen, trieb ihm das Blut in den Kopf. Er richtete rasch den Oberkörper auf und griff nach seinen Zigaretten. Irmgard Widdau musterte ihn belustigt. »Ist Ihnen das peinlich? Ich dachte immer, Männer seien stolz darauf.«

»Vielleicht jene Männer, mit denen Sie es bisher zu tun hatten«, sagte er gereizt. Sie lachte leise. »Werden Sie nicht schon wieder frech, mein Junge. Ich könnte sonst auf den Gedanken kommen, Sie hier allein sitzen zu lassen. Nach allem, was ich gestern in Ihrem Zimmer gesehen habe, scheinen Sie nicht gerade prüde zu sein. Ist Ihre Frau wegen dieser anderen davongelaufen?«

Er vergaß, seine Zigarette anzuzünden, und starrte sie fassungslos an. »Woher wissen Sie das?«

»Man hat seine Verbindungen«, antwortete sie gleichgültig. »Es war mir nicht unwichtig zu wissen, was für eine Art von Mann Sie sind. Sie brauchen mir nicht zu antworten, die Gründe, weshalb Ihre Frau von Ihnen weggegangen ist, interessieren mich nicht. Es ist allerdings besser, wenn Sie meinen Mann im Glauben lassen, daß Sie glücklich verheiratet seien; er würde sonst vielleicht an Ihrer moralischen Integrität zweifeln.« Sie kicherte. Dann nahm sie ihm die Zigarette aus der Hand und fragte: »Haben Sie auch Feuer?«

Er griff nach seinem Feuerzeug. Ihre Informationen konnte sie erst nach der Rückkehr aus Hergiswil erhalten haben. Die Zeit davor war für solche Recherchen, wer immer sie auch ausgeführt haben mochte, zu kurz gewesen. Sie blies ihm den Rauch ihrer Zigarette ins Gesicht und betrachtete seine Badehose. »Sie gefällt mir«, sagte sie. »Ich sagte Ihnen ja schon, daß ich sie Ihnen abkaufen möchte. Was würde sie kosten?«

Er hatte sich noch viel zuwenig von seiner letzten Überraschung erholen können, um das, worüber sie redete, richtig zu begreifen. Erst als sie ihre Frage wiederholte, sagte er: »Ich weiß nicht, was Sie damit bezwecken.«

»Das habe ich Ihnen schon mehrfach erklärt«, erwiderte sie. »Ich möchte Ihnen diese Badehose abkaufen. Wieviel ist sie Ihnen wert? Hundert Mark?«

Er hatte kaum mehr als zwölf Schweizer Franken dafür bezahlt. Bevor er antworten konnte, sagte sie: »Damit wir uns richtig verstehen: Wenn ich sie Ihnen abkaufe, möchte ich sie sofort haben.«

»Wozu?« fragte er verständnislos.

Sie beugte sich zu ihrer Strandtasche hinüber und nahm eine Leica heraus. »Raten Sie einmal«, sagte sie.

Jetzt erst verstand er, aber er konnte es noch immer nicht recht glauben. »Sie wollen ein Foto von mir haben?«

»Ohne Badehose«, bestätigte sie. »Dafür bezahle ich Ihnen das Mehrfache dessen, was sie gekostet hat.«

Er mußte unwillkürlich grinsen. »Diese Art von Dienstleistung ist in meinem Vertrag nicht vorgesehen.«

»Fünfhundert Mark?« fragte sie.

Es gab eine ganze Menge schon lange benötigter Dinge, die er sich für fünfhundert Mark hätte kaufen können. Trotzdem sagte er: »Das ist doch nicht Ihr Ernst?«

Sie sagte kühl: »Tausend. Außerdem würde ich meinen Mann dazu bewegen, daß er Ihnen ab sofort monatlich siebenhundert Mark bezahlt, Ihnen eine hübsche Zweizimmerwohnung und ein zinsgünstiges Darlehen für eine neue Einrichtung besorgt. Sie haben die Wahl.«

Sie griff wieder in die Tasche, holte ein Scheckheft und einen Füllfederhalter heraus und stellte, die Leica neben sich legend, den Scheck auf ihren Knien aus. Sie hielt ihn Rupert unter die Nase und sagte: »Tausend Mark und alles, was ich Ihnen sonst noch versprochen habe. Entscheiden Sie sich. Ja oder nein.«

Er blickte eine Weile auf den Scheck nieder, dann fragte er: »Und wenn ich es nicht tue?«

»Dann sind Sie nicht der richtige Mann für mich«, sagte sie. »Ich würde meinem Mann sagen, daß Sie versucht hätten, zudringlich zu werden. Erfahrungsgemäß wird er meiner Version mehr Glauben schenken als der Ihren, falls Sie überhaupt noch Gelegenheit haben würden, ihm eine zu geben, was ich bezweifle.«

Mit einer Zweizimmerwohnung, einer neuen Wohnungseinrichtung und siebenhundert Mark monatlich könnte er vielleicht wieder darauf hoffen, daß Hedy zu ihm zurückfand, und wenn sie erst wieder bei ihm wäre, würde er sich eine andere Stellung suchen. Er sagte heiser: »Wofür wollen Sie das Foto haben?«

»Nehmen Sie an, ich würde es mir abends im Bett gerne betrachten«, sagte sie. »Als Sie mich in Hergiswil ausgezogen haben, waren Sie auch nicht gerade zimperlich. Sie haben *mich* gesehen, und jetzt möchte ich Sie einmal sehen und mir ein kleines Souvenir davon aufbewahren. Haben Sie Angst, ich könnte es meinem Mann zeigen? Das wäre für mich entschieden peinlicher als für Sie.«

Sie blickte auf ihre Armbanduhr. »Ich lasse Ihnen noch eine Minute Zeit.« Ihre Stimme klang endgültig.

Die hohen Fichten warfen bereits lange Schatten über die Lichtung. Durch ihre Zweige fielen schräge Sonnenstrahlen auf den moosbewachsenen Boden. Im Wald zirpten Vögel. Zwei Schmetterlinge tanzten über den grünen Ginsterbüschen.

Rupert sah nichts von alldem. Er starrte vor sich nieder. Es gab nicht viel gegeneinander abzuwägen, und wenn er nur wegen dieses lächerlichen Fotos die Stellung bei ihr verlieren würde, könnte er es sich vielleicht sein Leben lang nicht mehr verzeihen. Sie hatte recht: Ihre Waffen waren ungleich schärfer als seine eigenen, und Leute ohne Geld hatten nicht die Freiheit der Wahl. Er hatte bei dieser Sache kaum etwas zu verlieren, jedoch eine ganze Menge zu gewinnen, denn wenn sie ihn tatsächlich fotografierte, würden ihre Beziehungen zueinander nicht mehr dieselben sein wie bisher; sie würde sich damit auch ihm auf eine unwiderrufliche Weise ausliefern.

Obwohl sich seine Argumente überzeugend anhörten, wußte er, daß sein Entschluß, ihren Wunsch zu erfüllen, noch einen tieferen Hintergedanken hatte. Er sagte: »Sie wissen, daß ich die tausend Mark gebrauchen kann.«

»Deshalb habe ich sie Ihnen angeboten«, sagte sie zustimmend. »Sie sind einverstanden?«

Er nickte, ohne es eigentlich zu wollen.

»Warten Sie«, sagte sie und drückte ihre Zigarette aus. Sie beugte sich zu ihm herüber und sagte lächelnd: »Ich möchte Sie noch ein wenig fotogener haben. Sie haben doch nichts dagegen?«

Er blickte stumm auf ihre Hände nieder. Daß sie im Umgang mit Männern erfahren war, hätte sie ihm nicht erst zu zeigen brauchen, aber deshalb tat sie es schließlich auch nicht. Als er sie zu küssen versuchte, drehte sie rasch das Gesicht weg und sagte: »Erst das Foto, mein Junge. Ich glaube, jetzt können Sie sich sehen lassen. Stehen Sie auf.«

Er gehorchte benommen und beobachtete, wie sie die Leica an das rechte Auge setzte und ihn anvisierte. Er hörte das Klicken des Auslösers, und dann noch einmal. Dann sagte sie: »Drehen Sie sich halb um. Ich möchte Sie noch im Profil haben. Ja, so ist es schön. Genauso!« Und dann klickte es wieder zweimal. »Jetzt noch Ihren Rücken«, sagte sie. »Sie haben breite Schultern und eine schmale Taille. Danke, das ist alles.«

Sie stand auf, drückte Rupert den Scheck in die Hand und

verschwand mit ihrer Leica in Richtung zum Wagen. Vermutlich wollte sie, damit er es sich nicht anders überlegte, den Film in Sicherheit bringen. Er setzte sich auf die Wolldecke, zog seine Badehose an und starrte dann reglos zwischen seine Beine. Er fühlte sich beschmutzt.

Ich frage mich heute, wie ich mich in jenem Moment wirklich gefühlt habe. Sicher habe ich auch Scham empfunden. Vielleicht weniger wegen des Fotos als aus anderen Gründen, denn schließlich hatte ich das nicht zuletzt für Geld gemacht. Tausend Mark waren zu jener Zeit für mich ein so riesiger Betrag, daß ich mir dafür nicht nur die Vernunft, sondern auch noch mein bißchen Stolz hatte abkaufen lassen. Über ihre eigenen Beweggründe bin ich mir damals nicht recht schlüssig geworden. Heute meine ich, daß ihr dieses Spiel nicht nur ein perverses Vergnügen bereitete, sondern auch einen praktischen Zweck erfüllen sollte, mich nämlich von ihr abhängig zu machen, indem sie mir jederzeit damit drohen könnte, das Foto unliebsamen Nebenbuhlerinnen zu zeigen. Sicher hat sie darüber hinaus auch testen wollen, ob ich schon willfährig genug für ihre extravaganten Sex-Spiele war. Übrigens soll es auch schon im Mittelalter Hexen gegeben haben, die sich einer anderen Person dadurch bemächtigten, daß sie Bilder von ihnen anfertigten, und Irmgard Widdau war eben eine Hexe aus dem zwanzigsten Jahrhundert: Magie mit einer Leica! Und ich hatte mich bereitwillig von ihr *bannen* lassen. Vielleicht war das insgeheim mein Wunsch gewesen? Wenigstens an jenem Tag. Sie selber zu verzaubern, indem ich sie meine Männlichkeit sehen ließ.

Es ist ein ziemliches Chaos von Gefühlen, das der Rupert Kruedener von heute in seinem damaligen Ich entdeckt, aber vielleicht bedarf es nur eines äußeren Anstoßes, um unsere Gefühle in Unordnung zu bringen? Für mich war dieser Anstoß Irmgard Widdau gewesen.

Er mußte lange auf sie warten. Als er einmal einen Blick auf den Scheck warf, stellte er fest, daß die Unterschrift fehlte, und ohne Unterschrift war er ein wertloses Stück Papier. Ihm wurde vor Zorn und Enttäuschung fast übel, denn wenn sie es mit dem Scheck nicht ernstgemeint hatte, dann konnte er sich auch auf ihre übrigen Versprechungen nicht verlassen; sie hatte ihn wieder einmal an der Nase herumgeführt.

Er blieb ein paar Sekunden lang mit weißem Gesicht sitzen. Dann zog er die Badehose aus, legte sie neben sich auf die Wolldecke und wartete. Als sie schließlich zurückkam, wirkte ihr Gesicht ganz unbefangen. Sie fragte: »Warum haben Sie Ihre Badehose nicht angezogen?«

Von unten sahen ihre Beine noch länger aus. Sie beugte sich lächelnd zu ihm nieder, nahm ihm den Scheck aus der Hand und zerriß ihn in viele kleine Stücke. »Trotzdem waren Sie ein braver Junge«, sagte sie. »Zur Belohnung dürfen Sie mich jetzt anschauen.« Sie zog mit lässigen Bewegungen den Bikini aus, setzte sich neben ihn auf die Wolldecke und sagte: »Aber nur anschauen! Haben Sie verstanden?«

Er begriff kaum, was sie sagte, er starrte sie nur an, und als sie sich auf den Rücken legte, hatte er ein dumpfes Dröhnen im Kopf. Sie schlug die Beine übereinander, verschränkte die Hände hinter dem Nacken und sagte: »Zünden Sie mir eine Zigarette an.«

Als er sich nicht rührte, blickte sie ihn an und fragte: »Haben Sie keine mehr?« Dann fiel ihr sein Gesichtsausdruck auf, sie sagte warnend: »Machen Sie keine Dummheiten, mein Junge. Hier bin ich es, der die Spielregeln bestimmt. Wenn ich etwas von Ihnen haben will, werde ich Sie das vorher wissen lassen.«

»Sie meinen, Sie können sich für Ihr Scheißgeld alles leisten?« fragte er leise.

Sie lächelte dünn. »So gut wie alles. Sie jedenfalls sind schon für tausend Mark zu haben. So billig hat mein Mann es mir nicht gemacht. Bei ihm mußte ich mich etwas mehr anstrengen. Seien Sie jetzt still. Ich will noch ein paar Minuten die Sonne genießen.«

Sie schloß die Augen und öffnete sie erst wieder, als sie seine Hand an der Brust fühlte. Sie sagte: »Hören Sie auf damit, sonst wird es Ihnen leid tun. Ich habe Ihnen eben gesagt, daß die Spielregeln von mir bestimmt werden.«

»Jetzt nicht mehr«, sagte er. »Es ist mir egal, was Sie hinterher tun werden. In den nächsten fünf Minuten werden Sie tun, was *ich* will.«

»Sie sind ja verrückt«, murmelte sie verwundert. »Was bilden Sie sich ein, Sie kleiner Pikkolo? Daß ich mit Ihnen schlafe?«

»Etwas anderes haben Sie doch keinen Augenblick lang im Sinn gehabt«, sagte er und griff nach ihrem Schoß.

Sie versuchte, sich seiner Hand zu entziehen, und als es ihr nicht gelang und er Gelegenheit hatte, sich ihrer Erregung zu vergewissern, schlug sie ihm heftig auf den Mund.

Mit einer einzigen lautlosen Bewegung war Rupert über ihr, aber sie wehrte sich wie eine Rasende, stieß mit den Beinen nach ihm, trommelte mit den Fäusten in sein Gesicht und auf seine Brust, und als er merkte, daß er es so nicht schaffen würde, griff er rasch unter ihrem Rücken hindurch nach ihrem Arm und warf sie auf den Bauch. Er ließ sich mit seinem vollen Gewicht auf sie fallen, zwängte mit den Knien ihre Schenkel auseinander und hielt sie mit seinem Körper am Boden fest. »Das nützt dir jetzt alles nichts mehr«, sagte er keuchend. »Diesmal wirst du deine Schulden bezahlen.«

Sie gab keine Antwort, aber er fühlte, wie ihr Widerstand schwächer wurde. Als er die Hände unter ihre Schenkel schob, hielt sie unvermittelt still. Sie sträubte sich kein einziges Mal mehr, und als er sie anhob und in sie eindrang, hörte er sie aufstöhnen.

Für ein paar Augenblicke lang schien sich sein ganzer Körper in einem brennenden Jucken zusammenzuziehen, dann wurde aus dem Jucken Bewegung und aus der Bewegung Rhythmus. Wie durch einen roten Nebel sah er ihren sich krümmenden Rücken, ihre schweißglänzenden Lenden, die seine Bewegungen zu erwidern begannen, mit seinen Schenkeln zusammentrafen und sich wieder von ihnen lösten, immer rascher und immer heftiger, während er sie keuchen hörte und ihre Nässe seine Sinne noch mehr aufstachelte, bis sie mit einem heiseren Aufschrei unter ihm zusammenbrach und seine Zuckungen zwischen ihren Schenkeln erstickte. Er ließ erst von ihr ab, als keine Kraft mehr in ihm war. Dann rollte er sich von ihr herunter und blieb, nach Luft ringend, neben ihr liegen. Erst jetzt, da er wieder denken konnte, wurde ihm bewußt, was er getan hatte. Er schloß die Augen und dachte, daß nun alles vorüber sei, aber irgendwann, er hatte kein Gefühl dafür, wieviel Zeit vergangen war, fühlte er ihre Hand. Sie streichelte seine Wange, und als er die Augen aufschlug, sah er ihr Gesicht dicht über sich. Sie küßte ihn sanft auf den Mund und murmelte: »Bist du immer so brutal?«

In diesem Augenblick verzieh er ihr alles.

Wie lange sind wir noch liegengeblieben? Ich weiß es heute nicht mehr. Ich kann mich auch nicht daran erinnern, was wir noch gesprochen und getan haben. Für den Rest des Tages ist mein Gedächtnis so leer wie eine abgewischte Schultafel.

Ich nehme an, es ging alles zwangsläufig weiter. Irgendwie geht es immer weiter.

Christopher Barr

Fata Morgana

Als ich nach dem Unfall die Augen wieder öffnete, schien die Piste wie eine schartige kamelfarbene Mauer in den Himmel aufzuragen. Der Rover lag auf der Seite. Meine Stirn war in der bleiernen Hitze angeschwollen. Mein Gesicht fühlte sich an, als werde es nur noch von verkrustetem Blut und salzig getrocknetem Schweiß zusammengehalten. Die Hitze drückte schwerer auf meinen Körper als das verbogene Blech. Mir dröhnte der Kopf, und ich schloß die Augen vor dem grellen Leuchten des Himmels.

Es roch nach Benzin. Der Motor, der sich um meinen Fußknöchel verkeilt hatte, zischte rhythmisch, als atme er. Ein verbogener Scheibenwischer hing durch die geborstene Windschutzscheibe hindurch in das Wageninnere. Ich zog mein linkes Bein unter der Lenksäule hervor und versuchte, mich aus der zerbeulten und rauchenden Karosserie herauszuarbeiten.

Ein leichtes Brennen war alles, was ich spürte. Dann erst merkte ich, daß sich mein Bein überhaupt nicht bewegt hatte. Der Befehl meines Gehirns war nicht weitergeleitet worden. Ich dachte mir, daß ein eingeklemmtes Bein besser sei als gar kein Bein, und blieb ganz ruhig.

Ich verdrehte den Hals. Obwohl mir die Sicht durch das Dach und den Boden des Rovers verdeckt war, konnte ich die Wüste unter den blauen Flammen des Himmels sehen. Wüstenschwalben strichen in graziösen Bögen über dem Wagen durch die heiße Luft. Sie erinnerten mich an die Jungen, die vor unserer Villa in Frankfurt auf ihren Rollschuhen mit ausgebreiteten Armen genau dieselben perfekten Bögen auf die Bürgersteige gemalt hatten. Es war sinnlos, daran zu denken.

Das echte Abenteuer war enttäuschend banal, so enttäuschend und banal wie der Tod, der es wahrscheinlich beenden würde. Und natürlich erlebte man es nur auf eigenes Risiko, weil man sozusagen die Folie des Glanzpapierprospekts durchstoßen hatte und auf ungesichertes Terrain vorgedrungen war.

Aber es gab kein Entkommen aus dem goldenen Käfig, in den ich mich selbst gesperrt hatte, als ich die Ehe mit Margret eingegangen war. Ich hatte mich eingeschlossen und den Schlüs-

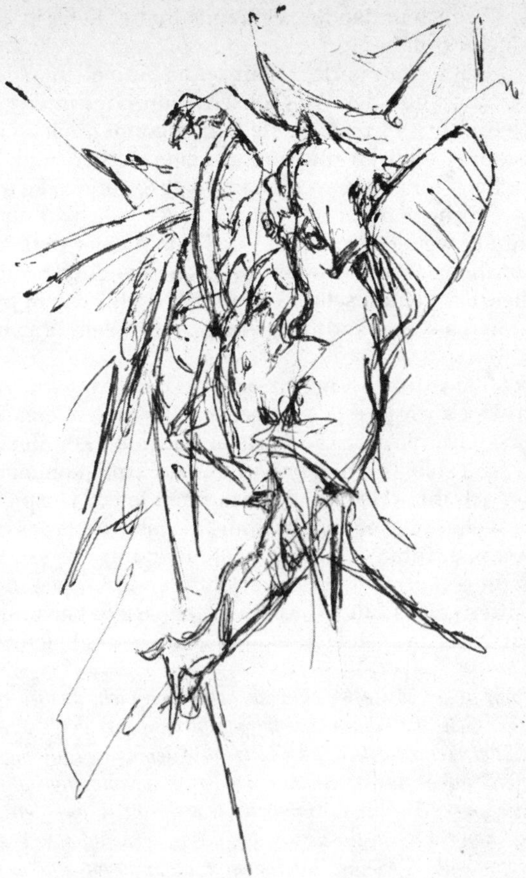

sel weggeworfen. Wie Margret es gewollt hatte. Aber noch saß sie in Frankfurt, und ich war hier, durch Tausende von Kilometern von ihr getrennt. Noch war nicht alles verloren.

Ich hatte geglaubt, Silkes Gesicht auf einer Düne zu sehen, hatte unwillkürlich das Steuer herumgerissen und war von der Piste abgekommen. Derselbe Wind, der Boticellis Pinsel über die Leinwand geführt haben muß, hatte Silkes Züge in den Sand geriffelt. Oder war es nur eine Fata Morgana gewesen? Eine Fata Morgana wie die, die mich in den letzten Tagen immer tiefer in das Innere Afrikas gelockt hatte?

Andererseits, wann erlebt man schon einmal ein Gesicht, das einen bis ans Ende der Welt locken kann oder in das Herz der Wüste, einfach weil man zu sterben begonnen hat, seit man es zum erstenmal erblickte und immer weiter sterben wird, langsam, so unendlich sanft, bis man es wieder sieht? Denn Silke war es, die ich liebte, nicht Margret.

Ich mußte weiter. Nicht nur, weil mir Wasser und Zigaretten bald ausgehen würden, sondern weil ich Gewißheit haben mußte. Gewißheit über einen schrecklichen Verdacht, der in mir aufgekeimt war. Es war nicht mehr ein Gesicht allein, das mich vorwärtstrieb.

Ohne Hilfe würde ich mich kaum aus dem Autowrack befreien können. Doch ich mußte es schaffen. Bis ein anderes Fahrzeug oder eine Gruppe von Berbern auftauchte, konnte ich nicht warten. Und selbst wenn jemand mir zur Hilfe kommen würde, wie sollte ich ihm erklären, daß ich nicht in ein Hospital wollte, sondern weiter, weiter auf der Spur, die Silke hinterlassen hatte?

Noch immer fühlte ich keinen Schmerz, nur das sanfte Pulsieren des Blutes in meinem eingeklemmten Bein, wie das warme Flügelflattern eines müden Kolibris. Ich tastete nach dem Knopf des Autoradios und schaltete es an. Nichts geschah. Ich begann zu dösen.

Ungefähr in der Mitte der Hängebrücke begriff ich, daß ich es nicht bis zur anderen Seite der Schlucht schaffen würde. Eines der Trägerseile war von der dauernden Belastung, der Hitze und der hohen Luftfeuchtigkeit so angegriffen, daß es nur noch von einer Faser zusammengehalten wurde. Und diese Faser begann zu reißen. Jeder Schritt auf den morschen schwankenden Brettern, die den Boden der Brücke bildeten, brachte mich dem Absturz näher. Meine Hände waren aufgerissen, und ein Gemisch aus Schweiß und Blut blieb auf dem Hanf zurück. Jeder Muskel in meinem Körper vibrierte. Vor und hinter mir wallte der dunkelgrüne Vorhang des Urwalds, und dreißig Meter unter mir zog träge der lehmfarbene Fluß dahin. Kleine braune Inseln streckten ihre Buckel aus dem Wasser. Auch am Ufer lagen kleine Buckel in der Sonne. Es waren Krokodile. Einige von ihnen hatten die Mäuler aufgerissen, denn auf diese Weise ruhten sie sich aus. Wenn die Fänge zuklappten, war es gefährlich, in ihre Nähe zu geraten.

Ich schnappte nach Luft. Das Schwanken der Brücke hatte sich meinem Magen mitgeteilt. Mir war übel, und ich hatte Kopfschmerzen. Die Luft über dem Fluß, zwischen den grünen Mauern der verschlungenen Bäume, schien zu stehen. Ich ging weiter, stolperte und wäre beinahe gefallen. Das Knacken der Bohlen und das Knatschen der Seile waren die einzigen Geräusche, die ich hörte. Diesmal würde es keine Rettung geben. Diesmal war ich wirklich allein, und plötzlich hatte ich Angst, panische Angst. Ich begann zu rennen. Fast blind von dem Schweiß, der mir in die Augenhöhlen rann, taumelte ich über die Brücke, die immer heftiger schwankte. Vielleicht hätte ich nicht rennen dürfen. Vielleicht hätte ich dann eher bemerkt, daß vor mir vier der schmalen Bretter fehlten. So trat mein linker Fuß ins Leere, und dann entglitten die Seile meinen Händen. Ich fiel von meinem eigenen Schrei weg in die Tiefe, und landete im Wasser. Gurgelnd drang der Fluß in meinen Kopf. Ich tauchte wieder auf und schlug um mich. Schwimmen, dachte ich, du kannst schwimmen.

Die Krokodile glitten geschmeidig ins Wasser. Sie hatten Fleisch entdeckt, das sie zerfetzen und in blutige Happen reißen konnten. Drei von ihnen durchschnitten den Fluß. Nur die kalten, starren Augen und die Spitze der Schnauze hielten sie über dem Wasser. Ich schwamm um mein Leben, schnappte Luft und Wasser, schrie und atmete zugleich. Nur noch zehn Meter trennten mich vom Ufer, aber sechs Meter weniger hatte die erste der Bestien bis zu mir zurückzulegen.

Und dann wurde ich gerettet. Ich hatte nicht erwartet, daß sie mich finden würde, aber wahrscheinlich hatte sie meinen Fallschirm gesehen und sich gemerkt, wo er gelandet war. Plötzlich zerriß der Knall eines Schusses das Rauschen des Wassers. Das Krokodil, das mir am nächsten war, schien einen Schlag gegen den Rumpf zu erhalten. Es wurde zur Seite geschleudert und ließ eine Spur von Blut hinter sich. Sofort änderten die beiden anderen den Kurs und hielten auf ihren verletzten Artgenossen zu.

Unverletzt erreichte ich das Ufer, während hinter mir muskulöse Schwänze das Wasser peitschten und blutiger Schaum sich in dem Geäst verfing, das in den Fluß hing.

Sie war noch schöner als ihre Vorgängerin. Allerdings mußte man den Blick eines Kenners haben, um das auf Anhieb zu bemerken. Sie hatte das dunkelbraune Haar streng nach hinten zu einem Pferdeschwanz gebunden und trug eine große Sonnenbrille. Sie war weder geschminkt noch hatte sie Lippenstift aufgetragen. Sie trug einen weißen Tropenhelm, eine weiße Bluse und eine weiße Hose. Ihre Füße steckten in braunen Stiefeln. Das automatische Gewehr in ihrer Hand rauchte noch. Ich taumelte auf sie zu, brach vor ihr in die Knie und kippte zur Seite. Um Atem ringend, lag ich auf dem Rücken. Sie wartete, bis ich wieder gehen konnte. Dann führte sie mich zu einem Zelt mit Tarnnetz.

Das Innere des Zeltes war mit roter Seide ausgeschlagen. Ein Hauch von Estée Lauder hing in der Luft. Bestickte Kissen in verschwenderischer Zahl bedeckten ein großes Bett. Ein batteriebetriebener Ventilator sorgte für angenehme Zugluft. Getränkekaraffen glommen im Halbdunkel. Eine Ecke des Zeltes entpuppte sich als Duschkabine.

Die Frau nahm Helm und Sonnenbrille ab und löste ihr Haar. Ihre Schönheit verschlug mir den Atem.

»Willkommen in der zweiten Station, Robert«, sagte sie. »Und herzlichen Glückwunsch. Mein Name ist Constanze.« Dann zog sie sich aus, befreite mich von meinen Kleidern und wusch mich, ehe sie mir auf dem großen Bett mit laszivem Raffinement eine unvergeßliche Stunde bereitete. Doch konnte ich bei keiner Kontraktion ihrer Lippen und bei keinem zarten Streicheln ihrer Finger vergessen, daß ich dafür ein Vermögen bezahlt hatte.

Als ich in frische Sachen geschlüpft war und vor das Zelt trat, sagte eine Stimme: »Robert Luck, Frankfurt, an der zweiten Station.« Ich blickte in das Objektiv einer 16-mm-Kamera und lächelte. Der Kameramann filmte mich etwa eine Minute lang und setzte dann das schwere Gerät ab. Erst jetzt bemerkte ich die Person, die neben ihm stand und mich beinahe schüchtern anblickte.

»Das wär's, Silke«, sagte der Kameramann. Silke hieß sie also. Der Name sagte mir nichts. Aber vom ersten Augenblick an war sie mir seltsam vertraut. Ich war sicher, sie schon einmal gesehen zu haben. Nur wo?

Als ich wieder erwachte, schien es noch heißer geworden zu sein. Der Motor keuchte immer noch. Mein Bein schmerzte, wenn ich es bewegte. Die Sonne prallte mir jetzt direkt ins Gesicht, und meine Haut juckte. Sonnenbrand. Ich wußte nicht, wie lange ich geschlafen hatte. Es konnte noch Stunden oder Tage dauern, bis ich gefunden wurde. In diesen Teil der Wüste verirrten sich nur Idioten. Oder Manager, die aus ihrem Ehegefängnis entfliehen wollten und bereit waren, sich dafür in Gefahr zu begeben. Und darin umzukommen. Beinahe war ich erleichtert, daß ich mich nicht bewegen konnte, denn so war ich aller weiteren Verantwortung enthoben. Ich dachte an Silke. Und an die Fragen, die ich ihr zu stellen hatte.

Meine Lippen klebten aneinander. Die Straße unter dem Wagen schien in der Hitze zu beben. Der leichte heiße Wind konnte den aufdringlichen Benzingeruch nicht vertreiben. An meiner Schläfe pochte eine Ader.

Über die Straße schob sich ein Bild, auf dem ich alle Einzelheiten deutlich erkannte. Palmen, ein großes Zelt, ein kleiner See und Gestalten in farbigen Burnussen. Ich kniff die Augen zusammen und öffnete sie wieder. Das Bild war noch immer da, und es war so nah, daß ich es berühren zu können glaubte.

Ich rutschte zur Seite. Mein Kopf hing schief, und aus diesem Blickwinkel verlief das Band der Straße wieder horizontal. Die Menschen zwischen den Palmen bemerkten mich nicht. Wie sollten sie auch? Sie waren ja Kilometer entfernt. Eine Fata Morgana.

Natürlich wußte Margret, wo ich mich aufhielt. Schließlich bekleidete ich in ihrer Computer-Firma den Posten des stellvertretenden Geschäftsführers, und die Firma hatte diesen Überlebenstrainingsurlaub für mich gebucht. Einmal im Jahr gestattete ich mir vier Wochen, in denen ich mich bis zur Erschöpfung verausgabte. Aber Margret wußte nicht, daß ich diesmal bei der Londoner Agentur gewissermaßen die Luxusausführung dieses Urlaubs gebucht hatte. Ein Tip, der nur in exklusiven Kreisen hinter vorgehaltener Hand kursierte . . .

Margret durfte nie etwas von den atemberaubenden Attraktionen erfahren, die meinem Abenteuerurlaub dieses Jahr eine besondere Note verliehen. Nicht, daß sie eifersüchtig gewesen wäre. Aber es gehörte zu Margrets Prinzipien, sich nichts wegnehmen zu lassen, wofür sie teuer bezahlt hatte. Und bei mir hatte sie ein Exklusivrecht bzahlt. Wenn sie mich jemals in den Armen einer anderen Frau überrascht hätte, wäre ich von diesem Augenblick an für sie wertlos gewesen. Als kleine Entschädigung wäre ihr nur die Befriedigung geblieben, mich zu ruinieren und zu vernichten. Margret mit ihren geheimen lesbischen Neigungen: Sie hätte mich umgebracht, langsam, präzise und genießerisch.

Ich traf Silke erst eine Woche nach dem Fallschirmabsprung über dem Dschungel wieder. Ich wußte noch nichts von dem, was mir der alte Nomade mit dem Gesicht einer dunkelgefärbten Walnuß erzählen würde. Mein Körper war noch immer überreizt von der Lust, die mir verschiedene Retterinnen nach bestandenen Abenteuern gewährt hatten. Hinter mir lagen Nächte, die ich nie vergessen werde, siedendes Blut, immer neue Begegnungen feuchter und dürstender Haut, immer vollkommenere Figuren auf zerwühlten Laken. Und doch sehnte ich mich nach einem Glas klaren, kühlen Wassers, das die Schalheit von meiner Zunge wegspülte.

Das Gewicht des leichten Maschinengewehrs, das an einem Lederriemen an meiner rechten Schulter hing, wurde mit jedem Kilometer schwerer. Der Schulterknochen schmerzte unter der wundgescheuerten Haut. Meine Tarnuniform stank nach Schweiß und Dreck, Mückenschwärme zogen wie Rauch über das Sumpfgebiet. Grotesk verkrümmte Bäume hoben sich scherenschnittartig von dem geröteten Himmel ab. Wir hatten eine Woche, um die Guerillas einzukreisen und zur Übergabe zu zwingen. Elf junge Manager spielten Krieg, unter dem Kommando eines französischen Söldners, dessen schmales Gesicht mich an ein zusammengeklapptes Taschenmesser erinnerte.

Die Rebellen hatten sich in die Sümpfe zurückgezogen. Die Sonne war untergegangen, aber der Himmel reflektierte noch immer ihren Glanz. Wie ein Perlmuttplättchen hing der Mond zwischen den Ästen der Bäume. Etienne, der ehemalige Para, hob die Hand. Erst jetzt wurde mir bewußt, wie still es geworden war. Das Spanntuch des Vogelgezwitschers war gerissen.

Der Angriff erfolgte im selben Augenblick. Eine Kugel riß Etiennes rechten Daumen ab und schleuderte ihn ins Gras, wo er wie eine übergroße Larve liegenblieb. Leuchtspurgeschosse flogen aus dem taubenblauen Zwielicht des Buschstreifens am Rand der Sümpfe auf uns zu.

»Wir sind umzingelt!« schrie einer, und ich hätte beinahe gelacht. Die drei Worte erinnerten mich an meine Kinderzeit, als ich Cowboy und Indianer mit meinen Geschwistern gespielt hatte. Mehr war das hier auch nicht, Cowboy und Indianer, Lederstrumpf, Winnetou und Old Shatterhand. Nur teurer, viel teurer. Und der Einsatz war das Leben, doch es blieb ein Spieleinsatz. Für die Rebellen war es kein Spiel. Oder waren auch sie bezahlt? Niemand von uns wußte es, doch jeder wußte, daß eine Retterin im rechten Augenblick auftauchen würde.

Sie packte mein Handgelenk, als eines der Geschosse mein Ohrläppchen streifte und ich ohnmächtig zu werden drohte. Sie war schön, kräftig und rothaarig, und sie trug einen eng anliegenden Tarnanzug. Fasziniert starrte ich in ihre grünen Augen. Während das Feuergefecht ohne mich weiterging, liebten wir uns in einem authentisch aussehenden Feldlazarett zwischen kühlen weißen Laken und Verbandsmullschlaufen. Ihre Haut schien zu glühen, ihre Zunge glitt über meinen schweißverklebten Körper, und als ich kam und ihr Stöhnen hörte, mußte ich wieder an die Leuchtspurgeschosse denken und daran, daß alles vielleicht nur simuliert war. Später betrank ich mich und schlief einige Stunden wie betäubt. Ich erwachte und zog mich an. Der Gefechtslärm war verklungen, aber das

Vogelgezwitscher war immer noch nicht zu hören. Ich stellte mir vor, daß die Sumpflandschaft jetzt vielleicht vom eingeübten Stöhnen der Retterinnen widerhallte.

Ich trat vor das Lazarettzelt, und da sah ich Silke zum zweitenmal. Ihr langes blondes Haar schimmerte wie ein Elfenbeinhelm. Sie blickte mich aus ihren leuchtenden nordischen Augen an, und ich schämte mich plötzlich. Es war ein eigenartiges Gefühl, das ich in den letzten zwanzig Jahren verlernt zu haben glaubte.

Und so begann es.

Ein großer weißer Rabe saß auf der verformten Kühlerhaube des Rovers und starrte mich an. Ich kniff die Augen zu und zwinkerte. Er verschwand. Halluzinationen. Ich hatte immer noch Durst, aber das war nicht mehr wichtig. Alles war bedeutungslos geworden, weil ich nun wußte, daß ich Silke nicht mehr einholen würde. Mein Körper fühlte sich schwerelos an, fast als schwebte ich, ein menschlicher Ballon, festgehalten von dem eingeklemmten Bein wie von einem dünnen Faden.

Nach und nach trafen die anderen Überlebenden ein, mehr oder minder erschöpft, und zwischen völlig unberechtigtem Stolz und halbherziger Prahlerei schwankend.

Silke gehörte nicht zu den Retterinnen. Ihre Aufgabe war es, unsere Abenteuer und den Lohn, den wir für unsere Strapazen erhielten, mit der Kamera festzuhalten.

Sie schien unerreichbar zu sein, und das reizte mich. Sie reizte mich mehr als all die anderen, aber zuerst sollte sich der Geruch des fremden Körpers, der an meiner Haut haftete, verlieren. Ich glaubte, viel Zeit zu haben, Zeit für Behutsamkeit, für Erforschungen und langsame Annäherung. An diesem Abend im Camp nach dem Sieg über die Rebellen saß sie lange Zeit neben mir.

»Sie kommen mir irgendwoher bekannt vor«, sprach ich sie, nicht sonderlich originell, auf Englisch an.

»Wir haben uns schon einmal im Dschungel gesehen«, erwiderte sie ebenfalls auf Englisch, der Sprache, in der wir uns alle auf dieser Reise unterhielten.

»Nein, das meine ich nicht.«

»Dann vielleicht in Göteborg, wo ich aufgewachsen bin.«

»In meiner Jugend war ich nie in Göteborg«, sagte ich. »Und wenn ich Ihnen später begegnet wäre, dann wüßte ich es.«

Für einen Augenblick beschlugen ihre eisblauen Pupillen frostig.

Silke mit dem schmalen, vollkommen geformten Körper, den langen blonden Haaren, den hellblauen Augen und spröden Lippen . . . Silke, deren Teint von der Sonne den Ton thrakischen Goldes erhalten hatte. Sie war vierundzwanzig und hatte, wie sie mir erzählte, alle Brücken zu ihrer Heimat abgebrochen, um frei sein zu können. Sie hatte das Abenteuer gewählt, und sie nahm hin und wieder Aufträge an, um leben zu können.

Warum war sie mir bei unserer ersten Begegnung so vertraut gewesen, obwohl sie mir vorher noch nie über den Weg gelaufen war? Auf diese Frage fand ich keine Antwort. Aber war nicht die Zärtlichkeit, die ich für sie empfand, die Antwort? Meine Sehnsucht, mein Begehren?

Ich blieb ihr auf den Fersen. Es erschien mir plötzlich unsagbar wichtig, dem Geheimnis, das sie umgab, nahe zu sein. Die anderen Frauen, die uns zugedacht waren, verloren für mich jede Bedeutung. Und doch ahnte ich, daß ich Silkes Haut niemals an der meinen, ihre Lippen nie auf meinen Lippen und ihre Hände nie auf meinem Rücken spüren würde.

Gegen Mittag des nächsten Tages war Silke plötzlich verschwunden. Die wilde, sprunghafte Amazonin hatte mich zurückgelassen wie einen besiegten Gegner.

Das Gesicht des Reiseleiters wurde abweisend, als ich nach ihr fragte. Dann schüttelte er den Kopf.

»Was soll das heißen?« fragte ich.

»Das war die letzte Station«, antwortete er. »Miß Matssons Aufgabe ist erledigt. Weiß der Teufel, wann sie wieder auftaucht. Manchmal bleibt sie monatelang verschwunden. Sie ist sehr ungewöhnlich, müssen Sie wissen.«

Das brauchte er mir nicht zu sagen. Plötzlich fühlte ich mich hohl und leer. Ich mußte sie wiederfinden und mit ihr sprechen.

Die grauen Augen des Reiseleiters forschten mich aus.

»Sie haben mit der kleinen Hure doch nicht etwa was angefangen?« fragte er belustigt.

Irgend etwas in meinem Gesicht ließ ihn einen Schritt zurücktreten.

»Listen, Mr. Luck, diese Reise hat Sie viel Geld gekostet. Und bisher ist doch alles blendend verlaufen, oder? Warum wollen Sie das alles wegen eines Mädchens ruinieren? Sie gehört nicht zum Programm. Sie macht gute Filme, aber sie hat einen schlechten Ruf.«

»Ich scheiße auf ihren Ruf! Wohin ist sie gefahren?« Wenn mich einer meiner Mitarbeiter in der Firma in diesem Augenblick gehört hätte, wäre er wahrscheinlich zum Betriebspsychologen gerannt.

Das Gesicht des Reiseleiters drückte seine Verachtung so zurückhaltend aus wie das eines Negers, der mit der Dummheit eines Südstaatensheriffs konfrontiert wird. Er fuhr sich mit den Fingern über einen unsichtbaren Schnurrbart und deutete nach Westen.

»Sie ist dorthin gefahren.«

»Gut«, sagte ich. »Ich verlasse Sie hier. Sie können allein zurückfahren.«

Jetzt war er bestürzt. »Hören Sie, Sie gehen ein großes Risiko ein, wenn Sie ohne uns . . .«

»Das hier ist doch ein Abenteuerurlaub, oder?«

»Wir können Ihnen keinen Schutz geben, wenn . . .«

»Ich werde es überleben.«

Mir war alles egal. Die Gewißheit, daß ich Silke einholen mußte, hatte mich getroffen wie ein Blitz einen schwankenden Baum. Alles andere war mir egal.

Vielleicht meinte der Reiseleiter, soviel Unvernunft könne nur durch einen Schock geheilt werden. Seine Augen schienen in Vitriol zu schwimmen, als er sagte: »Hören Sie, Luck, über das Mädchen kursieren üble Geschichten. Sie sollten sich mal in London erkundigen . . .«

Die Knöchel meiner rechten Faust taten mir noch drei Tage später weh, aber das war es mir wert. Der Nachteil daran war nur, daß jede Bewegung der Finger mich an das erinnerte, was er angedeutet hatte.

Ich wollte kein Wort mehr hören, und zugleich wußte ich, daß ich mich immer tiefer in das Netz verstrickte, das das Schicksal über mich geworfen hatte, einem unhörbaren Sirenengesang folgend.

Die Sonne hatte den Zenit überschritten. Mittag war vorüber. Die Hitze hatte noch nicht nachgelassen. Meine Augen schmerzten, aber ich konnte sie weder schließen noch weiter öffnen. Ein leichter Wind strich um das Autowrack. Der Motor war verstummt. Ich hörte nur den Wind und das träge Pulsieren des aus der Beinwunde hervorquellenden Blutes. Den Wind konnte ich nicht sehen, wohl aber mein Blut. Es floß dicht vor meinen salzverklebten, halbblinden Augen über das demolierte Armaturenbrett. Ich lag noch immer auf der Seite und hatte keinen Sinn mehr für oben oder unten. Aber es war faszinierend, das eigene Blut vorbeirinnen zu sehen. Ich beobachtete es so distanziert, als paradierte eine Karawane von Ameisen vorbei.

Der weiße Rabe war nicht wieder aufgetaucht.

Die Fata Morgana war verschwunden.

Ich blieb auf Silkes Spur. Manchmal fühlte ich mich wie ein verrückter Forscher, der einem seltenen Schmetterling nachjagt, dann wie ein Pfadfinder auf Schnitzeljagd. Aber ich zweifelte keinen Augenblick daran, daß ich das Richtige tat. Ich lernte plötzlich manche Büchertitel begreifen, die mir nie etwas gesagt hatten. Ja, ich selbst reiste ins Herz der Finsternis, ans Ende der Nacht, und doch gab es ein Licht am Ende der Welt.

Sie hatte Spuren hinterlassen, als wollte sie, daß ich sie fände. Spuren in Gesichtern, auf den Lippen, in den Ohren und Erinnerungen der Menschen. Das konnte kein Zufall sein. Sie lockte mich auf unmißverständliche Weise hinter sich her. Durch den alten Nomaden zum Beispiel, den ich vor zwei Tagen nach dem Weg gefragt hatte.

Er war die einzige menschliche Gestalt weit und breit. In seinem von Kordeln zusammengehaltenen braunen Burnus mit dem schwarzweiß karierten Kopftuch tauchte er in dem flimmernden, flirrenden Hitzeglast vor mir auf wie in einem Dokumentarfilm. Er erinnerte mich an die vermummten Thugs, die uns am ersten Abend in Tripolis in der Altstadt überfallen hatten – im Auftrag der Agentur, zur Einstimmung auf die kommenden Wochen.

Ich lenkte den Rover langsam auf ihn zu. Allmählich verwandelte er sich von einem kerzenflammenhaft flackernden Strich am Horizont zu einem Wesen mit festen Konturen. Er saß auf dem Höcker seines Dromedars und nahm erst Notiz von mir, als ich neben ihm anhielt.

»Wie weit ist es noch bis Abu Satra?« fragte ich.

Der Mann blickte mich aus schmalen Augenscharten an, verstand mich aber offensichtlich nicht.

»Abu Satra«, wiederholte ich.

Er nickte und deutete nach vorn. Er ließ das Dromedar niederknien, griff in einen Beutel und reichte mir eine Handvoll getrockneter Datteln. Ich nahm sie und bot ihm eine Zigarette an. Er schüttelte den Kopf. Er fragte sich wohl, was ich hier am Rand der Wüste zu suchen hatte.

»Ich suche eine Frau«, sagte ich. Und wie schon so oft in den Tagen davor fügte ich dem englischen das französische Wort für Frau hinzu.

Wieder nickte er, und dann deutete er mit den Fingerspitzen ein Viereck an. Ich griff in die Brusttasche und holte ein Foto hervor, das Silke mir an jenem Abend am Feuer gegeben hatte. Es war abgegriffen und schweißfleckig. Ich weiß nicht, warum ich es immer wieder vorzeigte.

Er nahm das Foto und betrachtete es lange. Dann zog ein schmutziges Grinsen in trägen Wellen über sein Gesicht. Bekümmert blickte er mich

an. Deine Frau? schien der Blick mitleidig zu fragen. Deine Frau und du? Er lachte und zeigte zwei Reihen schwarzer Zähne wie ein lange gehütetes Geheimnis.

»Video«, sagte er. Ich hätte mich fragen können, woher er dieses Wort hatte, aber es war nicht nötig. Er wußte, was es bedeutete. Er grinste wieder, griff sich mit einer obszönen Bemerkung zwischen die Beine, deutete dann auf das Foto und malte anschließen ein riesiges Viereck in die Luft, als wolle er eine Leinwand versinnbildlichen.

Ich riß ihm das Bild aus der Hand und stieg wieder in meinen Wagen. Die Reifen des Rover schleuderten Sand auf. Ich wußte, daß auch er den Film gesehen hatte, wie so viele vor ihm, damit er mir davon erzählen konnte, damit ich nicht erlahmte.

Doch nun wußte ich, daß ich Silke nicht wiedersehen und also auch nie eine Antwort auf die in langen heißen Tagen entstandenen Fragen erhalten würde.

Der Nachmittag glitt unmerklich in den Abend hinüber. In

meinem Kopf überlagerten sich die Bilder wie auf zweifach belichteten Fotonegativen. Die Körper meiner Retterinnen ... Silkes Gesicht, ihr Haar im Wind, ihr Lächeln, ihre Lippen, die sich öffneten und schlossen ... Leuchtspurgeschosse in der Dämmerung ... Peitschende Krokodilschwänze ... Das dunkle Gassengewirr der Kasbah von Tripolis ... Blitzende schartige Messerklingen, Schenkel, Brüste, und dann wieder Silkes lächelnde Lippen, ihre klaren, nordischen Augen ...

Die Sonne sank langsam tiefer, und der Himmel, der den Nachmittag über weißglühend meine Augen geblendet hatte, wurde rosig. Die Nacht brach hier sehr schnell herein, und dann folgte die Kälte. Die Kälte würde ich nicht mehr erleben. Mein Atem und mein Pulsschlag dröhnten in dem umgestürzten Wagen. Wer stirbt, richtet seine Augen unwillkürlich auf den Horizont, hatte ich einmal irgendwo gehört. Aber der Horizont war von Bildern bevölkert.

Immer mehr klärte sich mein Verstand, und ich sah alles mit der gestochenen Schärfe einer Dürerschen Flächengravur. Es wurde langsam dunkel, aber nicht so dunkel, daß ich nicht deutlich hätte erkennen können, was am Horizont vorging. Wie eine Fata Morgana tauchte Silkes Gesicht aus der Dämmerung auf, etwas unscharf, etwas flimmernd an den Rändern, aber unzweifelhaft ihr Gesicht. Mühsam versuchte ich, die Augen weiter zu öffnen, mich vorzubeugen.

Es war das blonde Haar, es waren die hellen Augen, die geöffneten spröden Lippen, diese Mischung aus reinem Geheimnis und fleischgewordener Offenbarung. Aber ihr Gesicht wirkte fast wie auf eine Leinwand projiziert, auf eine Leinwand zwischen Nomadenzelten und Palmen. Es waren dieselben Palmen, die ich bereits am Mittag am Horizont gesehen hatte. Silkes Kopf bewegte sich. Dann sah ich ihre Schultern und ihre Brüste; sie war nackt.

Ich mußte aus dem Wagen heraus. Ich zog mein Bein unter der Lenksäule hervor. Es ging jetzt ganz leicht, als wäre das Bein gar nicht mehr ein Teil meines Körpers. Ich kletterte aus dem Wagen, ohne jede Mühe. Ich hätte es schon früher gekonnt, wenn ich es nur gewollt hätte, ernsthaft, leidenschaftlich gewollt hätte. Das, was von mir eingeklemmt im Wagen zurückblieb, war nicht wichtig. Wichtig war das, was in den heißen Sand trat und vorwärts ging, ein Lächeln auf den Lippen, die jetzt nicht mehr aneinanderklebten, den Wind im Haar, zuerst taumelnd, dann sicherer und schneller, auf Silkes Gesicht zu.

Plötzlich wußte ich, wo ich es gesehen hatte, und im Bruchteil einer Sekunde begriff ich alles. Während meine Augen auf das Bild am Horizont gerichtet waren, tauchte vor dem Auge meiner Erinnerung ein anderes Bild auf, das lächelnde Gesicht von Silke, die einen Taschencomputer vor die Kamera hielt, in einem Werbespot für unsere Firma, der in Margrets persönlichem Auftrag gedreht worden war, und in Margrets persönlichem Auftrag mußte sie auch jetzt noch stehen – Margret, die mich langsam und mit diabolischer Lust in den Tod locken ließ, nachdem die Beweise für meine Untreue auf Zelluloid gebannt waren. Ja, alles paßte nahtlos ineinander, und ich hatte nur fragen müssen, um Wegweiser ins Verderben zu finden.

Da war sie vor mir, die Fata Morgana, und ich ging weiter, und Silke warf den Kopf zurück und öffnete den Mund zu einem Lächeln, und eine Sekunde lang sah ich hinter ihr die Einrichtung eines Feldlazaretts. Silke hatte die Augen geschlossen. Ihre Hände strichen über den Körper eines liegenden Mannes, auf dessen Unterleib die blasse Zeichnung einer Blinddarmnarbe sichtbar wurde – es war mein Körper und meine Blinddarmnarbe. Ihr Kopf senkte sich nieder auf meinen reglosen Körper, voller Andacht. Und ich blieb stehen, als wäre ich gegen eine unsichtbare Wand geprallt.

Eine Sekunde lang war ich noch im Wagen, ehe es mich weiterzog – auf mein Bild am Horizont zu. Ich verschmolz mit meinem Bild, und Silkes Lippen, rot wie Blut, öffneten sich und sogen mich in die Dunkelheit.

Das hitzige Mädchen

Vor einiger Zeit lebte in Romanien ein wohlhabender, artiger Kavalier namens Litio da Valbona. Bereits dem Alter nahe, hatte ihm seine Gattin Jakomine noch eine Tochter geboren, die bei heranwachsenden Jahren alle ihre Landsmänninnen an Schönheit und Reiz übertraf. Als die einzige Tochter wurde sie von ihren Eltern ungemein geliebt und mit möglichster Sorgfalt gehalten, weil sie mit ihr eine vorteilhafte Verbindung zu treffen hofften.

Ein schöner Jüngling, Richard Manardi da Brettinoro, genoß Zutritt im Hause des Litio und dessen Freundschaft. Er und seine Gattin gaben daher so wenig auf ihn wie auf einen eigenen Sohn acht. Bei dem häufigen Verkehr mit dem schönen, reizenden, artigen und bereits mannbaren Mädchen wurde er sterblich in sie verliebt, verhehlte ihr aber sorgfältig seine Leidenschaft.

Dem Mädchen mißfiel dies, als sie es gewahrte, keineswegs, sondern sie fing an, ihn wieder zu lieben. Oft stand Richard im Begriff, ihr seine Neigung zu entdecken, aber die Furcht brachte ihn zum Schweigen. Doch faßte er bei gelegner Zeit einmal Mut. »Ich beschwöre dich«, sprach er, »laß mich vor Liebe nicht sterben!«

»Wollte Gott«, entgegnete das Mädchen sogleich, »daß du mich nicht sterben ließest.«

Diese Antwort stärkte noch den Mut des Richard. »Ich werde«, sagte er, »nichts zu deiner Beruhigung unterlassen, nur mußt du ein Mittel zur Erhaltung deines und meines Lebens schaffen.«

»Du weißt, Richard«, erwiderte das Mädchen, »wie sehr man mich beobachtet; ich sehe daher keine Möglichkeit, wie du zu mir kommen könntest. Zeige mir aber eine Gelegenheit, so will ich alles tun, was mir ohne Schande zu tun möglich ist.«

»Teuerste Katharina«, brach Richard nach einigem Nachdenken aus, »auch ich weiß kein andres Mittel, als daß du einmal nicht schlafen, sondern auf die nach dem Garten deines Vaters gehende Galerie kommen müßtest. So hoch es auch ist, so wollte ich doch, sobald mir nur die Nacht bekannt wäre, gewiß zu dir hinaufzusteigen suchen.«

»Wenn du dir dies getraust, so glaube ich es allenfalls dahinzubringen, daß ich dort schlafe.«

Richard versprach es. Sie endigten ihre Unterhaltung mit einem verstohlenen Kusse und trennten sich.

Am folgenden Tag – es war bereits gegen Ende des Mai – klagte das Mädchen ihrer Mutter, daß sie in der vorigen Nacht der großen Hitze wegen nicht habe schlafen können.

»Aber meine Tochter«, entgegnete die Mutter, »wie heiß ist es denn? Wir haben ja noch gar keine Hitze gehabt.«

»Ihr müßt nur bedenken, Mutter«, antwortete Katharina, »daß die Mädchen mehr Hitze als die bejahrten Frauen haben.«

»Wohl wahr, nur kann ich es nicht kalt und warm werden lassen, wie du es verlangst; man muß die Witterung nehmen, wie die Jahreszeit sie mit sich bringt; vielleicht ist es in der folgenden Nacht kühler, so daß du besser schläfst.«

»Gott geb's! Doch pflegen die Nächte gegen den Sommer zu selten kühler zu werden.«

»Aber was ist da zu machen?«

»Wenn Ihr und der Vater es zufrieden seid, könnte ich mir ein Bettchen auf der Galerie, die nach dem Garten zu an sein Zimmer stößt, machen und mich dort schlafen legen. Da hörte ich die Nachtigall singen und würde mich, weil's dort kühler ist, besser als in Eurem Schlafgemach befinden.«

»Sei nur ruhig, meine Tochter, ich will es dem Vater sagen, und wenn er's zufrieden ist, soll es geschehn.«

»Bei was für einer Nachtigall denn einschlafen?« entgegnete der alte und daher ein wenig mürrische Litio bei der Frage seiner Frau: »ich will sie noch bei dem Gesange der Heuvögel schlafen lehren.«

Die Nacht darauf schlief Katharina, als sie dies erfuhr, vor Verdruß nicht nur selbst nicht, sondern ließ auch wegen der ununterbrochenen Klagen über die große Hitze ihre Mutter nicht schlafen. – Am andern Morgen ging die Mutter wieder zum Litio. »Mein Bester«, sprach sie, »Ihr habt das Mädchen wenig lieb. Was verschlägt es euch denn, daß sie auf der Galerie schläft? Sie hat sich die ganze Nacht vor Hitze nicht zu lassen gewußt, und wie könnt Ihr Euch über ihre Freude an dem Gesange der Nachtigall wundern, da sie noch ein Mädchen ist, die dergleichen Dinge lieben?«

»Nun«, entgegnete Litio, »so mag sie sich ein Bett hinsetzen, sich einen Betthimmel darüber machen lassen, dort schlafen und die Nachtigall hören, wie sie will.«

Sobald das Mädchen dies hörte, schlug sie ihr Bett dort auf, lauerte, weil sie die folgende Nacht darin schlafen wollte, Richard auf und gab ihm das verabredete Zeichen.

Litio verriegelte, nachdem seine Tochter schlafen gegangen war, den Ausgang von seinem Zimmer und legte sich nieder.

Als Richard alles ruhig dünkte, kletterte er mittels einer Leiter auf die Mauer, von da an den hervorragenden Steinen auf eine andre und kam endlich mit vieler Mühe und Gefahr auf die Galerie, wo das Mädchen ihn im stillen mit großer Freude empfing. Nach vielen Küssen legten sie sich miteinander ins Bett, brachten fast die ganze Nacht in beiderseitigem Vergnügen hin und ließen die Nachtigall zu wiederholten Malen singen.

Die Nächte waren kurz und ihr Entzücken so groß, daß sie den Morgen nicht für so nahe hielten. Sie schliefen daher, vom Zeitvertreibe erhitzt, unbekleidet ein, indem Katharina mit dem rechten Arme den Hals des Richard umschlang, in der linken Hand aber denjenigen Teil hielt, den ihr in Gegenwart der Männer zu nennen euch am meisten schämt. In dieser Lage überraschte sie der Tag.

Litio, welcher beim Aufstehn sich an seine Tochter auf der Galerie erinnerte, öffnete leise die Tür. »Ich muß doch sehn«, sprach er, »wie sie diese Nacht bei der Nachtigall geschlafen hat«, ging also hin, hob denVorhang des Bettes auf und fand Richard nackend bei ihr und beide einander umarmend im Schlafe. Er eilte zum Schlafgemach seiner Gattin. »Hurtig steh auf«, rief er, »wenn du sehn willst, wie begierig deine Tochter auf die Nachtigall gewesen ist. Sie hat ihr so lange aufgelauert, bis sie eine gefangen und in die Hand bekommen hat.«

»Ist's möglich?« fragte diese.

»Du wirst's sehn, wenn du fein eilst.«

Geschwind kleidete sich Frau Jakomine an, folgte still dem Litio zum Bette und sah, als sie die Vorhänge aufhob, deutlich die Nachtigall, welche ihre Tochter so sehnlichst verlangt und gefangen hatte. Äußerst aufgebracht über Richards Hinterlist, wollte sie Lärm machen und ihn ausschelten, aber Litio wehrte es ihr. »Bei meiner Liebe«, sprach er, »Frau, hüte dich, ein Wort zu sagen. Da sie den Vogel einmal gefangen hat, soll sie ihn auch behalten. Richard ist ein Mann von edler Geburt und Vermögen. Unsre Verbindung mit ihm kann nicht anders als vorteilhaft sein. Will er unbeschadet aus dem Hause kommen, so muß er sie zuvor heiraten, damit er sieht, daß er seine Nachtigall in seinen eignen und in keinen fremden Bauer gesteckt hat.«

Die Frau, welche ihren Gemahl über diesen Zufall nicht aufgebrachter fand und die vergnügte Nacht ihrer Tochter und ihren Nachtigallenfang bedachte, beruhigte sich daher und schwieg.

Bald nach dieser Unterredung erwachte Richard und war beinah des Todes, als er den hellen Tag bemerkte. »Ach, mein Leben«, rief er Katharina zu, »was werden wir anfangen, da der Tag mich hier überrascht hat?«

»Das wollen wir schon machen«, antwortete Litio, der bei dieser Frage sich näherte und den Vorhang aufhob.

Richard glaubte, das Herz würde ihm aus dem Leibe gerissen. »Mein Herr«, hub er an, indem er sich aufrichtete und aufs Bett setzte, »habt um Gottes willen Mitleid mit mir. Ich gestehe, daß meine treulose, schändliche Tat den Tod verdient hat, und Ihr mit mir machen könnt, was Ihr wollt.«

»Richard«, war die Antwort des Litio, »dies verdiente meine Liebe und mein Vertrauen auf dich nicht. Da es aber einmal geschehn ist und deine Jugend dich zu diesem Schritte verleitet hat, so nimm, willst du deinen Tod und meine Schande verhindern, ehe du von der Stelle gehst, Katharina zu deiner gesetzmäßigen Frau und laß sie, von dem heutigen Tage an, lebenslang die deine sein. Dies ist das Mittel zu meiner Ruhe und deiner Rettung. Weigerst du dich aber, so befiehl deine Seele dem Herrn.« – Bei dieser Rede ließ Katharina die Nachtigall fahren, bedeckte sich und bat sowohl ihren Vater, Richard zu verzeihen, als diesen, das Verlangen des Litio zu erfüllen, damit sie noch lange ähnliche Nächte genießen könnten.

Aber dieser vielen Bitten bedurfte es nicht. Teils die Scham über den begangenen Fehler und das Verlangen, ihn wieder gutzumachen, teils die Furcht vor dem Tode, vorzüglich aber die brennende Liebe und die Begierde, den geliebten Gegenstand ungehindert zu besitzen, bewirkten, daß er sich bereit erklärte, Litio zu gehorchen.

Litio ließ sich daher von seiner Jakomine einen Ring geben und verlobte Katharina mit Richard auf der Stelle. Darauf ging Litio mit seiner Gattin fort. »Jetzt«, sagten sie, »legt euch immer wieder nieder, denn die Ruhe wird euch dienlicher sein als das Aufstehn.« Das junge Ehepaar umarmte sich von neuem, und da sie in der Nacht nur sieben Meilen gegangen waren, legten sie deren, ehe sie aufstanden, noch zwei zurück, und beschlossen damit den ersten Tag.

Als Richard endlich aufgestanden war, traf er mit Litio ausführliche Abrede und wiederholte wenige Tage darauf, dem Anstand gemäß, in Gegenwart der Freunde und Anverwandten die Verlobung, führte das Mädchen mit vieler Feierlichkeit nach Hause, richtete eine ansehnliche und prächtige Hochzeit aus, und ging nach diesem in Ruhe und Zufriedenheit mit ihr bei Tag und Nacht, wenn es ihnen gefiel, auf den Nachtigallenfang aus.

Der eifersüchtige Maler

Es ist noch nicht lange her, ihr klugen Jünglinge und schönen Damen, daß in unsere Stadt Siena ein Florentiner kam, der das Malerhandwerk ausübte. Er war hierhergekommen, um das Land kennenzulernen und seiner schönen, anmutigen Frau, die er sehr liebte und die er aus Eifersucht mitgenommen hatte, die Stadt zu zeigen. Und weil seine Frau so schön und wie zum Anbeißen war, ging er nirgends hin, ohne sie mitzunehmen, um sie nicht sich selbst zu überlassen. Hier angekommen, tat er sich in der ganzen Gilde der Maler um, ob er nicht irgendeine Arbeit fände, und da, wie ihr wißt, hier unter allen Meistern eines jeden Handwerks der Brotneid herrscht, fand er als Fremder bald einen Maler, der lieber ihm als einem Einheimischen zu tun geben wollte. Da dieser Florentiner sehr auf das Geld aus war, schien ihm die Arbeit gut, und er mietete ein kleines, schmuckes, mit einigem Hausrat versehenes Häuschen, und da er Arbeit zur Genüge fand, beschloß er, einige Jahre dazubleiben, und nachdem er um einen Teil seiner Sachen, deren er am meisten bedurfte, nach Florenz geschickt hatte, ergänzte er mit diesen und andern in Kürze seinen Hausrat aufs beste. Die Eröffnung seiner Werkstatt oder, besser gesagt, der vieltägige Aufenthalt in der Werkstatt seines Meisters war jedoch nicht ohne Mißtrauen abgegangen, weil er infolgedessen seine Frau den ganzen Tag allein zu Hause lassen mußte. Doch tröstete sich der Tor damit, daß sie hier fremd war und noch keine Bekanntschaften hatte und dachte nicht daran, daß, wenn die jungen Leute hier eine Fremde sehen, sie eine Göttin zu erblicken glauben: und wenn es ein als Frau angezogener Affe wäre, sie würden ihm wie die Narren nachlaufen. Und nun stellt euch vor, daß es eine schöne und reizende junge Frau war und der Unglückliche Florenz nur aus Eifersucht verlassen hatte und gewissermaßen ins Gefängnis geflüchtet war.

Nachdem unser Maler sich in Siena bereits sechs oder acht Monate aufgehalten und mit vielen Edelleuten Freundschaft geschlossen hatte, führte er viele Arbeiten aus, und da es ihm schien, als sei er schon der erste Maler der Toskana geworden, verließ er seinen Meister und richtete sich auf eigene Hand ein kleines Werkstättlein ein, da er dadurch ein besseres Geschäft zu machen dachte. Als er so auf eigene Rechnung arbeitete, kam ihm zufällig ein sehr vielversprechendes Werk in den Wurf, und da er sah, daß ihm ein großer Gewinn winkte, nahm er es an; denn er dachte gut dabei zu fahren und glaubte seine Frau an den Ort der Ausführung mitnehmen zu können. Als der Vertrag aufgesetzt wurde, ließ er daher hineinschreiben, daß er ein Zimmer für sich und seine Frau bekommen müsse. Weiter stand drin, daß er die ihm übertragene Arbeit innerhalb so und soviel Zeit beendigt haben müsse, widrigenfalls er fünfzig Skudi Strafe zu zahlen habe und ähnliche Artikel, die man in solchen Schriftstücken zu stipulieren pflegt.

Nachdem er nun diese Verpflichtung eingegangen war, ging der arme Malersmann den Ort, an dem er zu arbeiten hatte, in Augenschein zu nehmen, und als er dort hingekommen war, entdeckte er, daß die Gefahr größer sei, wenn seine Frau sich dort aufhalte, als wenn er sie in Siena ließe. Dies mißfiel ihm höchlich; denn es fiel ihm schwer, sie in Siena zu lassen und schien ihm gefährlich, sie mitzunehmen, und gerne hätte er auf die schöne Arbeit verzichtet; denn jenes Dorf, in dem er sie auszuführen hatte, wimmelte von jungen Städtern, die sich zu dieser Zeit dort draußen teils zum Vergnügen, teils auch in Geschäften aufhielten, teils weil sie infolge ihrer Feindschaften und ihrer Hasser nicht ohne Besorgnis in Siena bleiben konnten.

Überdies aber befand sich neben dem Haus, in dem ihm das Zimmer angewiesen worden war, ein Kloster der Mönche des heiligen Augustin, so daß er gar keine Möglichkeit sah, seine Frau dort unangefochten halten zu können; denn größeren Schrecken als all die übrigen jungen Leute flößten ihm die Mönche des heiligen Augustin ein; wußte der Eifersüchtige doch, was die Überredung solch scheinheiliger Mönche zuwege bringt, die trotz ihres Ordensgewandes schlimmer sind als Soldknechte.

Und als der Eifersüchtige sah, daß er eine derartige Arbeit nicht im Stich lassen könne, entschloß er sich schweren Herzens, seine Frau in Siena zu lassen. Und da der Zeitpunkt des Arbeitsbeginns schon herangekommen war, versah er das Haus und die Frau aufs beste mit allem, was zum Lebensunterhalt nötig war, gab ihr überdies zehn Skudi, damit sie es nicht nötig habe, sich für Geld preiszugeben, und sagte zu ihr: »Wenn es nötig ist, so gib dieses Geld aus, und wenn es für deine Ausgaben nicht reicht, werde ich dir mehr schicken.« Ferner befahl er ihr, bis zu seiner Rückkehr niemals das Haus zu verlassen und ließ eine arme Nachbarin bei ihr, damit sie ihr alle erforderlichen Dienstleistungen verrichte und sagte zu ihr: »Sei überzeugt, daß ich innerhalb dreier Monate meine Arbeit vollendet haben und eine Börse voll Geld mitbringen und, wenn ich irgend kann, dich mindestens einmal im Monat besuchen kommen werde.« Die Frau fand es sehr hart, daß ihr Gatte sie auf so lange Zeit verließ, obgleich sie ihn manchmal wegen seiner verfluchten Eifersucht am liebsten nie mehr im Hause gesehen hätte, namentlich, wenn er sich nach Art wenig kluger Männer versteckte, um sie zu beobachten und in alle Winkel spähte, und wenn der Dummkopf sie bewachte, als ob sie eine Dirne GEWESEN WÄRE.

Aus diesem Grunde tat es ihr daher auch nicht leid, daß er sie verließ; denn wenn er da war, mußte sie das kleinste Vergnügen mit tausend Schmerzen bezahlen. Doch als kluge Frau tat sie, um nicht den Anschein zu erwecken, als sei ihr die Trennung von ihm lieb, als könne sie die Zähren nicht zurückhalten, ließ einige Krokodilstränen hervorquellen, die ihr durch herben Schmerz herausgepreßt, mitten aus dem Herzen zu kommen schienen, bat ihn, bald zurückzukehren und beschwor ihn, auf seine Gesundheit zu achten, indem sie sagte: »Laßt Euch nicht mit irgendeinem schlechten Frauenzimmer ein, damit Ihr Euch nicht die Franzosenkrankheit holt.« Und so führten sie tausend Komödien auf. Schließlich aber nach vielen Reden sagte der eifersüchtige Gatte, der doch nicht von seiner Eifersucht ablassen wollte: »Liebe Frau, ich möchte, daß du mir, bevor ich fortgehe, einen Gefallen tätest, obgleich ich überzeugt bin, daß es bei dir durchaus nicht nottut; es geschieht nur, um mich von einer gewissen Wahnvorstellung zu befreien, die mir die Eifersucht verursacht, und du wirst mich dadurch etwas von meinem Argwohn befreien.« Als die Frau ihn so reden hörte, antwortete sie, damit er bald fortgehe, und weil sie glaubte, er wolle noch einmal zum Abschied bei ihr liegen: »Macht, was Ihr wollt, ich bin's zufrieden, ja wenn Ihr mich in diesem Hause einmauern würdet, würde ich Euch zu Liebe hier bleiben, und es gibt nichts, was ich nicht für Euch tun würde, nur damit Ihr zufrieden seid.«

»Nein, das will ich nicht«, versetzte der Eifersüchtige, »sondern etwas viel Geringeres und weniger Lästiges.« Die Frau, die immer ungeduldiger wurde, sagte, um ihn bald los zu sein: »So tut doch, was Ihr wollt, ich sage Euch ja, daß ich's zufrieden bin, worauf wartet Ihr denn noch?« Sie dachte, er wolle dem Brauche vieler

Maler folgen und wage es nicht zu sagen, doch trotzdem sie eine Feindin davon war, ließ sie sich's nicht anfechten, nur damit er ihr bald aus dem Auge käme. Endlich rückte er mit der Sprache heraus und sagte: »Wisse, liebe Frau, daß dein schöner Venusberg, auf dem kein einziges Härchen wächst (eine große Seltenheit auf der Welt), mir große Unruhe verursacht und schuld an meiner Eifersucht ist, und außerdem sind es noch deine andern Reize, die mir Sorge bereiten, und daher beabsichtige ich, auf diesen Hügel ein Lämmchen zu malen, weil das ein sanftes und friedfertiges Tier ist, und ich will, daß es bis zu meiner Rückkehr an dieser Stelle bleibe; denn gesetzt, du würdest von dieser Gegend noch einen andern Gebrauch machen, als zu deiner täglichen Notdurft, so würde es ein sicherer Zeuge deiner Verirrungen sein, und wenn der Wolf käme und es sähe, würde er es fressen, käme er jedoch nicht, so würde ich es sanft, wie ich es verlassen, wiederfinden.« Der Dummkopf schien nicht zu wissen, daß es eine Kleinigkeit gewesen sein würde, den Wolf in die Höhle zu bringen, ohne dem Lämmchen den geringsten Schaden zuzufügen. Wenn sie auf diese Zumutung einging, brachte sich die einfältige Frau, die niemals an etwas Derartiges gedacht hatte, ohne Überlegung in eine große Gefahr; denn das Lämmchen konnte leicht durch Nachlässigkeit und Unachtsamkeit oder durch Regen, wie solche Anfeuchtungen denn alle Tage aus purer Vergeßlichkeit vorkommen, Schaden nehmen. Doch ohne an diese Möglichkeit zu denken, sagte sie: »Tut, was Euch beliebt; wenn es Euch nicht genügt, einen Hammel hinzumalen, so malt einen Stier hin, aber macht ihn so, daß der Schweiß oder die Kleider ihn nicht verderben und Ihr nachher nicht sagt, ich sei eine Dirne oder etwas ähnliches.«

Da sagte der Gatte: »Ich werde es schon so machen, daß es nicht weggeht, wenn man es nicht fortschickt.« – »Seht aber zu, daß Ihr es gut macht, damit es nicht verdorben wird«, wiederholte die Frau. Und nach vielem Hin und Her malte der eifersüchtige Narr schnell ein Lämmchen hin auf einem kleinen Hügel, der sich aus einem tiefen Tal erhob, und nachdem er gemalt, sagte er zu seiner Frau: »Nun will ich ausmessen, wie groß das Ding ist«, suchte sich ein Stäbchen, ließ sie dann, hingelagert wie sie war, die Beine öffnen und sagte, das Maßstöckchen in der Hand haltend: »Auch wenn du dich eines solchen Stäbchens bedienst, weitet es sich aus«, wodurch er sie in Furcht erhalten wollte. Diese Verschrobenheit ließ in der Frau den Wunsch erwachen, ihren Gatten zu betrügen, und um ihn besser zufriedenzustellen, streckte sie sich auf dem Bette aus, so sehr sie konnte, spreizte die Beine weit auseinander und zeigte ihm den Höllenschlund mit den Worten: »Nun nehmt das Maß recht genau; denn das ist wichtiger als alles andere.« Der eifersüchtige Tor weitete die Sache mit den Fingern aus, nahm mit dem Stäbchen das Maß, und da er dieses etwas zu groß gemacht hatte, biß er mit den Zähnen so viel davon ab, daß es richtig war. Nachdem dies geschehen, sagte er:

»Jetzt lasse ich dich in Ruh'.« Die Frau erhob sich vom Bette, doch damit der Mann sie nicht betrüge, rief sie: »Nein, nein, so haben wir nicht gewettet, gebt mir ein Duplikat des Maßes und verseht es mit einem Zeichen, damit Ihr es erkennt; denn ich möchte nicht, daß, wenn Euch der Stab abhanden käme, Ihr Euch einen andern nach dem Augenmaß machtet, und wir nachher wegen einer kleinen Abweichung Zank und Streit hätten – die Sache ist wichtig genug.« – »Gut«, sagte der Gatte, fertigte ein zweites Maß an und versah es mit einer Kerbe als Kennzeichen.

Doch obwohl er diese Vorkehrungen getroffen hatte, machte er sich nicht ohne Argwohn auf den Weg, ließ seine Frau bemalt und ausgemessen zurück und ging an die Arbeit. Und als er so an Ort und Stelle weilte, fühlte er sich infolge seines Mißtrauens auf die Frau sehr unbehaglich.

Er war noch keine vierzehn Tage aus der Stadt fort, als ein Jüngling, der sich schon in den ersten Tagen, nachdem sie in Siena angekommen war, in die Frau verliebt hatte und immer bei seiner Liebe, die sogar von Tag zu Tag größer wurde, beharrt war, vernahm, daß der Eifersüchtige die Stadt auf lange Zeit verlassen hatte und, da er ihn nicht stündlich vor Augen sah, anfing, ihr mit noch größerem Eifer den Hof zu machen. Als sich die junge Frau von einem so stattlichen Jüngling so heiß geliebt sah, mußte sie oftmals an ihn denken, und nachdem sie bedacht, wie lange ihr Gatte nicht mehr bei ihr gelegen und sich die sonderbare Behandlung, die er ihr hatte angedeihen lassen, vergegenwärtigt hatte, begann sie sich gleichfalls der Liebe zu öffnen, wozu sie sich, zudem sie ihn den ganzen Tag um das Haus herumstreichen sah und er sie überdies häufig mit Briefen und Botschaften bestürmte, schon ihrem Gatten zum Trotz gezwungen sah. Und da sie in der jugendlichen Brust schon das Stechen des scharfen Pfeiles und im Herzen die schweren Wunden fühlte, die ihr die bösartige Eifersucht ihres Gatten verursacht hatte, begann sie dem Jüngling nachzuschauen und ihn durch liebreiche Blicke zu entzücken und hie und da einen tiefen Seufzer auszustoßen, zumal sie, da sie eine Frau war, wie wir andern und nicht aus härterem Stoff als die Natur sie geschaffen, nicht das Gegenteil von dem scheinen wollte, als sie wirklich war – wie es so oft gewisse zaghafte Weiblein tun, die sich dann weinend über ihre unglückliche Mutlosigkeit grämen – und da sie schön war, auch liebenswürdig und huldreich sein wollte. Als es nun das Schicksal fügte, daß der junge Mann eines Abends in der Dämmerung an dem Hause seiner Geliebten vorüberging, fand er sie zufällig unter der Haustür, wohin sie um irgendeiner Verrichtung willen gegangen war.

Kaum sah sie der Jüngling, der wohl wußte, wo sich ihr Mann befand, ganz allein, so näherte er sich auf das höflichste,und sie zog sich, als sie ihn heiteren Antlitzes kommen sah, nicht zurück. Der Liebhaber begrüßte sie mit einigen wohlgesetzten Worten und tiefen Seufzern und sagte darauf: »Wann wird einmal die Stunde kommen, da ich Euch ein einzigesmal meine Liebe entdekken kann?« Die Frau, die bereits gleichen Schritts mit ihm am selben Joche pflügte und sich nicht weniger von der glühenden Flamme gequält fühlte, sagte, da es ihr genug des Wartens schien: »Ich stehe zu Euren Diensten und zu Eurem Befehl.« Als der Jüngling diesen gütigen Empfang hörte, trat er, um nicht noch eine weitere Verzögerung eintreten zu lassen, herzu und sagte: »Wisset, Madonna, daß Eure Reize mich zwingen, Euch zu lieben; daher werdet Ihr mir verzeihen, wenn ich weiter gegangen bin, als Euch vielleicht schicklich scheint, weiter als ich es bis zu diesem Tage getan habe.« Die Frau, die ihn mit funkelnden und leuchtenden Augen ansah, wagte aus einer gewissen sittsamen Scheu nicht zu sprechen, wenn es ihr aber in diesem Augenblick erlaubt gewesen wäre, so hätte sie das getan, was sie jeden Moment von ihm erwartete.

Als der Jüngling sah, daß sie ihn keineswegs floh und da er, wie ich erwähnte, wußte, wo der Gatte sich aufhielt, wagte er es und trat kecklich ins Haus. Das wackere Weibchen schlug über seinen Eintritt durchaus keinen Lärm, sondern schloß als gewitzte und kluge Frau, um nicht im Hause mit ihm überrascht zu werden, die Tür von innen zu, damit niemand eintreten könne. Und als sie sich dort mit dem jungen Manne allein fand, bekannte ihr dieser, nachdem er sich ihr durch viele artige Reden als ein Jüngling von allseitiger Bildung gezeigt hatte, seine Liebe und konnte kein Ende finden, seine Dame zu preisen.

Wie ihr euch vorstellen könnt, zitterte sie vor Freude, als sie sich von einem so schönen Jüngling auf diese Weise rühmen hörte und die Schilderung seiner Liebe vernahm. Und nachdem manches Wort gewechselt worden war, faßte sich der Jüngling, der wohl wußte, wie man sich den Frauen gegenüber verhalten muß, ein Herz und begann ohne zu fragen das beredte Spiel der Hände, wie es zuerst jeder gute und getreue Liebhaber tun muß. Seinerseits dem Brauche folgend, tat das Weibchen, als wolle es

ihm nicht willfahren und rief: »Weh mir, daran habe ich nicht gedacht! Haltet ein! Alles andre will ich Euch zu Gefallen tun, nur dies nicht, nein, nein! Macht alles mit mir, was Euch gefällt, aber dieses will ich Euch nicht zugestehen!« Und während sie so sprach, brannte sie noch heftiger darauf als der Jüngling und verteidigte sich nur mit der Zunge. Der wackere Jüngling, der diesen Brauch wohl kannte, umarmte sie mit großer Wonne, küßte sie auf den zarten Mund und oftmals auf die blendenden festen Brüste, die nicht anders aussahen als wie zwei wohlgebildete einander feindliche Äpfel, die täuschend aus Schnee und Veilchen gebildet zu sein schienen und an Festigkeit einem harten und schimmernden Alabaster ähnelten, so daß dieser herrliche Busen aus Perlen und Rubinen zu bestehen schien. Das Antlitz war von der Natur mit solcher Meisterschaft geschaffen worden, daß es selbst das härteste Herz gezwungen hätte, es zu lieben, die Gestalt war geschmeidig, der Blick hell, die Sprache süß und das

Herz brannte lichterloh vor Liebe zu dem Jüngling. Und so waren sie beide voller Zufriedenheit und sprachen, während die junge Frau nicht mit ihren duftigen Küssen kargte, an diesem Orte eine gute Weile miteinander, wobei der Jüngling als erfahrener und kluger Mensch in wohlgesetzten Worten zwei lange Ansprachen hielt, welche die liebenswürdige Dame aufs höchste entzückten.

Da sie sich durch eine solche Liebe völlig besiegt fühlte, führte sie ihn, damit das Liebesspiel bequemer vonstatten gehen könne, in eine Kammer, wo sie und ihr Mann zusammen zu schlafen pflegten, und dort legte der wacker Jüngling nach vielen Liebesworten das Weibchen aufs Bett und begann das Liebesspiel von neuem, und nachdem sie dann zu ihrer beider höchsten Wonne die dritte Lanze gebrochen hatten, vergnügten sie sich zusammen aufs beste. Aber die ersten Angriffe vermochten die Liebe des jungen Mannes nicht zu stillen, und in seiner Seligkeit wußte er nicht, ob es Wirklichkeit war, was ihm geschah oder ob er es träumte, und wie er sie so unausgesetzt in seinen Armen hielt, kam es ihm vor, als umschlinge er ein Mädchen von zwölf Jahren; denn ganz genau wie ein solches fühlte sie sich unten an, da sie nicht das kleinste Härchen an ihrem Körper hatte, und ihr Fleisch war wie das eines Mädchens von sechzehn Jahren, und sie war gerade in der Blüte ihrer Schönheit, denn sie zählte noch keine vierundzwanzig Jahre und hatte zudem noch nie ein Kind gehabt.

Nachdem sie so in größter Seligkeit in der Kammer eine geraume Weile miteinander gescherzt hatten, suchten sie schließlich wieder einträchtig das Lager auf und brachten diese ganze Nacht in höchster Wonne hin. Bevor es aber Tag wurde, verabredeten sie das Wie und Wann weiterer Zusammenkünfte zum Zweck jener reizvollen Betätigung, und bevor der Morgen graute, verließ der Jüngling seine Dame, um nicht von den Nachbarn gesehen zu werden. Und so verlustierten sie sich, während der verwünschte Eifersüchtige fern der Stadt weilte, fortgesetzt, so daß keine Nacht verging, ohne daß sie sich zu derartigen Minnespielen zusammengefunden hätten.

Als nun bereits zwei Monate und ich weiß nicht wie viele Tage vergangen waren, ohne daß der argwöhnische und eifersuchtsvolle Gatte zurückgekehrt wäre, um seine Frau zu sehen – denn um schnell zu Ende zu kommen, verschob er seinen Besuch immer von heut auf morgen, arbeitete Tag und Nacht und hielt keinen einzigen Feiertag ein, um nur schnell fertig zu werden –, erinnerte sich das Weibchen eines Tages der seltsamen Grille des Gatten, und es schien ihr, als stünde bereits der Tag seiner Rückkehr bevor. Da verwünschte sie ihre Vergeßlichkeit und schaute ganz verzagt nach dem gemalten Lämmchen, und da sie es nicht mehr fand, sondern nur noch einige geringe Spuren der verschwundenen Malerei zu entdecken vermochte, glaubte sie, sie sei des Todes. Infolgedessen bemächtigte sich ihrer eine große Unruhe, zumal sie von selbst keinen Ausweg zu finden wußte.

Als es Abend geworden war und der junge Mann, wie er es gewohnt, sein teures und geliebtes Leben aufsuchen ging und, in ihrem Hause angekommen, seine Dame nicht so guter Dinge fand, wie er sie die andern Abende zu finden pflegte, argwöhnte er gleich, daß irgendeine böse Nachbarin, wie es häufig vorkommt, irgendwelche Klatscherei losgelassen habe und fragte sie, was ihr fehle, daß sie so unzufrieden aussehe. Das Weibchen, das ihn mehr liebte als sich selbst, vermochte auf seine Frage nicht mit der Antwort hinterm Berge zu halten und verheimlichte ihm nichts: mit Tränen auf den frischen blühenden Wangen erzählte sie ihm die ganze maßlose Torheit des eifersüchtigen Narren und zeigte ihm die Stelle, wo sich das Lämmchen befunden hatte. Der Jüngling sah dort statt dessen nichts weiter als ein blendend weißes Kälbchen, so schön gebildet, wie es noch nie zuvor gesehen ward. »Weh mir Unglücklichen!« rief das Weibchen, »ich bin des Todes; denn dieser tolle Eifersüchtige kann vielleicht morgen zurückkehren, und wenn er dann das Bildchen verdorben findet, wird er mich ohne weiteres eine Dirne heißen, und ich bin überzeugt, daß er mich umbringt; denn bei ihm verfängt keine Entschuldigung.« Die Unglückliche weinte und schlug sich an die Brust, der wackere Jüngling aber tröstete sie und sagte: »Grämt Euch nicht; denn glücklicherweise werde ich den Widder ebensogut malen können wie Euer Gatte«, und so beruhigte er sie vollkommen mit diesen Worten.

Und als sie dann schließlich zu Bett gegangen waren, überließen sie sich dem gewohnten Liebesgenusse und verbrachten die ganze Nacht in größter Freude; als aber der Morgen nicht mehr fern und die Stunde des Abschieds herangekommen war, erhob sich der Jüngling und fragte seine Traute: »Wo bewahrt Euer Gatte seine Farben und sein Malgerät auf?« Das Glück wollte, daß die Frau zufällig dasselbe kleine Gefäß mit der Farbe fand, die der Eifersüchtige zu besagtem Zwecke benutzt hatte und in der sogar noch der Pinsel stak. Die Farbe war mit Nuß- und Leinsamenöl, untermischt mit ein wenig Erdöl, angemacht. Der Jüngling war einer der gebildeten und feinen Köpfe von Siena, und es herrschten in ihm alle Fähigkeiten: er war in den Wissenschaften bewanderte, war ein guter Musiker und sehr erfahren in der Behandlung aller Instrumente, überdies war er ein vortrefflicher Bildhauer und zeichnete untadelig, auch hatte er Geld und Gut vollauf und war vor allem liebenswürdig und feingesittet.

Er nahm also das kleine Gefäß mit der Farbe zur Hand, und nachdem er von der Oberfläche eine gewisse trockene Schicht, die ein sehr feines Häutchen gebildet hatte, entfernt und den Pinsel mit dem Öl der Handlampe gewaschen hatte, legte er das Weibchen so zurecht, daß er ihm das verschwundene Lämmchen wieder hinmalen konnte. In kurzer Zeit schuf der wackere Jüngling an der gleichen Stelle das schönste Schafböcklein, das je von einem Maler gemalt worden war und aussah, als sei es lebendig, und nachdem er die allergrößte Sorgfalt darauf verwandt hatte, war es ihm viel schöner geraten als jenes, das der Meister Maler gemacht hatte, und wer es an dieser Stelle mit seinen kleinen Hörnern gesehen hätte, der hätte sich baß verwundert; denn jeder hätte es als das Werk eines erfahrenen Meisters angesehen, und der Maler, ihr Gatte, hätte es nicht so gut zu machen gewußt.

Nachdem er es also gemalt hatte, verabschiedete sich der Jüngling noch vor Tagesanbruch und ließ das Weibchen hochbefriedigt zurück. Und es schien der jungen Frau, als sei es ganz dasselbe Lämmchen, welches zuvor ihr Gatte gemacht hatte, nur kam es ihr ein wenig größer vor. Und um nicht irgendeinen Irrtum zu begehen, ging die Törin an eine Truhe und suchte das Maß hervor, das ihr der Gatte zurückgelassen, worauf sie sich an eine Stelle begab, wo ein Sonnenstrahl einfiel und nachschaute, wie es mit der Weite stand: die Närrin glaubte, da der Eingang beständig benutzt worden sei, müsse er sich auch vergrößert haben. Es schien ihr jedoch, als stimme das Maß gut, und so erwartete sie höchst vergnügt den Gatten. Diesen Abend freilich kehrte er noch nicht heim, wohl aber kam der Jüngling, gerüstet zum gewohnten Spiel. Doch da der Widder frisch gemalt war, konnten sie nicht auf die gleiche Weise wie sonst turnieren. Der Jüngling fand aber einen Weg, es ohne irgendwelche Unbequemlichkeit auszuführen, und so ließen sie sich dadurch nicht abhalten, sich dem gewohnten Vergnügen hinzugeben. Diese Art schien dem Weiblein besser als die des Gatten; denn der Maler wählte nicht den gleichen Weg, der Lasterhafte machte es vielmehr wie ein unzüchtiger Schelm. Und der Jüngling empfand große Freude, es auf diese Weise versucht zu haben, und so genossen sie einander mit Wonne und Entzücken die ganze Nacht, und bevor der Jüngling fortging, verabredeten sie für den Fall, daß der Gatte zurückkehren sollte, Ort und Zeit des Stilldicheins zum bewußten Werke. Dann nahm er zur gewohnten Stunde Abschied und ging fort.

Zufällig war der Tag noch nicht halb vorbei, als der Eifersüchtige zurückkehrte. Die wackere Frau empfing ihn mit geheuchelter Freude und umarmte und küßte ihn, als hätte sie ihn tausend Jahre lang nicht gesehen, und er tat desgleichen. Nach vielen Fragen und Antworten und nachdem er sich ein wenig von der Müdigkeit, die ihm der lange Weg verursacht, erholt hatte, setzte er sich aufs Bett und gab sich dort den widerstreitendsten Gedanken hin, und zwar derart, daß er keine Ruhe finden konnte, bevor er sich nicht über seinen Schaden klar geworden war. Er rief daher seine Frau und ließ sie zu sich in die Kammer kommen. Sie glaubte, er wolle ihr einen guten Willkommen bieten und eilte sehr vergnügt zu ihm. Er warf sie hingegen alsbald aufs Bett, hob ihr die Kleider hoch und schaute nach, ob das Lämmchen abgewetzt sei oder wie es sonst damit stehe. Da sah der dumme Eifersüchtige sofort, daß ein Widder daraus geworden war. Sofort erkannte er, daß der nicht von ihm stamme und wurde darüber sehr mißvergnügt und stand und sann nach, ob er ihm die Hörner gemacht habe oder nicht. Als die Frau ihn so verstummt sah, fragte sie ihn, was ihm fehle. Da antwortete der mißvergnügte Eifersüchtige voller Schmerz: »Um dir die Wahrheit zu sagen: ich schaute nach dem Lamm, das ich gemalt habe und finde einen Schafbock. Ich hatte es ohne Hörner gemalt und finde es mit Hörnern wieder – ich weiß nicht, was das zu bedeuten hat.« Da sagte die wackere Frau, ohne im geringsten die Farbe zu wechseln, indem sie sich gleichsam über ihn lustig machte, lächelnd: »Darüber braucht Ihr Euch nicht zu grämen; denn es ist besser, daß es ein Bock ist: bockend wird er Lämmer zeugen. Oh! Ihr wundert Euch, daß es Hörner hat – zeigt mir das Lamm, das nach drei Monaten noch keine Hörner hat! Ihr habt so lange mit der Rückkehr gezögert, daß ich mich wundere, daß sie nicht größer sind, sind mir doch diese drei Monate wie dreitausend Jahre vorgekommen.« Und auf diese Weise scherzend und spottend unterhielt sie ihren Gatten mit Worten. Der eifersüchtige Tölpel fand aber aus dem Erstaunen nicht heraus; denn abgesehen von den Hörnern schien alles sein Werk, und der einfältige Narr entsann sich nicht sicher, ob er sie hingemalt habe oder nicht. Und

so schwankte er zwischen zweierlei Gedanken hin und her und wußte nicht, was er machen sollte.

Nachdem er sich jedoch etwas von seiner Verblüffung erholt hatte, beschloß er, sich mit Hilfe des Maßes über alles Aufklärung zu verschaffen, griff sofort in seinen Beutel und sagte zu seiner Frau: »Bleib liegen wie du jetzt liegst, ich will nachmessen, ob die Sache noch so ist, wie ich sie verlassen.« Als die Frau das Wort messen hörte, schob sie sich höher aufs Bett hinauf, um sich besser über ihren Gatten lustig machen zu können. Während er sie ausmaß, lag sie auf dem Lager hingedehnt, das eine Bein ausgestreckt und das andere angezogen, wodurch sie erzielte, daß das Tor der Liebe einen Halbkreis bildete und durch diese Krümmung dem Maler viel kleiner erschien, als wie er es verlassen hatte.

Dies verschaffte ihm große Erleichterung in seiner Seelenqual, und er glaubte jetzt, daß er selbst und nicht ein anderer die Hörner gemalt habe, und so war der Unglückliche überzeugt, sein Weib sei dort unten enger geworden, weil es enthaltsam gelebt habe. Und in diesem Glauben ließ er den Schafbock auf sich beruhen und kam nicht dahinter, daß seine Frau ihn betrogen hatte.

Und dieser Schafbock war schuld daran, daß er künftighin nicht mehr so eifersüchtig war, wie er es in der Vergangenheit gewesen und sein Weib für die beste Frau von der Welt hielt.

Als die Frau sah, daß sie dadurch, daß sie dem Lamm Hörner verliehen, den Gatten von seiner Eifersucht geheilt hatte, bemühte sie sich, damit er nicht wieder einen Rückfall bekomme, die Hörner täglich zu vergrößern und verlustierte sich ohne Wissen ihres Mannes heimlich mit ihrem Liebhaber und erwartete ihn unbesorgt zur Liebesschlacht und zum Zeitvertreib. So fanden sich die beiden Liebenden ungestört lange Zeit zusammen, und niemals kam der Gatte dahinter.

Domenico Batacchi

Der falsche Seraphim

An den Herrn Abbé . . .
Während Ihr gegen Mittag bequem auf Eurem Sofa liegt, Euer leckeres Frühstück verdaut und den Himmel um guten Appetit für das schmackhafte und reichliche Mittagessen bittet, das für Euch bereitet wird, beschäftigt Euch mit dieser kleinen Novelle, die ich Euch widme. Solltet Ihr dabei einschlafen, so schiebt die Schuld nicht auf die Unerfahrenheit und Ungeschicklichkeit des Dichters, sondern denkt, daß meine Worte einmal das gleiche Schicksal haben werden wie Euer Gebetbuch.

Ich grüße Euch und wünsche Euch einen guten Koch!

Die Heiligen des Paradieses verehren ist gewiß eine verdienstvolle Tat; bisweilen gibt es aber doch Betrüger unter ihnen, und man läuft Gefahr, für einen Dummkopf gehalten zu werden. Herr Abbé, die Sache ist ernst und erfordert Klugheit und Verstand.

Nicht selten findet man Lügner, die fromme Seelen glauben lassen, sie könnten ihnen alle Gnaden und Vorteile des Himmels verschaffen, womit sie ihnen jedoch einen ganz gehörigen Bären aufbinden. Sie betrügen die Frauen, ergaunern, soviel sie nur bekommen können, und zerbrechen sich hinterher vor Lachen die Kinnbacken. Da ich es nicht gewohnt bin, etwas zu erzählen, was ich nicht beweisen kann, und lange über das nachdenke, was ich sagen will, um nicht hinterher erröten zu müssen, so vernehmt denn, Herr Abbé, folgende wahre Geschichte.

In einem großen Reiche namens Antignano lebte einstmals eine gewisse Pollonia, die nach dem Tode ihres Mannes Bastiano sich eines stattlichen Vermögens erfreute, in Gesellschaft ihrer einzigen Tochter, einem wahren Wunder von Schönheit. Diese war noch nicht siebzehn Jahre alt, als die Liebe ihr alle Herzen untertänig machte; sie ihrerseits empfand aber keine Liebesqualen und keine Neigung für irgendeinen Mann. Sie hieß Margherita und lebte still und friedlich. Die Mutter war bereits sechzig Jahre alt, sie erfreute sich einer vorzüglichen Gesundheit; nur waren ihre Augen immer gerötet, worüber sie in rechter Verzweiflung war, weil sie den Verlust ihres Augenlichtes befürchtete.

Ihr Haus wurde andauernd von Mönchen belagert, Kapuzinern, Franziskanern, Reformierten, Minimiten, Jakobinern, die ihr so viele Segenssprüche spendeten, daß man ein zweites Kyrie Eleison daraus machen könnte. Bisweilen blieben die Mönche zum Essen da und empfingen noch obendrein Almosen, um die Messe zu lesen. Obwohl diese Mönchsbrut in großer Menge Pollonias Haus so häufig besuchte, war Margherita noch Jungfer. Ich weiß nicht, wie das möglich war, denn um eine ganze Menge Frauen zu schwängern, genügt im allgemeinen ein einziger Mönch.

Ärzte, Chirurgen und Scharlatane befragte Pollonia tagtäglich ihres Leidens wegen; alle ihre Mittel aber halfen nichts, das Geld war zum Fenster hinausgeworfen. Eines Tages aber besuchte sie Betta, die Schwester des Doktors Santi, die zu ihr sagte: »Wenn du deine Augen heilen willst, mußt du zu Fuß auf den Gipfel der Alpen gehen, wo der heilige Pellegrinus verehrt wird. Er wird ohne jede Arznei oder Salbe deine Augen in zwei Sekunden heilen.«

Dieser Rat gefiel Pollonia, und sie beschloß, den Heiligen aufzusuchen. Sie nahm einen großen Koffer, wickelte sich in ein schwarzes Tuch, rüstete ihre Tochter ebenso aus, und beide traten die Pilgerfahrt an. Margheritas entzückende Schönheit zog die Augen aller Vorüberkommenden auf sich; die Leute blieben auf der Straße stehen, und eine Menge verliebter Kerle rannte hinter ihr her.

Während mehrerer Tage kamen sie durch Dörfer und Flecken und blieben des Nachts in den Herbergen. Dann begannen die Mutter und die niedliche Tochter, die Alpen emporzusteigen; auf schmalem Pfade gelangten sie in einen einsamen und düsteren Wald. Sie merkten, wie ihr Herz hier lebhafter pochte, sahen sich ängstlich nach allen Seiten um und erblickten eine Gestalt, die einem Mönch ähnlich war. Pollonia jauchzte, als ob sie den Herrn selbst gesehen hätte. »Wir wollen uns diesem Diener Gottes anschließen«, sagte sie zu ihrer Tochter.

Diese aber erwiderte: »Mutter, folgt meinem Rate und laßt ihn in sein Kloster gehen, während wir lieber allein bleiben. Unter seinem Mönchsgewand könnte sich ein Räuber verbergen.«

Pollonia, die nun einmal für Mönche sehr viel übrig hatte, eilte schneller vorwärts; mit bleichen Wangen folgte ihr Margherita. Der Mönch gewahrte sie, und Pollonia begrüßte ihn mit den Worten: »Gelobt sei Gott!«

»In Ewigkeit!« erwiderte der Mönch und begann die Unterhaltung mit der Frage, wohin sie gingen.

»Zum heiligen Pellegrinus auf den Gipfel dieses Berges«, antwortete Pollonia.

»Er wohnt hier ganz in der Nähe in einer Höhle«, sagte der Mönch.

Darauf sprachen sie zusammen von Andachtsübungen und Bußen, Heiligenerscheinungen und Ablässen, die der heilige Vater bewilligte. Während dieser Gespräche wurde der Weg immer öder. Dichtbewachsene Bäume reichten fast an den Himmel, so daß kein Sonnenstrahl hindurchdrang. In diesem undeutlichen Dämmerlicht sahen die Wandernden nur dunkle Abgründe vor und neben sich. Die lautlose Stille erweckte in ihren Herzen eine kalte Angst. Plötzlich blieb der Mönch stehen und sagte in scharfem Tone: »Genug mit den höflichen Redensarten! Deswegen bin ich nicht hierher gekommen!« Bei diesen Worten holte er eine Pistole hervor. Pollonia schrie erschreckt auf, und Margherita rief: »Zu Hilfe, zu Hilfe!«

»Seid still, Donnerwetter, her mit Eurem Gelde!« herrschte der Mönch sie an, »oder ich schieße Euch auf der Stelle nieder. Vorwärts, gebt die Ringe, Ketten, Ohrgeschmeide, Tücher, Koffer, Pilgerkleider, Hemden her! Ich bin es nicht gewohnt, etwas zweimal zu sagen, macht schnell, ich kann nicht lange warten!«

Der gottlose Schuft nahm ihnen alles weg und ließ sie splitternackt im Walde stehen. Nun rief Pollonia: »Heiliger Pellegrinus, hilf du uns! O Gott, wie ich mich schäme, mich in meinem Alter so nackt zeigen zu müssen!« Sie hatte recht, jeder gute Christ mußte Mitleid mit ihr haben; Margheritas entzückende Formen aber zu malen, wäre selbst einem Tizian kaum geglückt, auch nicht jenem, der hundert nackte Frauen brauchte, um die schaumgeborene Göttin darzustellen. Niemals sah man im Tale des Ida zwei ähnliche Brüste oder zwei so wundervolle Hinterbacken. – Herr Abbé, könnt Ihr Euch vorstellen, wie appetitlich und schön sie waren? Stellt Euch vor, Ihr hättet Eure hübsche Haushälterin ganz nackt vor Euch! –

»Ach meine liebe Mutter, was sollen wir nun tun?« sagte Margherita; »ich habe Euch ja gewarnt. O Gott, in welchem Zustande sind wir! Wo sollen wir hingehen? O du verfluchter Schuft von Mönch!«

»Pfui, sei still«, sagte die Mutter, »Mönche darf man nicht verfluchen. Sei aber unbesorgt, liebes Kind, warte ab, der heilige

Pellegrinus wird uns helfen; er wird uns an dem Räuber rächen, den man gewiß aufhängen wird, wie er es verdient. Der Heilige wird uns mehr geben, als man uns genommen hat. Bedenke, wie schrecklich es mir ergangen ist; um das Augenlicht wiederzubekommen, das ich fast verloren habe, kam ich hierher, und nun verliere ich alles, sogar das Hemd. Und doch gebe ich die Hoffnung nicht auf, daß der Heilige uns erhört. In unserem Unglück müssen wir auf Gott vertrauen. Bete den Rosenkranz, Margherita; kennst du die Worte? Ich will sie dir vorsprechen.« Sie machte das Zeichen des Kreuzes und betete.

Ein Jäger namens Mirtillo, den die beiden Frauen nicht gesehen hatten, bemerkte ihr Mißgeschick. Er stand in der Blüte der Jahre, hatte blondgelockte Haare und ein bartloses Kinn; ein Liebling der Venus, fand er bei allen Frauen Glück. Als er die schöne Margherita bemerkte, die den wonnigen Liebespfad sehen ließ, fühlte er einen Pfeil in seinem Herzen und dachte sich schnell eine List aus, wie sie der geschickteste Schüler Kupidos nicht schlauer ersinnen konnte. Er begab sich in ein dichtes Gebüsch, zog seine Kleider aus, auch sein weißes Hemd, ließ seine Haare frei im Winde flattern, band sich eine seidene Schärpe um den Leib, die er an der Seite verknotete. Dahinter versteckte er seine männlichen Geschlechtsteile. Dann befestigte er auf dem Rücken die Flügel einer auf der Jagd erlegten Gans und sah nun wie ein Seraphim aus; ein Seraphim aber von Michelangelos Pinsel gemalt, hätte weniger schön ausgesehen. Vom Kopf bis zu den Füßen war er schneeweiß wie eben erblühter Jasmin; selbst die Götter haben sich nie mit hübscheren Jungen eingelassen als er einer war.

In dieser Verkleidung ging er auf einem Waldwege vor den beiden trostlosen Frauen her, stieg auf eine Eiche und blieb dort unbeweglich bis zu ihrem Kommen stehen. Dann sprang er leichtfüßig auf die Erde, einem vom Himmel herniedergestiegenen Engel gleichend.

»Friede sei mit Euch, geliebte Damen!« sagte er. »Der heilige Pellegrinus schickt mich vom Himmel zu Euch, Eure Bitten sind dort oben erhört worden. Die gottlose und verdammenswerte Tat des Räubers wird ihre Sühne finden, des könnt Ihr gewiß sein, zumal er sich als Mönch ausgab. Aus Gründen der Schicklichkeit dispensiert Euch der Heilige davon, seine hoch oben gelegene Behausung aufzusuchen. Kehrt getrost in Eure Heimat zurück; ich verspreche Euch, daß Ihr durch meine Vermittlung auch ohne lange Reise alles erhaltet, was Ihr wünscht. Verlaßt den Wald und

wählt am Fuße des Berges, wo sich der Weg gabelt, den linken Pfad an einer silbernen Quelle entlang. Nicht weit davon findet Ihr eine Herberge, die einem guten und verständigen Manne gehört, der Euch gern aufnehmen wird. Aus der Quelle nahe der Herberge trank eines Tages Pellegrinus; dann verließ der die Welt und richtete seine Schritte auf diese Höhe. Hier tat er Buße, und bald darauf fand man ihn am Fuße einer Eiche tot auf. Jene Quelle aber war ihm so liebgeworden, daß er ihr, weil er in ihr seinen quälenden Durst gelöscht hatte, vom hohen Himmel die Fähigkeit verlieh, jede Augenkrankheit unverzüglich zu heilen. Es genügt, wenn man frühmorgens, sobald die Sonne aufgeht, die Augen mit ihrem Wasser wäscht. In der Herberge, nahe der Quelle, wo der Heilige kurze Zeit ausruhte, bewahrt er die Einkehrenden vor der Plage durch böse Geister, läßt Arme reich werden und Hinkende gerade wachsen. Doch wozu rede ich so lange; geht hin und hoffet!«

Nach diesen Worten sprang er in ein kleines Gesträuch, in dem er sich versteckte.

»O Margherita, wie war er schön!« rief Pollonia und rieb sich ihre roten Augen.

»Ja, Mama, wahrhaftig, er war schön«, antwortete Margherita nachdenklich.

Es war ein eigenartiger Anblick, die Bewegungen und Gesten der drei Personen während der Rede des Seraphims zu beobachten. Pollonia stand in andächtiger Haltung da, die Augen geschlossen, vornübergebeugt, die Hände unter dem Kinn gefaltet, voller Glück und Zufriedenheit. Mirtillo, der das junge Mädchen heimlich beobachtete, während er als Engel redete, lächelte ihr von Zeit zu Zeit zu und freute sich über die andächtig lauschende Alte. Sachte, ganz sachte aber hob Meister Priapus seinen Kopf aus dem Nest. Margherita in ihrer völligen Nacktheit, vor sich den ebenfalls nackten Mirtillo, war halb von Scham und halb von Liebe erfüllt. Sie konnte nicht einen Augenblick stillstehen und lachte, als sie ein gewisses Etwas sich bei dem Seraphim bewegen sah.

Die Erscheinung selbst machte auf die beiden Frauen einen ganz verschiedenen Eindruck. Die eine glaubte wirklich, es wäre ein vom hohen Himmel herabgekommener Seraphim; voller Respekt ließ sie sich auf die Knie nieder und küßte die Fußspuren, die der himmlische Geist auf dem Boden hinterlassen hatte. Die andere ahnte wohl, daß sich ein tiefes Geheimnis hinter dieser eigenartigen Erscheinung verbarg; sie glaubte nicht, daß es ein wirklicher Engel war, wie man immerhin aus seinem Aussehen hätte schließen können. Sie sah in ihm nur einen schönen jungen Mann und fühlte ihr Herz für ihn in Liebe entbrennen. Ab und zu gebot ihr die Klugheit, ihrer Mutter dies zu offenbaren, doch befahl ihr die siegreiche Liebe zu schweigen, die, wenn sie erst einmal von einem Herzen Besitz ergriffen hat, keine Teilung duldet.

»Du siehst, liebe Tochter«, sagte Pollonia, »der große Heilige geruht an uns zu denken; er beehrt uns mit einem himmlischen Besuch. Wer weiß, was wir hier noch erleben werden.«

Die Tochter antwortete kein Wort; sie schwankte zwischen Furcht und Hoffnung.

Darauf machten die beiden Frauen einen weiten Weg zu der Herberge, die ihnen der Engel bezeichnet hatte, die Mutter voll Jubel, die Tochter von Liebe beunruhigt. Die eine hoffte, ihre Augen zu heilen und Zechinen zu finden, die andere, sich an einem Liebhaber zu erfreuen.

Unterdessen war Mirtillo, der jeden Pfad in dem Walde kannte, schnell zur Herberge geeilt, doch hatte er zuvor seine geliehenen Flügel abgelegt und seine Jagdkleider wieder angezogen. Er war der Sohn eines reichen Bauern aus der Gegend und der Wirt ein alter Bekannter von ihm, der ihm schon manchmal bei seinen Liebesabenteuern geholfen hatte; er war ein gerissener Kuppler und hatte als solcher schon eine Menge Geld verdient.

Mirtillo erzählte ihm die Geschichte von der Mutter und der Tochter und seiner Erscheinung. Der Wirt kniff die Lippen zusammen, runzelte die Stirn und rief: »Was du doch für ein Schlaukopf bist! Satan selbst hätte sich nicht einen besseren Spaß ausdenken können!«

Nachdem Mirtillo ihn von allem, was er tun sollte, unterrichtet hatte, traf der Wirt seine Vorbereitungen, während die Wirtin den inzwischen angekommenen nackten Frauen Kleider reichte und ihnen erzählte, eine Erscheinung hätte ihr Abenteuer bereits verkündet. »Ich weiß«, fügte sie hinzu, »daß Ihr alles verloren habt, der Heilige wird es Euch aber schnell ersetzen. Seid getrost und unbesorgt, der Heilige liebt meine Herberge, und noch niemand hat sie ungetröstet verlassen.«

Pollonia verlangte ein gutes Bett für sich und ihre Tochter, ein schönes Zimmer und reine Wäsche, ferner ein gutes Essen von verschiedenen Gerichten, das sie mit dem Gelde zu bezahlen hoffte, das Gott ihr schicken würde.

Unterdessen dachte die schöne Tochter an die Augen, mit denen der junge Mann sie angesehen hatte, und an jenes Etwas, das sich unter dem Gürtel bald hob, bald senkte. Wohin sie auch blickte, überall sah sie Mirtillo mit jenem Etwas.

Die Stunde des Essens kam; nachdem sie sich genügend an dem Besten erfrischt hatten, was Küche und Keller boten, führte die Wirtin sie zu dem Bett; auch sie war eine große Spitzbübin und geriebene Kupplerin. Die beiden Frauen kleideten sich aus und legten sich zu Bett; dann nahm die Wirtin das Licht mit heraus. Voll Freude und Befriedigung über das, was sie schon erreicht sah, sagte die Mutter: »Margherita, laß uns ein Vaterunser und ein Ave Maria beten! Empfehlen wir uns unserem Beschützer, damit er uns aus unserem Unglück heraushilft oder uns wenigstens so viel gibt, daß wir nach Hause zurückkehren können.«

Margherita tat nach dem Wunsche ihrer Mutter, sprach aber ganz zerstreut ihre Gebete. Während sie das Vaterunser aufsagte und an den Liebesgott dachte, kam der Engel, der sich unter dem Bett versteckt hatte, sacht, ganz sacht hervor, näherte sich voll Liebesglut Margherita, ergriff ihre Hand und sagte leise: »Fürchte dich nicht!«

Margherita verstand und bekam Lust, Pollonia davon Mitteilung zu machen, aber der Gott der Liebe hielt ihre Zunge fest; zitternd wie Espenlaub lag sie da, während der Engel leise zu ihr ins Bett kam und nicht das mindeste Geräusch machte. Und während die gute alte Dame abwechselnd zum heiligen Pellegrinus das Vaterunser, das Ave Maria, das Gloria, das Miserere, die Litaneien betete, legte ihr der Engel mit vorsichtiger Hand eine goldgefüllte Börse auf den Bauch. Pollonia merkte es und rief freudig:

»Meine Tochter – *Agimus tibi gratias* –, oh, welch Vergnügen! Lege die Hand auf die Decke, fühlst du die Börse? Ach, ich fühle, wie mein Herz weit wird! – *Te deum laudamus* – o welches Glück! Der heilige Pellegrinus hat uns mehr gegeben, als wir verloren haben. – *Si quaeris mirabilia* – ich will es doch gleich der ganzen Herberge erzählen.«

»Das geht nicht mit rechten Dingen zu«, sagte Margherita leise und fügte laut hinzu: »Tut das nicht, liebe Mutter, mit des Himmels Gnade soll man nicht prahlen, morgen früh ist auch noch Zeit, es zu erzählen.«

»Mein Kind, was sagst du da?« erwiderte die Alte. »Weißt du nicht, was Bruder Sigismondo sagte, daß man stets die Heiligen

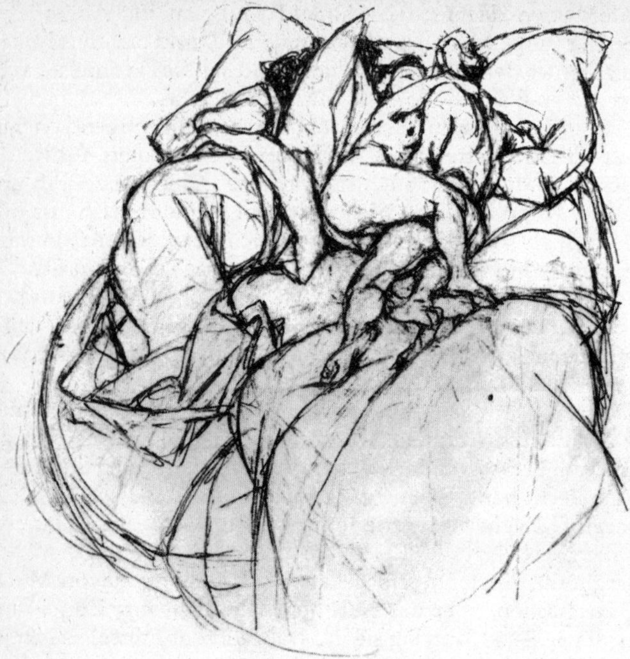

rühmen und ihre Wohltaten aller Welt verkünden müsse, um denen Mut zu machen, die glauben, und die zu verwirren, die ungläubig sind? Ich werde also aufstehen.«

»Liebe Mutter, tut es nicht«, versetzte Margherita, »wie leicht können Diebe und Mörder hier sein! Denkt doch um Gottes willen an den Mönch. Wenn nun hier auch so ein Kerl wäre, der das hört, uns das Geld wegnimmt und uns erdrosselt?«

Schließlich bekehrte Margherita, die der Gott der Liebe beredt machte, mit diesen und noch stärkeren Vernunftgründen Pollonia zu ihrer Meinung. Die Alte schwieg und nahm sich vor, am nächsten Tage die Gnade des Himmels zu erzählen. Mirtillo, der Mutter wegen noch unentschlossen, befürchtete, daß sie, sozusagen, Eier nicht im Korbe liebte. Er war, als er die beiden Frauen einig sah, an Margheritas Seite zurückgekehrt. Ohne daß ich es mehrmals ausdrücklich zu versichern brauche, wird man es mir wohl glauben, daß Mirtillo gern ins Bett aufgenommen wurde, ebenso, daß Margherita in Liebesglut an ihre Mutter heranrückte und Mirtillo Platz machte. Der Jüngling, der nicht weniger in Liebesflammen stand, umarmte, nackt wie er war, das nackte Mädchen und fuhr mit der Hand so schnell über den strammen Popo, die behaarte Scham, die Brüste, daß man fast hätte annehmen können, er habe zehn Paar Hände. Das verliebte Kitzeln erregte Margherita derart, daß sie sich im Bett lebhaft bewegte. Pollonia fragte, was das zu bedeuten hätte.

»Es kam mir im Traum so vor, als ob ich unter einen Fels fiel, der zerbrach», antwortete das Mädchen.

Nachdem Mirtillo eine Weile den ganzen Körper des Mädchens geliebkost hatte, gedachte er, das große Werk zu beginnen, durch das die Menschen entstehen, und drückte sein steifes Glied Margherita, die eilig zufaßte, in die Hand. Margherita ergriff es, liebkoste es und fühlte sich in Wonne vergehen; und sie war so erfreut, es in der Hand zu halten, daß sie, ohne es zu wollen, rief: »Oh, wie ist er schön!«

»Wer?« fragte Pollonia.

»Ich dachte«, antwortete Margherita, »an jenen Engel, den wir im Walde sahen.«

»Vielleicht ist er hier«, sagte die Mutter. »Ich grüße dich und danke dir, heiliger Engel Gottes! Im Namen des Vaters erbarme dich meiner!«

In beiden wuchs die Begierde der Wollust; Mirtillo streichelte die reizenden Brüste Margheritas, die ihm ihre strammen Hinterbacken zwischen die Beine legte; darauf schob er dem Mädchen seine Lanze von hinten ein. Als Margherita den Kopf des Priapus sich ihrer Öffnung nähern fühlte, blieb sie vor Wonne nicht mehr Herrin ihrer selbst, sondern wackelte hin und her und machte ihm auf diese Weise die Arbeit leicht. Dabei rief sie: »Ach Gott, er hat mich!«

»Wer hat dich, mein Kind? Was redest du da?« fragte Pollonia.

»Es kam mir so vor«, erwiderte Margherita, »als wenn ich oben auf dem rauhen Gebirge jenen Mönch sah, der mit einem Dolch . . .«

»Laß diese traurigen Gedanken«, beruhigte die Mutter sie; »ich denke an den Engel und bitte Gott, daß er ihn bei dir lasse.«

»Sei unbesorgt, liebe Mutter«, antwortete das Mädchen, »ich hoffe, mich wenigstens diese ganze Nacht seiner erfreuen zu können.«

Der Liebeskampf vermehrte ihre Glut, und als er seinen Höhepunkt erreicht hatte, stieß sie einen Seufzer aus und rief: »Mama, ich bin im Paradies.«

»Ruhig, mein Kind«, sagte Pollonia, »paß auf, daß dir eine solche Wohltat nicht geraubt wird. Jetzt aber versuche zu schlafen, ich selbst bin todmüde.« Bei diesen Worten gähnte sie, rieb sich die entzündeten Augen und schlief ein.

Die beiden Liebenden waren darüber durchaus nicht unzufrieden; sobald sie eingeschlafen war, begannen sie das Liebesspiel von neuem und wiederholten es unzählige Male; ihre Kraft wuchs mit ihren Gelüsten.

Als die Morgenröte erschien, rief die Wirtin Pollonia und ersuchte sie, zu der Quelle zu gehen, der das Wunderwasser für die Heilung der Augen entströmte. Die Alte stand hastig auf und eilte zur Quelle, die Augen gerötet wie sonst. Sie wusch sie immer wieder. Die Wirtin lachte und sagte: »Wollt Ihr den heiligen Panurgo besuchen?«

»Gibt es da einen Ablaß?« fragte Pollonia.

»Einen ganzen Sack voll«, antwortete die Wirtin, worauf Pollonia sich sofort auf den Weg machte.

Die Wirtin führte sie von einem Heiligen zum anderen, damit Mirtillo in Ruhe sein Werk beendigen könnte; noch einmal nahm er den Kampf auf und verschwand dann vorsichtig.

Die Alte kehrte zurück, verließ die Herberge und ging mit ihrer Tochter nach Antignano. Die Unbequemlichkeiten der Reise ließen Pollonia völlig erblinden; die Tochter aber hatte von der Reise mehr Vorteil: Sie brachte einen wunderschönen Knaben zur Welt; der Pfarrer nahm sich seiner an, und die Sache wurde vertuscht.

Turnebio, der diese Stelle als kluger und gelehrter Mann erläutert, sagt: ›Der Priester setzte zunächst mit großem Vergnügen die Tätigkeit des Seraphims fort, dann verschaffte er der schönen Margherita einen Mann‹ – und damit ist die Novelle zu Ende.

GIACOMO CASANOVA

Die schöne C. C.

Meine Liebe zu C. C. wurde mit jedem neuen Tage inniger und heißer, und ich war entschlossen, alles zu wagen, um sie davor zu schützen, daß ihr elender Bruder sie an irgend jemanden verhandelte, der vielleicht weniger bedenklich sein möchte als ich. Die Sache schien mir dringlich zu sein. Welch ein Greuel! Was für eine unerhörte Verführung! Welch seltsames Verfahren, um meine Freundschaft zu gewinnen! Dabei sah ich mich in die harte Notwendigkeit versetzt, dem Menschen gegenüber, den ich auf der ganzen Welt am tiefsten verachtete, mich zu verstellen. Ich hatte durch meine Erkundigungen erfahren, daß er überschuldet war und daß er in Wien, wo er Frau und Kinder hatte, Bankerott gemacht hatte; daß er in Venedig seinen Vater in Ungelegenheiten gebracht hatte, so daß dieser ihn aus dem Hause jagen mußte und nur aus Mitleid sich stellte, als wüßte er nicht, daß er immer noch dort wohnte. Er hatte seine Frau oder vielmehr seine Geliebte verführt; deren Mann wollte nichts mehr von ihr wissen, und nachdem er ihr ganzes Vermögen verzehrt hatte, suchte er daraus Nutzen zu ziehen, daß sie sich prostituierte, denn er wußte nicht mehr aus noch ein. Seine arme Mutter, die ihn vergötterte, hatte ihm alles gegeben, was sie besaß, sogar ihre Schmucksachen und Kleider. Auch ich sah voraus, daß er mich von neuem wegen irgendeines Darlehens oder wegen einer Gutsage belästigen würde; aber ich war fest entschlossen, ihm alles abzuschlagen. Unerträglich war mir der Gedanke, daß C. C. die unschuldige Ursache meines Ruins werden und ihrem Bruder als Werkzeug dienen sollte, um seinen ausschweifenden Lebenswandel fortführen zu können.

Von einem unwiderstehlichen Gefühl aufrichtiger Liebe angetrieben, suchte ich schon am nächsten Tage P. C. auf. Ich sagte ihm, daß ich seine Schwester mit den reinsten Absichten liebte, und machte ihm bemerklich, welche Qual er mir bereitet hätte, indem er alle Rücksichten und sogar jene Scham verletzt hätte, die auch der durchtriebenste Wüstling niemals außer acht lassen darf, wenn er Anspruch darauf machen will, zur guten Gesellschaft zu gehören.

»Und sollte ich selbst«, so rief ich, »auf das Vergnügen verzichten müssen, Ihre engelsgleiche Schwester noch fürderhin zu sehen, so bin ich entschlossen, nicht mehr mit Ihnen zusammenzukommen; aber ich sage Ihnen, ich werde zu verhindern wissen, daß sie mit Ihnen ausgeht; denn es soll nicht von neuem irgendein niederträchtiger Handel mit ihr getrieben werden.«

Abermals entschuldigte er sich mit seiner Trunkenheit; er habe auch nicht geglaubt, daß ich für seine Schwester eine Liebe empfände, die den Genuß ausschlösse. Er bat mich um Verzeihung, indem er mich weinend umarmte, und ich hätte mich vielleicht erweichen lassen, als plötzlich seine Mutter und Schwester eintraten und mir in überschwenglicher Weise für mein hübsches Geschenk dankten. Ich antwortete der Mutter, ich liebte ihre Tochter nur in der Hoffnung, daß sie sie mir zur Gattin geben würde.

»In dieser Hoffnung, gnädige Frau, werde ich mit Ihrem Herrn Gemahl sprechen, sobald ich mir eine sichere Stellung errungen habe, die mich in den Stand setzt, sie angemessen zu unterhalten und sie glücklich zu machen.« Mit diesen Worten küßte ich ihr die Hand; ich war dabei so bewegt, daß mir die Tränen über die Wangen rollten. Meine Tränen waren ansteckend, und die gute Mutter ließ auch die ihrigen fließen. Nachdem sie mir gedankt hatte, ließ sie mich allein mit Tochter und Sohn, der starr wie eine Bildsäule dastand.

Es gibt auf der Welt viele Mütter dieser Art, und sehr oft sind dies gerade solche, die beständig keusch und züchtig gewesen sind: sie argwöhnen keine Täuschung, weil sie an sich selber keine anderen Beweggründe kennen als solche der Tugend; aber sie fallen fast alle ihrer Vetrauensseligkeit zum Opfer und der Zuversicht, die sie auf die von ihnen für rechtschaffen Gehaltenen setzen. Die Worte, die ich der Mutter gesagt hatte, setzten die Tochter in Erstaunen; aber ihr Erstaunen wurde noch viel größer, als sie erfuhr, was ich zu ihrem Bruder gesagt hatte. Nachdem sie einen Augenblick nachgedacht hatte, sagte sie ihm, mit jedem anderen außer mir würde sie verloren gewesen sein; sie würde an Stelle seiner Dame ihm nicht verziehen haben; denn sein Benehmen habe diese ebenso tief entehrt wie ihn selber. P. C. weinte; aber der falsche Kerl vermochte seinen Tränen stets nach Belieben zu gebieten.

Es war Pfingstsonntag, und da deshalb im Theater keine Vorstellung war, so sagte er mir, wenn ich am nächsten Tage mich am selben Orte wie sonst einfinden wollte, würde er mir seine Schwester zuführen, und da die Ehre ihm nicht erlaubte, Frau C. allein zu lassen, so würden sie uns unsere volle Freiheit gönnen. »Ich gebe Ihnen meinen Schlüssel, und Sie bringen meine Schwester nach Hause, nachdem Sie mit ihr zu Abend gegessen haben, wo Sie Lust haben.«

Mit diesen Worten gab er mir den Schlüssel, den zurückzuweisen ich nicht stark genug war, und ließ uns allein. Einen Augenblick nach ihm ging auch ich, indem ich meiner Freundin sagte, wir würden am anderen Tage in den Garten auf der Zuecca gehen.

»Mein Bruder«, sagte sie, »hat sich so anständig benommen, wie es unter diesen Umständen möglich war.«

Pünktlich war ich am verabredeten Ort, und da ich vor Liebe glühte, so sah ich voraus, wie es kommen würde. Ich hatte natürlich eine Loge in der Oper besorgt, aber bis zum Abend gingen wir in unseren Garten. Da Festtag war, saßen mehrere kleine Gesellschaften an getrennten Tischen. Wir wollten nicht mit anderen Leuten in Berührung kommen und beschlossen daher, in den Zimmern zu bleiben, die wir uns anweisen ließen, und von der Oper uns nur den Schluß anzusehen. Ich bestellte demgemäß ein gutes Abendessen. Wir hatten sieben Stunden vor uns, und meine reizende Freundin sagte mir, wir würden uns nicht langweilen. Sie warf ihr Maskenkleid ab, setzte sich auf meinen Schoß und sagte mir, ich hätte sie vollends erobert durch die Art und Weise, wie ich sie nach jenem abscheulichen Abendessen geschont hätte. Alle unsere Gespräche aber waren von Küssen begleitet, die immer feuriger und feuriger wurden.

»Hast du gesehen«, fragte sie mich, »was mein Bruder mit seiner Dame machte? Ich sah es nur im Spiegel, aber ich konnte es mir wohl vorstellen.«

»Hast du nicht befürchtet, ich könnte dich ebenso behandeln?«

»Nein, das kann ich dir versichern! Wie hätte ich dies befürchten können? Ich weiß doch, wie sehr du mich liebst. Du würdest mich dadurch so gedemütigt haben, daß ich dich nicht mehr hätte lieben können. Wir sparen uns das so lange auf, bis wir verheiratet sind, nicht wahr, mein lieber Freund! Du kannst dir gar nicht vorstellen, welche Freude ich empfand, als ich dich meiner Mutter gegenüber deine Gesinnungen erklären hörte. Wir werden uns ewig lieben. Aber da fällt mir ein, Liebster, erkläre mir doch die Worte, die auf den Strumpfbändern gestickt stehen.«

»Ist eine Inschrift darauf? Das wußte ich gar nicht.«

»O ja; sie ist französisch. Mache mir doch die Freude und lies sie.«

Auf mir sitzenbleibend, machte sie das eine Strumpfband ab, während ich ihr das andere löste. Die beiden Verse hätte ich lesen sollen, ehe ich ihr das Geschenk machte, sie lauteten:

En voyant chaque jour le bijou de ma belle,
Vous lui direz, qu'amour veut, qu'il lui soit fidèle.
Ihr, die ihr täglich meiner Schönen Kleinod seht,
Sagt ihm: die Liebe will, daß sie in Treu besteht.

Diese Verse waren ohne Zweifel sehr frei, aber sie schienen mir gut gemacht, komisch und geistvoll. Ich lachte laut auf und lachte noch lauter, als ich auf ihren dringenden Wunsch ihr den Inhalt übersetzen mußte. Da ihr der Gegenstand ganz neu war, mußte ich mich in eine Erklärung der Einzelheiten einlassen, wodurch wir beide in Feuer gerieten. »Ich werde nun nicht mehr wagen«, sagte sie, »meine Strumpfbänder irgendeinem Menschen zu zeigen, und das tut mir leid.«

Und da ich ein nachdenkliches Gesicht machte, fuhr sie fort: »Sage mir, woran denkst du?«

»Ich denke, diese glücklichen Strumpfbänder genießen eines Vorzugs, den ich vielleicht niemals haben werde. Wie gerne möchte ich an ihrer Stelle sein! An diesem Wunsche werde ich vielleicht sterben, und ich werde glücklich sterben.«

»Nein, mein Freund! Mir geht es ja genau wie dir, und ich bin überzeugt, daß ich leben werde. Übrigens können wir ja unsere Heirat beschleunigen. Ich bin bereit, mich schon morgen mit dir zu verloben, wenn du willst. Wir sind frei, und mein Vater wird seine Einwilligung geben müssen.«

»Da hast du recht; die Ehre würde ihn dazu zwingen. Ich beabsichtige jedoch, um ihm ein Zeichen meiner Ehrfurcht zu geben, ihn durch einen andern um deine Hand zu bitten; dann werden wir bald unser eigenes Heim haben. In acht oder zehn Tagen wird er meinen Antrag erhalten.«

»So bald schon? Du wirst sehen, er antwortet, ich sei zu jung.«

»Und da hat er vielleicht recht.«

»Nein, denn ich bin zwar jung, aber nicht zu jung, und ich bin überzeugt, ich kann deine Frau sein.«

Ich befand mich auf glühenden Kohlen, und es war mir fast unmöglich, dem Feuer, das mich verzehrte, noch länger Widerstand zu leisten.

»Oh, meine holde Geliebte«, rief ich aus, »bist du auch davon überzeugt, daß ich dich liebe? Hältst du mich für fähig, dich zu betrügen? Bist du auch sicher, daß du niemals bereuen wirst, meine Gattin geworden zu sein?«

»Ich bin dessen mehr als gewiß, mein Herz; denn du kannst mich nicht unglücklich machen wollen.«

»Nun, so laß uns denn gleich in diesem Augenblick uns vermählen. Gott allein wird Zeuge unserer Schwüre sein, und einen besseren Zeugen können wir nicht haben, denn er kennt die Reinheit unserer Absichten. Schwören wir uns gegenseitig Treue, vereinigen wir unsere Geschicke, und seien wir glücklich. Wir werden das Band unserer Zärtlichkeit, das uns vereint, durch die Zustimmung deines Vaters und durch die feierlichen Handlungen der Religion verstärken, sobald es uns möglich sein wird. Bis dahin aber sei mein, sei ganz und gar mein!«

»Nimm mich hin, mein Freund! Ich verspreche Gott und dir: von diesem Augenblick an will ich mein ganzes Leben lang deine treue Gattin sein. Dies werde ich auch meinem Vater, dem Priester, der unseren Bund einsegnen wird, und überhaupt der ganzen Welt erklären.«

»Und ich schwöre dir das gleiche, meine zärtliche Freundin, und ich versichere dir, wir sind hiermit in unanfechtbarer Weise verheiratet. Komm in meine Arme und vollende mein Glück.«

»O mein Gott! Ist es möglich, daß ich dem Glück so nahe bin!«

Nachdem ich sie zärtlich umarmt hatte, ging ich hinaus und sagte der Wirtin des Kasinos, sie sollte uns das Essen erst bringen, wenn wir sie rufen würden, und möchte uns nicht stören. Inzwischen hatte meine reizende C. C. sich völlig angekleidet aufs Bett geworfen, aber ich sagte ihr, unangebrachte Hüllen schüchterten den Gott der Liebe ein, und machte in weniger als einer Minute aus ihr eine neue Eva, nackt und schön, wie wenn sie eben erst aus den Händen des allerhöchsten Schöpfers hervorgegangen wäre. Ihre atlasglatte Haut war von blendender Weiße, die durch ihr prachtvolles ebenholzschwarzes Haar, das sich über ihre Alabasterschultern gebreitet hatte, noch mehr hervorgehoben wurde. Ihre schlanke Gestalt, ihre breiten Hüften, ihre tadellos gerundeten Brüste, ihre Rosenlippen, ihre lebhaft angehauchte Hautfarbe, ihre großen Augen, die sanft schimmerten und im nächsten Moment sehnend aufblitzten – alles an ihr war von vollendeter Schönheit und bot meinen gierigen Blicken die ganze Vollkommenheit der Mutter der Liebesgötter dar, noch vermehrt durch den Zauber, den die Schamhaftigkeit über die Reize eines schönen Weibes ausbreitet.

Ganz außer mir, begann ich schon zu fürchten, mein Glück sei nicht wirklich oder es werde der vollkommene Genuß ausbleiben, um es vollständig zu machen, da beliebte es dem schalkhaften Amor gerade in diesem so ernsten Augenblick, mir Stoff zum Lachen zu bieten.

»Sollte es etwa ein Gesetz sein«, fragte meine Gattin mich, »daß der Gatte sich nicht entkleiden darf?«

»Nein, mein Engel, nein! Und wenn es ein solches gäbe, würde

ich es zu barbarisch finden, um mich ihm zu unterwerfen.« Im Nu hatte ich alle Kleider vor mir abgeworfen, und nun überließ sich meine Liebste allen Antrieben ihres Instinkts und ihrer Neugier; denn alles an mir war ihr neu! Gleichsam berauscht von dem Genuß, den ihre Augen hatten, preßte sie mich endlich heftig gegen ihren Busen und rief: »O Liebster, welcher Unterschied ist zwischen dir und meinem Kopfkissen!«

»Deinem Kopfkissen, mein Herz? Aber du lachst ja – erkläre es mir doch!«

»Es ist eine Kinderei. Aber du wirst doch nicht böse darüber sein?«

»Böse? Könnte ich wohl im süßesten Augenblick meines Lebens dir böse sein?«

»So höre denn! Seit mehreren Tagen konnte ich nicht einschlafen, wenn ich nicht mein Kopfkissen in den Armen hielt: ich liebkoste es, nannte es meinen lieben Mann. Ich stellte mir vor, es sei du, und wenn ich dann nach süßem Genuß unbeweglich dalag, schlief ich ein, und am Morgen beim Erwachen fand ich mein großes Kissen immer noch in meinen Armen.«

Meine liebe C. C. wurde mit Heldenmut mein Weib, denn im Überschwang ihrer Liebe wurde sogar der Schmerz ihr zur Wonne. Nachdem wir drei Stunden mit den süßesten Kämpfen verbracht hatten, stand ich auf und rief hinunter, man sollte uns das Essen bringen. Das Mahl war einfach, aber köstlich. Ohne zu sprechen, sahen wir uns immer nur an, denn welche Worte hätten wir sagen können, um unsere Gefühle würdig auszudrücken? Wir fanden unser Glück übermenschlich, und wir gaben uns dem Genusse desselben hin in der Überzeugung, daß wir es nach unserm Belieben jederzeit erneuern könnten.

Die Wirtin kam nach oben, um uns zu fragen, ob wir irgend etwas wünschten und ob wir nicht in die Oper gingen, die – wie sie gehört hätte – so schön sein sollte.

»Sind Sie denn niemals drin gewesen?«

»Niemals. Für Leute unseres Standes ist so etwas zu teuer. Meine Tochter ist aber so neugierig darauf, daß ich – Gott verzeih' mir! –, daß ich glaube, sie würde ihre Jungfernschaft hingeben, um ein einziges Mal das Vergnügen zu haben, die Oper zu besuchen!«

»Das wäre eine teure Bezahlung!« rief lachend meine kleine Frau. »Liebster, wir könnten sie doch glücklich machen, ohne daß es ihr so hoch zu stehen käme, denn das tut sehr weh!«

»Ich dachte auch schon daran, Liebste. Da hast du den Logenschlüssel, du kannst ihn ihnen schenken.«

Sie sagte darauf zur Wirtin: »Hier ist der Schlüssel zu einer Loge im Theater San Moisè. Sie kostet zwei Zechinen. Gehen Sie statt unserer hin, und sagen Sie Ihrer Tochter, sie möchte ihre Rose für etwas Besseres aufsparen.«

»Und damit Sie sich gut unterhalten können, Mütterchen«, sagte ich zu ihr, »haben Sie hier noch zwei Zechinen: lassen Sie Ihre Tochter sich recht gut amüsieren!«

Die gute Frau war ganz verblüfft über die Freigebigkeit ihrer Gäste; sie lief eilends zu ihrer Tochter, wir aber wünschten uns

Glück, daß wir auf diese Art uns in die Zwangslage versetzt hatten, uns wieder zu Bett legen zu müssen.

Die Wirtin kam mit ihrer Tochter zurück, einer schönen und sehr appetitlichen Blonden, die ihren Wohltätern durchaus die Hand küssen wollte. »Sie wird sofort mit ihrem Schatz fortgehen«, sagte die Mutter zu uns; »er ist unten, aber ich werde sie nicht alleine gehen lassen, denn er ist ein Schlingel, ich gehe mit ihnen!«

»Schön, gute Frau, aber wenn Sie wiederkommen, lassen Sie die Gondel warten, die Sie bringt; wir werden uns ihrer bedienen, um nach Venedig zurückzufahren.«

»Was? Sie wollen hier bleiben, bis wir zurückkommen?«

»Ja. Wir haben uns heute verheiratet.«

»Heute! Gott segne Sie!«

Als sie darauf an das Bett trat, um es zurechtzumachen, sah sie die ehrenvollen Beweise für die Jungfräulichkeit meiner Gattin. In einer freudigen Aufwallung lief sie auf meine teure C. C. zu und umarmte sie; hierauf begann sie eine Ansprache an ihre Tochter zu halten, indem sie ihr die Spuren zeigte, die nach ihrer Behauptung einer Neuvermählten unermeßliche Ehre machten. »Das sind ehrwürdige Zeichen«, rief sie, »die in unseren Tagen Hymen nur selten auf ihrem Altare sieht!«

Die Tochter schlug ihre schönen blauen Augen nieder und antwortete ihr, sie sei überzeugt, daß es bei ihrer Hochzeit genau ebenso sein werde.

»Davon bin ich auch überzeugt; denn ich lasse dich nicht aus den Augen!«

Nachdem dann die Frauen wieder hinausgegangen waren, legten wir uns wieder zu Bett, und mit unglaublicher Schnelligkeit vergingen vier Stunden in köstlichen Verzückungen. Unser letzter Kampf würde länger gedauert haben, wenn nicht meiner reizenden Freundin die Laune gekommen wäre, die Rollen zu tauschen und meine Stelle einzunehmen. Erschöpft von Glück und Genuß, schliefen wir ein und erwachten erst, als die Wirtin kam und uns sagte, daß die Gondel auf uns wartete. Sofort stand ich auf und öffnete ihr. Ich hoffte, es würde etwas zu lachen geben, wenn sie uns von der Oper erzählte. Dies überließ sie aber ihrer Tochter, die mit ihr heraufgekommen war; sie selber ging in die Küche, um Kaffee für uns zu machen. Die Blonde half meiner Freundin beim Ankleiden; dabei warf sie mir von Zeit zu Zeit Blicke zu, die mich auf den Gedanken brachten, sie möchte wohl mehr Erfahrung haben, als ihre Mutter vermutete.

Die Augen meiner reizenden Freundin waren höchst verräterisch; sie trugen die unverkennbaren Spuren ihrer ersten Liebesleistungen; sie mußte aber auch nach einem solchen Kampf, wie sie ihn bestanden hatte, eine ganz andere geworden sein.

Wir tranken recht heißen Kaffee, und ich sagte der Wirtin, sie solle für den nächsten Tag ein leckeres Essen bereitstellen. Dann gingen wir. Der Morgen begann zu grauen, als wir, um die neugierigen Gondelführer auf falsche Spuren zu locken, am Platz Santa Sofia an Land gingen. Wir trennten uns glücklich, zufrieden und völlig überzeugt, daß wir uns in allen Ehren verheiratet hätten. Ich ging mit dem festen Vorsatz zu Bett, durch das Orakel Herrn von Bragadino zu verpflichten, daß er mir in aller Form Rechtens die Hand meiner angebeteten C. C. verschaffte. Ich blieb bis Mittag im Bett; den Rest des Tages verbrachte ich damit, unglücklich zu spielen, wie wenn das Glück mir hätte kundtun wollen, daß es mit meiner Liebe nicht einverstanden sei.

Die Wonne, in die mich meine Liebe versetzte, hatte mich ziemlich unempfindlich gegen den erlittenen Verlust gemacht; mein Kopf war ganz von meiner liebenswürdigen Freundin eingenommen und schließlich gegen jeden Gedanken abgeschlossen, der nicht auf sie Bezug hatte.

Meine Gedanken waren am nächsten Morgen mit ihr beschäftigt, als mit freudestrahlendem Gesicht ihr Bruder bei mir eintrat und mir sagte: »Ich bin überzeugt, Sie haben bei meiner Schwester geschlafen, und der Gedanke entzückt mich. Sie will es nicht zugeben, aber ihr Leugnen ist nutzlos. Ich werde sie heute mitbringen.«

»Das wird mich sehr freuen, denn ich bete sie an, und ich werde bei Ihrem Herrn Vater auf eine Weise um ihre Hand anhalten lassen, daß er sie mir nicht wird abschlagen können.«

»Ich will es wünschen, aber ich zweifle daran. Inzwischen sehe ich mich genötigt, Sie um einen neuen Dienst zu bitten. Ich kann gegen einen in sechs Monaten fälligen Wechsel einen Ring bekommen, der zweihundert Zechinen wert ist, und ich bin sicher, ihn noch heute für diesen Preis wieder verkaufen zu können. Ich brauche das Geld unbedingt; aber ohne Ihre Bürgschaft wird der Juwelier, der Sie kennt, mir den Ring nicht geben. Werden Sie mir diese Gefälligkeit erweisen? Ich weiß, Sie haben gestern verloren; wenn Sie sie brauchen, werde ich Ihnen hundert Zechinen abgeben, die Sie zurückzahlen, wenn der Wechsel fällig wird.«

Wie hätte ich ihm den Dienst abschlagen können? Ich sah wohl daß er mich prellen würde, aber ich liebte seine Schwester so heiß! Ich sagte daher zu ihm: »Ich bin bereit, den Wechsel zu unterzeichnen; aber es ist unrecht von Ihnen, meine zärtliche Liebe zu Ihrer Schwester zu mißbrauchen.«

Wir gingen aus; der Kaufmann nahm meine Bürgschaft an, und das Geschäft war abgemacht. Der Juwelier, der mich gar nicht kannte oder doch nur dem Namen nach, glaubte mir ein Kompliment zu machen und sagte zu P. C., gegen meine Bürgschaft stehe ihm sein ganzer Laden zur Verfügung. Das Kompliment machte mir wenig Vergnügen, aber es erklärte mir P. C.s Schelmentalent, das ihn unter hundert den einen Dummen entdecken ließ, der ohne jeden Grund mir sein Vertrauen schenkte; denn ich hatte ja nichts. So wurde meine engelgleiche C. C., die allem Anschein nach mich nur glücklich machen konnte, die unschuldige Ursache meines Ruins.

Mittags brachte P. C. seine Schwester zu mir. Ohne Zweifel nur um mir zu zeigen, daß er ein Ehrenmann sei – denn gerade die Spitzbuben geben sich Mühe darum –, gab er mir den Wechsel für das auf meine Bürgschaft hin entnommene Faß Zyperwein zurück; zugleich versicherte er mir, bei unserem ersten Zusammentreffen werde er mir die hundert Zechinen übergeben, die er mir versprochen habe.

Ich führte wie gewöhnlich meine Freundin nach der Zuecca; den Garten ließ ich schließen, und wir aßen in einer Laube. Meine C. C. schien mir noch schöner geworden zu sein, seitdem sie mir gehörte; Gefühle der Freundschaft mischten sich in unsere Liebe und erfüllten uns mit einer süßen Befriedigung, die sich in unseren Zügen widerspiegelte. Die Wirtin, die mich freigebig gefunden hatte, setzte uns Wildbret und Fische vor, und ihr blondes Töchterlein bediente uns bei Tisch. Sie entkleidete auch meine Freundin, als wir nach oben gegangen waren, um uns den Wonnen unserer jungen Ehe zu überlassen.

Als wir allein waren, fragte meine Freundin mich, was es mit den hundert Zechinen auf sich hätte, die ihr Bruder mir bringen sollte; ich erzählte nun alles, was zwischen uns vorgegangen wäre.

»Ich bitte dich herzlich, Liebster«, rief sie, »schlage ihm in Zukunft rundweg alles ab; der Unglückselige ist so überschuldet, daß er schließlich auch dich mit sich in den Abgrund reißen würde, dem er unrettbar verfallen ist.«

Diesmal schienen unsere Genüsse uns von soliderer Art zu sein; wir kosteten sie inniger aus, sozusagen mit Verstand und Überlegung. »Ach, Geliebter«, rief sie aus, »tu doch dein möglichstes, um mich zur Mutter zu machen, denn dann kann mein Vater nicht mehr den Vorwand brauchen, ich sei zu jung, um mich zu verheiraten.«

Ich konnte ihr nur mit großer Mühe begreiflich machen, daß die Erfüllung dieses Wunsches – obgleich auch ich ihn hegte – nicht nur einzig und allein von uns abhänge; doch sei es bei unseren Anlagen wahrscheinlich, daß es früher oder später dazu kommen werde.

Nachdem wir nach besten Kräften an der Vollbringung dieses großen Werkes gearbeitet hatten, verbrachten wir einige Stunden in einem köstlichen, tiefen Schlaf. Gleich nach unserem Erwachen ließ ich Kerzen und Kaffee bringen; hierauf gingen wir wieder ans Werk, in der Hoffnung, die gleichzeitigen Freuden herbeizuführen, die uns unser Glück sichern sollten. Mitten in den süßesten Liebesspielen überraschte uns die allzu frühe Morgenröte, und wir beeilten uns, nach Venedig noch früh genug zurückzukommen, um den Blicken der Neugier zu entgehen.

Am Freitag wiederholten wir den Ausflug. Doch so viel Vergnügen ich auch heute daran finde, mich so glücklicher Augenblicke zu erinnern, so werde ich doch den Leser mit einer Ausmalung unserer neuen Genüsse verschonen. Ich will nur noch erwähnen, daß beim Abschied meine Freundin und ich unser letztes Gartenfest auf den folgenden Montag, den letzten Tag der Maskenfreiheit, festsetzten. Nur der Tod hätte mich abhalten können, mich pünktlich einzufinden, denn es konnte möglicherweise der letzte Tag unserer Liebesgenüsse sein.

Nachdem am Montagmorgen P. C. mir noch einmal Zeit und Ort bestätigt hatte, fand ich mich pünktlich ein. Schnell verging, trotz meiner Ungeduld, die erste Stunde, die zweite aber war von niederdrückender Langsamkeit. Trotzdem erwartete ich noch eine dritte, eine vierte Stunde, aber das ersehnte Paar kam nicht. Ich war in einer Gemütsverfassung, daß ich mir nur noch das gräßlichste Unglück ausmalte. Wenn C. C. nicht hatte ausgehen können, so hätte doch ihr Bruder kommen müssen, es mir zu sagen. Freilich war ja möglich, daß irgendein unüberwindliches Hindernis ihn abgehalten hatte. Sie selber in ihrem Hause aufzusuchen war mir unmöglich; ich konnte es schon deshalb nicht, weil ich ja befürchten mußte, sie vielleicht unterwegs zu verfehlen. Endlich, im Augenblick, da die Kirchenglocken den Englischen Gruß läuteten, trat C. C. allein und maskiert auf mich zu.

»Ich wußte bestimmt«, sagte sie, »daß du hier sein würdest. Darum ließ ich meine Mutter reden. Hier bin ich also. Du mußt ja halb tot vor Hunger sein. Mein Bruder hat sich den ganzen Tag nicht sehen lassen. Schnell jetzt nach unserm Garten, denn auch ich habe Bedürfnis, etwas zu essen. Nachher wird uns die Liebe trösten für alles, was wir heute erduldet haben!«

Dies alles hatte sie gesagt, ohne mir Zeit zu lassen, auch nur ein einziges Wörtchen dazwischenzuwerfen. Übrigens hatte ich nichts zu fragen; wir gingen und nahmen eine Gondel, um nach unserm Garten zu fahren. Es wehte ein schrecklicher Wind, eine Art Wirbelsturm, und da die Gondel nur einen einzigen Ruderer hatte, so schwebten wir tatsächlich in Gefahr. C. C. hatte keine Ahnung davon und trieb ihre Späße, wie wenn sie sich für den Zwang entschädigen wollte, den sie sich tagsüber hatte auferlegen müssen. Aber die Bewegungen, die sie machte, brachten den Bootsführer in Gefahr; wäre er ins Wasser gefallen, so hätte nichts uns retten können, und wir hätten den Tod gefunden statt der Wonne, die wir suchten. Ich sagte ihr, sie möchte sich ruhig verhalten; aber aus Furcht, sie zu erschrecken, wagte ich ihr nichts von der Gefahr zu sagen, die uns bedrohte. Der Barkarole brauchte nicht dieselben Rücksichten zu nehmen und schrie uns mit Stentorstimme zu, wenn wir nicht ganz unbeweglich still säßen, wären wir alle drei verloren. Diese Drohung wirkte, und wir kamen gut ans Ziel. Ich bezahlte den Schiffer überreichlich, und er lachte, als er das Geld sah, das die Gefahr ihm eingebracht hatte.

Wir verbrachten in unserm Kasino sechs glückselige Stunden, in denen wir zahlreiche Heldentaten der Liebe verrichteten; von Schlafen war diesmal keine Rede. Nur *ein* Gedanke störte unsere Freude: die Maskenzeit war vorüber, und wir wußten nicht, wie wir späterhin neue Liebeszusammenkünfte ermöglichen sollten. Wir verabredeten, daß ich am Mittwochvormittag ihrem Bruder einen Besuch machen sollte und daß sie dann wie gewöhnlich erscheinen würde.

Wir verabschiedeten uns von der guten Gärtnersfrau, die uns ihr größtes Bedauern darüber aussprach, daß sie nun keine Hoffnung hätte, uns wieder bei sich zu sehen, und uns viel Glück und Segen wünschte. Hierauf brachte ich meine Freundin glücklich bis an ihre Tür und ging nach Hause.

Nachdem ich mittags aufgestanden war, sah ich zu meiner großen Überraschung de la Haye mit seinem Schüler Calvi, der ein hübscher Junge, aber im vollsten Sinne des Wortes der Affe seines Hofmeisters war. Er ging, sprach, lachte genauso wie dieser; seine Sprache war genau wie die des Jesuiten: ein korrektes, aber steifes Französisch. Eine derartig übertriebene Nachahmung fand ich skandalös, und ich hielt es für angebracht, dem Herrn de la Haye zu sagen, er müsse unbedingt seinem Zöglinge diese Manieren abgewöhnen, denn eine derartig unterwürfige Nachäfferei werde dem jungen Mann unfehlbar bitteren Spott zuziehen. Während ich meine Ansichten über diesen Punkt zum besten gab, erschien Baron Bavois; auch dieser war vollkommen meiner Meinung, nachdem er eine Stunde in der Gesellschaft des Jünglings verbracht hatte. Der junge Calvi starb zwei oder drei Jahre später. De la Haye, der von der Sucht besessen war, junge Leute zu erziehen, wurde ein paar Monate nach Calvis Tode Hofmeister des jungen Ritters Morosini, dessen Oheim Bavois sein Glück zu verdanken hatte. Dieser Oheim war damals Kommissär der Republik bei der Grenzregulierung mit Österreich, das bei dieser Gelegenheit vom Grafen Christiani vertreten wurde.

Ich war über alle Maßen verliebt und glaubte daher, einen Schritt nicht länger aufschieben zu dürfen, von dem, wie ich damals glaubte, mein Glück abhing. Ich bat daher nach dem Essen, sobald die Gesellschaft sich verabschiedet hatte, Herrn von Bragadino und seine Freunde, sich mit mir für zwei Stunden in einem Kabinett einzuschließen, zu welchem niemand Zutritt hatte. Ohne weitere Umschweife sagte ich ihnen dann, ich sei in C. C. verliebt und sei entschlossen, sie zu entführen, wenn sie nicht Mittel und Wege fänden, ihren Vater dahin zu bringen, daß er sie mir zur ehelichen Gattin gäbe. »Es handelt sich darum«, sagte ich zu Herrn von Bragadino, »mir eine Anstellung zu verschaffen, von der wir leben können, und für eine Summe von zehntausend Dukaten kurant, die das junge Mädchen als Mitgift erhalten würde, Bürgschaft zu leisten.« Sie antworteten mir, sie würden mit Vergnügen meinem Wunsche nachkommen, wenn Paralis ihnen die nötigen Weisungen gäbe. Mehr verlangte ich nicht. Zwei Stunden brachte ich damit hin, alle von ihnen gewünschten Zahlenpyramiden zu bauen, und schließlich kam dabei heraus, daß Herr von Bragadino in eigener Person den Vater für mich um die Hand seiner Tochter bitten sollte. Das Orakel erklärte diese Wahl damit, daß der Brautwerber derselbe sein müsse, der mit seinem ganzen augenblicklichen und künftigen Vermögen für die Mitgift zu bürgen habe. Da der Vater meiner Freundin zur Zeit auf dem Lande war, so sagte ich ihnen, sie würden von seiner Rückkehr pünktlich benachrichtigt werden; sie müßten alle drei beisammen sein, wenn Herr von Bragadino seinen Antrag vorbrächte.

Sehr zufrieden mit dem Ergebnis meiner Bemühungen begab ich mich am nächsten Morgen zu P. C. Die alte Frau, die mich einließ, sagte mir, der Herr sei nicht zu Hause, aber seine Frau Mutter werde kommen und mit mir sprechen. Sie kam gleich darauf mit ihrer Tochter, und beide schienen mir sehr traurig zu sein. Dies erfüllte mich mit bösen Vorahnungen. C. C. sagte mir, ihr Bruder sei im Schuldgefängnis und es sei schwer, ihn frei zu machen, weil die Summen, die er schulde, zu beträchtlich seien. Die Mutter sagte mir weinend, sie sei in Verzweiflung, daß sie für ihn im Gefängnis nicht den Unterhalt bestreiten könne. Sie zeigte mir einen Brief, den er ihr geschrieben hatte und in dem er sie bat, einen anderen, beigeschlossenen seiner Schwester zu geben. Ich fragte meine Freundin, ob ich diesen lesen dürfe; sie gab ihn mir, und ich sah, daß er sie bat, bei mir für ihn zu bitten. Ich gab ihr den Brief zurück, indem ich ihr sagte, sie möchte ihm schreiben, daß es mir ganz unmöglich sei, etwas für ihn zu tun. Zugleich drang ich in die Mutter, sie möchte zu seiner Unterstützung von mir fünfundzwanzig Zechinen annehmen, von denen sie ihm eine oder zwei zur Zeit zukommen lassen könnte. Sie nahm das Geld erst an, nachdem ihre Tochter sie sehr darum gebeten hatte.

Nachdem diese wenig erquickliche Sache vorläufig erledigt war, berichtete ich ihnen über die Schritte, die ich getan hatte, um die Hand meiner Geliebten zu erhalten. Die alte Dame dankte mir; sie fand mein Vorgehen ehrenhaft und in der Ordnung; aber sie sagte mir, ich sollte mir keine Hoffnung machen, denn ihr Mann, der an seinen Plänen sehr fest hielte, hätte versprochen, sie erst im Alter von achtzehn Jahren zu verheiraten und zudem nur an einen Kaufmann. Wie sie mir sagte, sollte er noch am gleichen Tage nach Hause kommen. Als ich ging, steckte mir meine Liebste einen Zettel zu; sie schrieb darin, ich könnte ohne jede Besorgnis mittels des Schlüssels zur kleinen Tür, den ich schon hätte, um Mitternacht zu ihr kommen; ich würde sie im Zimmer ihres Bruders finden. Diese Botschaft machte mich überglücklich, denn trotz den Zweifeln der Mutter hoffte ich auf einen vollständigen Erfolg.

Ich ging nach Hause und teilte Herrn von Bragadino mit, daß

der Vater meiner angebeteten C. C. baldigst zurückkehren werde; sofort setzte der ehrwürdige alte Herr sich hin und schrieb in meiner Gegenwart einen Brief an ihn. Er bat ihn, ihm die Stunde anzugeben, zu der er ihn aufsuchen könnte, um mit ihm über eine wichtige Angelegenheit zu sprechen. Ich bat ihn, diesen Brief erst am nächsten Tage abzuschicken.

Wie der Leser sich denken kann, ließ ich um Mitternacht nicht auf mich warten. Ich gelangte ohne Hindernis ins Haus und fand meinen Engel, der mich mit offenen Armen empfing.

»Du hast nichts zu befürchten«, sagte sie; »mein Vater ist wohl und munter angekommen, und im Hause schläft alles.«

»Nur die Liebe nicht, die uns zur Freude ladet!« rief ich aus. »Sie wird uns beschützen, Geliebte, und morgen wird dein Vater von meinem würdigen Beschützer einen Brief bekommen.«

Bei diesen Worten erschauderte C. C., sie hatte eine nur zu richtige Vorahnung.

»Mein Vater«, sagte sie, »nach dessen Meinung ich jetzt noch ein bloßes Kind bin, wird seine Augen öffnen, und Gott weiß, was er tun wird, um über meine Aufführung sich Klarheit zu verschaffen. Jetzt sind wir glücklich – viel glücklicher noch als damals bei unseren Besuchen auf der Zuecca, denn wir können uns ganz zwanglos jede Nacht sehen; aber was wird mein Vater tun, wenn er erfährt, daß ich einen Geliebten habe!«

»Was kann er machen? Wenn er mich abweist, entführe ich dich, und der Patriarch kann uns den Hochzeitssegen nicht verweigern. Wir werden einander fürs ganze Leben angehören!«

»Das ist mein glühendster Wunsch, und ich bin zu allem bereit, um dies zu erreichen; aber, Geliebter, ich kenne meinen Vater!«

Wir verbrachten zwei Stunden miteinander, aber diese vergingen mehr in Schmerzen als in Wonnen. Als ich ging, versprach ich ihr, die nächste Nacht wiederzukommen. Traurig verbrachte ich den übrigen Teil der Nacht; gegen Mittag sagte Herr von Bragadino mir, er habe dem Vater den Brief geschickt, und dieser habe ihm antworten lassen, er werde am anderen Tage persönlich in seinem Palazzo erscheinen, um seine Befehle entgegenzunehmen. Etwa um Mitternacht war ich wieder bei meiner Geliebten und berichtete ihr über alles Vorgefallene. C. C. sagte mir, die Zuschrift des Senators habe ihn sehr beschäftigt; denn da er niemals etwas mit Herrn von Bragadino zu tun gehabt hatte, so konnte er sich nicht denken, was wohl der hohe Herr von ihm wollte. Die Ungewißheit, eine Art Furcht und eine wirre Hoffnung raubten unseren Liebesfreuden während der zwei Stunden, die wir beisammen waren, viel von ihrer Lebhaftigkeit. Ich war überzeugt, daß der Vater meiner Freundin, Herr Ch. C., nach seiner Unterredung mit Herrn von Bragadino sofort nach Hause gehen würde; jedenfalls würde er seine Tochter scharf ausfragen, und in ihrer Verlegenheit könnte C. C. sich verraten. Sie fühlte dies selber und war offenbar sehr bekümmert darüber. Dies beunruhigte mich über alle Maßen, und es war mir furchtbar, ihr keinen Rat geben zu können, denn ich konnte nicht voraussehen, wie der Vater die Sache aufnehmen würde. Selbstverständlich mußte sie gewisse Umstände, die ihm eine schlechte Meinung von uns beibringen konnten, ihm verschweigen; im großen und ganzen aber müsse sie ihm die Wahrheit sagen und sich ihm sehr gefügig zeigen. Ich war in einer eigentümlichen Lage; vor allen Dingen tat es mir leid, den entscheidenden Schritt getan zu haben, eben weil dieser ein unwiderrufliches Ergebnis herbeiführen mußte. Ich sehnte mich vor allem, aus der fürchterlichen Ungewißheit herauszukommen, und war erstaunt darüber, daß meine junge Freundin viel weniger unruhig war als ich. Wir trennten uns mit angstvollem Herzen, aber doch in der Hoffnung, daß wir in der nächsten Nacht uns wiedersehen würden. Das Gegenteil erschien mir als etwas Unmögliches.

Am nächsten Nachmittag kam Herr Ch. C. zu Herrn von Bragadino. Ich ließ mich nicht sehen. Er verbrachte zwei Stunden mit meinen drei Freunden, und sobald er fort war, erfuhr ich, daß er geantwortet hatte, was die Mutter mir vorausgesagt, aber obendrein mit einem für mich sehr betrübenden Umstand: er wolle seine Tochter die vier Jahre, bis sie an eine Heirat denken könnte, in einem Kloster zubringen lassen. Gleichsam als eine Abschwächung seiner Weigerung hatte er ihnen gesagt, er könnte wohl unserer Verbindung zustimmen, wenn ich dann eine gesicherte Existenz hätte. Ich fand diese Antwort vernichtend; in der Verzweiflung, in der ich mich befand, wunderte ich mich denn auch nicht weiter, als ich in derselben Nacht die kleine Tür verschlossen fand.

Mehr tot als lebendig ging ich nach Hause. C. C. im Kloster – ich würde alles versuchen, sie dort zu treffen, doch wußte ich bereits im Innersten, daß dies das Ende unserer Liebe bedeutete.

Peinliche Verwechslung

(Aus den »Hetärengesprächen«)

Joessa Bist du meiner überdrüssig, Lysias? Recht geschieht mir, weil ich niemals von dir Geld verlangt und dir nie die Tür, wenn du kamst, mit den Worten verschlossen habe: »Es ist ein anderer herinnen.« Nie nötigte ich dich, deinen Vater zu betrügen oder deiner Mutter etwas zu entwenden, um es mir zu bringen, wie die anderen es tun, sondern gleich von allem Anfang an habe ich dich ohne Entgelt, ja ohne jede Zubuße aufgenommen. Du weißt, wie viele Verehrer ich abgewiesen habe, den Theokles, der jetzt im Rate sitzt, den Schiffsreeder Pasion und deinen Altersgenossen Melissos, der erst jüngst nach dem Tode seines Vaters Erbe eines großen Vermögens geworden ist. Ich habe dich – wie Sappho – allein als Phaon gehabt, habe keinen anderen angesehen als dich, geschweige denn bei mir vorgelassen; denn ich Törin glaubte an die Echtheit deiner Schwüre und war dir deswegen treu ergeben wie Penelope, obwohl mir meine Mutter Vorwürfe machte und mich bei meinen Freundinnen ausrichtete. Aber sobald du mich in dich verliebt und dir hörig wußtest, tändeltest du das eine Mal vor meinen Augen mit Lykaina, um mich zu ärgern, das andere Mal schwärmtest du an meiner Seite von der Saitenspielerin Magidion. Ich aber weine mir darüber die Augen aus und leide unter deinen Kränkungen. Als ihr aber, Thrason, du und Diphilos, neulich in Gegenwart der Flötenspielerin Kymbalion und meiner Feindin Pyrallis zechtet, küßtest du Kymbalion gleich fünfmal. Das machte mir aber noch nicht soviel; denn, wenn du eine solche Frau küßt, beleidigst du dich nur selbst. Wie oft nicktest du jedoch Pyrallis zu und hieltest ihr beim Trinken den Becher entgegen? Diesen gabst du dann dem Diener und rauntest ihm ins Ohr, daß er ihn, falls Pyrallis ihn verlange, für niemand anderen füllen dürfe. Doch schließlich bissest du in einen Apfel, und als du bemerktest, daß Diphilos nicht darauf achtete – er unterhielt sich nämlich gerade mit Thrason –, neigtest du dich etwas vor und warfst ihr die Frucht gutgezielt in den Schoß. Dies vor mir zu verbergen, gabst du dir gar keine Mühe. Sie küßte den Apfel und ließ ihn unter dem Busenhalter zwischen ihre Brüste verschwinden. Warum behandelst du mich denn so? Habe ich ein Vergehen oder Verbrechen begangen oder dich beleidigt? Je einen anderen auch nur angesehen? Lebe ich nicht ausschließlich für dich? Es ist kein Kunststück, Lysias, ein armes Weib zu quälen, das deinetwegen den Verstand verloren hat. Aber es gibt eine Göttin, die Adrasteia Nemesis, und die sieht auch dies. Und du wirst dich bald kränken, wenn du von mir hörst, daß ich mich erdrosselt oder kopfüber in einen Brunnen gestürzt habe. Irgendein Mittel zum Selbstmord werde ich schon finden, um dich von meinem Anblick zu befreien. Dann kannst du triumphieren, wie wenn du eine große und herrliche Tat begangen hättest. Warum blickst du mich so böse an und knirschst mit den Zähnen? Wenn du also glaubst, einen Grund zum Vorwurf zu haben, so sprich doch! Pythias hier soll unsere Richterin sein. – Was? Du verläßt mich, ohne mich einer Antwort zu würdigen? Siehst du, Pythias, was ich mit Lysias durchmache?

Pythias Eine Roheit sondergleichen, sich nicht einmal durch Tränen erweichen zu lassen. Er ist ja ein Stein, kein Mensch. Aber wenn ich die Wahrheit sagen soll, Joessa, so hast du ihn selbst verdorben, weil du ihn zu sehr liebtest und es ihm außerdem noch zeigtest. Du hättest mit deiner Liebe mehr geizen sollen. Denn wenn sich die Männer sicher fühlen, werden sie übermütig. Höre doch zu weinen auf, Ärmste! Wenn du aber meinen Rat befolgen wilst, dann sperre ihn das eine oder andere Mal aus. Wenn er wiederkommt, dann wirst du sehen, daß er bald wieder Feuer fangen und richtig nach dir verrückt werden wird.

Joessa Aber geh, sag so etwas nicht! Ich soll Lysias die Türe weisen? Ich bin ja froh, wenn er mich nicht vorher sitzenläßt.

Pythias Ha, da kommt er schon wieder zurück.

Joessa Du hast mich ins Unglück gestürzt, Pythias; vielleicht hat er es gar gehört, als du sagtest: »Sperr ihn aus.«

Lysias Nicht dieser wegen, Pythias, bin ich umgekehrt, da ich eine solche nicht einmal eines Blickes würdige, sondern deinetwegen, damit du mich nicht verurteilst und sagst: »Lysias ist hartherzig.«

Pythias Ja, das sagte ich eben, Lysias.

Lysias Du verlangst also, Pythias, daß ich Joessa weiterhin noch lieben soll, die jetzt wohl flennt, die ich aber erst vor ganz kurzer Zeit, mir untreu, im Bett mit einem Jüngling antraf?

Pythias Lysias, sie ist doch schließlich eine Hetäre. Wann hast du sie mit einem andern im Bett ertappt?

Lysias Es wird fast sechs Tage her sein – beim Zeus –, ja, sechs Tage! Am zweiten ertappte ich sie. Heute ist aber schon der siebente. Mein Vater weiß, daß ich seit langem diese »ehrsame Jungfrau« liebe. Er hat mich eingesperrt und dem Pförtner verboten, mich hinauszulassen; denn ich konnte es nicht ertragen, ohne diese Frau zu sein. So hieß ich meinen Burschen sich bei der Hofmauer bücken, dort, wo sie am niedrigsten ist; denn ich glaubte, wenn er mich auf seinen Rücken nähme, leichter hinüberzukommen. Doch wozu rede ich soviel herum? Ich kletterte hinüber, kam hierher und fand die Türe sorgsam versperrt. Es war nämlich schon Mitternacht. Deshalb wollte ich auch nicht klopfen und hob die Tür behutsam – wie ich es auch schon früher getan hatte – aus den Angeln und gelangte, ohne Lärm zu machen, hinein. Alles schlief. Ich tastete mich an der Wand entlang und fand schließlich das Bett.

Joessa Was sagst du da? Bei Demeter, ich bekomme es mit der Angst zu tun!

Lysias Als ich merkte, daß hier nicht nur ein Mensch atmete, nahm ich anfangs an, daß Lyde bei ihr schlafe. Aber das war nicht der Fall, Pythias. Doch als ich weitertastete, spürte ich etwas ganz Bartloses, Zartes, das bis auf die Haut geschoren war und einen Wohlgeruch verbreitete. Ich würde bei dieser Entdeckung ohne Zögern von meinem Schwert Gebrauch gemacht haben, wenn ich es bei mir gehabt hätte, dessen seid gewiß. Warum lachst du, Pythias? Kommt dir das so lächerlich vor?

Joessa Deswegen warst du so gekränkt, Lysias? Pythias hat mit mir geschlafen.

Pythias Sag es ihm doch nicht, Joessa.

Joessa Warum nicht? Pythias war es, mein Liebster. Ich hatte sie bitten lassen, bei mir zu schlafen, denn ich war so bekümmert, weil ich dich nicht hatte.

Lysias Pythias war kahl geschoren? Und binnen sechs Tagen ist ihr Haar wieder so rasch nachgewachsen?

Joessa Nach einer Krankheit, Lysias, hat sie es abschneiden lassen; denn es ist ihr ausgegangen. Jetzt trägt sie eine Perücke. – Zeige sie doch, Pythias, bitte! So zeige sie doch! Überzeuge ihn! – Hier, sieh dir den jungen Mann an: Das ist der Ehebrecher, auf den du so eifersüchtig warst.

Lysias Mußte ich's denn nicht sein, Joessa, da ich dich doch so unbändig liebe und ich »ihn« angefaßt hatte?

Joessa Bist du nun also überzeugt? Hätte jetzt nicht ich Grund, beleidigt zu sein? Und ich grolle dir auch jetzt noch zum Teil mit Recht!

Lysias Bitte, nicht. Wir wollen zusammen trinken und Pythias mit uns; denn sie verdient, an unserer Versöhnungsfeier teilzunehmen.

Joessa Ja, sie soll dabeisein. Was habe ich deintwegen, Pythias, edelster aller Jünglinge, gelitten!

Pythias Doch dafür habe ich euch nun wieder versöhnt, so daß ihr mir auf keinen Fall böse sein könnt. – Eins noch, Lysias: Daß du mir nur ja niemandem etwas von meinen Haaren erzählst!

Die starke Prinzessin
(Persische Erzählung)

Es lebte einmal, wie man erzählt, eine Prinzessin von wunderbarer Schönheit. Sie war von solcher Geschicklichkeit zu Pferde und in der Führung der Waffen, daß kein Mann ihr darin verglichen werden konnte. Viele Fürsten hatten schon um sie geworben und erhielten immer die Antwort, daß sie sich ihr im Felde zum Kampfe stellen müßten. Denn dieses war ihr Wille: »Der wird mein Gemahl sein, der mich im Zweikampf besiegt. Besiege aber ich ihn, so nehme ich ihm Waffen, Pferde und Rüstung weg und lasse ihm meinen Namen mit einem glühenden Eisen in die Stirn brennen.« Diese harten Bedingungen hielten manche doch nicht zurück, die von weit her kamen, aber die Prinzessin besiegte sie alle, nahm ihnen die Waffen ab und zeichnete sie selbst auf der Stirn.

Da hörte der Sohn eines persischen Königs von ihr und nahm sich vor, die weite Reise zu machen; er führte große Reichtümer mit sich. Er kam in die Stadt, wo der Vater dieser Prinzessin regierte, brachte seine Schätze an einen sicheren Ort und stellte sich am nächsten Tage dem Könige mit kostbaren Geschenken vor. Der empfing ihn sehr gütig und versicherte ihm, wie glücklich er wäre, wenn er siegte. Daraufhin bereitete sich der Prinz zu dem Kampf gegen die schöne Prinzessin vor und bat um die Angabe der Stunde. Die Prinzessin war einverstanden und bestimmte die genaue Zeit. Sofort verbreitete sich die Kunde durch die ganze Stadt, und zur festgesetzten Zeit war eine große Menge dort versammelt, wo der Kampf vor sich gehen sollte.

Die Prinzessin erschien vom Kopf bis zu den Füßen gewappnet, sie trug einen Gürtel und eine Maske. Gleich darauf kam auch der Prinz in seiner schönen Rüstung. Sie grüßten einander auf kriegerische Weise und begannen den Kampf. Er dauerte lange und war heftig; Kraft und Geschick taten ihr Werk, und die Prinzessin erkannte bald, daß sie den Vorsichtigsten der Vorsichtigen zum Gegner hatte, denn noch nie hatte sie eine solche Ausdauer gefunden. Der Prinz war ihr wirklich überlegen, und sie befürchtete ihre Niederlage. Da nahm sie Zuflucht zur Schlauheit und riß die Maske vom Gesicht. Sobald der Prinz ihr wundervolles Antlitz sah, war er von dessen Reizen so geblendet, daß er seine Kraft vergaß und nicht mehr an den Kampf dachte. Die Prinzessin bemerkte den Eindruck, den sie auf den Prinzen machte, nutzte den Augenblick, rannte ihn mit dem Speer an und hob ihn aus dem Sattel. Und wie ein Blitz stellte sie ihm ihren Fuß auf die Brust. Der Prinz aber hörte nicht auf, sie zu bewundern, und achtete gar nicht auf das, was ihm geschah. Die Prinzessin nahm ihm Pferd, Waffen und Rüstung – aber das Zeichen auf seine Stirn zu brennen, dazu konnte sie sich nicht entschließen. Sie hieß ihn einfach das Kampffeld verlassen.

Da erst kamen ihm seine Sinne wieder, und er erkannte, was er verloren hatte. Vor Kummer und Sorge konnte er weder essen noch trinken, so sehr war ihm die Liebe zur Prinzessin ins Herz gedrungen. Er verabschiedete sein Gefolge und schrieb seinem Vater, daß er nicht heimkehren wolle, er hätte denn sein Ziel erreicht. Und wenn er es nicht erreichen sollte, so sei er entschlossen, zu sterben. Dieser Brief machte den Vater ganz verzweifelt, und er nahm sich vor, seinem Sohn zu Hilfe zu kommen und ein Heer zu rüsten, um die Prinzessin zu entführen. Seine Minister rieten ihm aber davon ab, und so übergab er das Schicksal seines Sohnes Gott. Der Prinz aber dachte sich einen Plan aus. Er legte Bauernkleider an, stellte sich dem Obergärtner der Königin vor und sagte, er wäre ein vorzüglicher Gärtner, der sich besonders auf Rosen, Tulpen und Veilchen verstünde. Der Obergärtner nahm ihn in Dienst, und bald hatte der Prinz erfahren, daß die Prinzessin des Abends oft mit den Damen ihres Gefolges die Kühle ihrer Gärten aufsuchte. Der Prinz verstand wirklich viel von Gartenkunst, und da er so geschickt war, gewann er das Vertrauen seines Vorgesetzten, der ihm hundert Sklaven unterstellte, die dem neuen Gärtner vollen Gehorsam zu leisten hatten.

Ein paar Tage darauf kamen eine Menge Sklavinnen in den Garten, die Teppiche und kostbare Vasen trugen. Als der Prinz sie nach der Ursache ihrer Vorbereitungen fragte, erfuhr er, daß am Abend die Prinzessin in den Garten kommen würde, um sich zu zerstreuen. Sofort eilte der Prinz an den Ort, wo er seine Schätze und Kostbarkeiten vergraben hatte, brachte einige Kassetten mit herrlichen Steinen und befahl seinen Sklaven, sich zurückzuziehen. Er versteckte sich in einem Boskett. Bald darauf erschien die Prinzessin inmitten ihres Gefolges wie der Mond unter den Sternen. Erst liefen die Damen lachend und scherzend durch den Garten und kamen an die Stelle, wo sich der Prinz versteckt hielt. Er hatte alle Diamanten, Rubine und Smaragde ausgebreitet und

saß bescheiden daneben. Die Damen fragten ihn erstaunt, was er da täte. Er antwortete, daß er Gärtner im Palast wäre und daß er beim Graben diesen Schatz entdeckt hätte. Darauf trat die Prinzessin, die ihn in der gewöhnlichen Kleidung nicht erkannte, näher und bewunderte verständnisvoll die Steine. Sie fragte ihn, was er denn könne, und er erwiderte, daß er stark und geschickt im Zweikampf wäre, und wenn eine der Damen mit ihm kämpfen wolle, so sei er dazu bereit um einen Kuß. Die Prinzessin, die gern scherzte, lachte laut, bezeichnete eine der weniger schönen unter ihren Damen und sagte: »Ich gebe dir diese da als Gegnerin.«

Die Prinzessin hatte alle ihre Damen im Zweikampf unterrichtet. Nachdem nun die beiden Gegner die hinderlichsten Kleidungsstücke abgelegt hatten, kämpften sie miteinander, aber der Prinz bezwang die Dame und gab ihr sofort einen Kuß auf die Wange. Die Besiegte stand errötend und seufzend auf und sagte ihren Freundinnen Dinge ins Ohr, die diese verlegen und lachen machten. Darauf bezeichnete die Prinzessin eine andere Schöne und sagte zu dem falschen Gärtner: »Kämpfe nun mit dieser.«

»Gern, gnädige Frau«, entgegnete er, »aber diesmal muß der Einsatz ein Kuß auf die Stirn sein.« Die Dame willigte ein, wurde besiegt und bekam einen Kuß. Da befahl die Prinzessin einer dritten, noch schöneren, sich auf den Kampf vorzubereiten. Diesmal war die Bedingung ein Kuß auf den Busen. Und wieder siegte der Prinz. Da stellte ihm die Prinzessin die schönste und geschickteste von ihren Damen zum Kampf, und der Prinz verlangte als Preis einen Kuß auf den Mund. Die erregte Prinzessin erklärte, wenn er auch diese besiegen würde, sich selbst zum Kampfe stellen zu wollen. Und wieder siegte der Prinz und drückte nun der Schönen einen Kuß auf den Mund, der so lange dauerte, daß die Prinzessin ihm Einhalt befehlen mußte. Mit zitternden Lippen und bebendem Busen trat die Besiegte zu ihren Gefährtinnen, und der Gärtner war nicht minder erregt als sie. Er riß sich alle Kleider vom Leibe, die ihn genierten, als die Prinzessin sich selbst zum Kampfe stellte.

»Und was ist der Einsatz?« fragte der Prinz.

»Mein Leben gegen das deine«, schrie die Prinzessin laut. Nach einem harten Kampf ließ der Prinz die Prinzessin nach rückwärts gleiten, fiel auf sie nieder und drückte seinen Mund auf den ihren. Nun hatte die Prinzessin ihren Gegner aus dem Turnier erkannt, und ohne sich nur leise zu wehren, empfing sie zweimal die brennende Liebe ihres Besiegers in derselben Stellung, in der sie hingestürzt waren. Als sie sich zitternd vor Scham, Liebe und Freude erhoben hatte, sprach sie zum Prinzen: »Ich will meine Niederlage nicht öffentlich bekennen. Du hast gesiegt, und ich gehöre dir. Entführe mich noch heute nacht, denn ich liebe dich.«

Der Prinz warf sich vor ihr nieder und küßte ihre Füße. In derselben Nacht bestiegen sie schnelle Pferde und galoppierten nach Persien, wo sie glücklich ankamen. Dem Vater der Prinzessin sandten sie sofort Nachricht mit vielen Geschenken und luden ihn zur Hochzeit ein, die beide zu einem glücklichen Paar vereinte.

Indra und Ahalyâ
(Indische Sage)

Nachdem sie bei dieser Zusammenkunft gegenseitig sich um ihr Wohlbefinden erkundigt hatten, richtete Sumati am Ende ihrer Gespräche an den großen Asketen diese Rede: »Diese beiden Jünglinge hier – erlaube mir die Frage! –, die den Göttern an Stärke vergleichbar sind, die einherschreiten wie Elefanten oder Löwen, die heldenhaften, die Tigern oder Stieren an Kraft gleichen, die mit den großen, lotusblattähnlichen Augen, die Schwert, Köcher und Bogen bei sich führen, die wie die beiden himmlischen Ritter sind in erlangter Jugendblüte, Unsterblichen vergleichbar, die unerwartet aus der Götterwelt zur Erde herniederkamen: – wie sind diese zu Fuß hieher gelangt? In welcher Absicht? Und wessen Söhne sind sie, Asket? Sie erleuchten diese Gegend wie Sonne und Mond den Himmelsraum, einander ähnlich an Wuchs, Mienen und Gebaren.« Auf diese Frage hin berichtete jeder der Reihe nach vom Aufenthalt in der vollendeten Einsiedelei sowie von der Erlegung der riesenhaften Unholde. Da der König Viçvâmitras Rede vernommen, erwies er, von höchster Bewunderung erfüllt, seinen beiden Gästen, den Söhnen Daçarathas, Ehrenbezeigung.

Nachdem die beiden Raghuiden bei Sumati höchst gastliche Aufnahme gefunden und eine Nacht dort zugebracht hatten, brachen sie alsdann gegen Mithilâ auf. Sobald die Büßer der herrlichen Stadt des Janaka von der Ferne ansichtig wurden, priesen sie alle dieselbe frohgemut mit dem Ausruf: »Wie schön! Wie lieblich!« Als nun da der Raghuide in einem Haine bei Mithilâ eine altehrwürdige, geheiligte, aber menschenleere Einsiedelei gewahr wurde, fragte er den Fürsten der Asketen: »Was ist doch dies, was das Aussehen einer lieblichen Einsiedelei hat, aber von Büßern verlassen ist? Ich wünsche zu erfahren, du Ehrwürdiger, wem vordem diese Einsiedelei gehört hat.« Da Viçvâmitra vernommen, was der Raghuide gesprochen, erwiderte der hoheitsvolle, beredte, große Asket mit dieser Rede: »Wohlan, so höre denn! Ich will dir, Raghuide, der Wahrheit gemäß erzählen, wem diese Einsiedelei einmal zu eigen war, sie, die späterhin aus Zorn von einem hochgesinnten Mann verflucht wurde. Dem großen Asketen Gautama gehörte einstmals diese Einsiedelei von himmli-

schem Ansehen, die sogar von den Göttern hoch geehrt wurde, Bester der Männer! Dieser Asket oblag daselbst mit seiner Gattin Ahalyâ vereint den Bußübungen viele Jahrtausende hindurch, o Raghu-Sprosse! Eines Tages aber, o Râma, als der Büßer weit fortgegangen war, da erblickte der Städtezerstörer (Indra) die liebliche Wohlgestalt des Weibes in der Einsiedelei. Da er, von Liebe gequält, die rechte Gelegenheit hiefür zu haben meinte, nahm der Herrscher des höchsten Himmels das Aussehen des Asketen an und sprach also zu Ahalyâ: »Die Liebesbedürftigen pflegen nicht die Zeit der Reinigung abzuwarten, du zuchtbeflissenes Weib; ich begehre nach der Vereinigung mit dir, du Schlankwüchsige!« Obgleich diese nun den tausendäugigen Gott in dem Büßerhabit erkannte, kam sie doch zum Entschluß zu willfahren, die Betörte, aus neugierigem Verlangen nach dem Götterkönig, o Raghuide. Nachdem sie ihre Herzenslust befriedigt hatte, gemahnte sie alsdann den Götterfürsten: »Wohlbefriedigt bin ich, Bester der Götter! Gehe jetzt eilig von dannen, o Herr! Stelle um jeden Preis dich selbst und mich vor Gautama sicher, o Götterfürst!« Indra aber sprach mit Lachen zu Ahalyâ die Worte: »Befriedigt bin ich, du Schönhüftige! Ich will gehen, wie ich gekommen bin!« So ging er, nachdem er jener beigewohnt hatte, alsdann aus der Hütte, aufgeregt, in aller Eile, aus Angst vor der Rückkehr des Gautama, o Râma! Da erblickte er den großen Asketen Gautama, wie er herankam, der von Göttern und Dànavern schwer anzugreifen und mit der Kraft seiner Bußfertigkeit erfüllt war, mit heiligem Teichwasser besprengt und glänzend wie eine Feuerflamme. Da der Götterherr den Asketenfürsten sah, wie er sein gesammeltes Brennholz und Kuçagras herbeitrug, nahm er erschrocken eine verlegene Miene an. Als aber der Asket den Tausendäugigen im Büßerhabit erblickte, da sprach im Zorn der Rechtschaffene zu dem Lasterhaften: »Weil du mein Aussehen angenommen, du Unbesonnener, und diese Freveltat vollführt hast, sollst du der Hoden bar sein!« Kaum hatte der erzürnte, hochgesinnte Gautama also gesprochen, da fielen im selben Augenblick dem Tausendäugigen die beiden Hoden zu Boden. Da war jener bestürzt, wie seine Manneskraft vernichtet war und er sein Gemächt verloren hatte, bezwungen durch die herbe Kraft der Bußfertigkeit jenes Mannes, und Schlaffheit bemächtigte sich seiner. Nachdem jener solchen Fluch gegen Çakra (Indra) ausgesprochen hatte, verfluchte er auch seine Gattin: »An dieser Stelle sollst du viele Jahrtausende zubringen; nur von Luft lebend, sollst du keine Speise genießen, als Büßerin in Asche liegen, unsichtbar allen Wesen sollst du in dieser Einsiedelei wohnen! Erst wenn Râma, Daçarathas Sohn, der Unbezwingbare, diesen schrecklichen Wald betreten wird, dann wirst du entsühnt werden. Durch gastliche Aufnahme dieses Mannes sollst du, von Lust und Wahn befreit, in meiner Gegenwart froh deine Gestalt wieder erlangen, du Lasterhafte!« Nachdem der würdevolle Gautama also die Frevlerin angesprochen, übte er strengste Buße auf einer lieblichen Berghöhe des Himavant.

Goldlotos

(Aus dem »Djin Ping Meh«)

Es war eines Tages im dritten Monde. Der Frühling war um diese Zeit strahlend hell und kosend. Goldlotos, in glänzend frischer Kleidung, wartete nur, bis der große Wuh das Haus verlassen hatte. Sie stellte sich vor die Tür unter den Vorhang bis ungefähr abends um die Zeit seiner Rückkehr. Dann pflegte sie den Vorhang herabzulassen, ins Haus zu gehn und Platz zu nehmen. An jenem Tage, der so recht für ein Abenteuer geschaffen war, mußte gerade ein Mann unter dem Vorhang seines Weges gehen.

Goldlotos hatte gerade die Stützgabel ergriffen, um den Vorhang herabzulassen, als plötzlich von einem Windstoß, der die Stützgabel packte, diese weggerissen wurde. Sie traf den Kopf jenes Mannes. Verlegen lächelnd blickte Goldlotos ihn an. Er hätte fünfundzwanzig Jahre alt sein können, eine Lebemannsgestalt. Er trug einen Hut mit Quaste nach Art der Beamtentracht, im Haare goldene, klingelnde Haarpfeile und am Arm einen goldenen, durchbrochenen Armring mit einer Nephriteinfassung. Seine Gestalt war groß und schlank und mit einem Gewand aus gefältelter grüner Seidengaze bekleidet. Schuhwerk aus Altenbrücke (Tschentjau) mit dünnen gesteppten Sohlen und Strümpfe aus wasserheller Leinwand paßten dazu. In der Hand hielt er einen goldgesprenkelten Fächer und fächelte sich damit –, kurz, er war ein Mann, der gefallen konnte. Ihm also warf Goldlotos unter dem Türvorhang keck einen Blick zu. Von der Stützgabel getroffen, war er sofort stehengeblieben und hatte sich umgesehen, im Begriffe aufzubrausen. Wider alles Erwarten fiel sein Blick auf eine Frauengestalt, die durch die Anmut ihrer Gesichtszüge blendete. Von ihrem rabenschwarzen Haupthaar hingen tänzelnde Strähnen an den Schläfen herunter. Die Brauen waren graziös gebogen wie die erste Sichel des neuen Mondes. Klar und kühl waren ihre mandelförmigen Augen. Dem kirschenroten Mündchen entströmte Duft. Das gerade Näschen hob sich ab wie ein kostbarer Edelstein. Wohlgepudert waren die roten üppigen Wangen. Lieblich wie eine wohlgeputzte Silberschale war ihr Antlitz. Jung und zart wie eine Blütenknospe war ihr Körperchen. Die entzückenden Händchen waren wie feinste Blumenzwiebeln, die sprießen. In den Hüften war sie schlank wie eine Pappel oder Weide, die man mit den Händen umspannen kann. Weich und wohlgepudert war ihr weißer Leib. Die schmalen Füßchen waren wie Sternchen spitz und behende. Volle Brüste formten ihre Büste. Weiß und langgestreckt waren ihre Beine. Ihr unbenennbares Etwas war eng schließend und in seiner vollen Frische zwischen den Schenkeln sorgsam geborgen.

Als jener Mann so in Gedanken schwelgte, stand er wie gebannt. Gar rasch war sein Zorn verflogen, und seine Miene wandelte sich zum hellen Auflachen. Die Frau blickte ihn mit zusammengelegten Händen an und sagte nach tiefster Verbeugung: »Meine Hand hat infolge des Windes den Halt verloren, so habe ich versehentlich den Herrn Rat getroffen. Ich bitte um Verzeihung.«

Er rückte mit der Hand seine Kopfbedeckung zurecht, erwiderte ihre Verneigung, indem er sich fast bis zum Erdboden verbeugte, und äußerte: »Das macht doch nichts! Bitte, meine Dame, fühlt Euch ganz unbehelligt!« Nun war dieser ganze Vorgang von der nebenan wohnenden Teestubeninhaberin, der alten Wang, beobachtet worden. Sie bemerkte schmunzelnd: »Da hat bestimmt ein gewisser Herr Oberrat vom Dachvorsprunge her gerade richtig eins abbekommen.«

Der Mann lachte: »Die Schuld war ganz auf meiner Seite. Ich bin dagegengerannt. Ich bitte, es mir nicht zu verübeln, meine Dame.«

»Der Herr Rat braucht die Schuld nicht auf sich zu nehmen«, antwortete Goldlotos.

In größter Ehrerbietung entgegnete er: »Aber gewiß, meine Dame.«

Dabei ruhten seine begehrlichen, durchtriebenen Augen, die seit vielen Jahren nur daran gewöhnt waren, blühendes Leben an sich zu locken, unablässig auf dem Körper der Frau. Als er sich zum Gehen anschickte, wandte er sich noch sieben- oder achtmal um, ehe er weiter dahinstolzierte, wobei er sich mit dem Fächer schirmte.

Nun war der Frau aber der Mann mit der Haltung eines flotten Lebemannes und mit seiner einschmeichelnden Redeweise auch aufgefallen und hatte ihn für sich eingenommen. Sie wußte freilich weder seinen Namen noch wo er wohnte. Andererseits sagte sie sich, daß er, wenn er nicht auch Zuneigung zu ihr gefaßt hätte, beim Fortgehen den Kopf nicht umgewandt haben würde.

So schaute sie ihm unverwandten Blickes nach, bis er ihren Blicken entschwunden war. Dann erst nahm sie den Vorhang herunter, schloß die Haustür und begab sich in die Stube.

Lieber Leser, wer, glaubst du wohl, war jener Mann? Es mußte natürlich gerade jener Anführer der Kumpane sein, die allen Winden trotzen und den Mond verlachten, jener Marschall im Ausfindigmachen von Blumen und Aufstöbern von Duft, der Besitzer der Drogenhandlung mit dem Doppelnamen Simen (simen) und dem einfachen Nachnamen Tjing, der Oberrat, er war es.

Ihm war die dritte Nebenfrau, die kleine Dscho, gestorben, und er hatte sie bestattet. Deshalb war er nicht in fröhlichster Stimmung spazierengegangen und schlenderte umher, um Jing Bodjau zu suchen und mit ihm irgendwohin zu gehen, auf andere Gedanken zu kommen und sich zu zerstreuen. Er war am Hause des großen Wuh vorübergekommen und unvermutet durch den Schlag auf den Kopf getroffen worden.

Als Oberrat Simen in seiner Wohnung angelangt war, überlegte er: Wie könnte ich das hübsche Geschöpfchen wohl in meine Hände bekommen? Ihm fiel die nebenan wohnende Teestubenbesitzerin Wang ein: Die wäre wohl imstande, auf diese oder jene Art sie zusammenzubringen. Ich wende ein paar Unzen Silber daran, das ist die Geschichte wert! Bei solchen Gedanken vergaß er sogar seine Mahlzeiten und verließ wieder sein Haus, um spazierenzugehen, eilte dann aber geradewegs in die Teestube der alten Wang und nahm dort unter dem Regenschutzdache Platz.

»Mütterchen«, sagte Simen Tjing, »kommt einmal näher! Ich möchte Euch fragen, wessen Frau das Geschöpfchen von nebenan ist.«

»Es ist jener Straßengebäckverkäufer, der große Wuh, mein Herr!«

Als Simen Tjing das hörte, fiel er vor Lachen beinahe um.

»Ist er es wirklich? Jener große Wuh, den die Leute Dreizollnagel und Korkstöpsel nennen?« Und auf Frau Wangs Antwort: »Gerade der ist es!« rief er aus: »Bitter! Ein trefflich Stücklein Hammelbraten, darf's in ein Hundemaul geraten?«

»Ganz recht! Das ist nun einmal eine alte Erfahrung«, sagte die alte Wang.

»Mütterchen, was schulde ich für Tee und Obst?«

»Es ist nicht sonderlich viel. Ich werde es anschreiben.«

»In wessen Diensten steht eigentlich Euer Sohn Wang Tschau?« fragte nun wieder Simen Tjing.

»Das kann ich wirklich nicht einmal sagen. Er nahm Arbeit bei einem Handelsmann auf dem Hwai-Strom an und ist bis heute nicht zurückgekehrt. Ich weiß gar nicht, ob er noch lebt oder schon tot ist.«

»Warum habt Ihr ihn denn nicht mir in Dienst gegeben? Der Junge war doch aufgeweckt und flink!« meinte Simen Tjing.

»Wenn der Herr Oberrat ihn fördern wollen, so wären das gute Aussichten«, sagte Frau Wang.

»Wir wollen warten, bis er zurück ist, und dann weiter über die Sache sprechen«, bemerkte Simen Tjing. Damit beendete er die Unterhaltung, erhob sich und ging.

Es vermochten noch keine vier Stunden verstrichen sein, als er schon wieder erschien und sich mit dem Gesicht zur Haustür des großen Wuh an den Eingang der Wangschen Teestube setzte. Nach einer Weile kam die alte Wang heraus und fragte, ob der Herr Oberrat vielleicht ein Schlehentränkchen zu sich nehmen wolle. Auf Simen Tjings Antwort, daß das ein ausgezeichneter Gedanke sei, sie den Geschmack nur etwas säuerlich machen solle, bereitete die alte Wang den Schlehenaufguß und reichte ihn Simen Tjing mit beiden Händen. Er setzte den Napf ab, als er ihn geleert hatte und bemerkte.

»Welch ein Schlehentränkchen! Mütterchen, Ihr wirklich köstliche braut! Wieviel habt Ihr davon im Hause?«

»Braut? Ja! Ich habe in meinem Leben oft eine beschafft«, grinste die Alte. »Nur kann man nicht gleich eine hier im Hause verlangen.«

Simen Tjing lachte auf, er habe sie nach den Schlehentränkchen gefragt, und sie rede von Brautbeschaffung, das sei doch ein gewaltiger Unterschied.

»Meine alten Ohren hörten nur den Herrn Oberrat sagen: Wirklich eine köstliche Braut! Wie viele habt Ihr davon im Hause?« behauptete die alte Wang.

»Mütterchen«, sagte darauf Simen Tjing, »wenn Ihr Berge verbinden könnt, so spielt doch auch einmal für mich die Vermittlerin. Ich werde Euch natürlich gewichtige Dankbarkeit beweisen.«

»Sehe doch nur einmal einer an, wie der Herr Oberrat schauspielert«, fiel die alte Wang ein. »Wenn Eure Gemahlin dahinterkäme, könnte ich mich ihren Backenstreichen kaum entziehen.«

»Meine Frau ist äußerst verständig«, beschwichtigte Simen Tjing. »Ich habe ja auch jetzt schon etliche Gefährtinnen im Hause; nur ist leider nicht eine einzige darunter, die mir zusagt. Wenn Ihr also eine passende Frau für mich in Aussicht habt, meldet es mir! Wäre es eine geschiedene Frau, ginge das auch. Nur muß sie mir gefallen.«

Er erhob sich und ging heiter gestimmt davon.

Als es Abend geworden war, wollte die alte Wang die Tür schließen. Da erschien Simen Tjing wieder, ließ sich unter dem Vorhang mit dem Gesicht zur Tür des großen Wuh auf einen Schemel nieder und schaute sich die Augen aus. Frau Wang fragte: »Will der Herr Oberrat vielleicht ein Einklang-Tränkchen genießen?«

»Ausgezeichnet!« erwiderte Simen Tjing, »aber versüßt es mir etwas!«

Frau Wang holte nun unverzüglich einen Becher herbei und reichte ihn Simen Tjing. Er trank und erhob sich dann mit den Worten: »Mütterchen, schreibt es an! Ich begleiche morgen alles auf einmal.«

»In dieser Hinsicht werde ich ergebenst nach Wunsch verfahren. Kommt, bitte, in den nächsten Tagen zur Erörterung wieder!« sagte die alte Wang.

Zu Hause konnte Simen Tjing weder ruhig essen noch schlafen. Die Gestalt jener Frau hielt sein ganzes Sinnen und Trachten gefangen. Seine Hauptfrau Mondtraut führte Simens Zerstreutheit auf den Tod der kleinen Dscho zurück und schenkte ihr keine Beachtung.

In der Frühe des folgenden Tages sah Frau Wang Simen Tjing auf der Straße hin- und herschlendern. Sie dachte bei sich: Der ist mir gerade passend in die Hände gefallen. Er soll mich einen Batzen Lustbarkeitsgeld verdienen lassen.

Die Teestubenbesitzerin Wang hatte viele Jahre hindurch emsig Heiraten vermittelt und war Händlerin und Maklerin gewesen. Sie verstand sich auch auf Geburtshilfe. Sie wußte recht geschickt Leute einzuschüchtern. Es war schwierig, sich über alle ihre Betätigungsgebiete klarzuwerden.

Simen Tjing rief ihr zu: »Mütterchen, bringt mir zwei Tassen Tee!«

»Oh, der Herr Oberrat ist erschienen«, antwortete die alte Wang. »Wir haben uns ja eine Reihe von Tagen nicht gesehen! Bitte, nehmt doch Platz!« Von dem Tee, der rasch und stark zubereitet worden war, brachte sie zwei Tassen voll und stellte sie auf den Tisch.

»Mütterchen, trinkt zur Gesellschaft mit mir!« bat Simen Tjing.

Sie lachte hell auf. »Ich bin doch nicht eine, der Ihr etwas vormachen könnt. Wie kann ich Euch zur Gesellschaft Tee trinken?«

»Mütterchen, was wird eigentlich nebenan verkauft?«

»Backwerk mit Fleischfüllung, Krusten-Gebäck, Röllchen mit Fleischeinlage, Muschelfleisch in Teig, Fleischklöße, warmer Pfefferkäse«, antwortete die alte Wang.

»Ihr phantasiert ja!«

»Ich phantasiere nicht«, sagte lachend Frau Wang.

»Laßt uns vernünftig reden«, wehrte Simen Tjing ab. »Der Nachbar hat also Rezepte für leckeres Gebäck, dann möchte ich ihn auch angehen, mir vierzig, fünfzig Stück zu verkaufen, um sie nach Hause mitzunehmen.«

»Wenn Ihr Gebäck kaufen wollt«, meinte die Alte, »so wartet doch das Weilchen, bis er von seinem Straßenhandel zurückkommt. Es ist nicht nötig, an Tor und Tür zu gehn.«

»Mütterchen, Ihr habt recht.» Simen Tjing trank den Tee, blieb noch ein Weilchen sitzen, erhob sich dann und ging für geraume Zeit davon.

Frau Wang beobachtete von ihrer Teestube aus gespannt, wie er vor ihrer Türe zunächst nach Osten bog, einmal Umschau hielt, dann umkehrte und wieder nach Westen ging und so sechs-, siebenmal hintereinander hin- und herspazierte. Als er nach einer guten Weile wieder die Teestube betrat, rief sie ihm zu: »Ach, Herr Oberrat! So ein Glück. Wir haben uns so lange nicht gesehen.«

Simen Tjing mußte lachen, zog ein Stück Silber im Gewichte von einer Unze hervor und reichte es Frau Wang mit den Worten: »Mütterchen, nehmt es einstweilen hin für den Tee!«

»Es ist doch nicht nötig, daß ich gleich so viel bekomme«, wandte die alte Wang schmunzelnd ein, doch Simen Tjing erwiderte: »Was zuviel ist, Mütterchen, behaltet nur!«

»Es will mir alten Mutter so erscheinen, als ob dem Herrn Oberrat etwas auf dem Herzen liege.«

»Mütterchen, wenn Ihr erraten könnt, was mein Herz bewegt, so habe ich fünf Unzen Silber verloren, und Ihr bekommt sie von mir.«

»Ich altes Weib brauche nicht dreifache Klugheit, das Rätsel zu lösen«, erklärte lachend Frau Wang. »Bringt mal Euer Ohrläppchen näher! Daß Ihr in den letzten Tagen gar so emsig auf den Beinen gewesen seid, hat wohl seinen Grund darin, daß Ihr mit allem Eurem Denken an der Nachbarin hängt. Habe ich recht geraten?«

»Ich will nun nichts mehr vor Euch verheimlichen. Ich weiß selber nicht, wie es gekommen ist: Seitdem ich sie zu Gesicht bekommen habe, bin ich wie vernarrt. Weder bei Tag noch bei Nacht vermag ich sie zu vergessen. Zum Essen und Trinken daheim habe ich keine Lust mehr. Arbeiten kann ich auch nicht mehr. Wißt Ihr vielleicht ein Heilmittel?«

»Ich altes Weib will dem Herrn Oberrat nichts vormachen«, lachte Frau Wang hell auf. »Ich verkaufe meinen Tee und muß im übrigen den Teufel für mich Nachtwache halten lassen. Weil ich mein Leben sonst nicht hätte fristen können, nahm ich zuerst mit Verhandlungen von Angesicht zu Angesicht die Tätigkeit als Ehevermittlerin auf. Danach nahm ich von anderen Kleider zum Weiterverkauf an. Auch als Hebamme habe ich Dienste geleistet. Fand ich Zeit, so konnte ich auch Liebespärchen gefällig sein und das Brautpferd heranführen. Auch habe ich schon bei Krankheiten Nadel- und Brennheilbehandlungen ausgeführt.«

Simen Tjing mußte bei ihren Worten lachen.

»Von einer solchen Vielseitigkeit hab' ich gar nichts geahnt, Mütterchen. So regelt also diese bewußte Angelegenheit für mich. Ich schenke Euch sofort zehn Unzen Silber als Grundstock für Euren Sarg. Seht nur zu, daß Ihr das Geschöpfchen veranlaßt, mich einmal zu treffen.«

Jetzt lachte die alte Wang hell auf: »Ich habe selbstverständlich doch nur plaudern wollen. Wie könnt Ihr denn das gleich für wahr nehmen, Herr Rat!«

»Mütterchen, wenn du diese Geschichte für mich wirklich fertigbekommst, schenke ich dir zehn Unzen Silber.«

»Herr Oberrat, hört mich einmal an!« antwortete die Alte. »Das, was hinter dem Wörtchen Annäherung steckt, macht große Schwierigkeiten. Was bedeutet denn solche Annäherung? Doch nichts anderes als heimlichen Liebesgenuß. Dazu muß schon Fünferlei genau zusammen stimmen. Erstens nämlich wäre das Antlitz eines Schönen erforderlich, zweitens etwas von der Größe eines Eselsschlauches, drittens müßte man reich sein, viertens jung, ohne Schärfe und geduldig wie eine mit Watte umhüllte Nadel, und fünftens müßte man viel freie Zeit haben.«

»Ich will ganz offen zu Euch reden«, antwortete Simen Tjing.

»Diese fünf Bedingungen treffen sämtlich bei mir zu. Meine Gesichtszüge zunächst einmal können sich schon sehen lassen. Was das zweite betrifft, so hab' ich seit meiner Jugend zahlreiche Straßen und Gassen durchzogen und weiß schon, wie man eine stattliche Strammheit zustande bringt. Zum dritten verfügt meine Familie über Geld und Gut. Sodann bin ich äußerst sanft und geduldig. Selbst wenn sie mir auch vierhundert Trachten Prügel verabfolgte, so würde ich nicht einmal daran denken, zur Abwehr die Faust zu erheben. Schließlich habe ich auch sehr viel freie Zeit.«

»Herr Oberrat, daß mit den fünf Bedingungen alles in Ordnung ist, habe ich nun wohl von Euch gehört, aber es besteht nun noch eine weitere Schwierigkeit. An ihr wird wahrscheinlich alles scheitern.«

Auf Simen Tjings Frage, ihm doch zu sagen, welches weitere Hemmnis es denn noch gebe, fuhr die alte Wang fort: »Seid mir nicht böse, Herr Oberrat, wenn ich als alte Frau geradeheraus rede. Ich weiß, daß Ihr die Hand auf der Tasche haltet und nicht sinnlos mit Geld um Euch werft. Darin aber eben liegt die Schwierigkeit.«

Simen Tjing erklärte sofort, daß dem leicht abzuhelfen sei und er sich ganz nach ihren Vorschlägen richten werde, worauf die alte Wang bemerkte: »Wenn der Herr Oberrat sich nicht scheuen sollte, etwas Geld anzuwenden, so hätte ich schon einen folgerichtigen Plan, wie der Herr Oberrat mit dem Weibchen zusammentreffen könnte.«

»Was für einen wundervollen Plan habt Ihr denn?«

Frau Wang lachte.

»Heute abend ist es zu spät. Geht nur nach Hause und kommt nach einem halben Jahr oder doch drei Monaten wieder, um weiter zu beratschlagen!«

»Mütterchen, macht doch nicht solche Scherereien! Wenn Ihr die Sache zustande bringt, will ich Eure Güte reichlich vergelten.«

»Der Herr Oberrat ist aber ungeduldig.« Abermals lachte die alte Wang auf.

»Ich will Euch meinen Plan jetzt mitteilen. Das Frauchen stammt aus schlichten Verhältnissen, ist jedoch äußerst flink und gewandt, kann sehr gut musizieren und singen, weiß die Nadel zu handhaben und ist auch geübt in allen sonstigen weiblichen Handarbeiten. Alle Lieder und Gesänge kennt sie. Sie kann würfeln und auch Schach spielen; ja, es gibt kaum etwas, was sie nicht beherrschte. Mit ihrem Rufnamen heißt sie Goldlotos, ihr Vatersname ist Pan. Sie ist eine Tochter des Schneiders Pan aus der Südvorstadt. Sie wurde an die Familie des Patriziers Dschang verkauft, wo sie musizieren und singen gelernt hat. Als der alte Patrizier betagt wurde, gab man sie frei und ohne auch nur einen Kupferling Entgelt völlig umsonst dem großen Wuh zur Frau. Für gewöhnlich verläßt das Weibchen nicht das Haus. Wenn ich nichts zu tun habe, geh' ich häufig hinüber, um mit ihr zusammen ein Weilchen in Ruhe zu verbringen. Hat die Frau irgendein Anliegen, so kommt sie mich bitten, ihr behilflich zu sein. Sie redet mich übrigens auch mit Mütterchen an. Der große Wuh ist dieser Tage immer früh fortgegangen. Herr Oberrat, um bei dieser Sache mitzuwirken, kauft zunächst eine Rolle blauen und weißen Seidenstoff, eine Rolle weißen Taft sowie zehn Lot gute Baumwolle und schafft alles her! Ich gehe dann zu ihr hinüber, um sie zu bitten, mir ihren Kalender zu leihen, und mit dessen Hilfe einen günstigen Tag auszuwählen, für den ich einen Schneider zur Verarbeitung des Stoffes bestellen könnte. Wenn sie mich anhört, einen Termin bestimmt, sich aber etwa nicht bereit erklären sollte, die Schneiderei für mich zu übernehmen, so wäre die Sache zunichte geworden. Wenn sie sich indessen mit großer Freude zu der Arbeit für mich erbietet und bemerkt, daß ich keinen Schneider zu rufen brauche, so leuchtet uns der erste Hoffnungsschimmer. Ich kann sie dann herbitten, um sie eben für mich die Näharbeit übernehmen zu lassen, und macht sie sie wirklich für mich, so gäbe das den zweiten Hoffnungsstrahl. Kommt sie dann zu mir, will ich zur Mittagsstunde Wein, Speisen und Nachtisch auftragen und sie zum Essen einladen. Sollte sie ablehnen und unter allen Umständen heimgehen und die Arbeit zu Hause vollenden wollen, so wäre der Plan auch zunichte geworden. Speist sie indessen mit mir, ohne viel Aufhebens davon zu machen, so gäbe das den dritten Hoffnungsstrahl. An diesem ersten Tage dürft Ihr noch nicht erscheinen. Erst gegen Mittag des dritten Tages sollt Ihr geschniegelt und gebügelt kommen und Euch mir durch lautes Rufen kenntlich machen. Ihr müßt vor der Tür rufen: ›Wie kommt es nur, daß ich Euch, Mütterchen Wang, schon eine Reihe von Tagen nicht mehr zu sehen bekommen habe? Ich bitte um eine Tasse Tee!‹ Ich werde dann sofort herauskommen und Euch einladen, einzutreten und den Tee im Hause einzunehmen. Wenn sie, sobald sie Euch erblickt, aufsteht, um nach Hause zu gehen, und ich sie trotz Zuredens nicht zum

Bleiben veranlassen kann, so müßten wir die Sache wohl aufgeben. Wenn sie aber, ohne sich zu rühren, Euch eintreten sieht, so wäre das unser vierter Hoffnungsstrahl. Sobald Ihr Euch niedergesetzt habt, will ich dem Frauchen sagen: ›Das ist der Herr Rat, der mir den Kleiderstoff geschenkt hat. Ich schulde ihm tiefsten Dank.‹ Ich werde dann die Vorzüge des Herrn Oberrates kräftig herausstreichen, und Ihr müßt ihre Handfertigkeit loben. Wenn sie die Gelegenheit, mit Euch zu reden, von sich weist, dann wäre die Sache verloren. Sollte sie indessen antworten und mit Euch sprechen, wäre die Sache schon halb geglückt. Ich sage dann, ich hätte die Dame bemüht, für mich selber Hand anzulegen. Müsse ich nicht euch beiden Gönnern dankbar dafür sein, daß der eine das Geld gegeben, der andere die Arbeit geleistet habe? Hätte ich nicht die Gäste aus verschiedenen Richtungen zusammengebeten, die Dame könnte schwerlich hier sein. Herr Rat, spielt die Rolle des Gastgebers und laßt einmal etwas springen! – Ihr müßtet hierauf Geld hervorholen und mich etwas einzukaufen auffordern. Wenn sie dann etwa fortgehen will und ich sie trotz Zuredens nicht halten könnte, so wäre die Sache auch in die Brüche gegangen. Sollte sie sich aber nicht rühren, so muß sich das Übrige leichter durchführen lassen, und wir wären zu sechs Zehnteln des Erfolges sicher. Ich werde das Geld an mich nehmen und kurz vor meinem Fortgehen zu ihr sagen: ›Frauchen, ich muß Euch die Mühewaltung verursachen, mit dem Herrn Rat zusammen zu warten und noch sitzen zu bleiben!‹ Sollte sie aufstehn, um heimzugehen, und ich sie gar nicht daran hindern können, so wäre die Geschichte aus. Wenn sie sich indessen nicht erhebt, so ist alles gut, und wir hätten zu sieben Zehnteln gewonnen. Habe ich dann die Eßwaren eingekauft und auf den Tisch gestellt, so will ich zu ihr sagen: ›Bitte, legt die Handarbeit zur Seite und kommt ein Schälchen trinken; der Herr Rat soll sein Geld doch nicht umsonst ausgegeben haben!‹ Wenn sie es ablehnt, mit Euch an einem Tisch zu speisen, und sich entfernt, so ist die Sache verloren. Sollte sie jedoch nur sagen, sie wolle gehn, sich indessen nicht rühren, so stünde unsere Sache wiederum gut, und wir wären des Erfolges zu acht Zehnteln sicher. Sobald sie reichlicher Wein genossen hat und unsere Unterhaltung in die richtige Bahn gekommen ist, will ich vorschützen, es sei kein Wein mehr da, Ihr solltet noch etwas kaufen lassen. Darauf müßtet Ihr mir Geld geben und mich auffordern, Wein und dazu passende Früchte einkaufen zu gehn. Ich werde dann die Türe zuziehen und Euch sei, bat Frau Wang, ihr den Kalender zu leihen, falls sie einen besitze, um einen günstigen Tag für das Zuschneiden eines Kleides auszusuchen. Goldlotos forschte, um was für ein Gewand es sich handle.

»Ich habe alle möglichen Leiden und überall Schmerzen. Ich fürchte, daß mir eines Tages alle Berge zu hoch und alle Wasser zu tief sein werden. Mein Sohn ist auch nicht bei mir.«

Goldlotos erkundigte sich, wie es komme, daß man den jungen Herrn gar nicht mehr sehe.

»Der Schlingel hat sich einem Kaufmann angeschlossen, und ich habe nicht die geringste Nachricht von ihm aus der Fremde erhalten. Ich bin in täglicher Unruhe um ihn.«

Goldlotos fragte weiter, wie alt denn der Junge sei.

Als die alte Wang zur Antwort gab, daß er siebzehn geworden sei, meinte sie: »Warum sucht Ihr ihm keine Braut? Das wäre doch auch für Euch, Mütterchen, vorteilhaft.«

»Ganz recht«, erwiderte Frau Wang. »Ich habe im Hause niemand, der mir, was ich brauche, heranholt und instandsetzt. Unablässig werde ich eine Frau für ihn suchen gehn und warte jetzt nur, daß der Bursche zurückkehre. Dann sorge ich für eine Heirat. Jetzt plagt mich Tag und Nacht der Husten. Ich bin körperlich wie zerschlagen. Vor lauter Beschwerden und Schmerzen kann ich keinen Schlaf finden. Deshalb möchte ich auch einmal meine Sterbekleider vorbereiten. Zufällig pflegt ein reicher beamteter Herr immer bei mir Tee zu trinken. Ich hatte in seinem Hause Krankenpflege geleistet, ihm Dienerinnen gekauft und eine Heirat besprochen. Er sah mich auf solche Art im Großen und im Kleinen meine Pflicht tun, denn es gab doch nichts, wofür ich nicht sorgte, und so schenkte er mir für ein Sterbekleid bemessenen Seidenstoff, Taft, Futter, alles zusammen. Ich hatte dazu noch eine Menge schönster Baumwolle. Alles liegt schon über ein Jahr bei mir, ohne daß ich es verarbeiten lassen konnte. Heuer fühle ich mich nun sehr matt, andererseits trifft es sich günstig, daß noch ein Schaltmonat zur Verfügung steht. Da wollte ich ein paar Tage der Muße benutzen, das Kleid von einem Schneider machen zu lassen. Ich drängte ihn und flehte ihn an, aber er lehnte es ab: Er sei lebhaft beschäftigt. Er weigerte sich also, zur Arbeit zu kommen. Ich vermag diesen Verdruß gar nicht in Worten fassen.«

»Ich fürchte, daß ich bei der Arbeit nicht Euren Geschmack treffen könnte. Wenn Ihr indessen meine Leistungen nicht verschmähen wollt, so hätte ich in diesen Tagen schon Zeit, Euch dabei zur Hand zu gehn und die Arbeit zu übernehmen, Mütterchen. Wie wäre das?«

»Wenn Ihr selber Hand anlegen wollt«, antwortete die alte Wang mit verhaltenem Lachen, »so hätte ich also auch noch für meinen Todesfall Glück. Ich habe schon immer sagen hören, daß Ihr Euch gut auf Nadelwerk versteht, doch ich wagte es nicht, Euch darum anzugehen.«

»Was hätte das denn geschadet?« meinte Goldlotos. »Nachdem ich nun einmal zugesagt habe, Mütterchen, werde ich also bestimmt für Euch arbeiten. Nehmt den Kalender mit und laßt Euch durch jemand einen geeigneten Tag auswählen, wann ich ans Werk gehen kann!«

»Stellt Euch doch nur nicht, als ob ich nicht wüßte, daß Ihr die Texte wer weiß wie vieler Gedichte, Hymnen und Gesangstücke aller Art lesen könnt. Wie viele Ihr kennt, wißt Ihr gar nicht. Warum da noch jemand anders ersuchen, in den Kalender zu gucken?«

Goldlotos entschuldigte sich lächelnd, daß sie in ihrer Jugend den Unterricht versäumt habe, doch die alte Wang drückte ihr mit den Worten: »Ihr seid nur zu bescheiden!« den Kalender in die Hand. Goldlotos schlug nach und bemerkte: »Erst übermorgen wäre der Zeitpunkt zum Zuschneiden des Kleides.«

Die alte Wang nahm ihr den Kalender ab, hängte ihn an die Wand und sagte: »Frauchen, wenn Ihr die Arbeit für mich übernehmen wollt, so schwebt schon über dem Ganzen ein Glücksstern. Warum brauche ich da noch einen besonderen Tag auszuwählen?«

»Für ein Kleid zur Rückgabe eines langen Lebens ist doch gerade ein schlechter Tag verwendbar. Das paßt also gut«, fiel Goldlotos ein, worauf die alte Wang bemerkte: »Um nun morgen die Arbeit in Angriff zu nehmen, kommt also zu mir in meine einsam-frostige Hütte!«

»Warum habt Ihr die Arbeit denn nicht sogleich herübergebracht?«

»Das wäre das Einfachste gewesen«, erklärte die Alte, »doch ich möchte Euch gern bei der Arbeit zuschauen, bin aber bange, mein Haus ohne jede Aufsicht zu lassen.«

Goldlotos versprach, unter diesen Umständen am anderen Morgen nach dem Frühstück hinüberzukommen. Die alte Wang verständigte noch am selben Abend Simen Tjing und vereinbarte mit ihm, daß er am dritten Tag erscheinen solle.

Nach dem Frühstück am nächsten Tag ging der große Wuh mit seiner Traglast aus. Seine Frau hängte den Vorhang auf, befahl Willkomm, auf das Haus achtzugeben, und begab sich dann durch die Hinterpforte zu der alten Wang. Diese war ganz ausgelassen vor Freude, geleitete sie in ihre Stube und bat sie, Platz zu nehmen. Dann goß sie ziemlich kräftig auf eine Tasse Walnuß- und Pinienkerne Tee auf und reichte ihn der Frau. Als sie den Tisch wieder sauber hatte abwischen können, holte sie die drei Rollen Seide und Taft hervor. Goldlotos maß die richtigen Längen ab, schnitt zu und begann zu nähen. Die alte Wang schaute ihr zu und rühmte unaufhörlich ihre gediegene Leistung. Unter der Arbeit kam der Mittag heran. Frau Wang richtete nun ein kleines Mahl her und bat Goldlotos zu Tische. Danach nähte Goldlotos wieder in einem fort und hörte erst auf, als der Abend kam. Dann packte sie die Arbeit beiseite und ging heim.

Der große Wuh kehrte auch gerade zurück und trug sein Traggestell zur Haustüre hinein. Goldlotos zog die Türe zu und ließ den Vorhang herunter. In der Stube fiel dem großen Wuh das etwas gerötete Gesicht seiner Frau auf. Er erkundigte sich, wo sie gewesen sei. Sie erzählte, daß sie bei der Nachbarin geweilt habe. Diese habe sie gebeten, ihr ein Sterbekleid anzufertigen, mittags habe sie Speisen und Wein aufgetragen und sie zum Essen geladen.

»Du hättest nicht bei ihr essen sollen«, rügte der große Wuh, »und das um so weniger, als wir auch Anliegen hatten, die sie für uns regelte. Selbst wenn sie dich gebeten hat, ihr das Kleid anzufertigen, solltest du zu den Mahlzeiten heimgehen. Das bißchen Imbiß ist ja nicht der Rede wert, aber warum ihr die damit verbundenen Mühen machen! Wenn du morgen wieder hingehst, steck dir etwas Geld ein, kauf Wein und Speisen und erwidere ihre Gastfreundlichkeit!«

Goldlotos erwiderte nichts weiter auf ihres Mannes Worte. Am nächsten Morgen kam über die Näherei bald die Mittagsstunde heran. Goldlotos zog nun aus ihrem Ärmel den Betrag von dreihundert Kupferlingen hevor: »Mütterchen, mit Eurem Einverständnis möchte ich jetzt einen Becher Wein zur Mahlzeit kaufen.«

»Ach, ach! Das wäre doch gegen alle Vernunftregeln«, rief die alte Wang sofort. »Ich habe Euch gebeten, hier für mich etwas zu schneidern. Da dürft Ihr doch nicht noch Geld zu einem Weinmahle für mich ausgeben!«

»Aber mein dummer Mann hat mich angewiesen, falls Ihr ablehnt, die Arbeit heimzubringen und Euch zurückzugeben, wenn alles fertig ist«, antwortete Goldlotos.

»Euer Gemahl hat es im Grunde nur gut gemeint. Da Ihr es so wünscht, will ich das Geld annehmen«, sagte die alte Wang, besorgt, daß ihr Plan gestört werden könne. Sie legte ihrerseits auch noch Geld zu und kaufte besten Wein und köstlichste Speisen, um Goldlotos besonders zuvorkommend zu bewirten. Dann nähte diese in einem fort und hörte auf, als man sah, daß der Abend kam. Tausendfach wegen ihrer Güte belobt und überreich bedankt, ging Goldlotos heim.

Nach dem Frühmahle des dritten Tages trat sie wieder bei der alten Wang ein, nahm Platz, holte die Arbeit vor und machte sich ans Nähen. Die Alte setzte ihr selbstverständlich wieder Tee vor. Goldlotos sah man bis ungefähr zur Mittagszeit nähen.

Simen Tjing hatte unterdessen kaum den Anbruch dieses Tages erwarten können. Er wählte besonders gediegene Kleidung aus. Geschniegelt und gebügelt, steckte er noch vier bis fünf Unzen Silber zu sich, nahm den goldgesprenkelten Fächer in die Hand und schritt stolz dahin, geradewegs zur Rotensteinstraße, bis zur Tür der alten Wang. Dort hustete er und rief: »Mütterchen Wang, wie kommt es, daß ich Euch geraume Zeit gar nicht zu sehen bekam?«

»Wer ruft mich denn da plötzlich?« antwortete die Alte verabredungsgemäß.

Auf Simen Tjings Antwort: »Ich bin's!« kam sie heraus. Lachend erklärte sie, als sie ihn sah: »Ich sagte doch nur so hin, wer ist da? Natürlich! Der Herr Oberrat. Ihr kommt gerade sehr gelegen. Tretet nur ein! Ihr sollt einmal etwas sehen!« Sie zog Simen Tjing am Rockärmel, zerrte ihn in die Stube und sagte zu Goldlotos: »Dies ist der Herr Rat und Kunde, der mir den Kleiderstoff geschenkt hat.«

Simen Tjing hatte nur Augen für Goldlotos mit ihrem wolkigen Haarknoten und ihrem gepuderten Antlitz, das Lenzstimmung erweckte. Sie trug ein ungefüttertes Jäckchen aus weißer Leinwand, einen pfirsichroten Rock und ein blaues Westchen. Gerade in der Stube mit der Anfertigung des Kleides beschäftigt, sah sie Simen Tjing herankommen. Da senkte sie den Kopf. Simen Tjing schritt rasch vor und machte eine gewählte Verbeugung. Goldlotos ließ sofort die Arbeit niedergleiten und erwiderte die Begrüßung mit dem Wunsche zehntausendfältigen Segens. Bei der

beide in der Stube einriegeln. Sollte sie sich ängstlich zeigen und nach Hause laufen wollen, so müßten wir unsere Sache aufgeben. Sollte sie aber trotz der durch mich verriegelten Türe keine Angst bekunden, dann wäre der Erfolg zu neun Zehnteln gesichert und es mangelt nur an einem Zehntel. Dies freilich ist schwer zu gewinnen. Herr Oberrat, um zum Ziele zu kommen, müßtet Ihr recht süß sprechen. Ihr dürft aber nicht zu hitzig sein und auch nicht mit Händen und Füßen zappeln. Gibt es dabei Schwierigkeiten, so ist das nicht mehr meine Sache. Schiebt zunächst mit dem Ärmel versehentlich ein Paar Eßstäbchen vom Tische hinunter und betätschelt unter dem Vorwand, sie aufheben zu wollen, ihre Füßchen mit den Händen. Wenn sie aufbrausen sollte, will ich hereinkommen, um zu beschwichtigen. Wir müßten die Sache dann aber aufgeben, und es wäre in solchem Falle wohl überhaupt schwer, zum Ziele zu kommen. Sollte sie indessen nicht laut werden, so sind alle hundert Prozent gewonnen. Werdet Ihr Euch mir auch erkenntlich zeigen, wenn Ihr alles erreicht habt?«

»Mütterchen«, strahlte Simen Tjing vor Freude, »Euer Plan ist tatsächlich ausgezeichnet, ein trefflicher, wunderbarer Rat. Wann können wir den Plan in die Tat umsetzen?«

»Ich gebe Euch noch heute abend, wenn Ihr kommt, Nachricht. Um den Umstand auszunutzen, daß der große Wuh noch nicht zurück ist, werde ich hinübergehn, sie um den Kalender bitten, um ganz genau mit ihr das Nötige zu besprechen. Schickt Ihr nur Eurerseits schleunigst jemand mit dem Seidenstoffe, dem Taft und der Baumwolle zu mir! Schiebt das ja nicht hinaus!«

»Mütterchen, das ist meine Sache. Wie dürfte ich es wagen, mein Wort zu brechen?« beruhigte Simen Tjing sie. Er verabschiedete sich darauf von ihr und verließ die Teestube. Drei Rollen Seidenstoff, Taft und zehn Lot allerreinste, feinste Baumwolle kaufte er unterwegs ein. Als er zu Hause angekommen war, hieß er Dai-an, alles in eine Decke einschlagen, und sandte die Sachen sofort zu Frau Wang. Diese nahm sie hocherfreut entgegen und entließ den Boten.

Frau Wang begab sich in die Wohnung des großen Wuh. Nachdem seine Frau sie empfangen hatte, gingen sie ins Obergeschoß, um sich zu setzen. Die alte Wang fragte: »Frauchen, warum seid Ihr in den letzten Tagen gar nicht zum Tee zu mir armem Weibe gekommen?«

Auf Goldlotos' Antwort, daß sie körperlich mehrere Tage nicht frisch und zu matt zum Gehen und zu allen Bewegungen gewesen

Gelegenheit erzählte die alte Wang: »Ich hatte meine liebe Not. Der Herr Rat gab mir die Rolle Seiden- und Atlasstoff. Ich legte sie bei mir nieder. Aber über ein Jahr konnte ich sie nicht verarbeitet bekommen. Allertiefsten Dank schulde ich dieser Dame aus der Nachbarschaft. Kommt nur einmal heran, Herr Oberrat, und seht es Euch an!«

Simen Tjing hob das Gewand empor, betrachtete es und bemerkte lobend: »Eine vorzügliche Nadelarbeit, als hätte die Dame Feenhände.«

Mit gesenktem Haupt wehrte Goldlotos lächelnd ab. Der Herr Oberrat müsse sich nicht über sie lustig machen.

»Mütterchen, darf ich mir die Frage gestatten, wessen Gattin die Dame ist?« Frau Wang meinte, er solle es doch einmal zu erraten versuchen, doch Simen Tjing erklärte, daß er es nicht einmal zu erraten vermöge.

»Herr Rat, nehmt doch zunächst einmal Platz! Ich will es Euch sagen.« Und als Simen Tjing sich Goldlotos gegenüber niedergesetzt hatte, fuhr sie fort: »Gut! Ich will es den Herrn Oberrat wissen lassen. Ihr seid doch neulich, als Ihr unter dem Dachvorsprunge des Hauses gingt, so gut getroffen worden.«

»Aber, selbst wenn sie es ist«, bemerkte Simen Tjing, »die mich damals an der Haustüre mit der Stützgabel getroffen hat! Ich weiß gleichwohl noch nicht, wessen Gattin sie ist.«

Goldlotos senkte den Kopf ungewöhnlich tief und meinte lächelnd: »Bitte, Herr Rat, verübelt es mir nicht, daß ich damals versehentlich den Zusammenprall verschuldet habe.«

»Meine Wenigkeit nimmt sich das auch gar nicht heraus«, gab Simen Tjing rasch zur Antwort, und die alte Wang sagte: »Ja, es ist jene Dame. Sie ist die Frau des Nachbarn, des großen Wuh.«

»Oh, so ist es! Ich habe leider bisher verfehlt, meine Aufwartung zu machen«, bemerkte Simen Tjing.

Die alte Wang wandte sich an Goldlotos mit der Frage, ob sie den Herrn Oberrat kenne, und als sie es verneinte, fügte sie hinzu: »Der Herr Rat ist einer der Reichen des Kreises. Seine Gnaden, der Herr Landrat, verkehren auch mit ihm. Er wird Oberrat Simen genannt. Seine Familie verfügt über Millionen. Vor dem Kreisamte betreibt er eine Drogenhandlung. Das Geld der Familie kann nicht einmal der große Wagen am Himmel fassen. Der Reis verdirbt ihnen in den Speichern, so viel ist da. Was im Hause gelblich aussieht, ist aus Gold, was weißlich, aus Silber. Die Kügelchen sind Perlen, und es blinkt von Kleinodien. Sie besitzen auch Hörner vom Kopfe des Nashorns und Zähne aus dem Maule des Elefanten. Für seine Hauptfrau war ich auch die Vermittlerin. Sie ist die Tochter des Tausendschaftsführers Herrn Wu, eine äußerst flinke und gewandte Person.« Sie wandte sich dann wieder an Simen Tjing: »Herr Oberrat, warum kommt Ihr denn gar nicht mehr zu mir in meine armselige Häuslichkeit Tee trinken?«

»Das liegt einfach daran, daß ich dieser Tage meine Tochter in eine hochstehende Familie verlobt habe; infolgedessen gebrach es mir an Zeit zu kommen«, erwiderte Simen Tjing.

Sie sprachen weiter über familiäre Dinge, wobei es der Alten offenbar nur darauf ankam, Simen Tjing möglichst herauszustreichen. Goldlotos nähte mit tief gesenktem Kopf.

Simen Tjing hatte mit Freude wahrgenommen, daß Goldlotos ihm zu einem gewissen Grade gewogen war, und er konnte es nun kaum noch erwarten, daß sie ein Pärchen würden.

»Wäret Ihr, Herr Oberrat, nicht gekommen, ich hätte es natürlich nicht gewagt, mich zu Euch zu begeben, um Euch herzubitten. In jenem ersten Falle lag das unvermutete Zusammentreffen im Schicksalsplane, jetzt beim zweiten Male kommt Ihr zu einem besonders günstigen Zeitpunkte.

Ich glaube nun nicht abwegig zu sein, wenn ich, da die Dame doch selten hier ist, den Herrn Rat bitte, für mich die Rolle des Gastgebers zu übernehmen und etwas Geld für ein Essen mit Wein herauszurücken, um der Dame die Hand anzufeuchten. Wie denkt Ihr darüber?«

»Meine Wenigkeit hat dies zwar nicht vorausgesehen, doch ich führe Silber bei mir«, bemerkte Simen Tjing. Dabei entnahm er seiner Gürteltasche ein Stückchen Silber, etwa eine Unze, und gab es der alten Wang, damit sie ein Mittagessen mit Wein herrichte.

Goldlotos warf sofort ein, daß das nicht nötig sei und nur Mühe verursache; doch sie ließ es bei den Worten bewenden und traf jedenfalls keine Anstalten aufzustehen. Die alte Wang nahm das Geld und sagte beim Hinausgehen an der Türe: »Frauchen, ich muß Euch damit bemühen, dem Hern Oberrat zur Gesellschaft ein Weilchen sitzen zu bleiben. Ich komme sofort wieder.«

»Mütterchen, laßt doch die Sache!« rief Goldlotos, rührte sich aber nicht.

So ging die alte Wang fort und ließ Simen Tjing mit Goldlotos allein in der Stube zurück. Er wandte kein Auge von ihr. Auch sie richtete verstohlen ihre verliebten Blicke auf ihn, um sich dann mit gebeugtem Kopfe wieder ihrer Arbeit zuzuwenden. Nur kurzer

Zeit kam die alte Wang zurück. Sie hatte fix und fertig eine fette Gans, eine gebratene Ente, sonstigen Braten und frisches köstliches Obst eingekauft und stellte Teller und Schüsseln reich gefüllt im Zimmer auf den Tisch und wandte sich dann an Goldlotos.

»Frauchen, bitte, legt nun die Handarbeit beiseite und kommt einen Becher Wein trinken!«

»Bitte, leistet Ihr selber dem Herrn Oberrat Gesellschaft! Ich bin nicht dazu berufen«, erwiderte Goldlotos.

»Einzig und allein für Euch, Frauchen, ist das Geld ausgegeben worden. Was soll denn so eine Erklärung?« Sie stellte Teller mit Leckerbissen für sie hin.

Die drei nahmen Platz. Simen Tjing schenkte Wein ein und erhob seinen Becher.

»Mütterchen, bitte, trinkt mit der Dame einige Schälchen Wein!«

Goldlotos lehnte dankend ab. »Ich kann nicht mittrinken, weil ich nur wenig Wein vertrage.« Doch die alte Wang erklärte: »Frauchen, ich weiß, daß Ihr reichlich vertragen könnt, also legt die Ziererei ab und trinkt einmal ein paar Becher!«

Da griff Goldlotos mit dem Wunsche zehntausendfältigen Segens für die beiden anderen zum Weinbecher. Simen Tjing faßte nach den Eßstäbchen mit den Worten: »Mütterchen, ermuntert doch für mich die Dame, ein paar Bissen zu versuchen.«

Die alte Wang wählte etwas besonders Gutes aus und legte es Goldlotos vor. Als die Alte nach der dritten Runde Wein hinausgegangen war, den Wein erneut anzuwärmen, begann Simen Tjing: »Meine Wenigkeit nimmt sich nicht die Freiheit zu fragen, wieviel junge Lenze die Dame zählt!«

Goldlotos senkte den Kopf und erwiderte, sie sei fünfundzwanzig.

»Da steht die Dame mit meiner Hauptfrau gerade im gleichen Lebensalter«, bemerkte Simen Tjing. Da Goldlotos hierauf erklärte, dieser Vergleich wie von Himmel und Erde schmettere sie, die Sklavin, völlig nieder, mischte sich die wieder zurückgekehrte alte Wang ein.

»Das gute, feine Frauchen, so geschickt und gewandt, darf doch nicht unrecht beurteilt werden. Sie beherrscht die Handarbeiten mit Nadel und Faden; aber auch alle Philosophen und Weisheits-Schulen, auch Würfelspiel und Schach, kann Schriftzeichen zerlegen und aus der Bewertung ihrer inneren Bestandteile wahrsagen und schreibt die schönste Handschrift. Ich mache kein bloßes

Geschwätz, wenn ich sage: Im Hause des Herrn Oberrats wimmelt es von Frauen, aber Ihr könnt nicht verlangen, daß eine so ist wie das Frauchen.«

»Das ist nun einmal so, dazu ließe sich mancherlei sagen«, klagte Simen Tjing. »Ich habe eben keine tüchtige Frau für meinen Hausstand gefunden.«

»Herr Oberrat«, bemerkte die alte Wang. »Eure Allererste muß doch tüchtig gewesen sein.«

»Laßt uns nicht davon reden. Wenn sie noch am Leben wäre, so läge es nicht so wie jetzt. Ich habe daheim drei, fünf, ja sieben Münder. Sie alle wollen essen, aber kümmern sich um nichts. Meine Dahingeschiedene, die geborene Tschen, war, obwohl sie aus schlichten Verhältnissen stammte, doch sehr geschickt und gewandt.«

»Herr Oberrat«, sagte die alte Wang, »verübelt es mir nicht, wenn ich gerade herausspreche: Eure verstorbene und Eure jetzige Frau können hinsichtlich Handfertigkeit mit Nadel und Faden dieser Dame nicht gleichkommen. Sie ist einzigartig und vorbildlich.«

»Ganz recht«, bemerkte Simen Tjing. »Ich habe in meinem Anwesen auch nicht eine, die so lebensprühend ist wie diese Dame.«

»Herr Oberrat«, sagte die Alte. »Ihr habt doch außerhalb Eures Hauses in der Oststraße jemand. Warum ladet Ihr mich denn nicht einmal dorthin zum Tee ein?«

»Ganz recht, Lenztraute Dschang, die die anzüglichen Lieder singt! Seitdem ich weiß, daß sie auf Abwegen ist, mag ich sie nicht.«

»Herr Rat, aber mit Holdchen Li aus der Vergnügungsstätte verkehrt Ihr doch schon eine ziemliche Weile?« bemerkte die alte Wang.

»Ich habe sie bereits geheiratet, und sie gehört jetzt zu meinem Hause. Wenn sie es verstände, den Haushalt zu führen, würde ich sie selbstverständlich zur ersten Frau erhoben haben.«

»Aber mit der zweiten Dscho steht Ihr Euch doch gut?« fragte Frau Wang weiter.

»Ach, fangt doch nicht von Findelkindchen Dscho zu reden an!« gab Simen Tjing zur Antwort. »Ich hatte sie als dritte Frau geheiratet. Sie hatte sich neulich eine geringfügige Krankheit zugezogen und ist nun nicht mehr am Leben.«

»Ach, wie schade, wie schade! Wenn ich nun eine wüßte, die

dem Herrn Rat sozusagen würde wie die Hauptfrau, würde es nichts ausmachen, wenn ich zu Euch käme, um es Euch zu sagen?«

»Meine Eltern sind nicht mehr am Leben«,antwortete Simen Tjing. »Wenn es meiner eigenen Absicht entspricht, wer erkühnt sich, ein Nein entgegenzusetzen?«

Als die alte Wang erklärte, sie habe natürlich nur gescherzt, wie könnte es auch möglich sein, so rasch des Herrn Oberrats Wünsche zu treffen, fragte Simen Tjing seinerseits: »Warum denn eigentlich nicht? Ach! Es ist traurig, daß ich als Ehegatte so wenig glücklich gewesen bin, selber einer passenden Frau zu begegnen.«

So ging das Zwiegespräch zwischen Simen Tjing und der alten Wang eine Weile hin und her, bis diese erklärte: »Gerade wenn der Wein am besten mundet, ist nichts mehr vorhanden. Herr Rat, nichts für ungut, wie wäre es, wenn Ihr mich noch ein Krüglein kaufen hießet?«

Simen Tjing übergab die in seiner Gurttasche noch vorhandenen drei oder vier Unzen Bruchsilber der Alten.

»Mütterchen, nehmt es nur hin und holt Wein. Bleibt etwas übrig, behaltet es!«

Die Alte erhob sich dankend und prüfte noch mit einem Blicke Goldlotos. Die drei Kännchen Wein, die inzwischen getrunken worden waren, hatten ihre Sinne in Wallung gebracht, und während der Unterhaltung der beiden, die damit ein bestimmtes Ziel verfolgten, hatte sie mit gesenktem Kopfe nur dagesessen, ohne aufzusehen. Die alte Wang sagte nun zu Goldlotos, wobei sie mit selbstzufriedenem Gesichte schmunzelte:

»Ich mach' mich jetzt auf den Weg, einen Krug Wein zu holen, und darf Euch, mein Frauchen, wohl bemühen, bei dem Herrn noch sitzen zu bleiben.«

»Mütterchen, geht nicht!« rief Goldlotos. »Ich habe schon zu viel Wein zu mir genommen. Es ist also unnötig.«

»Na, na!« bemerkte die alte Wang jedoch, »Ihr, mein Frauchen, und der Herr Oberrat seid einander doch nicht fremd. Deshalb ist doch auch nichts dabei, ein Gläschen miteinander zu trinken. Was fürchtet Ihr denn?«

Obwohl Goldlotos erklärt hatte, es sei unnötig, blieb sie sitzen und rührte sich nicht. Die alte Wang zog nun die Türe hinter sich zu, band sie auch noch mit einem Strick fest und schloß so die beiden in ihrer Teestube ein, während sie selber sich an die Straße setzte, damit das Angefangene sich vollende.

Nach dem Fortgange der Alten rückte Goldlotos mit einem verstohlenen Blick auf Simen Tjing ihren Stuhl zunächst etwas zur Seite, während er ihr gegenübersaß und sie mit seinen feuchten, weit offenen Augen anstarrte. Er erkundigte sich nun noch einmal nach ihrem Familiennamen, da er ihm just wieder entfallen sei, und als Goldlotos mit gesenktem Kopfe lächelnd geantwortet hatte, sie hieße Wuh, rief er lachend: »Ganz recht, Wuh. In unserem Kreise Klarenfluß gibt es nicht viele Familien des Namens Wuh; aber vor dem Kreisamte hält sich immer ein Gebäckverkäufer und Dreizöller namens Wuh auf, der der große Herr Wuh genannt wird; gehört er vielleicht zur Sippe der Dame?«

Goldlotos war bei diesen Worten feuerrot geworden, ließ den Kopf sinken und sagte lächelnd: »Ja! Es ist mein Mann.«

Simen Tjing blieb zunächst eine Weile stumm, und sein Gesicht hatte dabei einen starren Ausdruck, als ob er die Sprache verloren habe, dann rief er: »Welch ein Unrecht!«

Goldlotos warf einen Seitenblick auf ihn und sagte mit leiser Stimme: »Ihr habt doch keine Kränkung erlitten! Warum sprecht Ihr von Unrecht?« Simen Tjing erklärte, er habe es ihretwillen gesagt. Im übrigen sprudelte er nun fast über mit Redewendungen wie »meine Gnädige hier«, »meine Gnädige da«. Sie spielte mit gesenktem Kopf an ihrem Rocke, kaute am Saume des Ärmelrandes, biß im heftigsten inneren Widerstreit hörbar auf ihren Ärmelrand und mußte dabei ihre Seitenblicke auf Simen Tjing gleiten lassen. Simen Tjing entschuldigte sich plötzlich, es sei ihm zu heiß, zog sein Obergewand aus grüner, faltiger Seidengaze aus und sagte: »Ich bitte die Dame um die Bemühung, es über das Geländer von Mütterchens Lagerstatt zu legen.«

Goldlotos wandte sich ab, und, ohne das Gewand in Empfang zu nehmen, bemerkte sie leise lachend: »Eure eigenen Hände sind doch nicht abgefallen, warum Euch also noch anderer Leute bedienen?«

»Wenn die Dame es für meine Wenigkeit nicht ablegen will, muß ich es eben selber tun!« Simen Tjing lachte und warf sein Gewand mit ausgestreckter Hand über den Tisch hinweg auf die Lagerstatt. Dabei fegte er absichtlich eines seiner Eßstäbchen vom Tische hinunter, und wie es die Schicksalsfäden der Liebe bestimmt hatten, rollte es gerade unter Goldlotos' Rock. Simen Tjing schenkte Wein ein und trank ihr zu. Sie lachte, beachtete ihn aber nicht weiter. Er schickte sich nun an, die Eßstäbchen zu ergreifen, um Goldlotos zum Zulangen und Essen aufzufordern, doch, eines seiner beiden Eßstäbchen fehlte ihm. Goldlotos beugte den Kopf und schob es lachend mit ihrer Fußspitze hervor: »Ist das nicht Euer Eßstäbchen?« Simen Tjing näherte sich ihr bei diesen Worten und bemerkte: »Oh, da ist es!«

Er hockte nieder, hob aber nicht das Stäbchen auf, sondern streichelte die gestickte Blüte auf ihren Schuhen. Goldlotos lachte und machte Miene aufzustehen.

»Warum belästigt Ihr mich in dieser Weise? Ich soll wohl schreien!«

Nun fiel Simen Tjing vor ihr auf die Knie.

»Meine Dame, habt doch mit meiner Wenigkeit Mitgefühl!« Er streichelte ihr Beinkleid. Sie schob seine Hände zur Seite.

»Ihr werdet aufdringlich. Ich sollte Euch eine kräftige Ohrfeige versetzen!«

»Und wenn Ihr mich totschlüget, meine Gnädige, so würde ich das noch als ein schönes Erlebnis ansehen!« antwortete Simen Tjing lachend. Dabei trug er sie ohne weiteres auf den Armen gerade zu Frau Wangs Bett, entkleidete sie, nachdem er ihren Gürtel gelöst hatte und vergnügte sich mit ihr auf den Kissen.

Ursprünglich hatte sie der Patrizier Dschang verführt. Doch dieses alten Mannes Dingelchen war weich. Dann hatte sie Wuh Da geheiratet. Du lieber Leser, versuche dir nur einmal vorzustellen, wie kräftig wohl das eines Dreikäsehochs sein kann! Nun war sie an Simen Tjing geraten, der, in der Wollust alt erprobt, ein gar gewaltiges hatte.

So tummelt auf dem Wasser,
eng Hals an Hals gefügt,
von Mandarinen-Entlein
ein Pärchen sich vergnügt.
So geht auch miteinander
dicht Kopf an Kopf beim Flug
hin über Blumenauen
des Phönixpaares Zug.
So auch es unermüdlich
wie Glücksempfindung rauscht,
was von ganz dicht gewachs'nen
Zweiglein wird ausgetauscht.
Und auch das Paar der Teile
zum Gurt-Eintrachtsverschluß
in einheitlichem Herzstück

sich gerne schließen muß. –
Er drückt mit seinen Küssen
die Lippen an sie fest,
schräg rückgelehnt ihr Antlitz
sie sich's gefallen läßt.
Die seid'nen Strümpfchen heben
sie weit hinauf empor:
Ob seiner Schulter streben
zwei Neumondsicheln vor.
Die gold'nen Haarschmuckpfeile
bekamen schrägen Hang;
des Haupthaars dichte Wolke
aufs Kissen niedersank.
Er schwört ihr meerestiefe
und bergefeste Treu
mit seinem Liebesspiele
auf tausend Arten neu.
Sie schien zuerst zu scheuen
das Wolken-Regen-Spiel,
und doch ist Lustempfindung
ihr tausendfältig Ziel.
Im rechten Augenblicke
dringt an des Ohrs Bereich
von ihr ein heller Lockruf
dem der Goldamsel gleich.
Es fließt der süße Speichel
zusammen ihr im Mund,
und lachend schiebt hervor sie
der Zungenspitze Rund.
Der schlanken Hüften Adern
zieht Frühlingsglück in Bann;
ihr kirschenrotes Mündchen
hält fast den Atem an.
Die Umwelt nur verschwommen
sehn ihre Äugelein.
In Hunderten von Tröpfchen
stellt feiner Schweiß sich ein.
Und während noch ihr Busen
in weicher Woge bebt,
wird die Päonienblüte
durch reichen Tau belebt.

Ein völliges Verknoten
des Paares kam zurecht,
zwar heimlich und verboten
und dennoch wirklich echt.

Wolken und Regen waren vorüber. Sie kleideten sich an und waren gerade dabei, die letzte Hand anzulegen, da stieß die alte Wang die Tür auf und trat ein. Wie mit höchstem Erstaunen und einer gewissen Verwunderung schlug sie die Hände zusammen und sagte in gedämpftem Tone: »Ihr macht mir ja schöne Sachen!«

Die Alte wandte sich an Goldlotos.

»Ich habe Euch hergebeten, mir ein Kleid zu fertigen, aber das bedeutet nicht, daß Ihr Euch hier heimlich mit Mannsleuten einlassen dürft. Wenn Euer Herr Gemahl davon erfährt, wird er mich dafür verantwortlich machen. Da scheint es mir ratsamer, ich geh' gleich hinüber und berichte ihm alles.« Sie drehte sich um, bereit fortzugehen.

Goldlotos hielt sie an ihrem Rock zurück und flehte mit gesenktem, von Scham gerötetem Antlitz: »Mütterchen, verzeiht!«

»Ja, aber nur, wenn Ihr mir unbedingt Folge leistet!« erklärte die alte Wang. »Von heute an dürft Ihr, ohne daß der große Wuh etwas merkt, des Oberrats Neigung nicht abweisen. Ob ich Euch früh morgens oder spät abends rufe, Ihr müßt immer sofort kommen. Tut Ihr es, dann lasse ich die Sache auf sich beruhen. Solltet Ihr aber eines Tages nicht kommen, so erzähle ich alles sofort dem großen Wuh.«

Vor tiefster Scham brachte Goldlotos kein Wort heraus, doch die alte Wang drängte: »Antwortet mir rasch!«

Goldlotos wandte sich ab, verhüllte ihr Gesicht und sagte leise, sie werde kommen. Die alte Wang wandte sich nun an Simen Tjing: »Herr Oberrat, Ihr braucht mir natürlich nichts zu sagen. Diese erfolgreiche Unternehmung ist nun hundertprozentig vollendet. Ihr dürft Euer Wort hinsichtlich dessen, was Ihr zugesagt habt, nicht brechen. Wenn Ihr Euch mir gegenüber undankbar erweist, werde ich auch die Sache dem großen Wuh verraten.«

»Mütterchen, seid ganz beruhigt! Ich werde Euer Vertrauen in mich nicht enttäuschen«, bemerkte Simen Tjing.

»Für Euer beider Worte gibt es kein besseres Beweisstück«, meinte die alte Wang. »Es lasse ein jedes in des anderen Hand ein Erinnerungsstück. Durch die Annahme läßt sich die Aufrichtigkeit erkennen.«

Simen Tjing zog sofort aus seinem Haare einen goldenen Pfeil und steckte ihn Goldlotos in den Haarknoten. Sie zog ihn indessen wieder heraus unb verbarg ihn in ihrem Ärmel aus Besorgnis, der große Wuhe möchte ihn sehen und Verdacht schöpfen. Auch lehnte sie es ab, irgend etwas herzugeben, doch die alte Wang zupfte ihr ein weißes Schweißtüchlein aus Hangdschou-Krepp aus dem Ärmel und reichte es Simen Tjing, der es zu sich steckte. Alle drei tranken nun zusammen noch ein paar Schälchen Wein. Da es inzwischen später Nachmittag geworden war, erhob sich Goldlotos mit der Bemerkung, sie müsse heimgehen. Sie verließ eilig die alte Wang und Simen Tjing und strebte durch die hintere Pforte nach Hause. Dort ließ sie sogleich den Vorhang herunter. In diesem Augenblick kam auch der große Wuh zurück.

Simen Tjing anblickend, fragte die alte Wang: »War es nicht ein guter Kniff?«

»Ich muß mich entschieden bei Euch bedanken, Mütterchen, ein ganz ausgezeichneter.«

»War das Geschöpfchen sehr leidenschaftlich?« erkundigte sich die Alte.

»Sie ist eine Frau von leidenschaftlicher Glut, wie sie nicht mit Worten zu schildern ist«, bemerkte Simen Tjing.

»Dann vergeßt nicht, was Ihr mir versprochen habt!«

»Sobald ich nach Hause komme, hole ich das Silber und bringe es her«, beruhigte Simen Tjing sie.

Am nächsten Tag erschien er wieder und bestellte seinen Tee. Als die alte Wang ihn aufgefordert hatte, Platz zu nehmen, etwas Tee rasch zubereitet und ihm vorgesetzt hatte, zog Simen Tjing aus seinem Ärmel ein Päckchen von zehn Unzen Silber hervor und reichte es der Alten. Geld und Gut machen auf jedermann in der ganzen Welt Eindruck. Als Frau Wang mit ihren schwarzen Augen das schneeweiß glänzende Silber erblickte, war ihre Freude überwältigend. Sie nahm das Silber an sich und wünschte hintereinander gleich zweimal zehntausendfältigen Segen. Dann schritt sie durch die hintere Pforte ihres Anwesens hinaus zu Goldlotos.

Diese war gerade damit beschäftigt, das Essen für ihren Mann, den großen Wuh, aufzutragen. Als es an ihrer Haustüre pochte, fragte sie Willkomm, wer erschienen sei. Diese meldete, Muhme Wang sei da, um eine Fülldose zu leihen. Goldlotos kam eiligst vor, die alte Wang zu begrüßen: »Mütterchen, hier ist die Fülldose! Nehmt sie nur mit!« Gleichzeitig forderte sie die alte Wang auf, Platz zu nehmen. Diese lehnte ab: es sei niemand bei ihr zu Hause, ließ aber durch Handbewegung Goldlotos wissen, daß Simen Tjing gekommen sei, und entfernte sich mit der Fülldose. Goldlotos drängte nun den großen Wuh, rasch zu essen und seine Traglast auszutragen. Sie begab sich in die oberen Räume, puderte sich erneut, vertauschte ihr Obergewand mit einem reizvollen frischen Kleid und hieß Willkomm sorgfältig auf das Haus achten.

»Ich geh' zur Muhme Wang, werde dort nur ein Weilchen sitzen und gleich wiederkommen. Sollte der Vater heimkehren, so melde es mir! Wenn du nicht hörst und tust, was ich dir auftrage, werde ich dich kleinen Taugenichts verdreschen, daß dir die Fetzen herunterfliegen.«

Simen Tjing empfand Goldlotos' Nahen, als habe sie sich vom Himmel herniederbegeben. Beide setzten sich Schulter an Schulter und Hüfte an Hüfte. Die alte Wang brachte ihnen Tee. Sie erkundigte sich dabei, ob der große Wuh gestern bei der Rückkehr seiner Frau nicht Fragen gestellt habe. Goldlotos berichtete, er habe sich nur erkundigt, ob denn des alten Mütterchens Kleid noch nicht fertig sei. Sie habe darauf geantwortet, das Kleid sei schon fertig, doch sie arbeite jetzt für Mütterchen noch Sterbeschuhe und Sterbestrümpfe. Simen Tjing betrachtete jetzt Goldlotos sorgfältiger und eingehender. Sie erschien ihm schöner als beim ersten Zusammensein. Sie hatte Wein getrunken. Obgleich sie gepudert war, drang die Rötung des Antlitzes durch das Weiß des Puders durch. Lockig hingen die Schläfenhaare herunter und verschönten das Bild.

Simen Tjing konnte sie nicht genug preisen. Er drückte sie an seine Brust. Dann hob er ein wenig ihren Rock an, so daß ihre zierlichen Füßchen sichtbar wurden, an denen sie Schuhe aus rabenschwarzem Atlas trug. Sie maßen gerade eine halbe Fingerspanne. Darüber geriet er immer wieder in Entzücken. Sie tranken, plauderten und scherzten. Auf Goldlotos' Frage nach seinem Alter teilte Simen Tjing ihr mit, daß er siebenundzwanzig sei. Goldlotos erkundigte sich, wieviel Frauen er habe. Er gab zur Antwort, außer seiner Hauptfrau habe er noch drei, vier Gefährtinnen, von denen indessen keine einzige ihm recht gefalle. Auf die weitere Frage, wie viele Söhne er habe, bemerkte er, daß er nur eine Tochter besitze, die demnächst heiraten werde, sonst aber keine jüngeren Kinder. Simen Tjing stellte seinerseits ein paar scherzende Fragen und zog dann aus seinem Ärmel eine silberne Kapsel hervor, die außen vergoldet und mit einem durchbohrten

Herzen geschmückt war. Sie enthielt Kuchen mit Tee- und Gewürzfüllung. Er reichte Goldlotos etwas davon mit seiner Zungenspitze. Laut küssend fielen sie sich in die Arme und herzten sich. Von Lust übermannt entblößte Simen Tjing sein Glied und ließ Goldlotos es mit ihren zarten Händen betasten und damit spielen. Simen Tjing hatte von Jugend auf mit den Buhldirnen aller Straßen und Gassen verkehrt und besaß nun ein prächtiges Ding.

Als sich Goldlotos nach einem Weilchen entkleidet hatte, betastete und betrachtete Simen Tjing ihre Schoßöffnung. Sie war völlig unbehaart und glich ganz einem weichen, saftigen, rötlich gesprenkelten, eben aus dem Behälter herausgenommenen Kuchen mit Fruchtfüllung. Männer, Tausende, hätten sie liebgewonnen und Zehntausende hätte es nach etwas so Schönem gelüstet.

Von jenem Tage an kam Goldlotos täglich zu Frau Wangs Behausung und traf sich dort mit Simen Tjing. Die gegenseitige Zuneigung und Liebe der beiden kittete sie fest zusammen.

Es war noch kein Monat verstrichen, so wußten in den Häusern der Straße und des Stadtviertels alle um die Sache, nur der Betrogene erfuhr nichts.

Die seltsame Kurtisane

(Aus dem »Chinesischen Dekameron«)

Zur Zeit des Kaisers Hung-wu von der Ming-Dynastie lebte in der Stadt Kanton ein junger Mann mit Namen Tiän-Tschu, mit Beinamen Ming-i. Sein Vater hieß Tiän-pe-lu. Derselbe wurde in der Folge als Unterrichtsinpektor nach der Stadt Tsching-tu versetzt und begab sich alsbald auf seinen Posten, indem er seine Familie mitnahm.

Ming-i war ein schöngewachsener junger Mann und ein lustiger Gesellschafter, er übertraf in allen Dingen sämtliche übrigen jungen Leute seines Alters. Er schrieb ebenso schön, als er malte, und spielte die Laute ebenso gut wie das Damenspiel. Die Studenten liebten ihn daher wie ihren Augapfel und suchten sich täglich seines Umgangs zu erfreuen.

Nachdem er ein Jahr in Tsching-tu verweilt hatte, wollte ihn sein Vater nach Kanton zurückschicken; seine Mutter aber, die ihn zärtlich liebte, konnte sich nicht entschließen, ihn fortzulassen. Da das Gehalt Pe-lus sehr gering war und die Reisekosten sehr bedeutend, so beriet er sich mit einigen Graduierten der höheren Unterrichtsanstalt, ob es nicht besser wäre, hier in Tsching-tu eine Gelegenheit zur weiteren Ausbildung für seinen Sohn zu suchen. Wenn derselbe sich den Studien zu widmen und zugleich etwas Geld zu verdienen vermochte, um eines Tages die Kosten der Rückreise zu bestreiten, so würde hierdurch ein doppelter Vorteil erreicht worden sein. Da die Befragten Ming-i sehr liebten und sein Bleiben in der Stadt wünschten, so sahen sie sich überall nach einer Stelle für ihn um; sie erfuhren dabei, daß unweit der Stadt ein reicher und vornehmer Mann mit Namen Tschang einen Erzieher für seine Kinder suchte, und sie empfahlen ihm Ming-i. Herr Tschang übertrug ihm darauf die Stelle und ersuchte ihn unmittelbar mit dem neuen Jahre, nach dem Laternenfest, seine Lektionen anzufangen.

Nachdem der Tag herangekommen war, begab sich Ming-i nach der Wohnung des Herrn Tschang, begleitet von seinem Vater und einer großen Anzahl seiner Freunde, junge Leute von Ruf, und die bereits einen Grad erlangt hatten.

Herr Tschang hatte ehemals die Stelle eines Kommissars im Postwesen bekleidet und befand sich infolgedessen in sehr günstigen Vermögensverhältnissen. Als er den alten Herrn Professor mit allen diesen ausgezeichneten jungen Leuten in sein Haus kommen sah, freute er sich ungemein und lud sie sämtlich ein, bei ihm zum Mittagessen zu bleiben.

Nachdem das Diner zu Ende war, trennte man sich, und Ming-i zog sich zum Schlafen in das Zimmer zurück, welches ihm als Schulstube angewiesen war.

Als das Blumenfest herannahte, hatte Ming-i den Wunsch, seine Eltern zu besuchen, und erbat sich bei Herrn Tschang die Erlaubnis dazu. Dieser gestattete ihm nicht nur zu gehen, sondern machte ihm noch ein Geschenk von zwei Unzen Silber. Nachdem Ming-i die beiden Silberstücke in den Ärmel seines Kleides gesteckt, begab er sich auf den Weg.

Wie er so dahinschritt, kam er an einen Ort, wo Pfirsichbäume in voller Blüte ein dichtes Wäldchen bildeten. Während seiner ganzen Wanderung war die Gegend sehr ländlich und schattig gewesen, und Ming-i hatte das Herz so voller Freude, daß er jetzt einen Augenblick stehenblieb, sich an der Aussicht zu ergötzen. Da gewahrte er in dem Pfirsichdickicht ein schönes Mädchen, welches sich unter den Blumen zu verstecken suchte. Da er sie für eine anständige Dame hielt, so wagte er nicht, sie fest ins Auge zu fassen, sondern setzte unverzüglich seinen Weg fort; er nahm indessen unwillkürlich einen anmutigen und koketten Gang an. Indem er dabei den Arm senkte, ließ er, ohne es zu merken, das Geld aus dem Ärmel fallen. Die junge Dame bemerkte es sofort und befahl ihrer Kammerjungfer, das Geld aufzuheben und es seinem Eigentümer zurückzugeben. Ming-i empfing es lachend, bedankte sich und setzte seinen Weg fort.

Am andern Morgen schlug er absichtlich denselben Weg ein, und als er an die Stelle kam, sah er die junge Dame mit ihrer Kammerjungfer vor der Tür ihres Hauses stehn. Wie er an dieser Tür vorbeiging, zeigte die Kammerjungfer mit dem Finger auf ihn und sagte zu ihrer Herrin:

»Siehe, da kommt der Herr, der gestern sein Geld verlor.«

Die junge Dame trat darauf ein wenig in die Tür zurück, Ming-i aber, da er den Schluß machte, daß die Kammerjungfer von dem gestrigen Zufall gesprochen, näherte sich einige Schritte und sagte: »Ich bin Ihnen sehr verbunden, mein Fräulein, daß Sie gestern die Güte gehabt, das Geld aufheben zu lassen, welches ich verloren; ich komme heute ausdrücklich, um Ihnen dafür zu danken.«

Nachdem die junge Dame die Worte vernommen, ließ sie ihn durch die Kammerjungfer bitten, einige Augenblicke in den Salon zu treten, damit sie ihm guten Tag sagen könne.

Entzückt von dieser Einladung, setzte er sich seine Mütze so elegant wie möglich auf, strich seine Kleider glatt und trat über die Schwelle, wo er von der jungen Dame empfangen und in den Salon geführt wurde.

Nach den üblichen Begrüßungen und Höflichkeiten öffnete die junge Dame den Mund und fragte ihn, ob er nicht Erzieher im Hause des Kommissars Tschang wäre?

»Allerdings«, antwortete Ming-i, »und ich hatte gestern den Unterricht unterbrochen, um mich nach dem elterlichen Hause zu begeben, als ich hier im Vorbeigehen jene Kleinigkeit fallen ließ, die Sie die außerordentliche Güte hatten, mir durch Ihre Kammerjungfer wieder zustellen zu lassen; ich bitte Sie, für diesen Dienst meinen aufrichtigen Dank annehmen zu wollen.«

»Die Familie Tschang«, erwiderte die junge Dame, »ist auch meine Familie, und ich sehe ihren Erzieher so an, als wenn er der meinige wäre. Eine Kleinigkeit wie die Wiedererstattung Ihres Geldes verdient daher keine besondere Danksagung.«

»Ist es mir erlaubt«, versetzte Ming-i, »zu fragen, welches der Name Ihrer geehrten Familie ist und welche Verwandtschaft zwischen Ihnen und meinem Gönner besteht?«

»Der Name meiner armseligen Familie«, sagte die junge Dame, »ist Ping, eine alte Familie der Stadt Tsching-tu. Ich bin die Tochter eines gewissen Siä aus Mun-hiao und ich war mit einem Sohn der Familie Ping, namens Kang, verheiratet. Da mein Gemahl unglücklicherweise sehr bald nach unserer Hochzeit gestorben ist, so habe ich mich in diesem Landhause niedergelassen, um hier meine Witwenschaft zu verleben. Durch meine Verheiratung bin ich die Verwandte Ihres ausgezeichneten Gönners geworden und Sie, mein Herr, gehören auf diese Weise auch zur Familie.«

Als Ming-i vernahm, daß sie Witwe sei, wagte er nicht, länger zu bleiben; nachdem er daher seine beiden Tassen Tee getrunken hatte, erhob er sich und empfahl sich ihr.

Aber die junge Dame sagte zu ihm:

»Verweilen Sie doch noch etwas bei mir, mein Herr, und verbringen Sie hier Ihren Abend. Denn wenn Ihr ausgezeichneter Gönner erfährt, daß Sie hier gewesen sind und daß ich Sie nicht zum Bleiben genötigt und gut bewirtet habe, so wird er das übelnehmen.«

Sie befahl darauf sofort, das Abendessen anzurichten, und nach einigen Augenblicken nahmen sie beide an einer reichbesetzten Tafel Platz. Während des Essens munterte sie ihn zum Trinken auf, und unversehens legte sie im Plaudern den Zwang ab und ließ einige freie Worte in die Unterhaltung einfließen. Da Ming-i dies dem nahen Verwandtschaftsverhältnis zwischen ihr und seinem Gönner zuschrieb, so hielt er sich zurück und wagte sich nicht frei gehen zu lassen, obwohl er seine prickelnden Begierden kaum im Zaume zu halten vermochte.

»Ich habe von Ihren eleganten Manieren und Ihren hervorragenden Talenten sprechen hören«, sagte die junge Dame, »aber heute haben Sie ein so grämliches Aussehen wie ein Schulmeister. Ich verstehe auch ein wenig zu singen, obwohl ich kein Talent dazu habe. Da ich aber heute mit einem Musikkenner zusammengetroffen bin, so wage ich nicht zu viel Bescheidenheit zu zeigen. Ich werde Ihnen einige meiner Versuche vorlegen und einige Lieder mit Ihnen singen. Ich würde mich glücklich fühlen, wenn Sie nicht zu geringschätzig darüber urteilen würden.«

Und ihre Zofe rufend, um die Dichtungen zu holen, welche sie aus den berühmten Meistern der Tang-Dynastie ausgewählt und abgeschrieben, zeigte sie dieselben Ming-i.

Nachdem dieser sie aufmerksam betrachtet, sah er, daß es sämtliche Manuskripte aus der Zeit der Tang-Dynastie waren, und zwar Gedichte und Schriften zum größten Teil von Yüantschin, von Tu-mu und von Kao-piän verfaßt. Sie hatten das Aussehen, als wenn sie eben geschrieben wären. Ming-i betrachtete sie mit Entzücken, er konnte sich nicht entschließen, sie aus der Hand zu legen, und rief aus:

»Das ist ein seltener Schatz! Sie, gnädige Frau, beschäftigen sich mit Dingen, welche von der Hand der Dichter des Altertums herrühren!«

Die schöne Dame dankte ihm mit Bescheidenheit, und in eine geistvolle Unterhaltung vertieft, kam ihnen die zehnte Stunde der Nacht heran, ohne daß sie es gemerkt hatten. Ming-i weigerte sich nun, noch weiter Wein zu trinken, aber die schöne Dame bat ihn, mit in ihr Schlafzimmer zu kommen; sie legte ihre Ohrringe ab und sagte zu ihm:

»Ich wohne hier schon seit langer Zeit ganz allein, da ich aber heute abend sehe, daß Sie so liebenswürdig und höflich sind, so kann ich nicht umhin, Sie ein wenig zu lieben, und ich biete Ihnen an, mir Gesellschaft zu leisten.«

»Ich würde nie gewagt haben, Sie darum zu bitten«, rief Ming-i, »obwohl es mein glühendster Wunsch ist.«

Nachdem sie sich alsdann entkleidet hatten, schritten sie auf das Bett zu, glücklich wie im Wasser zappelnde Fische und die ganze Welt über ihrer Liebe vergessend.

Als sie auf ihrem Kopfkissen lag, empfahl sie ihm inständig, vorsichtig zu sein und nicht leichtsinnig zu plaudern:

»Wenn dein Gönner es erführe, so würden meine Tugend und mein Ruf wie der deine unwiederbringlich vernichtet sein.«

Am Morgen machte sie ihm einen Briefbeschwerer aus Nephrit zum Geschenk, welcher einen schlafenden Löwen darstellte. Dann begleitete sie ihn bis zur Tür und sagte zu ihm:

»Wenn Sie nichts Besseres zu tun haben, so kommen Sie wieder her, aber folgen Sie nicht dem Beispiel der Leute ohne Herz und Zuverlässigkeit!«

»Es ist wirklich nicht nötig, mir das anzuempfehlen«, erwiderte ihr Ming-i.

Zur Schule zurückgekehrt, täuschte er den Vater seiner Zöglinge und sagte: »Meine Mutter kann sich an meine Abwesenheit nicht gewöhnen und wünscht, daß ich jede Nacht zu Hause schlafe. Da ich ihr nicht ungehorsam zu sein wage, möchte ich von jetzt ab jeden Morgen zur Schule kommen und des Abends nach Hause zurückkehren.«

Da sein Chef glaubte, daß er die Wahrheit sagte, so bewilligte er sein Gesuch.

Während Ming-i Herrn Tschang gegenüber vorgab, daheim zu nächtigen, erzählte er daheim, daß er in der Schule schliefe; und so brachte er jede Nacht im Hause der schönen Dame zu.

Ein halbes Jahr war verflossen, ohne daß man es gewahr geworden. Ming-i und seine Schöne sahen die Blumen an, betrachteten den Mond, tranken und sangen, alle menschlichen Freuden bis zum Grunde erschöpfend. Sie sangen beide, indem sie sich abwechselnd begleiteten, sie machten Verse, wie zum Beispiel vierundzwanzig Strophen auf das Fallen der Blüten, und fünfzig Strophen auf die klare Mondscheinnacht. Wetteifernd in Geschick und Eleganz und durch den Wettkampf sich vervollkommnend, dichteten sie eine erstaunliche Anzahl von Versen, durch deren Mitteilung ich die Leser zu ermüden fürchte. Ming-i hielt gleichen Schritt mit der schönen Dame, zu ihrer großen Freude; und in der Tat, es war ein junger Mann von Talent und eine schöne Frau, welche im guten Geschmack sich gegenseitig übertrafen.

Wir verzichten darauf, ihre Seligkeit zu schildern.

Unglücklicherweise dauern alle guten Dinge nicht ewig, und der Zeitpunkt ihres Endes mußte notwendig herankommen.

Eines schönen Tages traf der Kommissar Tschang zufällig in der Tür des Collegiengebäudes den Professor Pe-lu und sagte zu ihm:

»Ihr Sohn kehrt jede Nacht zu Ihnen zurück, es ist sehr mühselig, immer so hin und her zu laufen. Warum bleibt er nicht bei mir und schläft da? Das würde viel bequemer sein.«

»Nachdem er den Unterricht angefangen hat«, erwiderte ihm Pe-lu, »hat er ja immer in Ihrem Hause geschlafen. Nur da meine gute Frau letzthin krank war, habe ich ihn während dieser Zeit bei mir behalten; seitdem aber ist er nicht wiedergekommen, um bei uns zu schlafen. Ich verstehe daher gar nicht, was Sie meinen.«

Da der Kommissar Tschang merkte, daß hier irgendein Geheimnis verborgen war und Ming-i keine Ungelegenheit bereiten wollte, so schwieg er und empfahl sich.

Als aber Ming-i ihm am Abend wieder sagte, daß er zu den Seinigen zurückkehren wolle, erwiderte Herr Tschang keine Silbe, schickte ihm indes heimlich einen Schulwärter nach, um zu sehen, wohin er ginge. Der Diener tat, was ihm befohlen war, aber auf halbem Wege verlor er Ming-i plötzlich aus den Augen. Er lief rasch hinter ihm her und suchte ihn, da er ihn aber nirgends fand, so kehrte er um und erzählte seinem Herrn, was ihm zugestoßen.

»Er ist jung und leichtsinnig«, sagte der Kommissar, »er wird gewiß in ein Haus von schlechtem Ruf gegangen sein.«

»Aber es gibt kein einziges Haus von schlechtem Ruf auf diesem ganzen Weg«, erwiderte der Diener.

»So begib dich nach der Wohnung seines Vaters«, versetzte der Herr, »und frage dort nach ihm.«

»Es wird schon dunkel«, antwortete der Diener, »und ich fürchte, daß die Tore der Stadt bald geschlossen werden und ich nicht mehr zurückkehren kann.«

»So bleibe dort, und schlafe die Nacht in seinem Haus«, sagte Herr Tschang, »und komme morgen früh zu mir zurück.«

Am anderen Morgen kehrte der Diener mit der Nachricht zurück, daß Ming-i nicht nach Hause gekommen wäre. Wo, zum Teufel, kann er denn hingekommen sein? fragte sich der Kommissar. Gerade in diesem Augenblick kam Ming-i an.

»Wo hast du die letzte Nacht geschlafen?« fragte er ihn.

»Natürlich in meinem elterlichen Hause«, erwiderte Ming-i.

»Wie ist das möglich?« rief der Kommissar, »ich habe dich gestern abend, als du fortgingst, verfolgen lassen; da dich mein Diener auf halbem Wege aus den Augen verlor, so ist er unverzüglich in das Collegiengebäude gegangen, um dort nachzufragen; aber du warst nicht da. Wie kannst du mir also solche Geschichten erzählen?«

»Ich habe auf halbem Wege einen meiner Freunde getroffen, mit dem ich so viel geplaudert habe, daß ich erst spät in der Nacht bei den Meinigen ankam.«

»Ihr ergebener Diener hat die ganze Nacht in dem Hause Ihres Herrn Vaters verbracht«, unterbrach der Schulwärter, »er ist erst heute morgen zurückgekehrt. Ihr Herr Vater war infolge meiner

Nachfrage sehr bestürzt und hat sich sofort angeschickt, Sie zu suchen. Wie vermögen Sie daher zu behaupten, daß Sie die Nacht zu Hause geschlafen haben?«

Ming-i wußte keine Ausrede mehr zu finden und wechselte die Farbe.

»Wenn sich die Sache anders verhält«, sagte der Kommissar, »so sage es mir doch aufrichtig.«

Ming-i sah ein, daß er es nicht länger verbergen konnte, und erzählte ihm die Geschichte seines zufälligen Zusammentreffens mit Siä, aus der Familie Ping. Er fügte hinzu, daß er niemals gewagt haben würde, so pflichtvergessen zu handeln, wenn die Dame nicht eine Verwandte des Kommissars gewesen wäre.

»Aber ich besitze gar keine Angehörigen in dieser Gegend«, rief der Kommissar aus, »überdies gibt es in meiner ganzen Familie niemand, welcher den Namen Ping trägt. Es ist sicher ein Teufelsspuk, und ich rate dir, dich in acht zu nehmen und nicht wieder an den Ort zurückzukehren.«

Ming-i versprach es, aber im Herzen schenkte er den Worten des Kommissars keinen Glauben. Denselben Abend kehrte er zu seiner Schönen zurück und erzählte ihr, daß ihr Verkehr entdeckt sei.

»Ich wußte es schon vorher«, rief das schöne Mädchen, »bekümmere dich nicht zu sehr, mein lieber Freund, aber das dunkle Schicksal hat sich erfüllt.«

Sie trank alsdann einige Gläser Wein mit ihm, und darauf pflegten sie der Liebe. Als aber der Tag anbrach, sagte sie ihm schluchzend: »Nun werden wir getrennt sein für immer!«

Sie zog darauf ein Etui aus Agath hervor, welches Pinsel zum Tuschen enthielt, und überreichte es ihm mit den Worten:

»Dies ist eine Arbeit aus der Zeit der Tang-Dynastie, hebe es sorgfältig auf als Andenken.«

Nach diesen Worten trennten sie sich, heiße Tränen vergießend.

Unterdessen hatte der Kommissar Tschang, überzeugt, daß sein Gouverneur wieder die Nacht außer dem Hause verbringen würde, ihn im Schulzimmer suchen lassen, ohne ihn natürlich zu finden. Der Kommissar sagte darauf zu sich selbst: diese Geschichte muß sich aufklären, mein Herr Gouverneur; es ist eine Sache, die mich als Hausherrn angeht. Ich kann nicht umhin, seinen Vater in Kenntnis zu setzen.

Er begab sich darauf zu dem Collegiengebäude und erzählte Pe-lu die ganze Geschichte. Dieser schickte wütend sogleich einen Collegiendiener fort, um sich mit dem Schulwärter des Herrn Tschang in das Schulzimmer zu verfügen und ihn zu suchen.

Ming-i hatte zu derselben Zeit gerade seiner Schönen Lebewohl gesagt und kehrte nach dem Hause des Herrn Tschang zurück, indem er bei sich murmelte: Sie hat von einer ewigen Trennung gesprochen, aber sicherlich nur, weil sie ihren Ruf zu beflecken fürchtet. Ich werde mich während einiger Zeit zurückhalten und erst dann wieder zu ihr gehen, vielleicht werd' ich sie noch wiedersehen.

In diese Betrachtungen versenkt, wurde ihm der Befehl seines Vaters überbracht; er war verpflichtet, ihm zu gehorchen und sich zu ihm zu begeben. Kaum hatte Pe-lu ihn erblickt, als er ausrief:

»Du studierst deine Bücher nicht mehr, sondern treibst dich im Gegenteil in den Nächten umher.«

Ming-i, welcher auch den Kommissar Tschang im Zimmer erblickte, wußte nichts zu antworten. Als Pe-lu sah, daß er nichts sagte, flog er nach seinem Rohrstock und schlug ihm damit über den Kopf, indem er schrie: »Willst du die Wahrheit sagen!«

In dieser schlimmen Lage beichtete Ming-i das ganze Abenteuer seiner zufälligen Begegnung und wies das Buch mit den Versen vor, die sie zusammen gemacht, er zeigte auch den Briefbeschwerer und das Pinsel-Etui, welche sie ihm geschenkt hatte, und rief aus: »Konnte man umhin, von einer so schönen Dame entzückt zu sein, und kann man daraus deinem Sohn ein Verbrechen machen!«

Pe-lu nahm die Gechenke und das Gedichtbuch in die Hand und betrachtete alles aufmerksam. Der Nephrit hatte eine Färbung, als wenn er mehrere Jahrhunderte hindurch in der Erde gelegen hätte; während man auf dem Etui in antiken Schriftzeichen die Worte eingegraben las:

Ein Gerät zum bloßen Vergnügen,
Eigentum Raòs, aus der Stadt Pho-hä.

Darauf das Gedichtbuch entfaltend und aufmerksam prüfend, wurde er milder gestimmt und sagte zum Kommissar Tschang:

»Diese Gegenstände sind selten und bewundernswert, dazu sind die Verse elegant und anmutig. Dies ist kein alltägliches Wunder! Ich muß mich selbst mit meinem entarteten Sohne an Ort und Stelle begeben, um ihre Spuren aufzusuchen.«

Sie gingen darauf aus der Stadt heraus, und als sie bei dem Pfirsichhaine angelangt waren, rief Ming-i: »Hier ist es!« Als sie indessen in das Innere des Wäldchens eingedrungen waren, schrie er ganz außer sich: »Das Haus ist nicht mehr da!«

Bei diesen Worten machten Pe-lu und der Kommissar gleichzeitig lange Hälse, aber sie sahen nichts als das weiße Wasser und die grünen Berge. Die Stelle war dichtbesetzt mit Pfirsichbäumen, und im Unterholz verborgen befand sich ein einfaches Grabmal. Den Kopf schüttelnd, sagte darauf der Kommissar Tschang:

»Das ist es! Das ist es! Man erzählt, daß an diesem Platze das Grab einer Kurtisane aus der Zeit der Tang-Dynastie sei, welche Siä-tao hieß. Eine spätere Generation erinnerte sich des Verses Tisching-ku's:

Kleine Pfirsich-Blüten umgeben das Grab Siä-taos,

und sie pflanzte daher daselbst einige hundert Pfirsichbäume, um unter ihnen im Frühjahr spazierenzugehen. Jene Dame, welche Ihr ausgezeichneter Sohn getroffen hat, ist ohne Zweifel Siä-tao gewesen.«

»Welchen Grund haben Sie, um das zu glauben?« fragte Pe-lu.

»Sie hat gesagt«, antwortete der Kommissar, »daß sie mit Kang, dem Sohne Pings, verheiratet gewesen sei. Es ist klar, daß damit das Gäßchen Ping-kang gemeint ist. Außerdem hat sie von Mun-hiao gesprochen. Es gibt aber nirgends in der Stadt eine Straße dieses Namens. Wenn man dagegen die Charaktere Mun-hiao zusammenschreibt, so bilden sie das Zeichen Kiao, das heißt die Straße Kiao. Das Gäßchen Ping-kang in der Straße Kiao war aber der Ort, wo die Kurtisanen zur Zeit der Tang-Dynastie wohnten. Endlich hat sie den Namen Siä genannt: wenn es nicht Siä-tao gewesen ist, wer sollte es denn sonst gewesen sein? Übrigens befindet sich auf dem Pinsel der Name Kao, und Kaop-iän hieß der Statthalter der Provinz Sze-tschuan. Während er im Lande Tschu residierte, war Siä-tao seine Mätresse, und er hatte ihr ohne Zweifel diese beiden Gegenstände geschenkt. Obgleich Tao seit langer Zeit tot ist, so hat sich ihr Geist doch offenbar nicht verändert. Laßt uns daher nicht weiter in diese Geschichte eindringen!«

Pe-lu sah ein, daß der Kommissar das Richtige getroffen, und da er fürchtete, daß sein Sohn noch gegenwärtig von ihr behext sei, so entschloß er sich, ihn nach Kanton zurückzuschicken.

Ming-i erlangte später den Grad eines Doktors, er erzählte oft seine Abenteuer und zeigte zum Beweise die beiden Kleinode vor; aber obwohl er oft an die Geliebte dachte, so hat er sie niemals wieder gesehen.

E. T. A. Hoffmann

Louise und der Oberst

Louise von Willau, so hieß meine Mutter, ehe der Oberst diesen Namen gegen den seinigen einlöste, Louise v. Willau, hieß es in der ganzen Stadt Troppau, unter dem Pöbel und Adel der *haute parage* – ist ein herrliches Mädchen voll Witz, voll Verstand, voll gesunder Säfte, und ihr voller Busen und ihr biskuitzarter Steiß mehr wert als die ganze Geschichte von Troppau, die Akten ad acta auf dem stillen Rathause mit eingeschlossen.

Die Freundinnen Louises gingen in ihren Vergleichungen schon weiter.

Friederika von Bühlau, Lenchen von Glanzow, Franziska von Tellheim, Juliane von Lindorack und Emilie von Rosenau – diese fünf hatten einmal bei einer gemeinschaftlichen Badereise nach Eger die Reize Louises so von allen Seiten betrachtet, daß ihr bis jetzt keine unter ihnen den Preis streitig machen wollte. Doch ich schweife zu weit aus, wollte ich alles erzählen, was die gute Mutter mir zur Lehre, Nachahmung und Warnung mitteilte, ich würde von einem Skapulierfest bis zum anderen zu erzählen haben!

Aber die Szene, in welcher eigentlich meine Mutter den Oberst von Halden fing, die muß ich euch ausmalen.

Es war ein kleiner freundschaftlicher Damenzirkel bei ihr, und es hätte wie bei den Mysterien der *Bona Dea* keine Mannsperson Zugang haben sollen, da indessen jede unter den sechs Vereinigten einen Clodius hatte, den sie gern einzuspinnen wünschte in ihre vielbegehrende Weiblichkeit, so hatte man sich gleichsam stillschweigend das Wort gegeben, so viel Hosen einzulassen als Unterröcke ihre sechspfündigen – eigentlich sagten sie: sechs vernünftigen – Reize verhüllten.

Eine ganze Stunde hatten sie sich schon solo mit dem edlen L'Hombre beschäftigt, als Louise eine Karte fiel; Franziska, das ganze Spiel hindurch von einem ihr gerade gegenüberhängenden Gemälde, Apollo und Clytia im höchsten Genuß vorstellend, entzündet, gab wenig acht auf ihre Karte; jetzt aber, da Louise eine Karte unter den Tisch fiel, wollte sie den Zufall benützen und der Unterhaltung eine ihr anständige Wendung geben. Sie bückte sich

also rasch, hob die Karte auf und versteckte sie unter Louises Kleidung, und da diese eben mit geöffneten Lenden das Spiel leitete, so kam das witzige Dissipations-Diplom auf eine Stelle zu liegen, die wir alle kennen, und an dessen offenen Türen ich neun Monate auf das Licht der Welt warten mußte.

Louise schrie laut auf, und Franziska lachte.

»Du Sau!« schmollte Louise, deckte sich bis an den Nabel auf – und alle sahen das Blatt da liegen, wo eigentlich der Leichtsinn männlicher Tugend seit Joseph, seligen Andenkens, zu liegen kommen sollte, wenn es noch irgendeine Art von männlicher Tugend gäbe, die nicht bezweifelt zu werden verdiente.

»Ach, Louise, wie bist du so schön«, schrien jetzt alle zugleich, und Franziska hatte die Bosheit, ihr das herabgefallene Hemd wieder aufzuheben.

»Franziska, laß mich gehen!« rief jetzt ängstlich Louise, aber Franziska küßte sie schnell auf den Mund und fuhr ihr mit heißen Fingern an die Herzkammer der Liebe.

»O du bist auch gar zu unverschämt« zürnte jetzt meine Mutter und preßte ihre Lenden fest aufeinander.

Aber Franziska kannte Louise besser und fuhr fort, mit fleißigen Händen ihre Gefühle zu wenden, während diese dem Erwachen der Lust keinen besseren Einhalt zu tun wußte, als daß sie aufsprang.

Aber nun hatte sie das Übel ärger gemacht. Lenchen, die auf der anderen Seite saß, hob ihr schnell die wenigen leichten Röcke und das wie von Zephiren herum geschleuderte Hemd von hinten über den schneeweißen Hintern hinauf und griff ihre sämtlichen Reize mit lasziver Berührung so heftig an, daß Louise auf einmal still ward und unter den Händen der beiden geilen Mädchen alle Gewalt verlor, die sonst die Schamhaftigkeit noch in ihrer Macht hat, wenn man sie nicht im Zentrum aufsucht.

Zum Unglück für Louise rissen jetzt Juliane und Friederika sie über den Tisch, daß die Kartenblätter bis in das Futteral des beliebten und allerliebsten Cottaischen Spielalmanachs hineinfuhren, streiften ihr das zarte Hemd vollends über das heilige Kreuz hinauf und fingen an, ihr den herrlichen Steiß zu klatschen.

Louise riß die Geduld, mit Löwenstärke zog sie ihr Unterteil hin und her und entwickelte den herrlichen Bau ihrer Muskeln und das wollüstige Spiel ihrer Lenden mit so grazienähnlicher Furie, daß alle zugleich »Ah ah! wie schön! *allegro non troppo, piu presto – prestissimo!«* ausriefen.

Aber Louise währte der Spaß zu lange; ehe sich die unverschämten Mädchen versahen, hatte sie sich mit Gewalt ihnen entrissen, und – dort lagen sie alle vier, teils auf dem Boden, teils unter dem Tisch, der mit seinem ganzen Inhalt von chinesischem Porzellan, englischem Steingut und übriggelassenem Yemens-Nektar jetzt die Mutwilligen ärger drückte und verunzierte als der Alp auf nächtlichem Lager eine keuchende Unschuld.

»Nun, das ist doch zu arg!« fing Louise an und schüttelte ihre Kleidung, wie Wetzels Madame Arend, über das Verborgene ihrer Reize. »Ich helfe euch jetzt nicht! Ihr bringt mir das alles wieder in Ordnung, macht mir das Zerbrochene wieder ganz, ersetzt mir das Vergossene, oder ich lasse euch durch meine zwei Stallknechte so lange mit Ruten peitschen, bis das von selbst geschieht.«

Alle lachten, aber Louise ging zornig zum Zimmer hinaus und verschloß hinter sich.

Die Gefangenen fingen an aufzuräumen, allein es ging ihnen mit der wiederherzustellenen Ordnung, besonders dem *Restitutio in integris* wie den ägyptischen Zauberern mit den Läusen Jehovas – sie konnten das zerbrochene Porzellan und das Steingut nicht wieder ganz machen und schrien laut: »Da sind die Engländer und die Chinesen dran schuld!«

Louise sah dem Geschäfte, das einer Mediations-Akte ähnelte, keinem himmlischen Gerichte, lächelnd durch das Schlüsselloch zu, und die drinnen fingen an, sich aufs Bitten zu legen.

Aber Louise war unerbittlich!

»Jetzt gehe ich«, rief sie durchs Schlüsselloch, »und rufe den Jeremias und den Anton, lasse euch die Kleider aufheben und auf die bloßen Hintern so lange peitschen, bis eure Untugenden euch aus der Haut herausfahren.«

Die Mädchen fingen nun gar an zu weinen, versprachen den Schaden zu vergüten und sich überdies noch jeder Züchtigung zu unterwerfen, die sie nur selbst an ihnen zu vollziehen im Sinne haben möchte; aber den Jeremias und den Anton müßte sie weglassen, sonst würden sie ihr in diesem Leben nicht mehr gut, im Gegenteil aber ihre ärgsten Feindinnen werden und bleiben.

»Gut«, versetzte meine Mutter, »wollt ihr den Schaden ersetzen und euch einer wohlverdienten Züchtigung unterziehen, so sollen Jeremias und Anton im Stall bleiben, und ich werde sogleich mit einem Paar Ruten erscheinen und euch wie Gideon das Fleisch zerhauen.«

Lenchen lief ans Schloß inwendig und blies meiner Mutter entgegen: »Mach auf, Beste, wir unterwerfen uns der Strafe, aber Jeremias und Anton bleiben bei den Pferden.«

»Wartet, ihr jungen Fohlen, ich will euch striegeln«, rief Louise, lief in den Garten, brach und schnitt ein Dutzend Rosenzweige samt ihren ersten Knöspchen ohne Barmherzigkeit ab und eilte wie eine Erinnye aus der Unter- in die Oberwelt, um ihre zerbrochenen Opfergefäße zu rächen.

Den Busen entblößt, die Haare in wilder Bacchantinnen-Mode um die Schultern fliegend, öffnete Louise die Tür des Gefängnisses, und alle kamen ihr trotzend mit schallendem Gelächter entgegen.

Louise schwang den Thyrsusstab ihrer Rosenknöspchen drohend gegen die mutwilligen Nymphen, deklamierte in pythischer Wut:

Silence! imposture outrageante!
Déchirez-vous, voiles affreux;
Patrie auguste et florissante,
Connais-tu des temps plus heureux?

Und sie verlangte gebieterisch, daß Lenchen, Franziska und Juliane sich aufdecken solten; aber Franziska trat vor die Mädchen hin und entgegnete:

Favorite du Dieu de la guerre,
Héroine! dont l'éclat nous surprend
Pour tous les vainqueurs du parterre,
La plus modeste et la plus grande.
Voltaire.

»Was du glaubst, Fränzchen«, versetzte lachend Louise und legte die Rosenzweige aufs Sofa, »will ich jetzt prüfen, komm her, hierher zum Apollo und zur Clytia: und nun büße, was du getan hast.«

Ehe noch Franziska sich zu besinnen vermochte, stand sie schon mit nackendem Unterteil vor dem weiblichen Areopag, der, entzückt über die Schönheit ihres Hintern, mit einem dreimaligen Händeklatschen sein Lob aussprach.

Louise legte ihr Röcke und Hemd über das glühende Gesicht und befahl Emilie, es ihr auf dem Busen festzustecken. Franziska hielt die zarten jungfräulichen Lenden fest aneinander; wie ihr aber Emilie das Hemd unter den Gewändern vom schön gerundeten Bäuchlein zog und die ganze entzückende Gegend vom noch buschlosen Ida bis zum Wendezirkel hinauf enthüllte, da wurde auch jener reizende Tempel von Amathunt sichtbar, den wir uns so gern in der Nachbarschaft des olympischen Gottes denken, wenn er, gereizt von seiner Schönheit, den eigenen verläßt und auf Cytherens Altären opfert.

Louise, beinahe neidisch über den Anblick so vieler Schönheit, ergriff jetzt Juliane und Lenchen, stellte sie zu Franziska in ein Dreieck, ließ sie von Emilie und Friederika ebenso aufschürzen, band sie alle drei mit ihrem Busentuch um die Mitte des Leibes fest

zusammen, ergriff die Rosenzweige, nannte Fränzchen Aglaja, Lenchen Thalia, Juliane Euphrosine und peitschte so grausam auf die sechs schuldlosen Hinterbacken los, daß die Grazien ihre schöne Stellung nach Wieland in größter Unanständigkeit für eine wilde Jagd der Artemis erklärten, in heftigen Bewegungen die angelegten Fesseln zerrissen, mit Gewalt nach wenigen Minuten sich frei machten und wie Mänaden, nicht wie Wielands Grazien, herumsprangen.

Louise hatte nun ihre Rache abgekühlt, aber die drei gestraften Grazien verlangten jetzt, daß ihre Mitgehilfen, die Schwestern der ewig spröden Psyche, gleichfalls gezüchtigt, und Psyche selbst sich ihrem Urteil und Gericht unterwerfen sollte.

Schnell ergriffen die Bestraften die Mitschuldigen, legten eine nach der anderen über den Stuhl, auf dem vorhin Psyche Louise ihre ätherischen Reize preisgeben mußte, deckten ihr den Hintern auf, und Louise mußte den niedlichen Erhöhungen die nämliche Strafe widerfahren lassen, die sie vor wenigen Minuten außer sich selbst gesetzt hatte.

Kaum war dieses geschehen, kaum hatte Friederika, als die letzte, ihre demütige Stellung verlassen, so hörten die wieder versöhnten Freundinnen Sporengeklirr und sahen den Oberst von Halden und den Leutnant Söller in der offengelassenen Saaltür stehen und überrascht hereinblicken.

Louise ging ihnen mit der größten Unbefangenheit entgegen, hieß sie willkommen und fragte, welcher launige Zufall den bekannten Weiberhasser und den noch bekannteren Bacchus-Bruder so auf einmal in die untere Geister-Sphäre von sechs unverschanzten Weiberseelen hineingetrieben habe?

Der Oberst war gewissermaßen ein Siegfried von Lindenberg und sein Achates ein Herr von Waldheim, beide aber besaßen mehr Kultur als Politur und waren, ihre vorhin angegebenen Fehler abgerechnet, ein paar Leute, aus denen man alles machen konnte, was unser Herrgott aus ihnen gemacht hatte.

Die Mädchen nun, wie man sagt, noch blutjung, meine Mutter damals erst achtzehn Jahre alt, umringten die beiden Martissöhne mit aller der Freiheit ihres jugendlichen Privilegiums, die ihnen ihr lustiger Sinn gewährte.

Ihre Schmerzen an den verhüllten Teilen waren schon zur Hälfte vergangen, und die andere Hälfte sollte jetzt vergehen.

Louise hatte sich des Obersten bemächtigt und spielte an seinem Degengehänge, zog ihn aus einer Ecke in die andere und bat ihn, ihr doch zu sagen, wie der erste König von Kreta geheißen habe, und ob dies Kreta wirklich zu des Apostels Paulus Zeiten faule Bräuche gehabt hatte?

Der Oberst, notgedrungen und ärgerlich, daß so eine halbbartlose Dirne ihm ums Kinn herumkrabbelte, beantwortete ihre unverschämten Fragen gar nicht, sondern sagte bloß: »Fräulein, befreien Sie mich nicht auf der Stelle aus Ihren Krallen und Klauen, so sollen Sie sehen und fühlen, was ich mit Ihnen anzufangen imstande bin.«

Meine Mutter lachte der Drohung und befahl ihm, sich für diesen Abend entweder gutwillig in ihre Launen zu fügen oder als Gefangener der Gewalt ihrer Reize auf einmal zu widerstehen.

Bei diesem verfänglichen Reden griff der Oberst an seinen Degen, aber Louise lief ihm mit Blitzesschnelle unter den schon aufgehobenen Arm, der das Mordinstrument gefaßt hatte, hielt jenen und wollte dieses ihm entreißen. Allein der Oberst verstand keinen Spaß, hob die Verwegene wie eine Feder in die Höhe, warf sie aufs Sofa, entblößte ihr den Hintern, zog seinen Degen und schlug sie unter gellendem Geschrei zu einer Ritterin d'Egon.

Der Oberst mußte den reizenden Anblick von Louises bloßem Hintern mit seiner Freiheit bezahlen. Die unvergeßliche Schönheit dieser Teile, die zitternden Höhen und die von hinten zu preisgegebene Nachbarschaft aller männlichen Lüsternheit entwaffneten seinen Arm, und in seinen von Mutter Natur erhaltenen, von Kultur noch unverfälschten Sinnen regte sich ein Etwas, das den Frieden seiner Sinne so deutlich aussprach, daß auch nicht ein Jota davon für sein Herz verlorenging.

Der Mann von Grundsätzen und Charakter ist in sinnlichen Erscheinungen und Genüssen gewiß jedesmal der Antipode von dem charakterlosen, brutalen und rohsinnlichen Menschen. Jener fühlt schon seine Leidenschaften durch den Anblick heimlicher weiblicher Reize gedämpft und befriedigt; dieser aber, dessen rohe Kraft kein Maximum des sinnlichen Gefühls statuiert, tobt unaufhaltsam fort bis zur Übersättigung. Dieses ist nun hauptsächlich auch ein Übel des heiligen Ehestandes, und eines seiner schlechten Geheimnisse, daß diejenige, welche die ersten Grade des sinnlichen Lebens besitzt, sich bei Zeiten ans Fasten gewöhnen muß, wenn sie ihren erschöpften Eheherrn nach einigen Monaten noch zu lieben die Absicht haben sollte. Deswegen wählte ich hauptsächlich das Kloster, und ich will lieber mit allen zehn Fingern und anderen Tröstern siebenmal in der Woche vergessen, daß es ein männliches Geschlecht gibt, als mich über seine selbst verschuldete Impotenz zu beklagen haben. Die Folgen bei einer solchen Charakterverschiedenheit unter dem männlichen Geschlecht sind auffallend verschieden. Der erste hält und veredelt sich durch das einmal angenommene System sinnlicher Genüsse, der andere aber zerstört, wie das Feuer, sich selbst und das, was ihn ernährt.

Ein anderer als der Oberst, würde sich mit Wut über die während der Degenflagellation entblößten sinnlichen Reize meiner Mutter geworfen und in ihren Besitzungen seinen Triumph gesucht haben. Aber von Halden, der die Weiber zwar haßte, im Grund aber wie Blumen behandelte, die man nie bricht, sondern in sich selbst verwelken läßt, auf ihrem eigenen Boden, hielt das Brechen derselben für einen Raub an dem ganzen schönen Sommer des Lebens, den ja ohnehin ein langer kalter Winter so wünschenswert mache.

Die entblößten hinteren Reizungen meiner Mutter, die Schönheit und Reinlichkeit gewisser Teile, die zurückgeworfenen Kleidungsstücke nahmen auf einmal dem Oberst seinen Haß und gaben ihm dafür eine so herzliche innige Liebe für diese weibliche Schutzlosigkeit, daß er ihr seine vorgefaßten Grundsätze, das ganze weibliche Geschlecht zu hassen, und dem vor ihm liegenden Wert dieses Geschlechtes willig seine Freiheit aufopferte.

Doch er hatte etwas gewagt, das, obgleich nicht im Sinne eines unverschämten geilen Scherzes zu nehmen, doch vor allem eine Aussöhnung mit dem Beleidigten verlangte.

Ohne also auch nur mit einer einzigen Akklamation zu verraten, wie weit der entblößte Hintern meiner Mutter seinen Weiberhaß verscheucht habe, küßte er dreimal die beleidigten Teile, legte hieraufmit unbefangener Gleichgültigkeit erst ihr Hemd, dann ihre Röcke in die ihnen angewiesene natürliche Lage und hob sie vom Stuhle auf.

Jetzt aber war, wie der Oberst meinte, noch das Schwerste zu tun; er wollte nämlich den Zuschauerinnen einen ähnlichen Denkzettel schreiben, damit keine von ihnen sich irgendeines besonderen Vorrechtes zum Nachteil der anderen zu bedienen hätte.

Indessen war diese Vorsicht unnötig. Franziska hatte sich auf den Schoß des Leutnants Söller gesetzt, und dieser wühlte mit verwegenen Händen in den geheimsten Reizen der Frechen.

Lenchen saß auf einem Stuhle, hatte ihr Röckchen bis an die Schenkel zurückgeschlagen und band ihr Strumpfband; Juliane hatte die Hand im Schlitz, und Friederika sah nach des Leutnants offenen Beinkleidern, die eben Franziska aufgeknöpft hatte und im Begriff war, ein männliches Glied frei zu machen, das bisher, außer Louise, noch keine von der Größe gesehen hatte.

Jetzt, als der Oberst Louise aufgehoben hatte und eben dem Leutnant sein Siegel der Verschwiegenheit und die heutige Parole bekanntmachen wollte, fing Friederika an:

»Louise, das hast du nun an uns verdient!«

»Ja, das ist auch wahr!« schrie lallend Franziska hinein und hob des Leutnants Hemd in die Höhe, daß sein Amor dastand unter dem dichten Myrthengebüsch, wie ein Priap im Belvedere. »Das ist auch wahr . . .«, und nun rieb sie Söllers Meisterglied und erzählte, was ich euch schon erzählt habe, nämlich wie Louise sie behandelt hätte.

»Oh«, versetzte der Oberst, als jetzt Franziska auserzählt hatte und sich, von des Leutnants Fingern exaltiert, zuckend auf seinem Schoß hin und her bewegte, »wenn dem so ist, so habe ich hier weiter nichts zu tun, was meine Unverschämtheit wiedergutmachen könnte, als daß ich Louise für meine Gemahlin erkläre und dir, Söller, Franziska mit Haut und Haar als dein Eigentum übergebe.«

Die Mädchen jubelten.

Hierauf nahm der Oberst Louise in seine Arme, küßte sie auf die bloßen Brüste und trug sie ins Kabinett.

Söller legte sein Mädchen auf das Sofa, machte die Tür auf und bat die Gespielinnen höflich, ihrer im Garten zu warten, was sich denn auch diese nicht zweimal sagen ließen, da ihre Schamhaftigkeit immer noch größer war als ihre Lüsternheit.

Kaum waren sie fort, so deckte Söller Franziska bis an den Nabel auf, zog ihr die schneeweißen Lenden voneinander und drängte sich mit Manneskraft in ihren Schoß.

Meine Mutter wurde von dem Oberst, dieser von ihr bis aufs Hemd entkleidet, dann zogen sie beide auch noch die letzten Hüllen verborgener Geheimnisse ab und sanken berauscht und in der wonnigsten Tätigkeit auf das weiche Lager.

Acht Tage nach dieser Szene war die Hochzeit meiner Mutter und die von Franziska.

John Cleland

Fanny Hills erste Liebe

Ich öffnete die Tür zum Wohnzimmer, und stellen Sie sich vor, wie ich überrascht war, als ich vor dem niedergebrannten Kaminfeuer einen jungen Herrn im Lehnstuhl der alten Dame sitzen sah. Er hatte die Beine übereinander geschlagen und befand sich in tiefstem Schlaf. Vielleicht hatten ihn seine vergeßlichen Kameraden unter den Tisch getrunken und dann, jeder mit seinem Mädchen, das Weite gesucht. Die alte Dame mochte ihn aus Freundlichkeit hierbehalten haben, vielleicht wollte sie ihn auch in der Verfassung, in der er sich befand, nicht verwirren oder stören, denn es war ein Uhr in der Früh. Überdies hätte es mich sehr wundergenommen, wenn um diese Zeit im Haus noch Betten frei gewesen wären. Auf dem Tisch standen immer noch der Punsch und Gläser, alles unordentlich durcheinander, wie es nach Gelagen der Fall zu sein pflegt.

Langsam trat ich näher, um den schlafenden Irrgänger in Augenschein zu nehmen. Aber Himmel! Welch ein Anblick! Nein, weder der Lauf der Jahre noch Wendungen des Glücks, nie wird mir der blitzartige Eindruck aus dem Gedächtnis verschwinden, den seine Gestalt auf mich machte. Ja, du liebstes Objekt meiner frühesten Leidenschaft, für immer habe ich die Erinnerung deiner ersten Erscheinung vor meinen entzückten Augen in meinem Herzen begraben. Ich rufe dich vor mein geistiges Auge, und da bist du, ich sehe dich!

Urteilen Sie selbst, Madame: ein Bursche zwischen 18 und 19 Jahren, sein Haupt hatte er auf einer Lehne des Stuhls geborgen, sein Haar fiel in wirren Locken und zeichnete abwechslungsreiche Schatten auf ein Gesicht, in dem sich die ganze rosige Blüte der Jugend und aller Reiz des Männlichen verschworen hatte, mir Herz und Augen zu fesseln. Sogar die Abgespanntheit und Blässe seines Gesichts, in der für den Augenblick die Lilie über die Rose zu triumphieren schien – was zweifellos auf die Ausschweifungen der Nacht zurückzuführen war – verliehen seinen Zügen eine kaum vorstellbare unaussprechliche Süße. Seine im Schlaf geschlossenen Augen trugen, wo sich die Lider trafen, einen wunderschönen Besatz langer Wimpern. Kein Zeichenstift wäre

in der Lage gewesen, zwei regelmäßigere Brauen auszuführen als jene, die seine Stirn zierten. Die Stirn selbst war hoch, völlig weiß und glatt. Und dann die zinnoberfarbenen Lippen! Sie schmollten und schwollen der Berührung entgegen, als habe eine Biene erst kürzlich ihren Stachel in ihnen versenkt; sie forderten mich geradezu heraus, die Herausforderung dieses lieblichen Schläfers anzunehmen, hätte ich nicht jene Bescheidenheit und jenen Respekt in mir verspürt, der bei beiden Geschlechtern untrennbar von der wahren Leidenschaft ist.

Als ich dann sein geöffnetes Hemd erblickte und darunter einen Busen, der weißer als der Flug von Schneeflocken schimmerte, setzte ich der Freude des Betrachtens mein Verantwortungsgefühl für seine Gesundheit entgegen, denn die wäre durch noch längeres Verweilen in diesem Zustand gefährdet gewesen. Sie sehen also, daß seine Gesundheit schon Teil meines Lebens geworden war. Die Liebe, die mich zur Schüchternheit erzogen hatte, lehrte mir jetzt auch die Zärtlichkeit. Mit zitternder Hand ergriff ich eine seiner Hände und weckte ihn so vorsichtig wie möglich. Er fuhr auf, schaute im ersten Augenblick ein wenig wild in die Gegend, sagte dann aber mit einer Stimme, deren harmonischer Ton mir mitten ins Herz ging: »Ich bitte dich, mein Kind, wie spät ist es?« Ich tat ihm Bescheid und fügte hinzu, daß er eine Erkältung bekommen könne, wenn er länger mit offener Brust in der Kühle des Morgens schliefe. Er bedankte sich bei mir mit einer Liebenswürdigkeit, die ganz seinen Zügen und Augen entsprach. Die letzteren waren nun weit geöffnet, musterten mich eindringlich und schickten ihre leuchtenden Blitze geradewegs in mein Herz.

Anscheinend hatte er zuviel getrunken, ehe er mit ein paar von seinen jungen Begleitern zur Feier des Tages in unser Haus gekommen war. Das hatte ihn außerstande gesetzt, im Gebrauch der Waffen mit ihnen zu wetteifern und die Nacht mit einer Geliebten zu krönen. Als er mich infolgedessen so nachlässig bekleidet erblickte, konnte er nichts anderes denken, als daß ich eins der Mädchen aus dem Hause sei, das man ihm geschickt habe, damit er seinen Zeitverlust wieder wettmachen könne. Offensichtlich war er ohne jedes Zögern zu diesem Schluß gelangt, doch lag es daran, daß meine Gestalt einen mehr als gewöhnlichen Eindruck auf ihn machte oder daß es im Rahmen seiner natürlichen Freundlichkeit lag, jedenfalls sprach er mich auf eine Weise an, die weit entfernt von jeder Grobheit lag, obwohl sie noch von der Grundvoraussetzung ausging, daß ich hier zum Hause gehörte und ihn unterhalten sollte. Infolgedessen gab er mir einen Kuß, und dies war der erste Kuß, den ich in meinem ganzen Leben von einem Mann erhalten hatte. Anschließend fragte er mich, ob ich ihm Gesellschaft leisten wolle, wobei er mir versicherte, daß er schon dafür sorgen würde, daß es mich nicht gereuen sollte. Aber wenn es nicht die neugeborene Liebe war, jene eigentliche Feindin der Lüsternheit, die mich vor einer schnellen Hingabe bewahrte, dann war es die Angst, von irgend jemandem im Hause überrascht zu werden.

Ich erklärte ihm also in einem Tonfall, den mir die Liebe selbst diktierte, daß ich aus Gründen, für deren Erklärung jetzt keine Zeit sei, momentan nicht bei ihm bleiben könne. Auch sei es höchst zweifelhaft, ob ich ihm jemals wieder begegnete – letzteres begleitete ich mit einem Seufzer, der tief aus dem Grunde meines Herzens kam. Mein Eroberer, der, wie er mir später erzählte, von meiner Erscheinung zutiefst getroffen war und mich ins Herz geschlossen hatte, wie er nur jemanden meines Berufes ins Herz schließen konnte, fragte mich daraufhin kurz und knapp, ob ich mich von ihm aushalten lassen wolle. Er würde mir stehenden Fußes eine Bleibe besorgen und mich von den Verpflichtungen, denen ich seiner Meinung nach hier im Hause unterstand, befreien. Rasch, plötzlich, unüberlegt und sogar gefährlich wie dieses Angebot seitens eines völlig Fremden auch sein mochte und wie leichtfertig dieser Fremdling auch war, das Vorurteil der Liebe, mit dem ich ihm gegenüber geschlagen war, hatte für meine Ohren seiner Stimme eine Überzeugungskraft verliehen, der gegenüber es keinen Widerstand gab. Überdies war ich blind und taub für jeden Einwand, ja, ich hätte in diesem Augenblick für ihn sterben können. Allein schon der Gedanke, einer Einladung von ihm Widerstand zu leisen! Mein Herz, das auf seinen Vorschlag hin in heftiges Klopfen geraten war, legte mir meine Antwort in den Mund. Kaum eine Minute Pause ließ ich verstreichen, dann erklärte ich mich mit seinem Angebot einverstanden. Ich würde mich bei meiner Flucht ganz nach ihm richten, und ich würde mich ihm vollständig ausliefern, führe dies nun zum Guten oder zum Schlechten. Seit damals habe ich mich oft gefragt, ob ihm mein allzu bereitwilliges Entgegenkommen nicht mißfallen oder mich in seinen Augen allzusehr herabgesetzt hätte. Auf der anderen Seite schien mein Schicksal dergestalt entschieden zu haben, daß er in seiner Furcht vor den Anfechtungen der Stadt schon seit geraumer Zeit nach einem Mädchen, das er bei sich behalten konnte, Ausschau hielt und daß meine Person zufällig genau auf seine Vorstellungen paßte. Es handelte sich hier also offenbar um eines jener Wunder, daß wir unsere Abmachungen augenblicklich schlossen und sie durch einen Austausch von Küssen besiegelten. Die Hoffnungen auf ein ungestörtes und langdauerndes Ergötzen ließen ihn sich damit zufriedengeben.

Niemals vorher fand sich aller Liebreiz männlicher Jugend besser verkörpert als in ihm. Und niemals vorher fand ein Mädchen eine geeignetere Rechtfertigung dafür, daß sie sich den Kopf verdrehen ließ und sich allen Konsequenzen einer Flucht mit dem Liebsten ohne Zögern aussetzte.

Neben allen Vollkommenheiten männlicher Schönheit, die sich in ihm vereinigten, besaß mein Liebhaber überdies einen Hauch von Liebenswürdigkeit und Freundlichkeit, eine gewisse Eleganz in seiner Art, wie er seinen Kopf trug und wandte und was ihn überaus distinguiert erscheinen ließ. Seine Augen waren klar wie der frühe Morgen und blickten durchaus bedeutungsvoll in die Welt. Sie vereinigten in sich etwas zugleich Süßes und Gebieterisches. Sein Aussehen wurde eindeutig von jener rosigen Farbe dominiert, die seine Züge so zart und so lebensvoll erglühen ließ, daß er dem Vorwurf entging, es eigne ihm etwas Maskenhaftes, er sei noch kein Mann. Gewöhnlich wird dieser Vorwurf denen nicht erspart, die so außerordentlich hübsch sind, wie er es war.

Unser kleiner Plan bestand darin, daß ich am nächsten Morgen etwa um sieben Uhr das Weite suchen sollte (was ich in der Tat versprechen konnte, denn ich wußte, wo der Schlüssel zur Haustür hing) und daß er am Ende der Straße in einer Kutsche auf mich warten würde, um mich sicher fortzuschaffen. Danach würde er durch einen Boten dafür sorgen, daß etwaige Schulden, die durch meinen Aufenthalt bei Mrs. Brown entstanden wären, ihren geldlichen Ausgleich fänden. Er äußerte die Meinung, daß Mrs. Brown sicherlich nicht so ohne weiteres jemandem den Abschied gab, der, wie er dachte, so gut wie ich dafür geeignet war, Kunden ins Haus zu locken.

Dann bat ich ihn noch darum, nicht darüber zu reden, daß er jemanden wie mich im Hause gesehen habe, aus Gründen, die ich ihm bei ruhiger Gelegenheit zu erklären versprach. Dann riß ich mich aus Furcht, in Schwierigkeiten zu geraten, wenn wir miteinander gesehen würden, blutenden Herzens von ihm los und schlich mich heimlich in mein Zimmer, wo ich Phöbe immer noch in tiefem Schlaf fand. Schnell schlüpfte ich aus meinen wenigen

Kleidern und legte mich neben sie, erfüllt von einer Mischung aus Freude und Angst, die sich leichter nachfühlen als beschreiben läßt.

Das Risiko, daß Mrs. Brown meinen Absichten auf die Schliche kam und daß Enttäuschungen, Elend und Ruin auf mich fielen, dies alles löste sich im Übermaß meiner Freude in Luft auf. Das Betrachten, das Berühren, selbst wenn es nur für eine Nacht war, dieses Ideals meines immer noch jungfräulichen Herzens schien vor meinen Augen als ein Glück, das mir weit wertvoller schien als die endliche Erlangung der Freiheit meines Lebens. Selbst wenn er mich zum Schlechten gebrauchte, mochte es sein! Er war der Herr, und ich fühlte ein Glück, ein so großes Glück, daß ich sogar bereit war, den Tod aus seiner lieben Hand zu empfangen.

Dergestalt waren meine Gedanken den ganzen Tag über, dessen einzelne Minuten sich für mich zu Ewigkeiten zu dehnen schienen. Wie oft schaute ich auf die Uhr! Ja, ich fühlte mich sogar versucht, die Zeiger der Uhr vorzurücken, als sei eine solche Maßnahme geeignet, den Lauf der Zeit voranzubringen. Wenn die Mitbewohner des Hauses mich auch nur eines Blickes gewürdigt hätten, dann hätte ihnen nicht entgehen dürfen, daß meine überaus große Aufregung ihre Ursache in einer außerordentlichen Begebenheit hatte, um die meine Gedanken beständig kreisten. Besonders als während des Dinners jenes herrlichen Jünglings Erwähnung getan wurde, der sich hier aufgehalten habe und sogar bis zum Frühstück geblieben sei – was war das doch für eine Schönheit! Ich hätte für ihn sterben können! Für ihn wäre ich durchs Feuer gegangen und andere Narreteien – war das nur geeignet, noch mehr Öl in jenes Feuer zu gießen, dessen Flammen ich bereits so eifrig schürte.

Jedoch bewirkte der den ganzen Tag andauernde Tumult in meinen Gedanken auch etwas Gutes: ich geriet in eine solche Müdigkeit, daß ich fest bis um fünf Uhr in der Frühe schlief, wo ich dann aufstand, mich ankleidete und unter den doppelten Qualen von Angst und Ungeduld auf die verabredete Stunde wartete. Endlich hatte die liebe, kritische Stunde geschlagen. Jetzt machte ich mich, einzig und allein unterstützt von dem Mut, den mir die Liebe verlieh, auf und schlich auf Zehenspitzen die Treppe hinunter. Das Behältnis meiner Habseligkeiten ließ ich zurück, weil ich fürchtete, mit denselben überrascht zu werden.

Ich erreichte die Tür zur Straße, deren Schlüssel immer neben unserem Bett auf einem Stuhl lag, da Phöbe ganz vertrauensselig

war, weil sie nicht die leiseste Ahnung davon hatte, daß ich mich mit den Gedanken der Flucht trug (bis zum heutigen Tage hatte dazu auch keinerlei Veranlassung bestanden) und so auch keinen Grund dafür sah, den Schlüssel vor mir zu verbergen. Mit der größten Vorsicht öffnete ich die Tür, und auch jetzt stand ich unter dem Schutz der Liebe. Und als ich jetzt in Sicherheit die Straße betrat, sah ich auch schon meinen neuen Schutzengel vor einer Kutsche warten, deren Tür er offenhielt. Wie ich zu ihm gelangte, weiß ich nicht mehr, ich vermute, daß ich geradezu geflogen bin. Jedenfalls befand ich mich im Handumdrehen in der Kutsche, er saß an meiner Seite, schlug seine Arme um mich und gab mir den Willkommenskuß. Der Kutscher hatte seine Anweisungen bereits erhalten und schickte sich an, sie auszuführen.

Augenblicklich entquoll meinen Augen ein Strom von Tränen, es waren aber Tränen der Freude. Daß ich mich in den Armen der schönsten Jugend befand, bedeutete für mein Herz eine unbeschreibliche Sensation. Vergangenheit oder Zukunft, das waren für mich jetzt Dinge, an die ich keinen Gedanken verschwendete. Allein schon die Gegenwart ging fast über meine Lebenskräfte, und ich mußte alles aufbieten, um sie zu ertragen, ohne die Übersicht zu verlieren. Es bedurfte auch gar nicht der so zärtlichen Umarmungen und der so glühenden Liebesworte meines Begleiters, um mich seiner Liebe sicher zu machen und mich eine etwaige Reue nicht fühlen zu lassen über jenen kühnen Schritt, den ich getan, indem ich mich voll und ganz auf seine Ehrenhaftigkeit und seine Großzügigkeit verlassen hatte. Auf der anderen Seite war dies keineswegs ein Verdienst, welches ich mir selbst zuschreiben konnte, denn ich wurde von einer Leidenschaft getrieben, deren Wucht ich einfach nicht widerstehen konnte. Was ich tat, tat ich, weil es für mich keine andere Möglichkeit gab.

Gleich darauf, denn die Zeit verging jetzt für mich wie im Fluge, wurden wir vor einem Gasthaus in Chelsea abgesetzt, das so gastfreundlich und anheimelnd aussah, als sei es auf den Empfang solcher Liebespärchen, wie wir eins waren, besonders eingerichtet. Dort erwartete uns ein Frühstück mit heißer Schokolade.

Ein ältlicher lustiger Lebenskünstler, der das Gasthaus führte und die Umstände menschlichen Daseins sehr wohl zu beurteilen wußte, frühstückte mit uns, wobei er mir schelmische Blicke zuwarf und unter Scherzen meinte, wir seien, bei Apoll, ein sehr schönes Paar. Es hätten schon sehr viele Herren und Damen sich seiner Gelegenheit bedient, aber niemals habe er ein so gut zusammenpassendes Paar gesehen. Ich sei wahrhaftig ein leckeres Mädchen und sähe dabei so ländlich und so unschuldig aus. Mein Bräutigam sei ein glücklicher Mann zu nennen. Dies ganze Geschwafel des Gastwirts gefiel mir nicht nur und schmeichelte mir, es half mir auch über meine erste Verwirrung hinweg, die sich in bezug auf meinen neuen Souverän eingestellt hatte, denn jetzt, wo meine Stunde geschlagen hatte, begann ich mich vor der trauten Zweisamkeit mit ihm allmählich zu fürchten. Zu dieser Ängstlichkeit hinwiederum trug wahre Liebe einen größeren Teil bei als die schreckhafte Schüchternheit eines jungen Mädchens.

Sicher, ich hätte für ihn sterben können. Auf der anderen Seite aber, und ich konnte dafür den Grund nicht angeben, empfand ich Angst vor dem Augenblick, den ich doch gleichzeitig so feurig herbeiwünschte. Mitten im Strom heißester Wünsche begann mein Herz furchtsam zu schlagen. Dieser Zwist unter den Leidenschaften jedoch, dieser Konflikt zwischen schamhafter Bescheidenheit und liebeskrankem Sehnen ließ mich aufs neue in einen

Strom von Tränen ausbrechen. Mein junger Gott schrieb das, wie schon vorher, lediglich der umwälzenden Schnelligkeit zu, mit der mein Schicksal einen anderen Lauf genommen, und mit der ich mich ihm mit Leib und Seele ausgeliefert hatte. Infolgedessen sprach und handelte er so, wie er meinte, daß es mich trösten und wieder aufrichten konnte.

Nach dem Frühstück nahm mich Charles (ich muß mir jetzt einfach die Freiheit nehmen, ihn mit diesem mir teuren Vornamen anzureden) mit einem bedeutungsvollen Lächeln zart bei der Hand und sagte: »Mein Liebling, ich will dir ein Zimmer zeigen, das sich durch eine herrliche Aussicht über die Gärten auszeichnet.« Und indem er eine Entgegnung meinerseits gar nicht erst abwartete, was mich außerordentlich erleichterte, führte er mich in eine lichte und luftige Kammer, die nicht die geringste Aussicht besaß, außer der auf ein gewaltiges Bett, das ganz so aussah, als habe man das Zimmer nur um es herum gebaut.

Charles verschloß die Tür mit einem Riegel, eilte dann sogleich auf mich zu, nahm mich in seine Arme und hob mich vom Boden, so daß meine Beine in der Luft zappelten. Seine Lippen glühten auf den meinen, und ich zitterte, schluchzte und starb fast vor lauter süßen Ängsten und zarten Wünschen, während er mich zum Bett trug, wo er sich jedoch zu ungeduldig erwies, mich zu entkleiden und es vor Zittern kaum fertigbrachte, mein Mieder zu öffnen und mein Kleid aufzuschnüren.

Da lag nun mein Busen entblößt und bot sich in seiner ganzen sanften Schwellung seinem Blick und seinem Tasten dar. Fest und schwellend war dieses Paar junger Brüste, so wie man es sich bei einem Mädchen von kaum sechzehn Jahren, das gerade vom Lande gekommen war und noch ganz in der Blüte der Unschuld stand, nur vorstellen konnte. Wen wundert es dann, daß er seinen Händen bei der Wanderung über diese köstliche, weiße und formvollendete Prächtigkeit kaum Einhalt gebieten konnte.

Kaum hatte er jedoch seinen Händen bei dieser Beschäftigung eine Pause des Verweilens gegönnt, da hatte er schon meine Röcke und mein Hemd hochgeschlagen und ein bedeutungsvollerer Anziehungspunkt lag offen für seine zärtlichen Angriffe. Ich stand jedoch noch zu stark unter dem Eindruck von Ängsten und preßte mechanisch meine Schenkel zusammen. Als sich dann seine Hände zwischen sie stahlen, räumte ich ihm bereitwillig den Raum ein, den er benötigte, um seinen Hauptangriff vorzutragen.

Inzwischen hatte ich mich still und ohne weiteren Widerstand

hingelegt und mich seinen Augen und seinen Händen, die zur Erkundung des Geländes auszogen, vollständig ausgeliefert. Das bestärkte in ihm die Meinung, daß es nicht falsch sei, wenn er in seinem Geschäft ohne Einhalt fortfuhr, denn in seinen Augen durfte ich ja in dieser Beziehung nicht unerfahren sein, hatte er mich doch aus einem gewöhnlichen Freudenhaus befreit. Überdies war ich ihm bis jetzt auch jede Aufklärung darüber schuldig geblieben, daß ich noch Jungfrau war. Wäre ich dergestalt verfahren, dann hätte ich mit Sicherheit in ihm die Überzeugung wachgerufen, ich hielte ihn für einen Mann beschränkten Geistes, der eine solche Geschichte ohne weitere Einwände schon schlukken würde. Er befand sich also durchaus im Ungewissen darüber, daß ich in der Tat noch im Besitz jenes nach aller Meinung kostbaren Gegenstandes war, den zu erlangen die Männer vielerlei unternehmen und den sie doch, wenn sie ihn in Besitz nehmen, lediglich zerstören.

Inzwischen hatte seine Erregung einen so hohen Grad erreicht, daß er keinen weiteren Aufschub mehr zu ertragen schien. Er knöpfte sich auf und brachte jenes bewußte Werkzeug liebestoller Angriffe zum Vorschein, welches er sogleich ohne Zögern gegen die nach seiner Meinung bereits gefallene Festung in Stellung brachte. Und dann, und dann fühlte ich zum erstenmal das steife harte Gerät, wie es gegen meinen zartesten Teil vorsprengte. Madame, stellen Sie sich seine Überraschung vor, als er nach einigen kräftigen Stößen, die mich außerordentlich schmerzten, feststellte, daß er keinen einzigen Schritt vorwärts kam.

Unter Klagen, aber doch voller Leidenschaft gab ich ihm zu verstehen, daß es kaum zum Aushalten sei, er brächte mir schreckliche Schmerzen bei. Aber immer noch glaubte er, daß für mich, die ich ja noch so jung war, allein die Größe seiner Maschine (denn wenige Männer konnten sich in dieser Beziehung mit ihm messen) die Ursache aller Schwierigkeiten sei. Ja, die Eitelkeit trieb ihn so weit, anzunehmen, daß er der erste Liebhaber sei, der ausgezogen war, mich mit einer solch stolzen Waffe zu beeindrukken. Keinen Gedanken verschwendete er daran, daß die Blume meiner Jungfräulichkeit am Ende noch nicht gebrochen sei, und er hielt es auch nicht für nötig, mir über diesen Gegenstand eine Andeutung zu machen. Aufs neue setzte er an, aber immer noch kein Erfolg, immer noch kein Durchbruch. Ich aber fühlte um so größere Schmerzen, als mich meine tiefe Liebe zu ihm fast mehr ohne Klagen ertragen ließ, als ich eigentlich konnte. Schließlich, nach wiederholten fruchtlosen Versuchen, legte er sich schweratmend neben mich, bedeckte mein tränenüberströmtes Gesicht mit Küssen und fragte mich zärtlich, was es mit meinem Wimmern auf sich habe. Überdies frage er sich, woran es denn läge, daß ich anderen gegenüber weniger Schwierigkeiten mache als ihm gegenüber. Darauf antwortete ich frank und frei ganz so, wie man einem Bescheid tut, von dem man hofft, man könne ihn von seiner Erstlingsrolle in diesem Betracht überzeugen. Die Wahrheit ist mächtig, und es ist nicht immer so, daß wir uns zu glauben weigern, was wir doch gleichzeitig aus Herzensgrunde wünschen.

Da ich den Beweis für diese meine Behauptung bereits dergestalt angetreten hatte, daß er aufgrund seiner eigenen Erfahrungen in den letzten Minuten an meiner Jungfräulichkeit kaum noch zweifelte, hub er an, mich zärtlich zu küssen und mich unter Anrufung der Liebesgöttin zu beschwören, doch noch ein wenig Geduld aufzubringen. Er schwor einen Eid, daß ihm alles daran gelegen sein sollte, mir so wenig wie möglich Schmerzen zu bereiten, ja, er wolle so verfahren, als müsse er sich selbst vor der größten Pein bewahren.

Endlich! Jetzt waren alle Mißverständnisse ausgeräumt, und da ich jetzt wußte, nach welchem Preis er strebte, stand ich nicht länger an, mich ihm freiwillig ganz zu überlassen, welchen Schmerz ich auch dabei empfinden mußte.

Wieder nahm er seine Bemühungen auf, diesmal aber auf eine zielbewußtere Weise: als erstes stopfte er mir eines der Kissen unter, damit das Ziel seiner Wünsche in eine angenehmere, höhere Lage befördert wurde. Ein zweites Kissen plazierte er unter meinem Kopf, um mir Erleichterung zu verschaffen. Dann spreizte er meine Schenkel auseinander, stellte sich zwischen dieselben und brachte sie auf seinen Hüften in eine gewisse Ruhelage. Dann richtete er die Spitze seiner Maschine genau auf jenen kleinen Schlitz aus, in den er so gern eindringen wollte. Dieser Schlitz war so eng, daß er sich noch oft genug vergewissern konnte, daß sein Gegenstand auch in die richtige Richtung wies. Er schaute, fühlte hier noch ein bißchen, rückte dort noch ein wenig, dann schoß er mit Wildheit in seiner ganzen Steife voran. Das bewirkte immerhin den Effekt, daß jene zarten Teile keilartig auseinander getrieben wurden und er gerade zwei Finger breit tief eindrang. Kaum hatte er solches verspürt, als er sich auch schon anschickte, seinen Vorteil weidlich auszunutzen. Kraftvoll schob er nach und versuchte auf diese Weise einen gewaltvollen Durchbruch. Das verursachte mir aber eine so unerträgliche Pein, die gewaltsame Trennung der Seitenwände jenes weichen Durchgangs von diesem harten dicken Körperteil schmerzte mich so stark, daß ich laut hätte aufschreien können. Da ich aber keinesfalls die übrigen Hausbewohner alarmieren wollte, hielt ich meinen Atem an, stopfte meine Röcke, die über mein Gesicht geschlagen waren, tief in den Mund, biß mich so durch die schmerzvolle Phase hindurch. Endlich gab die zarte Struktur jenes noch nie begangenen Weges vor diesen wilden Stößen nach, und er schaffte es, etwas tiefer in mich einzudringen. Und jetzt war er nicht mehr der Herr seiner Sinne, sondern er wurde von der wilden Wollust seiner Liebesmaschine, die sich jetzt ganz gemäß ihrer angeborenen Lüsternheit verhielt, Hals über Kopf mitgerissen. Er drang ein, räumte alles weg, was ihm im Wege stand, und rammte sich mit einem einzigen heftigen Stoß in mich hinein. Und jetzt war es um all meine Beherrschung geschehen. Laut schrie ich auf und wurde von der stechenden Schärfe des Schmerzes in tiefe Bewußtlosigkeit versetzt. Später wußte er mir zu berichten, daß meine Schenkel von ganzen Strömen jungfräulichen Bluts benetzt wurden, die der verwundeten Passage entquollen, nachdem er sich entladen hatte und sein Gerät wieder aus mir herausgezogen hatte.

Als ich wieder zu mir kam, fand ich mich unbekleidet im Bett liegend, vergraben in die Arme dieses süßen Räubers meiner Jungfräulichkeit, der sich zärtlich flüsternd um mich bekümmerte. In der Hand hielt er ein Stärkungsmittel, das ich, da es aus der Hand des vielgeliebten Urhebers so vieler Schmerzen kam, nicht zurückweisen konnte. Meine Augen jedoch standen voller Tränen, schienen ihn mit einem mitleidheischenden Blick der Grausamkeit anzuklagen und ihn zu fragen, ob das der Dank für die Liebe sei. Aber Charles, dem ich durch seinen vollständigen Triumph über meine Jungfräulichkeit sehr teuer geworden zu sein schien – hatte er doch eine solche überhaupt nicht erwartet –, überhäufte mich jetzt mit so viel Zärtlichkeiten und ging so feinfühlig auf die Schmerzen ein, die er mir verursacht hatte, so daß mir ganz warm ums Herz wurde. In der Tat empfand ich mehr Liebe als Groll ihm gegenüber, und er kam diesen meinen Gefühlen entgegen, indem er mich beschwichtigte, mich liebkoste, als müsse er sich für den Genuß, den ich ihm verschaffte hatte, nachträglich entschuldigen. Dies bewirkte, daß ich über dem Gefühl, ihm jetzt ganz zu gehören und seine geliebte Dienerin zu sein, allen empfangenen Schmerz vergaß.

Die frisch empfangene Wunde war noch viel zuwenig verheilt, als daß ich jetzt schon Neugier empfunden hätte, das Experiment zu wiederholen. Vielmehr fühlte ich mich so zerschlagen und war so wenig in der Lage, meine Glieder zu beherrschen, daß ich mich ganz den Anordnungen meines Geliebten unterwarf, der denn auch nichts Eiligeres tat, als durch einen Hausdiener das Abendessen mir am Bett servieren zu lassen. Der aufgewühlte Zustand meines Körpers und die empfundene Pein, die sich mir möglicherweise auf den Magen geschlagen hatte, mochte daran schuld sein, daß ich zu einer Mahlzeit nicht die rechte Lust verspürte. Da es aber Charles selbst war, der mich dazu nötigte, etwas Hühnerfleisch und einige Gläser Wein zu mir zu nehmen, konnte ich schließlich doch nicht widerstehen und nahm beides aus seinen liebevollen Händen in Empfang.

Kaum war die Mahlzeit vorüber und alles, was übriggeblieben war, aus dem Zimmer geräumt, da bat mich Charles mit all jener liebenswerten Dreistigkeit, deren er fähig war, um die Gunst, sich zu mir ins Bett begeben zu dürfen (daß dieser Wunsch mitnichten auf eine kühle Ablehnung stoßen würde, hatte er wohl meinen Augen entnommen). Infolgedessen zog er sich also aus und bot mir aufs neue einen Anblick, den ich nicht ohne ein eigenartiges Gemisch von Ängstlichkeit und Begehrlichkeit ertragen konnte.

Zum erstenmal also lag er mit mir zusammen im Bett, und das am hellichten Tag! Aber als er sich dann sein eigenes Hemd über den Kopf zog und das meinige dazu und sich dann keineswegs zierte, seinen glühenden nackten Körper mit dem meinigen in Berührung zu bringen – welch unglaubliches Vergnügen, welch übermächtige Wonne überflutete mich da. Welcher Schmerz konnte vor solchem Ergötzen bestehen! Nichts mehr war von meiner schmerzenden Wunde zu spüren, ganz im Gegenteil, ich umschlang ihn wie eine Liane, als fürchtete ich, daß irgendein Teil seines Körpers von mir unberührt bliebe, und erwiderte seine nicht endenwollenden Umarmungen und Küsse mit einer Glut und mit einer Lust, zu der nur die wahre Liebe fähig ist und die dem käuflichen Genuß unerreichbar bleiben muß.

Selbst in diesem Augenblick, wo ich Ihnen schreibe, wo die Glut der Leidenschaft erloschen ist und in meinen Adern nichts anderes mehr fließt als ein kühler ruhiger Strom, schmeichelt mir und erfrischt mich immer noch die Erinnerung an jene Augenblicke, die mich zur Zeit meiner Jugend so ungeheuer beeindruckten. Also weiter im Text. Mein herrlicher junger Geliebter umfaßte mich jetzt mit einer Glut, als dürfte kein Teil unserer Körper, keine Schmiegung, keine Höhlung und schwellenden Hügel der Berührung durch den Körper des Partners entgehen. Und wieder brachte ihn die Lust außer sich, seine Begierde entflammte in neuer wilder Heftigkeit und wies seinem Temperament einen Weg, den nicht zu beschreiten er schon nicht mehr die Zügel hatte. Zärtlich schoben sich seine Schenkel zwischen die meinen, liebevoll bedeckte er meinen Mund mit feurigen Küssen und setzte zu einem neuen Angriff an. Wiederum bahnte er sich unter

Bohren und Pressen zwischen den geschändeten zarten Falten einen Weg, und siehe da, es gelang diesmal unter weit weniger Schmerzen als beim erstenmal, denn die Festung war ja schon einmal mit Erfolg berannt worden und wies dem neuerlichen Eindringling eine Bahn durch die geschlagene Bresche. Zwar waren meine zarten Teile gegen Druck und Reibung noch empfindlich, aber ich ertrug meinen Schmerz wie eine Heldin und schloß bald aus seinen immer heftigeren Stößen und aus der Farbe seiner Wangen, die wie in Scharlachrot getaucht aussahen, seinen glutsprühenden Augen und den tiefen Seufzern, die seinem Herzen entquollen, daß in ihm jetzt jener Augenblick ekstatischen Genießens herannahte, der mir, da mich der Schmerz noch zu sehr ablenkte, weiterhin verwehrt blieb. Es dauerte seine Zeit, bis liebevolle Zärtlichkeiten mein Schmerzempfinden so weit vermindert und ausgeschaltet hatten, daß ich der balsamischen Süße gewahr wurde und in meiner Leidenschaft so stark entflammt war, daß ich endlich nach langer Reise durch ein Übermaß an Schmerz zu einem Übermaß an Lust gelangte. Es bedurfte einfach einer Folge von stürmischen Erfahrungen, die mich verletzten und fast zerbrachen, ehe ich jenes Land betreten konnte, wo der Genuß aller Genüsse mein Innerstes wollüstig erschütterte und die Umarmungen der Liebe die so oft beschriebene Befriedigung erreichten. Welch seliges Strömen! Welch hinschmelzendes Genießen! Welche Agonien der Lust! Sie waren einfach zu feurig und zu mächtig, als daß die Natur ihnen hätte widerstehen können. Doch gleichzeitig hat es die Natur in ihrer eigenen Rechtmäßigkeit so eingerichtet, daß keine Lust über ihr Fassungsvermögen hinausgeht. Immer naht jener kritische Punkt, wo sich jede Anspannung in köstliche Delirien auflöst, wo der Körper durch ein Dahinströmen von Säften in wohlige Schauer gerät und die Lust, am Ende sich selbst fast unerträglich, schmachtend dahinstirbt.

Oft habe ich mich gefragt, wenn der wilde Tumult meiner Sinne in einer erlösenden Flut zur Ruhe gekommen war, ob dieses Übermaß an Glück nicht zuviel für mich sei, ob sich nicht die Natur, die mich mit alledem so reichlich beschenkte, nicht irgendwann, zu irgendeinem Zeitpunkt rächen würde, denn wenn wir genießen, denken wir nicht an die Folgen, und Furcht empfinden wir nicht in einer rauschhaften Nacht. Ich drängte jeden Gedanken weit zurück, daß der Preis, den ich zu zahlen hätte, vielleicht im endgültigen Ruin bestehen könnte oder, was für den Augenblick noch schlimmer schien, in dem Verlust jenes unvergleichlichen geliebten Wesens, dessen gegenwärtiger Besitz für mich alles bedeutete.

Wir blieben den ganzen Abend zusammen im Bett, bis uns, nachdem wir immer wieder der Liebesgöttin geopfert hatten, die Natur in Morpheus' Arme legte. Dabei war es für mich nur um so köstlicher, daß mein Geliebter seine Arme im Schlaf um mich schlang.

Spät am folgenden Morgen wachte ich als erste auf und betrachtete meinen Liebhaber, der noch immer tief im Reich der Träume weilte. Sanft befreite ich mich aus seinen Armen und wagte dabei kaum zu atmen, in der Furcht, seine Ruhe zu verkürzen. Mein Haar, mein Hemd, alles befand sich in der vollständigsten Unordnung von den brausenden Stürmen, die ich durchgemacht hatte. Ich ergriff die Gelegenheit sogleich beim Schopfe, um mich so gut wie es eben nur ging wieder herzurichten. Dabei ließ ich immer wieder meine Blicke zu dem schlafenden Jüngling hinüberschweifen und empfand dabei nichts anderes als tiefe Zuneigung und Freude. Und wenn ich an die Schmerzen zurückdachte, die er mir zugefügt hatte, dann mußte ich mir sagen, daß die empfangenen Freuden mir mehr als Genugtuung verschafft hatten.

Draußen herrschte hellichter Tag. Ich saß aufrecht in dem Bett, dessen Tücher verknäult oder um und um gewühlt waren, teils aufgrund unserer rastlosen Bewegungen, teils wegen der drükkenden Hitze, die überall herrschte. Und jetzt konnte ich einem Vergnügen nicht entsagen, das mich unwiderstehlich reizte, und ich ergriff die günstige Gelegenheit und führte all die Schätze jugendlicher Schönheit, die ich genossen hatte und die jetzt nahezu unbedeckt sich vor mir ausbreiteten, vor meine Augen. Das Hemd meines Geliebten hatte sich zu einer Spindel gänzlich aufgerollt, worüber ich mir jedoch nicht sorgenvoll den Kopf zerbrach, denn es war warm im Zimmer, und draußen herrschte der Sommer. Verliebt beugte ich mich über ihn und verschlang seine entblößten Reize mit den Augen, wobei ich höchstens bedauerte, daß ich lediglich zwei Augen besaß, denn um den Anblick in seiner ganzen Schönheit zu genießen, hätte ich ihrer hundert bedurft.

Ach, könnte ich doch seine Gestalt so malen, wie ich sie jetzt vor mir sah, noch heute trage ich sie vollständig in meinem Gedächtnis. Stellen Sie sich ein Gesicht ohne Tadel vor, das ganz in der Blüte und Frische eines Lebensalters stand, in dem die Schönheit beiden Geschlechtern eignet und das durch den ersten Bartwuchs auf seiner Oberlippe kaum in seiner jugendlichen Schönheit gemindert wurde.

Die schmale Spalte zwischen den beiden rubinrot schwellenden Lippen schien eine reinere und süßere Luft auszuströmen, als es jene war, die er einatmete. Ach, ich mußte mir Gewalt antun, um der Versuchung nach einem Kuß zu widerstehen. Sein Nacken zeigte einen überaus edlen Schwung und wurde oben und an den Seiten mit einem Haar geschmückt, das sich frei und in natürlichen Locken kräuselte. Unterhalb des Nackens erstreckte sich ein Körper von geradezu vollkommener Gestaltung und einer überaus eindrucksvollen Kraft, in dem sich alle Stärke der Männlichkeit vereinigte und gleichzeitig gemildert wurde durch die feine Beschaffenheit seiner Glieder, die samtige Glätte seiner Haut und die Festigkeit seines Fleisches.

Sein Brustkorb besaß durchaus männliche Weite und glich in seiner Weiße einer verschneiten Ebene, auf der zwei zinnoberrote Spitzen sich erhoben. Ja, es sah fast so aus, als stünde ich vor einer mit Kirschen geschmückten Sahnetorte.

Das nachlässig verknäulte Hemd bedeutete für mich kein Hindernis, die Ebenmäßigkeit seiner Schenkel mir vor Augen zu führen, die sich in auffallender Symmetrie bis zu den Knien erstreckten und zwei marmornen Säulen glichen, ganz würdig, die Last eines so herrlichen Körpers zu tragen. Geschmeidig war die Haut, glatt und weiß, und sie spannte sich über ein derart schwellendes Fleisch, daß die darüber gleitende Hand meinen konnte, sie glitte über Elfenbein. Dann ist noch jene Landschaft zu beschreiben, bei deren Anblick ich von wohligen Schauern ergriffen wurde in der Erinnerung an die Schrecken, aber auch an die Lust, die ich in der letzten Nacht empfunden hatte. Jene Maschine, die noch vor kurzem meine zartesten und empfindlichsten Gegenden malträtiert hatte, bot jetzt einen überaus friedlichen Anblick. Es schien, als habe sie sich in all der Raserei vollständig verausgabt und sei jetzt, wo ihr meine Jungfräulichkeit zum Opfer gefallen war, vollständig mit sich und der Welt zufrieden. Schlafend lag sie im Grase, das rund um sie in lockiger Fülle entsproß, und verbarg halb unter sich jenes kugelige Anhängsel, dessen runzligen Anblick ich überaus genoß. Alles zusammen ergab ein höchst interessantes und bewegendes Bild der Natur und war mit Sicherheit alledem unendlich überlegen, was die Maler, Bildhauer oder anderen Künstler, deren betrügerische Preise die Welt in Unruhe versetzen, in ihren besten Stunden zustande bringen mochten. Immer ist die Natur ihrem Abbild überlegen, selbst die teuersten Bilder vermögen nur einen Abglanz jener Schönheiten zu vermitteln, deren ich in Gestalt meines Geliebten teilhaftig geworden war.

Aber jedes Ding muß sein Ende haben. In schläfriger Trägheit vollführte dieser engelgleiche Jüngling eine Bewegung und brachte so sein Hemd und die Bettdecke in eine Lage, die seine Schätze vor meinem Anblick verbargen.

Wieder legte ich mich neben ihn, und jetzt lenkte ich meine Hände in jene Gegenden meines Körpers, in welchen die Gegenstände, die ich gerade erblickt hatte, einen Aufruhr zu erwecken begonnen hatten, der mich unruhig werden ließ. Jetzt fanden meine Finger einen leichten Durchgang, aber ich fand nicht mehr die Zeit, den Unterschied zwischen dem Mädchen und der jetzt erweckten Frau in seiner Bedeutung zu erfassen. Charles erwachte, wandte sich mir zu und fragte mich freundlich, wie ich geschlafen hätte. Er ließ es erst gar nicht zu einer Antwort kommen, vielmehr drückte er mir einen jener Küsse auf den Mund, die so brennend waren, als würde mir eine Flamme mitten ins Herz geschleudert, welche von dort aus ihren Weg in jedes einzelne meiner Glieder nahm. Und als wolle er eine stolze Rache für die Untersuchung nehmen, der ich seinen nackten Körper unterzogen hatte, fegte er meine Bettdecke zur Seite, zog mein Hemd so hoch es nur irgend ging und verschlang nun seinerseits mit den Augen all jene Geschenke, die die Natur an mich verschwendet hatte. Und wieder waren seine Hände geschäftig dabei, jeden einzelnen Teil meines Körpers zu erforschen und zu ertasten. Die hinreißende Kleinheit und Straffheit meiner noch in der Entstehung begriffenen Brüste, mein weißes festes Fleisch, die Frische und Regelmäßigkeit meiner Züge und das Ebenmaß meiner Schenkel, all das schien ihn darin zu bestätigen, daß er einen vorteilhaften und befriedigenden Handel abgeschlossen habe. Als er aber dann auch noch begierig wurde, die Verheerungen in Augenschein zu nehmen, die er im Zentrum seiner im Übermaß feurigen Attacke angerichtet hatte, lenkte er nicht nur seine Hände dorthin, sondern schob mir ein Kissen unter und brachte mich in eine Lage, die ihm für sein Inspektionsgeschäft am angemessensten erschien. Wer will die leidenschaftliche Glut beschreiben, die seine Augen und Hände geradezu sprühen ließen, wer die hingerissenen Seufzer und das zarte Liebesgeflüster, mit dem er mich entzückte. Inzwischen hatte sich seine Maschine wiederum steif und dräuend erhoben, so daß ich sie in ihrer ganzen Pracht und Tapferkeit bewundern konnte. Ja, er selbst zeigte seine Zufriedenheit über ihren Zustand, und indem er sie grüßte und ihr Bescheid tat, ergriff er eine meiner Hände und führte sie sanft drängend an dieses stolze Meisterwerk der Natur.

Ich sträubte mich nur scheinbar, und so konnte ich nicht anders, als zu fühlen, was ich nicht begreifen konnte: eine Säule aus dem weißesten Elfenbein, herrlich mit blauen Adern besetzt, die einen völlig barhäuptigen Kopf von lebendigstem Zinnoberrot trug. Kein Horn konnte härter und steifer sein, aber auch kein Samt weicher oder anschmiegsamer. Dann führte er meine Hand noch tiefer, zu jenem Teil, in welchem die Natur und die Lust ihre Vorräte gemeinsam in Vorrat halten – so genialisch ist dieser Beutel befestigt und aufgehängt an der Wurzel jenes oberen und aktiveren Instruments, daß man ihn nicht zu Unrecht als dessen Großsiegel-Bewahrer bezeichnen kann. Hierauf ließ mich mein Geliebter vorsichtig durch die weiche Haut den Inhalt fühlen, zwei rundliche Bällchen, die zum Spielen gemacht schienen und jedem Druck von außen, auch dem zartesten, auswichen.

Aber nun hatte der Besuch meiner weichen warmen Hand in diesen so empfindlichen Gegenden alles in eine so unbeherrschbare Wildheit versetzt, daß mein Geliebter auf jedes weitere Vorspiel verzichtete und sich meine bequeme Lage zunutze machte. Unverzüglich ließ er den Sturm dort niedergehen, wo ich ihn schon ungeduldig erwartete und wo er überdies hingehörte. Augenblicklich fühlte ich das Eindringen zwischen die nachgebenden geteilten Lippen meiner Wunde, die nun für das Leben offenstand. Keine unbequeme Enge bereitete mir dort länger Schmerzen, und ich setzte meinem Liebhaber gerade so viel Erschwernis entgegen, wie zur Erhöhung seines Vergnügens notwendig war. In fester Umarmung hielt ich ihn in jenem zarten warmen Schlauch, dessen Rundung seinem Instrument so delikat angepaßt war. Unter dem Eindruck dieses eingebrachten Fundes jauchzte ich vor Vergnügen, es machte mich beinahe atemlos. Und dann diese wuchtigen Stöße! Die unzählbaren Küsse! Jeder einzelne davon war für mich ein unaussprechlicher Genuß, und jeder einzelne dieser Genüsse ging wiederum in einer Vielzahl noch größerer Genüsse unter! Leider nur war dieser Aufstand der Empfindungen zu stark, um lange anzudauern. Die Blutgefäße, die so intensiv angeheizt wurden, kochten bald über, und das löschte für diesmal das Feuer. Inzwischen war es unter diesen Spielereien fast Mittag geworden, und es wurde eine Art von Notwendigkeit, Frühstück und Dinner zusammenzulegen.

In den ruhigeren Perioden gab mir Charles den folgenden Bericht von sich selbst, der bis aufs I-Tüpfelchen der Wahrheit entsprach. Er war der einzige Sohn seines Vaters, der eine unbedeutende Stellung bei den Finanzbehörden bekleidete und beständig über seine Verhältnisse lebte. Aus diesem Grunde hatte er seinem Sohn eine recht unzureichende Erziehung angedeihen lassen: auf keinen Beruf war er vorbereitet worden, vielmehr hatte man ihn für eine Laufbahn in der Streitmacht seines Landes bestimmt, wofür ihn sein Vater mit irgendeinem Patent versorgen wollte. Das heißt aber nur, daß der Vater angedeutet hatte, das dafür notwendige Geld aufzutreiben, was deutlich macht, daß hier mehr der Wunsch der Vater des Gedankens gewesen war. An keine bessere Aussicht hatte dieser Rabenvater die Jugend seines Sohnes verschwendet, eine sehr vielversprechende Jugend, die dergestalt bis zum Mannesalter, oder fast bis zum Mannesalter, in kaum etwas anderem bestanden hatte als in einer Folge von trägen Tagen. Überdies hatte es der Vater nicht einmal für nötig gehalten, seinen Sohn vor den moralischen Gefahren des Stadtlebens, die schon manchen Unerfahrenen und Unbedachtsamen verschlungen haben, zu warnen. Ganz als Spielball seiner eigenen Wünsche und ganz der Herr seiner Zeit, lebte Charles zusammen mit seinem Vater, der sich selbst eine Mätresse genommen hatte. Wenn Charles ihn nicht gerade um Geld bat, verhielt sich sein Vater ihm gegenüber geradezu blödsinnig freundlich. Er konnte wegbleiben, wann es ihm gerade einfiel, jede Entschuldigung kam gerade recht, und selbst wenn es Vorwürfe setzte, waren dieselben von so geringer Durchschlagskraft, daß sie mehr nach augenzwinkernder Komplizenschaft aussahen denn nach einem Tadel für fehlerhaftes Verhalten. Seinen Mangel an baren Mitteln deckte Charles, dessen Mutter schon nicht mehr unter den Lebenden weilte, bei seiner Großmutter. Diese Großmutter zehrte von einer nicht geringen Kapitalrente, und sie schob jeden Shilling, den sie irgendwo abzwacken konnte, Charles zu, der ihr Liebling war. Charles' Vater wiederum hatte sich über diese Art finanzieller Transaktionen mehr als einmal erbost gezeigt. Er fühlte sich von Charles' Großmutter zurückgestoßen und beleidigt, und das nicht, weil ihm die Gelegenheit genommen wurde, seinem Sohn mit Geld zur Seite zu springen, sondern weil er sehr wohl fühlte, daß Charles bei seiner Großmutter in der Rangfolge der Gefühle an erster Stelle stand. Wir werden in Kürze sehen, welch eine fatale Wendung eine so neidische Mißgunst herbeiführen kann, wenn sie im Herzen eines Vaters sitzt.

Charles war also aufgrund der Großzügigkeit seiner Großmutter durchaus in der Lage, ein Mädchen zu unterhalten, das so leicht zufriedenzustellen war wie ich, da mich die Liebe allein schon satt machte. Mein mir wohlgesinntes Schicksal, denn anders kann ich es nicht bezeichnen, ließ mich ihm in der oben beschriebenen Weise gerade in dem Augenblick über den Weg laufen, wo er nach einer Geliebten Ausschau hielt.

Wenn ich etwas über sein Temperament berichten soll, so kann ich nur sagen, daß ihn seine gleichmäßige Liebenswürdigkeit für häusliches Glück geradezu prädestiniert erscheinen ließ. Er war zärtlich, von Natur aus höflich und befleißigte sich eines angenehmen Benehmens. Wenn es zu Streit oder Animositäten kam, dann trug er selbst niemals die Schuld, vielmehr bemühte er sich, Frieden zu stiften und die Ruhe wiederherzustellen. Zwar entbehrte er jener herausragenden Qualitäten, die ein Genie ausmachen oder zumindest die Ursache dazu sind, daß einer die Welt auf sich aufmerksam macht, auf der anderen Seite aber verfügte er über all jene Charakterzüge, die die gemütlicheren Züge in der menschlichen Gesellschaft ausmachen: einen gesunden Menschenverstand, jede Art von Bescheidenheit und Gutherzigkeit. So wurde er zwar nicht bewundert, aber, was sehr viel glücklicher machen kann, allgemein geschätzt und geachtet. Ich konnte zu dem Zeitpunkt, Madame, den ich Ihnen hier beschreibe, das Ausmaß und die Bedeutung seiner seelischen Werte noch gar nicht abschätzen – waren es doch ausschließlich seine physischen Besonderheiten, die mich für ihn eingenommen und mich schließlich in ihn verliebt gemacht hatten. Ich gebe auch zu, daß mich noch so viele innere Werte damals kaum beeindruckt hätten. Mein kleiner und beschränkter Kopf nahm eben nur das in sich auf, was gleichzeitig die Sinne erfreute und in Aufruhr versetzte. Aber nun zurück zu meiner Geschichte.

Nach dem Dinner, welches wir im Bett inmitten einer höchst wollüstigen Unordnung einnahmen, stand Charles auf und nahm von mir für einige Stunden bewegten Abschied. Geschäfte trieben ihn in die Stadt, wo er irgend etwas mit einem jungen gewieften Anwalt zu bereden hatte. Zusammen mit diesem wollte er dann

meine ehrwürdige Äbtissin, Verderberin, Herrin und Kupplerin aufsuchen, deren Einflußbereich ich ja erst tags zuvor entsprungen war. Er hatte es sich in den Kopf gesetzt, mit ihr auf eine Art und Weise abzurechnen, daß von dieser Seite jede Anmeldung von Ansprüchen für alle Zeiten ausgeschlossen war. Unter diesem Vorsatz machten sich die beiden auf den Weg. Unterwegs aber machte sich der Anwalt, Charles' Freund, über das, was Charles berichtet hatte, seine eigenen Gedanken und fand daraus Gründe genug, dem Besuch eine andere Wendung zu geben. Jetzt sollte Genugtuung gefordert statt angeboten werden.

Als die beiden Herren ihr Ziel erreicht hatten, dauerte es nicht lange, bis sich die Mädchen des Hauses um ihn geschart hatten, da sie mit ihm von früheren Gelegenheiten her bekannt waren. Überdies hatten sie nicht die geringste Ahnung von meiner vorzeitigen Flucht und daß ich ihm nicht unbekannt war. Da sie infolgedessen auch keinen Verdacht auf ihn als einen möglichen Fluchthelfer werfen konnten, fuhren sie ganz in ihren gewohnten Bahnen, als sie bei ihm und seinem Begleiter, den sie für eine neue

Attraktion hielten, Eindruck zu schinden suchten. Indessen schob der Anwalt den Aufdringlichkeiten der Mädchen sehr bald einen Riegel vor, indem er nach der alten Lady verlangte, mit der er – hier setzte er eine todernste Richtermiene auf – Geschäftliches zu regeln hätte.

Sofort wurde nach Madame geschickt, und den Mädchen wurde nahegelegt, das Feld zu räumen. Dann richtete der Anwalt in strengem Ton an Madame die Frage, ob ihr bekannt sei, daß sie unter dem Vorwand, es als Dienstmädchen einzustellen, ein gerade eben vom Lande gekommenes junges Mädchen namens Francis oder Fanny Hill in ihre Gewalt gebracht habe, wobei er mich nach Charles' Beschreibung so genau wie möglich bezeichnete.

Es ist typisch für das Laster, daß es unter der Inquisition der Justiz zu zittern anfängt. Das galt auch für Mrs. Brown, die, was mich betraf, gewiß keine blütenweiße Weste hatte. Infolgedessen wurde sie jetzt von großer Unsicherheit heimgesucht, und das, obwohl sie sich in der Stadt so gut auskannte, daß sie in der Regel keine Schwierigkeiten dabei hatte, sich durch die Fährnisse ihrer Profession hindurchzuschwindeln. Insonderheit als der Anwalt anhub, von einem Friedensrichter zu sprechen, von New Gate und gar dem Old Bailey, und davon, mit welchen Strafen die Führung eines liederlichen Hauses belegt sei, wurde sie vollends unsicher. Da sie, wie man leicht annehmen kann, sich vorstellte, daß ich gegen ihr Haus eine Information preisgegeben hatte, suchte sie ihr Heil in der Vorspiegelung völliger Unschuld und ließ tausend Proteste und Entschuldigungen laut werden. Aber um es kurz zu machen: Charles und sein Freund erhielten triumphierend meine Schachtel mit Habseligkeiten ausgefolgt, welche, hätte Madame nicht unter Druck gestanden, kaum so leicht zu erlangen gewesen wäre. Aber das war noch nicht alles: Madame war offenbar so sehr daran gelegen, alle etwaigen künftigen Forderungen an das Haus ein für allemal vom Tisch zu bringen, daß sie den beiden nichts weniger offerierte als eine Punschbowle, an der sie sich doch bitte laben sollten, und der freien Wahl unter den Spezialitäten des Hauses. Dies Angebot stieß auf eisige Ablehnung. Während dieser ganzen Szene gab sich Charles als zufälliger Begleiter des Anwalts aus, der ihn nur deshalb mitgebracht hatte, weil er die Lokalitäten kannte und ansonsten an der verhandelten Sache in keiner Weise interessiert schien. Er genoß jedoch das Vergnügen, all das, was ich ihm bereits berichtet hatte, bestätigt zu finden, zumindest insoweit, als es die alte Hure wagte, meine Umstände offen darzulegen. Aus allem konnte ein unbeteiligter Beobachter leicht schließen, daß sie sich in einer nicht geringen Verwirrung befand.

Phöbe, diese meine so liebenswürdige Führerin, war die ganze Zeit über abwesend, sie war ausgegangen, vielleicht um nach mir zu forschen. Wenn sie dabeigewesen wäre, das stand zu vermuten, hätte der Anwalt seine Geschichte nicht so leicht verkaufen können.

Inzwischen hatten Rede und Gegenrede eine ziemliche Zeit in Anspruch genommen, die mir zweifellos noch viel länger erschienen wäre, wenn nicht die bessere Hälfte des Gastwirts, eine Frau von mütterlichem Wesen, der mich Charles wärmstens anempfohlen hatte, sich zu mir hinauf begeben hätte, um mich durch ihre Gesellschaft über die Zeit hinwegzutrösten. Wir tranken Tee, und ihr freundliches Geschwätz trug viel dazu bei, mir die Zeit auf angenehme Weise zu verkürzen, da wir Charles zu unserem Gesprächsthema erwählt hatten. Dann nahte der Abend heran, und als die für Charles' Wiederkunft verabredete Stunde verstrich, ergriff mich eine Trübsal, der ich kaum entgehen konnte; ich empfand nichts anderes als Angst und Ungeduld. Unser furchtsames Geschlecht ist leider so eingerichtet, daß Angst oft in gleichem Maße wie Liebe auftritt. Jedoch mußte ich nicht lange leiden: sein Anblick entschädigte mich reichlich, und die leisen Anwürfe, die ich mir für ihn ausgedacht hatte, waren verschwunden, noch bevor sie meine Lippen erreicht hatten.

Immer noch lag ich im Bett und immer noch konnte ich meine Beine nicht anders denn ungeschickt bewegen. Charles eilte herbei, nahm mich in seine Arme, hob mich hoch, auf daß ich seiner lieben Umarmung um so leichter Erwiderung tun konnte, und erstattete mir einen Bericht über den Erfolg seiner Maßnahmen, den er nur durch ungezählte süße Küsse unterbrach.

Ich mußte einfach lachen, als ich hörte, von welchem Schrecken die alte Hure ergriffen wurde. Offensichtlich war sie auf meine Handlungsweise nicht im mindesten gefaßt gewesen, setzte sie doch ganz auf meine Ahnungslosigkeit und meine Unschuld. Allem Anschein nach glaubte sie, daß ich mich unter den Schutz irgendeiner Verwandtschaft in der Stadt geflüchtet hätte, da mir die Art und Weise, wie sie mich behandelt hatte, mißfiel. Diese Verwandtschaft vermutete sie auch als Ursache hinter der Beschwerde, die der Anwalt vorgebracht hatte. Mit seiner Vermutung, daß zu so früher Stunde kein Anlieger in der Nachbarschaft zum Zeugen meiner Flucht geworden war, hatte Charles recht behalten. Niemand hatte die Kutsche oder sonst irgend etwas bemerkt. Auch im Hause hegte niemand auch nur den leisesten Verdacht, daß ich mit Charles bekannt war. Viel weniger noch hätten sie also Grund für die Annahme gehabt, ich hätte eine solche schnelle Verabredung mit einem mir völlig Fremden getroffen. Man sieht also, daß es oft die größten Unwahrscheinlichkeiten sind, auf die wir unser Mißtrauen richten sollten.

Wir nahmen das Abendessen mit der ganzen Unbeschwertheit zu uns, der zwei junge, fröhliche Menschen fähig sind, die das Ziel ihrer Sehnsüchte erreicht haben. Und da ich mein ganzes zukünftiges Glück in die Hände von Charles gelegt hatte, widmete ich meine Gedanken nichts anderem, als daß ich des unschätzbaren Vergnügens teilhaftig war, ihn zu besitzen. Es dauerte nicht lange, da bettete er sich neben mich, und da in dieser zweiten Nacht meine Schmerzen fast gänzlich verschwunden waren, genoß ich in vollen Zügen alle Wollust eines vollkommenen Vergnügens: ich schwamm, ja ich badete in ihm, bis wir beide, weil die Wollust gestillt und das Feuer gelöscht war, in tiefen Schlaf fielen. Und wenn wir erwachten, geschah das nur, um unsere Leidenschaften zu erneuern.

So blieben wir, indem wir das meiste aus der Liebe und dem Leben machten, für etwa zehn Tage in diesem Gasthaus in Chelsea. Während dieser Zeit trug Charles Sorge, seinen Exkursionen einen gewissen Glanz zu verleihen, denn er legte größten Wert darauf, mit seiner schon oben erwähnten Großmutter in besten Beziehungen zu stehen, worauf er schließlich angewiesen war. Sie versorgte ihn regelmäßig mit den notwendigen Barmitteln, die er benötigte, um die Ausgaben, die ich ihm verursachte und die nichtsdestotrotz im Vergleich zu den Kosten seines früheren, weniger regelmäßigen Lebens recht gering waren, zu bestreiten.

Nach diesen zehn Tagen brachte mich Charles in eine vollständig ausgestattete Privatwohnung in der D.-Straße im Bezirk in St. James. Dort zahlte er eine halbe Guinee in der Woche für zwei Räume und eine Kammer im zweiten Stock. Nach solch einer Gelegenheit hatte er schon eine ganze Weile Ausschau gehalten, denn sie eignete sich viel besser für seine ständigen Besuche als jener Ort, zu dem er mich zuerst gebracht hatte. Ich muß allerdings sagen, daß ich das Gasthaus nicht ohne Bedauern verließ, denn mit ihm verknüpften sich unendlich liebliche Erinnerungen, hatte mich doch dort Charles zum erstenmal genommen und war es doch dort gewesen, wo ich jenes Juwels verlustig gegangen war, welches man nur einmal verlieren kann. Der Gastwirt wiederum hatte nichts zu bedauern, außer daß Charles in seiner Handlungsweise ihm gegenüber sich sehr großzügig gezeigt hatte und so für den Wirt unser Auszug ein Verlust war.

Dann bezogen wir unsere neue Bleibe, und wenn ich mich heute daran erinnere, dann muß ich sagen, daß mir diese Wohnung damals außerordentlich vornehm erschien, obwohl sie, selbst für einen solchen Preis, ziemlich gewöhnlich war. Aber selbst wenn es ein Verlies gewesen wäre, in welches mich Charles gebracht hätte, seine Anwesenheit hätte es zu einem kleinen Versailles werden lassen.

Wir wurden von unserer neuen Wirtin, Mrs. Jones, in unsere Wohnung geleitet, und mit größter Zungenfertigkeit zählte sie uns alle Annehmlichkeiten auf: ihr eigenes Dienstmädchen solle für uns sorgen, die tonangebendsten Leute hätten schon bei ihr gewohnt. Der erste Stock sei an einen Sekretär einer ausländischen Botschaft und seine Dame vermietet. Im übrigen sähe ich wie eine sehr gutmütige junge Dame aus. Als sie mich eine Lady nannte, errötete ich vor lauter geschmeichelter Eitelkeit. Das war einfach zu stark für ein Mädchen meiner Art. Nebenbei hatte es sich Charles angelegen sein lassen, mir etwas weniger auffallende Kleidung zu besorgen als jene, in denen ich das Weite gesucht hatte. Im übrigen stellte er mich als sein angetrautes Eheweib vor, welches er im geheimen geheiratet habe und um welches er sich auch im geheimen kümmern müsse. Die alte Geschichte tischte er also auf, in der die Rücksichtnahme auf Verwandte eine erhebliche Rolle spielte. Ich hätte schwören können, daß unsere neue Wirtin so erfahren in allen Belangen des Stadtlebens war, daß ihr Charles' kleines Märchen ziemlich unglaubhaft vorkommen mußte. Dennoch war sie weit davon entfernt, Anstoß zu nehmen, eigene Erlebnisse und die Erfahrungen des städtischen Lebens hatten in ihr jede Art von Skrupeln verschwinden lassen. In erster Linie ging es ihr darum, aus der Vermietung ihrer Zimmer einen höchstmöglichen Profit zu ziehen. Davon ließ sie sich durch nichts abhalten, erst recht nicht durch die Wahrheit, die ja sowieso geeignet ist, den Geschäften unter den Menschen immer wieder hinderlich zu sein. Ich gebe Ihnen in der Folge eine kurze Beschreibung ihrer Erscheinung und ihrer persönlichen

Geschichte, damit Sie auf den Anteil vorbereitet sind, den sie in meiner weiteren Geschichte spielen sollte.

Sie war etwa 46 Jahre alt, groß, mager und rothaarig. Sie trug eines jener gewöhnlichen Gesichter zur Schau, denen man überall begegnet und die doch keinerlei Aufmerksamkeit oder Beachtung auf sich ziehen. In ihrer Jugendzeit war sie von einem Gentleman ausgehalten worden, der ihr, als er starb, eine jährliche Rente von 40 Pfund hinterlassen hatte, in der Hauptsache wohl deshalb, weil sie ihm ein weibliches Kind geschenkt hatte. Es ging die Rede, daß sie diese ihre Tochter als 17jährige für eine verhältnismäßig geringe Summe an einen Mann verkauft hatte, der dann an eine ausländische Botschaft versetzt wurde und sie mit sich nahm. Der Tochter gereichte dies übrigens nicht im geringsten zum Schaden, denn ihr Herr und Meister behandelte sie mit der größten Liebenswürdigkeit, ja es hieß, er habe sie sogar heimlich geheiratet. Einzig und allein hatte er ihr strengstens verboten, mit ihrer Mutter in Briefwechsel zu treten, ein Indiz dafür, daß die Mutter tatsächlich ihr eigenes Fleisch und Blut zu Markte getragen hatte. Die Mutter selbst konnte Briefe von ihrer Tochter leicht entbehren, denn sie hatte sowieso an nichts anderem Interesse als an Geld.

Von natürlicher Anlage her war sie jeder Zerstreuung und jedem Vergnügen gegenüber derartig gleichgültig, daß sie all ihre Zeit und Kraft ungeteilt an die Vermehrung ihres Hab und Gutes wenden konnte. Allem Anschein nach betrieb sie eine Art privater Kuppelei, wofür sie sich nicht schlecht eignete, da sie über eine ernste und vornehme Erscheinung verfügte. Manchmal kam es auch vor, daß sie die Geschäfte eines Eheanbahnungsinstitutes betrieb, kurz, es gab kaum etwas, das sie nicht zu Geld zu machen die Gabe besaß. Sie besaß eine intime Kenntnis aller Begebenheiten in der Stadt, und das hatte seine Ursache nicht nur darin, daß sie selbst in viele Ereignisse hineingezogen wurde, sondern auch darin, daß sie eine Reihe von Nebenunternehmen unterhielt, die bestens dafür geeignet waren, den Beziehungen unter den Geschlechtern förderlich zu sein. Sie nahm Pfänder an, vermietete ihr Haus, wobei sie durch überhöhte Mieten sich ihren Vorteil zu sichern wußte, und war dabei gegenüber sich selbst fast bis zum Exzeß sparsam. Sie gebot über ein Vermögen zwischen 3000 und 4000 Pfund, nichtsdestoweniger aber bestritt sie ihren Lebensunterhalt von nichts anderem als den Geldern, die sie ihren Untermietern abpreßte.

Als sie so ein junges Paar wie uns unter ihrem Dache Schutz

suchen sah, begann sie zweifellos sogleich zu überlegen, wie sie möglichst viel Geld aus uns herausziehen konnte und wo sie bei aller Klugheit ansetzen mußte, um sich unsere Situation und unsere Unerfahrenheit einträglich zunutze zu machen.

An einer so gesegneten Stätte und unter den Fängen einer solchen Habgier hatten wir also unsere Zuflucht gefunden. Es wäre für den Fortgang meiner Geschichte nicht sehr wesentlich und überdies auch nicht besonders erfreulich, wenn ich Ihnen, Madame, all jene lächerlichen Kniffe und Spitzfindigkeiten aufzähle, deren sie sich bediente, um uns unsere Barschaft aus der Nase zu ziehen. All das nahm Charles mit der größten Gelassenheit auf sich, er war einfach zu bequem, einen Streit vom Zaune zu brechen, um sich der Angriffe auf seinen Geldbeutel ein für allemal zu erwehren. Es wäre von ihm einfach zuviel verlangt gewesen, hätte man ihn aufgefordert, sich den Unterschied zwischen seinen früheren Ausgaben und den jetzigen vor Augen zu führen – Sparsamkeit und Einschränkungen in der Lebensweise waren für ihn völlig fremde Begriffe. Wie sollte da ich, das Mädchen vom Lande, das keine Erfahrungen im Stadtleben besaß, eine Änderung herbeiführen!

Und doch verbrachte ich hier unter den Fittichen meines herrlichen Geliebten die schönsten Stunden meines ganzen Lebens. Ich besaß in meinem Charles eben alles, was sich mein verliebtes Herz wohl wünschen oder herbeisehnen konnte. Er führte mich ins Theater, in die Oper, wir besuchten Maskenbälle und waren überhaupt überall dort zu finden, wo sich ein Vergnügen in der Stadt ergab. Das alles verschaffte mir großen Genuß, aber in der Hauptsache nur deshalb, weil er sich stets neben mir hielt und mich mit allem bekannt machte. Vielleicht genoß er es, daß ich bei solchen Gelegenheiten immer höchst natürlich reagierte und Ausrufe des Staunens und der Verwunderung von mir gab. Ich war und blieb eben ein Mädchen vom Lande, für das die Freuden immer aufs neue aufregend waren. Was ich an diesen oder anderen Plätzen an Männern sah, konnte mich überhaupt nicht beeindrucken. Ich brauchte nur meinen so vollkommenen Adonis anzuschauen und dann mit meinen Augen den Vergleich zu ziehen, den einfach kein anderer bestehen konnte. Für mich bedeutete Charles das Universum, und alles was außerhalb lag, ging mich nichts an.

Meine Liebe zu ihm war so außerordentlich, daß vor ihr nicht die geringste Eifersucht bestehen konnte. Schon wenn ich auch nur einen einzigen Gedanken in diese Richtung lenkte, entstand in mir eine solche nie gekannte Qual, daß ich vor einem Gefühl, das mir schlimmer als der Tod zu sein schien, kapitulierte und beschloß, alle eifersüchtigen Gedanken ein für allemal zurückzudrängen. Dabei kam es mir zustatten, daß für Eifersucht nicht der geringste Grund bestand.

In der Zeit, in der wir von unseren Vergnügungen ausruhten, machte sich Charles einen Spaß daraus, mich im Rahmen seiner Fähigkeiten zu unterrichten. Eine ganze Reihe von Tatsachen und Begebenheiten des menschlichen Lebens führte er mir vor Augen, die bei meiner Erziehung keine oder nur eine sehr untergeordnete Rolle gespielt hatten. Und kein einziges Wort entsprang seinen süß schwellenden Lippen vergebens: jede einzelne seiner Belehrungen nahm ich wie etwas Wunderbares in mich auf. Wieder waren zahllose Küsse die einzige Unterbrechung bei unserem lehrreichen Tun, die ich mir natürlich nicht versagen konnte.

Es dauerte nicht lange, und ich wurde durch meine Fortschritte in die Lage versetzt, mich genau nach dem zu richten, was er mir gesagt hatte, und zwar nicht wie ein Papagei, der alles lediglich nachäfft, sondern wie jemand, der sich seine Gedanken gemacht hat. Ich gab nämlich Kommentare und richtete an Charles Fragen, die ihn zu weitergehenden Erklärungen veranlassen sollten.

Nach und nach begann sich jetzt mein ganzes Benehmen zu ändern: ich legte meine ländliche Mundart ab, das Trampelhafte meines Ganges und die Ungeschliffenheit meines Umgangs. Ich darf mich rühmen, daß ich über eine rasche Gabe der Auffassung verfügte, und daß die Liebe eine solche Gewalt über mich erlangt hatte, daß ich danach strebte, meinem Geliebten ein noch teurerer Schatz zu werden.

Was unsere Barmittel anbelangte, so konnte er, obgleich er mir ständig das übergab, was er auftreiben konnte, mich kaum dazu bringen, es in meinem Sekretär aufzubewahren; und das, was er mir an Garderobe besorgte, legte ich nur an und nahm es in Gebrauch, weil ich ihm durch ein gewisses adrettes Wesen zu gefallen suchte. Einen anderen Grund gab es nicht. Ich hätte mir ein Vergnügen daraus gemacht, die größten Anstrengungen zu erdulden und meine zarten Finger bis auf die Knochen abzuschinden, wäre das notwendig gewesen, um ihn zu unterstützen. Sie können sich leicht vorstellen, daß ich den Gedanken, ihm auf irgendeine Weise lästig zu fallen, unerträglich gefunden hätte. Mein uneigennütziges Streben entbehrte jeglicher Effekthascherei, war so vollständig von meinem Herzen diktiert, daß Charles einfach nicht unberührt bleiben konnte. Ständig machten wir uns zärtliche Vorhaltungen, wer von uns beiden den anderen am meisten liebte, und wenn ich glaube, daß Charles mich nicht in dem Maße liebte wie ich ihn, so ließ er sich dies nicht im mindesten anmerken, vielmehr verhielt er sich mir gegenüber so, daß ich vollständig befriedigt sein konnte. Kein Mann konnte treuer, zärtlicher und ergebener sein.

Mrs. Jones, unsere Hauswirtin, besuchte mich recht häufig in meinem Zimmer, welches ich unter keinem Vorwand ohne Charles verließ. Es dauerte nicht lange, da hatte sie ohne besondere Anstrengung herausgefunden, daß wir die Kirche um eine bestimmte Zeremonie geprellt hatten. Auch die Bedingungen, unter denen wir zusammenlebten, blieben ihr nicht verborgen. Diese Umstände mißfielen ihr aber keineswegs, im Gegenteil, sie paßten recht gut in die Pläne, die sie in bezug auf meine Person verfolgte und die sie nur allzubald in die Tat umzusetzen sich anschickte.

Bis dahin aber ließ sie sich von ihrer Erfahrung leiten, die ihr sagte, daß der offene oder geheime Versuch, die fest geschmiedete Einheit unserer Herzen zu zerbrechen, unweigerlich den Verlust zweier Mieter bedeutet hätte.

Leider erwies sich mein Schicksal so grausam, als es den Absichten der Hauswirtin, uns zu trennen, förderlich war. Elf Monate schon hatten die Lebensumstände angedauert, die mich meine Tage als eine ununterbrochen Folge von Wonnen erleben ließen; doch nichts Irdisches ist von Dauer, am wenigsten eine so heftige Liebe. Seit drei Monaten trug ich ein Kind von Charles unter dem Herzen, ein Umstand, der seine Zärtlichkeit mir gegenüber sicher noch gesteigert hätte, hätte er mir nur Gelegenheit verschafft, ihn auf die Probe zu stellen. Da aber fuhr der tödliche Schlag der unerwarteten Trennung zwischen uns. Ich werde mir hier eine Wiederholung der Einzelheiten ersparen, immer noch überkommt mich in der Erinnerung ein Zittern, und ich frage mich verwundert, wie ich das alles überleben konnte.

Zwei Tage lang, die mir wie Ewigkeiten vorkamen, war ich von ihm ohne Nachricht geblieben, ich, die ich doch durch ihn atmete und lebte und noch nie von ihm vierundzwanzig Stunden lang ohne ein Lebenszeichen geblieben war. Am dritten Tag schließlich hatte meine Ungeduld einen solchen Grad erreicht, befanden sich meine Nerven in einem derartigen Aufruhr, daß ich geradezu krank wurde. Und da ich die Erschütterung nicht länger ertragen konnte, warf ich mich auf das Bett und läutete nach Mrs. Jones, die zwar sofort kam, aber herzlich wenig unternahm, um mich in meiner Angst zu trösten. Kaum fand ich die Kraft und den Atem, um an sie die Bitte zu richten, sie möchte doch, wenn ihr an der Rettung meines Lebens gelegen sei, irgend etwas unternehmen, um herauszufinden, was mit meinem Geliebten geschehen sei. Mrs. Jones spendete mir auf eine Weise Trost, die mich den Stachel im Herzen nur noch schmerzlicher spüren ließ, und machte sich auf den Weg.

Weit hatte sie nicht zu Charles' Vater zu laufen, der unweit in einer jener Straßen wohnte, die zum Covent Garden führen. Dort betrat sie eine Gastwirtschaft, von der aus sie nach jenem Dienstmädchen schickte, dessen Namen ich ihr als den einer zuverlässigen Informantin genannt hatte.

Das Mädchen eilte herbei und berichtete Mrs. Jones sogleich, was meinem Charles zugestoßen war. Er befand sich nicht mehr in der Stadt! Der Vater hatte sich aus Neid, daß Charles der Liebling der bereits erwähnten Großmutter war, eine grausame Strafe zurechtgelegt, deren Natur dem Personal des Hauses natürlich nicht verborgen geblieben war. Da Charles' Vater fürchtete, die Großmutter würde sich dem Plan, Charles aus England zu entfernen, widersetzen, hatte sich der Vater eines Vorwandes bedient. Er sagte, die Reise sei unbedingt notwendig, denn sein Bruder in der Südsee habe das Zeitliche gesegnet, und um sich in den Besitz einer reichen Erbschaft zu setzen, von der man ihm zusammen mit dem Testament Mitteilung gemacht habe, müsse Charles in die Südsee reisen.

Da der väterliche Plan, den Sohn aus dem Wege zu schaffen, feststand, waren auch schon im geheimen alle erforderlichen Maßnahmen und Vorkehrungen getroffen worden. Ein Handel mit einem Schiffskapitän war abgesprochen, und als sich Charles in der Meinung, es handele sich um eine Vergnügungsfahrt den Fluß hinunter, auf das Schiff begab, fand er sich unvermittelt unter schärfster Beobachtung stehend, als sei er ein Kapitalverbrecher. Selbst das Schreiben von Briefen wurde ihm verboten.

Dergestalt wurde mir das Idol meiner Seele entrissen und zu einer langen Reise gezwungen, ohne daß er eine Gelegenheit gehabt hätte, sich von seinen Freunden zu verabschieden oder denselben Trost zu spenden.

LEOPOLD VON SACHER-MASOCH

Eine grausame Probe

An unseren sozialen Übelständen, welche von Tag zu Tag schärfer und drohender hervortreten, trägt zum großen Teile die veränderte Stellung der Frau Schuld. Solange die letztere sich von dem Naturzustande nicht zu weit entfernt, das Weib seinen Beruf als Gattin, Mutter, Hausfrau vollständig erfüllt, ist es die Gefährtin des Mannes in Freud und Leid, in Not und Überfluß. Sobald die Frau diese Sphäre verläßt, kann sie nur noch die Sklavin oder die Despotin des Mannes sein. Deshalb treten die alle unsere Einrichtungen bedrohenden Übelstände der modernen Gesellschaft bei weitem am wenigsten in jenen Klassen derselben hervor, welche den Ehrentitel der arbeitenden führen. Vornehme, reiche Frauen, welche nicht um das tägliche Brot zu sorgen haben, welche nicht arbeiten, sind, von Müßiggang und Halbbildung verführt, am leichtesten geneigt, eine Freiheit anzustreben, welche rasch zur Zügellosigkeit führt, ihre Pflichten in der Familie an andere zu übertragen und dafür selbst mit ihrem und fremdem Glück und Leben frivol-phantastisch zu experimentieren.

Die Heldin unserer Geschichte ist eine Dame dieser Sorte, für die der Franzose die köstlichste Bezeichnung *»femme incomprise«* – eine Frau, die unverstanden bleibt – erfunden hat. Adele, Freifrau von Geierburg, hatte nie die allein segensreiche Erziehung einer Mutter genossen. Aus den Händen einer Amme, einer Bonne, einer Gouvernante, eines Tanzmeisters und Klavierlehrers, war sie – eine echte Wienerin – als ein verwöhntes, verzogenes Mädchen voller Ansprüche und ohne die Fähigkeit, selbst nur die geringsten zu erfüllen, in die sogenannte Welt getreten, war an einen alten Mann verheiratet worden und fand sich nach dessen Tode, mit fünfundzwanzig Jahren, als reiche, schöne, vielumworbene Witwe zugleich frei und blasiert, aller Ideale, aller besseren Empfindungen beraubt. Das Leben erschien ihr als eine Art Last, und die einzige Aufgabe, welche sie zu erfüllen hatte, die, sich die Zeit zu vertreiben, als eine wahre Danaidenarbeit. Und doch war sie selbst bei aller geistigen Abspannung, bei aller Leere ihres Herzens so sehr geeignet, in jedem Manne, der in ihre Nähe kam, die goldensten Illusionen zu wecken und mit ihnen den leidenschaftlichen Wunsch nach ihrem Besitz. Es ist ja eine Täuschung, die dem Manne so leicht widerfährt, daß er ein Weib, das schön ist, dessen Züge Adel, dessen Augen einen größeren Schmelz besitzen, auch für geistreich und gefühlvoll hält, daß er die Poesie, welche ihre Gestalt umfließt, auch in ihrer Seele sucht, und Adele war sehr schön, und ihre ganze Erscheinung trug in so reichem Maße den Stempel alles dessen, woran ihr Inneres so arm war.

Sie war mittelgroß, schlank gebaut, ohne daß es ihren Formen an Rundung, ja an Üppigkeit gefehlt hätte. Eine blendend weiße Haut von seltener Zartheit ließ überall die Adern in sanftem Blau durchschimmern. Ihre Züge waren bei aller Weichheit edel, die Nase mahnte an die Antike, der kleine rote Mund an die großen Damen der Rokokozeit; den goldenen Rahmen dieses herrlichen Gesichtes bildete ein blondes Haar von ungewöhnlicher Fülle und blendendem Glanze. Das Wunderbarste an unserer Heldin waren jedoch ihre Augen, diese großen blauen Augen, welche am hellen Tage zu träumen schienen, in denen von Zeit zu Zeit etwas Überirdisches aufzuleuchten schien.

Das Trauerjahr hatte die Baronin auf Reisen zugebracht. Sie hatte Italien, Südfrankreich, Spanien gesehen und erfrischte sich nun in dem herrlichen Meran, an dem tiefen Grün deutscher Wälder, an der heiteren Majestät der Tiroler Berge. Schnell hatte sie in ihrem Salon alle aristokratischen Elemente des Kurortes vereinigt, man tanzte, man spielte, machte gute und schlechte Musik und unternahm gemeinschaftlich Ausflüge zu Pferd und Esel nach den oft genug gepriesenen herrlichen Aussichtspunkten von Schloß Tirol, Schenna, Lebenberg, Hallhof, Phraxburg, Goien. Am liebsten ließ sich jedoch Adele allein eines der erprobten Tiere satteln und durchstreifte, nicht einmal von einem Führer begleitet, die Berge.

So kam sie einmal auf den Einfall, St. Katharina in der Scharte zu besuchen, das kleine Kirchlein, das von der hohen Felswand aus tiefem Schnee auf das liebliche Meran herabblickt, während unten der Lorbeer grünt. Sie erreichte glücklich das Dorf, übergab ihr kleines ›Moospferd‹ dem Wirt, schlüpfte in ihre Pelzjacke, welche sie zur Vorsorge mitgenommen hatte und begann, mit einem Bergstock bewaffnet, zwischen den malerischen Felsen umherzuklettern. Immer mehr und mehr entfernte sie sich von dem Orte und stieg immer höher, bis das Sinken der Sonne sie an den Rückweg mahnte. Jetzt entdeckte sie bald, daß sie vom Wege abgekommen, daß sie sich in den wilden, mit Schnee gefüllten

Klüften verirrt hatte; sie suchte vergebens in das Freie zu gelangen und kam endlich an eine steile Wand, wo sie weder vorwärts noch zurück, weder hinab noch hinauf konnte. Sie begann zu rufen, sie schoß eine kleine Pistole ab, welche sie in der Tasche ihrer Pelzjacke mit sich trug, mehrfacher Widerhall antwortete, aber keine Menschenstimme; endlich verlor sie ganz den Mut, setzte sich verzweifelt auf einen Felsblock, von dem sie erst den Schnee hatte wegfegen müssen, und weinte.

Viertelstunde verstrich auf Viertelstunde, schon war die Sonne hinter den Bergen untergegangen, ein scharfer Wind pfiff um die kahlen Felsen und riß unsanft an Adeles goldenen Locken; sie tat, was ihr seit vielen Jahren nicht in den Sinn gekommen war, sie begann zu beten.

Plötzlich rief eine Menschenstimme ganz in ihrer Nähe: »Um Gottes willen, was machen Sie denn hier, wie sind Sie da heraufgekommen?«

Adele sprang auf, ein junger Mann stand auf dem Felsen über ihr und nahm jetzt seinen Hut ab, um sie zu grüßen.

Mit wenigen Worten schilderte die schöne Frau ihr Abenteuer und ihre Lage.

»Darf ich Ihnen meine Hilfe anbieten?« sprach der Fremde lächelnd.

»Wie können Sie fragen? Ich bitte Sie darum. Sie erscheinen mir wie der Engel dem Kaiser Max auf der Martinswand«, entgegnete Adele.

Mit einem kühnen Satz war der Fremde an ihrer Seite. Er schien seiner Kleidung und seinen Waffen nach zu schließen ein Jäger, aber die sonst so hochmütige Dame fragte und dachte nicht weiter, sondern trat aufatmend, auf seinen Arm gestützt, die Wanderung an. Einige Zeit ging es ganz nach Wunsch, schon sah Adele den Kirchturm von St. Katharina herüberwinken, da tat sie einen Fehltritt und verstauchte sich den Fuß, nicht eben stark, doch so, daß sie im Augenblicke nicht mehr fähig war, aufzutreten.

»Erlauben Sie, daß ich Sie trage«, sprach schnell gefaßt der Fremde.

»Ich weiß nicht –« stammelte Adele.

»Wollen Sie hier und in einer solchen Situation noch spröde sein?« lächelte der Jäger.

»Nein, nein«, rief die schöne Frau, »aber ich fürchte zu tief in Ihre Schuld zu geraten!«

»Oh, sprechen Sie nicht davon!« bat der Fremde und lud, ohne weiter zu fragen, die schöne Last auf seine Arme. Es wurde Adele ganz seltsam zumute, als sie jetzt an der Brust des Mannes lag, der ihr von allem Anfang imponiert hatte wie noch nie ein Mann, als sie sein Herz kräftig gegen das ihre schlagen, seinen Atem ihre Wange streifen fühlte. War es Liebe, was sie empfand? Und er, der Fremde? Ihm war eine neue Welt aufgegangen in den wunderbaren Augen des schönen, blonden Weibes, und der Pfeil saß in seinem Herzen und, indem er sie in seinen Armen hielt, drückte er ihn immer tiefer und tiefer.

Als er Adele in das Wirtshaus zurückgebracht hatte, in welchem sie ihr Pferd zurückgelassen, ergriff die schöne Frau seine Hand und dankte ihm in den übertriebensten Ausdrücken. Es war indes dunkel geworden, und so bot sich der Fremde an, sie nach Meran hinabzugeleiten. Adele sah ihn zweifelnd an. »Damit Sie wissen, wem Sie Ihr Vertrauen schenken«, sprach er, ihre Verlegenheit bemerkend, »erlauben Sie mir, mich Ihnen vorzustellen.« Er übergab ihr seine Karte. Sie las: Friedrich von Warndorf.

»Sie sind ein Russe, wenn ich nicht irre«, sprach die Baronin, »ich habe Ihren Namen in meinen Kreisen nennen gehört.«

Warndorf bejahte. Er war aus einer deutschen, in Kurland begüterten Familie, befand sich seit Jahren auf Reisen und unterhielt sich jetzt damit, als passionierter Jäger, die Flinte auf der Schulter, die Tiroler Berge zu durchstreifen. So hatte er auch Adele getroffen. Er war noch jung, groß und kräftig gebaut, sein ausdrucksvolles, von einem blonden Vollbarte eingerahmtes, wetterbraunes Gesicht trug zugleich den Stempel entschlossener Männlichkeit und großer Leidenschaftlichkeit. Nachdem die beiden etwas weniges zu sich genommen, half der Russe der Baronin in den Sattel und ging dann voran, den Weg weisend; sie ritt langsam im Schritt hinter ihm. Von Zeit zu Zeit wechselten sie einige Worte, aber beide waren zu sehr mit sich und ihren seltsamen Empfindungen beschäftigt, als daß ein längeres Gespräch hätte in Fluß kommen können. Es war sehr spät, als sie vor der Villa in Obermais, welche Adele bewohnte, anhielten. Noch ein Händedruck, eine freundliche Einladung, und dann schieden sie.

Schon am nächsten Tage machte Warndorf der Baronin seinen Besuch. Sie konnte noch immer nicht auftreten und daher ihre Villa nicht verlassen. Auf einer Ottomane ruhend, empfing sie ihren Retter in herzlichster Weise und bat ihn, ihr Gesellschaft zu leisten. Warndorf gehorchte mit Vergnügen, er erzählte der schönen, gelangweilten Frau von seiner Heimat, seinen Reisen in Südamerika und Afrika, und las ihr ein paar neue Novellen von Iwan Turgenjew, dem genialen russischen Erzähler, vor.

Adele blieb noch mehrere Tage an das Haus gefesselt; Warndorf durfte sie während derselben stets nur für kurze Zeit verlassen, sie fand an seiner Unterhaltung Geschmack und sagte es ihm ganz unumwunden. Als die Baronin wieder auf der Promenade erschien, war der Russe ihr immerwährender Begleiter; mit ihm begann sie jetzt ihre Ausflüge in die Berge zu machen, und Abend für Abend war er ihr Gast beim Tee.

Die Welt sprach lange schon von einem Verhältnis der beiden, von einer Heirat, ehe sie selbst dazu gekommen waren, sich zu erklären. Einmal saßen sie zusammen auf der Terrasse des Wirtshauses bei Schloß Tirol und sahen die fernen Berge im Strahle der untergehenden Sonne erglühen.

»Auch wir werden bald scheiden müssen«, begann Adele.

»Wie?« fragte Warndorf.

»Ich war jetzt lange genug vom Hause fort«, erwiderte Adele; »wichtige Angelegenheiten rufen mich zurück, und Sie – Sie werden wohl auch in Ihre Heimat . . .«

»Wenn Sie mich fortschicken . . .« murmelte Warndorf.

»Was fällt Ihnen ein«, beeilte sich Adele zu sagen, »ich werde Ihre Gesellschaft sogar sehr schwer entbehren können.«

»Baronin, Sie – Sie sagen das . . .« stammelte der Russe.

»Warum sollte ich nicht . . .« Ein langer schmachtender Blick der schönen blauen Augen begleitete die letzten Worte.

»Zürnen Sie mir nicht«, begann Warndorf, »wenn ich Ihre gütige Stimmung für mich benütze und Ihnen jetzt auf der Stelle sage, was ich lange schon auf dem Herzen habe.«

»Nun?«

»Ich liebe Sie, Adele!«

Die schöne Frau zuckte zusammen.

»Weisen Sie mich nicht ab, ehe Sie mich nicht zu Ende gehört haben«, bat Warndorf.

»Aber Sie wissen doch, daß ich nicht mehr an Liebe glaube«, flüsterte Adele.

»Ich weiß es«, sprach Warndorf, »und eben deshalb habe ich auch keinen Augenblick die Hoffnung genährt, daß Sie mein Gefühl für Sie erwidern könnten. Aber Sie gestanden mir wiederholt, daß Sie ein Leben ohne Zweck, ohne Ziel, ohne Freude und ohne Genuß leben. Was ich Sie also bitten will, ist nur, daß Sie es mit mir versuchen. Erlauben Sie mir, Sie zu lieben, Sie von der Echtheit und Tiefe meiner Gefühle zu überzeugen, stellen Sie mich auf jede Probe, und wenn ich die Prüfung bestehe, und vielleicht auch in Ihrem Herzen ein wenig Neigung für mich eingekehrt ist, dann reichen Sie mir Ihre Hand.«

Adele blickte, ohne Antwort zu geben, hinab in das Tal, in dem sich tiefe Schatten immer mehr ausbreiteten; auch der Russe schwieg einige Zeit, dann faßte er ihre Hand. »Adele«, flehte er, »entscheiden Sie über Tod und Leben, nur ein Wort.«

»Über Tod und Leben?« lächelte sie.

»Ja, über Tod und Leben«, wiederholte Warndorf, »denn, wenn Sie mich nicht lieben können, will ich lieber sterben.«

»Eine Phrase«, bemerkte die schöne, herzlose Frau, die Lippen spöttisch kräuselnd.

»Nein, Adele, mein voller Ernst«, beteuerte der leidenschaftliche Mann. »Entscheiden Sie also!«

»Gut denn«, sagte sie, »ich gebe Ihnen ein Jahr Zeit. Überzeugen Sie mich, daß es eine wahrhafte Liebe gibt; gelingt es Ihnen, mein Herz zu gewinnen, gehöre ich Ihnen. Wenn Sie aber an dieser Aufgabe scheitern, dann – töten Sie sich!«

Adele begann laut zu lachen.

»Spotten Sie nicht«, sprach Warndorf düster, »wenn Sie mir in einem Jahr sagen, daß ich verdammt bin, ohne Sie zu leben, dann ist es mein Todesurteil, das Sie fällen. Ich werde dann nur noch einen Wunsch haben . . .« Er stockte.

»Welchen?« forschte die Baronin.

»Von Ihrer Hand zu sterben!« sagte der Russe.

»Nun, dieses Vergnügen können Sie haben«, sagte Adele.

»Sie wären imstande?« stammelte Warndorf.

»Sie zu töten? Warum nicht? Ich wäre ebenso fähig dazu, als Sie es sind, sich um meinetwillen das Leben zu nehmen.«

»Sie zweifeln noch immer . . .«

Adele zuckte die Achseln.

»Geben Sie mir also Ihr Wort«, sprach der Russe, »daß Sie mir in einem Jahr Ihre Hand reichen oder mich töten.«

»Es sei, ich nehme Sie beim Wort«, entgegnete Adele mit seltsamer Hast, »wenn ich Sie in einem Jahre nicht liebe, habe ich das Recht, Sie zum Tode zu verurteilen und selbst mein Urteil zu vollstrecken. Vergessen Sie es nicht!«

»Nein«, sagte Warndorf.

»Und rechnen Sie dann ja nicht auf Gnade bei mir«, fuhr Adele fort.

»Nein«, sprach Warndorf, »ich will Sie besitzen oder sterben.« Sie reichten sich die Hände, der unheimliche Vertrag war abgeschlossen.

Das Jahr war um, die schöne Witwe hatte dasselbe mit ihrem Anbeter teils auf ihrem Gute in Böhmen, teils in ihrem Palaste in Wien und zuletzt an dem Lago Maggiore zugebracht. Wieder war es Frühjahr; diesmal standen sie auf der Veranda ihrer Villa, auf der Isola Bella, und statt des lieblichen Meraner Tales erglänzte der tiefblaue See im Abendsonnenscheine zu ihren Füßen.

»Es wird kühl, gehen wir hinein«, sagte die schöne Frau; sie trat in den kleinen Salon und streckte sich nachlässig auf eine Chaiselongue aus. Warndorf schloß die Türe und begann das Feuer im Kamine anzufachen.

»Sie scheinen vergessen zu haben«, begann Adele.

»Was?«

»Unseren Vertrag. Heute ist der Tag.«

»Heute . . .« Warndorf rieselte es kalt über den Rücken.

»Kommen Sie zu mir«, bat Adele leise, »nahe, ganz nahe.«

Der Russe gehorchte, sein Herz pochte heftig.

»Sie sind wohl sehr neugierig, was ich Ihnen heute zu eröffnen habe?«

»Ich zittere!«

»Sosehr ich mich auch bemüht habe, an der Tiefe und Aufrichtigkeit Ihrer Empfindungen für mich zu zweifeln, es ist Ihnen gelungen, mich zu überzeugen, daß es wahre Liebe gibt, daß Sie mich lieben. Sie haben mich besiegt.«

»Adele«, schrie der überselige Mann auf und warf sich zu ihren Füßen.

»Sie haben mich besiegt«, wiederholte Adele, die Hand auf Warndorfs Schulter legend, während in ihren blauen Augen ein süßes, glückverheißendes Feuer loderte. »Aber nicht ganz«, fügte sie nach einer Pause zögernd hinzu.

»Wie?«

»Ich glaube jetzt, daß Sie mich lieben«, fuhr die herzlose Kokette mit schneidender Kälte fort, »aber ich kann Ihr Gefühl nicht teilen.«

»Adele – Sie sind grausam.«

»Nur offen und ehrlich.«

»Nun, dann lassen Sie mich sterben«, sprach Warndorf dumpf und resigniert.

»Glauben Sie, daß ich unseren Vertrag vergessen habe?« erwiderte Adele mit einem dämonischen Lachen, das unheimlich von der Decke widerklang. »Ihr Leben ist in meiner Hand, und ich bin nicht das Weib, es Ihnen zu schenken; ich selbst bin unfähig zu lieben, aber es macht mir Vegnügen, so wahnsinnig geliebt zu werden, wie Sie mich lieben, den Mann, der mich liebt, und den ich verschmähe, zu meinen Füßen sterben zu sehen.«

»Ist dies Ihr Ernst?« fragte der Russe entsetzt.

»Sie glauben nicht daran«, spottete die schöne Frau. »Sie lieben also Ihr Leben mehr als mich?«

»Nein, nein«, stammelte der Russe, »ich bin bereit zu sterben!«

Adele erhob sich rasch, füllte einen Becher von hellem Kristallglas mit einer braunen Flüssigkeit, welche sie aus einem kleinen Ebenholzkästchen nahm und reichte ihn dem zum Tode verurteilten Anbeter.

»Auf Ihr Wohl, Adele«, rief dieser mit dem Enthusiasmus der Verzweiflung und leerte mit einem Zuge, noch immer vor der grausamen Schönen auf den Knien, den Becher.

Adele betrachtete ihn mit seltsamer Neugier, ihre Brust flog in unbeschreiblicher Erregung.

»Reichen Sie mir Ihre Hand, Ihre liebe Hand«, murmelte der Russe, »meine Sinne schwinden.«

Die schöne Frau zog ihn an ihre Brust, sein Haupt sank herab, Nacht umfing ihn . . .

Zwei Stunden später schlug er die Augen auf. Er lag noch immer zu den Füßen Adeles, welche seinen Kopf in ihrem Schoße gebettet hatte und selig zu ihm herablächelte.

»Wie ist mir?« begann er, sich aufrichtend.

»Warndorf!« flüsterte die schöne Frau liebevoll.

»Träume ich – bin ich nicht gestorben?« Er starrte Adele erstaunt an.

»Nein, nein, Sie leben und Sie sollen fortan für mich leben, als mein Geliebter, mein Gatte!« rief Adele, »denn ich liebe Sie, so wie Sie mich lieben, mehr als mein Leben!«

»Und der braune Trank – das Gift?«

»War ein Schlaftrunk.«

»Wozu?«

»Eine Probe.«

Warndorf erholte sich rasch. »Adele«, schrie er auf, »Sie lieben mich, sagen Sie, und Sie waren fähig, mich alle Qualen der Todesangst fühlen zu lassen um eines Spieles willen? Nein, die Probe ist zu grausam, und ein Weib, das einer solchen Handlung fähig ist, besitzt kein Herz und vor allem nicht jenen sittlichen Ernst, welcher allein ein Weib und seine Liebe adelt.«

»Warndorf«, stammelte Adele, »was haben Sie auf einmal? Lieben Sie mich nicht mehr?«

»Nein, Frau Baronin, ich liebe Sie nicht mehr, ich kann Sie nicht mehr lieben!« sprach Warndorf fest und männlich, »Sie haben zu frivol mit mir gespielt. Leben Sie wohl!«

»Um Gottes willen, wollen Sie mich unglücklich machen«? rief die schöne Frau, ihn umschlingend.

»Sie haben uns beide unglücklich gemacht«, entgegnete der Russe. »Leben Sie wohl.«

Er machte sich los, vergebens sank jetzt sie zu seinen Füßen nieder, er blieb stark, er ging doch.

Ihre Kammerfrau fand sie ohnmächtig auf dem Teppich liegen.

Quellen- und Copyright-Nachweis